KB092434

神의 속삭임

**초판 1쇄 발행** ┃ 2017년 1월 25일

**지은이** ┃ 하용성
**펴낸이** ┃ 최대석
**펴낸곳** ┃ 행복우물

**편 집** ┃ 엠피케어(umbobb@daum.net)

**등록번호** ┃ 제307-2007-14호
**등록일** ┃ 2006년 10월 27일

**주 소** ┃ 경기도 가평군 가평읍 경반안로 115
**전 화** ┃ 031)581-0491
**팩 스** ┃ 031)581-0492
**이메일** ┃ danielcds@naver.com

ISBN 978-89-93525-41-0(03810)
**정 가** 15,000원

# 神의 속삭임

하용성 지음

행복우물

## 읽기에 앞서

　소설에서 그려지는 정치적 상황이나 배경은 단지 스토리를 풀어나가기 위한 목적에서 비롯됐으며, 다른 의도가 있지 않음을 밝힙니다. 또한 소설의 캐릭터들은 내용의 구성상 등장이 불가피한 일부 실재인물을 제외하고는 모두 가상의 인물이며, 특정인과는 아무런 연관이 없습니다.

# contents

뜻밖의 연락을 받았다. 운명. 왠지 거창해 보이는 이 단어가 전화를 받는 동안 머릿속에서 계속 맴돌았다. 숨이 가쁠 만큼 강한 매력으로 나를 끌어당기기도 했다. 연락을 받고 가기로 한 곳은 빈민가이자 최대의 우범지역이었다. 조금 꺼림칙했지만, 전화로 들은 내용이 사실이길 바라는 기대감이 컸기에 주저 없이 발걸음을 옮겼다.

미리 전화로 안내받은 곳에 이르렀다. 렌탈용 승용드론은 곧바로 돌려보냈다. 나중에 되돌아갈 땐 간선셔틀을 이용할 요량이었다. 승용차로 오기엔 거리가 꽤나 멀었고 주차할 곳도 마땅치 않았다. 건물은 척 보기에도 매우 낡고 초라했다. 볼품없는 3층짜리 콘크리트 건물이었다. 출발하기 전 웹을 통해 미리 본 것보다 상태가 훨씬 나빴다. 이 지역의 특성을 대변이라도 하려는 듯 온갖 찌든 때와 낙서가 건물 외벽을 휘감았다. 외설과 폭력 등이 낙서의 주된 재료였다. 무질서하게 서로 엉킨 낙서들은 조그만 이 건물을 괴상한 것들이 잔뜩 모인 장소로 잠시 착각하도록 만들었다. 건물 3층은 밖으로부터 들어오는 빛이 완전히 차단되는 듯했다. 나무판자 같은 것이 창문에 빈틈없이 덧대어져 있었다. 잠깐 건물을 훑고 난 뒤 건물 오른편으로 난 계단을 따라 3층을 향해 천천히 올라갔다. 계단을 올라가는 동안 정체모를 매캐한 냄새가 건물전체에 배인 것을 느꼈다. 냄새는 내가 계단을 밟으며 위로 올라갈수록 조금씩 더 진해졌다. 3층에 이르자 내가 오길 기다린 듯 건물 내부로 들어가는 문이 살짝 열려 있었다.

"저-어…… 계세요…… 연락을 받고 온 사람입니다…"

인기척을 내며 조심스럽게 들어섰다. 문을 열고 들어서자 나를 가장 먼저 맞이한 건 더욱 심해진 악취였다. 말로 형언하기 힘들 정도로 고약했다. 감각의 중심을 후각에서 시각으로 옮겼다. 실내는 과연 어두컴컴했다. 벽에 붙은 오래된 장식용 조명등 하나가 사물을 겨우 식별할 정도로만 빛을 내뿜었다. 자욱한 뿌연 연기가 마치 실존하는 생명체라도 되는 양, 어둠속에서 슬그머니 형체를 드러냈다.

"이리로 오세요."

잠시 두리번거리자 나지막한 노인의 목소리가 들렸다. 목소리로 봐서 내게 전화한 사람이 확실하다는 생각이 들었다. 낯선 곳을 찾음으로 인한 긴장감이 조금은 누그러졌다.

"아…… 예!"

난 우선 간단히 대답을 하고는 목소리가 나온 구석진 방으로 걸음을 옮겼다. 반쯤 열린 문을 마저 열자 조그만 탁자를 앞에 두고 늙은 사내 한 명이 앉아있었다. 방안은 바깥보다 더욱 연기가 자욱했고 냄새 또한 심했다. 눈이 어둠이란 방해물에 점차 익숙해지자 실내가 좀 더 자세히 보였다. 갖은 쓰레기가 여기저기에서 나뒹굴었다. 난 그가 눈치를 채지 못하도록 하면서 손목에 찬 '신원확인스캐너'를 곧바로 가동했다. 이 기기의 사용이 합법은 아니었다. 하지만 나와 같은 정보제공자를 비롯해 흥신소 및 기타 여러 곳에서 공공연하게 사용했다. 정부기관이 업무편의를 위해 만든 것을 아무나 임의로 모방해 쓰는 셈이었다. 스캐너는 내가 착용한 안경일체형의 수신기를 통해 그에 대한 정보를 보냈다. 스캐너가 보낸 최초의 정보는 '최동식. 63세. 남. C10.'이었다.

'C10…'

잠시 당황했다. C10은 흔히들 우스갯소리로 '불가촉천민'이라고 일컫는 사회보장번호 제일 하단에 위치한 등급이었다. 말로만 들었지 실제로 대면하는 건 나도 처음이었다.


"여기로 와서 앉으세요."

사회보장등급과는 어울리지 않게 그의 말투에는 뭔지 모를 품격이 느껴졌다. 난 자리에 앉자마자 마치 궁금해서 못 견디겠다는 투로 그에게 물었다.

"저…… 앞서 전화로 말씀하신 게 모두 사실입니까?"

바로 그때 스캐너가 2차 정보를 보냈다. '현재 독신. 전 평안대 철학과 교수. 당시 사회보장 등급-A3. 마약전과 3범. ……'. 정보를 다 읽고는 재차 놀랐다. 이런 내 행동을 눈치라도 챈 듯, 잠시 조용했던 그가 눈가에 옅은 미소를 머금은 채 입을 열었다.

"허허… 젊은 양반이 성격이 조금 급하시군요. 네…… 그래요! 일단 내가 말한 건 모두 사실입니다."

그가 말한 게 모두 사실이라면 이는 내가 그동안 겪어온 많은 일들 중에 단연 최대의 사건일 터. 순간 긴장감이 다시 내 몸 세포 하나 하나에 빠짐없이 전해졌다.

"이미 알다시피, '세홍'이 창시한 '한교'는 불교와 기독교가 절묘 하게 결합한 형태의 신흥종교입니다. 세홍이 두 종교의 장점을 끌어 내고 거기다 자신의 깨달음까지 투영해서 만들었지요. 한교는 교주 인 세홍이 불의의 사고로 죽기 전까지 우리나라를 비롯해 중국과 일 본 등 아시아 일원으로 폭발적으로 교세를 확장했습니다. 마침내 그 교세가 미주와 유럽에까지 번졌지요. 특히 당시 한교의 교주 세홍은 '선악비록'이라는 책의 존재를 주장하며 선의 가치를 행해야 한다고 말해 폭발적인 관심을 끌었지요. 아시아에서 시작된 이 혁명과도 같 은 실험은 이후 점차 세계 곳곳으로 확산됐습니다. 마치 예전에 조지 아담스키와 마이클 아이버니즈가 말한 예언이 실현되기라도 한 듯 이 고려가 세계의 종교혁명을 주도한 것입니다. 물론 그 중심에 세홍 이 자리했고요. 그러자 과거 서구의 가치관을 굳건하게 떠받치던 기 독교 중심의 윤리도 어느새 균열이 가기 시작했지요. 지금 전 세계적 으로 펼쳐지는 여러 가지 형태의 종교적 실험들이 모두 세홍에게서 비롯됐다고 해도 과언이 아니라고 봅니다."

한교와 세홍, 그리고 선악비록. 이들이 나를 여기까지 오게 한 동 력이었다. 그의 말대로 한교는 십여 년 전에 창시된 후 불과 수년 만 에 엄청나게 교세를 넓혔다. 끊임없는 자기수행을 통해 진념몰아(盡 念沒我)에 도달하면 유일신인 하나님과 영적으로 연결돼, 비로소 모 든 근심·걱정과 내세의 불안으로부터 벗어나고 구원을 얻는다는 교리를 가진 종교였다. 이 '진념몰아'라는 것은 불교에서 이르는 '열반'과 기독교 감리교파에서 말하는 '성화(聖化)' 등이 복합적으로 결부된 경지였다. 그 한교의 교주였던 세홍은 '하나님이 세상의 모든 선과 악을 구분 짓고 정의를 내려 선악비록에 담아 놓았다'고 주장했다. 악을 배척하고 선을 행하며 자신을 갈고 닦아야 한다는 게 한교 수행정신의 핵심이었다. 하지만 선악비록을 실제로 본 사람은 없었다. 세홍이 그의 저서인 '신의 속삭임'을 통해 이에 대한 실존을 말했지만, 사실 여부는 아무도 몰랐다. 오로지 세홍 자신만이 생전에 이에 대한 존재를 확인한 것으로 전해졌다. 그를 제외한 모든 이들은 한교의 교리를 구성하는 '불(不)33' 등을 통해 그 책에 담긴 내용을 유추할 뿐이었다. 난 그에게 재차 물었다.

"그 책의 실체를 정말 확인하셨단 말이죠?"

그가 조심스럽게 고개를 끄덕였다. 난 연락받을 당시 가졌던 의문점에 대해 물었다.

"그런데 왜 하필 접니까? 저보다 더욱 뛰어난 특급 정보제공자나 기관에 연락하시는 게 훨씬 낫다고 보는데…"

그는 내 물음에 잠시 웃음을 지었다.

"하하…… 글쎄요. 이 사실을 단순히 세상에 알리고자 하는 목적만 가졌다면 그게 더 좋았겠지요. 허나, 당신에게 따로 부탁하고 싶은 게 있습니다."

그러면서 그는 마치 뭔가에 쫓기는 사람처럼 주섬주섬 탁자위에 놓인 병을 열더니 마른 풀잎 같은 것을 세 손가락으로 집어 종이 위에 올려놓았다. 종이를 돌돌 말더니 입에 갖다 대고는 불을 붙였다.

"후---우"

그는 한숨과도 같은 긴 날숨을 연기와 함께 내뱉었다. 그런 뒤에 자세를 고쳐 잡았다. 이제 본격적으로 얘기를 펼칠 모양인 듯했다.

　"알고 계실지는 모르지만 난 철학자요 종교학자이며, 역사학자였습니다. 몰골은 이래도 난 아직까지 내 자신을 변함없이 학자라고 생각합니다. 내가 처음 세홍에게 관심을 가진 이유는 그가 참으로 흥미롭고 새로운 종교이념을 세상에 제시했다는 점입니다. 순수한 학자로서의 관심이었지요. 내 개인적인 견해부터 우선 얘기를 해야겠네요. 부디 내 사견임을 염두에 두고 들어주세요.

　난 우리 인류가 세상의 이치에 하나씩 눈을 뜨면서 이 세상의 풀리지 않는 의문에 대해 매우 간단한 해답을 하나 만들어냈다고 봅니다. 바로 '신'을 창조한 것이지요. 또는 인간이 드디어 신의 존재에 대해 자각했다고 볼 수도 있겠지요. 유일신 종교가 다신교보다 과연 발전적인 모델인가에 대한 견해의 차이는 있습니다. 하지만 고대 다신교들이 시간이 지나면서 점점 쇠퇴하고 유일신 종교가 주류 종교로 자리매김한 것은 분명합니다. 이는 마치 역사의 발전이 그런 방향으로 가야 하는 것처럼 진행됐지요. 그런 가운데에서도 불교는 그 교리의 심오함으로 인해 유일신 종교가 아님에도 불구하고 지금까지 많은 이들이 믿고 있습니다. 물론 불교 외에 힌두교도 있지요. 허나, 이는 거의 한 국가의 세습적인 이념이나 다름없기 때문에 불교와 동일선상에 놓기엔 어렵다고 봅니다. 난 이런 불교를 유일신 종교로 재차 발전시켰다는 점에서 한교에 많은 관심을 가졌습니다. 세홍이 유·소년기를 절에서 보낸 불자였던 점을 감안하고, 한교가 가진 교리 등을 비춰보면 불교에서 발전·승화했다는 점은 부인할 수 없는 사실입니다. 이런 한교에 관심이 가자 자연스레 선악비록에도 관심을 가졌지요."

그가 손에 든 것을 다시 입에다 갖다 댔다. 불이 붙은 꼭지가 주위를 환하게 밝힐 만큼 벌겋게 달아올랐다. 그는 그렇게 연기를 몇 번 내뿜고는 다시 자세를 고쳤다. 그가 피우는 게 담배란 건 확실했다. 궐련에 대한 생산이 전면 금지되자 잎담배를 말아서 피우는 것으로 보였다. 우리나라를 비롯한 대부분의 국가가 담배를 금지약물 또는 마약류로 지정하고 생산과 판매를 금한 지는 이미 꽤 지났다. 그러나 그는 그딴 것에는 아랑곳하지 않는다는 듯이 연신 들숨으로는 꼭지에 불을 환히 밝히고, 날숨으로는 연기를 토해냈다. 잠시 침묵하던 그가 말을 이었다.

"6년 전 세홍이 의문의 죽음을 당한 뒤 그의 제자 가운데 하나인 '이석'이 2대 교주에 오르자 이상운을 비롯한 일부 나머지 제자들이 반발하면서 한교는 교단이 분열됐지요. 또한 세홍의 사망 후에 국제 관계도 급변했습니다. 최근 들어 우리나라와 대립각을 세우는 중국 · 일본 등에선 여러 가지 이유를 들어 한교를 탄압하고 있습니다. 이에 따라 교세가 세홍이 생존한 당시에 비해 대내외적으로 대폭 위축된 상황입니다. 이런 가운데 약 3년 전 쯤에 세홍의 제자라며 한 사내가 날 찾아왔습니다. 초췌한 모습이었으나 난 그를 곧바로 알아봤지요. 그는 세홍의 제자 가운데 하나인 '김무종'이었습니다. 물론 우리가 사전에 서로 아는 사이는 아니었습니다. 나만 매체 등을 통해 그를 알고 있었지요. 김무종은 당시 내가 당신에게 연락을 취한 것과 마찬가지로 각종 정보채널을 검색한 후 날 선택한 것으로 보입니다. 아마 내가 쓴 논문이나 칼럼 등을 봤던 모양입니다."

그는 손에 들었던 담배를 내려놓으며 불을 끈 뒤 말을 이었다.

"김무종은 그동안 내가 알지 못한 새로운 사실을 말했습니다. 그는 세홍이 선악비록에 담긴 내용을 12개로 나눠 정보저장키트에 담아 각기 하나씩 제자들에게 줬다고 했습니다. 그 가운데 하나를 자기가 가졌다고 했지요. 그는 세홍이 제자들에게 정보저장키트를 주면서 '이 사실에 대해선 일체 함구하며 서로 논의도 말라'는 말을 남겼다고 했습니다. 이후 세홍의 갑작스런 죽음 뒤에 이석이 나머지 제자들에게 정보저장키트의 제출을 요구했고, 이에 교단의 분열이 가속화됐다는 게 그의 얘기였지요."

"그럼 김무종의 얘기만으로 선악비록이 확실히 존재한다고 믿으셨던 겁니까?"

내 질문에 그가 또다시 살짝 웃음을 보였다.

"선악비록의 존재여부에 대한 답은 현재의 내 모습에 있습니다."

내가 이해가 잘 되지 않는다는 듯이 고개를 갸우뚱거리자 그가 말을 이었다.

"김무종은 내게 이를 보관만 해야지 보려고 해선 안 된다고 했습니다. 혹시나 호기심에 보게 되더라도 절대로 열독해서는 안 된다고 몇 차례나 당부했습니다. 이 당부가 최초에 세홍이 자신에게 한 것이란 말도 함께 덧붙였지요. 정보키트에 담긴 내용 중 특히 악행과 관련된 부분은 그 문구가 마치 무슨 주문과도 같아 열독할 경우 그 내용에 적힌 사항들을 거슬러 행하게 되니, 혹시 보게 되더라도 반드시 흘려 읽고 말아야지 끝까지 정독해선 안 된다고 재차 강조했습니다."

그가 마른 침을 삼키고는 말을 이었다.

"하지만 내 호기심이 일을 키웠습니다. 김무종이 내게 건넨 정보저장키트에는 '악3'과 '선6'이란 제목이 달린 2개의 폴더가 있었지요. '선6'에 대해선 굳이 설명하지 않겠습니다. 문제는 '악3'이었습니다. 이 '악3'에는 두 개의 문장이 수록돼 있었습니다. 내 예상대로 이는 한교의 '불33'에 담긴 내용을 12개로 나눈 것 중 하나였습니다. 난 그 문구들을 보는 순간 흥분에 휩싸인 나머지 그만 김무종의 당부를 새까맣게 잊었습니다. 그 문구들을 몇 차례나 열독하고 말았지요. 내가 읽은 글귀는 첫 번째가 '이유 없는 게으름과 나태함은 곧 악이니, 부디 성실하라'였고, 다른 한 가지는 '의존성 약물에 기대는 것은 악이니, 경계하라'였습니다. 또한 글귀 뒤에는 각각 여러 가지 난해한 기호들이 십여 개씩 붙어 있었습니다.

그 글귀들을 읽고 난 후 난 예전과는 확연히 다른 사람이 됐습니다. 과거의 나와 별반 다름없다고 매일 내 자신을 위로했으나, 사실인즉 난 아주 게으른 사람으로 변해버렸습니다. 딱 한 가지 경우를 제외하고 말입니다. 난 두 번째 문구에서 하지 말라고 적힌 것들을 강한 욕구로 갈구하기 시작했습니다. 마치 뭔가에 지시를 받은 양 각종 마약류를 찾아다녔지요. 뒷골목, 암거래 상, 외국인 등을 가리지 않았습니다. 담배·필로폰·코카인 등을 비롯한 각종 금지약물의 수집가이자 중독자가 되고 만 겁니다. 더군다나 난 그 약물들을 손에 얻기 위해선 무슨 짓이든 마다하지 않았지요. 이런 금지약물들만 손에 쥐면 며칠이고 꼼짝도 하지 않고 지내는 생활을 반복했습니다. 대학 강단에서 쫓겨난 건 너무나 당연한 결과였지요. 이후 교정기관을 수차례 드나들었고, 혹독한 정신과 치료를 거친 후에 다른·마약류는 다행히 모두 끊었습니다. 징그럽도록 질긴 이 녀석 딱 하나만 빼놓고요."

그러면서 그는 또 잠시 전과 같이 담배를 말아 피웠다.

"후-----우........."

마치 회한이라도 토해 내듯 길게 연기를 내뿜었다. 그러면서 계속 얘기를 이었다.

"수록된 문구 자체에서 이와 같은 마성(魔性)이 있는 것을 내 몸으로 직접 확인한 이상, 선악비록이란 비서(秘書)가 실제로 존재한다는 확신을 가질 수밖에 없었지요."

난 잠깐 뜸을 들인 뒤 그에게 말했다.

"그런 불가사의한 일이 존재한다니 정말 믿기지가 않습니다."

"그래요. 선뜻 납득이 안 될 겁니다. 나도 처음엔 내 내부에서 일어난 변화들을 받아들이기 힘들었지요. 하지만 우리가 우주의 모든 질서와 법칙을 전부 알지 못한다는 전제를 바탕에 깔면 일부 납득이 될 겁니다. 이것 말고도 우리는 현재 명쾌한 해답을 갖지 못한 많은 현상들을 직간접적으로 경험하며 살고 있습니다. 우선 최면을 비롯해 사후세계 경험담, 텔레파시 등등… 이루 열거할 수 없을 정도로 많지요. 또한 과학적인 증명이 많은 의문에 대한 해답을 주지만 전부다는 아니지 않습니까? 이미 제시된 답이라고 해서 반드시 신뢰할 수 있는 것도 아니고요."

난 잠깐 동안 묵묵히 생각하다 그에게 물었다.

"그나저나 김무종은 왜 키트를 갖고 선생님을 찾은 겁니까?"

"아참! 그 얘기를 아직 안했네요. 음… 그도 당시 마약류에 탐닉했습니다. 그는 세홍이 죽고 이석이 교주에 오르자 얼마 후에 교단과의 연을 끊고 고향으로 돌아갔지요. 이후 다시 개마고원 인근 깊은 산속으로 들어가서 숨어 살았습니다. 그의 말에 비춰 보건데 김무종은 그곳에서 담배를 심고 그것을 피우며, 다른 마약류도 함께 소비하면서 지낸 모양입니다. 그러다가 한 2년 쯤 지나자 이석이 그의 소재를 알아내고는 정보저장키트를 내놓으라며 그를 다시 압박했다고 하더군요. 요구를 거부하자 살해 위협까지 당했다고 했습니다. 특히 그는 이석이 선악비록에 담긴 것 가운데 무슨 내용을 읽었는지도 몰랐고, 따라서 당시 그가 어떤 인물인지 판단이 서지 않아 더욱 두려웠다고 말했지요. 그만큼 김무종은 선악비록이 가진 파괴력에 대해 우려했습니다. 그는 정보저장키트가 자기 손을 떠나야 비로소 자신이 안전해진다고 믿었지요. 그렇다고 이석에게 줄 수도, 차마 버릴 수도 없었다고 하더군요. 그냥 버리려고 몇 차례나 마음을 먹었지만 세홍이 자신에게 남긴 유일한 물건인지라 차마 그러지는 못했다고 하더군요. 결국 믿고 맡길 사람을 찾았고, 내가 그 대상이 된 것이지요."

난 다시 의문이 생겨 그에게 재차 물었다.

"그렇다면…… 세홍 자신은 선악비록의 내용을 모두 읽고도 그것으로부터 자유로웠다는 얘기가 되는데… 수긍이 잘 안되네요?"

"그 부분은 사실 나도 의문입니다. 추정이긴 하나, 전체 내용이 담긴 선악비록 본서에는 그것을 방지하는 어떤 안전장치 같은 게 있었겠지요? 아니면 세홍이 정말 특별한 능력을 가진 사람일 수도 있고요. 사실 선악비록에 대한 정확한 정보도 없이 이런저런 얘기를 나눈 다는 게 조금 우습긴 하네요."

잠시 정적이 다시 흘렀다. 그가 먼저 말을 꺼냈다.

"이제 내가 당신에게 전할 부탁에 대해 궁금할 겁니다. 나로선 비교적 오랫동안 고민하다가 내린 결정입니다. 단지 이런 사실관계를 외부에 알릴 요량이었다면 각종 정보제공자들에게 모두 연락을 취해 일시에 알려버리면 간단할 겁니다. 하지만 그럴 경우 이후에 닥칠 파장은 과연 어떤 모습일까요? 사람은 호기심의 동물입니다. 자칫 잘못하면 내가 가진 키트를 비롯해 12개 키트에 담긴 선악비록의 악과 관련한 문구 전체가 어느 순간 모든 사람들에게 노출되고 말 겁니다. 그렇게 되면 아마도 선과 악이 더욱 극명하게 갈리는 세상이 되겠지요. 선의 긍정적 효과보다는 악으로 인한 폐해가 상대적으로 더욱 클 것이란 건 자명합니다. 난 절대로 그래선 안 된다고 생각합니다. 또한 이는 내게 처음 키트를 건넨 김무종이 원하는 바도 아닐 겁니다."

"음… 근데… 왜 하필 접니까?"

"흐-음… 대개 사람들은 어떤 새로운 일이나 사실을 받아들일 때 자신의 신념과 가치관에 따라 그것을 판단하고 앞으로의 행동을 결정하지요. 그런 관점을 바탕에다 놓고 보니 막상 키트를 전달할 대상자를 선택함에 있어 무척 조심스런 마음일 수밖에 없었습니다. 자칫 잘못하면 일을 그르치는 것과 동시에 내가 감당 못할 사태가 발생할 수도 있으니 말입니다. 당신에 대해 속속들이 자세히는 모릅니다. 그동안 서로 모르고 지냈으니 당연한 것이지요. 하지만 이번 결정을 내릴 만큼은 당신에 대해 알아봤습니다. 가족이나 동거인에 준하는 수준은 아니어도 이번 판단을 내리기엔 충분했다고 봅니다. 이를 통해 당신이 어떤 우여곡절을 겪고 살아왔는지도 알게 됐습니다. 당신이 어떤 경로를 통해 지금의 길에 이르게 됐는지도 물론이고요. 그동안 매체 등을 통해 전달한 메시지도 쭉 봤습니다. 무엇보다 당신이 지금까지 매체를 통해 꾸준히 활동한 게 어쩌면 내 부탁을 받아들이기 위한 준비과정이 아니었나하는 느낌이 듭니다. 난 최초로 선정한 다섯 명의 후보자를 계속 관찰한 결과, 키트를 맡길 가장 적합한 인물로 결국 당신을 선택했습니다."

그가 입이 마른지 잠시 말을 끊었다. 침샘에서 침을 한 번 불러올리고는 얘기를 이어갔다.

"자! 이제 바로 말씀을 드릴게요. 세홍의 생과 죽음에 대해 취재한 후 그의 생애의 얘기와 더불어 선악비록의 무서움을 담아 글을 써주세요. 단순한 보도가 아니라 선악비록과 관련한 주변 얘기들이 잘 표현된 글이어야 합니다. 특히 세상에 알려지지 않은 얘기들을 낱낱이 파헤쳐서 글로 써주세요. 형식은 뭐든 상관이 없습니다. 더군다나 세홍의 제자들 간의 이 갈등이 지속되면 언젠가는 선악비록에 대한 내용의 유출을 감수해야 한다고 생각합니다. 그전에 당신이 작으나마 보호막을 하나 쳐달라는 게 내 부탁입니다. 세인들에게 확실한 경고를 해달란 얘기입니다. 당신의 글이 세상에 발표된다면 아마도 꽤 주목을 받을 것이라고 봅니다. 당신이 키트 중 하나를 가졌고, 또한 선악비록의 무서움을 세상에 널리 알리려 한다는 사실만으로도 당신은 세인들의 이목을 충분히 끌 것입니다. 단언하긴 이르나, 이는 향후 겪을 힘든 과정에 대한 반대급부로는 충분할 것으로 생각합니다. 그러면서 나머지 11개의 키트를 가진 이들에게 분명한 메시지를 보내세요. 선악비록은 그게 누구든 어느 한 사람이 그것을 통해 권세나 다른 뭔가를 얻으려 해선 안 되며, 영원히 봉인해야 한다는 것을…… 그 외의 사항은 당신의 몫입니다. 이걸 넘기는 순간, 내가 더 이상 당신에게 이러쿵저러쿵 뭔가를 요구할 순 없을 테니까요.”

돌아오는 발걸음이 가볍지는 않았다. 간선셔틀 의자에 앉아 머리와 몸을 기댔으나 마음의 무게가 온 몸을 짓눌렀다. 초소형 VR기기를 쓰고는 최신영화에 집중해보려고 했다. 하지만 이마저도 제대로 눈에 들어오질 않았다.

‘어떻게 해야 그가 내게 부탁한 일을 제대로 행할 수 있을까? 어떤 모습의 글이어야 그의 당부에 적합할까? 앞으로 내 앞에는 어떤 일들이 펼쳐질까?……’

생각을 이어가던 중에 나도 모르는 사이 그가 내게 건넨 키트가 손에 잡혔다. 키트를 계속 만지작거리자 아까부터 머릿속에서 피어오르던 조그마한 의문이 점점 커지며 구체화됐다.

‘왜 굳이 김무종은 최동식에게, 다시 최동식은 내게 키트를 건넸을까?……’

간선셔틀은 허공에 새겨진 빔 표지판을 하나씩 쫓으며 미끄러지듯 유영했다. 어느덧 해는 뉘엿뉘엿 지고 세상은 밤의 고요 속으로 빠르게 향했다.

## 주요 등장인물 소개

세　홍: 주인공. 한교의 창시자.


**세홍의 스승들**

태　원: 세홍이 태어난 보림사의 주지. 세홍의 유년기를 보살핌.

용　수: 세익원 창설자. 태원과는 친구 사이.

장도훈: 개혁적인 성향의 기독교계열 종파인 참기모 창시자.


**세홍의 제자들**

박흥식: 북쪽 이주민이자 세익원 종무자 출신. 제자 중 최고 연장자.

김영직: 북쪽 이주민이자 세익원 종무자 출신. 무종과 형제사이.

김무종: 북쪽 이주민이자 세익원 종무자 출신. 영직의 동생.

이　석: 세익원 종무자로 들어온 뒤 세홍과 인연을 맺음.

이상운: 정화교 신자 출신. 유년시절 천재로 불림.

유종겸: 세홍과 동갑내기. 참기모에서 세홍과 만남.

신은호: 종겸과 친구. 참기모에서 세홍과 만남.

오형일: 참기모 학생반 출신. 세홍으로 인해 목숨을 건짐.

김재복: 참기모 학생반 출신. 세홍으로 인해 목숨을 건짐.

이호현: 참기모 신도이자 성공한 사업가 이시탁의 아들.

장소미: 참기모 장도훈 목사의 딸.

유혜림: 소미의 단짝친구.


**기 타**

영  일: 세익원 총무원장.

채은성: 세익원 신도. 연방정보원 2차장에서 이후 원장까지 오름.

복태일: 연방정보원 소속. 채은성의 직계부하.

배영석: 박산그룹 회장. 일목회란 비밀단체를 만듦.

김현근: 배영석 회장의 수족.

조홍준: 심리치료사. 현근과 모종의 사건에 연루됨.


그리고 김정은, 김설송 등등.

# 고려연방공화국 출범,
그리고 김정은 대통령

2020년 3월 초순. 정부 내의 분위기가 갑자기 분주해졌다. 보다 정확히 청와대 비서실·통일부·외교부 등이 바빠졌다. 특사 일행이 평양을 마지막으로 다녀온 건 대략 두 달 전쯤이었다. 그동안 극비에 붙여진 남북 간의 합의내용 발표를 열흘가량 앞두고 마치 태풍의 눈을 안은 것처럼 보였다. 특사 일행에 포함돼 북녘을 직접 다녀온 일부 고위 공직자들의 눈빛에는 뭔지 모를 모종의 비장함마저 서려 있었다.

미국과 중국·일본·러시아 등의 주변국에도 수차례 특사단이 방문했다. 방문 전후로 브리핑도 없이 일정을 진행하는 등, 방문관련 의제도 철저하게 비밀에 부쳤다. 북과의 핫라인도 여느 때보다 더욱 수시로 가동했다. 특히 남북공동기자회견을 앞두고 전례 없이 비밀리에 특별팀까지 꾸려 이에 대비했다.

특별팀 단장을 맡은 정성훈 통일부 장관이 북에 여러 차례 함께 다녀온 현설아 사무관을 불렀다. 장관이 아닌, 특별팀 단장의 자격으로 팀원에게서 보고를 받는 셈이었다. 그녀는 대학 재학시절에 이미 행정고시를 수석으로 합격한 미모의 재원이었다. 지금은 남북 간에 이뤄진 제반 합의를 조율하는 핵심 실무진의 역할을 맡았다. 실력을 인정받아 27살이란 젊은 나이에 중책을 담당했다. 평소 명랑한 성격으로 상급자와 동료들 사이에 평판도 좋았다. 어머니를 일찍 여의고 편부 슬하에서 자랐다고는 믿을 수 없을 만큼 밝았다. 하지만 그 눈부신 밝음은 어쩌면 자신의 어두운 면을 애써 감추고 누르기 위한 잠재의식에서 나온 것인지도 몰랐다.

정 장관은 잠시 동안 그녀가 가지고 온 서류를 꼼꼼히 체크했다. 이어 서류를 손에 그대로 든 채로 입을 열었다.

"이제 모든 준비가 다 된 거지?"

"네!"

짤막하지만 낭랑한 목소리로 그녀가 대답했다.

"흠… 딱 자르듯이 말하는 걸 보니 유쾌하군. 그래 좋아! 이제 모든 게 마무리 된 셈이군. 하지만 돌발변수에 항상 대비해야 해. 북쪽의 정치세력이란 게 워낙 예측할 수 없는 집단이니 말일세."

"네!"

그녀가 다시 짧게 답했다.

"근데 말이야. 자네! 요즘 안색도 좋지 않고 예전의 그 쾌활하던 모습도 없어진 것 같고…… 흠…… 너무 무리하는 건 아닌가?"

"아뇨. 전 괜찮습니다."

"그래. 뭐, 그렇다니 다행이구만. 몸 관리 잘하고 마지막까지 최선을 다하자고."

"네."

그녀는 그렇게 간단하게 보고를 마치고는 장관실을 나왔다. 방을 나온 그녀는 곧바로 자신의 자리로 돌아가지 않았다. 인근 창가 쪽으로 걸음을 옮겼다. 유달리 조심스런 걸음걸이였다. 창 가까이에 다가서더니 고개를 들어 창문 밖으로 펼쳐진 먼 하늘을 바라봤다. 하늘을 향하는 그녀의 눈빛이 해저의 심연만큼이나 깊었다.


그날 저녁 최고급 한정식당 '비원'. 금요일이라 손님들로 한창 분주해야 할 시간이지만 이날은 여느 때와 달랐다. 드나드는 이 하나 없이 조용했다. 식당을 오가는 주요 출입로가 경찰들로 인해 통제가 이뤄지는 게 이유였다. 식당 바로 주변에는 청와대 경호원들이 곳곳에 배치된 상태로 삼엄한 경계를 펼쳤다. 식당 내부에 있는 인물의 비중을 짐작케 하는 대목이었다.

식당 안쪽에 위치한 방 한 칸에 조영민 대통령과 제1야당 이진영 대표가 서로 마주보고 앉았다. 뒤로는 비서진이 각기 배석했다. 잠시 담소를 나눈 후 두 사람이 좌중을 모두 물렸다. 대통령이 조용히 말을 꺼냈다. 꽤나 심각한 표정이었다.

"대표님! 제가 이렇게 비공식적으로 조용히 뵙자고 한 것은 남북 공동기자회견에 앞서 이와 관련해 긴밀히 협조 말씀을 드리기 위함입니다. 지금부터 제가 대표님께 전달하는 말씀의 내용은 제가 대통령 당선 이전부터 비교적 오랫동안 가슴에 품어온 생각을 실천으로 옮긴 결과물입니다."

이렇게 운을 뗀 뒤 조 대통령은 이 대표에게 가슴속에 있는 모든 것을 털어 내는 양 얘기를 쏟아냈다. 대화는 두 시간이 넘도록 이어졌다. 밖에 대기하던 비서진들이 안에 별일이 없는지 의문을 가질 정도였다. 이는 얼마 지나지 않아 이내 기우로 판명됐다. 조용하던 방 안에서 호탕한 웃음소리가 퍼졌다. 대화가 어느 정도 마무리된 듯하자 이 대표가 사뭇 비장한 표정으로 말했다.

"잘 알겠습니다. 말씀을 쭉 듣고 보니 대통령님의 부탁을 저버린다면 아마도 제가 고고한 역사의 흐름을 방해하는 죄인이 될 것 같네요. 또한 이에 앞서 저 역시도 가슴이 벅차오릅니다. 대통령께서 제게 하신 약속을 믿고 당부하신 바대로 공동회견이 끝나고 나면, 소속 의원 및 당직자들과 상의해 이에 대한 당 차원의 협조 방안을 강구하겠습니다."

"고맙습니다. 대표님. 덕분에 얘기가 이렇게 쉽게 풀려 참으로 마음이 가볍네요. 으-음… 오늘은 몇 잔 마셔도 좋을 듯합니다. 마침 제가 정상회담 당시 북에 갔을 때 선물로 받은 매화주를 갖고 왔는데 그걸로 같이 한 잔 하시지요."

이윽고 한 상 가득 잘 차려진 음식들이 나왔다. 두 사람은 담소를 이어가며 화기애애한 분위기 속에 반주를 곁들여 식사를 함께 했다.

남북공동기자회견장이 마련된 판문점 일대는 3월로 접어든 지가 한참 지났는데도 여전히 차가운 바람이 매섭게 불었다. 구름도 잔뜩 낀 꽤나 을씨년스러운 날씨였다. 그럼에도 불구하고 회견장은 장사진을 이뤘다. 이날 회견은 남측의 조영민 대통령과 북측의 김정은 위원장이 함께 나서서 회견을 갖는 점, 이에 따라 회견 전에 이미 남북평화체제구축선언 등이 예상된다는 점 등을 통해 국내를 넘어 세계 유수의 언론들로부터 집중적인 조명을 받았다. 회견내용이 16개 언어로 동시에 통역된다는 점도 이례적이었다. 회견장 일대의 소란스러운 분위기를 잠재우려는 듯 안내방송이 울렸다.

"장내에 계신 내외신 기자 여러분들은 잠시 주목해 주십시오. 지금 대한민국 조영민 대통령과 조선민주주의인민공화국 김정은 국무위원회 수석위원장께서 입장하고 계십니다."

이윽고 조영민 대통령과 김정은 위원장이 회견장에 모습을 함께 나타내자 여기저기서 카메라 플래시가 터졌다. 두 사람이 단상에 나란히 서자 장내 아나운서가 다시 안내방송을 했다.

"우선 대한민국 조영민 대통령께서 오늘 회견의 취지에 대해 말씀하시겠습니다."

조영민 대통령이 김정은 위원장과 나란히 선채로 말을 꺼내기 시작했다.

"안녕하십니까? 오늘 이 자리에 참석하신 내외신 기자 여러분 반갑습니다. 또한 텔레비전 등을 통해 생중계를 보고 계신 국민 여러분, 해외동포 여러분 안녕하십니까? 저는 참으로 감격에 겨운 마음으로 지금 이 자리에 섰습니다. 흐-음!… 그동안 남북 양측은 수없이 많은 접촉을 가져왔습니다. 특히 지난번에 진행된 양쪽을 오가는 교차 정상회담에서는 오늘 회견을 통해 밝힐 내용에 대한 의견 접근을 이뤘습니다. 이후 수차례의 공식 또는 비공식적인 특사 파견을 통해 서로의 입장을 교환하고 조율했습니다. 이제 우리는 75년이나 넘게 지속된 민족분단의 얼룩진 역사에 종지부를 찍고자 합니다. 참으로 오랜 기간 남북 양쪽은 서로를 향해 총부리를 겨누고 살아왔습니다. 저는 이런 민족 간의 비극적인 상황이 더 이상 지속돼선 안 된다고 여겼습니다. 오늘 밝힐 내용은 제가 예전부터 지녀온 신념이 빚은 결과물인 동시에 대통령 당선 전에 선거공약으로 내세운 '한반도의 항구적인 평화체제 구축'과도 맞닿아 있습니다."

조 대통령이 잠시 숨을 고른 뒤 말을 이어갔다.

"오랜 역사가 진행되는 동안 하나의 국가를 이뤄왔던 민족이 분단 상태를 지속한다는 것은 참으로 부자연스러운 일입니다. 이 부자연스러움이 자연스러움으로 회귀하는 것 또한 너무나 당연한 이치입니다. 이제 가누기 힘든 벅찬 심정으로 밝히고자 합니다. 남북 양측은 민주적 절차에 의한 평화적 통일에 완전한 합의를 봤으며, 그 세부사항 및 일정까지 맞춰 놓았습니다. 이제 우리 겨레는 비로소 통일국가시대를 열게 됐습니다. 먼저 우리 측의 제안에 귀를 기울이고 마침내 용단을 내리신 김정은 위원장님께 깊은 감사의 말씀을 전합니다. 아울러 그동안 이런 알찬 결실을 맺기 위해 각고의 노력을 기울인 담당 실무자들에게도 진심으로 경의를 표합니다. 물론 오늘 합의문 발표만으로 당장 통일을 이룰 수 있는 건 아닙니다. 양측이 각기 체제가 다르고, 이에 따라 각각의 국내법이 엄연히 존재하기 때문입니다. 주변국들과의 조율도 무시해서는 안 될 과제입니다. 따라서 앞으로도 풀어야할 난제가 적지 않을 것입니다. 이와 같은 초헌법적인 사안을 해결하기 위해서는 무엇보다 국민 여러분들의 적극적인 도움이 반드시 필요합니다. 이에 대한 폭넓은 이해와 협조를 간곡하게 당부 드립니다."

회견장 일대는 마치 거센 폭풍우가 한 차례 휩쓸고 지나간 듯했다. 당초 남북평화체제선언 정도로 예측된 이날 기자회견이 이처럼 예상을 훨씬 웃도는 엄청난 일이라는 게 드러나자 여지저기에서 탄성이 이어졌다. 내외신 기자들은 이 초유의 사건을 긴급히 1보로 타진하느라 손가락을 분주히 놀렸다. 소란을 잠깐 진정시키려는 듯 장내 아나운서가 다시 말했다.

"이어 조선민주주의인민공화국 김정은 국무위원장께서 합의문 전문을 낭독하시겠습니다."

김 위원장이 조금 더 앞으로 나와 단상 마이크 앞에 서자 또다시 카메라 플래시가 셀 수없이 터졌다.

"안녕하십니까? 여러분!"

김 위원장이 예의 그 투박한 어조로 짧게 인사한 뒤 전문을 읽어 내려갔다.

"대한민국과 조선민주주의인민공화국, 조선민주주의인민공화국과 대한민국 양쪽 정부는 새로운 통일국가 설립에 대해 의견일치를 보았으며 그 방식과 절차를 아래와 같이 정한다."

전문이 낭독되자마자 아나운서의 목소리가 장내에 다시 울렸다.

"이어서 합의문 본문 낭독이 있겠습니다."

이후 남측의 조영민 대통령과 북측의 김정은 위원장이 홀수와 짝

수 번호로 각각 번갈아 가며 낭독한 문구는 아래와 같았다.

1. 통일국가의 국호는 고려연방공화국(Federal Republic of Korea: 약칭-고려, Korea)로 한다.

2. 고려연방공화국은 대한민국임시정부를 기초로 설립한 대한민국의 정통성을 계승한다.

3. 국가의 정치체제는 상징적 국가원수인 대통령을 둔 의원내각제를 채택하며, 국가 존립의 위협이 되지 않는 범위에서 모든 정치이념과 사상이 자유로운 민주주의를 표방한다.

4. 초대 대통령에는 북측의 김정은 위원장을 추대하며, 초대에 한해 임기 10년을 보장한다.

5. 기타 국가의 기본적인 행정 · 사법 · 입법 체계는 남측의 방식을 적용한다.

6. 북측의 모든 정치단체는 통일과 즈음해 해산한 후 통일시대에 맞도록 정관과 강령 등을 채택해 재구성한다.

7. 지방조직은 각기 상당한 자치권을 가진 기존 남측의 서울, 한중(경기 · 강원), 충청, 전라, 경상과 북측의 평안, 함경, 한북(황해 · 강원) 등 8개의 도(서울:都, 기타:道)로 개편한다. 아울러 도 아래에 부(서울의 하부 행정구역, 인구 100만 명 이상의 도시), 현급시(도의 수도이나 인구 100만 명 미만의 도시)와 현(시와 군으로 이뤄진 중간 단위 행정구역)을, 다시 그 아래에 구 · 시 · 군을 둔다.

8. 남북 양측은 합의서명 후 이를 추진키 위한 남북통일특별기구(가칭)를 구성하는 한편, 각기 특별법 등을 발효시켜 통일에 대한 만반의 준비를 갖춘다.

9. 남북통일특별기구를 통해 통일헌법 초안을 마련한 후에 7월경 통일헌법을 공표한다. 이어 7월말 전국 동시 선거를 실시한 후에 8월경에 통일국가를 본격 출범한다.'

10. 북측은 통일헌법 공표와 함께 군대를 즉각 해산하고 장병들을 전역시키며, 이들을 병과에 따라 사회 각 부문에 재배치한다.

11. 남측은 10항의 원활한 이행을 위해 합의서명 직후 북측 5대도시에 대규모 공단조성에 즉각 착수함과 동시에 도로·항만 등 사회 간접자본 시설투자에 들어간다.

12. ……

⋮

남북공동기자회견 이후의 상황은 거대한 폭풍이 휩쓸고 지나간 뒤와 다를 바 없었다. 온 나라를 넘어 전 세계가 이 문제로 들썩였다. 단연 지구촌 최대의 이슈가 됐다. 국내외 모든 매체들의 최대 관심사도 당연히 남북통일이었다. 무엇보다 김정은 위원장을 상징적인 국가원수로 한다는 점이 최고의 화제였다. 특히 세계의 많은 외신들은 그동안 북측이 줄기차게 주장해온 연방제만으로도 아니며, 그렇다고 남측으로의 완전한 흡수도 아닌 절묘한 방식으로 통일을 이루기로 한 남북에 찬사를 보냈다. 남측이 기본적으로 통일을 주도했지만, 북측이 모든 기득권을 내려놓은 건 아니기에 더욱 그랬다.

또한 매체들은 북측의 경우 최고 지도자의 의중대로 비교적 순탄한 과정을 밟을 것으로 내다봤다. 하지만 남측의 경우엔 상당수가 이에 반대하고 나설 것으로 예상했다. 이에 따라 과연 이런 난관을 극복하고 남북이 합의한 대로 통일에 연착륙할 수 있을 것인가에 많은 의구심을 보냈다. 실제로 대다수 언론사들이 통일 후 세워질 국가에 대한 미래상을 조명하는데 초점을 맞췄지만, 일부에선 대담이나 토론 방식 등의 프로그램을 통해 통일에 대한 적법성과 실효성 등을 따지며 열띤 논쟁을 펼쳤다.

남북합의가 이뤄진 시대적 상황도 다시 조명을 받았다. 2010년대 후반부터 지속된 남북화해무드에다 여기에 맞물려 진행된 남북교차 정상회담 등을 통해 양측 주민들이 서로 상대방에게 느끼는 적대감은 상당 부분 해소됐다. 2010년대 초중반의 얼음장 같았던 냉랭한 분위기와는 확연히 차이를 보였다. 남북경협 및 교류에 관한 여러 가지 특별법이 발효됐고 국가보안법도 대폭 수정됐다. 보안법의 일부 조항은 사문화되기까지 했다.

북녘 내부의 상황도 2010년대 후반부터 급변했다. 2018년 홍수와 가뭄 등 자연재난으로 인한 식량난으로 북측의 사회기초 질서가 거의 무너지다시피 했다. 이런 가운데 경제난이 지속되면서 지도부가 점차 교체됐다. 경제개혁과 개방을 기치로 내건 온건파들이 대거 요직에 기용됐다. 인민군 병력규모도 40만 명 정도로 축소됐으며, 감축된 인원은 경제부문에 대거 투입됐다. 교차 정상회담 이후엔 당과 군의 강경파들이 대규모로 숙청당해 주목을 끌기도 했다. 반란의 조짐도 일부 있었지만, 이미 온건파들이 실세를 모두 장악한 터라 속수무책으로 자리에서 물러나야만 했다.

이런 제반 분위기도 예상하지 못한 대규모 충격파를 오롯이 감당하기엔 많이 부족했다. 특히 남측의 일부 보수단체들은 '민족의 반역자 김정은을 수반으로 하는 통일국가는 원치 않는다', '북과 내통해 대한민국의 정통성을 훼손하려고 시도하는 조영민 대통령은 즉각 하야하라'는 등의 구호를 내세우며 극렬하게 반대하고 나섰다. 서울 시내 주요 거점을 비롯해 지방 대도시 여러 곳에서도 연일 이와 관련한 시위가 이어졌다. 시위가 계속되면서 수위는 점점 높아졌다. 급기야 조영민 대통령과 김정은 위원장의 모조 인형을 나란히 세워 놓고 불태우는 일까지 공공연히 벌어졌다.

반대의 목소리만 높은 건 아니었다. 반대시위가 거세지자 찬성론자들도 이에 질세라 '민족대축제'나 '통일기원대회' 등의 제목으로 집회를 열어 맞불을 놓았다. 찬성과 반대가 엇갈리는 가운데 각각의 시위가 인접해서 벌어지는 곳에선 두 무리간의 충돌도 자주 빚어졌다.

지식인그룹, 종교단체, NGO 등 각종 사회단체들도 찬반양론으로 갑론을박했다. 한쪽에선 통일에 찬성하는 성명을 내는가 하면, 다른 한편에선 시국선언회견 등을 통해 조영민 대통령과 정부를 맹비난하고 나섰다. 식당과 주점에서도 삼삼오오 앉으면 대화의 주제는 단연 통일이었다. 찬성과 반대가 서로 부딪쳐 얘기하던 중 다투다가 주먹다짐으로 비화되는 일도 비일비재했다. 마찰은 부모와 자식, 친구, 연인, 직장동료, 형제자매, 부부 등을 가리지 않았다.

남쪽의 혼란과 분열은 한동안 이어졌다. 하지만 이후 진통 끝에 여야 합의로 남북통일특별법이 국회를 통과하자 통일은 정해진 수순으로 받아들여졌다. 반대론자들의 목소리는 여전했으나, 이미 기정사실화된 '통일'이란 거대담론 앞에서 동력을 상실한 듯 한풀 꺾인 모습이었다. 반대 시위의 횟수는 점차 줄어들었으며, 참가자도 대폭 감소했다. 여론은 역사의 물줄기를 거스를 수 없다는 쪽으로 확연히 쏠렸다. 이제 거리 곳곳에는 통일 이후에 대한 기대감과 불안감이 교차할 뿐이었다.

# 보림사의 동자승

전라도 전남현 장흥군 보림사. 가을이 아직 초입에 불과한데도 바람 탓인지 낙엽이 제법 많이 흩날렸다. 바람이 잠시 잦아들자 한 동자승이 가지산 자락에 자리 잡은 오래된 이 사찰의 마당을 쓸었다. 어린 나이에도 불구하고 또렷한 이목구비에 다부진 체형을 가진 아이였다. 무엇보다 빨아들일 것 같은 깊은 눈매가 인상적이었다. 보림사 주지인 태원이 이 모습을 애정이 가득 담긴 흐뭇한 표정으로 물끄러미 바라보더니 아이를 불러 말했다.

"잠시 후에 멀리서 손님이 오실게다. 손님이 오시면 네가 직접 안내해 내방으로 모시고 오도록 해라."

"네! 알겠습니다. 큰스님!"

30여 분이 지나자 절 입구에서 자동차가 멈추는 소리가 나더니 잠시 후 한 노승이 사천문을 지나 절 마당 쪽을 뚜벅뚜벅 걸어 들어왔다. 다소 왜소한 신장에도 불구하고 풍채엔 뭔지 모를 위엄이 느껴졌다. 마당을 쓸다가 대웅전 아래 계단에 잠시 앉아 있던 아이가 쪼르르 달려가 손님을 맞았다.

"어서 오세요. 스님! 저희 큰스님께서 기다리고 계십니다."

절을 찾은 손님이 미소를 지으며 동자승에게 말했다.

"그래! 내가 너희 큰스님이 기다리는 사람인 줄 바로 알겠더냐?"

"네. 오늘은 딱히 찾아오실 다른 스님이 안 계셔서요."

"흠…"

손님이 온화한 눈빛으로 동자승을 위부터 아래로 잠시 보고 있자 동자승이 말을 이었다.

"저를 따라 오세요. 스님."

동자승이 당두(堂頭: 주지승이 거처하는 방)로 그를 안내해 이끌었다. 문 입구에 이르자 방을 향해 말했다.

"큰스님! 말씀하신 손님이 오셨습니다."

태원이 반갑게 문을 열고 나와 그를 맞이했다.

"정말 오랜만일세 그려. 잘 지내셨는가?"

"그래 잘 지냈는가? 나 같은 땡초 나부랭이야 세상구경에 시간가는 줄도 모르고 산다만, 자네는 그동안 이 시골구석에서 어떻게 지냈는가?"

"허허… 나도 잘 지냈다네."

그렇게 안부가 잠시 오고가더니 모두 방으로 들어갔다. 동자승이 익숙한 솜씨로 차를 준비해서 내온 뒤에 목례를 하고 당두를 나갔다.


동자승이 나가자 손님이 태원에게 물었다.

"말했던 아이가 저 아이인가?"

"그렇다네."

"흠… 영민해 보이긴 하는구먼."

"이름은 정민일세. 성은 따로 없네. 우리나라가 통일이 된 그해 가을에 태어났으니 우리나라 나이로는 올해 아홉 살이 되지 아마? 내가 자네에게 이미 얘기했듯이 정민의 생모는 여기서 저 아일 낳다가 그만 숨을 거뒀네."

태원이 잠시 숨을 고르더니 다시 말을 이었다.

"정민이는 어쩌면 우리가 가진 그릇에 전부 담기가 힘든 아이인 줄도 모른다네. 그래서 나보다는 이제 자네가 저 아일 맡았으면 했네. 책이나 가르침을 통해 아이에게 세상의 여러 이치를 전달할 수도 있겠지만, 아무래도 자기가 직접 보고 듣는 것보다는 못하지 않겠는가? 이런 직접적인 경험들이 앞으로 저 아이가 가야할 길을 저절로 안내하게 될 것이라고 생각하네."

"저 아이에 대한 자네의 평가가 그렇다니 사뭇 기대가 되는구먼. 한편으론 이게 내 늘그막에 찾아온 마지막 업인 것도 같고."

태원이 잠시 고개를 끄덕이고는 말을 이었다.

"그나저나 지난 대통령 국장에는 가봤는가? 자네와는 여러 차례 만난 사이가 아니었나?"

"개인적으로 무척 애석한 일이었네. 남북이 뜻을 모아 새로운 시대를 함께 연 뒤에 8년 동안 비교적 안정적으로 연착륙한다 싶었는데 그런 일이 생기다니… 참!"

"그러게 말일세. 임정우라는 한 청와대 경호실 직원의 단독 범행이라고 우선 결론나긴 했지만, 세간의 의혹은 아직 여전하다네. 우선 나부터가 쉽게 납득이 안 되는 일일세. 임정우의 청와대 경호실 취직 등 그동안 알려진 일련의 사실들로 미뤄볼 때 모종의 배후세력이 상당 기간 준비한 것만은 분명해 보이네."

"세간의 억측과 풍문을 모두 입으로 옮기자면 한정이 없겠지. 극우단체 배후설에 과거 북측 군부세력 관련설까지 있으니 말일세. 특히 그가 권총으로 대통령과 영부인을 죽인 후 그 자리에서 곧바로 자살한 점은 정말이지 충격이었네. 한 인간이 타인의 목숨을 빼앗고 자신의 목숨까지 끊은 배경이 무엇인지 궁금하기도 하구."

"정상적인 정신상태가 아니었거나, 아니면 반대로 너무나 뚜렷한 목표의식이 있었겠지. 두 가지 중 무엇이든 간에 그가 혼자 저지른 사건이 아닌 것만은 분명하네."

"흠……"


김정은 대통령 시해사건은 엄청난 파문을 일으켰다. 그가 비록 상징적인 국가원수이긴 했으나, 통일과정의 특수성과 더불어 통일 이전 북측을 지배한 최고 권력자였다는 점에서 사건으로 인한 충격은 형언하기 어려웠다. 특히 임기를 불과 2년을 남겨두고 이처럼 저격이 실행됐다는 건 많은 의구심을 남겼다. 영부인인 이설주마저 함께 저격당했다는 점은 사건을 더욱 놀라운 것으로 만들었다.

통일 이후 남측 내부에서 대통령의 대표성과 정통성에 대한 논란이 끊이지 않은 것이 우선 배경으로 지목됐다. 어떤 극우단체가 국가를 대표하는 자리를 김정은이 차지한 것에 못내 불만을 갖고 대통령 내외를 암살하기로 계획한 후, 이리저리 방법을 모색하다 결국 이에 성공했다는 추측이었다. 북측 군부 관련설도 무게감 있는 배경의 하나로 거론됐다. 통일 과정에서 기득권을 놓게 된 군부의 어느 특정세력이 이에 불만을 품은 뒤 암살을 계획하고 실행했다는 예상이었다.

김정은의 비밀자금이 그를 죽음에 이르게 했을 것이란 추측도 나왔다. 남북통일 과정에서 정부는 김정은이 통일 전 보유한 해외 비밀자금에 대해 일체 거론하지 않았다. 국민 대다수도 이를 통일을 수용하고 권력을 양보한 데 대한 반대급부로 해석한 탓에 공론화하길 꺼렸다. 마치 이에 대한 암묵적인 공감대가 형성된 것만 같았다. 간혹 일부 비주류 언론에서 통일을 전후해 이에 대한 의혹을 제기한 게 전부였다. 의혹을 제기한 측의 의견 중에는 전문가들조차 추정이 힘들 정도로 막대한 이 비밀자금의 관리사항을 오로지 김정은 혼자만 안다고 보기엔 힘들다는 것도 있었다. 김정은 사망 이후 이런 시각을 배경으로 비밀자금이 그의 죽음을 가져오게 됐다는 추측이 자연스럽게 나왔다. 영부인이 함께 저격당한 점은 이와 같은 추측에 더욱 힘을 실어줬다. 하지만 이를 사실로 볼 경우 그 배후가 지나치게 한정적으로 압축된다는 점에서 또 다른 논란거리가 됐다. 확실한 정황적 증거도 없이 김정은의 형제와 자매, 최측근들을 대상으로 본격적인 수사를 펼칠 수는 없었다.

이런 억측과 예상들은 어느 하나도 시원스런 답변을 구하지 못했다. 대통령과 영부인을 저격한 임정우가 그 자리에서 숨을 끊음으로써 영영 입을 다문 까닭이었다. 이후 연방정보원과 사법부 등의 공조하에 특별수사가 진행됐다. 특별수사팀은 임정우와 관련한 모든 사항을 되짚었다. 유래 없이 청와대경호실을 전면 조사하는 등 강도 높은 수사를 펼쳤다. 하지만 별반 성과는 없었다. 사건에 책임을 지고 청와대경호실장을 비롯해 몇몇 사람이 옷을 벗은 게 이후 진행된 조치의 전부였다. 사건은 결국 그 어떤 해답도 주지 못한 채 세계적인 미스터리로만 남았다.

　잠시 침묵이 흐른 뒤 손님이 먼저 말을 이었다.

　"그래. 자네는 이번 사태가 향후 정국에는 어떤 영향을 줄 것으로 보는가? 그동안의 연정에 피로감을 느낀 두 보수정당이 대통령제로의 전환을 함께 모색할 가능성도 있다고 보는데…"

　"속세를 떠난 사이끼리 별걸 다 묻네 그려. 허허!"

　"하하! 그런가?… 흠… 물론 통일헌법을 수정해야 하는 부담이 있겠지만, 이미 초헌법적인 사태가 벌어졌으니 이후 수습과정에서 어떻게든 논의가 있겠지."

　"영호남을 기반으로 하는 두 보수정당의 동거는 어떻게 보면 남측의 기득권을 지키기 위한 필수적인 요건인지도 모르지. 일부에선 통일 전에 이미 이런 부분에 대한 밀약이 있었다고 보고 있네. 특히 통일과정에서 이뤄진 총선이 끝난 후 선출된 초대 총리가 1당이 아닌 2당 대표인 이진영 총리였던 것만 봐도 충분히 이를 짐작하고도 남음이 있지 싶네. 이후 통일이 되기 전에 대통령이었던 조영민 총리가 다시 내각수반에 오르긴 했지만, 당시 초대 총리 선출은 이런 예상을 강하게 뒷받침해준다고 보네."

"그러게 말일세. 하지만 조영민 총리가 여러 모로 대단하다는 게 내 생각이네. 한 정치인의 순수한 신념이 나라와 민족을 얼마만큼 긍정적으로 변화시키는 지를 직접 지켜봤으니 말일세. 개인적으로는 우리 민족이 그런 지도자를 만났다는 게 참으로 다행이라고 보네. 설령 모종의 밀약이 있었을지언정, 이는 그 모든 게 자신의 신념과 철학을 현실 정치에 투영하기 위한 방편이었다고 생각하네."

"흠……"

두 노승이 숨고르기를 하듯 대화를 잠시 멈췄다. 손님이 먼저 말을 이었다.

"자네도 알다시피 2년가량이 지나면 10년간 임시로 취해진 남북 거주이전 제한조치가 완전히 해제된다네. 보다 완전한 통일에 한발 더 다가선다는 의미이겠지. 하지만 우려도 있다네. 지금 우리나라는 세계사에서 그 유래를 찾기 힘들 정도로 사상과 종교, 문화 등이 혼재한 사회이니 말일세. 거주이전이 전면적으로 허용되면 이런 흐름이 더욱 빨라질 것으로 보네. 다양한 관념의 공존이 좋은 방향으로 길을 열 수만 있다면 더할 나위가 없겠는데…… 무릇 중생이란 게 참……"

태원이 아무런 말없이 듣고만 있자 손님이 다시 말했다.

"물론 정부가 10년이라는 유예기간 동안 급격한 인구이동에 대비하기 위해 그동안 북녘에 각종 인프라를 구축하는 등 노력을 기울인 건 사실이네. 통일정부의 가장 중요한 핵심 국정과제였기도 했고. 하지만 이런 요소들이 보다 나은 삶을 영위하려는 인간의 자유의지를 모두 막을 수는 없다고 보네. 제 아무리 북녘에다 돈을 쏟아 붓는다고 해도 지금으로선 남과 북을 나란히 놓고 비교하는 게 무리일세. 내가 예단할 사안은 아니지만, 이제 우리 사회가 또 하나의 거대한 시험대에 오르게 될 것이라는 점은 분명한 것 같네. 이 모든 게 새로운 미래로 나아가기 위한 필수과제인 것도 사실이고."

"흠………"

손님은 더 이상 말을 이어가지 않았다. 그러자 태원이 입에 차를 가져다가 몇 모금 삼킨 뒤에 기다렸다는 듯이 말했다. 낮지만 뚜렷한 목소리였다.

"자! 지금부터 하는 얘기는 그동안 나 혼자만 마음에 담아온 얘길세. 내가 이 얘기를 하는 것은 우선 자넬 믿기 때문이네. 또한 앞으로 자네가 정민에게 각별히 신경 쓰길 바라는 마음에서라네."

그러면서 태원은 좀 더 고개를 낮추고 더욱 낮은 목소리로 상대방에게 자신이 속에 품어온 얘기를 전했다.


보문사를 찾아 태원에게서 정민을 데려간 승려는 용수였다. 태원과는 고등학교 동기라는 끈끈한 연결고리가 있었다. 이에 따라 각기 조계종과 진각종이란 종파의 차이에도 불구하고 오랫동안 유대관계를 유지했다. 용수는 역대 최연소로 진각종 총무원장에 올라 화제가 된 인물이었다. 하지만 자리에 앉은 지 7개월 만에 깨달은 바가 있다며 사의를 표하고 종단을 뛰쳐나와 재차 주목을 받았다. 그리고는 세상을 향해 기존 불교의 한계를 부르짖었다. 이후 재력을 가진 여러 후원자들의 도움으로 서울 종로구에 소재한 연지빌딩의 3개 층을 임대해 '세익원'이란 이름으로 절을 개설했다. 절을 연 후 용수는 '생활 속의 불교', '현실참여적인 불교' 등을 기치로 내걸고 다양한 분야에서 활발한 활동을 전개했다.

용수의 불교는 진각종과 마찬가지로 비로자나불을 주불로 했으나, 이를 불상으로 형상화하진 않았다. 비로자나불이 진리와 우주 그 자체를 뜻하며, 석가모니처럼 인간으로 태어나지도 않았고 형체도 없다는 불교의 기초적인 원리에 충실한 것이었다. 다만 비로자나불이 태양계의 태양처럼 우주의 중심에 있는 부처라는 사상을 바탕에 놓고선, 12갈래로 빛이 뻗은 둥근 태양을 형상화해 신격으로 나타냈다. 교리가 다른 종파보다 진일보한 측면이 강한 것도 대중들의 이목을 끌었다. 금욕적인 수행생활에 일부 거부감을 가진 이들도 승려로 출가할 수 있어 교세를 급속도로 확장했다. 기존 진각종의 경우 성직자들끼리만 혼인을 인정했으나, 용수는 한 걸음 더 나아가 이에 대한 규제를 완전히 없앴다. 이런 그가 정작 자신은 가정을 갖지 않은 건 조금은 의문이었다. 일각에서는 금욕주의를 지나치게 탈피했다는 점을 두고 또 다른 창가학회의 출현에 지나지 않는다고 평가절하하기도 했다.

그러던 중 남북통일이 이뤄지면서 교세확장이 더욱 가속화됐다. 전국 8도에 총령이 생기고, 그 아래 부·현에 지령이 만들어졌다. 이와 같은 용수의 시도는 급변했던 당시 시대상황과 맞물리면서 큰 반향을 불러 일으켰다. 기존 불교종파들은 용수를 사이비로 규정하고 맹비난했다. 하지만 이런 점도 용수의 입지가 더욱 강화되는데 도움을 줄 뿐이었다. 사람들은 용수가 제창한 불교를 그의 이름을 붙여 '용수종'이라고 칭했다.

용수의 새로운 시도가 이렇게 성공을 거두자 전국각지에서 새로운 종교적 실험들이 창궐했다. 특히 용수의 성공이 불교의 주류종파에 대한 비판에 기인한 측면이 강하다고 보고, 기존 교리에 각을 세우고 나선 이들이 많았다. 이는 기독교·천주교·불교 등 종파를 가리지 않았다. 외국의 각종 신흥종교를 그대로 들여오거나 모방하며 저마다 교주 혹은 선지자를 자처하기도 했다. 그러자 그 폐해가 심각했다. 종교로 인해 야기된 폐해야 이전에도 간헐적으로 계속 발생했지만, 이때에 이르러 만연했다. 종말론자들의 집단자살, 신도 성폭행, 신도의 재산을 노린 범행 등, 다양한 종교적 색깔의 가지 수에 비례해 각종 부작용이 잇따랐다.

반면에 새로운 종교나 종파 가운데에선 대중들에게 뚜렷한 호응을 얻은 것도 적지 않았다. 인류 우주기원설을 중심으로 하는 외래종교를 그대로 모방한 '온누리회'나 진화론을 기정사실화하고 다차원적인 우주관을 전면에 내세운 '정화교' 등이 대표적이었다. 하지만 이런 여러 가지 새로운 종교적 개척들도 앞서 용수가 던진 파장에는 조금 못 미쳤다. 종교적 실험이 활발한 이 모든 흐름의 중심에 용수가 확고히 자리 잡고 있었다. 용수는 정민을 세익원으로 데려온 뒤, '세홍(世弘)'이란 이름을 새롭게 지어줬다.

# 한 뿌리에서
# 나온 나무

## 03

박산그룹 회장실에 짙은 색안경을 낀 사내가 부하로 보이는 인물 두 명을 대동하고 들어왔다. 비서진 어느 누구도 그를 통제하진 않았다. 너무나 익숙한 듯이 주위를 한 번 둘러보지도 않고 건들거리는 걸음으로 회장실로 성큼 들어섰다. 동행한 둘은 마치 미리 약속이나 한 듯이 회장실 문 입구에서 멈추더니 몸을 반대로 돌린 채 그대로 우뚝 섰다. 회장실로 들어선 것은 색안경을 낀 사내 혼자였다. 그는 회장실로 들어서고 나서야 안경을 벗었다. 배영석 회장에 대한 인사도 그룹 내 다른 임직원들과는 달랐다. 한 쪽 손을 조금 들고 고개만 살짝 숙이는 정도였다. 그런 그를 보고 영석은 입 꼬리를 살짝 올리면서 웃음을 지어보였다. 영석은 이어 한쪽 손을 들어 손가락 끝을

까딱거리면서 사내를 향해 소파에 앉으라는 신호를 보냈다.

"자식… 마! 밥은 먹고 다니냐?"

영석은 작고 깡마른 체구에도 불구하고 굵직한 목소리에다 남성적인 어투로 말했다. 자신의 왜소함을 감추기 위해 의식적으로 그러는 것 같은 느낌마저 들었다. 자신의 신체적 약점을 보완하기 위해 말투와 행동을 늘 과장되게 하다 보니 어느 순간 그렇게 굳어졌는지도 몰랐다.

"선배님, 아니 회장님! 용돈을 늘 그렇게 넉넉히 챙겨주시는데 설마 제가 굶고 다니기야 하겠습니까?"

사내가 머리를 좌우로 조금씩 흔들면서 얘기했다. 자기 자리에 앉아 있던 영석이 일어나더니 소파로 자리를 옮겼다.

"야 임마! 네가 올 때마다 건물 CCTV 작동을 잠시 중단시키느라 건물관리 담당자가 수고가 많아. 언제 음료수라도 한 박스 사다 줘!"

"나-참! 월급은 안 주십니까?"

"녀-석……"

농이 조금 섞인 대화가 잠시 지나자 영석의 표정이 진지해졌다. 이를 눈치 챈 사내가 자세를 살짝 고쳐 잡았다.

"지난 6년 간 네가 여러모로 수고가 많았다. 하지만 매사가 그렇지만 앞으로가 더욱 중요한 법이지. 해결하지 못한 숙제도 아직 남아 있잖아."

영석과 사내는 이후 낮은 목소리로 이런저런 대화를 이어갔다.


박산그룹은 재계에서 둘째가라면 서러워할 만큼 오랜 역사를 지니고 있었다. 그 역사는 과거 일제침략기로 거슬러 올라갔다. 창업주인 배두웅은 이등으로 순위를 미루기엔 힘든 대표적인 친일기업가였다. 그는 우선 이토 히로부미가 1909년 안중근 의사의 의거로 인해 사망하자 이토를 추도하는 '국민대추도회'에 발기인으로 참여했다. 이후 배두웅의 친일행적은 일제 강점기 내내 이어졌다. 친일행위로 인한 반대급부에 단맛을 느끼자 아예 이에 발 벗고 나섰다. 1919년엔 친일단체인 조선경제회 이사로 참여했고, 1922년엔 조선실업구락부 발기인으로 참가해 평의회 임원 등을 지냈다. 1924년에는 친일단체 동민회의 평의원을 지냈다. 동민회는 반일운동을 배척하고 일선융화를 표방한 친일매국단체였다.

박산그룹은 이런 노골적인 친일행적을 남긴 창업주로부터 2세와 3세, 그리고 4세인 배영석 현 회장에 이르기까지 시류에 영합하는 처세를 바탕으로 사업을 계속 번창시켰다. 환경오염 등으로 사회적 물의를 일으키고 경영권 승계로 내부마찰을 빚기도 했지만, 이런 사항들이 그룹의 성장에 큰 걸림돌이 되지는 않았다. 오히려 소비재에서 중공업부문으로 핵심사업의 구조를 변화시킨 점 등이 성장의 디딤돌로 작용했다. 그러던 게 통일이 된지 얼마 후에 급제동이 걸렸다.

남북이 통일을 이루고 3년가량이 지난 뒤였다. 통일 이후 나라가 비교적 안정기에 접어들자 국회에서 '친일 매국행위 처벌에 관한 특별법'을 여야 합의로 발효했다. 이는 노환으로 정계를 은퇴한 이진영 총리에 이어 행정부 수반으로 복귀한 조영민 총리의 주도 하에 이뤄졌다. 조영민 총리는 특별법 제정과 발효에 앞서 우선 이를 공론화했다. 조영민 총리가 이 카드를 제시하자 많은 이들이 환호했다. 무엇보다 제대로 된 통일국가에서 과거 남측에서 못 이룬 친일행위에 대한 단죄를 한 번은 꼭 진행해야 한다는 목소리가 높았다. 특히 자신의 선친이나 조부가 친일전력이 있는 일부 정치인들이 참회의 눈물을 보이며 국민 앞에 사죄하고 이에 동참하기로 하자, 이런 목소리는 점점 더 힘을 얻었다. 정치권 일부를 비롯해 재계 · 종교계 등 곳곳에서 강력히 반발했지만 시대적 요구라는 거대한 벽 앞에 힘을 쓰지는 못했다.

국민여론이 이와 같은 것을 확인한 조영민 총리는 특별법 제정에 본격적으로 착수했다. 정부 내에 '친일청산특별위원회'도 구성했다. 하지만 특별법은 이후 세부사항 조율 과정에서 더욱 극렬한 마찰을 빚었다. 가장 논란이 된 조항은 '친일 전력이 있는 자는 국립현충원에 안장할 수 없도록 하며, 이미 안장한 경우 이장한다'는 것이었다. 이 조항은 그야말로 폭탄의 뇌관과도 같았다. 특히 과거 남측이 대한민국 정부를 이룬 시절, 근대화에 공헌이 크다고 인정되는 박정희 전 대통령이 가장 큰 논란의 대상이었다. 만주군 장교로 복무한 전력이 명백한 친일행위라는 게 정설로 굳어지면서, 이 조항대로라면 국립묘지를 떠나야만 하기 때문이었다. 이외에도 김석범 · 백홍석 등 이장 대상자로 거론되는 이가 있었으나 그만큼 논란이 되지는 않았다. 특히 이는 대부분 고령이지만 박정희 시대를 향수하고 그를 추억하는 이들에겐 도무지 받아들일 수가 없는 일이었다. 이는 일부 보수주의자들에게도 마찬가지였다. 이들은 정권퇴진까지 거론하면서 강경

투쟁에 나섰다. 선대에 친일전력이 있는 다른 이들도 슬그머니 이에 동조했다. 평소 조영민 총리를 못마땅하게 여긴 이들도 가세한 건 마찬가지였다. 일제 강점기 당시 사주가 친일행위를 했다는 게 이미 잘 알려진 일부 대형 신문사들은 기를 쓰고 논란을 부채질했다. 이들 신문사들은 방송사까지 함께 운영했기 때문에 역공이 결코 만만치 않았다.

그렇다고 이 조항을 빼놓고 특별법을 추진할 수는 없었다. 친일전력이 있는 자를 국립묘지에 그대로 안장시켜 놓고 통일국가의 정체성을 논할 수는 없는 노릇이었다. 이렇게 되자 단연 이 사안은 통일 이후 가장 큰 이슈가 됐다. 여전히 특별법 찬성 여론이 압도적이긴 했지만, 사활을 걸고 반대에 나서는 이들의 목소리가 상대적으로 크게 들렸다. 반대자들은 근대화에 대한 공적이 어떻게 친일과 독재란 명제보다 중할 수 있느냐는 지적에도 귀를 닫았다. 상황은 통일 이전에 벌어졌던 극심한 혼란이 또다시 재현되는 듯했다. 하지만 그때와는 분명 다른 점이 있었다. 통일은 찬반 모두가 크게 잃을 것이 없는 가운데 진행된 마찰인데 비해, 특별법은 선대에 친일전력이 있는 자들에겐 대단히 치명적이었다. 특히 국립묘지 안장에 관한 건과 함께 특별법에 포함되기로 한 친일과 관련한 축적재산을 전면몰수하기로 한 조항은 그들을 더욱 매섭게 채찍질했다. '다수가 어떤 정당성의 논리를 들어 소수를 핍박해서는 안 된다'는 게 그들이 표면에 내세운 주장이었다.

반대와 찬성이 극렬하게 엇갈리자 자칫 이제 막 자리를 잡은 통일국가의 기초가 흔들릴 수도 있다는 우려가 나왔다. 그러자 조영민 총리가 고민 끝에 국립묘지 건에 대한 출구전략을 내놓았다. 대한민국 건국 이후부터 통일 국가에 이르는 모든 대통령들을 안장하는 별도의 추모시설을 건립하자고 제안했다. 비록 통일 이후 국명이 달라졌으나 통일국가가 통일 전 대한민국을 그대로 승계한 게 명백하기 때문에, 제안 자체의 적법성을 두고는 별다른 논란이 있을 수가 없었다. 허나, 이 제안도 역시 찬반으로 나뉘었다. 절묘한 해법이라는 평가가 지배적이긴 했으나, 박정희의 묘지가 이장되는 것 자체를 부정적으로 여기는 이들이 적지 않았다. 하지만 특별법 제정에 착수하기로 한 조영민 총리는 통일의 일등공신이며, 이를 바탕으로 국민 대다수가 지지하는 거물 정치인이었다. 특별법 제정이라는 역사적인 당위성에다 이런 조영민 총리가 직접 나서 해법까지 제시하자 반대자들의 입지가 대폭 좁아질 수밖에 없었다.

특별법은 이후 이런 중재안과 앞서 마련한 세부사항 등을 주요내용으로 한 가운데 국회를 통과했다. 특별법이 제정·발효되자 반대자들은 헌법소원 등을 비롯해 자신들이 짜낼 수 있는 최대한의 힘으로 다시 반격에 나섰다. 특별법 발효 이후에도 이들의 저항이 계속되자 상황은 미묘한 쪽으로 흘렀다. 저항에 대한 반작용이 예상할 수 없을 만큼 거세게 일었다. 많은 국민들이 동참한 가운데 선대에 친일전력이 있는 기업과 언론사 등에 대한 불매와 반대운동이 강력하게 전개됐다.

목록과 세부내용까지 낱낱이 적시되며 펼쳐진 이런 움직임은 과거에 진행된 불매운동과는 규모와 형식면에서 차원이 달랐다. 운동이 국민 대다수의 지지를 얻으면서 이들 기업과 거래하거나 물건을 구매하고 이들 언론사의 신문과 방송을 보는 일들이 마치 죄악인 것처럼 여겨지기도 했다. 주홍글씨처럼 친일 전력이 있는 것으로 떡하니 낙인찍힌 기업이나 언론사 재직자들의 경우엔 어디 가서 떳떳하게 자신의 소속을 얘기할 수가 없을 정도였다. 이들 가운데 직장까지 옮기는 이가 심심치 않게 나온 건 당시 분위기가 어느 정도였는지 짐작케 했다. 이들 기업과 언론사들이 잃은 것은 단순히 주가 폭락, 매출 급감 등만이 아니었다. 미래를 보장받고 예측할 수 없다는 게 더욱 큰 손실이었다. 박산그룹도 여기에서 예외일 수는 없었다.

상황은 일본제품에 대한 불매운동으로까지 번지면서 더욱 확대됐다. 10년대 중후반부터 가파르게 진행되면서 어느새 완전히 고착화돼 버린 일본의 우경화도 이런 분위기에 일조했다. 일부 대학생들을 중심으로 구성된 '만파식적'이라는 이름의 한 단체는 국내에서 운행되는 일본산자동차에 대한 테러까지 감행했다. 일본산자동차를 소유한 이들은 자고 일어나면 자신의 차가 파손되거나 심지어 불에 탄 것을 경험했다. 이 단체는 차량을 파손시켜 놓고 '일본자동차 구매와 이용은 대표적인 매국행위이다', '당신이 지불한 돈이 유사 시 적국의 군자금으로 쓰인다'는 등의 내용이 담긴 대자보를 붙여놓곤 했다. 아예 노골적으로 '왜놈 비데'라거나 '차라리 일본 놈의 똥구멍을 혀로 핥아라'라고 적어놓는 일도 있었다.

이런 일들이 점차 빈번해지자 전국적으로 이를 모방한 일이 무수히 잇따랐다. 이 같은 사건에 대해 일부 경찰들은 증거가 있는데도 불구하고 수사를 미적거렸다. 일본산자동차를 타는 게 더욱 큰 잘못이라는 인식이 바탕에 깔린 탓이었다. 일본제품 불매운동은 비단 자동차에 국한되지 않았다. 사진기를 비롯한 전자제품과 영화 · 음악 등의 문화콘텐츠로까지 번졌다. 특히 사진기의 경우 기존 국내 생산업체와 신규 후발업체가 일본제품이 지배한 해당 시장을 겨냥해 즉각적으로 신제품을 출시하면서 이에 따른 반사이익도 누렸다. 사태가 이렇게 되자 일본정부가 직접 나서 우려를 표하는 성명을 발표하기도 했다.

이와 같은 분위기는 한참 동안 지속됐다. 그렇다고 친일과 연관된 기업들이 곧바로 몰락의 길로 접어든 건 아니었다. 많은 국민이 불매운동에 동조했으나, 전체 국민들이 모두 한 목소리로 움직일 수는 없었다. 유통이 사업의 핵심인 신대그룹은 존폐 위기에까지 내몰리자 구조조정 등을 통해 가까스로 버텼다. 박산그룹의 경우에도 타격은 심했지만 그룹의 주력사업이 생활과 밀접한 소비재가 아닌 중공업과 플랜트 쪽으로 구성된 탓에 상대적으로 충격파가 조금 덜했다. 이들 두 그룹은 오랜 기간 보유한 프로구단까지 매각하는 등의 자구책을 마련하면서 힘들게 참아냈다.

그런 가운데 궁지에 몰린 이들 편에서 모종의 움직임이 일기 시작했다. 이는 의도하지 않은 상황에서 갑자기 이뤄졌다. 평소 친한 박산그룹 배영석 회장과 신대그룹 노옥대 회장이 골프 회동을 가지는 자리에서 자연스럽게 진행됐다. 두 재벌 총수가 서로 현 사태에 대한 비판과 푸념을 이어가던 중에 배영석 회장이 비밀단체 결성의 필요성을 언급하자, 노 회장이 이에 흔쾌히 동의하면서 단체를 결성하자고 맞장구를 친 것이었다. 이후 이들은 정 · 재계와 언론계에서 자신들과 뜻이 같은 유력인사들을 끌어들여 단체를 만들었다. 노옥대 회장의 제안으로 단체이름을 '한 뿌리에서 나온 나무와 같이 한 마음으로 모였다'는 의미를 가진 '일목회(一木會)'로 했다. 일목회는 회원 구성과 운영 등 모든 것을 철저히 비밀에 부쳤다. 회의도 직접 만든 프로그램을 통한 영상회의로만 진행했다. 회원 상호 간에도 단체와 관련한 일로는 서로 만나는 일이 거의 없었다. 오로지 배영석 회장의 고교 후배인 김현근이란 인물이 영석의 지시를 받아 중간에서 모든 사항을 조율했다.

현근은 연방정보원 출신이었다. 기관에 있을 때는 주로 중국에서 업무를 봤다. 하지만 현지에 있을 때 자신이 담당하던 업무의 관계자로부터 부정으로 금품을 수뢰한 정황이 드러나면서 곧바로 파직을 당했다. 이런 처지를 이미 알던 영석이 일목회 결성과 더불어 현근을 끌어들였다. 이후 현근은 영석의 수족 노릇을 톡톡히 해냈다.

# 세익원의
# 북쪽 사람들

04

세홍이 세익원에 온 지도 3년 가까이 됐다. 그동안 용수는 각종 대내외 행사에 자신의 분신처럼 세홍을 대동하고 다녔다. 특히 세홍은 자신의 집이나 별관에서 밤을 보내는 다른 대부분의 세익원 승려들과는 달리 세익원 9층에 자리한 용수의 거처 바로 옆에다 방을 마련하고 지냈다. 용수가 세홍으로 하여금 마치 자기 가족처럼 지내도록 배려한 것이었다. 또한 용수는 세홍이 대소 행사에 자신을 수행하는 것 외에 사찰 내의 다른 잡무는 일절 관여하지 않도록 했다. 세홍은 용수의 이런 관심과 배려 속에 많은 책을 접하고 간접경험들을 향유했다.

용수는 세익원 한편에 마련된 서재를 세홍을 위한 책들로 모두 채웠다. 이는 '책이란 무릇 전자서적보다는 실제로 책장을 넘기는 종이 책이어야 한다'는 그의 주관이 투영된 것이었다. 서재에는 세홍 또래의 아이들이 즐겨 볼만한 것들을 비롯해 종교서적 · 위인전 · 역사서 · 소설 · 시집 · 도감 등이 다양하게 구비돼 있었다. 이런 용수의 배려에 응답이라도 하듯, 세홍은 또래의 다른 아이들보다 유별나게 독서량이 많았다.

아울러 용수는 수시로 따로 시간을 내어 자신이 축적한 지식들을 세홍에게 직접 전달했다. 하지만 다른 무엇보다 용수가 대외 행사에 빠짐없이 세홍을 동행하고 다닌 게 그에겐 가장 큰 공부가 됐다. 태원도 가끔씩 서울에 올 때는 용수를 찾아 세홍을 만나곤 했다. 세홍을 만나러 용수를 찾는다는 게 옳은 표현이었다. 태원은 가끔 만나는 세홍이 자신이 산속에서 데리고 있을 때보다 여러 모로 부쩍 커가는 것을 대견해하고 흐뭇해했다. 세홍은 두 노승의 이와 같은 따뜻한 눈길과 보살핌을 자양분으로 삼아 어린 가슴을 조금씩 키워나갔다.


최근 들어 세익원이 펼치는 가장 중요한 사회활동 중 하나는 북측 이주민과 관련한 것이었다. 서울로 내려 온 이들이 안정된 일자리를 구하도록 도움을 제공하는 게 활동의 주된 목적이었다. 세익원 8층 법당 바로 아래 7층에 마련된 '우리겨레돕기신도모임' 사무소에는 종무자를 비롯해 자원봉사자와 신도, 그리고 북측 이주민들이 늘 북적였다. 처음엔 작은 규모로 시작한 탓에 그다지 붐비지는 않았다. 하지만 활동이 널리 알려지면서 인력이 부족한 기업체에서 필요한 인력을 구하기 위해 이곳으로 계속 연락하고, 일자리가 필요한 이주민들이 최우선적으로 이곳을 찾으면서 이와 같이 사람들로 넘쳤다. 사무소에는 북에서 내려온 뒤 아예 이곳에다 일자리를 잡은 이도 있었다. 박홍식이란 이름의 20대 후반의 사내가 이주민들과 함께 익숙한 억양으로 대화를 나눴다. 정부가 통일 후 표준어를 기반으로 한 우리말 정책을 강력히 펼친 탓인지 다들 애써 표준말을 썼으나, 얼핏 듣기에도 영락없는 북녘의 말투였다. 조금 늦은 오후였지만 사무소 안은 여전히 이주민들로 가득했다. 홍식이 한 이주민에 대한 상담을 끝내자 바깥쪽에서 대기하던 젊은 청년 한 명이 그의 맞은편에 앉았다.

"너--어… 너… 영직이 맞지? 김영직이!!"

홍식은 맞은편에 앉은 이주민이 관련 서류도 제출하기 전에 반가운 듯이 물었다.

"어… 홍식이 형?!"

"야… 뭐… 여기서 이렇게 만나다니 반갑다야!!"

홍식은 뜻밖이었다는 듯이 잠시 인사말을 건네고는 함께 근무하는 동료에게 일을 부탁한 후 영직을 데리고 건물 옥상으로 올라갔다. 두 사람은 옥상정원에 마련된 자동판매기에서 음료수를 뽑아 벤치에 나란히 앉았다.

"근데… 네 동생은 아직 어려서 같이 안 왔나 보구나? 뭐… 꽤 똘똘했는데 말이야?"

"네. 무종이는 아직 홍원에 부모님과 그대로 있어요."

"그래 맞아. 이름이 무종이었지. 뭐… 지금 중학생쯤 되나?"

"네! 내년에 고등학교로 진학해요. 부모님들은 함흥이나 신포 쪽으로 보낼 생각이세요."

"흠…… 그래."

"그나저나 형은 어떻게 여기서……"

"어…… 그래. 뭐…… 난 운이 나쁘지 않았지. 내 경우엔 대학에서의 전공이 도움이 됐다고나 할까. 뭐… 하지만 나 말고도 우리와 유사한 북측 이주민 관련 사회단체에서 상근직원으로 근무하는 사람이 제법 있어."

"그렇군요… 듣기에는 북측 이주민의 경우 생산직이나 서비스직 외에는 구직이 거의 제한적이라고 하던데…"

"뭐… 틀린 말은 아니야. 남자들의 경우 대부분 건설 일용직이나 생산직, 여자들은 생산직이나 요식업 등의 서비스 관련 업종이 대부분이니 말이지. 뭐… 일부이긴 하나 젊은 여자들의 경우 결국 유흥업소로 빠지기도 하구."

"네……."

"가만 있자… 뭐… 그래… 네가 할 수 있는 일이 뭐가 있을까?"

"저도 처음에는 평양·함흥·개성·신의주·나진 등 5대 중점 개발도시에서 사무직으로 일을 해볼까하고 생각했어요. 하지만 형도 알다시피 이들 다섯 도시도 건설일용직이나 생산직은 많은 편이지만 사무직은 극히 제한적이에요. 교육·의료 등의 전문 직종은 모르나 저와 같은 일반 사무직 희망자에게는 그렇게 기회가 많지 않아요. 특히 핵심 사무직종은 남측 인원들로 배치되는 게 거의 관행적으로 굳어져 버렸지요. 그래서 이왕 생산직종에서 일할 바에야 서울로 오자고 생각했어요. 가족들의 먼 장래를 생각해도 제가 먼저 서울에 와서 자리를 잡는 게 더 낫다고 판단했고요."

"흠…… 뭐……"

홍식이 영직의 말에 잠시 뭔가를 생각하더니 다시 말을 이었다.

"뭐… 대부분의 북측 이주민들이 너와 같은 생각으로 남으로 오고 있지. 나 역시 다를 바가 없었으니까… 뭐… 근데 여기서도 양질의 일자리는 결국 기존 남측 주민들의 차지란 게 문제지. 우리 입장에선 말이야. 다행인지는 몰라도 범국가적으로 사회 인프라 구축에 나서는 바람에 이로 인해 파생된 일자리는 많아. 뭐… 웃기는 건 여기서 일자리를 구해가지고는 결국 북쪽 건설현장에 가서 일하는 경우가 허다하다는 점이야."

"예……"

"그나저나 당분간 지낼 곳은 있니?…… 아니, 뭐… 대답하지 않아도 돼. 답은 빤할 거고. 한동안 나와 같이 지내면 되겠다. 뭐…… 여기서 조금 떨어진 홍제동에 세익원에서 운영하는 기숙사 형태의 사회복지시설이 있는데, 지내기엔 불편하지 않을 거야. 그러면서 네가 할 만한 일을 찾아보도록 하자."


홍식은 영직을 데리고 우선 9층으로 내려와 총무원장인 영일에게 그를 소개했다. 영일은 이제 스무 살을 갓 넘은 이 청년을 반갑게 대했다. 홍식이 그동안 세익원에서 성실한 모습을 보인 탓인지 그의 지인이라면 우선적으로 호감이 생기는 모양이었다. 홍식이 남은 업무를 위해 아래로 내려가자 영직은 총무원장실에 남겨졌다. 영직이 별 할일이 없었는지 마침 켜져 있던 TV를 가만히 쳐다봤다. TV에는 조영민 대통령의 동정소식이 뉴스를 통해 나왔다. 조영민 대통령은 김정은 대통령 피살사건이 어느 정도 수습되자 5년을 넘게 수행한 총리직에서 물러난 후 대통령에 선출됐다. 사망한 김정은의 뒤를 이은 것이었다. 영직은 뉴스에도 별 관심이 없는지 잠시 TV를 보다가 이내 고개를 숙였다. 이를 지켜보던 영일이 다른 직원을 불러 영직을 서재로 안내하도록 했다. 영직은 직원의 안내에 이끌려 서재로 발걸음을 옮겼다. 영일의 지시를 받은 직원은 마침 서재 안에서 책을 읽던 아이에게 혹시나 방해가 될까봐 낮은 목소리로 영직에게 말했다.

"여기서 차 한 잔 하고 책도 보면서 편하게 기다리세요. 업무 종료 시간이 그리 오래 남지 않았으니 많이 기다리지 않으셔도 될 거예요."

곧이어 직원이 손에 차를 들고 다시 왔다. 차를 건네받은 영직이 말없이 고개 숙여 인사하자 직원이 조용히 서재를 나갔다. 아이는 그제야 영직을 향해 앉은 채로 가볍게 잠시 목례를 하더니 책읽기를 계속했다. 영직은 자신보다 한참이나 어린 아이의 뭔지 모를 기운에 조금 눌린 듯 잠시 머뭇거리다가 살며시 일어났다. 그러면서 자신의 뒤편에 있는 책꽂이에서 아무거나 책을 한 권 집어 들었다. 자리에 다시 앉아 책상 위에 책을 올려놓고 펼쳤다. 하지만 제대로 읽지는 못했다. 여러 가지 잡다한 생각에다 새로운 곳에 대한 낯설음이 겹친 까닭이었다. 책에 집중하지 못한 채 자신과는 반대로 책에서 눈을 떼지 않고 정독하는 아이의 모습만 힐끔힐끔 쳐다봤다.

그는 자신의 대각선 맞은편에 앉은 아이에게 뭔가 말이라도 붙이고 싶었지만 그러질 않았다. 왠지 그래서는 안 된다고 여겼다. 이제 막 열 살을 조금 넘긴 듯한 아이가 자신의 시선일랑 전혀 의식하지 않고 흐트러짐 없는 자세를 유지한 게 이유였다. 문득 '어린 사내아이가 똑바른 자세로 앉아 책을 읽는 모습이 어쩜 저렇게 기품 있고 아름다울까'라고 생각했다. 그렇게 시간이 얼마동안 흘렀다. 마침내 홍식이 일을 마치고 영직을 다시 만나러 서재로 왔다. 홍식은 익숙한 듯이 미소를 띤 얼굴로 서재로 들어서더니 아무런 말없이 영직을 살짝 데리고 나왔다. 승강기를 기다리면서 영직이 마침내 참아왔던 말을 하려는 양 입을 뗐다.

"방금 전 그 아이는……"

"응? 아! 세홍이 말이구나. 그래! 참으로 인상적인 아이지. 큰스님이 아끼는 제자인 건 확실한데 나도 그 이상은 잘 몰라. 뭐… 누군가는 향후 세익원과 용수종을 이끌어갈 후계자라고도 하고, 다른 어떤 이는 큰스님의 먼 친척이 되는 아이라고도 하는 등 말들은 많은데 모두 확인된 건 아니야."

"네……"

이윽고 승강기가 도착했다. 두 사람은 승강기의 1층 버튼을 누른 후 잠시 끊긴 얘기를 계속 이었다.

"뭐… 여하튼 세홍이란 그 애가 큰스님의 특별한 보호와 관심을 받는 건 틀림없는 사실이야."

"네… 그렇군요."

그렇게 두 사람은 세익원 건물을 나와 도시전철을 타고 홍제동을 향하며 이런저런 얘기를 나눴다.

# 참기모로 간
# 세홍

"아------악!!!!······ 으---흐----하-아------악------
!!!!!."

노승의 절규가 온 건물을 가득 채웠다. 불과 열흘 전만해도 중국
등지를 오가며 활발하게 활동을 펼치던 용수가 흡사 미친 사람처럼
자신을 제어하지 못하고 몸부림을 쳤다. 신음소리는 30분에서 1시간
간격으로 계속 이어졌다. 참다못해 내지르고 다시 끝까지 참다가 내
지르는 것처럼 보였다.

세익원 법당 안은 소식을 듣고 달려온 많은 이들로 가득 찼다. 영
일의 만류에도 불구하고 하나둘씩 들어선 이들은 법당 안에서 합장
을 하고 용수의 안녕을 기원했다. 어떤 이들은 계속해서 절을 올렸

고, 지친 이들은 서로 얘기를 나누기도 했다. 아예 자리를 잡고 반쯤 드러누운 이들도 몇 명 있었다. 무리 중에 방금 전에 도착한 것으로 보이는 초로의 중년사내가 영일에게 이유를 물었다.

"총무원장스님! 대체 큰스님께서 어찌 된 겁니까?"

"소승도 자세히 알지는 못합니다. 이틀 전 밤부터 갑자기 저러고 계시니 저도 난감할 뿐입니다. 의사들도 원인에 대해 정확한 진단을 내리지 못하고 있습니다."

"그 전에 혹시 뭔가 특이한 일이나 주목할 만한 일은 없었나요?"

"사흘 전에 손님이 한 분 다녀간 것 외엔 별다른 일이 없었습니다."

"손님이라… 음… 대체 누가 다녀간 겁니까?"

"그 시간에 소승이 큰스님과 함께 있지를 않아서 확실한 건 잘 모릅니다. 단지 큰스님의 오랜 친구라는 점과 사내아이 한 명을 이곳에 남겨두고 떠났다는 것 밖에는……"

"그럼, 그 아인 지금 어디에 있나요?"

"그래… 그게 참…… 여기에서 하루 남짓 머문 뒤에 어디로 사라졌는지 보이질 않습니다. 저도 나중에 전해 들어서 알지, 그 아이 역시 보지를 못했습니다. 언제 나갔는지도 모르게 여길 떠난 터라 확실하게 직접 본 사람도 큰스님 말고는 없습니다."

"그렇다면 큰스님의 친구를 봤거나 알만한 또 다른 이는 없습니까?"

"네…… 세홍이도 그날 오전에 잠시 큰스님과 함께 있긴 했으나, 손님 일행이 세익원을 찾기 전에 이미 보림사에 내려갔다가 다음날 저녁에 돌아온 관계로 자세히는 모를 겁니다.”

영일의 말에 중년 사내가 세홍을 이미 잘 아는 듯이 말했다.

“음… 그렇군요…… 세홍스님은 지금 어디에 있습니까?”

“큰스님 곁을 줄곧 지키고 있습니다.”

“허……”

중년사내가 잠시 머리를 한 번 돌리더니 그동안 쭉 곁에 있던 다른 사내에게 말했다.

“자네! 사흘 전 저녁에 이곳을 찾은 이들의 인적사항을 좀 살펴보라고 하게. 그 가운데 주목할 게 있으면 바로 보고하라고 해. 특히 아이와 함께 이곳에 왔다간 큰스님의 오랜 친구란 사람에 대해 확실하게 좀 알아봐. 그리고 함께 온 뒤 남겨진 그 아이의 행방에 대해서도 파악해.”

“네! 차장님.”

중년사내의 말이 떨어지기 무섭게 사내는 대답과 함께 절도 있는 자세로 목례를 하고는 법당을 나왔다. 계단 창문가에서 어디론가 전화를 걸더니 돌아와 중년사내 곁에 다시 자리를 잡았다. 얼마간의 시간이 흐른 뒤에 사내에게 연락이 왔다. 사내는 자신의 개인수신기로 전달된 내용을 다시 중년사내에게 보고했다.

“삼흠이란 이름의 승려라… 승적에도 없고…… 이미 출국한 상태란 말이지. 아이의 행방도 오리무중이고… 허어! 그것 참……”

중년사내가 고개를 절레절레 흔들며 부하로 보이는 사내에게 뭔가 다른 얘기를 막 건네려던 순간이었다. 바깥의 모든 어수선함을 일시에 재우려는 듯이 한 아이의 절규가 9층 용수의 방안에서 퍼져 나와 8층 법당을 비롯한 건물 안을 가득 채웠다.

"큰스님---------!!!!! 으----아---앙------!!!!!!"

이 소리를 신호로 법당 안은 탄식과 눈물이 봇물처럼 터졌다. 어느 새 용수의 방에 들어가 있던 영일이 법당 아래로 내려오더니 슬픔에 찬 어조로 말했다.

"큰스님께서…… 열반에… 드셨습니다."

이 말에 용수의 죽음에 대해 잠시 긴가민가했던 이들도 큰 소리를 내며 울거나 말없이 흐느끼기 시작했다. 장내는 이윽고 울음바다가 됐다. 장내에 있는 사람 중에는 새롭게 부처로 거듭난 용수를 향해 큰절을 올리는 이도 있었다. 그런 어수선한 와중에도 용수의 방안은 조용했다. 세홍은 용수가 숨을 거둔 것을 인지한 시점에 내뱉은 사자후 같은 짧은 외침 외에는 입을 굳게 다물었다. 그냥 묵묵히 무릎을 꿇고 앉아 용수의 주검을 지킬 뿐이었다. 영일의 지시 아래 세익원 식구들이 눈물을 훔쳐가며 용수의 입적 후에 필요한 여러 가지 일들을 준비할 때도 세홍은 뭔가를 뚫어 버릴 것만 같은 눈빛을 하고서는 그렇게 자신의 스승의 곁을 지켰다. 세홍을 비롯한 세익원 식구와 신도들은 그렇게 저마다의 방식대로 용수가 보낸 이승에서의 마지막 하루를 함께 했다.


며칠 후 용수의 사인이 자연사로 결론지어진 가운데 입적식이 열렸다. 입적식은 사회적으로 높은 관심 속에 치러졌다. 용수와의 친분의 깊이를 떠나 종교계 · 재계 · 정치권 등 사회 각 분야에서 많은 유명인사가 참가했다. 이 가운데는 용수가 세홍을 세익원에 데리고 온 이후 7년여 동안 많은 대소행사에 데리고 다닌 탓에 세홍을 아는 이가 적지 않았다. 무리 중에는 세홍이 유년시절을 보낸 보림사의 주지 태원과 용수가 죽기 직전에 세익원을 찾은 연방정보원 채은성 2차장의 모습도 보였다. 또한 종교적인 경계와는 상관없이 평소 용수와 가깝게 지낸 장도훈 목사도 있었다. 그 외에 많은 신도들이 세익원 안팎으로 자리를 차지했다.

입적식은 경찰이 세익원 밖의 대로를 수십여 미터를 차단하고 통제한 상태에서 진행됐다. 경찰 통제선 안쪽을 비롯해 바깥쪽까지 사람들로 넘쳐 났다. 일부 뉴스채널은 이를 생중계했다. 많은 취재 인파와 단순히 입적식을 구경하러 온 사람들까지 겹쳐 그야말로 인산인해를 이뤘다. 이들 가운데 상당수는 자연스럽게 용수가 차지했던 세익원 최고위인 원정사의 자리를 누가 승계할 것인가에 관심을 가졌다. 무엇보다 아직 미성년자에 불과한 세홍이 원정사에 오를 것인지가 주목의 대상이었다. 세홍이 세익원에 온 지난 7년 동안 너무나 뚜렷하게 후계자다운 행보를 보였기에 이와 같은 추측은 당연시됐다. 특히 최근 2년간은 더욱 그런 분위기를 보였다. 이에 따라 종단 내부에서나 외부에서나 용수의 유지가 여기에 있음을 별다르게 의심하지는 않았다. 그런 탓에 이미 세홍은 몇 년 전부터 많은 주목을 받았다. 하지만 용수가 후계를 확실히 세우기도 전에 갑자기 세상을 떠나버리자 세홍의 원정사 계승에 대한 의구심이 일었다. 더군다나 조계종 · 천태종 등 다른 종파의 경우 최고위인 종정 등을 원로가 계승하는 것이 일반적인 관례였다. 이와 관련한 엄격한 기준도 따로 있었다. 이에 비해 세홍은 아직 미성년자에 불과했다. 다른 종파의 개

넘으로 봤을 때는 구계도 받지 못한 사미승에 지나지 않았다. 이렇듯 관심의 초점이 될 수밖에 없는 세홍은 입적식 내내 단 한 방울의 눈물도 흘리지 않았다. 그저 깊은 눈매를 한쪽에다 고정한 채 아직 열여섯 살에 불과한 나이에는 전혀 어울리지 않는 우수에 찬 표정만 지을 뿐이었다.

입적식이 모두 끝나자 장도훈 목사가 세홍에게 다가갔다. 서로는 이미 잘 알던 터였다. 도훈이 세홍에게 말을 먼저 건넸다.

"아직 어린 나이에 힘든 일을 겪는구나. 그래! 큰스님께서 너에게도 내게 이르신 것과 똑같은 말씀을 남기셨겠지?"

"네! 목사님."

"흠… 그래…"

"………"

도훈은 마침 옆에 함께 있던 태원에게도 같은 것을 물었다. 도훈은 세홍이 세익원에 오기 전에는 태원과 함께 지냈다는 사실을 이미 알고 있었다.

"용수큰스님께서 세홍으로 하여금 향후 3년간은 세익원에 머물지 말고 제게 와서 지내도록 하라고 말씀하셨는데…"

이 말에 태원이 고개를 끄덕였다. 약간의 뜸을 들인 후에 대답했다.

"그 친구가 열반에 들기 전에 소승에게도 같은 말을 남겼습니다. 아무래도 무슨 이유가 있겠지요. 그리고 3년가량의 또 다른 세상에서의 공부가 끝난 뒤에 일정 시간이 흘러 성년이 되면 그동안 공석으로 비워놓기로 한 원정사에 오르도록 하라는 게 그의 유지였습니다. 그때까지는 총무원장인 영일스님이 임시로 세익원을 관장하라고 했지요. 아마 세익원 식구들도 그 내용에 대해선 이미 잘 알 겁니다."

"그렇군요. 삼년가량이 지나면 세홍이도 꽤 많이 장성하겠네요. 하지만 세홍이 오랫동안 세익원을 떠난 뒤 나중에 다시 돌아와 원정사에 오르려 할 때 반발은 없겠는지, 그 부분이 저로서는 조금 우려되는 대목입니다. 특히 불교 수행에 더욱 정진하려고 자리를 비우는 것이 아니라 전혀 다른 종교에다 몸을 맡기는 경우라서 말이지요."

"흐음…… 그 부분은 안심하셔도 될 겁니다. 우선 세익원에 있어서 용수의 유지는 절대적입니다. 또한 세홍의 그릇과 면면을 세익원 간부 스님들도 잘 아는 터라 이러한 유지를 받아들이는 데는 공감대가 이미 충분히 형성된 걸로 압니다."

이들과 조금 떨어져 있던 영일이 세 사람 곁으로 바짝 다가왔다. 잠시 합장한 후 이들의 대화를 이미 다 들은 것처럼 얼굴에 미소를 가득 띠운 채 말했다.

"소승이 나서 큰스님께서 남기신 뜻을 한 치도 어긋나지 않게 받들 것이오니 염려 마십시오."

영일의 말에 태원이 고개를 천천히 끄덕이며 웃음을 지었다. 하지만 도훈은 약간 미덥지가 못한 듯, 혹은 뭔가 다른 생각이 있어선지 조금은 심각한 표정을 나타냈다.


용수에 이어 세홍을 맡기로 한 장도훈 목사는 개신교계에서 별종으로 통했다. 용수가 기존 불교에 대한 개혁을 기치로 내걸었다면,

도훈 역시 기존 기독교에 대한 개혁을 주된 신조로 삼았다. 엘리트 코스를 밟다말고 자신이 주장하는 바를 위해 떨치고 나선 점도 같았다. 그런 부분에서 둘은 일맥상통했고 자연스럽게 교류를 가졌다. 사고와 관념의 틀을 서로 공유하고 나눈다는 게 적당한 표현이었다. 나이는 용수가 훨씬 많았지만, 때론 사제지간처럼 어떤 때는 친구처럼 그렇게 지냈다.

도훈이 유명해진 건 오랜 야외설교가 바탕이 됐다. 그는 십여 년 전부터 최근까지 전국 주요 도시의 공원 등을 돌며 매주 주말과 휴일 설교를 펼쳤다. 특별한 일정이 있는 경우를 제외하고는 이를 거르지 않았다. 그도 처음 설교에 나설 때는 대중들로부터 별다른 주목을 받진 못했다. 하지만 설교가 계속 이어지면서 그의 진정성과 신념이 점차 알려지자 신도들이 많이 늘었다. 재력가 집안 출신에다 명문대 신학과를 나온 젊은 목회자가 평탄한 길을 버리고 어느 날 갑자기 거리로 나섰다는 이력도 한몫했다.

야외설교가 평탄하게 진행된 건 아니었다. 도훈이 개혁을 부르짖자 그 대상으로 지목된 기존 개신교 교파의 일부신도들이 그를 편하게 놔두질 않았다. 야외 설교를 공공연하게 훼방을 놓는 건 예사였고, 경우에 따라 테러에 가까운 방해를 벌였다. 이들의 행태로 인해 마찰이 심해져, 때론 휴일 한낮에 도훈을 따르는 신도와 기존 개신교 교파 신자들이 서로 멱살잡이를 해가며 소란을 피우는 진풍경도 펼쳐졌다.

이런 난관도 도훈의 길을 돌려놓지는 못했다. 그는 자기 앞에 놓인 거친 길에 대한 걸음을 한시도 늦추지 않았다. 그런 가운데 구태여 도훈이 의도하지 않아도 신도들끼리 스스로 단체를 구성하고 조직화했다. 처음엔 '장도훈 목사를 따르는 기독교인들의 모임(장기모)'이라고 했다가 자신의 이름이 전면에 내세워지는 것을 불편하게 여긴 도훈의 의견을 반영해 '참다운 세상을 열기 위한 기독교인들의 모임(참기모)'으로 이름을 바꿨다. 이후 약칭은 그대로 쓰기로 하고 '참된 기독교인들의 모임'으로 전체 이름을 줄였다.

신도 가운데는 재력가들도 몇몇 있어서 서울 외곽에 조그마한 예배당도 하나 갖췄다. 교회 예배당이면서 단체의 사무실이기도 한 그런 곳이었다. 재력가 신도 가운데는 자신이 조금 더 희사를 하더라도 더욱 크게 규모를 갖추자고 한 이도 있었으나, 도훈이 이에 반대했다. 참기모 부산지회장이 4층짜리 건물 한 동을 통째로 기부했으나 이를 사회복지단체에 재차 기부하는 일도 있었다.

도훈은 우선 '목회자의 자질 정비 및 신격화 방지'를 주요한 개혁 과제로 내걸었다. 특히 그는 점점 거대화된 후 그 위세를 사방에 과시하던 일부 대형 교회와 그 교회를 발판으로 권력을 누리는 목사들을 신랄하게 비판했다. 그는 설교나 출판물 등을 통해 '진짜 사이비는 하나님과 교회를 통해 자신의 사적인 권력욕을 채우고자 하는 목사들'이라며 날카롭게 질책했다. 또한 '결국 대형교회들은 자신의 비대한 몸을 감당하지 못하고 공룡과도 같은 최후를 맞게 될 것'이라고도 했다. 실제로 십여 년이 지나면서 도훈을 따르는 신도들의 수가 늘어난 것과 반비례해 그가 비판한 대형교회들의 신도 수는 대폭 감소했다. 주말마다 사람들로 가득 찼던 예배당에는 언제부터인가 점점 신도가 줄어들더니, 어느새 경제활동에서 은퇴한 노인들과 이들이 데리고 온 어린 아이들만 산재할 뿐이었다. 이렇게 되자 하늘을 찌르던 일부 목사들의 권세도 쪼그라들 수밖에 없었다. 엄청난 운영비를 감당하지 못하고 외부에다 건물을 매각하는 교회마저 생겼다. 때맞춰 전국적으로 일어난 종교의 다변화 바람도 이런 흐름에 일조했다.

도훈은 기존 대부분의 교회들이 시행하는 십일조 헌금의 부당성과 허구에 대해서도 지적했다. 여러 신흥 종교에 맞서 기독교의 정통성을 지키기 위해서는 신도들에 대한 착취의 도구로 이용되는 십일조 헌금부터 전면적으로 중단해야 한다고 주장했다. 이는 목회자들이 기득권을 유지하기 위한 수단이며, 특히 성경 구절을 인용해 명문화한 것은 아전인수 격인 해석에 지나지 않는다고 목소리를 높였다.

그는 교회가 대내외 봉사활동에도 더욱 적극적으로 나서야 한다고 주장했다. 소외되고 힘든 이들이 마지막에 기댈 곳이 교회여야 한다는 게 그의 신념이었다. 이런 신념을 바탕으로 그는 전국 각지에서 다양한 봉사활동을 주도적으로 펼쳤다. 전국을 돌며 펼치는 야외 설교도 거의 이와 병행하는 방식으로 가졌다.

그 외에도 도훈이 내건 개혁의 여러 주제들은 대부분 기존 교회가 가진 폐해에 대한 개선이 주를 이뤘다. 이 또한 개신교 주류종파들이 그를 눈에 가시처럼 여길 수밖에 없는 이유였다. 물론 그의 순수한 동기에 박수를 보내는 종교인들도 적지 않았다. 그 중에는 자신이 몸담은 종파를 떠나 그에게로 합류한 몇몇 젊은 전도사들도 있었다. 이 젊은 전도사들이 합류한 후 도훈과 참기모는 다른 개신교 종파와는 달리 더욱 교세를 확장했다.

입적식과 관련한 후속절차가 모두 마무리되자 세홍이 예정대로 참기모를 찾았다. 도훈이 그를 반색하며 반겼다.

"그래! 이번에 여러모로 수고가 많았겠구나. 고생했다."

"네! 목사님. 깊으신 배려에 다시 한 번 감사드립니다."

"흠…"

도훈이 뭔가 조심스럽게 얘기를 꺼내려는 듯이 뜸을 들이다가 마침내 입을 열었다.

"너에게 무슨 얘기부터 해야 할까…… 그래! 돌려서 말할 필요 없이 있는 그대로 얘기하는 게 가장 좋겠지."

알 수 없다는 눈빛으로 쳐다보는 세홍에게 도훈이 계속 얘기를 전했다.

"네 스승인 용수큰스님께서 널 나에게 맡기신 게 아마 조금은 의아할 게야. 사실은 내가 먼저 큰스님께 언젠가 기회가 되면 널 나에게 꼭 보내달라고 말씀을 드렸단다."

도훈의 말에 세홍이 전혀 놀랍지 않다는 듯이 무표정하게 듣고만 있었다. 아마도 이에 대해선 이미 아는 듯했다. 도훈이 말을 계속 이었다.

"내가 큰스님께 이 얘기를 드린 지는 제법 오래됐단다. 네가 세익원에 들어오고 얼마 되지 않아 내가 거길 찾아 널 처음 본 직후이니깐 말이야… 그 전에 내가 장외 설교에 나선 배경부터 설명하는 게 순서일 것 같구나."

세홍이 별다른 반응 없이 묵묵히 계속 듣고만 있었다. 도훈이 계속해서 말을 전했다.

"우리나라가 통일을 이룬 그해 가을, 그때 난 참으로 인상적인 경험을 하게 됐단다. 기도 중에 그와 같이 마음의 울림이 전해진 적은 이전에도, 또한 이후에도 없었지. 그건 마음의 울림이라는 표현이 부족할 정도로 정말이지 크나큰 깨달음이었단다. 아마도 계시라고 표현하는 게 오히려 더욱 적당할게야. 그렇게 선명한 마음속의 목소리는 주께서 내게 전달한 것이라고 밖에는 달리 해석할 수 없으니 말이다. '미래의 선지자가 지금 태어났으니 앞으로 그를 맞이할 준비를 하라'는 게 당시 깨달음의 핵심이었단다. 물론 기존 교회가 가진 모순에 대한 개혁 등도 포함됐지만 진정한 핵심은 바로 그것이었지."

도훈의 말을 듣던 세홍의 눈이 반짝거렸다. 도훈이 얘기를 계속 이어갔다.

"이후 난 내가 무엇을 해야 할지를 고민했단다. 마음의 울림만 있었을 뿐이지 내가 어떻게 해야 할 지에 대한 구체적인 내용에 대해서는 전혀 가르침이 없었으니깐 말이다. 나는 우선 예정된 길을 버리고 거리로 나서기로 했단다. 그러다가 여기까지 이르게 됐지. 난 야외 설교 활동을 펼치는 도중에도 항상 의문을 갖고 주님에게 물음을 구했단다. '도대체 미래의 선지자가 누구입니까'라면서 말이야. 하지만 대답은 없었지. 나는 '긴 호흡으로 내가 걸어야 할 길만 가고 있으면 언젠가 답을 구하겠지'라고 생각했단다. 그러던 중에 운명적으로 너를 만났단다. 바로 용수큰스님에게로 온 널 말이야."

도훈이 가슴이 벅차오르는 표정을 잠시 보였다. 크게 숨을 한 번 쉰 뒤에 말을 이었다.

"너를 처음 봤을 당시 예전에 내가 깨달음을 구했을 때와 너무나 유사한 기운이 날 감싸고 도는 것을 느꼈단다. 아울러 엄청난 이끌림도 함께 느꼈지. 그건 어떻게 말로는 표현하기 힘든 참으로 묘한 느낌이었단다. 이상형의 여인을 처음 봤을 때의 느낌과 비슷하다고나 할까. 하지만 그것과는 뭔가 내용적으로는 상당히 다르고, 또한 몇 배, 아니 몇 십 배로 강렬한 그런 이끌림이었지. 나는 그때 내 오랜 의문에 대한 해답이 너였음을 직감했단다. 특히 나중에 네가 태어난 날이 내가 깨달음을 구한 날짜와 일치하는 것을 알게 됐을 때는 가슴이 벅차 가누기가 힘들 정도였단다. 물론 의문도 있었단다. '왜 하필 불가에 속한 아이인가'란 것이 바로 그것이었지. 주께서는 이유를 분명 아신다는 게 또다른 의문에 대한 내 스스로의 해답이었단다."

세홍의 눈이 더욱 반짝거렸다. 이와 함께 도훈의 어조도 점점 고조됐다.

"그래서 난 용수큰스님께 언젠가 기회가 되면 널 내게 꼭 보내달라고 몇 번이나 말씀을 드렸단다. 내가 겪은 깨달음에 대한 얘기와 함께 말이야. 그런 내게 용수큰스님은 적당한 때가 되면 널 내게 맡기로 약속을 하셨단다. 그러다가 당신이 돌아가시기 이틀 전쯤에는 내게 일부러 전화까지 하셔서 당부의 말씀을 따로 남기셨단다. 너를 잘 맡아달라고 말이야. 물론, 그때는 무슨 까닭인지 조금 의아했었지. 지금에서야 당신께서 돌아가실 줄을 미리 아시고 그런 말씀을 남겼다는 것을 알았지만…… 그런데, 당부 말씀 중에 왜 기한을 3년으로 정하셨는지 그건 나조차도 의문이구나. 예전엔 3년이라고 기한을 언급하면서 내게 널 맡긴다는 말씀은 없으셨는데 말이야."

이 말에 세홍이 알 수 없는 미소를 잠깐 보였다. 도훈의 얘기가 계속됐다.

"음… 물론, 네가 주께서 내게 말한 그 미래의 선지자인지 여부는 아직 확신할 수 있는 게 아니란다. 하지만 내 느낌은 분명 그럴 것이라고 내게 말한다. 아무튼, 난 네게 내가 그동안 배우고 깨달은 바를 모두 전수할 생각이란다. 또한 네가 그 밖에 많은 경험과 공부를 할 수 있도록 최대한 배려할 계획이다. 내 오래 전의 깨달음이 참인지 거짓인지 여부는 이제 중요치 않은 것 같구나. 내게는 이게 이미 주님에 대한 믿음과 동일선상에 있는 것이니깐 말이다."

세홍은 이후 참기모가 주관하는 모든 대내외의 봉사활동에 거의 빠짐없이 참가했다. 도훈도 세홍에게 미리 말했던 것처럼 자신이 체득한 지식과 경험들을 전수하는데 단 하나의 마음도 아끼질 않았다. 특히 도훈은 세홍에게 '자신의 운명을 감사히 여기고 받아들이되, 결코 교만함에 빠져서는 안 된다'고 늘 주지시켰다.

# 세홍,
# 종겸과 은호를 얻다

06

　세홍이 참기모에서 처음 가진 입지는 세익원 때와는 사뭇 달랐다. 어느 누구도 그가 불교에 귀의한 신분이란 것을 의심하지 않았기에 곧바로 무리 속에 스며들긴 어려웠다. 참기모 관계자 대부분은 그저 승려 한 명이 잠시 다른 교단에 몸을 맡긴 것 정도로만 이해했다. 도훈이 세홍에 대해선 어떠한 언급도 하지 않았기에 더욱 그랬다. 그런 가운데에서도 세홍은 자신이 해야 할 일과 공부를 챙기는데 전혀 게으름이 없었다. 묵묵히 봉사활동에 참가하고, 도훈이 이끄는 대로 신학공부에도 열심이었다. 평소 태도도 수도자나 다름이 없었다. 자신이 꼭 나서서 얘기해야 할 상황이 아니면 굳이 입을 열지 않았다. 마치 과묵함이 곧 천성이요, 몸에 배인 습관인 듯했다. 도훈은 그런 세홍을 깊이 간섭하지도, 그렇다고 전혀 모른 채하지도 않았다. 한 걸음 가량 물러선 자세로 관조하듯 보살폈다.

대부분의 개신교 종파와 마찬가지로 참기모도 대학생 이상의 성년 신도들과는 별도로 중·고교생들의 신도회가 구성돼 있었다. 이 가운데 중학생신도회장인 유종겸은 유별나게 학구열이 높았다. 학업 성적도 뛰어났다. 학과 공부뿐만 아니라 종교와 철학 등 여러 분야에도 관심이 많았고 다방면으로 박식했다. 또한 참기모에 발을 디딘 게 비록 부모의 영향이었으나, 어느 누구보다도 적극적으로 교회 활동에 참가했다. 특히 동갑내기인 신은호와 짝을 이뤄 아직 어린티를 채 못 벗은 아이들의 구심점이 됐다.

그런 종겸은 자신과 나이가 같은 세홍이 참기모로 오자 처음엔 어린 마음에 뭔지 모를 묘한 경계심 같은 것을 가졌다. 세홍이 이미 사회적으로 주목받는 대상이란 점도 질투심을 불러 일으켰다. 방송을 비롯한 여러 언론에서 찾아와 승려 신분으로 교회에 몸을 담은 세홍의 특이사항을 취재하고 조명할 때는 더욱 그랬다. 적어도 자기 또래에선 자신이 최고라고 생각하는 일종의 치기어린 자부심 같은 게 있었는데, 그것이 세홍이란 커다란 존재 앞에서 여지없이 무너지고 만 것이었다. 그런 점은 은호도 비슷했다. 그도 역시 자기 학급에서는 엘리트로 통했다.

이 느낌이 오래가지는 않았다. 세홍과 여러 활동들을 함께 펼치다 보니 어느 순간 처음 가진 소아적인 감정들이 산산이 흩어졌다. 세홍이 가진 형언하기 힘든 이끌림이 이들로 하여금 이런 생각의 끈을 놓도록 만들었다. 이후 세홍을 비롯한 세 아이는 너무나 자연스럽게 가까워졌다. 죽이 잘 맞는 같은 또래의 한 무리가 됐다. 하지만 이는 평범한 아이들에게서 오고가는 교류의 차원을 이미 넘어선 것이었다. 특히 세홍은 종겸과 은호가 기존에 가진 관념체계를 최대한 존중해주면서 자신의 생각을 전했다. 종겸과 은호는 세홍에게서 또래가 아닌 그 이상의 존재로부터 메시지를 받는다는 인상을 가졌다. 이와 같은 느낌은 두 아이의 마음속에 차곡차곡 쌓였다.

세홍에게도 종겸과 은호와의 친교는 많은 도움이 됐다. 그동안 세익원에 있을 때는 자기 또래의 아이와 가깝게 지내기가 여의치 않아 지금처럼 다른 아이들의 생각에 대해 귀를 기울일 기회가 거의 없었다. 참기모에 와서야 비로소 이런 기회가 제대로 주어졌다. 세홍은 토론이든 뭐든 간에 서로 간의 얘기를 통해 타인의 생각을 듣고 흡수하면서 자신의 관념을 더욱 구체화시켰다. 무엇보다 종겸과 은호는 세홍이 사회성을 키우는데 더할 나위 없이 좋은 촉매제가 됐다.

세 아이는 이날도 참기모가 매주 토요일마다 진행하는 무료급식 봉사활동에 참가했다. 봉사활동에는 이들 셋뿐만 아니라 학생신도들이 많이 참여했다. 배식이 끝나자 다함께 모여 점심을 먹었다. 땀을 조금씩 흘린 후에 먹는 점심인 탓에 다들 맛있어 했다. 세홍 등은 여느 때와 같이 식사가 끝난 뒤 약속이나 한 듯이 옹기종기 모여 앉았다. 은호가 세홍에게 말을 붙였다.

"세홍아! 뜬금없겠지만 정말 궁금해서 묻는 건데…… 넌 인류가 창조됐다고 믿니, 아님 진화했다고 믿니? 아니면 혹시 이도저도 아닌 다른 견해라도 있는 거니?"

이 질문에 세홍이 잠시 빙그레하고 웃음을 보인 후 답했다.

"내 나름대로의 생각은 있지만, 지금 이 자리에서 언급할 부분은 아니라고 봐."

곁에 있던 종겸이 끼어들었다.

"그래. 쩝… 창조론과 진화론이 아직 끝나지 않은 논쟁거리이긴 하지. 과학적으로는 이미 실체적 진실로 인정받는 진화론을 창조론이 근간인 성서에 대입하면 완벽하게 모순이 되니깐 말이야. 우선 나부터가 초등학교 때까지는 이런 점에 대해 이해하질 못했지. 신앙이 깊어지면서 이에 대한 생각을 떨치긴 했으나, 중대한 모순인 것만은 부정할 수 없는 사실이야."

은호가 다시 말을 이었다.

"내가 이 얘기를 꺼낸 건 이미 아는지 모르지만, 최근 들어 성경을 지나치게 은유적으로 해석하는 종파가 생겨 파장이 번져서야. 어제 저녁 한 공중파 시사프로그램을 통해 소개된 내용인데…… 음…… 새빛교회를 모체로 하는 이 종파는 성경에 나오는 천지창조에 대한 묘사가 우주 빅뱅에서부터 진화를 거쳐 고대에 이르기까지의 상황을 비유적으로 표현한 것이라고 주장하고 있어. 이들은 하나님이 세상을 창조한 후 생명이 인간으로 진화되기까지의 과정을 단지 설계만 해놓았다고 말하고 있지. 다시 말해 하나님이 인간을 직접 창조한 게 아니라 생명체가 탄생해 인간으로 진화하도록 미리 밑그림을 그려 놓았다는 거야. 절대자에 의한 지적설계와 관련한 이런 주장은 과거에도 있었지만, 이 종파는 성경의 내용이 전적으로 옳다는 전제 하에서 모든 주장을 풀어놓고 있어. 특히 구약에 나오는 많은 에피소드들을 자의적으로 해석해 진화론에다 끼워 맞추고 있어. 물론 개신교 주류에서는 곧바로 이들을 이단으로 규정했지만 말이야. 하긴 그들은 우리 참기모도 이단으로 취급하니… 쩝!"

종겸이 눈을 반짝거리며 말을 받았다.

"호…… 그래? 그 얘기는 은호 너한테 처음 듣는 건데…… 음… 물론 21세기에 접어들면서 기독교 내에서 진화론을 인정하고 수용하는 분위기가 나오는 건 나도 알아. 하지만 이 종파가 그런 주장을 펼친다면, 이는 단순한 수용의 범주에서 한 걸음 더 나아가 진화론 자체를 고정적인 논리로 완전히 흡수했다는 점에서 상당히 획기적이라고 생각해. 음…… 신자로서 언급하기엔 매우 조심스럽지만, 구약성서에 나오는 여러 얘기들이 고대 신화에 가까운 건 부인하기 힘든 사실이잖아. 현대에 들어서 이런 부분을 재해석하는 과정이 한 번은 필요한 것인지도 모르지. 오히려 이게 모순을 계속 안고 가는 것보다 더욱 합리적인 선택일지도 몰라. 어차피 성서에 적힌 내용을 바꿀 수는 없으니깐 말이야."

세홍은 두 친구의 얘기를 묵묵히 듣고만 있었다. 종겸과 은호도 그런 세홍이 익숙한 듯 구태여 의견을 들으려고 하지 않았다. 다시 입을 연 것은 은호였다.

"그것만큼 주목되는 흐름이 또 하나 있어. 이 역시 어제 같은 프로그램을 통해 알게 된 내용이야. '기흥회'라는 이 종파는 새빛교회보다 더욱 파격적인 내용을 주장해 눈길이 갔어. 이병기라는 유학파 목사가 이 종파의 교주인데…… 음…… 기흥회도 진화론을 고정논리화한 건 새빛교회와 마찬가지야. 하지만 이들은 구약성서를 믿지 않고 신약성서와 이병기가 따로 펴낸 책을 교리의 기초로 삼고 있어. 하느님이 자신의 말씀을 대신하기 위해 그 시대에 적합한 선지자를 내리시며, 주 예수도 하느님이 이 땅의 구원을 위해 내리신 많은 선지자 가운데 하나일 뿐이라는 게 그들의 주장이야. 그들은 교주인 이병기를 지금 이 시대를 위해 하느님이 내리신 유일한 구원자라고 생각해. 또한 구약성서는 예전의 낡은 유물이란 게 그들의 입장이야."

종겸이 말을 이었다.

"어쨌든 이들 두 종파가 최근 생겨 주목을 끈 정화교가 기독교와는 전혀 무관한 것에 비해, 기독교를 기초로 하면서 진화론을 받아들였다는 점에서 나름 의미가 있다고 보여."

은호가 이에 맞장구를 쳤다.

"그래 맞아! 그리고 사실 우리가 아직 배우는 학생이란 점에서 그어떤 영역에서든 사고의 틀을 가둘 필요는 없다고 생각해. 비록 그게 신앙의 영역에 걸친 것이라고 해도 말이야. 정말 옳다고 여겨지는 새로운 논리가 있다면 무작정 거부해선 안 된다고 봐. 그렇다고 내가 새빛교회 등의 교리에 당장 동조한다는 얘기는 아니야. 이들의 주장이 의미가 있다면, 한 번 쯤은 이에 대해 진지한 고민을 해볼 필요가 있다는 뜻이지."

가만히 듣고만 있던 세홍이 드디어 입을 열었다.

"모든 이론과 주장은 결국 대중 대다수를 설득하는 합리적인 방향으로 정립한다는 게 내 생각이야. 만일 창조론에 정말 모순이 있다면 어느 시점엔 이에 대한 믿음이 완전히 사그라질 수도 있겠지. 물론 진화론이 여러 가지 과학적인 사실을 기초로 가졌지만, 그렇다고 불가침의 영역에 있는 절대적인 논리는 아니라고 봐. 이런 여러 생각들을 종합해보면 최근 이뤄진 여러 갈래의 종교적인 시도들이 언젠가, 아니면 가까운 장래에 어떤 통일된 해법을 제시할 것이라고 생각해. 절대 다수의 대중이 납득할 수 있는 그런 해법을 말이야."

세홍의 말에 종겸과 은호가 가만히 고개를 끄덕였다. 그런 가운데 저만치 멀리서 전도사가 아이들을 향해 손짓했다. 자신이 있는 곳으로 다시 오라는 신호였다. 세 아이를 비롯한 일행들은 이날 봉사활동의 마지막 정리를 위해 너나 할 것 없이 다함께 자리에서 일어났다. 햇살이 유난히 따사로운 오후였다.

# 김정은 대통령
# 시해사건의 작은 실마리

07

서울 강남부 서초구 내곡동. 이곳엔 통일 이전 국가정보원으로 불리다 통일 후에 연방정보원으로 이름을 바꾼 기관이 여전히 자리를 잡고 있었다. 채은성 2차장이 예의 그 사무적인 말투로 부하에게 말했다.

"중국으로 돌아간 뒤 곧 병으로 드러누웠다가 결국 얼마 전에 죽었단 말이지?"

"네!"

"나--참… 용수큰스님의 사망과 관련한 제일 중요한 단서였는데… 함께 데려온 아이의 소재는 파악했나?"

"그게… 삼흠이란 승려와 함께 입국한 기록은 있는데 출국한 기록은 없습니다. 특이한 건 삼흠과는 달리 그 아인 중국 국적이었습니다. 수라취피란 이름의 장족, 정확히 말해 티베트 아이였습니다."

"티베트?…… 음… 그래… 아이의 국적이야 삼흠이란 승려가 계속 중국에서 머물다 잠시 들어왔으니 그다지 이상할 건 없을 테고. 뭣 때문에 세익원을 하루 만에 나갔으며, 국내에 머문다면 도대체 어디에 있느냐는 말이지……"

"서울과 인천 쪽에 있는 중국인 집단거주 지역에 머문다고 보고 계속 탐문중입니다. 하지만 입국 당시 커다란 모자를 푹 눌러쓰고 온 탓에 공항이나 기타 장소에 설치된 CCTV 영상에 나타난 인상착의가 뚜렷하지 않아 조사에 한계가 있는 게 사실입니다. 현재 중국 쪽에 그 아이와 관련한 인적사항을 요청해 놓았습니다."

"그래…… 어차피 큰스님이 입적하신 지도 좀 지났으니 지금쯤이면 어디에 있던 자리를 잡았겠구먼. 그래도 큰스님이 돌아간 경위에 대해 한 점의 의구심이 없을 때까지 마지막까지 끈을 놓지 말도록 해."

"네!"

"됐어! 이 부장은 그만 나가봐!"

"예! 그럼."

은성이 목례를 마지막으로 돌아나가는 부하 직원을 바라보면서 인터폰으로 밖에 있는 비서에게 말했다.

"김 실장 들어오라고 해!"

이날따라 유난히 보고받을 사안이 많은 모양이었다. 조금 전부터 밖에서 기다리던 또 다른 부하직원이 마치 바통을 이어받듯이 은성의 방으로 들어섰다.


"뭐---야!?…… 임정우의 어머니인 진수혜의 행방을 찾았다고? 아직 살아 있단 말이지? 현재 예전에 출국할 당시 목적지인 중국에 그대로 있고?"

"네! 그렇습니다."

"김정은 대통령 시해사건이 일어나기 이전에 중국으로 출국해 자취를 감춘 것으로 확인한 이후 지금까지 종적을 찾기 힘들더니, 결국 여태껏 중국에서 지냈단 거지… 흠…"

"예! 지금 선전에 있습니다. 신분을 세탁한 상태입니다. 원래 광동성 출신의 화교인지라 지내기엔 별다른 어려움이 없어 보입니다. 평일에는 일하고 주말에는 여가생활까지 즐기고 있습니다. 조사한 결과 신분세탁이 워낙 완벽해 강제송환 등의 조치를 취하기는 힘들 것으로 보입니다. 따라서 1팀과의 공조 하에 일체의 접촉 없이 움직임만 계속 살피고 있습니다."

"능숙한 요원을 파견하는 게 상책이겠구먼. 일단 요원을 투입해 임정우의 모친과 접촉을 시도하는 것으로 하지. 우선 우리 정체를 노출시키지 않으면서 교류를 가진 뒤에 기회를 관망하자고. 자연스럽게 접촉할 여러 가지 시나리오도 구상해보고. 강제송환을 위한 방편도 함께 강구해 봐. 직접적인 피의자는 아니지만 중대사건의 관련자이니 임정우의 모친이란 것을 확실히 입증하면 방법이 있을 지도 모르잖아. 중국 측에서도 그토록 화제가 된 고려연방공화국 대통령 시해사건을 모르진 않을 테니 말이야. 여의치 않으면 강제구인까지 강행해야 할 것 같기도 한데…… 흠…… 이와 함께 신분세탁에 관여한 배후에 대해서도 면밀하게 다시 조사를 진행해. 아울러 그동안의 계좌거래에 관한 것 등 사소한 부분 하나도 놓치지 말고 정밀하게 살피도록 해."

"네!"

"아. 그리고 김 실장! 자네 밑에 있는 똑똑한 녀석 몇 명을 따로 뽑아 별도로 팀을 하나 짜도록 해. 시해사건으로 구성된 정부합동특별수사팀이 해산한 뒤에 자네 파트에서 이 건을 계속 갖고 있었으나, 해당 업무만을 전담한 건 아니잖아. 이번 기회에 제대로 다시 한 번 파보자고."

"예. 알겠습니다."

은성은 부하직원이 목례를 하고 나가자 머리가 아픈 듯 두 손의 엄지손가락을 이마 가장자리에 갖다 대고는 지그시 눌렀다. 몇 차례 그러길 반복하다가 멈추더니 서랍에서 손목 염주를 꺼내 손가락으로 천천히 돌리기 시작했다. 의자를 창가 쪽으로 조금 회전시키고는 몸을 기댄 채 눈을 감고 염주를 계속 돌렸다.


50대 중후반으로 보이는 여성 한 명이 선전 다이퉁백화점 문화센터 앞 휴게실에서 차를 마시고 있었다. 자동판매기에서 금방 뺀 종이컵에 담긴 차였다. 곧 시작될 교양강좌를 들을 모양이었다. 옆 테이블에 앉은 나이가 조금 더 많아 보이는 다른 여자가 말을 건네자 단답형으로 짧게 답하고는 보고 있던 팸플릿으로 다시 시선을 옮겼다. 얘기를 건넨 여자가 머쓱했는지 더 이상 말을 잇지 못하고 잠시 그녀를 물끄러미 쳐다보다 이내 고개를 돌렸다. 이윽고 강좌가 진행될 시간이 됐는지 휴게실에 앉은 이들이 하나둘씩 자리에서 일어났다. 차를 마시던 여인도 주섬주섬 소지품을 챙기더니 자기 자리를 말끔하게 정리한 후 사람들의 동선을 따라갔다.

강좌가 열리는 강의실 안은 과목이 동양화인 까닭인지 다른 곳과는 분위기가 조금 달랐다. 묵향이 강의실 전체를 가득 채웠고, 큰 테이블 몇 개를 중심에 두고 돌아가듯 수강자들이 앉아 있었다. 강의실은 이날따라 유난히 웅성거렸다. 평소와는 다르게 낯선 인물 두 명이 강단에 자리를 잡고 서있는 까닭이었다. 다이퉁백화점 아카데미실장이라고 자신을 소개한 초로의 여성이 30대 후반쯤으로 보이는 사내를 가리키며 말했다.

"새로운 강사님을 소개합니다. 지난주까지 강좌를 진행한 장친밍 선생님이 갑작스레 골절상을 당한 관계로 새롭게 초청한 분입니다. 전임 강사 못지않게 실력이 뛰어난 분이니 계속해서 좋은 강좌가 이어질 것으로 봅니다."

수강자들의 박수 속에 새로운 강사가 인사를 전했다. 몇 마디 통상적인 자기소개가 이어진 후 곧이어 예정된 강좌가 시작됐다. 강좌라고 해도 별다를 건 없었다. 수강자들이 먹을 간 뒤에 정해진 주제에 따라 각자 그림을 그려나가면 강사가 한 명씩 봐가며 세부적인 방법을 이끌거나 잘못된 부분을 교정해주는 정도였다. 초급반인 관계로 주제도 어렵지 않았다. 이날 강좌의 주제는 난초였다.

새 강사는 수강자들을 이리저리 봐가며 강좌에 열성이었다. 한 명씩 자세와 그림을 봐줬다. 그러던 중에 어느새 조금 전 차를 마시던 여자의 차례가 됐다. 강사가 웃음을 머금은 채 잠시 동안 여자를 물끄러미 바라보다 말했다.

"첸자오린 여사님! 몸이 흐트러지면 좋은 그림이 절대 나올 수가 없습니다. 그림을 그리기 전에 자세부터 최대한 바르게 가지도록 하세요. 또한 어깨에 힘을 최대한 빼세요. 그런 다음 잎을 이렇게…… 이렇게…… 또 이렇게…… 하나씩 그려나가시면 됩니다."

여자는 젊고 매력적인 강사가 자신의 이름까지 호명해가며 친절히 이것저것을 지도해주니 기분이 나쁘지 않았다. 자신의 가슴에 달린 명패를 보고 그런 것이지만, 수강생 어느 누구한테도 이름을 불러주지 않다가 자신의 이름만 부른 점이 너무나 좋았다. 게다가 자신이 잡은 붓에다가 손을 포갠 후, 종이 위에다가 직접 그림까지 함께 그려주니 더욱 그렇게 느꼈다. 환갑을 훌쩍 넘긴 대머리의 장친밍 선생이 휘갈기던 거침없는 붓질은 생각조차 나지를 않았다. 장 선생에 비해 뭔지 모르게 약간은 어설퍼 보이는 붓질이 오히려 참신하다는 느낌마저 들었다.

'첸자오린 여사님!……'

여자는 자신의 이름을 불러주던 강사를 유쾌한 느낌으로 되새김질했다. 하루일과를 마무리하면서 떠올릴만한 기분 좋은 기억이 있다는 건 행복감을 전해주는 요소였다. 그녀는 강좌가 진행된 지난 토요일이 불과 나흘가량 지났을 뿐인데도, 꽤나 오래된 것처럼 느꼈다. 체감하는 시간이 상대적으로 더딘 탓이었다. 새로운 토요일을 손꼽아 기다리는 자신을 눈치 채고는 살짝 웃기도 했다. 이윽고 일을 모두 마치고 길을 나섰다. 일터인 식당과 집까지의 거리는 그리 멀지 않았다. 그렇다고 아주 가깝지도 않았다. 10여 분은 족히 걸어야만 했다. 밤 11시가 넘어서인지 도로는 붐비지 않았다. 그녀가 대로에서 이면도로로 걸음을 옮기자 더욱 눈에 띄게 한산해져 인적을 찾기가 거의 어려웠다.

그녀가 자신의 집이 있는 언덕배기 오르막으로 접어들려고 모퉁이를 막 돌 때 쯤이었다. 언덕 위 저만치에서 커다란 트럭이 하나 질주하다시피 가속도를 붙이면서 내려왔다. 트럭은 처음엔 전조등도 켜지 않았다가 그녀와 점점 가까워지자 그때서야 등을 환하게 밝혔다. 그녀가 걷는 길은 인도가 따로 구분이 되질 않았다. 흰색 선 하나로 차도와 인도를 나눈 게 전부였다. 그녀는 내려오는 트럭이 자신을 보고 피해가길 바라면서 벽 쪽으로 봄을 조금 옮기고는 그 자리에 우뚝 섰다. 따로 피할 곳도 마땅치가 않았다. 하지만 트럭은 그녀의 그런 기대와는 무관하게 마치 그녀에게로 빨려드는 것처럼 거세게 다가왔다. 그녀는 트럭의 전조등이 자신의 눈에 점점 커다랗게 비춰지더니 마침내 가득 채우고 만 것을 느껴야만 했다. 두려움을 가질 시간도, 뭔가 새로운 판단을 할 여유도 없었다.

"어--어…… 악!!!"

짧고 가는 비명은 트럭이 그녀를 치고 지나는 소리에 이내 묻혔다. 트럭은 10여 미터를 지나 급정차하더니, 거친 숨소리를 토해내면서 세차게 후진해 그녀를 재차 깔아뭉갰다. 트럭은 곧바로 다시 전진했다. 이번엔 이미 만신창이가 된 그녀의 몸을 천천히 밟아 으깨면서 지나갔다.

김신혁 실장이 급한 듯이 채은성 차장의 방문을 열고 들어섰다.

"어서 오게! 그래. 무슨 급한 보고인가?"

굳은 표정으로 들어선 신혁의 손에는 은성에게 전달할 파일이 쥐어져 있었다. 신혁이 파일을 건네면서 뭔가 짤막한 얘기를 전했다.

"뭐-----야????"

은성이 내지른 목소리가 그의 방을 넘어 밖으로까지 전해졌다.

"어떻게 그-그런…… 하-아…… 그렇다면, 결국 중국 쪽에서 보안이 샜다는 얘기잖아?"

"네. 지금으로서는 그렇게 판단할 수밖에 없습니다. 우리 측에서 중국 쪽에다가 신변인도와 관련한 상황을 협의하자고 비밀리에 요청하자마자 이런 일이 생겼으니, 그것밖엔 달리 해석할 길이 없습니다. 우리 측 요원이 강사로 위장해 접근을 시도한 부분은 딱히 노출될 만한 사항은 없다고 확신합니다. 특히 뺑소니로 보이긴 하나 여러 정황으로 볼 때 암살당한 게 분명합니다."

"허어… 그것 참."

"현재 요원들로 하여금 진수혜가 살던 집에 대해 단서가 될 만한 것들을 모조리 수집하라고 지시한 상태입니다. 사소한 것 하나도 놓치지 않고 모두 챙겨서 분석할 계획입니다."

"나-참! 그걸로 제대로 된 게 뭐가 나오겠어? 신분세탁과 관련한 배후조사는 아직 답보상태인가?"

"네. 워낙 치밀하게 이뤄졌고 시간도 꽤 지난 터라… 다만 그 역시 중국 현지에서 어떤 형태로든 동조가 있었던 것 같습니다."

"살아 있다는 것을 아는 즉시 그냥 강경하게 납치라도 해서 이곳으로 데리고 왔어야 했는데…… 나--참… 쩝… 실마리를 다시 놓치게 되는 건가…… 자칫 이 초유의 사건이 영영 미궁에 빠질지도 모르겠구먼. 단서를 캘 수 있는 유일한 대상으로 여태껏 일말의 기대감을 가졌는데 말이야."

"……"

"그래! 일단은 현재 시점에서 우리가 할 수 있는 최선의 방법을 강구하도록 하지. 지난 일을 갖고 아쉬워한다고 시간이 되돌려지는 건 아니니깐 말이야. 진수혜가 살던 집에 대한 정보수집에 만전을 기하도록 하고, 우리가 놓치는 사항이 없는지에 대해서도 재차 면밀히 검토하도록 해. 뺑소니 사고에 대한 중국공안 측의 수사기록도 빠짐없이 살피도록 하고."

"네!"

신혁이 목례를 하고 방을 나가자 은성은 마치 자신의 오랜 버릇인 양 손목 염주를 다시 꺼내 들었다.


며칠이 지난 뒤였다. 자기 자리에 조금 삐딱하게 앉은 채은성 차장 앞에 또다시 김신혁 실장이 서있었다.

"진수혜가 살던 집에서는 주목할 만한 단서가 나오질 않았습니다."

"유품에서는?"

"역시 그다지 주목할 게 없었습니다."

"흠…… 그래…… 관련 물건들은 지금 모두 어디에 있나?"

"진수혜의 집에서 수거한 물품과 우리 요원이 비밀리에 획득한 유품 모두를 말씀하시는 겁니까?"

"그래!"

"현재 홍콩에 있는 우리 안가에 전부 그대로 있습니다. 요원들이 계속해서 정밀조사를 벌이는 중입니다."

"걔들한테 계속 맡겨가지고 뭐가 하나라도 제대로 나오겠어? 우리가 직접 자세하게 확인해야지. 여기서 꼼꼼히 살펴보게 털끝 하나도 남기지 말고 보내라고 해."

"네. 알겠습니다."


다시 며칠이 흘렀다. 은성의 앞에 서있는 신혁의 표정이 약간 상기된 상태였다. 뭔가 자신 있게 얘기할 소재가 하나 생긴 모양이었다.

"잘 입지 않은 것으로 보이는 겨울코트에서 특이한 게 하나 나왔습니다."

"특이한 것이라니…… 그게 뭔가?"

"다른 것들과는 달리 유독 서울과 관련된 게 하나 있습니다. 아마도 서울에서 입다가 현지에서는 따뜻한 날씨 탓에 입지 않은 것 같은데… 우연히 들어간 건지 일부러 거기다 넣어놨는지는 잘 모르겠으나, 코트 겉감과 안감 사이에서 안국동이 주소인 심리치료사무소 명함이 하나 나왔습니다."

"심리치료사무소?"

"네! 코트의 안쪽 호주머니 밑 부분에 다시 꿰매진 흔적이 있는 것으로 미뤄봐서 명함을 받을 당시에는 아마도 호주머니 아래가 터졌

던 것 같습니다. 명함에 적힌 심리치료사무소는 확인 결과 시해사건
이 일어나기 불과 얼마 전에 문을 닫았습니다. 명함의 주인인 조홍준
이란 자도 그때 쯤에 종적을 감췄습니다. 지금 그의 행적을 파악하기
위한 모든 절차에 들어갔습니다."

"그래! 뭐가 됐든 조그만 것이라도 실마리를 하나 잡았으니 그나
마 다행이군. 혹시 모르니 진수혜의 유품에 대한 조사를 한층 더 정
밀하게 다시 해 봐. 조홍준이란 인물에 대한 추적에도 좀 더 가속도
를 붙이고!"

"네. 알겠습니다."

신혁이 방을 나가자 은성이 몸을 일으켜 창가 쪽으로 다가섰다.
한쪽 손으로 염주를 돌리면서 다른 손에는 마시다 남은 찻잔을 들고
있었다.

"심리치료사라……흠……"

내곡동의 해도 어느새 기웃기웃 지고 있었다. 늦가을이라서 그런
지 아직 오후 6시가 되지 않았는데도 어둠이 제법 짙었다.

# 세홍과
# 호현의 만남

08

    2035년도 어느새 세밑으로 접어들었다. 세홍이 참기모에 들어온 것도 몇 달이 훌쩍 지났다. 연말이 다가오자 참기모 회원이나 신도 가운데 재력을 가진 이들의 후원이 잇따랐다. 유난히 추우리란 전망 때문인지 몰라도 예년에 비해 후원이 대폭 늘어나는 추세였다. 서울과 멀리 떨어진 사람들의 경우 지부를 통해 지원하거나 송금하는 게 대부분이었으나, 직접 서울로 찾아오는 경우도 있었다. 후원을 겸해 도훈을 비롯한 교단 수뇌부도 함께 만나기 위해서였다.

    이날은 참기모 부산지회장이면서 건축시행 등을 주로 하는 푸르미르의 대표인 이시탁 회장이 참기모 본부를 찾았다. 그로선 모처럼 만에 갖는 본부 방문이었다. 그는 일전에 4층짜리 건물 한 채를 교단에 기부한 적도 있었다. 방학이 시작된 탓인지 중학교 1학년인 자신의 막내아들도 함께 데리고 참기모를 찾았다.

이시탁 회장은 부산에서는 꽤나 이름난 사업가였다. 하지만 그 유명세는 긍정적인 측면보다는 '민관유착'이란 어두운 그림자에 더욱 많이 의존했다. 자수성가한 대부분의 창업 1세대와 마찬가지로 그도 지금의 부를 일구기까지는 사연이 많았다. 그는 사업의 난관을 헤쳐나가는 방법으로 관의 최고 결정권자나 담당자와 손을 잡는 쪽을 택했다. 사업에 대한 감각도 탁월했다. 돈이 될 만한 것과 그렇지 않은 것에 대한 구분이 빠르고 정확했다. 향후 이익이 나올만한 사업에 대해선 이를 추진하는데 밑천을 아끼지 않았다.

그런 시탁의 수완은 사업 인·허가와 관련한 중요한 시점마다 대부분 그가 최초에 구상한 데로 일이 이뤄지도록 했다. 시민단체를 비롯한 각계각층의 극렬한 반대에도 불구하고 일이 착착 진행됐다. 이를 두고 많은 억측이 돌았지만 그때뿐이었다. 특히 수영 A지구 재개발 인허가 당시에는 자치단체장인 부산부사를 비롯해 부산부 고위직 간부 거의 대부분이 그로부터 돈을 받았을 것이란 얘기도 있었으나, 일반인들이 이를 확인할 길은 없었다.

위기도 있었다. 수영 A지구 재개발 사업 허가 후 푸르미르의 성장세가 수직 상승할 무렵, 시탁의 한 측근이 영남지방검찰청 부산지청을 찾았다. 그가 아는 시탁의 비리를 낱낱이 말하기 위해서였다. 이는 인사 등에 불만을 품고 홧김에 저지른 행동이었다. 이 일로 인해 시탁은 구속됐다. 하지만 그는 수감 중에 이뤄진 조사와 재판 과정에서 자신이 돈을 준 정관계 인사 어느 누구도 거론하지 않았다. 오로지 자신이 모든 것을 안고 갔다. 자기 혼자 오롯이 감내할 수 있는 일부 혐의만 인정한 채 꿋꿋하게 버텼다. 이런 그를 두고 세인들은 '입이 무거워 나중에 크게 한 건 할 사람'이라며 수군댔다.

아닌 게 아니라 1심 판결을 받은 뒤 집행유예로 풀려난 시탁은 이후 더욱 승승장구했다. 항소심 등 후속재판이 진행 중인 가운데에서도 수영 A지구 재개발 사업을 성공시킨 뒤에 얼마 안가서 부산지역 최고층이자 전국 최고가 아파트 시행사업의 인가를 취득해 한 단계 높은 도약을 향한 확실한 발판을 마련했다. 이 사업 인가에도 뒷말이 무성했으나, 이 역시 일반인들이 정확한 내막을 알긴 어려웠다. 특히 이 아파트는 부산지역 정·관계의 암묵적인 지원과 더불어 막대한 광고비를 쏟아 붓는 공격적인 마케팅 등에 힘입어 인기리에 분양돼 그를 활짝 웃게 만들었다. 이후에도 그는 크고 작은 성공을 거듭했다.

그랬던 그가 노년에 접어들면서 참기모에 투신했다. 이는 돈과 성공을 위해서는 모든 권모술수를 아끼지 않은 자신의 어두운 과거를 조금이라도 희석하기 위한 방편인지도 몰랐다. 아니면 자신의 과거가 전혀 잘못이라고 인식하지 않은 채 자연스런 흐름으로 믿음이란 새로운 영역에 발을 디딘 것일 수도 있었다. 자신의 지난 행보와는 어울리지 않게 개혁을 기치로 내걸면서 다른 종파와 대립각을 세운 참기모에 발을 디딘 건 조금 의아했다.

시탁이 함께 데리고 온 막내아들은 이미 장성한 두 누나와는 생모가 달랐다. 15년 전 쯤 사업이 조금씩 영글기 시작할 때, 본처와 헤어진 뒤 치어리더 출신의 후처와 재혼하면서 가진 아이였다. 늦둥이인데다 자신이 사랑하는 여인에게서 태어난 아들인지라 끔찍하게 아꼈다. 성격이 활달하고 외모도 모계혈통을 닮아 준수했다. 아이가 조금씩 성장하자 공적인 업무를 제외하고는 집안 대소사를 비롯한 많은 외출에 꼭 함께 데리고 다녔다.

아이의 이름은 호현이었다. 호현은 교단 지도부와 다과를 곁들여 담소를 나누는 자신의 아비 곁을 슬그머니 벗어났다. 그러면서 저만치 앉은 또래로 보이는 아이들 곁으로 다가갔다. 잠시 분위기를 살피더니 이내 먼저 말을 걸었다.

"형들! 무슨 얘기 중이예요?"

마침 종겸과 은호가 주말 신학공부를 위해 교회를 찾은 후 세홍과 얘기를 나누던 중이었다. 세홍이 호현의 등장에 따뜻한 미소로 대했다.

"그래. 심심했나 보구나. 이쪽으로 와서 같이 앉으렴."

호현이 이날 처음 만나는 세홍에게 뭔지 모를 이끌림을 느꼈는지 잠시도 주저하지 않고 그의 곁으로 가더니 떡하고 자리를 차지했다. 나이 차이가 많은 이복누나들에게선 한 번도 느끼지 못한 미묘한 친근함 때문이었다. 종겸과 은호도 전체적으로 밝은 분위기를 풍기는 이 아이가 싫지 않은 듯 웃음으로 맞이했다. 대부분의 또래 아이들이 그렇듯 서열이나 계급부터 따져보려는 양, 맞은편에 앉은 은호가 학년부터 물었다.

"몇 학년이니?"

은호의 질문에 마치 기다렸다는 듯이 곧바로 대답이 이어졌다.

"네. 중학교 1학년이에요. 형들은요?"

"응… 우린 3학년이야. 얘와 난 내년에 고등학교로 진학해."

호현이 의아하다는 듯이 자신의 옆에 있던 세홍을 가리키며 은호에게 다시 물었다.

"이 형은요?"

세홍을 비롯한 세 아이가 빙그레하며 함께 웃었다. 은호가 답했다.

"얘는 뭐랄까… 좀… 특별해. 고등학교에 가는 것보다 더욱 중요한 공부를 해야 해."

이해가 잘 되지 않는다는 표정으로 호현이 말을 이었다.

"학교공부보다 중요한 공부가 따로 있나요?"

곁에서 얼굴에 미소를 띤 채로 대화를 듣던 세홍이 말을 받았다.

"흠… 그래. 쉽게 설명하자면 운동선수가 목표인 사람은 운동이 어쩌면 학교공부보다 우선일 테고, 그림이나 음악 등 예술분야에 진출하기를 꿈꾸는 이도 역시 마찬가지일 거야. 물론 이 경우에도 우선적으로는 학교가 학습의 기본이 돼야 하겠지만 말이야. 하지만 내 경우엔 학교공부보다 더욱 중요한 다른 공부가 있고, 그 공부를 행함에 있어 학교라는 울타리가 군이 필요가 없다고 판단해서 거기에 가질 않는 거야. 지금의 너로서는 공부가 곧 학교라는 일원화된 학습체계가 고정관념으로 자리를 잡았겠지만, 누군가가 어떤 공부를 해야 할 때 반드시 학교를 통해야만 하는 건 아니지 않겠니? 영상수업과 교사로봇을 비롯해 기타 학력을 대체할 수 있는 다양한 프로그램도 있고 말이야."

호현이 이제야 조금은 이해를 한 듯이 고개를 몇 번 끄덕였다. 종겸이 분위기를 바꾸려는 듯 갑작스레 날씨 얘기를 꺼냈다.

"부산에서 왔다면서?… 부산은 여기보다 조금은 덜 춥지?"

호현은 종겸의 말에는 짧게 대답만 한 뒤에 세홍에 대해 더욱 궁금하다는 듯이 재차 물었다.

"네…… 조금요. 음…… 근데 형이 하는 공부는 대체 어떤 것이에요?"

자기보다 두 살 밖에 어리지 않는 호현의 질문에 세홍이 곧바로 대답을 이어가지는 않았다. 종겸이 내뱉은 '녀석'이란 감탄사에 가까운 낱말만이 잠깐 동안의 시간을 메웠다. 자기 질문에는 아주 짧은 답만 남긴 뒤에 이내 세홍에게로 초점을 옮긴 호현에 대한 종겸의 푸념이었다. 세홍이 입을 뗐다.

"흠… 그러고 보니 난 아직까지 내 자신이 하는 공부에 대해 명확하게 규정해 정의를 내려 본 적이 한 번도 없구나. 그래… 굳이 지금 바로 정의를 내리자면…… 음…… 세상을 이롭게 하고 보다 나은 방향으로 가꾸기 위한 모든 것이라고나 할까. 하하! 너무 거창하게 들렸을지도 모르겠구나. 하지만 내 공부의 궁극적인 방향이 여기에 있는 것은 틀림없는 사실이야."

호현이 세홍을 잠시 눈을 말똥말똥하고 쳐다보더니 말을 이었다.

"형이 말한 게 아직 뭔지는 모르겠지만 그런 공부라면 나도 나중에 꼭 한 번 해보고 싶어요."

"그래. 그런 기회가 오겠지. 뜻을 갖고 실행하면 길은 분명히 열리는 법이니까."

이후 이들 넷은 또래 아이들이 관심을 가질 만한 소재들로 얘기를 이어갔다. 내일 하루를 서울에서 보내게 되면 어디어디를 한 번 가보라는 둥, 내년 봄이나 여름쯤에는 부산에서 함께 모여 아시아 최고라는 수식어가 붙은 새 야구장에서 부산시민구단과 서울연고팀이 맞붙는 경기를 같이 한 번 보자는 둥의 얘기를 주고받았다.

그러던 중 저 멀리서 시탁이 자신의 아들을 불렀다. 어른들의 얘기가 모두 마무리되면서 아이들의 얘기도 함께 끝나게 됐다. 자신의 아비와 함께 교회를 떠나는 호현의 가슴에는 여태껏 느껴보지 못한 어떤 설렘 같은 게 피어올랐다. 좋은 인연을 만났다는 흐뭇함, 그리고 앞으로 이들과의 교류를 통해 자신의 지적 호기심을 채울 수 있겠다는 기대감이 섞인 그런 감정이었다.

# 쫓기는
# 최면술사

한 중년 사내가 무표정한 얼굴로 국밥집으로 들어섰다. 주인으로 보이는 여자가 그를 친근하게 대하는 것으로 봐서는 그동안 꽤나 자주 찾은 모양이었다.

"밖이 많이 춥지예?"

사내가 대답 대신 고개를 끄덕였다.

"오늘도 순대국밥하고 소주 하나라예?"

사내가 다시 대답대신 고개만 위아래로 움직였다. 여자가 그의 앞에다 물병과 컵 등을 내려놓더니 콧노래를 흥얼거리면서 원래 있던 자리로 돌아갔다. 잠시 뒤에 사내가 주문한 음식이 나왔다. 사내가 숟가락으로 국밥을 한술 떠서 입에다 가져간 것과 거의 동시에 다른 사내 두 명이 식당 안으로 들어왔다. 이들은 먼저 온 사내 바로 옆 테이블에 자리를 잡았다.

"어서 오세요!"

여자가 투박하지만 정감 어린 경상도 억양으로 두 명의 손님을 맞았다. 앞서 식당을 찾은 사내는 새로운 인물들의 등장을 애써 외면하려는 듯 식사에만 열중했다. 그렇게 잠시 시간이 지났다. 나중에 온 이들이 슬그머니 자리에서 일어나더니 홀로 밥을 먹던 사내에게로 다가섰다.

"조홍준 선생님!…… 조홍준 선생님이 맞으시죠?"

홍준은 순간 모골이 송연했다. 이곳에서 자신을 그렇게 부를 사람은 없었다. 자기를 부른 이가 어디에 속했든 유익한 일로 자신을 찾을 리도 만무했다. 들어오면서부터 계속 힐끔거리며 자기를 바라보던 낯선 사내 두 명이 조금 수상하다고는 느꼈으나, 처음 보는 사람에게 늘 경계심을 갖고 지낸 터라 대놓고 의심하지는 않았다. 홍준에게 질문을 던진 사내는 머리를 조금 숙인 채 한쪽 손을 그가 앉은 탁자에 짚고는 대답을 기다렸다. 옆에는 100kg은 족히 넘는 또 다른 사내가 떡하니 버티고 서있었다.

홍준은 상황판단을 서둘렀다. 판단이 서자 잠시도 머뭇거리지 않았다. 시선을 한 번 살짝 돌리더니 먹던 국밥을 그릇 채로 들어 고개를 숙인 사내의 머리를 향해 냅다 던졌다. 이어 재빠르게 술병을 들어 다른 사내의 얼굴을 향해 내리쳤다. 그리고 난 뒤 일말의 틈도 주지 않고 잽싸게 문밖으로 뛰어나갔다. 두 사내는 홍준이 이렇게 대응하고 나올 줄은 미처 예상하지 못했다. 넋을 놓고 있다가 보기 좋게 당한 꼴이 됐다.

"야--아! 얼른 잡아!"

얼굴에 국밥 국물과 건더기를 잔뜩 둘러쓴 자가 이마에 피가 나기 시작하는 덩치 큰 사내를 향해 말했다. 둘은 서둘러 홍준을 쫓았다. 하지만 달리기라면 아직까지 누구한테 뒤지지 않을 자신이 있는 홍준이었다. 두 사내가 몇 블록을 열심히 뒤쫓았지만 홍준을 잡지는 못했다. 골목 모퉁이를 돌면서 결국 그의 행방을 시야에서 완전히 놓쳤다.

"헉-헉!… 젠장! 우리가 그 자를 너무 얕잡아 봤군. 순순히 따라 나설 줄 알았더니만…… 후----! 그나저나 대장한테는 뭐라고 변명해야 하나… 쩝!"

둘 중에 나이가 조금 많은 사내가 뱉은 말이었다.

"허--허-헉!"

함께 온 사내도 거친 호흡을 내뱉으며 달리기를 멈췄다. 나이는 다른 사내에 비해 상당히 어렸으나, 체중이 많은 탓에 달리기에는 적합하지 않은 듯 했다. 힘에 부쳤는지 연신 헉헉댔다.

"일단, 여태 살던 집 근처에서 며칠 기다려보기로 하지. 나타날지는 모르지만 지금은 그 수밖에 도리가 없으니 말이야."

"예!…… 후---하--하!"

두 사내는 그렇게 그 곳에서 잠시 머뭇거리다가 이내 자리를 떴다. 두 사내가 있던 자리 바로 인근에 위치한 주택의 안쪽 문 뒤에서 홍준이 가쁜 숨을 달래가며 이들이 떠나는 걸 몰래 지켜봤다.

홍준은 그날 이후 심한 불면증에 시달렸다. 다른 도시로 다시 떠나 거처를 옮기고 몸을 숨겼지만 제대로 잠을 이룰 수가 없었다. 가슴 속에 커다랗게 자리 잡은 불안감이 당연한 원인이었다. 누군가 자신을 해치러 올 수도 있다는 생각이 매순간 그를 짓눌렀다. 아이러니하게도 그동안 다른 이의 마음을 살피는 일을 해온 그가 정작 자신의 마음만은 조금도 다스리질 못했다. 불안감을 누르기 위해 자기 스스로에게 최면을 걸어보려고도 했지만, 여기엔 분명히 한계가 있었다. 비상시를 대비해 차명으로 된 예금계좌 등을 늘 숙소와는 별도로 보관했으나 신변에 대한 불안감만은 어쩔 도리가 없었다. 그동안 잘 숨어 지냈지만 최근 들어 결국 꼬리가 잡혔다. 지난번에 국밥집에서 맞닥뜨렸던 두 사내가 누구인지 정확히는 모르나 정부기관 소속은 아니란 게 그의 직감이었다. 한 번 잡힌 꼬리가 재차 잡히긴 더욱 쉬울 터였다. 이래저래 가슴을 졸이던 홍준이 갑자기 뭔가 생각났다는 듯이 손바닥으로 자신의 무릎을 탁하고 쳤다.

'그래! 그런 수가 있었군. 이렇게 간단한 일을 왜 생각하지 못했을까? 진작 그랬어야 했는데.'

홍준은 외투 안쪽 호주머니에 소지하던 노트북을 꺼냈다. 몸체가 반원형으로 이뤄진 조금 굵고 길쭉한 막대모양이었다. 노트북의 평평한 쪽을 테이블에 올려놓고 전원을 켜자, 오른쪽 면 하단에서 키보드 자판이 새겨진 얇은 판이 튀어나왔다. 이어 얇은 판의 상단 거의 전체를 가로지르는 가느다란 선에서 다시 빛의 형태로 스크린이 뿜어져 나왔다. 이후 그는 온갖 사이트와 개인용 포탈들을 검색했다. 이를 통해 뭔가를 메모하더니 이후 열심히 자판을 눌러댔다.

"후우!……"

얼마 후 일을 대충 마무리했는지 짧은 한숨과 함께 의자에 등을 기댔다. 잠깐 동안 멍하니 그대로 있었다. 얼마동안 그런 뒤에 늘 갖고 다니는 커다란 가방에다 자신의 소지품들을 주섬주섬 챙기기 시작했다. 어디론가 다시 떠날 모양이었다. 거처를 나선 홍준은 간선 셔틀정거장으로 가는 도중 일부러 택시를 세 번이나 갈아탔다. 택시에서 내릴 때마다 커피숍 등을 찾아 화장실에 들러 겉옷을 갈아입고 나오기를 반복했다. 매번 모자도 바꿔 썼다. 그 모습이 마치 오랜 습관처럼 자연스러웠다. 정거장에 도착해선 대전으로 가는 표를 샀다. 부산을 거쳐 지금 이곳 창원으로, 또다시 대전을 향해 떠나는 자신의 처지가 한심하다는 생각이 들었는지 짧은 푸념을 내뱉었다.

"참!… 나-원…"

얼굴을 땅에 묻은 채 발길질을 몇 번 하더니 셔틀에 오를 시간이 됐는지 천천히 움직였다. 아직 출발시간은 멀었지만 점점 더 추워지는 날씨를 피해 얼른 셔틀에 올랐다. 고개를 두리번거리며 주위를 몇 번 둘러봤다. 그제야 안심이 되는지 머리와 등을 자리에 기대고 눈을 감았다. 그러더니 셔틀이 이륙도 하기 전에 이내 잠이 들었다. 그동안 제대로 못 이룬 잠에 드디어 푹 빠져든 것이었다. 이제 잠을 못 이룰 정도의 불안감은 어느 정도 가신 모양이었다. 셔틀은 그렇게 단잠에 빠진 홍준을 태우고 대전으로 향했다.


차가운 바람 때문에 더욱 진한 냉기가 느껴지는 저녁이었다. 해가 지자 거리에는 행인이 눈에 띄게 줄었다. 이번 겨울이 유난히 추울 것이라고 기상청이 미리 예보했지만, 막상 닥친 추위는 당초 예상을 훨씬 뛰어넘었다. 한 사내가 마트를 나서며 걸음을 재촉했다. 혼자서 비닐봉투에다 일회용 즉석식품만 잔뜩 사들고 가는 걸로 봐선 아마도 독신인 듯했다. 맹추위와 거센 바람 탓에 차를 세워놓은 곳까지 잠깐 걷는 것도 쉬워 보이지 않았다.

차에 거의 다다를 쯤에 사내가 손목에 찬 미디어시계로 문자메시지가 수신됐다는 알람이 울렸다. 사내는 짐을 서둘러 트렁크에 싣고는 곧바로 시계를 쳐다봤다. 우선 메시지를 보낸 번호부터 확인했다. 휴대전화로부터 온 게 아님을 이내 알아챘다. 몇 년 전부터 한 포털 사이트가 본격적으로 상업화하기 시작한 온라인 메신저에 의한 문자 발송이었다. 이 문자 발송은 전화번호를 비롯한 송신자의 인적사항을 굳이 드러낼 필요도 없고, 시간도 맘대로 예약할 수 있어 여러모로 편리했다. 하지만 범죄에 악용되기도 해 논란이 많았다.

그는 의아해하며 차문을 여는 것과 거의 동시에 메시지 확인 창에 손가락을 갔다댔다. '조홍준입니다. 메일을 하나 보냈으니 읽어보세요.'라고 적힌 문자였다. 놀란 듯이 차문을 닫고 전원과 히터를 켰다. 출발할 생각은 하지 않고 메일부터 확인했다. 그러더니 메일에 적힌 내용을 처음부터 끝까지 쉬지 않고 단숨에 읽어 내려갔다.

"쥐새끼 같은 놈! 결국 이렇게 나온다 이거지."

현근은 자신에게로 온 메일을 확인하자마자 혼잣말로 중얼거렸다. 현근이 확인한 메일에는 여러 첨부파일과 함께 다음과 같은 내용이 적혀있었다.

날 그냥 내버려 두세요. 난 그냥 입을 닫은 채 조용히 살고 싶을 뿐입니다. 무슨 목적으로 당신이 날 찾는지는 이미 잘 압니다. 거사를 조금 앞두고 당신이 누군가와 나누는 전화통화를 엿들은 게 내게는 어쩌면 행운이었지요. 가장 중요한 관련자인 날 없애기로 결정한 당신들을 피해 난 이렇게 숨어 지냅니다. 처음엔 자수에 대해서도 생각했지만 저지른 일이 너무나 커서 이 역시 내 생명을 보장할 수 없을 것이라고 판단해 그러지도 못했지요.

난 고민 끝에 신변보호를 위해 한 가지 조치를 마련했습니다. 당신에게 메일을 보내는 것과 별도로 다른 포탈과 아이디를 이용해 메일을 하나 예약전송 되도록 설정했습니다. 이 메일에는 당신에게 보낸 메일에 첨부한 파일과 똑같은 게 담겼습니다. 굳이 보지 않더라도 파일에 담긴 내용이 뭔지는 충분히 짐작할 것이라고 봅니다. 난 이 메일이 저장 후 30일이 지나면 총리실·내무성·연방정보부·검찰청·경찰청·방송국·신문사 등의 대표 메일로 발송되도록 설정했습니다. 다시 말해 내가 이 메일을 예약전송한 후 30일 이내에 전송취소를 재차하지 않으면 꼼짝없이 메일이 이들 기관으로 전달되는 것입니다.

난 앞으로 이와 같이 예약전송과 취소를 계속적으로 반복할 것입니다. 내가 살아 있는 한은 계속 그렇게 할 겁니다. 따라서 메일이 전송되지 않으려면 내가 누군가에 의해 불의의 죽임을 당하는 일 같은 건 없어야 합니다. 난 시간이 많이 흘러 이와 같은 행동이 무의미해질 때까지 이를 반복할 것입니다. 또한 날 납치해서 전송 시에 사용한 아이디와 비밀번호를 알아낼 생각도 하지마세요. 이를 얘기하는 것과 동시에 내가 당신의 처분만을 기다리는 불쌍한 처지가 될 것이라는 건 너무나 잘 압니다. 특히 그 어떤 고문도 목숨을 잃는 것보다 참혹한 결과를 가져오진 않는다는 걸 모를 바보는 아닙니다.

다시 한 번 말하지만 날 그냥 내버려두세요. 난 그냥 입 닫고 조용히 지내겠습니다. 신분마저 노숙자로 바꾼 채로 사는 내가 당신들에게 무슨 위협이 되겠습니까. 날 그냥 내버려두세요.


현근은 자동차 전원을 그대로 켜놓은 채로 눈을 감았다. 이리저리 생각해봐도 뾰족한 수가 나오질 않았다. 그렇다고 가장 중요한 외부 관련자를 모른 채하고 그냥 놔둘 수는 없는 노릇이었다. 자신이 그러려고 해도 윗선에서 이를 용납할 리가 만무했다. 게다가 이젠 마음대로 손을 쓸 수도 없게 됐다.

'바보 같은 녀석들. 둘이서 놈 하나 제압하지 못하고 이런 빌미를 제공하다니…'

현근이 잔뜩 찌푸린 인상으로 전화를 걸었다.

"나야! 잘 들어! 앞으로 쥐잡기 계획을 일부 수정한다. 당초 신원이 확보되면 즉각 제거하는 것에서 일단 필요시에 조치를 취할 수 있도록 행적추적만 하는 것으로 변경한다. 하지만 어디 있는지에 대한 파악만은 실수 없이 확실하게 진행해."

현근이 부하의 짧은 대답이 마저 끝나기도 전에 전화를 끊더니 휴대전화기를 조수석 위에다 던지다시피 내려놓았다.

"에잇! 바보 같은 녀석들… 쳇!"

현근은 마치 배설하듯 혼잣말을 뱉었다. 그러면서 자동주행시스템 제어화면에다 몇 차례 손가락을 갖다 댔다. 자동차를 자신의 아파트로 향하도록 설정했다. 현근의 차가 매서운 바람을 뚫고 천천히 움직였다.

# 삼존불 추존
# 논란과 갈등

10

새해가 되자 세홍이 세익원을 찾았다. 새해 인사와 더불어 그동안의 안부를 묻기 위함이었다. 영일이 뭔가 중요한 의제가 있다고 미리알려온 데 따른 것이기도 했다. 영일을 비롯해 많은 세익원 식구들이그를 반갑게 맞았다. 세홍이 온다는 소식에 이날 저녁식사 시간엔 원내에 있던 관계자들이 거의 대부분 모였다. 이 가운데는 세홍이 세익원을 떠난 사이 새롭게 온 인물도 있었다. 세익원 부속단체인 '우리겨레돕기신도모임' 사무소 직원인 김영직의 동생 무종이 고등학교를 졸업도 하기 전에 벌써 서울로 내려와서 지냈다. 이들 두 형제는동향 선배인 박흥식과 함께 사무소의 각종 잡무를 도맡았다. 묘하게도 앞서 근무하던 여직원이 결혼과 함께 퇴직한 시점이 무종의 고교

시절 마지막 겨울방학과 맞아떨어졌다. 이들이 함께 모여 일할 수 있게 된 주된 계기가 이것이었다. 무종은 이미 자신의 형으로부터 세홍에 대한 얘기를 수도 없이 들었다. 영직은 무종에게 세홍과 관련한 자신의 느낌을 비교적 상세하게 전달했다. 그 얘기 속에는 세홍에 대한 뭔지 모를 경외심과 호감 등이 녹아있었다. 무종은 그런 얘기들을 통해 세홍을 만나기 전부터 그에 대해 모종의 기대감 같은 것을 가진 터였다. 그런 가운데 세홍이 자기에게 다가와 먼저 반갑게 인사를 건네자 약간 당황한 표정을 보였다.

"그래요…… 난 무종이라고 해-요……"

그의 이런 반응에 세홍이 부드러운 미소를 지으며 말했다.

"이제 한 식구인데…… 절 편안한 동생으로 대하세요."

"그-그럴까?"

이 모습을 잠시 보던 흥식이 무종을 세홍의 곁에 앉도록 했다. 새롭게 식구가 된 무종과 세홍이 좀 더 가까워지는데 도움을 주기 위한 의도였다. 이를 눈치라도 챈 듯 세홍이 무종에게 적극적으로 관심을 보였다.

"형도 곧 군대를 가셔야 할 텐데… 영직이 형처럼 여기서 일 년 정도 일한 뒤에 입대하실 건가요?"

세홍이 예상치 못하게 자신의 향후 계획을 묻자 무종이 사래가 들린 듯 물을 몇 모금 마신 뒤 대답했다.

"으-응… 나도 우선은 그럴 계획이야."

그의 대답에 세홍이 다시 미소를 지었다.

통일고려는 국민개병주의를 기초로 택했다. 강대국 사이에서 강소국의 지위라도 유지하기 위해선 필요한 선택이었다. 이에 따라 고교 졸업 이상의 학력과 정상적인 신체를 가진 모든 국민은 어떤 형태로든 국방의 의무를 지녀야만 했다. 남자의 경우 대부분 의무병으로 군대에서 복무했고, 여자의 경우 국가나 사회시설에서 이에 준하는 활동을 펼쳤다. 기간은 보통 1년이었다.

이는 통일과 함께 새로운 국가가 출범하면서 법으로 명문화됐다. 통일을 전후해 일부 정치인 중에는 모병제로의 전환을 모색하자고 주장하는 이도 있었다. 하지만 국제 정세와 국가의 미래를 무시한 시대착오적인 발언이란 여론이 대세를 이루자 슬그머니 꼬리를 감췄다. 이후 제도가 어느 정도 정착되자 이를 국가를 위한 하나의 신성한 의무라고 여기는 공감대가 국민들 사이에 널리 형성됐다. 기준에 미달하면 자신이 원한다고 해서 가질 수 있는 게 아니라는 인식도 저변에 깔렸다. 병영제도의 다원화 및 현대화도 이런 인식제고에 도움이 됐다.

1년간 자신의 집에서 출퇴근하면서 펼치는 젊은 여성들의 각종 의무 활동도 사회적으로 호응도가 높았다. 봉사활동이 주를 이뤘지만, 자신이 원하기에 따라 군복무나 다른 힘든 일을 담당하기도 했다. 특히 과거처럼 병역 및 의무 활동을 고의로 기피하려는 사례는 거의 없었다. 피선거권을 영구히 박탈하는 등 의무기피에 대한 처벌이 대폭 무거워진 것도 이런 흐름에 일부 영향을 미쳤다. 복무시점을 탄력적으로 선택하도록 한 점과 종교나 사상 등의 문제로 인해 군에 복무하기 어려운 이를 위해 대체복무 수단을 마련한 점 등은 제도의 건전성 학보에 더욱 긍정적인 요인으로 작용했다.

식사가 끝나자 저녁 예불이 열렸다. 주불인 비로자나불을 비롯해 노사나불·석가모니불 등 삼신불을 위한 것이기도 했지만, 새로운 부처인 용수를 기리려는 목적이 훨씬 컸다. 예불은 세홍의 주도 하에 이뤄졌다. 영일이 그렇게 하도록 배려했다. 예불이 끝나자 세홍과 영일을 비롯해 주요 간부승려들만 따로 모였다. 곧이어 총무원장인 영일이 작심한 듯 말을 꺼냈다.

"용수큰스님께서 열반에 드신지도 꽤 지났습니다. 이젠 세익원 내에서 차지하는 그 분의 새로운 위상에 대해 논의할 때입니다. 우선 제 의견부터 밝히자면, 저는 용수큰스님을 용수여래로 추존해 삼신불의 하나로 모셔야 한다고 생각합니다. 특히 용수여래가 석가세존의 자리를 대신해야 한다고 봅니다. 기존 종파와 확실한 차별성을 갖기 위해서라도 이런 시도가 분명 필요합니다."

영일의 얘기를 듣던 서울총령사 연백이 입을 열었다. 나이는 영일보다 많았다.

"여래로 추존해 삼신불의 하나로 모셔야 한다는 데는 기본적으로 동의합니다. 하지만 석존의 자리를 대신한다는 건 지나치다고 봅니다. 여러 가지를 종합해보면, 노사나불로 추존하고 모시는 게 가장 타당합니다."

두 사람의 얘기를 가만히 듣던 감사원장 중동이 못마땅한 듯이 얘기를 꺼냈다. 나이로는 이날 모인 이들 가운데 가장 많았다.

"유사 이래로 많은 대각 스님들이 나타났다 멸하셨소. 물론, 이 분들이 열반에 드셔서 여래로 거듭났다는 건 사부대중 누구도 부인할 수 없는 사실일게요. 그렇다고 지금까지 어느 종파에서든 열반에 든 스님을 삼신불로 추존했다는 얘기는 들어본 적이 없소. 이런 전인미답의 사례를 왜 굳이 우리 세익원에서 만들려는지 도무지 이해가 안 되오. 소승 역시 큰스님의 공덕이나 업적에 대해선 무한한 경외심을 갖고 있소이다. 하지만 삼신불로의 추존은 정말 과하다고 보오. 이는 불가의 기초를 뒤흔드는 것과 더불어 원리를 부정하는 대단한 도발이라고 생각하오. 더군다나 종파가 내세우는 개혁을 더욱 선명하게 하기 위한 것이라면 이는 더더욱 아니요. 개혁과 변화라는 것도 대중이 감당하고 납득할 정도로만 진행하는 게 좋소. 우리가 내건 개혁의 색깔이 너무나 짙어진 바람에 종국에 이르러 시커멓게 변해버리고 말까봐 두렵소이다. 또한 총무원장 그대가 제안한 것이 과연 개혁과 연장선상에 있는 것인지조차도 사실은 의문이외다."

얘기를 듣던 영일의 표정이 어두워졌다. 자신의 뜻에 모두 동조할 것으로 내심 기대했으나 그렇지 않았기 때문이었다. 믿었던 연백도 큰 맥락에서는 동의했지만 자신의 의견을 전적으로 수용하진 않았다. 그렇다고 유야무야하며 그만둬야 할 노릇은 아니었다. 재차 자신의 주장을 펼칠 요량으로 목소리에 힘을 줬다.

"큰스님께서 하신 말씀 중에 다음 구절이 생각납니다. '깨달음을 구함에 있어 기존 원리에 얽매이지 마라. 모든 원리는 결국 깨달음의 산물이다. 앞선 원리가 새로운 깨달음보다 반드시 중하다고는 할 수 없다'는 말씀이 말입니다. 하나가 더 있네요. '깨달음이란 곧 실행의 지이다. 행하기 위해 깨닫는 것이지, 관념 속에 저장하기 위한 것이 아니다'란 말씀도 자주 하셨지요. 삼신불, 다시 말해 삼존불에 의거한 원리 역시 절대불가침의 영역에 있는 것이라고는 보지 않습니다. 또한 소승이 말하는 용수여래의 삼신불 추존은 기존 원리를 전면적으로 부정하는 것도 아닙니다. 다만, 그동안 금지된 영역으로 여기며 어느 종파도 시도하지 않은 것을 우리 세익원이 최초로 해보자는 것이지요. 이게 곧 저의 깨달음이요, 실행의지입니다."

영일의 말에 중동이 고개를 여러 번 세차게 가로 저었다.

"궤변이올시다. 총무원장! 그대의 말씀대로 용수여래를 삼신불로 모신다고 가정합시다. 그러면 우선 이 세상의 모든 불자들이 우리를 보고 뭐라 하겠소. 이에 앞서 더욱 중요한 게 있소이다. 우리가 대중의 시선에는 아랑곳하지 않고 이를 강행했을 그 이후를 상상해보시오. 이를 모방해 저마다 자기의 스승이나 열반에 든 대각스님을 삼신불로 추존하려고 들 것이요. 결국에는 필시 살아있는 자신을 생불로 칭하는 이도 나타날 것이라고 보오. 이 세상이 사이비불교로 범람하게 될 것이라는 얘기올시다. 그렇게 되면 우리 세익원은 불가의 근본을 완전히 흐리고 망가뜨린 사이비의 종가로 영원히 낙인이 찍힐 것이외다."

영일이 잠시 숨을 한 번 크게 쉬더니 심각한 표정으로 중동의 말을 되받았다.

"정통은 무엇이고 사이비는 또 무엇이겠습니까? 그냥 중점적으로 가치를 두는 바가 서로 다른 것일 뿐이겠지요. 그 중점적인 가치가 어느 쪽이 진정 중한지도 상황에 따라 다른 것입니다. 일반적인 통념상의 정통과 사이비도 시대와 경우에 따라 서로 자리가 뒤바뀔 수도 있고요. 특히 정통과 사이비에 대한 진정한 구분은 주류와 비주류가 아닌, 중생에게 해악을 끼치는지 이로움을 주는 지 여부로 이뤄져야 한다고 봅니다. 아울러 모든 개혁적인 시도는 기존에 고착화된 관념을 깨뜨리면서 진행됐습니다. 늘 그런 건 아니지만, 대개 극심한 반대도 겪었지요. 다른 이들의 시선이 무서워서 하고자 하는 일을 주저해서는 안 된다고 봅니다. 이미 주지하고 계시다시피 큰스님은 통일고려의 현대불교사에 있어 한 획을 그으신 분입니다. 이런 분을 재차 높이 받들고자 하는 게 소승의 마음입니다. 무엇보다 이런 시도가 큰스님 입적 후에 자칫 흔들릴 수도 있는 우리 세익원에게 새로운 구심점이 될 것으로 확신합니다."

"하---!"

영일의 말에 중동이 답답한 듯 한숨을 내쉬었다. 그러자 곁에서 잠시 지켜보던 연백이 세홍에게 이에 대한 의사를 물었다.

"세홍스님은 혹시 이와 관련한 의견이 따로 없나요?"

이 말에 다들 시선을 세홍에게로 두면서 그의 대답을 기다렸다. 그도 그럴 것이 세홍은 장차 세익원을 이끌어야할 중책에 있는 몸이었다. 세홍이 자신에게로 일제히 향한 시선을 의식한 듯 조용히 말을 꺼냈다.

"말씀드리기가 상당히 조심스럽습니다. 사전에 아무런 언질도 없이 영일스님께서 갑자기 이런 뜻을 밝히시니 조금은 당황스럽기도 하구요…… 제게 있어 큰스님은 스승이자 어버이와 같은 분이십니다. 그런 분을 우뚝 세우고자 하려는데 제가 왜 반대하겠습니까? 그 점에 대해선 적극 찬성입니다. 하지만 그 방법론에 있어선 조금 숙고를 해야 한다는 생각입니다. 저 역시 큰스님께서 하신 말씀이 떠오르네요. '누군가를 빛나게 하는 것은 그가 차지한 높은 직책이 아니다. 오로지 사상·관념·인격 등의 내면적 가치이다'라는 말씀이 말입니다. 저는 큰스님을 끝없이 높이 추존하는 것도 좋지만, 이에 앞서 당신이 피력한 고매한 의지와 가르침을 좀 더 널리 진파하는 게 더욱 그분을 높이고 기리는 방법이라고 생각합니다. 모처럼 좋은 의견을 내신 영일스님에게는 정말이지 죄송한 말씀이오나, 이 논의는 지금 여기서 더 이상 진행할 게 아니라 각자 이에 대해 좀 더 진지하게 고찰한 후 다시 의논하는 게 좋다고 봅니다."

세홍의 얘기가 끝나자 중동이 거봐라는 듯이 헛기침을 몇 번 했다. 연백은 말없이 고백만 끄덕였다. 함께 자리한 나머지 승려들도 이와 비슷한 반응을 보였다. 세홍의 말에 수긍이 안 된 이는 영일뿐이었다. 영일은 용수의 입적 이후 세홍의 말 한마디 한마디에 뭔지 모를 무게감과 흡인력이 생긴 것을 이미 느꼈지만, 이날은 달랐다. 자신의 내부에서 일어나는 세홍의 말에 동조하려는 기운을 애써 떨쳐냈다. 그러고 싶지 않은 게 가장 큰 이유였다. 적어도 이날만큼은 자기의 감정이 세홍에 대한 이끌림을 이겨냈다.

수행을 오래한 승려라고 해도 그도 결국 인간이었다. 자신의 의견에 동조하지 않은 데 대한 서운함을 세홍에게서 가장 크게 느꼈다. 향후 세홍이 원정사에 오르는데 있어 가장 큰 후견인이 지금으로선 자신임에도 불구하고 이와 같은 입장을 보이자 더욱 그랬다. 세홍이 이러한 현실을 망각한 것은 아닌가 하는 생각마저 들었다. 연백이 영일의 심경을 눈치를 챘는지 아니면 뭔지 모르게 딱딱해진 분위기를 벗어나려고 그랬는지 몰라도 손을 몇 차례 휘저으며 말을 꺼냈다.

"자-자! 이 논의는 여기서 그만 접고 다른 주제로 넘어갑시다."

"으--험……"

중동이 재차 내뱉은 헛기침을 신호로 곧이어 다른 주제로 얘기가 이어졌다. 이날 모임은 영일에겐 여러 가지로 쓰라림이 있었다. 자신이 현재로는 세익원을 장악했다고 생각했는데 그게 아니라는 점, 그리고 세홍이 자신을 완전히 신뢰한다고 여겼는데 그 역시 자신의 착각이었다는 점에서였다. 영일의 마음속에서 세홍에 대한 뭔지 모를 골이 깊이 파인 그런 밤이었다.

# 위치가 들통 난
# 도망자

11

김신혁 실장이 이끄는 팀에 복태일이란 인물이 있었다. 권력의 그림자를 쫓아 연방정보원에 발을 디딘 자로, 영리했으나 상당히 기회주의적인 성격을 지녔다. 줄곧 가난한 환경에서 자란 탓이었다. 하지만 은성과 신혁이 부하들의 숨은 속내까지 일일이 파악할 수 없는데 따라 상급자들로부터 무한한 신뢰를 얻었다.

그런 그가 김정은 시해사건을 전담하는 팀장으로 최근 배속됐다. 팀이라고 해봐야 태일까지 포함해 세 명이 고작이지만, 구성원 면면은 조직 내에서 단연 으뜸이었다. 그의 책상에는 그동안의 사건 기록이 수북하게 쌓여있었다. 그 많은 자료들 중에 별도로 빠져나온 게 하나 있었다. 바로 조홍준과 관련된 자료들이었다. 팀 내에서도 홍준을 추적하는 게 가장 급선무라는 인식이 지배했다. 게다가 지금 그들로선 홍준의 행방을 찾는 것 외에는 딱히 달리 중점을 두고 진행할 사안도 없었다. 태일이 팀원 두 명과 함께 서로 의견을 나눴다.

"무엇보다 시간이 꽤 많이 흘렀다는 점에 어려움이 있습니다. 사건 당시 곧바로 추적했다면 쉬웠을 텐데, 지금은 여러 가지로 한계가 있습니다. 그가 알고 지낸 지인들을 중심으로 당시의 행적에 대해 계속 캐묻고 있습니다."

부하의 말을 들은 태일이 시큰둥한 반응을 보였다. 1분여 동안 입을 다물고 눈만 껌뻑거리다가 얘기를 꺼냈다.

"음…… 우선 그가 임정우의 모친과 관련이 있고, 사건이 일어나기 불과 며칠 전에 행적을 감춘 것만으로도 가장 유력한 배후 용의자란 건 이미 서로가 다 아는 사실이잖아. 그런 이유로 그를 꼭 찾아야만 하는 것이고. 또한 그가 심리치료사이자 최면술사이기 때문에 누군가가 그의 능력을 사건에 이용했을 가능성이 있다는 점도 모두 예상하는 것이잖아. 물론 그가 그런 능력을 지닌 게 기막힌 우연일 수도 있겠지만 말이야."

태일이 잠시 숨을 고르더니 말을 이었다.

"음…… 이제 막 시작이야. 첫 돌을 어려운 곳에다 놓으면 바둑 전체가 꼬이는 법이지. 힘들게 접근하지 말자고. 가장 손쉬운 방법부터 찾아보잔 말이야. 당연한 얘기겠지만, 그가 잠적한 이유로는 두 가지 추론이 가능하겠지. 우선 하나는 워낙 중대한 사건이니 혹시라도 꼬투리가 잡히기 전에 미리 몸을 피했을 경우이고, 또 하나는 자신의 능력을 이용한 자로부터 신변의 위협을 느꼈을 경우이겠지. 뭐가 됐든 현재 가능한 시나리오도 딱 두 가지야. 잠적한 상태에서 숨을 쉬고 있거나 아니면 벌써 죽었거나… 물론 우리 입장에선 전자이길 바래야지. 일단은 그렇게 보고 최대한 노력해야겠지. 우리 팀이 존재하는 이유가 여기에 있으니 말이야…… 음…… 자! 이렇게 하지. 우리가 철저하게 홍준의 입장이 되어보자고. 그를 찾는데 있어 가장 가능성이 높은 가정을 해보잔 말이야."

태일이 고개를 끄덕이는 부하들을 잠시 둘러보더니 하던 말을 계속했다.

"음…… 그가 살아있다면 아마도 자신의 신분을 그대로 유지하면서 살지는 않을 거야. 내가 그의 처지라고 해도 가장 먼저 신분부터 바꾸려 들 테니깐 말이지. 아마도 몸을 숨기기에 상대적으로 용이한 서울을 비롯한 대도시에서 사람들과 섞여 살고 있을 거야. 그리고 음… 필시 자신의 양친을 비롯해 지인들과 어떻게 해서든지 몇 차례에 걸쳐 통화를 했겠지. 분명히… 아무리 냉혈한이라고 해도 수년간 혼자 도피생활을 하면서 단 한 차례도 부모와 지인에게 연락하지 않았다는 건 납득하기 힘드니깐 말이야. 향수란 게 말이지… 묘하게도 때론 자신의 안위마저 잊을 만큼 통제력을 잃게 하는 요소가 되기도 하거든…"

태일이 또 한 번 부하들과 한 명씩 시선을 교환한 뒤 말을 이었다.

"전화를 했다면 어떤 방법으로 했을까? 음… 틀림없이 공중전화나 기타 추적이 안 되는 방법을 이용했을 거야. 일단 홍준이 연락할 만한 대상을 최대한 확대한 후 그들이 수년 동안 통화한 기록을 모두 뽑아, 그 가운데 개인전화가 아닌 뭔가 따로 주목할 만한 것들만

추려내 보자고. 이를 기초로 그의 행방을 탐문해 보도록 하지. 자! 뜸 들일 것 없이 곧바로 움직여!"

태일의 지시에 두 부하가 함께 대답을 한 뒤 제각기 자기 자리로 가서 앉았다. 그런 후 뭔가 새로운 할 일을 찾은 듯 활기에 찬 눈빛으로 태일이 지시한 사항에 대해 알아보기 시작했다.

며칠이 지난 뒤였다. 태일이 부하의 보고를 받고는 반색하며 말했다.

"그래! 부산이라고. 좋아!…… 그럼, 곧바로 다음 단계로 넘어가도록 하지. 홍준이 전화한 위치 인근에 설치된 CCTV의 데이터부터 확보해서 복구해. 그 이후 표적의 동선을 추적해 나가자고."

태일의 지시에 부하들이 다시 일사불란하게 움직였다.

홍준은 대전에 도착한 이후 유성온천 인근 원룸촌에 정착했다. 그는 거처가 어느 정도 안정되자 자신의 앞날에 대해 고민했다. 물론 당장의 안위부터 걱정해야 할 처지이지만, 그렇다고 하루하루 연명만을 거듭하면서 지낼 노릇은 아니었다. 통장잔고가 점점 줄어드는 것도 전환점이 필요하다고 느낀 이유였다. 그렇다고 서울에 있는 부모나 지인들에게 도움을 구할 수는 없었다. 일자리를 찾아야 한다는 생각이 우선 들었다. 하지만 도피 중인 자가 선택할 수 있는 직종에는 한계가 있었다. 홍준이 이 점을 모를 리는 없었다. 지금 자신의 처지로는 어디 함부로 나서기도 불안했다. 현근이 부산까지 자신을 추적해왔다면 위장한 신분에 대해서도 이미 파악했을 것이란 게 그의 짐작이었다. 게다가 현근이 정보기관 출신임에 따라 신원추적에 대해선 누구보다도 강점을 가졌다는 것을 이미 잘 알았다.

'건설 일용직 같은 것 말고는 별로 선택할 게 없겠군. 그것도 한계가 있겠고…… 내 주특기를 조금 발휘하는 수밖에 도리가 없는 건가……'

홍준은 이튿날부터 자신의 숙소와 가까운 상가들을 둘러보고 다녔다. 아침과 점심을 겸해 식당을 들른 뒤에 마트, 편의점, 커피숍, 미용실 등을 쭉 돌고는 다시 저녁식사를 위해 식당을 찾는 것을 며칠 동안 반복했다.

작은 커피숍을 운영하는 정은하는 요즘 들어 거의 매일이다시피 가게를 찾는 자신과 비슷한 또래의 사내에게 왠지 신경이 쓰였다. 계산할 때 늘 자기 앞에서 수화와 비슷한 손짓을 하는 걸 특이하다고 여겼지만, 그럴수록 뭔지 모르게 그 사내에게 더욱 빠져드는 것만 같았다. 이혼한지가 2년이 훌쩍 넘은 까닭에 외로운 탓이려니 하고 여겼지만, 그것만으론 설명이 부족했다. 이런 자신의 처지를 알고 추파를 던지는 것 같다고 보았으나, 자기가 그렇게 부유한 이혼녀도 아니란 생각에 고개를 가로젓기 일쑤였다. 이젠 은근히 그를 기다리는 자신을 생각하면 헛웃음마저 나왔다. 보통 오후쯤이면 노트북을 보면서 에스프레소를 한 잔 마시고 갔었는데, 이날은 저녁이 지나 마칠 시간이 점점 가까워지는데도 그가 들르질 않았다. 은하는 입구 쪽을 계속해서 주시했다. 자신도 모르게 어느 순간 그의 모습이 나타나길 목을 빼고 기다렸다. 한참을 그러는 가운데, 통유리로 된 문 밖 저만치로 그의 모습이 보였다. 이를 본 은하는 고개를 숙이면서 미소를 살짝 지었다. 커피를 한 잔 하기에는 조금 늦은 시간이란 건 그녀가 고려할 사항이 이미 아니었다.

"어서… 오세요!"

사내가 문을 미는 것과 거의 동시에 아르바이트 직원에 앞서 그녀가 먼저 인사를 건넸다. 마치 자신의 반가운 마음을 에둘러 표현이라도 하려는 듯했다. 사내가 목례로 인사에 답한 뒤 계산대로 와서 주문했다. 늘 마시던 메뉴였다.

"편한 곳으로 가서 앉으세요. 손님도 거의 없으니 저희가 가져다 드릴게요."

사내가 미소로 고마움을 잠시 표하고는 계산대가 마주 보이는 자리로 가서 조용히 앉았다. 하지만 평소처럼 노트북을 꺼내진 않았다. 뭔가 작업을 하거나 웹을 뒤질 의사는 없어 보였다. 직원이 주문한 커피를 가져다주자 이를 한 모금 마시는 것과 동시에 조그만 책을 하나 꺼내들었다. 종이책이었다. 최근 들어 인기를 끄는 한 유명작가의 시집이었다. 사내가 오기 전부터 있던 한 쌍의 커플이 나가자, 가게엔 세 명만이 남았다. 뭔지 모를 무거움과 어색함, 그리고 설렘과 두근거림 등이 혼재한 시간이 얼마 동안 흘렀다. 아르바이트 직원이 잠시 전부터 뭔가 열심히 뒷정리를 하더니, 마침내 입고 있던 앞치마를 벗었다. 이를 곱게 접어 포개놓고선 은하에게 말했다. 마칠 시간이 다 된 모양이었다.

"사장님! 전 이제 그만 가볼게요."

"그래! 수고했다. 내일 보자."

은하는 애써 낮은 목소리로 말했다. 조용히 직원을 보내려는 눈치였다. 영업 마감시간이 이르렀지만 군이 이런 사항을 사내에게 알리고 싶진 않은 듯했다. 사내는 직원이 문을 닫고 나가는데도 미동도 하지 않았다. 책에만 시선을 고정했다. 다시 묘한 기류에 휩싸인 시간이 지났다. 하지만 이번엔 잠깐 동안이었다. 사내가 자신의 테이블을 정리하고 쟁반을 거치대에 가져다놓더니 은하에게 다가섰다. 눈에 가득히 미소를 머금고는 당황한 표정이 역력한 그녀에게 말을 건넸다.

"오늘은 왠지 친구가 필요한 그런 날이네요. 늦은 시간에 폐가 될지는 모르지만, 소주든 와인이든 뭐가 돼도 좋으니 가볍게 같이 한잔 하시죠. 그냥 부담 없이 이런저런 얘기를 좀 나누고 싶습니다."

"......"

은하는 수줍어했다. 대답대신 난처하다는 뜻이 담긴 미소만 보였다. 그녀의 미소가 거절의 의미가 아니라는 걸 사내가 모를 리는 없었다. 그가 웃으면서 말을 이었다.

"제가 마무리하시는 걸 같이 도와드릴게요."

"괜찮아요. 불만 끄고 문만 잠그면 돼요."

이 대화로 두 사람의 이후 일정이 암묵적으로 대충 정해졌다. 뒷마무리를 모두 마친 후 문을 잠그고 그녀가 돌아섰다. 사내가 기다렸다는 듯이 그녀의 손목을 살짝 잡아 이끌었다. 은하는 마지못한 표정으로 사내를 따라 걸었다.

은하는 자신의 곁에 누워서 잠이 든 사내의 얼굴을 물끄러미 쳐다봤다. 방은 어두웠지만 그의 윤곽을 살피는 건 어렵지 않았다. 그의 이마부터 코끝을 지나 윗입술에 이르는 부분까지를 자신의 검지로 부드럽게 쓰다듬어 내려왔다. 잠시 그런 후에 그를 마주 본 채로 잠을 청했다. 그녀는 시간이 많이 늦었는데도 잠이 오질 않았다. 피곤함을 느꼈으나, 그 느낌이 너무나 편안하고 달콤한 까닭이었다. 은하는 그와 따로 만난 지 불과 사흘 만에 깊은 관계로 접어들었지만, 이모든 게 이미 예정된 일인 것처럼 느껴졌다. 사랑이란 게 승부를 결정짓는 게임은 분명 아니나, 이미 그를 향해 완전히 두 손을 들고 말았다. 그동안 줄곧 혼자 지낸 자신의 조그만 집이 행복감으로 가득찬 것만 같았다.

'행복하다…… 이런 감정, 그리고 느낌…… 참으로 오랜만이다.'

은하는 가슴 충만한 행복감을 느끼게 되자 문득 이 사내에 대해 아는 게 너무 없다는 생각이 들었다. 어느 날 갑자기 자기 앞에 모습을 나타내고는 자신의 마음을 송두리째 빼앗아간 남자가 정말 누구인지 궁금했다. 그가 자기에게 얘기한 것을 모두 믿지만, 그 믿음을 보다 확실하고 구체적인 것으로 만들기를 원했다. 이름이 박태정이라는 것, 사업에 실패한 후에 이혼하고 혼자 떠돈다는 것, 현재 그동안의 경험을 바탕으로 글을 쓰려고 한다는 등등, 그가 부드러운 미소에 실어 자신에게 전한 각종 얘기들의 진위를 확인하고 싶었다.

은하는 사내가 깊이 잠든 것을 다시 한 번 살피고는 조심스럽게 바지 뒷주머니에 꽂힌 그의 지갑을 꺼내들었다. 지갑을 열어 우선 신분증부터 있는지 확인했다. 그의 지갑에는 그 흔한 신용카드도 하나 없었다. 오직 신분증만이 그의 낡은 지갑에서 외롭게 이를 대신했다.

사진이 많이 흐릿했으나, 그의 모습인 건 확실했다.

'후훗. 이름은 맞네. 박태정…'

은하는 이름과 나이 말고는 달리 확인할 게 없다는 생각에 갑자기 우울해졌다. 그런 그녀가 잠시 뭔가를 생각하더니 이내 웃음을 되찾았다. 살며시 일어난 뒤에 자신의 휴대전화기와 그의 신분증을 들고는 욕실로 들어갔다. 문을 살짝 닫은 뒤에 조용히 그의 신분증을 왼쪽 손바닥 위에 올려놓더니, 휴대전화기로 사진을 찍었다. 촬영을 마치고는 조심스레 사내의 곁으로 돌아와 다시 누웠다.

다음날 은하는 사내가 없는 틈을 타 어디론가 전화를 걸었다. 경찰관으로 근무하는 자신의 외사촌오빠였다.

"예! 저예요. 오빠! 다들 별일 없으시죠?…… 네. 저도요…… 바쁘실 텐데 어려운 부탁을 하나만 하려고요…… 여러 가지로 힘든 일인 줄은 알지만… 사람 하나만 좀 알아봐 주세요."

은하는 전화로 전해지는 상대방의 대답을 잠시 듣고만 있었다. 얘기가 자신이 원하는 데로 나오지를 않았는지, 언짢은 표정을 지은 채 뭘 해야 할지 모르는 듯이 머뭇거렸다. 하지만 그녀는 마음먹은 김에 제대로 알아보자는 생각이 들었다. 재차 종용했다.

"물론 그러면 안 된다는 건 알지만 제가 재혼까지 생각하는 사람이어서요… 네… 네… 이 사람의 혼인여부를 비롯한 간단한 인적사항만 꼭 좀 알아봐 주세요… 네… 부탁드려요… 네… 네… 어머나! 고마워요! 오빠!…… 신분증을 사진으로 찍은 게 있는데 메시지로 보낼게요… 네… 언제 같이 한 번 찾아뵐게요… 네! 들어가세요……"

은하는 전화를 끊고는 뭔가 희망에 찬 표정을 지었다. 그 표정에는 모처럼 찾아온 행복을 놓치지 않으리란 일종의 결의 같은 것도 함께 드리워져 있었다.


현근이 부하의 보고를 받고는 사뭇 회심에 찬 미소를 지었다. 현근에게 보고를 전한 부하는 다방면에 소질이 많았다. 특히 해킹에 일가견이 있었다.

"지금 대전에 있단 말이지. 흐-음…"

"네! 대전지역 관할경찰서에서 홍준의 현재 위장신분인 박태정으로 신원을 검색한 기록이 있는 것을 확인했습니다. 사건접수도 아닌 이유로 신원을 확인한 것으로 보아 필시 누군가의 부탁에 의한 것으로 보입니다. 이에 따라 신원을 검색한 해당 경찰관의 유무선 통화기록을 모두 조사했습니다. 그 결과 자신의 가족과 동료 등을 제외한 주목할 만한 전화번호 세 곳을 추려냈습니다. 이곳들 또한 모두 대전이었습니다. 현재 해당 전화번호 소유자들에 대한 소재파악까지 전부 마친 상태입니다."

"그래… 이제 놈의 행방에 대한 재추적은 시간문제인 것 같고…… 문제는 이후 처리인데 말이야……"

현근이 자신에게 보고를 전한 부하를 잠시 물끄러미 바라보더니 이내 고개를 가로저으면서 말했다.

"쩝!… 됐어! 그만 볼일 봐."

"네!"

홍준의 행방을 파악했다고 현근의 고민이 해결된 건 아니었다. 그가 나름대로 자신에 대한 방어막을 구축해놨기 때문이었다. 한참 동안 고민을 해봐도 자신이 여태껏 생각해온 방법 말고는 도리가 없다고 여겼다. 현근은 홍준이 설정해놓은 예약메일을 해킹으로 해제하려고도 잠시 생각했다. 하지만 이는 성공을 장담할 수가 없었다. 다른 무엇보다 해킹을 담당할 부하를 믿을 수가 없었다. 속에 담긴 내용을 또 다른 제3자가 알 수 있다는 게 가장 탐탁치가 않았다. 최근 들어 암암리에 많이 쓰이는 자백용 헤드셋을 이용할 생각도 했다. 이것도 위험부담이 있는 건 마찬가지였다. 만에 하나 일이 잘못돼 기기 부작용으로 인해 그의 의식상태가 금치산자와 다름없게 된다면 돌이킬 수 없는 결과를 초래할 것이었다.

"역시 '이이제이' 말고는 다른 수가 없는 건가? 흠…… 결국 문제는 역시 시간이겠구면."

나지막한 목소리로 혼잣말을 읊조리더니 부하에게 전화를 걸었다.

"일단 홍준의 소재가 확실하게 파악되면 놈의 생활 주기에 대해 완벽하게 파악해 둬. 언제 자고 일어나며, 특히 노트북은 주로 언제 켜고 끄는지를 말이야."

현근은 그렇게 지시를 내린 뒤에 이내 다른 곳으로 전화를 걸었다. 그러더니 능숙한 중국어로 한참 동안 뭔가에 대해 얘기했다.

# 칼로 흥한 자
# 칼로 망한다

12

　은하에게 있어서 그가 경제적인 기반을 전혀 갖추지 못한 것이나 남에게 건넬 그럴듯한 명함도 하나 제대로 없는 것 등은 아무런 문제가 아니었다. 사람의 감정이란 게 상대방이 가진 조건 등에 의해 속도와 방향이 결정되는 경우도 간혹 있지만, 지금의 은하는 이런 범주에 속하질 않았다. 오로지 그로 인해 유발된 뇌 속의 화학작용이 너무나 강렬하고 뜨거울 뿐이었다. 외사촌오빠로부터 전해들은 여러 인적사항이 그가 말한 것과 크게 다를 게 없다는 점도 그녀 내부의 화학작용을 더욱 북돋았다. 두 사람은 신혼부부처럼 지냈다. 함께 일어나 가게 문을 같이 열고 서로 도와가며 일한 뒤에 다정하게 집으로 돌아왔다. 누가 보더라도 행복에 겨운 일상을 반복했다. 은하는 이 꿈만 같은 날들이 계속 이어지길 소망했다. 그녀는 이런 바람이 바로 얼마 전에 자기가 행한 사소한 일이 단초가 되어 물거품이 될 줄은 차마 꿈도 꾸지 못했다.

현근은 홍준의 소재와 생활패턴이 명확해지자 곧바로 그를 제거하기로 마음먹었다. 그가 실로 엄청난 위험부담을 안고도 일을 감행하려고 나선 건, 자신의 판단에 대한 확고한 믿음 때문이었다. 그 판단이란, 홍준이 붙잡혀 온 뒤에 입을 열지 않고 버티다가 다시 풀려나더라도 자기 안위에 커다란 문제가 닥치지 않는 한은 결코 메일을 발송하지 않으리란 것이었다. 특히 현근은 메일 발송이 홍준이 기댈 수 있는 그야말로 마지막 보루라는 것을 너무나 잘 알았다. 이런 믿음을 바탕으로 자신 있게 계획을 세웠다.

현근은 홍준이 잠이 드는 시간에 맞춰 그의 신병을 확보하기로 했다. 이후 중국에서 데려온 최고의 최면술사를 통해 메일을 보낸 포털의 아이디와 비밀번호를 알아낸 뒤, 메일전송 예약을 해제하고 그를 없애기로 했다. 현근은 혹시 자신의 계획이 실패하더라도 그를 다시 평소에 일어나는 시간까지 놓아주면 된다고 생각했다. 그 시간까지는 메일이 전송될 까닭이 없었다. 홍준이 자신이 잠든 시간에 메일이 발송되도록 하는 어처구니없는 짓을 해놓을 리는 만무했다. 하지만 이런 모든 판단과 정황보다 우선시 되는 게 있었다. 바로 자신의 고용주인 배영석 회장의 뜻이 홍준을 제거하는 쪽으로 강하게 자리한다는 점이었다. 물론 영석은 홍준이 시해사건의 관련 자료를 담아 메일전송을 예약한 사실을 전혀 몰랐다.

현근은 홍준을 처리하기 위해 우선 은하의 집 근처에다 미리 장소를 하나 마련했다. 행여 시간이 부족할지도 모르는 상황에 대비하기 위해 동선부터 최대한으로 줄이려는 목적이었다. 그곳에는 중국 쪽의 지인으로부터 연결돼 며칠 전 국내로 들어 온 중국인 최면술사가 만반의 준비를 해놓고 대기할 예정이었다. 현근은 보다 확실한 계획 실행을 위해 최면과 약물 투입을 병행하기로 했다. 이는 물론 이에 대한 중국인 최면술사의 요구가 있은 게 첫 번째 이유였다. 하지만 이 점이 보다 계획 실행에 용이하고 확실하다는 자신의 판단과 더불어, 최대한 짧은 시간에 일을 마무리해야 한다는 상황적인 어려움 등이 보태진 결과였다.

현근은 여자에 대한 처리에 대해서도 잠시 고민했다. 불필요한 살인까지 저지를 필요는 없다고 곧바로 결론을 내렸다. 홍준을 데려오고 나면 그녀가 필시 이를 경찰 등에 알릴 테지만, 그 점이 크게 문제가 될 것이라고 보진 않았다. 오히려 그녀까지 함께 없어진다면 파장이 더욱 클 것이라고 내다봤다. 그녀가 신고를 하더라도 이미 상황이 끝난 뒤로 만들면 될 노릇이었다. 이는 홍준을 데려올 때 그녀를 좀 더 충분히 재우면 해결될 사항이었다. 무엇보다 그녀는 홍준을 박태정이란 인물로 알았다. 노숙자나 마찬가지인 사내 한 명이 납치된 일로 인해 수사가 대대적으로 펼쳐질 일은 없었다.

현근은 계획 실행을 위한 모든 준비에 대해 다시 한 번 꼼꼼히 챙긴 뒤에 드디어 부하들과 함께 움직였다. 부하라고 해봐야 용역깡패나 다름없지만, 그 가운데선 그나마 믿고 쓸 만한 자들로 고른 터였다. 미리 대전에 내려가 장소 마련 등을 비롯한 준비작업과 함께 홍준의 행방을 계속 감시하는 두 명 외에도 따로 두 명을 더 데려가기로 했다. 대전에 미리 내려간 자들은 지난번에 홍준과 마주쳤던 자들은 아니었다. 아직 점심때도 채 되지 않았지만 조금 서둘렀다. 사무실로 쓰는 오피스텔의 지하주차장으로 내려간 뒤, 자신의 승용차에 올랐다. 현근을 태운 차는 20여 분이 지나자 한적한 공터에 이르렀다. 공터에선 사내 두 명이 이미 그가 오길 기다렸다. 현근은 차에서 내리자마자 자신의 차를 오피스텔로 다시 돌려보냈다. 간선도로 위에서의 무인주행은 위법이지만, 현근이 지금 이를 준수할 상황은 아니었다. 그런 뒤에 미리 따로 준비한 차에 부하들과 함께 탔다. 이번 일을 위해 따로 마련한 차량이었다.

"점심은 좀 있다가 가면서 먹기로 하고, 일단 출발하도록 하지."

목을 까딱거리면서 내뱉은 현근의 이 말 한 마디를 신호로 세 남자를 태운 자동차는 곧장 대전으로 향했다.

태일의 팀은 홍준의 행방을 쫓는 작업에 점점 가속도를 붙였다. 그의 동선을 파악하는 데는 CCTV 데이터 복구를 비롯해 몇 가지 복잡한 절차와 과정이 필요했다. 하지만 연방정부를 대표하는 정보기관에서 이런 점이 걸림돌이 되진 않았다. 그의 행방에 단서가 잡히자 채은성 차장이 태일의 팀에 인원을 두 명이나 더 충원했다. 태일의 팀은 홍준이 부산에서 통화를 한 시점과 장소를 기초로 인근 CCTV를 통해 동선을 계속 추적했다.

홍준은 누군가의 추적을 피하기 위해 갖은 노력을 다했으나 너무나 쉽게 꼬리가 잡히고 말았다. 그가 창원에서 간선셔틀정거장으로 움직이면서 여러 차례 옷을 갈아입은 게 그만 들통이 나버렸다. 공교롭게도 이는 그가 부산에서 행한 똑같은 패턴의 행동 때문에 초래됐다. 홍준은 부산에서 창원으로 떠날 당시에도 창원에서 대전으로 향할 때와 마찬가지로 여러 차례 환복을 하면서 움직였다. 하지만 제일 처음 옷을 바꿔 입으면서 지나치게 서두른 나머지 타인의 눈을 완벽하게 속이질 못했다. 외투는 갈아입었으나, 옷을 갈아입기 전부터 후까지 계속 풀려있던 신발 끈이 화근이었다. 표적을 쫓는 전문가들이 이를 놓칠 리 만무했다. 처음엔 곧바로 눈치를 채지 못하다가 표적의 행방을 계속 찾다보니 마침내 이를 알아챘다. 옷이 바뀐 것에도 불구하고, 풀린 신발 끈으로 인해 환복 전후의 인물이 동일인임을 파악한 것이었다. 결국 이는 추적을 피하기 위한 홍준의 행동습성이 미리 알려지는 결과로 이어졌다.

이제 태일에게는 홍준의 신병을 자신의 손아귀에 거두는 일만 남았다. 그가 홍준의 신병을 확보하는 데는 두 가지 방법이 있었다. 사법당국과의 공조 하에 정식으로 영장을 받아 이를 집행하는 게 있었고, 다른 하나는 납치든 뭐든 간에 임의로 그를 끌고 오는 것이었다. 여러 가지 상황을 고려하면 전자는 현실적으로 택하기 어려웠다. 검찰과 관련 내용을 공유해야 하는 것과 더불어, 수면 아래에 잠긴 김정은 대통령 시해사건을 다시 물위로 끄집어내야 한다는 점에서 그랬다. 후자를 택하자니 이에 대해 책임을 질만한 상부의 승인이 필요했다. 태일은 곧바로 부하 한 명을 대전으로 내려 보내 홍준의 동선을 주시하도록 지시했다. 그러면서 그를 강제로 구인하기 위한 재가를 구하기로 했다. 미리 보고를 받은 채은성 차장이 김신혁 실장과 함께 태일을 기다렸다.

"그래. 수고했어. 이제 놈을 확인한 뒤에 잡아오기만 하면 되는 거구만. 내가 대전에 있는 애들한테도 자네 팀의 업무에 적극 협조하라고 일러둘 테니 차질 없이 그 자의 신병을 확보하도록 해. 뒷일은 걱정하지 말고. 보안에도 특히나 유의하도록 해. 지체할 것 없이 준비되면 곧바로 떠나도록 해!"

"네!…"

차장실을 나서는 태일의 표정과 발걸음이 의기양양했다. 조직 내에서 자신의 존재감을 제대로 나타낼 수 있는 기회가 자기 앞에 놓였다고 여겼다. 어항 안에 든 금붕어를 뜰채로 건져 올리듯, 이제 손쉽게 홍준을 잡아오기만 하면 상황이 모두 정리된다고 생각했다.


은하는 영업 마무리를 거드는 홍준의 뒷모습을 물끄러미 쳐다봤다. 그녀가 그를 애처롭다 못해 슬프기까지 한 눈빛으로 바라보는 게 이번이 처음은 아니었다. 같이 있으면서도 뭔지 모를 아쉬움이 늘 함께 했기에 그랬다. 잡히지 않는 아지랑이 같은 그 아쉬움이 구체적으로 무엇에서 비롯된 건지 그녀는 정확히 몰랐다. 그냥 이유도 없이 느끼게 되는 육감과도 같은 것이었다. 두 사람은 일이 모두 마무리되자 여느 때와 다름없이 다정하게 집으로 향했다. 굳이 다른 교통편을 이용할 필요는 없었다. 불과 걸어서 10여 분 거리에 그녀의 연립주택이 자리했다. 바쁠 것도 없었다. 둘이 함께 있는데다 이제 집에 가서 잠자리에 들 일만 남았다. 두 남녀는 매 순간이 소중하다는 듯이 천천히 얘기를 나누며 함께 집을 향해 걸었다.

그들이 집에 도착하고 조금 뒤에 불이 하나씩 꺼지더니 곧이어 안 방마저 꺼졌다. 시간이 잠시 또 지났다. 미리 설치해놓은 CCTV와 감청 등을 통해 집안의 상황을 밖에서 지켜보던 현근의 부하들이 본 격적으로 행동에 나설 준비를 갖췄다. 그들은 은하의 집 입구 모퉁이 를 돌아선 지점에 주차한 승합차 안에 있었다. 마침 그때 인근 은하 의 집 앞에 주차한 다른 차량 한 대가 움직이는 소리가 들렸으나, 자 신들이 고려할 사항이 아니라는 듯 아무도 신경을 쓰지 않았다. 두 남녀가 잠이 들기를 다함께 기다리는가 싶더니, 헤드폰을 머리에 쓴 채 정체모를 기기를 만지던 이가 눈을 크게 뜨고는 주위를 둘러보며 고개를 끄덕였다. 두 남녀가 잠이 든 것으로 보인다는 신호였다. 그 러자 운전석에 앉은 이가 전원을 켜고 천천히 차를 움직였다. 모퉁이 를 살짝 돌아 은하의 연립주택 입구 앞에다 세우더니 문을 열고 모 두 함께 내렸다. 무리 중의 한 명은 손에다 들것도 움켜잡고 있었다. 그런 뒤에 은하의 집이 자리한 연립주택 1층 현관으로 조용히 들어 갔다. 입구에는 보안장치가 설치된 상태였으나, 이들에겐 무용지물 이었다. 늘 드나들던 것처럼 익숙하게 비밀번호를 누르고는 계단을 타고 위로 올라갔다. 2층에 있는 은하의 집 입구에 도착하더니 역시 익숙한 듯 문을 열고 들어갔다. 그런 뒤에 조심스럽게 안방으로 향했 다. 잠을 자던 홍준은 자신을 방어할 겨를이 없었다. 은하도 마찬가 지였다.

"어…… 으-읍…… 으-익…… 아……"

어설프게 든 잠이 인기척으로 인해 깼으나, 정신을 차려 반항할 새도 없이 둘 다 모두 곧바로 다시 잠이 들어야만 했다. 집으로 들이

닥친 이들이 마취제를 손수건에다 묻혀 미리 준비해놓고선, 두 남녀를 위에서 강하게 제압한 후 이를 흡입토록 한 까닭이었다. 이들은 쓰러진 홍준을 준비해 온 들것에 옮기고는 이내 자리를 떴다. 은하는 그대로 내버려둔 채 홍준만 싣고 아래로 내려갔다. 이후 1층 입구에 대기한 승합차에다 그를 태우고는 곧바로 이동했다.

홍준이 얼마 뒤에 눈을 떴을 때 가장 먼저 본 것은 얼굴 가득히 기분 나쁜 웃음을 짓는 현근의 모습이었다. 홍준은 순간 뭔가 아득해지는 기분을 느꼈다. 그러면서 의구심도 함께 생겼다. 자기 딴에는 나름대로 방어벽을 세웠다고 여겼는데, 그게 아니라면 큰 낭패일 노릇이었다. 현근이 비교적 빠른 시간 내에 자신을 다시 찾은 점도 의문이었다. 눈을 자신에게로 돌렸다. 의자에 앉은 채 꽁꽁 묶인 것을 확인했다. 참담한 심정이었지만 애써 마음을 가다듬었다. 절체절명의 위기라는 생각이 들자 재빨리 머리를 굴렸다. 필시 현근과 함께 있는 자들 가운데는 자기와 비슷하거나 같은 기술을 가진 자가 있을 것이라고 생각했다. 어쩌면 자신보다 훨씬 월등한 기술을 지닌 자일지도 모른다고 여겼다. 이는 홍준이 마음 한구석에서 항상 뭔가 꺼림칙한 느낌으로 예상하던 것이기도 했다. 이런 판단이 서더라도 대응하기에는 너무 늦은 상황이었다.
홍준의 우려가 현실이라는 것을 증명이라도 하려는 듯, 무리 중에 유별나게 나이가 많은 이가 주사기를 들더니 홍준에게로 다가왔다. 그는 반항을 하려해도 의자가 못으로 벽에 꽉 박혔는지 전혀 꼼짝할 수가 없었다. 게다가 홍준의 좌우로는 건장한 사내 두 명이 버티고 선 채로 양손을 뻗어 그의 팔 하나씩을 붙잡고 있었다. 홍준은 자신의 몸에 주사바늘이 꽂히는 것을 그냥 넋을 놓고 지켜봐야만 했다. 주사를 놓은 늙은 사내는 다시 홍준의 손등에다가 수액주사 바늘을 꽂고는, 미리 옆에 준비된 수액주사관에다 이를 연결했다. 잠시 후 홍준은 뭔지 모를 기운이 자신의 세포 곳곳으로 스며든다는 느낌을 받았다.

"아----!"

깊고 긴 한숨 소리가 홍준이 잡힌 공간을 잠시 채웠다. 그 한숨은 자기가 그동안 최면을 건 주체에서 이젠 역으로 그 대상이 됐다는 점에서만 비롯된 건 아니었다. 곧이어 그의 두 눈은 가려지고 두 귀에는 헤드폰이 씌워졌다. 헤드폰에서 미리 한글로 프로그램이 된 주문이 흘러나왔다. 홍준은 듣고 싶지 않았다. 허나, 듣지 않을 수가 없었다. 또한 수액으로 약 성분이 조금씩 보충이 된 탓인지, 그의 몸속에서 피어오른 뭔지 모를 기운은 시간이 흘러도 사그라지지 않고 조금씩 더 강해졌다.

홍준은 이대로 무너지면 안 된다는 신념을 최대한 몸에다 대입시켰다. 그러나 그도 역시 체내에서 일어나는 화학작용에 지배될 수밖에 없었다. 30여 분 가량을 고래고래 고함도 쳐가며 힘들게 버티더니 이후 다시 한 시간을 넘게 넋이 나간 사람 마냥 고개만 떨어뜨리고 있었다. 그의 코와 입에는 콧물과 침이 계속 질질 흘러내렸다. 기다리던 현근이 주사를 놓은 사내에게 중국어로 말을 건넸다.

"이제 거의 다 된 것 같죠?"

현근이 자신의 질문에 중국인 최면술사가 고개를 끄덕이자 오른

손을 들어 부하에게 신호를 보냈다. 곁에서 대기하던 부하가 홍준에게서 안대와 헤드폰을 벗겨냈다. 현근이 고개를 까딱거리며 홍준에게로 서서히 다가갔다. 부하 한 명이 시키지 않았는데도 홍준의 맞은편에 의자 하나를 얼른 갖다놓았다. 현근이 의자에 앉더니 잠시 홍준을 물끄러미 바라봤다. 의자를 갖다놓은 부하가 다시 현근의 옆에 있는 조그마한 탁자 위에다 노트북을 펼쳤다. 홍준은 동공이 완전히 풀린 채로 여전히 콧물과 침을 줄줄 흘렸다. 이윽고 현근이 또박또박한 음성으로 홍준에게 물었다.

"우리 둘이서 함께 모의한 사건의 정황이 담긴 파일을 예약 전송한 사이트의 이름, 그리고 아이디와 비밀번호가 뭔가?"

홍준은 현근의 질문에 대한 대답을 거부할 수가 없었다. 이미 그의 관념은 자신의 통제 하에 있지 않았다. 보이지 않는 외부의 커다란 손이 그의 뇌를 꽉 움켜진 것만 같았다. 현근의 질문은 마치 그 손이 힘을 주면서 뇌를 쥐어짜내려는 것이나 다름없었다. 홍준은 자신이 최후의 보루라고 여긴 메일과 관련한 아이디와 비밀번호가 생애 마지막으로 남기는 말이 될 줄은 차마 상상하지 못했다. 힘겹게 입을 연 홍준의 말을 받아 적은 현근이 곧바로 노트북을 사용했다. 노트북을 잠시 만지작거리더니 자신이 원하던 작업을 모두 마무리한 듯 고개를 끄덕이며 회심의 미소를 지었다. 천천히 얼굴을 돌린 뒤에 홍준에게 재차 물었다.

"혹시 이것 말고 다른 건 또 없지?"

홍준이 그렇다는 뜻으로 고개를 위아래로 두어 번 끄덕였다. 현근이 노트북을 끄고 의자에서 일어났다. 주위를 환하게 비추던 스크린

이 일시에 모습을 감춘 것을 신호로 이번엔 현근의 부하가 또 다른 주사기를 하나 꺼내 들었다. 이 주사기가 가진 의미를 모르는 이는 아무도 없었다. 홍준은 그런 그들의 모습을 여전히 풀린 눈으로 보고만 있었다. 이윽고 그의 눈에도 입과 코에 이어 굵은 물줄기가 흘러내렸다. 주사바늘이 자신의 혈관에 꽂히는 것을 느껴도 아무런 저항도 하지 못한 채 핏대 선 눈으로 하염없이 눈물만 쏟아냈다. 그의 눈물은 자신의 혈관에 꽂힌 바늘이 그 어떤 칼날보다 예리하고 무섭다는 점을 아는 데 따른 것이었다.

은하는 새벽에 이르러서야 눈을 떴다. 놀란듯이 몸을 일으키자마자 자신이 박태정으로 알고 있는 사내부터 찾았다. 어젯밤 상황을 떠올려가며 안방부터 욕실과 거실, 작은방까지 재빨리 둘러봤으나 그는 없었다. 자신의 몸에는 별다른 흔적이 없는 것을 확인했다. 단순하게 강도나 강간을 저지르기 위해 온 자들은 아니라고 판단했다. 그가 없어진 게 어젯밤 낯선 자들이 집에 들이닥친 사건으로 인한 게 확실하다는 판단이 섰다. 생각이 여기에 미치자 갑자기 거실 바닥에 털썩 주저앉았다.

"흐-흑…… 흑-흑……"

경찰에 신고해야 한다거나, 외사촌오빠에게 그의 행방을 찾도록 도움을 청해야 하는 것들은 잠시 잊었다. 지금 그녀에게 필요한 것은 그가 갑자기 자신의 곁에서 없어졌다는 것으로부터 전해진 지독한 상실감을 달래기 위한 약간의 시간이었다. 그녀는 고독해야 하는 것에는 지난 2년여 동안 이미 훈련이 되어 있었다. 때문에 이에 다시 맞서는데 대한 두려움은 없었다. 하지만 사랑을 잃는 것에는 아무런 준비가 없었다. 특히 그녀는 이제야 자기 인생에 있어서 진정한 인연을 만났다고 생각하던 터였다. 주저앉은 채로 굵은 눈물을 거실 바닥에다 계속 떨어뜨렸다. 그녀는 그렇게 잠깐 동안 자신을 다독였다. 잠시 후 그녀는 그래도 희망의 끈을 놓으면 안 된다는 생각이 문득 들었는지 허겁지겁 휴대전화를 집더니 외사촌오빠에게 전화를 걸었다. 그녀에게 있어 시간이 아직 이른 새벽이란 점은 고려할 대상이 아니었다. 신호가 한참 가도 받지를 않자 이번엔 범죄신고 대표번호로 다시 전화를 걸었다.

얼마 후에 순찰차가 은하의 집 앞에 서더니 정복차림의 경찰관 두 명이 차에서 내렸다. 그녀의 신고를 받고 인근 지구대에서 급하게 출동한 모양이었다. 경찰관들이 그녀의 집에 도착한 후 자초지종에 대해 막 캐물으려고 할 때 그녀의 휴대전화가 울렸다. 아까 전화를 받지 않은 은하의 외사촌오빠였다. 그녀는 통화 중에 또다시 울먹거렸다. 자초지종을 울음에 섞어 한참 전달하는가 싶더니, 두 명 가운데 계급이 높은 경찰관에게 전화기를 건넸다.

"잠시만… 받아 보세요."

전화를 건네받은 경찰관이 전화 속 상대방이 자신의 신분을 밝히자 예상하지 못했다는 반응을 잠깐 보였다. 이어 이런저런 얘기를 한 뒤에 그녀에게 다시 전화기를 건넸다. 날이 밝는 대로 대전유성경찰서에서 강력계 형사들이 그녀를 찾아오기로 대충 얘기가 정리된 것이었다. 은하는 힘없이 인사를 전하며 통화를 마무리했다. 경찰관들이 안쓰러운 표정으로 집을 나서면서 경황이 없는 와중에도 자신들을 배웅하기 위해 문 입구까지 나온 그녀에게 위로의 말을 한마디씩 던졌다.

홍준의 동선을 주시하기 위해 어제 대전에 내려온 연방정보원 태일의 부하직원이 아침 일찍 은하의 집 앞으로 다시 왔다. 그는 전날 도착하자마자 미리 조사한 주소지의 실제 위치부터 파악한 후 인근에다 숙소를 정했다. 이후 밤에 두 남녀가 은하의 집으로 들어가서 불을 끈 것을 확인하고는 숙소로 돌아갔다. 자신이 숙소로 돌아갈 바로 그때, 마침 같은 표적을 두고 다른 무리들이 근처에 대기한 사실을 그가 알지는 못했다. 그렇게 아무런 일도 없다는 듯이 숙소에서 잠시 잠을 청한 뒤에 다시 차에 올라 돌아온 터였다.

한참을 대기하던 그의 눈에 승용차 한 대가 은하의 집 앞으로 와서 서는 것이 보였다. 승용차에서 두 사내가 내리는 것도 곧바로 볼 수 있었다. 이를 물끄러미 지켜보던 그가 승용차 대시보드 위에 경광등이 올려져있는 것을 보고는 얼른 시트에서 몸을 일으켰다. 인근 경찰서에서 나온 게 분명하다고 여겼다. 뭔가 석연치 않다는 느낌이 들었는지 그들을 따라 차에서 내렸다. 2층으로 올라간 사내들을 마저 따라갔다. 은하의 집으로 들어간 걸 곧이어 확인했다. 그 모습을 보고는 잠시 머뭇거리더니 어디론가 전화를 걸었다. 대전에서 근무하는 같은 연방정보원 소속 직원이었다.

"오늘 아침 유성경찰서 관내에 무슨 일이 있었는지 좀 알아봐 주세요. 급합니다."

잠시 후에 회신을 받았다. 은하의 집 주소에서 박태정이란 48세의 사내가 납치된 사고가 발생했다고 알려왔다. 박태정이란 인물이 자기가 감시하기로 한 홍준의 위장신분임은 이미 어제 내려오자마자 파악한 사실이었다. 저절로 푸념이 나왔다.

"나-참…… 어떻게 이런 일이…… 이제 팀장한테 옴팡지게 깨지는 일만 남았군."

크게 한숨을 한 번 쉬더니 각오를 단단히 한 모습으로 전화기를 꺼내들었다. 보고를 받은 태일과 그의 상급자들의 표정이 어땠는지는 굳이 언급할 필요가 없었다.

보고를 접한 은성이 곧바로 신혁과 태일을 함께 불렀다. 풀이 죽은 그들을 다독거리려는 듯 부드러운 어조로 말을 꺼냈다.

"자-자! 좋게 해석하자고. 홍준으로 인해 그동안 숨겨져 있던 배후가 스스로 모습을 드러낸 셈이잖아. 이제 그들을 찾는데 역량을 모으기만 하면 돼. 힘을 내자고."

이후 그들은 홍준을 데려간 이들을 추적하는 데 집중했다. 하지만 상대가 워낙 주도면밀하고 빈틈없이 계획을 세워 움직인 터라 꼬투리를 잡기가 쉽지 않았다. 대전을 중심으로 홍준을 데려간 승합차를 추적했지만 행방을 찾기는 어려웠다. 자동차의 행방이 묘연해지자 사람들도 찾기 힘들었다. 내곡동 사람들은 사건의 실마리를 푸는 단서를 구하기 위해 다시 장고에 들어가야만 했다.

# 불타는 운길산

　도훈에게는 신앙심 외에도 마음속을 차지하는 커다란 감정이 또 하나 있었다. 바로 자신의 딸에 대한 사랑이었다. 모든 부모가 그렇 듯 그도 자신의 외동딸인 소미를 무척이나 아끼고 사랑했다. 소미는 사회적으로 주목 받는 목회자인 아버지와 그런 아버지를 믿고 존중 하는 어머니 사이에서 따뜻한 보살핌을 받으며 자랐다.

　이처럼 부모의 사랑을 독차지하던 그녀가 어느새 중학교에 들어 갔다. 중학생이 되자 자신의 단짝친구인 유혜림과 함께 참기모 학생 반에 발을 내디뎠다. 감수성이 한참 예민한 두 소녀의 눈에 비친 학 생반의 모습은 경이로움 그 자체였다. 특히 지난해까지 참기모 학생 반을 고등반과 중등반으로 나눠서 운영하다가 이와 같이 통합한 이유도 소녀들이 가진 느낌의 원인과 맥이 닿았다. 그건 바로 모두 세홍에게서 비롯됐다.

도훈은 세홍이 고교 1학년생과 같은 나이가 되자 고등반과 중등반을 학생반으로 통합해 전체 중고생들이 같이 어울리도록 했다. 사실 이는 그가 기대하는 참기모의 미래와 결부된 일이었다. 어느 누구에게도 얘기하진 않았지만 도훈은 세홍이 향후 자기가 이룩한 교단을 더욱 발전시키고, 이를 중심으로 더욱 큰 종교적 역량을 펼칠 선지자라는 확신을 갖고 있었다. 적어도 자기가 경험한 바에 따르면 이는 분명하다고 생각했다. 어쩌면 자신은 이런 세홍을 위해 밑거름을 제공하는 역할에 불과할지도 모른다고 여겼다. 향후 세익원과의 관계가 걸림돌이 될 게 확실했지만, 이는 때가 되면 어떤 형태로든 세홍 스스로가 해법을 내놓을 것이라고 봤다. 그런 확신이 그의 마음속 깊은 곳에 자리했다. 그래서 세홍과 교단의 장래를 함께 이끌어갈 아이들이 보다 많은 시간을 같이 지내도록 하기 위해 학기가 새롭게 시작되는 것과 때를 맞춰 이처럼 해놓은 것이었다.

도훈의 그런 기대에 응답하듯 세홍은 모든 부분에서 막힘이 없었다. 세홍의 능력은 자신의 의견과 가치관을 타인에게 전달하는 과정에서 특히 두드러졌다. 그건 상대의 의견을 부정하고 무시하면서 자신의 뜻을 전달하려는 방식이 아니었다. 자기 의견을 듣는 이를 최대한 배려하는 가운데 이뤄졌다. 얘기를 듣는 또래 애들이 저절로 수긍하도록 했다. 그의 이런 점은 예전에도 두드러졌으나, 또래 아이들과 섞이면 섞일수록 더욱 배가됐다. 사실 이런 능력은 일부러 갖추려고 해서 만들어지는 게 아니었다. 세홍이 도훈이 좇는 믿음대로 정녕 선지자라면 바로 이와 같은 능력을 타고난 것도 이를 증명하는 요소 가운데 하나일 터였다.

이에 따라 세홍은 자연스럽게 학생반의 구심점이 됐다. 별도로 학생반 간부가 선출됐지만, 세홍은 아이들 사이에서 이미 이를 초월한 존재로 인식됐다. 그가 비록 완전히 이질적인 교단에서 잠시 몸을 맡기려고 온 처지였으나, 아이들에게는 이게 중요하지 않았다. 이제 아이들은 더 이상 이를 염두에 두질 않았다. 학생반에 처음 발을 디딘 소미와 혜림은 특히나 이런 세홍을 떨리는 가슴으로 대할 수밖에 없었다. 두 소녀에겐 여태껏 경험하지 못한 그야말로 신세계나 마찬가지였다.

신학기가 시작되고 날씨가 점차 따뜻해지자 참기모 학생반은 봉사활동을 겸한 캠프를 갖기로 했다. 남양주에 거주하는 신도 한 명이 펜션과 소규모 야영장을 함께 운영한 게 주된 계기였다. 인근에 사회복지 시설이 자리해 전체적인 계획을 잡기에도 수월했다. 토요일 아침 일찍 출발해 목적지에 도착한 후 우선 여장을 풀기로 했다. 곧바로 인근 고아원을 찾아 봉사활동을 실시하고, 저녁에 펜션에서 단합대회를 가질 계획이었다. 다음날에는 아침에 다 같이 모여 예배하고, 식사 후엔 가까운 운길산으로 산행을 하기로 했다. 전도사 2명과 대학생 신도 6명이 학생들을 인솔하기로 계획을 잡았다.

토요일 아침 일찍 모인 학생들의 수는 어림잡아 쉰 명을 훌쩍 넘겼다. 물론 세홍을 비롯해 종겸과 은호, 소미와 혜림 등은 빠지지 않았다. 얼마 전에 참기모에 새롭게 발을 디딘 오형일과 김재복이란 학생도 있었다. 세홍보다는 한 살 아래인 이들은 급우 사이였다. 출발할 인원들이 모두 모이자 도훈이 잠시 기도를 겸한 당부의 말을 전했다. 늘 그렇듯 그는 미리 할 말을 준비해놓진 않았다. 설교인지 당부인지 모를 얘기를 잠시 하더니 자신도 모르게 불현듯 세홍을 언급했다.

"특히나 하나님의 은총을 받은 세홍이도 함께 있기에…… 음…… 여러분들이 무사히 잘 다녀올 것이라고 봅니다."

도훈은 세홍이란 단어가 포함된 문장을 서둘러 끝내 놓고는 잠시 멈칫했다. 고개를 돌려 주위를 한 번 훑더니 별일 없다는 듯 계속해서 설교를 마무리했다.

"…………… 아-멘!"

"아-멘!"

아이들은 잠시 수군거렸을 뿐 그다지 특별한 반응을 보이진 않았다. 도훈이 무심코 내뱉은 '하나님의 은총'이란 말이 가진 의미를 아직은 알지 못했다. 이윽고 학생들은 인솔자들과 함께 미리 대기하던 버스 3대에 나눠 탔다. 학생반 간부를 비롯한 몇 명은 아침식사 대용으로 마련된 빵과 우유가 담긴 박스도 함께 챙겼다. 잠시 후 버스는 목적지인 남양주를 향해 출발했다.


버스가 목적지에 이르자 탑승자들이 모두 내렸다. 기다란 유선형의 버스는 다음 일정을 위해 그대로 대기했다. 운길산 중턱에 자리한 펜션은 크게 세 부분으로 나눠졌다. 동쪽으로 북한강을 바라보는 가운데 안내실을 겸한 건물 한 채와 다른 세 채의 건물이 아래쪽에 자리를 잡았고, 그 뒤편으로 조금 높은 곳에 다시 네 채의 건물이 위치했다. 모두 목재로 지어진 예쁘고 아담한 건물들이었다. 그 건물들의 오른쪽으로 역시 두 개의 층으로 구분된 야영장이 자리했다. 야영장 뒤편으로는 잘 다듬어진 널따란 공터가 있었다. 야영장엔 대형천막 몇 동이 이미 설치된 상태였다. 인솔자와 학생들은 저마다 미리 배정된 숙소에다 여장을 풀었다. 인솔자와 남자 고등학생들은 주로 천막에, 여학생과 중학생들은 펜션 건물 내부로 숙소가 정해졌다. 여장을 풀고는 잠시 후 미리 짜놓은 조별로 옹기종기 모여 점심식사를 준비했다. 숙소와는 무관하게 인솔자 한 명과 학생 예닐곱 명이 한 조를 이뤘다. 밥도 짓고 국도 끓인 뒤에 미리 준비한 밑반찬 등으로 식사를 마쳤다. 이후 예정대로 버스에 다시 탑승해 인근 사회복지 시설을 찾아 봉사활동을 펼쳤다.

버스는 거의 저녁에 이르러서야 펜션으로 다시 돌아왔다. 아직 해가 길지 않아 벌써 어둠이 어수룩하게 깔렸다. 실과 바늘처럼 어둠과 더불어 차가운 기운도 슬그머니 산기슭을 찾았다. 학생들은 버스에 내리자마자 허기가 졌는지 누가 먼저랄 것도 없이 저마다 저녁식사를 준비하기에 바빴다. 식사가 어느 정도 마무리되자 인솔자 가운데 몇 명이 캠프파이어를 준비하기 시작했다. 당초 계획에는 없었으나 캠프에 오면 의당 그래야하는 것처럼 목재보일러용으로 쌓아둔 땔감을 옮겨가며 착착 준비했다. 최근 들어 비가 전혀 오지 않은 탓인지 땔감은 바싹 마른 상태였다. 펜션 주인은 별일이 있겠냐는 표정으로 이를 그냥 지켜만 봤다. 그로서는 자신이 가진 신앙의 근거가 되는 곳에서 온 귀한 손님들이었다. 더군다나 자신이 초대하는 형식으로 온 터였다. 웬만하면 이들의 기분을 망치고 싶지 않았다.

　야영장 뒤편 공터에 불이 붙여지자 다함께 모였다. 불을 중심으로 조금 떨어져 저마다 편한 곳에 자리를 잡았다. 멀찌감치 산등성이에 뿌리를 박은 소나무에다 등을 기댄 아이들도 몇 명 있었다. 단합대회는 예배와 더불어 찬송가를 부르고 장기자랑을 하는 것으로 진행됐다. 아이들의 목소리가 이날따라 유난히 모습을 환하게 드러낸 달과 함께 운길산 기슭에 밝은 기운을 퍼뜨렸다. 캠프파이어를 겸한 단합대회가 모두 끝나자 아까 불을 붙인 대학생 인솔자 두 명이 미리 준비한 물이 담긴 대야를 가져다가 불을 껐다. 물이 조금 부족하다고 여긴 듯 서로 이에 대해 얘기를 주고받더니, 불이 모두 꺼진 것을 확인하고는 그대로 마무리를 지었다. 이를 지켜보던 펜션 주인이 캠프파이어 쪽으로 잠시 걸음을 옮겼다. 불길이 있던 곳을 몇 번 살피더니 고개를 끄덕이며 만족한다는 표정을 나타냈다. 일행은 제각기 자신이 여장을 푼 숙소로 몸을 옮겼다. 캠프의 첫날 일정은 이렇게 마감되는 듯했다.


　취침하기로 정한 시각이 1시간가량 넘게 지났는데도 잠을 자지 않고 나온 이들이 있었다. 인솔자로 함께 온 세 명의 대학생 신도들이었다. 조금 전에 마친 단합대회의 흥을 이어가기 위한 것인지 몰래 가져온 술을 따로 한 잔 하려는 건지는 몰라도, 불이 꺼진 캠프파이어 주변에 옹기종기 모여 앉아 담소를 나눴다. 아까 캠프파이어에 불을 붙이고 껐던 이들과는 다른 무리였다. 펜션 주인과 전도사들이 모두 잠이 든 탓에 나름대로 자유로운 분위기를 만끽했다. 이는 종교단체 모임에 참여한 그들의 입장에선 일탈행위나 마찬가지였다. 술잔이 몇 잔 오가더니 일행 가운데 한 명이 담배를 슬그머니 꺼냈다. 고가의 기호품이 된지 이미 오래이며, 국회에서 생산 및 판매금지에 대한 논의가 한창 진행 중이었다. 한 개비씩을 돌린 후에 불을 붙였다. 일행 중 한 명은 연신 기침을 해댔다. 분위기에 휩쓸려 같이 건네받았지만 처음 피우는 게 분명했다.

시간이 좀 더 지났다. 이제 그들은 술병을 거의 다 비웠다. 다시 담배를 하나씩 입에 물었다. 잠시 후 술이 조금씩 남은 잔을 담배연기를 안주삼아 마저 마시더니 자리를 털고 모두 일어났다. 먹던 쓰레기를 비닐봉지에 담은 후에 캠프파이어 쪽으로 슬쩍 던졌다. 아침에 일어난 뒤에 마저 치울 요량이었다. 피우던 담배도 불을 끈 뒤에 방금 전과 같은 곳에다 던져 넣었다. 하지만 일행 가운데 한 명은 술이 취했는지 꽁초에 붙은 불을 채 끄지도 않고 그냥 던졌다. 실수라는 생각이 들었는지 걸음을 몇 발자국 옮기더니, 담배꽁초를 발로 한 번 지그시 누르고는 마저 자리를 떴다.


그들이 자리에서 일어나 자신들의 천막으로 들어가자 바람이 이전보다 세차게 불었다. 야영장에 세워진 대형천막이 심하게 흔들릴 정도로 바람은 점점 강해졌다. 그 바람이 그만 모두 꺼지지 않은 불씨를 다시 깨웠다. 조금 전 완전하게 꺼지지 않은 담배꽁초의 불씨를 바람이 살려낸 것이었다. 공교롭게도 잠시 전에 모인 이들이 담배꽁초를 버린 지점은 아까 불을 끈 이들이 물을 충분히 뿌리지 못한 곳이었다. 바람은 그렇게 꽁초의 불씨를 살려만 놓은 상태로 잠시 내버려뒀다. 하지만 그것도 오래 가질 않았다. 바람이 다시 강하게 불자 불씨는 확실하게 살아나 불꽃이 되더니 타다가만 숯과 나무로 번져, 이윽고 제대로 모습을 갖춘 불로 변했다.

숯과 나무를 먹이로 삼킨 불은 점점 커졌다. 잠시 잦아든 바람에 조금씩 몸집만 키우다가 바람이 다시 세차게 일자 더욱 거센 불이 됐다. 바람에 이리저리 흔들리더니 쓰레기가 담긴 비닐봉지로 옮겨 붙었다. 불을 품은 비닐봉지의 조그만 파편을 바람이 그냥 놔두질 않았다. 불을 머금은 파편은 공중에 뜬 채로 잠시 앉을 곳을 찾더니 바로 옆에 세워진 텐트 위로 떨어졌다. 천막에 옮겨 붙은 불은 순식간에 번졌다. 천막은 대형인데다 오래된 탓인지 방염처리가 제대로 되어 있질 않았다. 불과 바람에 속절없이 형태를 잃었다. 이때까지는 어느 누구도 불이 일어난 사실을 알지 못했다.

"으-으-흡…… 부-부-불이야------!!!"

자신의 얼굴로 떨어진 조그만 불똥에 놀라 잠에서 깬 은호가 외친 소리였다. 이 소리와 거의 동시에 불꽃이 붙은 천막 조각이 바람에 수없이 흩날렸다. 바로 옆 텐트를 비롯해 목재로 이뤄진 펜션 건물로까지 옮겨 붙었다. 건물 외벽에 찰거머리처럼 붙어서 떨어지질 않더니 이내 또 다른 불을 키워냈다. 바람은 펜션 몇 동에 삽시간에 불이 번지도록 강하게 재촉했다. 천막에서 자던 인솔자와 아이들은 다행히 모두 무사했다. 얼굴과 옷에 불똥이 튀어 데이고 부분화상을 조금 입은 이가 몇 명 있었지만, 큰 인명피해는 없었다. 이들은 당연히 펜션 내부에 있는 후배와 여학생들을 걱정했다. 펜션 내부의 아이들도 불이 나자 거의 대부분 밖으로 빠져나왔다. 잠결에 불이 났다는 소리를 듣고 허겁지겁 튀어나온 펜션 주인 내외는 서둘러 불을 끄려고 미리 마련된 소방장비를 열심히 챙겼다. 하지만 자체적으로 갖춘 소방장비와 설비로는 불길을 잡는 데 한계가 있었다. 우선은 불길이 쉽게 잡기엔 이미 너무 거세게 번져버렸다. 인솔자들이 불을 끄는 것보다 학생들의 안위에 더욱 신경을 쓸 수밖에 없다는 점도 진화를 더디게 했다. 인솔자들은 불길엔 아랑곳하지 않고 자신의 조별로 아이들을 모아놓고는 이를 확인하기에 바빴다. 그런 가운데 한 아이가 울먹거리며 외치듯이 말했다.

"형일이와 재복이가 우리가 있던 건물 2층에서 아직 빠져나오지 못하고 그대로 있는 것 같아요!!"

아이의 다급한 외침에도 거센 불길에 다들 어쩔 줄을 모르고 머뭇거렸다. 잠시 그러는 사이 세홍이 건물의 위치를 묻더니 불길을 향해 뛰었다. 세홍이 목적으로 하는 건물은 맨 오른쪽에 위치한 까닭에 제일 먼저 불이 붙어 상대적으로 가장 거센 불길에 휩싸인 상태였다. 하지만 세홍이 그 건물의 입구에 이르자 놀라운 일이 벌어졌다. 바람이 거친 숨소리까지 토해내며 세차게 불더니, 그때까지 문 입구를 맹렬한 기세로 태우던 불기운을 일시에 누그러뜨렸다. 세홍은 그 틈을 놓치지 않고 주저 없이 건물 안으로 들어갔다. 그가 문을 통과하자마자 불길은 다시 확하고 피어올랐다. 이 모습을 많은 아이들이 지켜봤다. 세홍은 불을 피해가며 건물 내부로 들어섰다. 건물 안쪽은 스프링클러가 작동한 탓인지 불길이 거센 외벽보다 오히려 안전해 보였다. 하지만 2층으로 올라가는 계단은 그렇지 않았다. 이미 불이 많이 옮겨 붙은 상태였다. 세홍은 아직 불길이 옮겨 붙지 않은 장롱에서 담요를 꺼내더니 재빨리 바닥에 뿌려진 물로 적신 후에 2층으로 뛰어 올라갔다. 2층은 스프링클러마저 무용지물이었다. 형일과 재복은 그나마 불이 옮겨 붙지 않은 마지막 한 모퉁이에서 웅크린 채로 울면서 벌벌 떨고 있었다. 어쩔 줄을 몰라 하는 아이들을 세홍이 손을 내밀며 이끌었다. 함께 담요를 둘러쓰고 조심스런 가운데 신속하게 움직였다. 이윽고 세홍은 두려움만을 온몸에다 가득 채우던 아이들을 안전한 밖으로 데리고 나왔다. 그 시간도 불과 얼마 걸리지가 않았다. 세홍이 잠시 숨을 고를 새도 없이 이번엔 여자아이 한 명이 아예 그를 향해 대놓고 고함치듯이 얘기했다.

"소미와 혜림이도 아직 우리 건물 2층에 남아있어요!!"

말이 끝나기 무섭게 세홍은 여자아이가 손으로 가리키는 건물을 향해 뛰었다. 천우신조인지는 몰라도 똑같은 일이 재차 일어났다. 마치 세홍을 기다렸다는 듯이 이전보다 더욱 세찬 바람이 불더니 건물 입구의 불길을 한순간에 잠재웠다. 건물로 들어간 세홍은 소미와 혜림을 각각 자신의 한쪽 팔과 어깨에 의지하도록 하면서 안전한 밖으로 데리고 나왔다. 비록 불길은 거셌으나, 단 하나의 인명사고도 발생하지 않은 순간이었다.


불은 다음날 정오쯤에 이르러 운길산 한쪽 기슭을 거의 대부분 태운 뒤에야 겨우 잡혔다. 밤새 이뤄진 소방당국의 진화작업이 날이 밝은 뒤에야 비로소 활기를 띤 까닭이었다. 아침이 되자 인근 지자체의 장비까지 불길을 잡는데 함께 동원됐다. 이날 오전 뉴스의 헤드라인을 장식한 이 화재로 인해 세홍은 다시 세간의 주목을 끌었다. 비록 자신이 의도하진 않았지만, 자연스럽게 미담의 주인공이 되어 엄청난 조명을 받았다. 아이들은 앞을 다퉈가며 세홍의 영웅담을 늘어놓기에 바빴다. 방송과 언론을 통해 얘기를 전하는 아이들의 공통점은 세홍이 문 입구를 통과할 때 일어난 일을 아주 인상적인 사례로 설명한다는 점이었다.

사람들 대부분은 이를 우연으로 봤지만, 그날 세홍과 함께 있었던 아이들은 그렇지 않았다. 충분히 일어날 수도 있는 일이었으나, 결코 이를 예사롭게 보지 않았다. 아이들은 화재 이후 세홍이 어떤 형언하기 어려운 기운을 가졌다고 여겼다. 타인을 위해 용기 있게 몸을 던지고 나선 점도 높이 샀지만, 이에 앞서 한 번도 아니고 두 번에 걸쳐 똑같이 세홍이 불이 난 건물 입구를 지날 때 불길이 잦아든 건 필시 그가 범상치 않은 존재이기 때문에 가능하다고 생각했다. 세홍이 참기모에 오기 전에 이미 주목받았다는 점과 더불어, 캠프를 가기 전에 도훈이 잠시 실수로 '하나님의 은총'을 수식어로 삼아 세홍을 언급한 것도 이런 생각을 더욱 부채질했다.

소미와 혜림, 형일과 재복에게 있어 이런 마음의 쏠림은 더욱 심했다. 이들에게 있어 세홍은 정녕 특별할 수밖에 없었다. 목숨이 경각에 달린 절체절명의 순간에서 벌벌 떨며 기도를 올릴 때 눈앞에 나타난 이는, 여호와 하나님도 예수그리스도도 아닌 바로 세홍이었다. 세홍에 대한 인식의 영역이 높아지고 확장된 건 당연한 결과였다. 결국 운길산에서 일어난 화재는 아이들 사이에서 세홍의 존재가 더욱 확실하게 자리매김하는 계기가 됐다.

# 되돌아온 부메랑

14

현근은 요즘 들어 자신을 바라보는 영석의 눈빛이 예전과 같지 않다고 느꼈다. 이는 말로 표현하긴 힘들지만 육감적으로 느끼게 되는 미묘한 감정이었다. 현근은 두뇌 회전도 빨랐지만, 눈치도 결코 이에 못지않았다. 특히 이날따라 자신을 향한 영석의 눈길이 유달리 묘하게 느껴진 터였다. 현근은 주종관계에 접어든 시간이 꽤 흘러 서로 권태감을 느낄 시점도 됐다고 스스로를 위로했다. 그렇게 자신을 다독이는 것 외엔 별다른 도리가 없었다. 시간을 끌던 홍준에 대한 처리를 마무리한 뒤에는 자신의 존재감을 나타낼만한 특별한 이슈나 소재도 찾기 어려웠다. 이젠 그저 일목회를 위해 잔심부름이나 하는 게 고작이었다. 영석이 자신에게 미리 약속한 박산그룹 계열회사 이

사진 임명에 관한 건은 아직 언급조차 하질 못했다. 먼저 말을 꺼내자니 껄끄러워 마냥 눈치만 봤다.

'쳇! 푸르던 잎도 가을이 되면 어느새 단풍이 들고 마는 게 어쩔 수 없는 세상의 이치이던가?'

영석을 만난 뒤에 박산빌딩을 나와 자신의 아파트로 가는 그의 발걸음이 왠지 무거웠다. 걸음을 걷는 게 아니라 차에 가만히 앉아만 있는데도 마음의 무거움이 엄청난 중압감으로 그의 몸을 짓눌렀다. 그 무거움을 채우는 가장 큰 요소는 새로운 돌파구가 필요하다는 인식이었다. 이윽고 자신의 아파트 주차장에 도착했다. 무거운 마음을 자신의 승용차에다가 모두 내려놓고 가려는 듯 차문을 여닫으며 어깨를 몇 번이나 으쓱거렸다.

집에 들어선 뒤에는 서둘러 샤워부터 했다. 이튼 너위로 인한 땀보다는 마지막 남은 마음의 찌꺼기를 씻어내려는 듯했다. 샤워가 모두 끝나자 가운으로 갈아입은 뒤 늘 하던대로 코냑 한 잔을 따라 손에 집어 들고선 소파에 앉았다. 머리를 뒤로 젖힌 채 편안히 앉아 오래된 밴드이자 이미 전설이 된 핑크플로이드의 앨범 하나를 리모컨으로 재생했다. 음악을 들으며 잔을 몇 번 들이켰다. 그러더니 어느새 조용히 눈을 감았다. 이후 그는 한 번 감은 눈을 다시는 뜨지 않았다. 그럴 수가 없었다. 그에게 허락된 시간이 이제 더 이상 남아 있질 않았다. 데이비드 길모어 특유의 관조적인 음성과 쫀득거리는 기타 선율이 현근의 심장박동이 정지한 것에는 아랑곳하지 않고 그의 집 안을 계속 채워나갔다.

잠시 뒤에 현근의 집으로 사내 두 명이 들어왔다. 현근의 주검을 수습하기 위해 온 사내 가운데 한 명은 얼마 전에 인터폰을 점검한다며 현근의 집을 방문한 자였다. 그는 그날 집에 들러 감시카메라를 몰래 설치했다. 이후 며칠 뒤에 다시 찾아와 현근이 늘 마시는 코냑에다 약을 타놓았다. 섭취 시에 수면과 함께 곧바로 안락사에 이르는 무색무취의 신종약물이었다. 이들은 능숙한 솜씨로 뒷마무리를 시작했다. 우선 현근이 마신 코냑 병과 약기운이 남은 잔을 수거했다. 그런 뒤에 현근의 시신을 번쩍 들어 욕실로 옮겼다. 욕조에다가 반듯하게 눕혀놓고 가운을 벗겼다.

이들은 다시 거실로 나와 준비해온 가방에서 방수작업복과 휴대용 전기톱을 꺼냈다. 작업복을 자신들의 옷 위에 겹쳐 입고는 욕실로 다시 들어가 전기톱의 전원을 콘센트에 꽂았다. 이어 죽은 현근의 목에다가 이를 우선 갖다 대고는 스위치를 눌렀다. '윙'하는 소리가 사방으로 뿌려지는 현근의 선홍빛 피를 배경으로 삼아 울렸다. 잠시 후 현근의 머리가 몸에서 분리돼 욕조 바닥으로 나뒹굴었다. 이후 이들은 현근의 시신을 여러 갈래로 절단한 후 준비해온 가방에다 나눠 담았다. 마무리를 하려는 듯 사방으로 튄 걸쭉한 피와 다른 흔적들을 깨끗하게 모두 없앤 뒤에 조용히 집에서 나왔다. 이들이 현근의 집에 머문 시간은 두 시간 남짓이 채 되질 않았다.


현근이 죽고 보름가량이 지난 뒤였다. 박산그룹 계열사가 대거 운집한 박산빌딩에 검사와 함께 수사관들이 들이닥쳤다. 배영석 회장에 대한 구속영장을 집행하기 위한 목적이었다. 사전에 예고도 없이 난데없이 벌어진 일이었다. 경호원과 비서진들은 몸을 던져가며 수사관들을 막아서려 했다. 건물 1층에서 잠시 이런 소동이 벌어졌다. 얼마 지나자 영석이 참다못한 듯이 승강기 문을 열고 모습을 나타냈다. 좌우로 비서진을 대동한 상태에서 검찰 관계자들 앞으로 성큼 다가섰다.

"아니… 이게 대체 무슨 일이요?"

영석이 그 특유의 거들먹거리는 듯한 어투로 얘기하자 무리를 이끄는 것으로 보이는 자가 영장을 꺼내들며 말했다.

"서울지방검찰청 특수부 소속 윤제국 검사입니다. 배영석 씨! 당신을 대통령과 영부인에 대한 살인교사 혐의 등으로 구속합니다."

이후 검사와 동행한 수사관이 수갑을 채우면서 미란다 원칙을 쭉 읽어 내려가자 영석의 얼굴이 흙빛으로 변했다. 검찰이 사전에 철저한 보안 속에서 일을 진행한 터라, 검찰 내부 핵심 당사자 외엔 어느 누구도 지금 이 상황을 예상하지 못했다. 영석은 아득해지는 정신을 가까스로 모은 뒤 호흡을 가다듬고는 수사관에게 되물었다. 그의 목소리엔 어느새 특유의 과장된 어조가 사라졌다.

"아―아니… 도대체 무슨 증거로 내게 그런 엄청난 혐의를 둔단 말입니까?"

"일단 함께 가면 모두 알게 될 겁니다."

이후에도 경호원과 수사관들 사이에 일부 사소한 마찰이 있었으나, 영석에 대한 구속은 검찰의 계획대로 집행됐다. 영석은 압송되는 중에 계속해서 자초지종을 물었다. 어찌된 영문인지 궁금해하는 그에게 수사관이 대충 사연을 얘기했다. 죽은 김현근이 그동안 진행된 대통령 부부 시해사건 및 일목회와 관련한 주요사항 등을 자료화해 예약전송으로 검찰에 보냈다는 설명이었다. 수사관은 자료에 구체적인 증거들이 많이 담겼으니 모든 것을 감수할 마음의 준비를 하라는 얘기도 함께 전했다.

'아…… 기르던 개한테 물리는 심정이 바로 이런 건가…'

영석이 체념한 듯 눈을 감았다. 그러면서 뭔가 크게 후회하는 듯이 길게 한숨을 토했다. 하지만 그 한숨은 자신의 부주의함으로 초래된 지금의 상황에 대한 안타까움 때문이지, 자기가 저지른 잘못에 대한 뉘우침으로 인한 건 결코 아니었다.


검찰로 보내진 메일은 이미 한 달 전에 전송이 예약된 상태였다. 메일은 '귀하가 이 자료를 보고 있다면, 아마도 난 이미 죽음에 이르렀을 것입니다'라는 메시지와 함께 보내졌다. 이는 김현근이 조홍준과 마찬가지로 혹시 모를 사항에 대비해 미리 방책을 세워둔 것이었다. 현근이 홍준과 똑같은 방식으로 마련한 것이지만 차이점도 있었다.

우선 내용적으로 두 가지가 확연히 달랐다. 홍준은 자신에 대한 위협이 직접적으로 형성된 뒤에 대비책을 세운데 비해, 현근은 그렇지도 않은 상황에서 만에 하나의 가능성에 대비해 이를 마련했다는 점이었다. 이는 어느 누구도 믿지 못하는 현근의 성격이 그대로 투영된 대목이었다. 특히 최근 들어 영석에게서 전달되는 체감온도가 예전만 못한 게 결정적인 계기였다. 또한 홍준은 메일을 한 번에 다수의 수신자에게 발송되도록 설정했지만 현근은 그러질 않았다. 오로지 검찰에게만 전해지도록 했다. 그것도 검찰 내부에서 영석과는 전혀 무관한 쪽을 선택했다. 이는 수사기관과 언론기관 등에 동시다발적으로 메일이 보내졌을 경우, 사실이 미리 알려져 구속영장이 집행되기도 전에 영석이 몸을 피할 수도 있다는 계산이 깔린 것이었다. 이런 부분 말고도 상이한 점이 또 하나 있었다. 홍준의 경우 미리 대비책을 세웠으니 자신에게 위해를 가하지 말라는 일종의 방어적인 목적이 강했다면, 현근은 자신이 혹시라도 불의의 죽임을 당할 경우 이에 대한 복수를 위해 이와 같은 장치를 마련한 것이었다. 물론 홍준이 현근에게 이에 대한 영감을 제공한 건 당연했다.

파장은 엄청났다. 통일 이후 최대 사건인 김정은 대통령 시해사건의 배후가 친일과 관련 있는 자들이 결성한 '일목회'라는 비밀단체란 점에서 우선 충격이었다. 박산그룹 배영석 회장을 필두로 신대그룹 노옥대 회장, 유력 언론사 사주 두 명 등 재계·정계·언론계 등에서 18명의 사회 저명인사가 곧바로 함께 구속됐다. 시해사건의 배후조종을 영석이 단독으로 했다는 게 일차적인 증거였지만 범죄단체를 함께 결성했다는 것과 이들이 낸 회비로 김현근과 그의 수하들이 움직였다는 점 등, 어떤 형식으로든 이 초유의 사건에 연관된 게 이들이 함께 구속된 사유였다.

사건의 피의자는 일목회 회원 18명을 비롯해 기타 관련자 및 수배자 등 20여 명을 훌쩍 넘겼다. 관련자의 수와는 상관없이 검찰의 조사는 영석에게 집중됐다. 그런 검찰을 갸우뚱하게 만든 것이 하나 있었다. 현근으로부터 전해진 증거 등을 봐선 영석이 시해사건을 배후에서 조종한 게 명백했으나, 동기가 불분명하다는 점이었다. 영석이 처음부터 끝까지 입을 다문 것도 동기에 대한 의구심을 계속 부풀렸다. 영석의 묵비권 유지는 살아있는 종범과 죽은 현근의 시신에 대한 행방을 캐물을 때도 마찬가지였다.

검찰의 사건조사 진행과는 별개로 시해사건의 배후가 드러나자 여론이 들끓기 시작했다. 예전에 '친일 매국행위 처벌에 관한 특별법' 추진 당시 일었던 반일 분위기가 재현될 조짐을 보였다. 다른 점은 당시엔 반일과 관련해 사회 전반적으로 운동이 번졌으나, 이번엔 구속된 일목회 관련 인사들에게 초점이 맞춰 진행된다는 것이었다. 우선 유력 신문사 두 곳이 여론의 집중포화를 맞았다. 여론의 향배는 검찰수사의 중간발표와는 상관이 없었다. 해당 언론사 사주 두 명이 직접적으로 시해사건에 가담하지 않았다고는 하나, 일목회를 통해 간접적으로 이에 동조하고 지원했을 거란 게 대다수 국민들의 시선이었다.

일부의 시각이지만, 이들이 시해사건의 막후일지 모른다는 얘기도 나왔다. 그러자 그동안 두 언론사를 떠받치던 견고한 일부 보수지지층까지 어느새 대부분 등을 돌렸다. 사태가 계속되면서 정부가 이들의 방송 송출권을 취소하기에 이르렀다. 국민들이 국회에 이를 긴급청원하고, 이후 국회에서 결의된 사항을 정부가 집행하는 형식이었다. 여파는 여기에서 그치질 않았다. 해당 언론사 신문에 광고게재 요청이 전면적으로 끊긴 것과 더불어 전국적으로 구독거부운동이 펼쳐졌다. 이들 두 언론사는 사주가 구속된 것과 더불어 이젠 존립여부를 걱정할 처지에 놓였다.

박산그룹과 신대그룹 등을 비롯한 재계와 사건에 관련된 정치인들도 싸늘하게 얼어붙은 측으로 끝이 날카롭게 다듬어진 여론의 화살을 피해갈 수는 없었다. 특히 정치인의 경우엔 재기가 불가능할 정도로 치명적인 상처를 입었다. 소속 정당에서는 향후 재판결과와 상관없이 이들을 영구히 탈당시켰다. 엄청난 물의를 일으킨 범죄단체를 설립하고 가입한 것만으로도 이유가 충분하다고 봤다. 재계의 관련 기업도 역시 제품불매운동의 대상이 됐다. 이들 역시 존립여부 자체가 심각한 위협을 받는 위태로운 지경에 이르렀다.

검찰조사가 본격화하자, 드디어 영석이 그동안 굳게 닫은 입을 열었다. 하지만 자신의 혐의를 인정한 게 아니라 전면적으로 부인했다. 자신의 변호인단과 여러 상황을 면밀히 따진 후에 내린 결정이었다. 모든 증거가 죽은 김현근의 주장과 기록에만 근거한다는 점이 이런 영석의 입장을 뒷받침했다. 그가 대통령 부부를 죽일 만한 뚜렷한 동기도 아직까지는 밝혀지지 않았다. 검찰이 이에 대해 집중적으로 파헤쳤지만, 확실한 성과를 내놓지는 못했다. 홍준도 이미 죽고 없었다. 현근이 말하는 관련 증거들도 시간이 흘러 눈으로 직접 확인하기가 어려웠다. 오직 검찰의 수사력으로 이를 입증해내야만 했다.

1심 판결은 검찰이 추가적인 증거를 확보하지 못한 상태에서 이뤄졌다. 이런 가운데에서도 1심재판부는 영석에게 법정 최고형인 사형을 언도했다. 현근이 남긴 자료, 그리고 메일을 통해 전달된 그의 메모 등이 모두 유효한 증거로 채택됐다. 영석의 하수인들을 제외한 나머지 일목회 회원들은 모두 집행유예의 판결을 받고 풀려났다. 시해사건과 직접적인 연관이 없다는 점에서 이들에겐 범죄단체 구성에 관한 혐의만이 적용됐다. 영석의 변호인 측이 항소를 제기하고, 검찰이 나머지 관련자들의 판결에 대해 또한 항소를 제기하면서 재판은 계속 이어졌다.

# 미얀마의 기적

15

　유난히 더운 여름이 계속됐다. 폭염으로 인해 늘어난 수요에 비해 아직 전력 인프라를 충분하게 갖추지 못한 평안도와 함경도 일부지역은 갑작스런 단전으로 인해 엄청난 불편을 겪었다. 생활수준이 오른 상태에서 무더위가 닥치자 저마다 냉방장치를 갖추고 가동했지만, 이를 뒷받침할 전력생산이 조금 부족했다. 하지만 전 세계적으로 닥친 유례없는 기상이변으로 지구촌 곳곳이 몸살을 앓는 것에 비하면, 국내 상황은 그나마 많이 나은 편이었다. 특히 인도와 방글라데시, 그리고 미얀마 등 벵골만을 함께 접한 세 나라는 저주에 가까운 여름을 보내야만 했다. 우선 세상에 내릴 비가 이곳에만 집중되는 것처럼 엄청난 폭우가 일주일에 걸쳐 쏟아져 수많은 목숨을 앗아갔다.

재앙은 여기에서 그치질 않았다. 상처가 채 아물기도 전에 초대형 사이클론이 덮쳐 그나마 조금 남은 희망의 씨앗마저 깡그리 휩쓸고 가버렸다. 인도의 경우 피해가 웨스트벵골과 오리사 등 동부지역에만 그쳐 그나마 다행인데 비해, 방글라데시와 미얀마는 국가의 존립이 위태로울 정도로 심각한 타격을 입었다. 셀 수 없는 정도에 이르는 막대한 인명피해도 문제였지만, 살아남은 자들의 지속적인 생존 여부가 당장 시급한 당면과제로 떠올랐다. 아프리카와 남미 · 유럽 등의 일부지역에도 이와 비슷한 유형의 재난이 발생했으나, 아시아 남부 일대에 밀어닥친 가공할 수준의 재난에는 미치질 못했다.

국제기구를 비롯해 세계 각지에서 이들 나라를 돕기 위해 나섰다. 통일에 연착륙하며 재도약의 기운을 세계에 과시하던 고려연방공화국도 당연히 이를 방관하지 않았다. 정부뿐만 아니라 민간단체에서도 적극적으로 나섰다. 특히 종교계에서는 범종파적으로 이를 돕기 위해 함께 나서야 한다는 말이 나왔다. 가장 먼저 이런 목소리를 낸건 천주교 계열이었다. 곧이어 기독교와 불교 등 각 종파로 이에 동조하는 분위기가 확산됐다. 참기모와 세익원도 여기에 동참했다. 정화교 · 신천지회 · 기흥회 등 새롭게 태동한 신흥 종교단체들도 빠짐없이 참여했다. 특히 그들은 교단의 존재감을 외부에 알리고 봉사활동도 펼칠 수 있는 일석이조의 좋은 기회라고 여긴 탓에 더욱 적극적이었다. 주류 종교계에서는 이들의 참여를 막지 않았다. 막을 수가 없었다. 장도훈 목사를 비롯한 신진 종교엘리트들이 '어려운 이를 위해 함께 뜻을 모은다는 대의가 종교적인 이견이란 소의보다 앞선다'고 부르짖은 탓이었다. 종교단체들은 '남부아시아 대재난 돕기 범종교 협의회'를 구성하고 성금을 모으는 한편, 현지에 봉사활동을 떠날 인원도 모집했다. 봉사활동에 자원한 이들 가운데는 직장인도 일부 있었으나 대부분이 학생들이었다. 마침 방학 중이어서 학생들이 줄을 이었다. 여기엔 대학생뿐만 아니라 중·고등학생들도 많았다.

미얀마 라카인주 시트웨에 도착한 참기모·세익원·정화교 합동 봉사단은 최종 목적지인 포나권지역으로 이동하기 위해 다시 버스에 올랐다. 시트웨는 유니세프와 국경없는 의사회 등의 주도 하에서 중점적으로 구호활동이 펼쳐졌다. 국내 최대의 민간의료인단체인 초록의사회도 여기에 동참했다. 시트웨는 외부에서 오는 물자와 인력을 공급받기 위해서인지 공항은 그나마 정돈이 됐으나, 도시 전체가 아직 참혹한 모습 그대로였다. 봉사단은 시트웨공항에 내리기 전 비행기 창문을 통해 아래를 잠시 내려다보면서 황토색에 완전히 잠겨 폐허나 다름없이 변한 도시의 모습을 눈으로 확인했다. 명소였던 뷰포인트해변이나 시트웨호 등은 '아름다움'이란 수식어를 오로지 과거형으로만 간직했다. 위치조차 어디인지 제대로 파악하기 어려웠다. 봉사단을 태운 버스는 짐을 실은 트럭과 함께 수마와 태풍이 할퀴고 간 현장을 지나치며 시트웨항으로 향했다. 포나권으로 이어지는 도로가 끊긴 상태여서 칼라단강을 따라 배로 이동할 예정이었다.

"야…… 정말이지…… 뭐… 적막강산이구만……"

홍식이 감탄조로 내뱉은 말대로 항구는 썰렁했다. 오가는 사람도 없었으며, 그나마 형태를 유지한 인근 상점 몇 곳도 전부 문을 닫았다. 봉사단을 태우기 위한 것 말고는 정박한 배도 없었다. 시트웨와

팔레트와를 오가던 기선도 운행을 중지한 상태였다. 봉사단은 트럭에서 물자를 배에다 먼저 실어 나른 뒤에 한곳에 따로 모아둔 자신들의 개인여장을 제각기 챙기더니 마저 배에 탔다. 배는 칼라단강을 산란기를 맞은 연어마냥 거꾸로 거슬러 올라갔다. 강은 재난이 남긴 상처의 파편들을 아래로 계속 내려 보냈다. 일대가 온통 황토색이어서 멀리서 봐선 강과 육지의 경계도 분명치 않았다. 배는 이런 강을 한참 거슬러 올라가더니 이윽고 지류로 방향을 틀었다. 곧이어 봉사단은 칼라단강 서쪽으로 난 지류의 오른쪽으로 거의 폐허로 변한 조그마한 도시의 모습이 펼쳐진 것을 볼 수 있었다.

타고 온 배를 강가에 정박시킨 채 조그마한 배를 이용해 육지로 물자를 실어 나르는 작업은 숙련되지 않은 봉사단원들에게는 꽤나 힘든 일이었다. 봉사단의 구성인원에 아직 어린 학생들이 많아 더욱 그랬다. 배를 정박하는 시설이 홍수에 파손돼 어쩔 도리가 없었다. 추가로 구호물품이 도착할 때마다 작업을 펼쳐야하는 점에 비춰보면, 제대로 훈련을 한 셈이었다. 봉사단은 현지인들과 함께 한참을 씨름한 뒤에야 물자와 함께 모두 포나귄의 땅을 밟을 수 있었다. 봉사단이 캠프로 정한 포나귄의 한 공립학교까지 가는 데는 시간이 많이 걸리진 않았다. 하지만 리어카와 비슷한 운송수단에다가 짐을 싣고서 2인 1조로 짝을 지어 끌고 가야했기 때문에 그다지 수월한 걸음은 아니었다. 배에서 내린 물자의 상당부분은 뒤이어 오는 구호물품과 함께 관공서로 곧장 옮겨질 예정이었다. 의료장비를 비롯해 봉사단이 써야할 물품과 식량 등은 직접 갖고 가야만 했다.

봉사단은 장도훈 목사를 단장으로 모두 20여 명으로 구성됐다. 세익원에서 의대생 신도 세 명과 행정직원 세 명이 참여했고, 정화교에서 역시 의대생 신도 1명과 행정직원 2명 그리고 신도 3명이 함께했다. 참기모에서는 의대생 1명을 포함한 대학생 신도 3명과 중·고등학생 신도 5명이 참가했다. 세홍도 물론 여기에 동참했다. 사실 세익원 행정직원 세 명과 참기모 중고생 신도들은 세홍이 봉사단에 참여함에 따라 여기에 함께 왔다고 해도 과언이 아니었다. 세익원의 박홍식·김영직·김무종과 참기모의 유종겸·신은호·오형일·김재복·이호현 등 여덟 명이 바로 그들이었다. 특히 호현의 경우에는 극구 말리는 자신의 부모에게 갖은 생떼를 써가면서까지 고집을 부려 결국 이곳까지 왔다.

봉사단에 참여한 정화교 신도 가운데에는 이상운이란 이름의 대학 1학년생도 있었다. 나이로는 고교 1학년생과 같았지만, 벌써 대학에 입학해 처음으로 여름방학을 맞이했다. 그는 어릴 때부터 신동으로 불리던 수재였다. 명석한 두뇌를 갖춰 수학경시대회를 비롯해 이와 유사한 학력을 비교하는 각종대회에서 잇달아 두각을 나타냈다. 국내외 유명 대학들의 구애를 뿌리치고 전국 8대 연방국립대학교 중에 하나인 한중대학교 천체물리학과에 진학하더니, 입학 후에 곧바로 정화교에 발을 내디뎠다. 이는 정화교와 연관된 동아리 가입을 통해 자연스럽게 이뤄진 일이었다. 그가 평소에 지닌 우주관과 세계관이 정화교가 내세우는 원리와 크게 다르지 않은 게 주된 배경이었다.

봉사단은 난민들에게 구호물품을 전달하고, 의료 활동을 펼치는 것을 목적으로 했다. 이들이 포나권에서 보낸 처음 이틀간은 달리 주목할 일이 없었다. 굳이 하나라도 거론하자면 세홍과 그의 측근들이 세홍을 중심으로 너무나도 똘똘 뭉쳐 활동을 펼친다는 점뿐이었다.

봉사활동이 사흘째로 접어든 날이었다. 점심식사를 한 후에 세홍을 비롯한 봉사단원 열 명이 현지인 십여 명과 함께 새롭게 도착하는 구호물품을 받기 위해 다시 강가로 향했다. 봉사단의 남은 십여 명은 도훈의 주도 아래 오후에도 계속 의료 활동을 펼치기로 했다. 첫날과 둘째 날에 비해 이날 오전엔 치료를 위해 학교를 찾는 현지인들이 눈에 띄게 줄었다. 그렇다고 의료 활동을 완전히 제쳐두고 모두 짐을 나르기 위해 나설 수는 없었다. 첫날과는 달리 곧바로 트럭이 물량수송을 위해 지원된다는 점도 모두 함께 나설 필요가 없는 이유였다. 짐을 가지러 간 아이들은 세홍을 비롯해 그와 친한 측근들이 대부분이었다. 상운도 비슷한 또래의 아이들과 그새 친해졌는지 주저 없이 따라 나섰다.

세홍 일행은 이미 장성한 홍식과 영직·무종을 중심으로 현지인들과 함께 두어 시간에 걸쳐 배에서 뭍으로 물자를 모두 옮겼다. 짐을 전부 옮기긴 했으나 곧바로 다시 움직일 수는 없었다. 짐을 재차 옮겨 싣기로 한 트럭이 아직 도착하지 않은 것이었다. 시트웨에선 물자와 인력 수송을 위해 헬기와 비행자동차 등이 날아다니는 모습이 흔했지만, 여기에선 트럭마저도 귀한 장비였다. 다들 짐 주변에 이리 저리 걸터앉아 세홍의 눈치만 살폈다. 이런 느낌을 알아차린 세홍이 웃음을 살짝 보이더니 도훈에게 전화를 걸었다. 트럭이 도착하지 않았다는 상황을 알리고는 전화를 끊었다. 잠시 지나자 이번엔 도훈이 다시 세홍에게 전화를 걸어왔다. 트럭을 보내기로 한 시청 담당부서와 담당자가 모두 연락이 되지 않는다는 얘기였다. 세홍은 전화를 끊자마자 잠시 머뭇거리지 않고 곧바로 인원을 나눴다. 한쪽은 물자를 지키고, 다른 쪽은 시청으로 가기로 했다. 시청에 들러 트럭을 데려오든지, 아니면 다른 방편이라도 알아볼 요량이었다. 세홍과 함께 동갑내기인 종겸과 은호가 나설 채비를 했다. 호현과 상운도 함께 나섰다. 이들은 그나마 말이 조금 통하는 현지인을 한 명 대동하고는 시청을 향해 곧장 길을 잡았다.

포나귄시청으로 향하는 길은 한산했다. 웬일인지 꼬마아이 한 명도 길가에 보이지 않았다. 도착 첫날 강가에서 학교로 이동할 때 아이들이 빠짐없이 나와서 손을 흔들며 반기던 것과는 분위기가 사뭇 달랐다. 그런 가운데 세홍 일행은 시청이 점차 가까워지자 그 지점으로부터 연기가 여러 갈래 피어오르는 걸 볼 수 있었다. 세홍이 의아한 생각이 들었는지 무리보다 몇 발자국 앞에서 걷기 시작했다. 조금 더 다가가자 시청 쪽에서 전달되는 소리도 듣게 됐다. 울림의 정도로 미뤄봤을 때 한두 명이 아닌 많은 이들이 함께 내는 소리였다. 세홍과 아이들은 더욱 조심스럽게 걸음을 뗐다. 이윽고 왼쪽으로 방향만 틀면 곧바로 시청으로 연결되는 대로가 나올 즈음에 이르렀다. 바로 그때였다. 앞서가다가 왼편으로 몸을 살짝 틀던 세홍이 황급히 뒷걸음질을 치더니, 조용히 하라는 신호와 함께 무리를 세웠다. 세홍의 제지에 발걸음을 멈춘 이들은 이후 벽에 바짝 붙은 채로 왼쪽에서 진행되는 상황을 몰래 지켜봤다.

벽 뒤에 숨어서 시청 방향을 바라보는 이들의 눈에는 사뭇 긴장감 넘치는 광경이 펼쳐졌다. 대로 한 가운데에 보자기로 머리가 덮인 네

명의 사내가 일렬로 꿇어앉았고, 흰 머리띠를 두른 무리가 대로를 비워둔 채 그들을 빼곡하게 에워싸고 있었다. 무리는 그 수를 헤아리기도 쉽지 않았다. 저마다 칼과 낫 등의 병장기를 지녔으며, 몇 명은 경찰서 등에서 탈취해온 것인지 몰라도 소총까지 휴대했다. 세홍 일행이 이를 숨죽여 지켜보는 가운데, 무리 중에 한 명이 꿇어앉은 이들을 향해 뭔가 큰소리로 호통이나 다름없는 얘기를 몇 마디 쏟아냈다. 세홍 일행과 함께 있던 현지인이 그 말을 잠시 듣더니 얘기가 채 끝나기도 전에 사색이 된 채로 그만 줄행랑을 쳤다.

곧이어 처참한 광경이 이어졌다. 세홍 일행이 상황에 대한 판단을 따로 내릴 새도 없었다. 꿇어앉은 이들과 50여 미터 가량 떨어져 시동을 건 상태로 서있던 트럭이 거센 엔진 소리를 내면서 대로를 냅다 질주했다. 내연기관으로 작동하는 오래된 구형 트럭이라 소리도 시끄러웠다. 트럭은 꿇어앉은 이들과 가까워지면 질수록 오히려 더욱 속도를 내더니 그대로 그들을 깔아뭉개고 지나갔다.

"와-----와-----와!!!!!!!"

트럭에 부딪혀 뼈가 으깨지는 소리와 함께 거센 함성소리가 일대를 가득 메웠다. 이어 무리 가운데 일부는 트럭에 받혀 쓰러져 이미 숨을 거둔 주검들을 향해 재차 창과 칼을 내리꽂았다.

세홍은 일행과 함께 황급히 현장을 벗어났다. 곧바로 도훈에게 자신이 목격한 긴급한 상황을 알렸다. 이어 강가에서 물자를 지키던 홍식에게도 연락했다. 홍식에겐 도훈한테 받은 지시사항을 전달했다.

"형! 아무래도 이곳에서 뭔가 심각한 일이 벌어진 것 같아요. 전화로 자세하게 설명하기엔 그렇고…… 아무튼 매우 위급한 상황이에요. 네…… 목사님이 물품은 그대로 놓아두고 재빨리 모두 캠프로 합류하라고 하셨어요…… 네!… 지금 즉시요…… 예…… 조심하세요……"

세홍은 캠프가 차려진 학교를 향해 서둘러 일행과 함께 움직였다. 그러면서 예전에 자신이 책을 통해 습득했던 지식을 잠시 떠올렸다. 자신의 기억을 토대로 추측했을 때, 이번 사태의 근본적인 원인에 종교로 인한 갈등이 있는 게 틀림없다고 여겼다. 생각이 여기까지 미치자 이질적인 여러 종교단체로 구성된 봉사단의 안위가 더욱 걱정스러웠다. 도훈에게 재차 전화를 걸었다.

"목사님! 상황이 상당히 심각해 보이는데…… 네…… 곧바로 이곳을 벗어날 요량이라면 배가 떠난 지가 그리 오래 되질 않았으니, 지금 즉시 연락을 취해 시트웨로 향하는 배의 방향을 돌리는 것도 좋은 방법일 것 같은데요?"

하지만 세홍은 자신이 기대한 대답을 듣지는 못했다. 도훈으로부터 '지금 어떤 상황인지도 제대로 모른 채 성급하게 도망을 갈 수는 없지 않느냐'는 답변을 들어야만 했다. 세홍은 아이들과 함께 앞일을 담보할 수 없는 상황이 펼쳐진 포나권의 젖은 땅을 쫓기는 마음으로 계속 밟아나갔다.

우발적으로 일어난 이 사건은 아웅산 수치에 이어 미얀마 민족민주동맹을 이끈 지도자 첸 파킴이 20년대 초반 포나권 북쪽 구릉지에 5천여 명을 수용하는 로힝기야족 거주촌을 마련한 게 불씨였다. 군정의 탄압을 피해 외부로 탈출한 후 돌아온 로힝기야족 주민과 기존 라카인족 주민을 서로 섞여 살도록 한 이 정책은 극심한 재난이 닥치자 민족 간의 갈등이 다시 점화하는 단초가 됐다.

　사태는 로힝기야족 청년 세 명이 라카인족이 운영하는 상점을 턴 게 시발점이었다. 로힝기야족 청년 세 명은 먹을 것을 구하기 위해 밤을 틈타 라카인족이 운영하는 상점에 몰래 들어갔다. 하지만 막상 가보니 먹을 것이라곤 없었다. 실망한 이들은 힘겹게 상점을 잠입한 것에 대한 보상이라도 받을 요량으로 쓸 만한 물건이면 아무거나 두 손 가득 주섬주섬 챙겨들고서는 상점을 빠져나왔다. 그런 그들을 운명이 쉽사리 놓아 보내주질 않았다. 커다란 사건일지의 첫 페이지가 떡하니 그들을 기다렸다. 청년들은 상점을 나오자마자 곧바로 라카인족 주민들과 맞닥뜨렸다. 손에 든 물건들을 내던지고 도망쳤지만 이내 붙잡혔다. 라카인족 주민들은 이들에게 심한 매질을 가했다. 세 명 가운데 한 명은 단순한 부상에 그쳤으나, 다른 한 명은 실명을 당했으며 또 다른 한 명은 한쪽 팔을 비롯해 생식기마저 아예 못쓰게 됐다. 재난 이후 심하게 흐려진 공권력 체계가 주민들이 이와 같이 강도 높은 자체징계를 하게 된 첫 번째 이유였다. 여기에다 해묵은 민족감정도 작용했다. 그 민족감정으로 인한 갈등이란 건 사실상 종교분쟁이나 다름없었다.

　로힝기야족은 10년대 중반까지 이어진 미얀마 군정 하에서는 제대로 국민으로 대접도 받지 못한 처지였다. 대부분 불교를 믿는 다른 국민들에 비해 이들이 이슬람교 신자란 게 이유였다. 이런 배경으로 인해 라카인 불교도와 로힝기야족 무슬림 간의 갈등은 군정 하에서 빈번하게 발생했다. 이후 민정이 시작되면서 점차 이런 갈등이 조금씩 수그러졌다. 민족민주동맹에 이어 최근까지 미얀마의 안정기를 이끈 미얀마민주의정회 집권 하에서는 더욱 갈등이 봉합되는 듯했다. 하지만 수면 아래에 있던 이 갈등은 대재난 이후 결국 다시 불거졌다. 로힝기야족 청년들이 심한 매질을 당한 사건은 봉사단이 현지에 도착하기 불과 사흘 전에 벌어진 일이었다. 양측 사건 당사자와 그 주변을 제외한 외부의 어느 누구도 현지의 이와 같은 상황을 미리 알 수는 없었다.

이런 가운데 포나귄지역 지방관리가 그렇지 않아도 이를 갈던 로힝기야족에게 더욱 확실한 빌미를 제공했다. 의료봉사 및 구호물품에 대한 수혜의 우선순위를 라카인족에게 가도록 한 것이었다. 로힝기야족이 상대적으로 피해가 훨씬 덜하다는 게 표면적으로 내세운 명분이었다. 하지만 피해의 경중과는 상관없이 생존에 절대적으로 필요한 음식이 부족한 건 누구에게나 마찬가지였다. 특히 이는 재난 이후 곧바로 이뤄진 1차 구호물품 지급 당시에는 없던 차별이었다. 이들은 봉사단과 구호물품이 도착했다는 소식을 전해들은 뒤에도 자신들에게는 아무런 연락이나 지원이 없고, 물품 수송도 제대로 거들지 못할 처지인 라카인족에게만 물품이 전달되는 것을 목격했다. 이에 이들은 드디어 참지 못하고 행동에 나섰다.

봉사단이 추가로 구호물품을 가지러 간 바로 그때와 비슷한 시간이었다. 로힝기야족 무리들이 삼삼오오로 포나귄시청 주위로 모여들었다. 조금씩 모여든 인원이 어느새 시청 주위를 새까맣게 가득 채우자 곧이어 사태가 벌어졌다. 무리를 이끄는 이가 선창하는 구령을 다함께 재차 외치더니, 미리 약속이라도 한 듯이 소지해온 흰 헝겊을 모두 머리에다 둘렀다. 그런 뒤에 이미 빈껍데기에 불과한 시청을 접수했다. 인근에 있던 경찰서도 수중에 넣었다. 시청과 경찰서에 있던 인원들은 무리가 운집하고 구호를 외치자 죄다 빠져 나가기 시작했다. 눈치가 빠른 이들은 그 전에 모두 자리를 피했다. 뒤늦게 도망친 이들 가운데 몇 명은 붙잡혀 그 자리에서 죽임을 당했고, 지역사회에서 그나마 얼굴이 알려진 고위직 관리 네 명은 붙들린 후 큰길로 끌려왔다. 이들은 세홍 일행이 바로 인근에서 몰래 지켜보는 가운데 처형이나 진배없는 죽음을 맞아야만 했다.

이들이 과격한 행동에 나선 것은 억눌렸던 감정과 더불어, 라카인족을 비롯한 다른 민족들에 비해 결코 물리적인 힘에서 밀리지 않는다는 판단 때문이었다. 최초에 5천여 명 거주가 목표였던 촌락이 활성화되자 서쪽 방글라데시 국경지역에 주로 거주하던 다른 로힝기야족 일부까지 이곳으로 이주해오면서 거주촌 일대 인구가 만 명을 훌쩍 넘겼다. 여기에다 로힝기야족 거주촌은 이번 재난에 상대적으로 피해가 덜했다. 특히 인명피해는 거의 없다시피 했다. 거주촌이 형성된 지역이 상대적으로 지대가 높은 구릉지란 점과, 최근에 조성된 탓인지는 몰라도 그나마 배수가 잘 이뤄진 것 등이 이유였다. 상실감에 빠진 채 제각기 살길이 바빠 허우적대는 라카인족에 비해 결속력도 훨씬 단단했다.


캠프이자 거점인 학교로 함께 모인 봉사단은 서로의 안위에 문제가 없다는 것에 우선 다행스러워했다. 하지만 멀리서 들리는 몇 발의 총소리는 그런 안도감을 일시에 불안감으로 다시 바꿔놓았다. 필시 또 다른 누군가가 숨지는 소리일 게 분명할 터였다. 총소리는 이후에도 간헐적으로 계속 이어졌다. 일행은 시트웨와 대사관 그리고 본국에까지 연락을 취할 만한 곳에는 모두 소식을 전한 상태였다. 하지만 그들이 위기에 처한 봉사단에게 손길을 뻗는 데는 시간이란 게 필요했다. 게다가 봉기를 일으킨 자들이 봉사단이 있는 학교를 그대로 내버려 둘리는 만무했다.

그런 와중에도 도훈은 의연했다. 뭔지 모를 믿음이 그의 의식을 확실하게 뒷받침하는 듯했다. 자신이 그동안 받은 느낌과 경험대로 세홍이 진정 절대자가 선택한 선지자라면 이번 사태도 결국 하나의 시험에 지나지 않을 것이란 게 그의 신념이었다. 이게 시험이라면 의당 피하지 말고 맞닥뜨려야 한다고 생각했다. 배를 돌리도록 해서 몸부터 피하자는 세홍의 의견을 곧바로 받아들이지 않은 것도 이 때문이었다.

로힝기야족 무리 일부가 어느새 학교로 들이닥쳤다. 그 수가 족히 백여 명은 넘었다. 봉사단은 로힝기야족 무리들과 학교 운동장을 가운데다 두고 대치한 상태에 놓였다. 대치한 게 아니라 포위를 당했다는 게 옳았다. 특히 봉사단은 맞은편 상대와는 달리 누구 하나 무장을 갖추지도 않았다. 무리가 봉사단을 향해 곧바로 다가오지 않는 것을 봐서는 누군가가 재차 올 모양이었다. 아니면 봉사단이 아직 남았을 것이라고는 예상하지 못한 탓일 수도 있었다.

곧이어 트럭 한 대가 도착하더니 무리를 이끄는 것으로 보이는 사내 두 명이 함께 내렸다. 이들도 곧바로 봉사단에게 다가서지 않고 서로 잠시 뭔가에 대해 얘기했다. 칼 한 자루, 방망이 하나도 들지 않은 봉사단에게 선뜻 다가서기가 뭔지 모르게 조심스러운 듯 봉사단을 향해 손짓까지 해가며 말을 주거니 받거니 했다. 봉사단이 라카인족이 아닌 외국인이란 게 이들을 신중하게 만든 요소로 보였다. 말을 주고받는 낌새로 봐서는 한 명은 강경파, 다른 한 명은 온건파임이 분명했다. 이번 봉기가 감정적인 문제를 기초로 즉흥적으로 일어났다는 점에서 체계가 제대로 섰을 리는 만무했다. 목소리가 크고 흡인력 있는 자의 의견이 우세를 보이는 게 당연했다. 그렇게 의논을 나누더니 어느 순간 강경파로 보이는 자의 목소리만이 남았다.

상황이 심각하게 돌아가는 것을 직감한 세홍이 참다못한 듯이 앞으로 한발자국 나섰다. 두 팔을 편안하게 벌린 채로 로힝기야족 무리를 향해 뚜벅뚜벅 걸음을 옮겼다. 이런 모습을 도훈과 봉사단 일행은 그냥 넋을 놓고 쳐다만 봤다. 세홍이 그들을 향해 앞서 나간 게 전혀 예상하지 못한 돌발 상황이라, 누구나 어떻게 대처해야 할지를 몰랐다. 바로 그 순간, 참으로 믿기 힘든 일이 벌어졌다. 세홍이 걸음을 하나씩 디딜 때마다 빛으로 형상화된 아우라가 그를 둘러싸면서 조금씩 모습을 나타냈다. 봉사단 일행은 처음에는 혹시나 자기 눈에만 아우라가 보이는 것인지 확인하려고 저마다 주위를 두리번거렸다. 하지만 자신뿐만 아니라 다른 이의 눈에도 똑같은 게 보인다는 것을 눈빛을 교환하며 이내 확인했다.

봉사단은 세홍을 둘러싼 아우라를 분명히 봤다. 행여 전부가 아닐지는 몰라도 대부분 그랬다. 또한 직접 보지 않는 이상은 믿지 못할 이 모습을 로힝기야족 무리들도 함께 봤다고 여겼다. 그건 말로 설명하기가 어려웠다. 눈과 마음으로 동시에 봐야 했다. 기운이요 느낌이었으며, 빛이었고 색채였다. 화려했으나, 또한 엄중했다. 오로지 세홍 혼자만의 것이었으나, 다른 이들도 함께 느낄 수가 있었다. 특히 봉사단 일행 가운데 호현은 휴대전화를 이용해 동영상으로 이를 촬영했다. 평소 동영상 촬영이 취미이자 늘 해오던 습관인 게 중요한 순간을 기록으로 남긴 주된 계기였다.

로힝기야족 무리들은 어느새 자신들의 앞에 다다른 세홍을 바로 앞에 세워둔 채 다들 넋을 잃은 사람마냥 잠시 그렇게 멍하니 서 있었다. 세홍은 만면에 미소를 띠고는 아무런 말도 없이 무리들을 쳐다봤다. 그런 모습도 잠시 동안이었다. 온건파로 보이는 무리 우두머리 중 하나가 낮은 어조로 동료들을 향해 뭔가를 얘기했다. 이후 이들은 봉사단에게 어떤 위해도 가하지 않고 얼마 남지 않은 물품들만 트럭에다 실었다. 무리 가운데 몇 명은 물품을 실으면서 봉사단을 향해 웃음을 보이기도 했다. 짐이 다 실리자 이들은 세홍을 비롯한 봉사단을 학교에다가 그대로 남겨둔 채 이내 자리를 떴다.

"오…… 아-멘……!!!!"

"오-옴마니반메홈……"

무리가 떠나자 봉사단원은 탄식에 가까운 말들을 뱉으며 저마다의 방식대로 기도를 했다. 특히 도훈은 세홍을 그윽한 눈으로 잠시 쳐다보더니 무릎을 땅에다 대고는 두 손을 꼭 쥐고 기도했다. 그런 도훈의 두 눈에는 어느새 굵은 눈물이 흘러내렸다. 그 눈물은 생존에 대한 안도감에서만 비롯된 게 아니었다. 그동안 믿어온 것에 대한 확신이 기쁨으로 승화돼 나타난 것이었다.

현지 상황은 곧바로 전파를 타고 세계 곳곳에 알려졌다. 세계 유수의 언론들이 저마다 분석과 전망을 담은 기사를 쏟아냈다. 내전으로 비화될 가능성이 많다는 게 지배적인 관측이었다. 우려대로 무장봉기는 결국 내전으로 확대됐다. 포나권지역을 거점으로 삼은 무리들은 서쪽에 있던 동족들과 연대를 하더니 이윽고 반군으로 조직화했다. 미얀마 아라칸산맥의 서쪽이 대재난 이후 전쟁터나 다름없는 무법천지로 변해 버린 것이었다. 약탈과 살육, 강간 등이 그렇지 않아도 척박하기 그지없는 대지를 연옥과도 다름없는 곳으로 만들었다. 사태가 알려지자 세계 각국은 현지에 파견된 인원을 재빨리 거둬들였다. 미얀마 현지 고려대사관도 우선 일차적으로 라카인주에 투입된 모든 봉사인원을 즉각 철수시키기로 방침을 세웠다. 미얀마 전체에 대한 인원철수가 결정된 것도 그다지 오래 걸리지 않았다.

이런 격랑 속에서도 세홍 일행은 누구 하나 털끝도 다친데가 없었다. 더군다나 이들은 태풍의 눈이라고 해도 모자람이 없는 바로 그 현장 최일선에 있던 터였다. 로힝기야족 무리들은 포나권을 완전히 장악한 후 기세가 등등해졌으나, 세홍 일행의 퇴로를 막진 않았다. 특히 이는 로힝기야족이 시트웨로 급하게 피난을 떠나던 라카인족 무리들에게 재차 공격을 가해 수많은 인명을 살상한 사실에 대비하면 참으로 이례적인 일이었다. 그들은 배가 다시 와서 봉사단을 데리고 가는 것을 애써 못 본 채했다. 마치 세홍 일행에게는 손을 대지 말아야 한다는 암묵적인 공감대가 무리들 사이에 널리 퍼진 것처럼 보였다.

사지나 마찬가지인 곳에서 살아 돌아온 사실은 세홍으로 하여금 또다시 주목의 대상이 되도록 했다. 이는 호현이 당시의 위급한 상황을 담은 동영상을 공유사이트에 올리면서 더욱 확산됐다. 호현의 동영상은 여러 명에 의해 재차 전파되면서 널리 퍼졌다. 미얀마사태가 지구촌 최대의 화두였던 만큼 동영상에 대한 관심도 가히 폭발적이었다. 호현이 올린 동영상에는 세홍이 봉사단 무리를 뒤로 한 채 백여 명이 넘는 로힝기야족 무리들에게 다가서는 모습이 똑똑하게 잡혔다. 그건 누가 봐도 평범한 사람이 하긴 힘든 일이었다. 특히 세홍의 주위를 빛이 감싸고도는 것도 조금 흐릿했지만 분명히 나타났다. 전문가들은 이를 두고 빛의 굴절에 의한 현상이니 하면서 제각기 과학적이고 합리적인 근거를 들이댔다. 하지만 영상을 본 대부분의 사람들은 이런 납득할 만한 판단을 우선 근거에 두면서도 뭔지 모를 신비스러운 느낌도 함께 가졌다.

상황이 이렇게 되자 세홍에 대한 조명은 상상이상이 될 수밖에 없었다. 특히 이번에 이뤄진 세홍에 대한 각광은 비단 국내에만 머무르질 않았다. 미국의 한 유력 시사주간지는 봉사단의 생환과 관련한 내용을 특집으로 엮어 상세히 보도하는 것과 더불어, 세홍을 '기적의 소년'이란 수식어까지 붙이며 표지모델로 삼았다. 중국과 일본 등 아시아지역에서도 세홍과 관련한 다큐멘터리 방영이나 보도 등이 연일 계속됐다. 해외에서 이뤄진 세홍에 대한 관심이 아무리 뜨겁다고 해도 국내에 비할 바는 아니었다. 국내에서는 가히 신드롬으로 불릴 정도의 반향이 일어났다. 이미 세홍은 얼마 전 화재 사건으로 인해 유명세를 한 번 경험했었다. 여기에 이번 미얀마에서의 에피소드까지 더해지자 세홍은 어느새 대다수 국민들에게 확실한 인지도를 갖춘 인물로 자리매김하게 됐다.

　하지만 이보다 더욱 주목되는 흐름이 있었다. 세홍이 이젠 그의 측근들 사이에서 무너뜨릴 수 없는 견고하고 커다란 기둥으로 우뚝 서게 됐다는 점이었다. 이는 비단 참기모와 세익원에 국한되지 않았다. 시간이 얼마 지나지 않아 상운이 자신의 내부에 심적 변화가 찾아왔다면서 세홍에게로 다가왔다. 상운은 미얀마로 봉사활동을 떠나기 전에는 세홍과 전혀 인연이 없었다. 더군다나 그는 세홍과는 이질적인 종파인 정화교 신자였다. 얼마 지난 뒤 상운은 대학 1학년을 마칠 즈음에 자신의 전공을 천체물리학과에서 종교학과로 바꿨다. 여기에 절대적으로 영향을 미친 것은 물론 세홍이었다.

# 가시고기가 된
# 미결수

　태일의 팀, 나아가 김신혁 실장과 채은성 차장 등은 제대로 헛발질을 한 셈이었다. 여태껏 공을 들여온 일이 어이없게도 죽은 현근이 보낸 메일 한 통으로 한순간에 정리가 되고 말았다. 사건이 일심 판결로 우선 일단락됐지만, 이와는 별개로 그들이 납득할 수 없는 부분이 있었다. 배영석 회장이 김정은을 시해할 직접적인 동기가 아무리 봐도 없다는 점이었다. 특히 비밀리에 친일 관련 단체를 구성했으나, 이는 동기와는 거리가 멀어 보였다. 김정은을 대통령으로 하는 통일 방식에 반대하던 극우단체라면 일부 설득력이 있겠지만, 일목회는 그런 단체들과는 분명히 이질적이었다. 또한 통일 후에 자신들의 입지가 약해진 것을 최종적으로 김정은의 탓으로 돌려 시해를 감행했다고 보기에도 억측이 지나쳤다. 무엇보다 일목회 회원들이 함께 나서 김정은 시해사건을 모의한 게 아니라 영석이 홀로 종범들과 함께 이를 실행했다는 점에서 단체와 시해사건과의 연관성은 일단 없다고 봐야했다. 결국은 영석의 개인적인 동기나 배후가 반드시 있어야 모든 게 설명이 된다고 여겼다. 이는 검찰 등도 마찬가지였으나 정보기관에서 사건을 바라보는 시각은 더욱 복잡했다. 기관의 특성상 다양한 가능성을 염두에 둘 수밖에 없었다. 더군다나 검찰의 경우에는 영석의 유죄 입증을 보다 확실히 하기 위한 방편으로 시해 동기에 대한 설득력이 필요했지만, 연방정보원은 사건 전체를 완전히 해부해 한 점의 의혹도 없이 파헤쳐야 한다는 점에서 입장이 달랐다.

연방정보원이 문제를 바라보는 초점은 단연 김정은이 남긴 막대한 액수의 비밀자금이었다. 이들은 영석이 단체 설립 후에 우연히 비밀자금과 관련한 사실에 대한 얘기를 전해 듣고는 함께 시해를 모의했을 가능성이 높다고 판단했다. 김정은 부부의 시해를 주도한 세력이 영석에게 반대급부를 약속하고 이를 사주했을 가능성도 있다고 봤다. 그가 친일과 관련한 논란으로 곤란을 겪을 때, 자금의 숨통을 틔우기 위해 시해 주도세력과 손을 잡았을 수도 있다고 추정했다. 모든 결과가 반드시 한 가지 동기에서 비롯되는 건 아니지만, 적어도 설득력을 가진 주된 하나는 표면으로 끄집어내야 한다는 당위성에서 우선 이와 같이 추정하고 이 문제에 접근했다.

또한 연방정보원은 과거 북측이 통일을 앞두고 기득권을 조금이라도 지키기 위해 의논하는 과정에서 어떤 형식으로든 김정은의 가족과 측근들이 비밀자금의 일부 혹은 대부분에 대해 정보를 나누고 공유했을 가능성이 높다고 판단했다. 통일을 즈음해 김설송 등의 주도하에 고려노동당이 창당한 이후 기업체들의 큰 후원 없이도 별다른 어려움 없이 여러 가지 굵직굵직한 정치적 일정들을 소화한 점이 이런 추측을 뒷받침했다. 특히 고려노동당 창당 주체에 과거 북측의 김정은의 통치자금을 관장해온 39호실과 38호실의 핵심 인물들을 비롯해 북측의 정보계통 기관에 있던 이들이 대거 참여한 사실은 이런 예상에 더욱 힘을 실어줬다.

이런 가운데 영석과 관련 있을 것으로 지목된 인물이 한 명 있었다. 통일 이전 북에서 인민군보위사령관을 지낸 김성한이었다. 그는 통일 이후 김정은의 강력한 추천에 의해 청와대비서실장을 지냈다. 비록 청와대가 통일 이전과는 달리 권력기관은 아니지만, 그래도 청와대비서실장은 국가원수인 대통령의 전반적인 대내외 의전업무를 총괄하는 중요한 자리였다. 그는 무려 7년을 넘게 그 자리에 있었다. 피살된 김정은의 최측근 역할을 북에서부터 통일이 된 뒤까지 꽤 오랜 기간 맡아온 것이었다.

그런 그가 통일고려 제3대 연방 국회의원 선거를 앞두고 출마를 위해 비서실장을 사임했다. 그가 비서실장을 그만두고 청와대를 떠날 당시 세간에 말이 많았다. 완전히 상반된 두 가지 얘기가 나돌았다. 김정은과의 불화로 인한 것이라는 말도 있었고, 이와는 반대로 김정은의 대통령 퇴임 후를 대비해 미리 정치적인 배경을 확보하기 위한 것이라는 얘기도 돌았다. 이후 그는 고려노동당의 공천을 받아 자신의 고향인 함흥부에서 출마해 당선됐다. 특히 고려노동당 대표이자 김정은의 큰누이인 김설송이 그를 뒤에서 강력하게 밀었다.

선거가 끝나고 얼마 후에 바로 시해사건이 벌어졌다. 사건이 일어나자 유력한 배후인물 가운데 하나로 김성한이 우선적으로 거론됐다. 당연한 흐름이었다. 김설송도 배후인물로 함께 떠올랐다. 더군다나 김설송과 김성한은 서로 사적인 접촉이 잦은 것으로 이미 파악된 터였다. 그 외에 통일 후에도 여전히 해외에서 체류하던 김정남과 김정은의 또 다른 이복형인 김정철, 누이인 김춘송과 김여정 등 형제누이와 측근 등이 모두 사건의 배후로 꼽혔다. 하지만 사건은 그 어떤 실마리도 찾지 못한 채 결국 미제로 남았다. 그러던 게 상황이 완전히 달라졌다. 그때는 임정우가 죽고 없어 배후에 대한 어떤 단서도 확보하지 못했지만, 이젠 배영석이란 확실한 연결고리가 존재했다.

김설송 고려노동당 대표는 몇 년 전에 이미 예순을 넘겼으나, 여전히 확고한 당내 장악력을 갖고 있었다. 16년을 넘게 단 한 순간의 공백도 없이 줄곧 당 대표를 역임해온 터라 그 사이 '북방의 여왕'이라는 수식어도 붙었다. 제3대 연방 국회의원 선거를 앞두고 당내 일부 계파가 분당해 '좋은사회당'이란 이름으로 새살림을 따로 차리기도 했지만, 그녀의 지도력이 흔들릴 만큼의 타격이 되진 않았다. 통일과 즈음해 새롭게 당을 창당할 때 당의 강령과 정관 등을 통일시대에 맞도록 구성하고 조율한 것도 바로 그녀였다. 이에 앞서 통일 이후 정치적 중립을 요구하는 김정은 대통령을 대신해 과거 북측의 정치세력을 이끌고 대표해왔다. 자신의 부계 혈통에 대한 자부심이 어느 누구보다 강한 것도 그녀를 구성하는 요소였다.

그동안 한 점 흐트러짐이 없는 모습을 보인 설송이었으나, 최근 들어 부쩍 말실수가 잦아졌다. 미리 원고를 준비하지 않은 상태에서 말을 할 때는 듣는 이가 곧바로 뜻을 헤아리기 어려울 정도로 두서가 없는 경우가 많았다. 이게 반복되자 '설송화법'이란 비아냥거림 섞인 신조어가 생기기도 했다. 사소한 일에도 신경질적인 반응을 자주 보였다. 외모 또한 우선 보기에도 살이 많이 빠진 상태였다. 배영석 회장에 대한 재판과 맞물리면서 진행된 제5대 연방 국회의원 선거를 힘들게 치른 탓이란 얘기가 많았으나, 그것만으로는 설명이 부족했다. 선거와 관련해서는 해를 거듭할수록 점점 오른쪽으로 기우는 북쪽 주민들의 의식변화와 더불어 남쪽으로의 이주 등을 감안할 때, 전체 300석의 지역구 의석 가운데 50석 이상을 유지한 것도 그나마 다행이라는 분석이 지배적이었다. 전국구 의석도 총 60석 가운데 12석을 차지하면서 원내 3당을 그대로 유지했다. 그런 설송이 이날 오전에 진행된 당무회의가 끝나자 오찬을 한 뒤에 핵심당직자 몇 명과 따로 자리를 옮겨 회동을 가졌다. 힘겹게 3선 고지를 밟은 후에 새롭게 당 사무총장을 맡은 김성한도 함께했다.

이들이 모임을 갖는 장소는 6년여 전에 새롭게 마련한 청사의 내부에 있는 소회의실이었다. 이곳은 김성한의 작품이라고 해도 과언이 아니었다. 그는 통일 전에 이미 한 국가를 지탱하는 핵심 정보기관의 정점에 있었다. 당시의 경험과 노하우를 소회의실을 짓는 데 그대로 반영했다. 성한은 이 소회의실을 그 어떤 감청장치도 뚫지 못하도록 세심하게 정성을 다해 꾸몄다. 점점 치밀하고 정교해지는 초소형 첩보용드론마저 완전히 무력화하도록 이중삼중의 보안체계를 마런했다. 이는 누가 봐도 연방정보원의 눈과 귀를 피하고자 하는 의도임이 분명했다. 사실 고려노동당은 연방정보원이 과거 남측의 정치세력으로 이뤄진 현 집권세력을 강력하게 뒷받침한다고 봤다. 그런 연방정보원의 눈과 귀를 피하고자 하는 것은 당연했다. 따라서 이들은 핵심당직자회의를 그동안 이곳에서 줄곧 가졌다. 중요한 당 안건에 대한 의견조율이 모두 끝나자 설송과 성한을 제외한 나머지 당직자들은 모두 자리에서 일어나 소회의실 밖으로 나갔다. 이윽고 둘만남게 되자 설송이 성한에게 말했다. 나지막했으나 뚜렷한 목소리였다.

"이미 다 끝난 줄로만 알았는데 이제 와서 불거지다니…… 휴---우…… 골치 아픈 문제가 빨리 매듭지어져야 할 텐데 말이죠…"

성한이 무슨 얘기인지 아는 양 곧바로 대답했다.

"네… 빨리 손을 써야겠지요. 후-우…… 돈이면 귀신도 살 수가있습니다. 배후가 누군지 모르게만 하면 됩니다. 모든 준비 과정에서절대로 우릴 나타내지 않으면 됩니다. 이미 세밀하게 계획을 마련했으니 안심하세요."

설송이 성한의 말에 의미심장한 눈빛을 보냈다. 그러더니 두 손으로 성한의 손을 꼭 잡았다. 이후 둘은 뭔가에 대해 한참동안 얘기를나눴다.


가을에 들어선 탓인지 바람이 꽤나 선선했다. 서울구치소도 마찬가지였다. 비록 높은 담장으로 외부와 구분됐으나, 날씨의 변화마저가로막을 수는 없었다. 이곳에 수감된 인물 가운데 가장 주목받는 이는 단연 배영석 회장이었다. 얼마 전에 1심 판결을 받았으며, 항소심을 진행하는 중이었다. 사안이 워낙 엄중한 관계로 시설 내에서도 특별한 관리를 받았다.

영석이 법원에서 항소심 공판을 갖기로 한 날이었다. 교도관들이 이에 대한 일정에 차질이 없도록 준비했다. 영석 외에 다른 중범죄자 1명도 이날 같이 이송할 예정이었다. 당초 영석만 단독으로 이송하기로 했으나, 며칠 전에 갑자기 계획을 바꿨다. 영석과 함께 이송되는 이는 최근 자신들과 경쟁관계에 있던 신논현파 일당을 잇달아 살해한 후, 일본으로 도피했다가 붙잡혀 기소된 사당파 중간보스 정만식이었다. 그도 역시 배 회장과 마찬가지로 1심에서 사형을 언도받았다. 사건 당시의 잔혹함과 더불어 이에 즈음해 대대적으로 일기 시작한 사회악 척결 분위기가 중형이 내려진 배경이었다.

하지만 그에게도 아킬레스건이 하나 있었다. 폭력조직에 몸을 담은 자신의 현실과는 어울리지 않게 이제 막 초등학교에 입학한 어린 딸에 대한 애정이 남달랐다. 딸에 대한 애정만큼은 여느 부모보다 더하면 더했지 결코 모자라지 않았다. 만식의 딸아이는 그가 사고를 저지르자마자 어디론가 사라진 엄마를 대신해 그의 노부모가 돌봤다. 그런 만식은 걱정이 많았다. 그는 최종판결에서 운 좋게 사형을 면한다고 해도 평생을 감옥에서 썩어야만 했다. 그런 자신의 상황에다 가난한 노부모의 처지를 생각하자니 아이의 미래와 생계에 대한 걱정으로 머릿속이 복잡했다. 조직도 완전히 와해된 것이나 마찬가지라 지원을 기대하긴 어려웠다.

교정기관 소속임이 뚜렷하게 표시된 승합차가 대기하는 가운데,

영석이 포승줄에 묶인 채 수갑을 차고 교도관과 함께 모습을 나타냈다. 트인 공간에 모습을 보이자마자 잠시 머무를 틈도 없이 교도관에 이끌려 곧바로 차에 올랐다. 뒤편에는 이미 만식이 타고 있었다. 영석은 자신을 뚫어지게 쳐다보는 만식을 무시하며 철망으로 구분된 운전석 바로 뒷자리에 앉았다. 자신의 의지와는 상관없이 교도관들이 이끄는 데로 행했을 뿐이었다. 영석은 자신의 뒤에 앉은 험상궂은 사내가 단지 이날 차를 같이 타는 정도의 인연이 될 것으로만 생각했다. 사실 조금은 꺼림칙한 느낌이 들었지만, 애써 외면했다는 게 더욱 맞는 표현이었다. 차는 호송 예정인 미결수 두 명을 모두 태우자마자 곧바로 출발했다.

승합차가 대로로 접어들면서 이내 사건이 벌어졌다. 순식간에 일어난 일이었다. 만식은 차가 큰 사거리에 이르러 신호를 받기 위해 정차한 것과 동시에 자신을 호송하는 교도관의 얼굴을 오른팔 뒤꿈치로 강하게 가격했다. 포승줄을 훌훌 벗더니 다른 교도관들이 말릴 틈도 없이 미리 끝을 뾰족하게 다듬어놓은 나무젓가락을 소매 사이에서 얼른 꺼냈다. 이어 앞좌석에 앉은 영석의 목에다가 이를 냅다 갖다 꽂았다. 그런 뒤에 있는 힘을 다해 눌렀다. 만식의 체중이 실린 젓가락은 영석의 살과 혈관 속을 헤집으며 파고들었다. 양손을 함께 묶은 수갑만으로는 그의 행동을 막을 수가 없었다. 영석을 호송하던 교도관들은 순식간에 일어난 일에 놀라면서 만식을 때리며 강하게 제지했다. 하지만 만식은 젓가락이 영석의 목 안쪽 깊숙한 곳에 다다를 때까지 매를 참아가면서 끝끝내 힘을 풀지 않았다. 이윽고 만식이 젓가락을 두 손가락으로 다시 집어 영석의 목에서 뽑아내자 굵은 핏줄기가 뿜어져 나왔다. 교도관들이 황급히 손과 수건 등으로 피를 막으려고 들었다. 그러자 만식이 이번엔 무릎으로 영석의 목을 있는 힘껏 돌려 찼다. 이어 자신의 양팔을 움켜잡은 채 말리고 때리는 교도관들을 물리쳐가며 다시 발로 영석의 머리를 밑에서 위로 반복해서 올려 찼다. 그런 그의 모습은 마치 죽기를 각오하고 덤비는 사람처럼 보였다. 영석의 숨통을 반드시 끊고야 말겠다는 그의 필사적인 노력 때문인지 핏줄기는 더욱 세차게 뿜어져 나왔다. 교도관들의 옷을 비롯해 시트와 차창까지 적실만큼 충분했다. 영석은 이제 누가 보더라도 돌이키기 힘든 상황이 되고 말았다. 만식은 뿜어져 나오는 검붉은 핏줄기 사이로 딸아이의 얼굴이 오버랩 되며 떠오르는 것을 봤다. 비록 교도관들에게 다시 제압을 당했으나, 그의 두 눈과 입술은 분명히 웃고 있었다.

충격적인 사건이었다. 전대미문이란 수식어가 어색하지 않았다. 무엇보다 도미노가 쓰러지듯 조홍준과 김현근에 이어 배영석까지 연이어 죽음에 이르자, 이젠 세상 모든 이들이 배후에 모종의 세력이 존재한다는 확신을 가졌다. 아직 누구인지 밝혀지진 않았지만, 시해사건에 또 다른 배경이 있다는 게 여실히 드러난 셈이었다. 검찰의 강도 높은 수사에도 불구하고, 만식은 영석에 대한 살해동기와 배후에 대해 결코 입을 열지 않았다. 어쩌면 배후에 대해선 그다지 말할 게 없는 것인지도 몰랐다. 만식의 노부모가 사는 집과 그들의 계좌 등에 대한 압수수색에도 단서는 전혀 나오지 않았다. 사건 당일 이송을 맡은 교도관들에 대한 정밀수사와 갑자기 이송 일정이 바뀐 경위에 대한 수사에서도 역시 마찬가지였다. 이송 일정이 바뀐 사유에는 특별한 문제가 없었으며, 교도관들의 주변도 깨끗했다. 배후가 누구인지 몰라도 참으로 주도면밀하게 계획을 세우고 일을 진행한 흔적만을 남긴 꼴이 됐다. 만식이 포승줄을 비교적 쉽게 푼 것과 나무젓가락을 감추고 나와 흉기로 사용한 것 등을 미뤄볼 때, 어떻게든 교도관 한 명 이상의 동조가 있었을 것으로 추측됐다. 그렇게 보는 게 당연했다. 하지만 이는 오로지 가정일 뿐이었다. 증거가 나오지 않는 이상 이를 사실로 입증할 수는 없었다.

이런 점은 사건의 배후로 더욱 강하게 의심받기 시작한 고려노동당 수뇌부에게도 마찬가지였다. 실제 몇몇 언론매체에서는 기획이나 탐사보도 형식으로 고려노동당 수뇌부를 향해 잇달아 의혹을 제기했다. 그러자 김설송 대표는 자신이 직접 나서 눈물까지 흘려가며 이를 부인했다. 의혹을 제기한 매체를 상대로 즉각 소송에 나선 것은 물론이었다. 특히 김 대표는 이 모든 상황이 과거 북쪽의 정치세력을 말살하기 위한 남쪽 집권세력의 음흉한 의도에서 비롯된 것이라며 강력하게 맞섰다. 실제로 이 사건을 이와 같이 보는 이들이 결코 적지 않았다. 연방정보원마저도 이럴 가능성에 대한 끈을 완전히 놓지를 않았다. 그런 가운데 설송은 남북통일 당시 이뤄진 합의 전반에 대해 거론할 수도 있다고 으름장을 놓기 시작했다. 배후에 대한 추측이 이렇게 정치권의 갈등으로까지 비화되는 모습을 보이자 다들 이에 대한 언급을 조금씩 자제했다.

시해사건의 전체적인 사실규명을 위해 다각도로 노력해온 연방정보원 입장에선 가장 우려했던 일이 현실로 닥친 셈이었다. 그들은 영석에 대한 결심 공판이 가까워질수록 배후세력이 모종의 행동에 나설지도 모른다고 봤다. 우선은 형량이 최종적으로 사형으로 판결 지어질 경우 영석이 계속 배후에 대해 입을 닫을 필요가 없다는 게 이유였다. 또한 검찰의 계속된 회유와 협박에도 귀와 입을 닫았던 그가 막상 항소심에서도 사형이란 판결을 받을 경우 대법원 상고에 앞서 입장의 변화를 보일 가능성도 있다고 여겼다. 이에 따라 항소심 판결 전에 배후세력이 그의 입을 막기 위한 행동에 돌입할 것이라고 예상했다. 그런 우려가 현실을 넘어 이제는 온전히 과거형이 되고 말았다.

시해사건과 관련한 진실규명이 답보상태에 이른 가운데, 여론의 향배가 엉뚱한 곳으로 쏠렸다. 이는 설송이 자신에게 향하는 의혹의 눈초리를 거두기 위해 발언을 쏟아내는 과정에서 파생된 일이었다. 바로 남북 정치권이 통일을 이루는 과정에서 있었을 것으로 추측되는 '이면합의'에 대해 국민적인 관심이 일어난 것이었다. 사실 국민 대다수가 남북 정치권이 통일에 즈음해 물밑접촉을 하면서 어떤 형태로든 이면합의를 했다고 봤다. 공개할 수밖에 없는 남북합의의 핵심사항인 김정은의 대통령 취임과 관련한 건 외에도 다른 모종의 합의가 존재한다고 여겼다. 이면합의에 대한 추측은 다양했다. 그 중에서 가장 설득력을 가진 건 '남측의 집권세력이 김정은의 통치자금을 인정하고 일체 거론하지 않으며, 내란 및 이에 준하는 중대사태가 발생하지 않는 한은 일정기간 북측 정치세력에 대한 김정은 일가의 지도체제를 용인한다'는 것이었다. 이를 사실로 보는 이도 많았다. 허나, 양측 당사자가 합의한 내용을 공개하지 않는 이상 이는 어디까지나 추측에 지나지 않았다.

남북뿐만 아니라 남측 집권세력과 주변 강대국 간에도 또 다른 이면합의가 있었을 것이란 얘기가 많았다. 특히 통일고려가 과거 북측이 지닌 전술핵을 오로지 방어목적으로만 사용하고, 더 이상의 추가적인 핵무장을 하지 않겠다고 국제적으로 공언한 것도 이와 궤를 같이 했다. 중국이 과거 북측과 맺은 서해의 석유시추에 대한 권리를 통일 이후 계속 유지하고, 오히려 이를 더욱 확대한 점도 넓게 보면 이 범주에 속했다. 고려가 통일 이후 중국의 극심한 반대에도 불구하고 미국 주도의 방위체제에 그대로 편입된 채 남았다는 부분도 마찬가지였다. 미국과 남측 정치세력 간에 사전교감이 있었다는 방증이란 분석이었다. 특히 이는 당시 중국이 내부의 정치상황으로 인해 자기주도 아래 남북을 통일시키겠다는 미국의 의도에 반기를 들고 맞서기엔 녹록치 않았다는 배경 등과 교차하면서 기정사실로 여겨졌다.

설송은 마치 배수의 진이라도 친 듯이 자신의 결백을 주장했다. 이 과정에서 '과거의 합의에 배치되는 것'이라고 운운하며 의도적으로 의혹의 씨앗을 슬그머니 흘렸다. 이는 합의 내용에 현 집권세력에도 이롭지 않은 내용이 담겼으니 사건과 관련해 확실한 증거가 없으면 자신에게 의혹의 시선 같은 것을 더 이상 보내지 말라는 경고의 의미로 읽혔다. 이면합의에 대한 실체가 명백하게 밝혀지지 않자 의구심은 계속 커졌다. '이면합의가 있다고 하더라도, 이는 남북이 통일의 시대로 나아가기 위한 하나의 필요악'이란 인식이 지배적이었으나, 비판여론 또한 만만치가 않았다. '국민에게 알리지 못할 정도로 떳떳하지 못한 일이 있다면, 통일이란 대명제도 결국 퇴색할 수밖에 없다'는 게 비판론자들의 견해였다. 김정은 시해사건 관련자들의 도미노와 같은 죽음은 이처럼 또 다른 논란거리까지 제공하며 점점 더 의혹의 부피만 늘려나갔다.

# 잘못된 만남

17

2025년 12월. 통일이 되고 5년하고도 몇 달이 더 흐른 겨울 저녁
이었다. 김설송 고려노동당 대표가 청와대를 찾았다. 제3당 대표 자
격으로 대통령을 예방한다거나 하는 정치색이 가미된 말은 필요치
않았다. 가족의 일로 청와대에 온 것이었다. 자신의 아버지인 김정
일의 기일을 맞아 간단한 제사를 겸한 추모식에 참석하기 위해 본관
이 아닌 관저를 찾았다. 통일 이후 그동안은 기일이라고 해서 이렇게
가족끼리 모인 적이 없었다. 통일이 되자마자 김정일의 기제사가 가
족들이 참석한 가운데 청와대에서 진행될 경우 사소한 논란이 일어
날 것으로 보여 미리 이를 피한 셈이었다. 하지만 통일 이후에 나라
가 점차 안정되고 이에 대한 우려가 점점 옅어짐에 따라 이날은 참

석 가능한 가족이 함께 모인 가운데 제사를 열었다. 참석한 가족이라고 해봐야 김정은과 영부인인 이설주, 그리고 설송과 여정이 전부였다. 김정은의 큰형인 정남은 여전히 해외를 떠돌았고, 둘째형인 정철은 통일이 되기 1년여 전쯤부터 종적이 묘연했다. 가족 외에는 이례적으로 김성한 비서실장이 퇴근도 하지 않고 남았다. 김정은의 누이들이 청와대를 방문함에 따라 여러 가지 상황을 고려해 그가 자청한 것이었다. 무엇보다 비서진 몇 명을 대동하고 관저까지 온 것은 김정은에 대한 과잉된 충성의 표시로 봐도 무방했다.

추모식이 모두 끝난 뒤에 이런저런 말이 오가다가 김정은의 대통령 퇴임 후에 대한 얘기가 불쑥 튀어나왔다. 화제를 먼저 끄집어낸 건 설송이었다.

"임기가 벌써 절반이 훌쩍 지났는데… 혹시 퇴임 이후 계획이 따로 바뀐 것은 있소?"

설송의 질문에 정은이 잠시 누이의 얼굴을 바라보더니 웃음을 머금은 채로 대답했다.

"당연히 당초 계획대로 정치를 할 것입니다. 새로운 미래에 다시 도전을 해봐야지요. 누님이 보기에도 내가 정치무대에서 완전히 한 걸음 물러서기엔 아직 너무나 젊지 않습니까?"

설송이 가만히 듣고만 있으면서 다른 대답이 없자 정은이 재차 말을 이었다.

"내가 퇴임하는 그때까지 누님이 당을 잘 관리하고 계세요. 아무런 실권도 없는 상징적인 국가원수를 하고 난 뒤에는 통일국가의 실질적인 최고 통치자도 역임해봐야 되지 않겠습니까? 그때를 대비해 현

집권세력들과도 최대한 좋은 관계를 유지하려고 노력중입니다. 지금 구도로 미뤄봐서는 고려민주당이든 신고려당이든 어느 한쪽하고 연정만 하면 곧바로 집권세력이 되는 겁니다. 내가 퇴임한 이후엔 얼마든지 두 보수정당 중 하나와 충분히 연정도 가능하다고 봅니다. 정치는 생물입니다. 앞으로 어떤 모습으로 정치역학 구도가 변할지는 아무도 모릅니다. 이원집정부제로의 개헌 등 선택사항도 많습니다. 내게도 분명히 새로운 기회가 있을 것으로 확신합니다…… 예전에도 그랬고 지금도 그렇듯, 앞으로도 누님이 나를 많이 도와주세요."

정은의 대답에 설송은 애써 불편한 기색을 감췄다. 설송은 정은의 옆에서 너무나 당연하다는 듯한 표정으로 고개를 끄덕이는 여정과는 입장이 달랐다. 5년을 넘게 당 대표로서 또 다른 방식으로 조리된 권력의 맛을 음미해온 그녀였다. 정은의 의중이 현실정치로의 복귀에 있을 것이라고 이미 짐작은 했지만, 막상 대답을 듣고 나니 향후 펼쳐질 일에 대한 여러 가지 생각들로 인해 머리가 복잡해졌다. 통일 이전엔 여러 가지 상황이 정은을 뒷받침하는 조력자로서의 역할에 만족해야만 했으나, 통일이 된 뒤에는 처지가 완전히 달라졌다. 과거의 북쪽 정치세력을 통합한 후 당을 꾸리고 운영해온 인물은 정은이 아닌 설송이었다. 정은이 직접적으로 현실정치에 나설 수 없는 게 가장 큰 이유였지만, 권력에 대한 설송의 개인적인 의지도 상당 부분 투영된 것으로 봐야했다.

설송은 정은이 퇴임 후에 당에 들어왔을 때를 잠시 상상했다. 그림은 곧바로 그려졌다. 정은이 자신을 밀어내고 당권을 장악하는 건 시간문제였다. 과거 북측의 최고 권력자에다 통일고려의 초대 대통령이란 프리미엄까지 붙이고 입당하면 이는 자연수순이 될 것이었다. 특히 지금 당에서 활약하는 정치인 대부분이 과거 정은과 직간접적으로 연결된 자들이었다. 지금도 이들 대다수가 장래를 위해 정은과 소통하며 지내는 터였다. 하지만 그녀는 자기가 움켜진 당권을 동생에게 결코 내주고 싶지 않았다. 나눠 갖기도 싫었다. 정은이 꿈꾸는 미래의 주인공이 바로 자신이라면 더욱 좋을 것이라고 여겼다. 그녀의 감정 역시 다른 사람들과 다를 게 없었다. 모든 생각의 중심에 바로 자기 자신이 자리했다.

설송이 속으로 여러 가지 생각을 해가면서 정은과 대화를 이어가던 중에 김성한 비서실장이 그들에게로 다가왔다. 정은이 자신의 퇴근에 대해 잊어버리고 따로 언급이 없자, 이에 대해 얘기할 참이었다. 정은의 뒤쪽으로 가까이 와서는 미리 마음을 먹은 양 주저 없이 말을 꺼냈다.

"각하! 오늘 수고하셨습니다. 전 이만 가보도록 하겠습니다."

정은은 여정과 웃으면서 말을 한참 이어가다 뒤를 돌아보며 뜻밖이라는 표정으로 말했다. 늦은 시간까지 근무한 성한을 잊은 게 머쓱한 탓인지 조금은 과장된 어조로 얘기했다.

"아니 실장님! 여태 계셨습니까? 일찍 가시지 뭐한다고 구태여 남으셔갖고…"

돌아보면서 귀찮은 기색이 섞인 듯이 말하는 정은의 말에 성한이 머리를 살짝 한 번 조아리면서 대꾸했다.

"아… 예… 그럼 전 이만…"

바로 그 찰나였다. 마치 운명과도 같은 순간이 잠시 그들을 스쳐 지나갔다. 설송은 그때 성한의 묘한 눈빛을 읽었다. 그건 결코 자신의 동생에게 호의적이지 않은 것이었다. 오히려 이는 적개심, 바로 그것에 가까웠다. 누군가 눈치 챌까봐 자기도 모르는 사이에 이를 드러낸 후 얼른 감췄으나, 그녀가 보기엔 분명 그건 적개심이었다. 흔히들 육감이라고 얘기하는 그런 느낌에는 유별난 그녀였다. 최근 둘 사이에 뭔지 모를 이상기류가 형성됐을지도 모른다는 생각이 순간적으로 들었다.

통일 2년 전에 승진과 함께 갑작스럽게 인민군보위사령관이라는 요직에 오른 김성한이었다. 그 전에도 고속진급이라는 사다리를 몇 번이나 탔었다. 통일 이후에는 비서실장에 올라 벌써 5년이나 넘게 직책을 수행해왔다. 김정은이 가장 믿는 최측근 중의 핵심이라고 봐도 무방했다. 그런 그가 설송에게 전달될 만큼 미묘한 감정을 발산했다면, 이는 단지 이날 밤 일로 생긴 사소한 서운함 정도로 인한 건 아니라고 봐야 했다. 정은은 모를 게 분명했지만, 설송은 확실히 이를 감지했다. 정은의 맞은편에 앉은 탓에 성한을 똑바로 쳐다볼 수 있었던 게 바로 그 이유였다.


설송은 평창동 자택으로 향하는 승용차 안에서 잠시 동안이지만 깊은 생각에 잠겼다. 자동차는 자동운행시스템까지 갖췄으나, 운전수가 수동으로 운전했다. 그가 경호원을 겸한 것도 설송과 함께 차에 탄 까닭이지만, 운전수를 따로 채용할 만한 여력이나 지위에 있는 많은 이들이 아직까지 대부분 운전수를 계속 둔다는 게 더욱 주된 이유였다. 설송은 마음 깊은 곳에 있는 속내를 털어 놓을 사람이 없어 혼자서 머릿속으로만 계속 생각을 쌓아야 하는 자신의 현실이 못내 답답했다. 통일 1년 전쯤에 남편 신복남이 심근경색으로 갑자기 사망한 뒤에는 정말 속 깊이 중요한 일을 의논하고자 할 때는 마땅한 상대가 없었다. 주위에 사람은 많았으나 진정 속을 터놓고 얘기할 대상은 아니었다. 특히 지금 자신의 내부에서 맴도는 생각은 더더욱 함께 얘기를 나눌 수 없었다. 설송은 성한이라면 의논이 가능할지도 모른다는 생각이 문득 들었다. 아까 성한이 보여준 표정의 잔영이 그녀의 머릿속에 아직 남았기 때문이었다. 그렇다고 설송이 뭔가 해법이나 방향을 미리 정한 상태에서 그 방법론을 구하고자 성한과의 만남이 필요한 건 아니었다. 그녀는 대부분의 경우처럼 처음엔 별다른 해법이 없다가도 어느 순간에 이르면 답이 구해질 것이라고 여겼다.

잠시 후 자동차가 설송의 자택에 도착했다. 설송은 평양에도 따로 집을 가졌지만, 이곳에서 지내는 경우가 훨씬 많았다. 통일 이후 교육·체육과 관련한 일부 정부부처가 평양으로 이전했으나, 국회의사당이 서울에 있는 한 그럴 수밖에 없었다. 함께 거주하는 가사도우미가 문 입구로 나와 그녀를 맞이했다. 설송은 밤늦게 근무한 운전수에게 봉투에다 조그만 성의를 담아 건네며 그를 보냈다. 집안으로 들어서는 설송의 표정이 복잡한 그녀의 속내를 고스란히 드러냈다. 하지만 그녀는 이날 청와대 방문에서 나름대로 의미 있는 두 가지 수확을 얻었다. 우선은 정은의 의중이 확실하게 퇴임 후 현실정치로의 복귀에 있다는 것을 확인했다. 또한 김성한 비서실장과 향후 여러 가지 일에 대해 함께 의논할 수 있다는 것도 느꼈다.

설송은 이후 청와대 출입이 잦아졌다. 일부러 방문할 구실까지 만들면서 청와대에 발을 들이밀었다. 김정일의 기일인 12월 17일에 이어 세밑 막바지에 다시 들리더니 해가 바뀌면서 또다시 찾았다. 새해 인사를 하기 위해서란 게 그녀가 표면적으로 내세운 방문목적이었다. 김성한의 의중을 좀 더 세밀히 확인하는 게 그녀의 숨은 의도란 것을 다른 이들이 알리는 만무했다. 설송은 정은의 대내외 일정을 살펴 일부러 그가 청와대에 있을 시간을 맞췄다. 대통령이 청와대에 있으면 비서실장도 자리를 지킬 확률이 높다고 봤다.

정은은 최근 들어 발걸음이 잦아진 누이가 조금 의아했지만, 선물까지 챙겨 자신을 찾아온 그녀를 웃음으로 맞았다. 잠시 환담을 나누더니, 마침 본관에 와있던 이설주만 남기고는 볼일이 있다며 양해를 구하고 이내 자리를 떴다. 머쓱해진 설송과 설주가 별 관심도 없는 주제를 갖고 잠시 애기를 나누던 중에 설주의 휴대전화가 울렸다. 설주는 마치 기다렸다는 듯이 설송에게 양해를 구하며 자리에서 마저 일어났다. 설송은 잠시 그렇게 홀로 남겨졌다. 그녀가 혼자 자리를 지키고 있는 가운데, 우연인지 필연이지 몰라도 성한이 근처를 지났다. 설송을 보고는 모른 채 그냥 지나치기가 어려웠는지 발걸음의 방향을 틀어 그녀에게로 향했다. 마침내 설송은 성한과 서로 독대할 기회를 갖게 됐다. 설송은 머리를 가볍게 숙이고 목례를 하면서 다가온 성한에게 마치 할 말을 미리 준비해온 듯이 자리에서 일어나며 인사를 건넸다.

"새해 복 많이 받으세요. 실장님!…… 제가 간담상조할 대상도 없는 처지이다 보니 요즘 이렇게 청와대 발걸음이 잦습니다. 아무쪼록

깊은 마음으로 헤아려 주세요.'

순간, 설송이 내뱉은 '간담상조'란 익숙한 사자성어가 성한의 뇌세포를 뾰족한 바늘로 찌르듯이 자극했다. 성한은 그녀가 자신에게 건넨 말의 숨은 뜻을 얼른 알아챘다. 정은과 설송의 입장 및 구도 등으로 미뤄봤을 때, 향후 중요한 일을 함께 의논하자는 속내를 드러낸 게 분명하다고 생각했다. 특히 말을 건네면서 함께 전해진 그녀의 표정이 이를 더욱 확실하게 입증했다. 설송은 성한이 자신의 말에 대꾸도 없이 입을 반쯤 연 상태로 강렬한 눈빛만을 쏘아 보내자 참지 못한 듯 재차 입을 열었다.

"가까운 시일 내에 식사라도 꼭 한 번 같이 했으면 하네요…"

이 말에 성한이 드디어 입을 열었다. 말을 건네면서 의미심장한 눈빛도 웃음에 담아 함께 전달했다.

"아… 네! 날짜를 잡아 미리 연락주시면 반드시 뵙도록 하겠습니다."

이들의 짧은 대화가 이렇게 마무리되자 잠시 자리를 비운 설주가 다시 돌아왔다. 성한은 두 사람에게 다시 가볍게 목례한 후 자리를 떠났다. 설송은 그런 성한의 뒷모습을 만족스런 표정으로 쳐다봤다. 그녀로서는 이날 청와대 방문에서 자신이 기대한 수확을 확실하게 거둔 셈이었다.


며칠이 지난 뒤의 저녁이었다. 설송과 성한이 미리 약속한대로 자리를 함께 했다. 설송이 처음에 오찬을 함께 갖자고 제의한 것을 성한이 오후 7시경이 더욱 좋겠다고 얘기함에 따라 만남은 저녁에 이뤄졌다. 장소는 북촌한옥마을 인근에 자리한 비원이란 이름의 최고급 퓨전한정식당이었다. 정재계 주요 인사들이 자주 찾는 탓에 무엇보다 감청에 대한 대비가 잘 이뤄진 게 이곳의 가장 큰 장점이었다. 또한 세월광풍관·태극관·청기와관 등의 이름을 가진 세 곳의 특실은 객실별로 건물이 따로 만들어졌다. 출입구도 각기 별도로 마련됐다. 출입구가 개별적으로 구성된 건 최근 재단장을 통해 이뤄진 일이었다. 이는 어느 한 객실에서 중요한 회동이 있더라도 굳이 다른 객실을 통제할 필요가 없도록 하기 위한 목적에서 비롯됐다. 특히 세월광풍관은 인근 창덕궁에 있는 비슷한 이름의 문화재인 제월광풍관을 그대로 본을 땄다. 비원의 세월광풍관은 홀 용도로 쓰이는 마루를 가운데다 두고 왼쪽엔 주 객실, 오른쪽에는 보조 객실이 각각 자리했다.

바로 이곳 세월광풍관 주 객실에서 설송과 성한 두 사람이 마주보고 앉았다. 대부분이 그렇듯이 이들 두 사람도 처음에는 자신의 속에 있는 생각을 곧바로 나타내지를 못했다. 행여 상대방의 의중이 자신이 짐작한 바와 다를 수도 있어서였다. 하지만 술이 몇 순배 오고 가자 분위기가 점점 솔직한 방향으로 흘렀다. 처음 반주를 제의한 건 설송이었다. 딱딱한 분위기를 녹이는 데는 술만 한 게 없을 터였다. 술로 인해 기분이 조금 달아오르자 설송이 지금까지 나눈 피상적인 대화에서 앞으로 한 발자국 더 나아가려고 시도했다.

"후…… 걱정이네요… 당장은 문제가 없겠지만 4년여가 지난 이후를 생각하자니 가슴이 답답해지네요."

설송의 이 말에 성한이 술잔을 입에 가져가다 말고 그대로 멈췄다. 잔이 그의 입술에 닿을 듯 말 듯한 상태에서 시간이 잠시 정지된 듯했다. 하지만 그리 오래가질 않았다. 성한이 손에 든 잔을 한 번에 입에 틀어넣더니 탁자 위에 '탁'하고 소리까지 내면서 시원스럽게 내려놓았다. 이후 성한은 드디어 작심한 듯 그동안 흉중에 품어온 말들을 쏟아냈다.

"후--우…… 대통령이기 이전에 대표님의 동생과 연관된 얘기인지라 상당히 조심스럽네요. 하지만 대표님께서 무슨 의도를 갖고 절 만나고 계시는지 너무나 잘 알기에 주저 없이 말씀을 드리겠습니다. 또한 대표님께서 저를 시험하실 일도 없는 것이고요."

성한이 이번엔 술이 아닌 물을 한 모금 마신 후에 본격적으로 얘기를 이어갔다.

"대통령을 비교적 오랜 기간 모시고 있네요. 통일 이전부터이니 바로 옆에서 밀착해서 일을 본 것만 해도 꽤 되네요. 어쩌면 제가 대통령과 함께 보낸 지난 세월은 국가와 민족이 격변기를 겪은 것과 더불어, 한 인간의 영욕의 굴절 또한 고스란히 함께 녹아있다고 할 수 있습니다. 2010년대 후반, 그가 가장 힘들고 고뇌가 많을 때에 저 역시 중책을 맡았지요. 특히 저는 대통령이 통일과 관련해 이를 결정하고 이후 협의하는 과정에 깊숙이 관여했습니다. 여러 대내외 상황이 그로 하여금 가히 혁명적이라고 할 만한 결단을 내리게끔 재촉한 건 대표님도 이미 잘 아실 겁니다. 대가뭄과 홍수가 수차례에 걸쳐 엇갈리면서 당시 공화국 인민들은 더 이상 미래에 대한 희망을 갖기도 힘들었지요. 더군다나 이때 남측에서는 통일에 대해 누구보다 적극적이며 열린 사고방식을 가진 정치가인 조영민 현 총리가 대통령으로 당선돼 집권하고 있었지요. 참으로 시점이 잘 맞아떨어졌다는 느낌입니다. 만약에 당시 남측의 지도자가 조영민이 아니었다면, 아마도 우리가 지금과는 전혀 다른 상황에서 대화를 나누고 있을지도 모릅니다. 당시 남쪽은 조영민 대통령 취임 이후 이전 정권의 비리에 대한 단죄를 어느 정도 마무리하자 북쪽에다 계속해서 문을 두드리기 시작했습니다. 이게 대가뭄으로 인한 기근 및 이후 찾아온 극심한 경제난 등과 맞물리면서 드디어 공화국이 남측의 노크에 반응을 할 수밖에 없었습니다. 구호물자가 들어오고 남측 방문단이 계속해서 북녘의 땅을 밟자, 이제 인민들부터가 예전과는 사뭇 다른 분위기를 느끼기 시작했지요."

성한은 설송의 반응을 한 번 살피고는 말을 이었다.

"제가 인민군보위사령관을 맡은 시점도 바로 이때쯤이었습니다. 상대적으로 강경파인 자를 자리에서 밀어내고 절 앉힌 겁니다. 당시 북측의 최고지도자였던 대통령의 심경변화가 그대로 반영된 인사였지요. 이는 저뿐만이 아니었습니다. 아마도 그의 머릿속에는 세 가지의 원치 않는 시나리오가 그려졌을 겁니다. 민중봉기로 인해 권좌에서 축출되거나 쿠데타로 인해 실각하는 경우, 그리고 주변 강대국의 공격 내지는 암살에 의해 권력을 상실하게 되는 것 등이 그것이지요.

당시엔 뭣하나 가능성이 없지 않았습니다. 강력한 공포정치도 어느 순간 분명 한계에 이른다는 걸 알았을 겁니다. 핵을 보유하는 것만으론 체제를 유지할 수 없다는 엄중한 사실을 비로소 깨달았던 것입니다. 젊디젊은 자신의 미래를 생각한다면 고민이 많았을 테지요. 특히 엘리트들의 잇따른 탈북 또한 그의 고민을 더욱 가중시켰을 것입니다. 그런 가운데 그는 은연중에 자신의 심경변화를 조금씩 밖으로 드러내게 됩니다. 그의 이런 태도가 바로 남측 지도부가 가진 통일에 대한 의지에 기름을 들이부었지요. 드디어 당시 조영민 대통령은 이번 기회에 통일이라는 대업을 꼭 성사시키겠다고 집념을 나타내게 됩니다. 이런 기류를 바탕으로 남북 사이에 비밀 회담이 진행됐습니다. 게다가 회담이 진행되면서 남측이 북에다 귀가 솔깃할 만한 제안을 하게 됩니다. 이미 다 아시다시피 말입니다."

성한이 잠시 말을 끊었다. 말을 이어가던 도중에 설송이 잔을 비운 것을 알아차린 모양이었다. 잔에다 술을 채운 뒤에 다시 얘기를 계속했다.

"북녘의 최고 권력자에서 통일고려의 국가원수로 자리가 바뀐 그가 처음부터 주위에서 느낄 만큼의 변화를 보이진 않았습니다. 그건 비교적 천천히 진행됐습니다. 한때 한 국가의 최고 권력자였다가 힘을 모두 상실한 자의 시니컬한 태도는 주위를 힘들게 했지요. 특히 그는 자신이 가장 가깝다고 생각하는 사람 앞에서는 히스테리를 넘어 광기까지 표출했습니다. 그 대상이 일차적으로는 영부인이었고, 저 또한 예외가 아니었습니다. 하지만 영부인과 저는 서로가 가진 입장이 분명 차이가 있습니다. 저도 처음에는 얼마든지 이를 받아드릴 수가 있었습니다. 시간이 지나면서 저 역시 사람인지라 계속 감내할 수만은 없었습니다. 어느 순간에 이르자 그에 대한 감정의 추이가 호의적인 데서 적대적인 데로 넘어오게 됐지요. 이후 그 감정의 쏠림은 더욱 심화됐습니다. 그는 아직도 제 내부에 어떤 감정적인 변화가 일어난 줄은 모를 겁니다. 철저하게 숨겨왔으니까요. 사실 이는 드러낼 수 없는 것이기도 하구요."

설송이 성한의 말 가운데에 끼어들었다.

"대통령의 기본성격은 내가 조금 알지요. 자기가 가진 것을, 또 가질 수 있는 것을 다른 이에게 뺏기는 상황을 절대 스스로 용납하지 않았지요. 아마 자신의 불확실한 미래와 안위를 도모하기 위해 권력을 내놓고 통일에 합의했으나, 막상 손에 쥔 게 빠져나갔다는 것을 느낀 순간엔 상실감이 컸을 거예요. 그게 주위 사람을 힘들게 했을 것이고요."

성한이 설송의 말에 웃음을 띠면서 고개를 좌우로 몇 차례 흔들었다. 설송의 말을 부정하는 게 아니라 상상 이상이었다는 것을 함축적으로 표현한 몸짓이었다. 잠시 그러더니 말을 이었다.

"문제는 그런 그가 여전히 권력욕을 강하게 가졌다는 점입니다. 그는 통일이 되고 얼마가 지나자 자신이 퇴임한 이후의 상황에 대해 밑그림을 그리기 시작했지요. 물론 저하고도 상당 부분 이에 대해 함께 의논했습니다. 저는 그의 얘기를 들으면 들을수록 그가 다시 힘을 되찾도록 해서는 안 된다고 생각했습니다. 이는 무엇보다 그가 가진 생각에 위험한 요소가 분명히 있기 때문입니다. 김 대표님 앞에서 말하긴 조심스러운 대목이나, 그는 아직도 백두혈통에 의한 지배체제의 구축을 꿈꾸고 있습니다. 또한 아직까지 자신의 조부인 김일성 시대에 정립한 주체사상을 어떤 형태로든지 다시 부활시킬 수 있다고 생각합니다. 그 내용을 통일시대에 맞게 조금은 수정하려고 들었지만, 분명히 이런 사상을 바탕으로 한 가운데 자신을 정점으로 하는 독재체제에 대한 환상을 여전히 갖고 있습니다. 전체주의로의 회귀가 그의 머릿속에서 강하게 자리한 겁니다. 더군다나 그게 현실적으로 가능하다고 여기고 있지요. 어쩌면 통일을 수용하는 당시에 이미 이런 생각을 가진 것인지도 모릅니다.

저는 겉으로는 그에게 동조할 수밖에 없었으나, 마음으로부터 진정 동의하기는 힘들었지요. 특히 제게 얘기를 다하지 못하고 가슴 속에 깊이 남겨놓은 것에는 어떤 생각이 있는지도 알 수가 없습니다. 전 물리적인 시간의 흐름뿐만 아니라 관념적·사상적인 시간의 흐름도 결코 되돌릴 수는 없다고 봅니다. 그래서도 안 되고요. 이제 우리 민족은 남쪽 제일 하단에서 시작해 북녘 끝까지 정치·경제적인 자유를 향유하고 있습니다. 아직 과도기이긴 하나, 저는 민족 전체가 자유를 누리게 된 걸 대단히 기쁘게 생각하는 사람입니다. 이제 얼마 안 있어 일정 시점이 지나면 온 인민, 아… 아니 온 국민에게 진정한 의미의 자유가 찾아오겠지요."

이 말에 설송이 잠시 의아하다는 표정을 지었다. 예전에 인민공화국보위사령관을 지낸 자의 입에서 이런 말이 나올 것이라고는 미처 생각하지 못했다.

"정말 많이 달라지신 것 같네요. 아니면 원래 그러셨던지……"

성한이 웃으며 말을 이었다.

"달라진 게 맞습니다. 대통령에 대한 감정의 변화와 더불어 저는 그동안 과거에는 접하지 못한 인문서적들을 꽤나 많이 읽었지요. 마음을 다스리려고 시작한 독서가 취미와 공부가 된 경우입니다. 이에 따라 세상을 보는 눈도 예전보다 조금 넓어졌다고 봅니다. 사실 사회주의니, 자본주의니 하는 게 다 무엇이겠습니까? 무릇 사상이란 건 개인의 자유를 최대한 보장하는 가운데, 사회가 추구해야 할 공동선에 대한 영역을 얼마만큼 확장시킬 것인가의 문제를 고민해야 한다고 봅니다. 어느 이념이든 그게 사회 구성원을 억압하는 구실이 돼선 안 된다고 생각합니다. 사실, 무슨 사상을 기반으로 하는 체제인가 하는 건 어떤 경우엔 집권세력의 편의에 따라 결정되기도 했지요. 또한 사상이나 이념이란 게 자신들과 적대 내지 경쟁관계에 있는 다른 정치세력과 구분을 짓기 위한 방편이기도 했고요. 흠… 그렇다고 제가 자본주의 신봉자가 된 건 아닙니다. 굳이 지금의 저를 정의하자면 인본주의를 바탕으로 하는 사회주의자라고나 할까요…"

이번엔 설송이 본격적으로 입을 떼기 시작했다.

"실장님의 얘기를 듣고 나니 생각이 더욱 뚜렷해지네요. 이젠 내 얘기를 좀 해야 할 것 같네요… 대통령이 퇴임 후에 고려노동당의 당권을 가지려고 한다면 이를 막을 명분과 힘이 내게는 없습니다. 현재 당 소속 의원들이나 당직자들도 퇴임 이후 그가 정계에 복귀할 것을 대비해 그와 여전히 긴밀한 유대관계를 갖고 있는 것도 사실이고요. 하지만 대통령의 생각이 진정 그렇다면 이는 북녘을 기반으로 하는 정치세력 모두에게 매우 위험한 것입니다. 그가 당권을 장악한 후에 그가 이끄는 데로 정치일정을 가져갔을 경우 자칫 커다란 위기에 봉착할 수가 있다는 얘기입니다. 그걸 미연에 방지해야 할 책임도 당 대표인 내게 분명히 있습니다. 또한 난 우리 당이 지금의 안정적인 구도 하에서 집권을 모색해야한다고 생각하지, 어떤 혁명적인 상황을 결코 원하질 않습니다."

설송이 자신의 말에 대한 성한의 반응을 잠시 살피는가 싶더니 의미심장한 표정으로 얘기를 이었다.

"특히나…… 현재 두 개로 나눠진 곳간을 퇴임 후에 그가 모두 차지하는 것도 개인적으로는 받아들이기가 어렵습니다."

설송의 말에 성한이 드디어 기다리던 말이 나왔다는 듯이 미소를 지었다.

"흠……"

김정은은 통일 전 당과 군부의 측근들에게 통일에 대한 생각을 밝히면서 자기가 가진 비밀자금 전부를 정치자금으로 공유하겠다고 말했다. 이는 두 가지 목적에서 비롯된 것으로 봐야 했다. 우선은 현재 각자가 지닌 기득권이 통일 이후에도 선출직이나 임명직 등으로 계속 이어질 것이니, 자신의 결정에 이의를 달지 말고 함께 동참하자는 의미였다. 이와 함께 통일 후에도 북쪽을 기반으로 하는 정치세력을 자신의 영향력 아래 계속 두기 위한 방편이기도 했다. 그가 당시 '모든 비밀자금'이라고는 했으나 이를 그대로 믿는 이는 없었다. 대부분 자금을 크게 두 개로 나눈 뒤에 이 가운데 하나를 정치자금으로 공유하겠다는 뜻으로 해석했다. 이는 그게 누구든 자기가 가진 걸 모두 내놓기는 힘든 것이기 때문이었다. 이런 이유로 이들 사이에서 자연스럽게 '두 개의 곳간'이란 말이 만들어졌고, 어느 순간 정설로 굳어졌다.

김정은이 공유하기로 한 비밀자금은 그 규모가 일부 핵심 인원에게만 공개된 가운데, 김정은과 이설주 그리고 김설송 등 세 명이 공동으로 관리하는 형태로 보관·유지됐다. 설송은 북측의 정치세력을 대변하는 고려노동당 대표 자격으로 공동 관리자에다 이름을 올렸다. 그렇다고 정은이 소유권까지 공동으로 하진 않았다. 소유자가 자신임을 분명히 적시했다. 계좌인출은 공동 관리자 세 명이 은행 측과 미리 특별히 정한 보안체계를 통해 모두 함께 동의한 가운데 이뤄졌다. 세 명 가운데 한 명이라도 유고가 발생하면 남은 이들이 계좌를 관리할 수 있도록 약정했다.

또한 자금의 인출 여부를 고려노동당 핵심 수뇌부가 정기적으로 알 수 있도록 했다. 이 돈이 바로 통일 이후 고려노동당을 유지하는 바탕이 됐다. 특히 이는 김정은이 결정한 이른바 '대통령 딜'을 수용하고 따른데 대한 대가이기도 했다. 설송의 '곳간'에 대한 우려는 김정은이 퇴임 이후 당권을 차지하면 바로 이 돈의 모든 관리권이 그에게로 넘어간다는 점에서 비롯됐다.


이날 만남에서 두 사람의 대화는 이것으로 마무리됐다. 설송은 비밀자금을 언급한 자신의 말에 성한이 미소만 짓고 다른 대꾸가 없자, 더 이상 이와 관련해선 얘기를 이어가지 않았다. 더욱 진전된 대화를 나누기에는 아직은 이르다는 게 두 사람의 공통된 시각이었다. 허나, 이들의 대화는 첫 만남에서 가진 것치고는 상당히 진일보한 측면이 있었다. 이들은 첫 회동에서 서로 각자가 지닌 생각이 크게 차이가 나지 않는다는 것을 분명하게 확인했다.

두 사람은 이후 주위의 시선을 의식해서인지 극히 조심스러운 태도를 견지하면서 만남을 이어갔다. 이들은 만날 때마다 약속시간을 처음 만난 당시와 같은 오후 7시로 정했다. 약속장소도 초반엔 주로 비원의 세월광풍관이었다. 이후 두 사람의 만남은 그들이 최초에 예

상한 것과는 다르게 전개됐다. 친밀도가 지나쳐버려 어느새 남녀관
계로 발전하고 말았다. 시간도 그다지 많이 필요치 않았다.

# 무당 노파가 쓴
편지

**18**

　그림자. 또는 그림자부대. 짧게는 그림자라고 했고, 길게는 그림자부대라고 했다. 어느새 이처럼 별명이 붙었다. 참기모 내에서 세홍의 측근들을 두고 일컫는 말이었다. 학생들뿐만 아니라 성인신도들도 이와 같이 칭했다. 그도 그럴 것이 종겸과 은호를 비롯한 아이들은 학교수업시간 외에는 마치 약속이나 한 듯이 세홍의 주위로 몰려들었다. 이는 이미 참기모 내에서는 너무나 자연스럽고 익숙한 모습이었다. 그런 모습은 비단 참기모 안에서 뿐만 아니라 밖에서도 마찬가지였다. 그게 어떤 형식의 활동이든 마치 세홍을 수행이라도 하는 듯이 그를 중심으로 뭉쳐 다녔다. 별도로 인원을 나눠 진행하는 행사가 아니면 늘 그랬다.

이날도 마찬가지였다. 연말이 점점 가까워오자 홀로 지내는 노인들을 위해 각 사회단체에서 봉사활동을 펼쳤다. 참기모도 예외일 수 없었다. 아침에 모여 다 같이 김치를 담근 후에 오후에는 조를 나눠 직접 배달하기로 계획을 잡았다. 마침 날씨도 포근해 야외에서 작업하는 이들을 수월하게 했다. 세홍과 그의 측근들은 한쪽에 자기들끼리 따로 자리를 마련해 즐겁게 김치를 담갔다. 도훈과 참기모 성인신도들은 그런 모습을 그저 흐뭇하게 지켜볼 뿐이었다. 이들은 김치를 담근 후에 다시 가정에 배달하기 적당한 크기로 나눠 담았다. 이날 목표로 한 배달 상자가 모두 채워지자 남은 김치로 다 함께 점심식사를 했다.

참기모가 김치를 전달하기로 예정한 지역은 서울 동쪽에 위치한 면목동 일대였다. 이 일대는 재개발사업이 여러 구역에 걸쳐 상당히 진행됐으나, 아직 많은 곳이 오래된 가옥 형태로 존재했다. 여기도 다른 곳과 마찬가지로 재개발이 확정된 후 이전이 이뤄지는 지역과 그 주변은 슬럼과 다름없는 모습을 보였다. 세홍 일행이 방금 김치를 전달하고 나온 집이 바로 그런 경우였다. 세홍과 종겸, 은호 그리고 함께 나선 사회복지사의 마음은 무거울 수밖에 없었다. 반지하에 살면서 향후 어디로 옮겨가야할지 막막해하는 할머니의 하소연을 뒤에다가 남겨놓고 와야만 했기 때문이었다. 안내를 맡은 사회복지사 보은이 무거운 분위기를 바꾸려는 듯, 누가 묻지 않았는데도 다음 목적지에 대해 미리 설명했다.

"최정혜란 성함을 가진 이 할머니는 다른 분들과는 달리 특이한 이력을 갖고 계세요. 예전에 전라도 일대에서 아주 이름난 무당이셨다고 하더라고요. 용하기로 소문이 났다던데…… 어느 순간 영기가 모두 사라져버렸다고 하네요. 영기를 잃어버린 뒤에 서울로 올라와 선 이 일대에서 이런저런 잡일로 생계를 꾸려 오셨다는데… 머리가 완전히 백발이어서 그렇지 연세도 보기 보단 그렇게 많은 편이 아니 세요. 다른 할머니들과는 달리 복지관에도 잘 나오시지도 않고, 평소 에는 뭘 하고 계시는지……"

얼굴 가득히 밝은 표정을 지으며 전달하는 보은의 얘기를 다들 귀를 쫑긋 세우고 들었다. 특이한 이력을 가졌다는 말에 할머니의 집으로 향하는 종겸과 은호의 눈빛이 어느새 호기심으로 가득 찼다. 이윽고 다음 목적지에 당도했다. 이 할머니도 조금 전과 마찬가지로 반지하 방에서 홀로 지냈다. 반지하로 이뤄진 주거공간은 최근에 지은 건물에는 보기 힘든, 말 그대로 과거의 유산이었다. 일행은 두 사람이 교행하기엔 좁은 계단을 한 사람씩 줄을 서서 조심스럽게 내려갔다. 계단 한쪽으로 잡동사니들이 군데군데 쌓여 있어 걸음을 더욱 더디게 만들었다. 입구에 이르자 보은이 애써 친근한 말투로 안에다 대고 큰소리로 말했다.

"할머니! 저예요… 복지관 예쁜이 보은이에요. 오늘은 김치를 조금 가지고 왔어요."

이 말에 안에서 인기척이 났다. 기침 소리가 몇 번 나더니 문이 열리면서 한 노파가 고개를 살짝 숙인 채 머리를 내밀었다. 문 사이로 모습을 보인 할머니의 머리카락은 정말이지 검은 빛깔이 단 한 점도 없는 새하얀 백발이었다. 할머니는 보은을 향해 살짝 한 번 웃음을 보인 후에 주위를 둘러봤다. 바로 그때였다. 할머니가 자신의 시선을 세홍의 눈과 정확하게 일직선으로 맞추더니, 순간 갑자기 경기를 일으켰다. 그러더니 그대로 뒤로 혼절하면서 쓰러졌다. 세홍 일행은 놀란 가운데 우선 급한 대로 할머니를 방안으로 끌어다 눕혔다. 은호는 그 사이 응급전화로 위급상황을 알렸다.

할머니는 잠시 누워 있더니 응급차가 도착하기도 전에 다시 눈을 떴다. 잠시 혼절한 것일 뿐 다른 건강상의 문제는 없어 보였다. 할머니는 눈을 뜨자마자 벌떡 일어나 느닷없이 세홍에게 큰절을 했다. 일행 모두는 지금 벌어지는 상황이 납득이 안 된다는 양 두리번거리며 서로를 번갈아가며 쳐다봤다. 특히 나머지 일행과는 입장이 다른 사회복지사 보은은 더욱 알 수가 없다는 표정을 지었다. 세홍이 유명하다는 건 이미 알았지만, 그렇다고 할머니가 큰절까지 할 까닭은 없다고 생각했다. 세홍은 엉겁결에 맞절로 할머니의 절을 받았다. 절을한 뒤에 자세를 고쳐 잡은 할머니는 한참동안 세홍을 지그시 바라만 봤다. 그러는 와중에 은호는 앞서 자신이 전화했던 곳에다 재차 전화를 걸어 변화된 상황을 설명하고 이해를 구했다. 굳이 응급차가 올 필요는 없다는 걸 알린 셈이었다. 잠깐 동안의 정적이 흐른 뒤에 할머니가 입을 열었다.

"에-휴!…… 참으로 오랜 만에 이런 느낌을 가지는구먼…"

잠시 혼잣말을 하던 할머니가 시선을 세홍에게로 고정시키더니 얘기했다.

"귀인을 이렇게 영접하게 되어 정말이지 너무나 기쁩니다. 또한 감히 하대를 하지 못하는 이 늙은이의 마음을 헤아려 주세요…… 후…… 귀인께서는 지금부터 내가 하는 얘기를 잘 들으세요. 분명하게 유념해 두셔야 합니다."

할머니가 몸을 파르르 떨어가면서 하는 이 말에 종겸과 은호는 지금 이 상황이 조금은 이해된다는 표정을 지었다. 보은만이 여전히 어리둥절한 모습이었다. 할머니의 말은 이들의 각기 다른 반응과는 상관없이 계속됐다.

"귀인께서는 참으로 귀한 존재입니다. 내가 그동안 영접한 그 어떤 신령도 감히 그 발아래에 조차 둘 수 없을 정도로 말입니다. 귀인과 관련해선 참으로 많은 영상들이 내 눈 앞을 오가는지라 무엇을 잡아내야 할지를 모르겠네요. 너무나 많은 사람들, 그리고 그들의 함성이 눈앞을 타고 흐르네요. 아-아… 그렇-네요… 그 가운데 하나가 점점 뚜렷해지네요."

할머니의 말에 모두들 숨을 죽였다. 얘기를 이어가는 할머니의 얼굴은 세홍 일행이 처음 봤을 때보다 훨씬 혈색이 돌고 젊어보였다. 마치 그 사이 외부로부터 알 수 없는 모종의 에너지라도 전달받은 것 같은 착각이 들 정도였다. 할머니가 다시 파르르하고 몇 차례 몸을 떨더니 말을 계속했다.

"귀인께서는 이 세상에 새로운 길을 열 사람입니다. 이에 따라 자연스레 따르는 무리도 많을 것이고요. 그 중에는 물론 귀인과 가장 가까이에서 함께 지낼 사람들도 있을 겁니다. 이들의 수는 모두 열 손가락을 넘기게 됩니다. 하지만 그 가운데 한 명은 마음으로부터 진정으로 귀인을 받아들이진 않을 겁니다. 귀인께서는 바로 그를 조심해야 합니다. 자신마저도 감쪽같이 속인 채 귀인의 곁에 바짝 다가선 그 자를 말입니다. 매우 영리하기까지 한 그를 정말 유의해야 합니다. 이 늙은이가 당부할 말은 다른 게 아닌 바로 이것입니다. 내 얘기는 여기까집니다. 이 이상의 얘기는 내 권한 밖이어서 나도 어쩔 수가 없습니다. 내가 잘 알지도 못하는 것이고요. 후…… 이제는 내 눈앞을 오가던 모든 영상이 안개가 걷히듯이 사라졌네요. 결국 이 말을 전하고자 그동안 죽었던 영기가 다시 살아난 것이네요. 물론 귀인께서 잠들었던 내 영기에 새로운 동력을 불어넣어 준 것은 틀림없는 사실이지만. 후…… 무당으로 태어나 이렇게 존귀한 신령체를 직접 영접했다니 여한은 없습니다. 껄껄껄……"

얼마 후 세홍은 할머니가 자신을 만난 이후 시름시름 앓다가 결국 세상을 떠났다는 얘기를 접했다. 굳이 세홍에게 알려질 필요는 없는 부고였으나 할머니가 숨저가는 가운데 남긴 마지막 메모가 그로 하여금 이를 알도록 했다. 메모를 본 사람들은 대부분 할머니가 무슨 영문으로 이를 남겼는지 몰랐지만, 보은만은 이 메모가 세홍의 것임을 곧바로 알아챘다. 그녀가 사진으로 찍어 세홍에게 전송한 메모는 간단했다. 메모지에 적힌 내용은 '천기를 누설한 죄로 이제 곧 세상을 떠납니다. 아무쪼록 귀인께서는 내 당부를 잊지 마세요. 그리고 내가 남긴……'이었다.

"하----아!……"

세홍이 긴 한숨을 내쉬었다. 며칠 전 잠시 만난 할머니가 세상에 남긴 마지막 말이 자신을 위한 것이라는 데서 오는 마음속의 파동이었다. 그것이 차마 안에서만 머물지 못하고 저절로 밖으로 나오면서 공기와 부딪히며 내는 소리였다. 더군다나 메모는 마치 할머니가 숨지기 전에 힘들게 남긴 것처럼 끝도 제대로 맺어지지가 않았다. 세홍은 우선 할머니의 빈소가 마련된 복지관을 찾았다. 할머니를 함께 만난 종겸과 은호도 예외 없이 그림자처럼 따라 붙었다. 밤이 됐는데도 불구하고 보은은 퇴근도 하지 않고 그대로 남아 있었다. 어느 누구도 상주를 맡을 사람이 없는 쓸쓸한 빈소를 두고 차마 떠나질 못한 것 같았다. 밝은 표정만큼이나 맑은 그녀의 심성이 반영된 것으로 봐야 했다. 세홍은 할머니의 영전에 분향한 뒤에 절을 올리고는 짧게 염을 외었다. 종겸과 은호는 뒤에 서서 함께 기도했다. 세 사람이 각기 할머니를 기리는 방식은 달랐으나 그 방향은 같았다.

빈소를 나서는 세홍의 표정이 어두웠다. 무연고사망자에 대한 장례 이후의 처리절차에 대해 익히 잘 알기에 그랬다. 그냥 저대로 놔두면 화장한 뒤에 관에서 지정한 납골당 한쪽에서 외롭게 지내다가 일정기간이 지난 후에는 흔적조차 없어질 것이었다. 삶의 마지막을 자신과의 인연으로 매듭지은 이가 그렇게 사라지고 만다는 게 못내 아쉬웠다.

세홍은 뭔가 일거리를 찾은 듯 빈소를 나서자마자 종겸과 은호를 따로 보낸 후 세익원으로 발걸음을 옮겼다. 총무원장을 맡으면서 세익원의 많은 대소사를 관장하는 영일부터 찾았다. 영일에게 자초지종을 설명하고 할머니를 이곳으로 모셔오자고 청했다.

"일단은…… 알겠는데…… 지금 시주들이 모셔온 분들도 이미 차고 넘치는 상황이라… 조금 생각을 해보자."

세홍은 영일의 대답이 시원치 않자 잠시 당황했다. 생각해보자는 말은 거부의 뜻으로 봐야했다. 언제부터인가 영일에게서 전해지는 온도가 예전처럼 그렇게 따뜻하지 않다는 걸 느끼고는 있었다. 하지만 이렇게 자신의 얘기에 곧바로 고개를 가로저을 것이라고는 예상하지 못했다. 세홍은 잠시 눈을 감았다. 이내 눈을 다시 뜨더니 정중함을 갖춘 가운데 단호하고 명쾌한 어조로 영일에게 얘기했다. 그의 말 한마디 한 마디는 송곳날처럼 예리하게 영일의 귓전을 파고들었다. 낱말 하나하나에 담긴 힘이 털끝하나 손실 없이 고스란히 영일에게 전해졌다.

"부탁드립니다. 스님! 할머니가 못내 안타까워서 그러는 것이니 넓은 아량으로 헤아려 주십시오."

영일은 세홍의 말에 뭔가 거부할 수가 없는 기운을 느꼈다는 듯이 곧바로 이에 대답했다. 하지만 말투는 마지못해 내뱉는 것과 별반 차이가 없었다.

"그-그래… 그렇다면…… 장례절차가 모두 끝나고 나면… 이리로 모시고 오려무나……"

"네. 감사합니다."

이후 세홍은 세익원에 온 김에 자신과 가까운 홍식과 영직·무종 등을 만났다. 반가운 마음에 애써 밝은 표정을 지었지만, 마음 한편이 무거운 건 그도 어쩔 수 없었다.


보은이 세홍에게 다시 연락한 건 며칠이 더 흐른 뒤였다. 세홍은 할머니의 유품을 정리하다가 쪽지를 재차 발견했다는 말을 그녀에게서 들었다. 얼마 전 김치를 전달하고 나온 이후 곧바로 할머니가 이를 쓴 것으로 보인다는 게 그녀가 덧붙인 설명이었다. 쪽지는 물론 세홍을 향한 것이었다. 세홍은 지체 없이 이를 가진 보은을 찾았다. 그녀는 쪽지를 봉투에다 담은 채로 지니고 있었다. 봉투를 건네는 보은의 표정이 처음 세홍을 만났을 때와는 많이 달랐다. 나이가 한참이나 어린 세홍을 동생으로 대하기가 어렵다는 감정을 고스란히 얼굴에 나타냈다. 세홍은 쪽지를 받아 들고는 곧바로 봉투에서 이를 꺼냈다. 쪽지에는 할머니가 또박또박 한 자씩 정성스럽게 써내려간 흔적이 그대로 드러났다. 쪽지에 적힌 내용은 그다지 중요한 게 아니었다. 하지만 세홍에게는 나름대로 의미가 있었다.

귀인을 만나게 되어 정말로 영광입니다. 귀인이 부디 이 늙은이의 말을 유념하길 바라면서 이 쪽지를 남깁니다.

우선 내 소개부터 잠깐 해야겠네요. 난 전라도 광주부에서 나름대로 이름 꽤나 떨친 무당이었습니다. 지금부터 난 예전에 내가 어린 아들을 잃은 분과 함께 절을 찾았을 때를 얘기하려 합니다. 그날은 49재가 끝난 후 절에다가 영령을 모시기 위해 나선 날이었지요. 날짜도 선명하게 기억합니다. 2020년 10월 4일이었지요.

난 절에 도착한 이후 영령을 절에다 모시기 위한 절차를 모두 마친 뒤에 12살에 불과했던 그 아이를 위해 절을 올렸습니다. 그러던 중에 갑자기 처음 느끼는 엄청난 기운이 나를 찾아왔습니다. 차마 감당하기 힘든 거대한 신령이 내 안에 들어온 것을 느꼈지요. 능숙한 영매인 나조차도 쉽게 받아들이지 못할 만큼 정말이지 커다란 존재였습니다. 마치 거센 바람이 내 머리를 세차게 때리고 난 후에 가슴까지 휘감아 내려와서는 내 육신과 그 안에 담긴 의지 등, 그 모든 것을 밀쳐내는 그런 느낌이었습니다.

신령은 아주 잠깐 동안 내게 여러 가지 암시를 줬습니다. 가장 중요한 내용은 바로 지금 이 순간에 세상을 향해 하늘의 말씀을 전달할 귀인이 태어났다는 것이었습니다. 당시 암시가 얼마나 생생하게 전달됐는지 그 순간엔 저 멀리쯤에서 갓 태어난 어린아이가 실제로 우는 것 같은 착각마저 들었습니다. 또한 신령은 내게 함께 일러둔 곳에 가서 살고 있으면 언젠가는 그 귀인이 나를 찾게 될 것이라고 했지요. 그리고 귀인이 나를 다시 찾는 그때, 바로 그에게 가장 필요한 메시지가 다시 영기로 표출될 것이라고도 했고요. 이런 얘기들이 내가 당시에 받은 메시지들입니다.

난 잠시 동안 이어진 초자아적인 경지에서 빠져나오자마자, 기존에 가진 영기를 모두 잃었다는 것을 알았습니다. 물론 영기를 계속 지닌 것처럼 하면서 무속인 노릇을 이어갈 수도 있었습니다. 하지만 난 이미 내가 해야 할 일을 너무 잘 알았지요. 그 뜻을 따르지 않고 살았을 경우 내게 어떤 화가 닥칠 지도 모른다는 생각이 들기도 했고요.

나는 암시를 받아 모신 절인 장흥군 보림사를 지체 없이 나와 광주로 돌아왔습니다. 이후 뒷정리를 모두 끝마치고는 곧바로 서울로 올라왔습니다. 서울에 도착한 뒤에는 이렇게 내게 주어진 숙명에 순응하며 지금껏 살아왔습니다. 어쩌면 내가 이 세상에 온 이유도 결국은 귀인을 만나기 위한 것인지도 모르겠네요.

재차 당부하건데 자신의 속내를 감추고 귀인의 곁에 다가선 영특하기 그지없는 자를 조심하세요. 아무쪼록 내 말을 유념해 길이 안녕하길 바랍니다.

# 돈의 발자취

    고려노동당 김설송 대표와 김성한 사무총장이 오랜 만에 비원의 세월광풍관을 다시 찾았다. 처음 이 식당에서 만나 함께 얘기를 나눈 지도 벌써 십여 년이 훌쩍 지났다. 그때와 달라진 건 두 사람의 사이가 지나간 세월과 더불어 너무나 깊어졌다는 점이었다. 그 정도가 적정한 선을 넘어선 지도 이미 오래됐다. 다른 당직자들과 함께 있을 때는 당 대표와 사무총장인 각자의 위치에서 크게 벗어나는 태도와 언행을 보이지 않았지만, 둘만 남게 되면 달랐다. 핵심 당직자 몇몇은 이들의 깊은 관계를 진즉에 눈치 챘으나 애써 모른 척했다. 그들의 입장에서는 군이 이를 아는 채 해서 좋을 건 없었다.

    하지만 이날따라 둘만이 자리한 공간의 분위기는 무겁고 어두웠다. 자신들이 스스로 각색한 막장드라마가 점점 결말을 향해 치닫는 다는 느낌을 비로소 자각한데 따른 것이었다. 아래에 위치한 사다리 의 발판이 하나씩 지워지고 이제 남겨진 건 마지막 발판, 바로 자기 들뿐이었다. 다른 선택지가 없다고 판단해 자신들 바로 아래에 있는 발판을 스스로 지웠지만, 막상 사다리의 최종 목적지로 덩그러니 남 겨지자 위험이 눈앞에 다가선 것처럼 느껴졌다. 맹수의 발아래 꼼짝 없이 잡힌 채  슬픈 눈으로 가슴만 졸이는 초식동물과 다를 게 없었 다. 이런 느낌은 성한보다는 설송이 상대적으로 더욱 크게 가졌다. 출생 이후부터 지금까지 단 한 순간도 바닥을 경험하지 못한 그녀였 다. 자신이 앉은 수십 개의 조각으로 쌓인 높은 의자가 일시에 풀어 헤쳐져 무너질 수도 있다는 사실을 받아들이기는 너무나 힘들었다.

"이것으로 마무리가 되겠지요… 꼭 그렇게 될 겁니다."

성한이 내뱉은 위로의 말도 설송이 가진 불안감을 잠재우지는 못 했다. 특히 그녀는 최근 들어 그동안 자신의 생각에 동조하고 맞장구 를 쳐온 성한에 대해 묘한 감정이 일기 시작했다. 대개의 경우가 그 렇듯이 그녀 역시 자신이 오롯이 책임질 일을 외부로부터 구실을 찾 았다. '성한이 내 생각에 동조만 하지 않았다면', '애당초 그를 만나 지 않았더라면'이라고 하는 식이었다. 그런 생각이 머릿속에서 움트 기 시작하자 성한을 대하는 태도가 예전처럼 살가울 수가 없었다. 성 한은 그녀의 이런 심경변화를 여과 없이 그대로 전달받았다. 이에 따 라 그도 역시 설송에 대한 느낌이 전과 같지 않았다. 둘은 이렇게 점 점 깊어가는 겨울과 보조를 맞추듯이 냉랭해져만 가는 자신들의 감 정을 애써 숨기며 함께 밥을 먹었다.

내곡동 복태일의 팀 분위기가 활기를 띠었다. 영석의 죽음으로 인해 자칫 팀이 방향을 잃었다고 속단하기 쉬웠지만 전혀 그렇지 않았다. 그동안 팀원이 보강된 가운데 영석과 그 주변 인물들과의 연관성에 대한 조사를 면밀하게 진행했다. 이는 영석의 피살로 인해 또 다른 배후가 있다는 게 확실히 증명된 데 따른 것이었다. 배영석 피살 사건 이후 만들어진 검경합동특별수사본부와는 별도로 사건의 전체적인 실체파악을 위해 다각적인 조사를 펼쳤다.

그런 가운데 복태일의 팀 구성원 중 한 명이 사건의 실마리 하나를 제대로 잡아내기에 이르렀다. 태일은 팀원의 보고를 접하자마자 이를 즉각 채은성 차장에게 재차 보고했다. 얼마 전까지만 해도 김신혁이란 중간 보고체계를 거쳤지만 지금은 상황이 달라졌다. 팀원의 충원과 더불어 어느 순간 독립된 프로젝트를 이끌 팀장으로 부상했다. 태일의 보고를 접한 은성의 표정에는 기대감이 가득했다.

"그래… 의미 있는 성과가 나왔다고?"

"네! 박산그룹이 친일관련 논란 등으로 한참 곤란을 겪은 뒤에 유입된 자금과 관련해 눈여겨 볼 점을 하나 포착했습니다."

"음……"

"박산그룹의 핵심 계열사 가운데 하나인 박산건설은 2024년 극심한 자금난을 겪던 가운데 대아은행으로부터 급하게 대출을 받습니다. 300억 원에 달하는 돈을 3년 안에 상환하는 조건으로 빌리게 됩니다. 당시 자금난은 친일논란으로 인해 박산건설이 짓는 아파트 브랜드의 이미지가 추락하면서 분양실적 저조로 이어진 게 주된 원인이었습니다. 하지만 박산건설은 이 돈에 대한 만기상환이 도래할 즈음인 2027년에 대출 연장이 불가하다는 통보를 받습니다. 기존 경영진의 교체 등 대아은행의 내부사정이 바뀐 배경도 있었으나, 무엇보다 박산건설의 신용도 하락이 가장 큰 이유였습니다. 그러자 박산건설은 다카사키 마모루란 인물이 대표로 있는 일본계 사모펀드인 '소오루'로부터 자금을 들입니다. 시중은행 어느 곳에서도 돈을 빌릴 수 없게 되자 마지못해 선택한 방편이었습니다. 문제는 박산건설이 이 펀드로부터 아무런 경영권 간섭을 받지 않는 순수한 대출 형태로 자금을 들여왔다는 점입니다. 특히 이율도 시중은행과 크게 차이가 없었습니다. 이는 사모펀드가 가진 기본성질에 비춰볼 때 매우 이례적인 일이었습니다. 물론 시스템적으로는 완벽했습니다."

"거기까진 이미 다 아는 것이잖아? 의구심이 들어 그동안 여러 차례에 걸쳐 파헤쳤지만 별반 나온 게 없었고."

"네! 물론 여기까지는 이미 기존에 모두 파악한 사실입니다. 하지만 최근 새로운 사실을 몇 가지 알아냈습니다. 우선, 이 사모펀드에 과거 조총련에 몸담았던 인물이 몇몇 참여한다는 것을 확인했습니다. 변명 같습니다만, 해당 사모펀드의 특성상 그동안 이를 알아내기가 결코 쉽지 않았습니다. 이후 저희 팀이 이 점에 주목하고 그동안 다시 면밀히 조사를 진행한 결과, 이 가운데 김대산이란 인물이 배 회장과 친했던 것을 밝혀냈습니다. 또한 대표인 다카사키 마모루가 고려노동당 김설송 대표와 일본 현지에서 비밀리에 몇 차례 접촉한 사실도 알아냈습니다. 그 접촉시점도 눈여겨 볼만 했습니다."

태일의 보고를 받는 은성의 표정이 점점 심각해졌다.

"그렇다면 결국……"

"예! 지금으로선 일단 결론이 그쪽을 향하는 게 확실합니다. 여러 정황상 배 회장이 박산건설의 자금난을 돌파하기 위해 김설송 측과 손을 잡은 게 분명합니다. 당시 배 회장의 입장에선 박산그룹의 경영권을 계속 유지하려면 복잡한 출자구조로 얽혀있는 계열회사 중에서도 무엇보다 박산건설을 잃을 순 없었습니다. 또한 사모펀드에서 투입된 자금은 아직까지 박산건설에 그대로 남아 있습니다. 따라서 그들 사이에 어떤 이면계약이 있는지도 우리로선 모르는 것입니다."

"그래… 그렇긴 한데… 너무 빤히 눈에 보이는 그림 아닌가?"

"그럴듯해 보이는 게 정답이 아닌 경우도 있지만, 정답인 게 더욱 많습니다. 저희도 행여 다른 경우가 있을 것에 대비해 많은 가능성을 열어두고 이 문제에 접근했지만 결국은 모든 화살표가 그들을 향하고 있습니다. 아마도 김설송의 입장에선 김정은이 대통령을 그만둔 뒤에 펼쳐질 여러 정치적 구도에 대해 고민이 많았을 것입니다. 무엇보다 김정은의 대통령 퇴임이 자신의 당 대표 퇴진으로 곧바로 연결된다고 판단했을 것입니다. 물론 돈 문제도 간과할 수 없었을 거구요. 김설송 측은 배 회장의 비밀조직을 믿고 일을 맡겼을 것이고, 배 회장은 일이 마무리된 후 자신이 일을 맡긴 꼬리만 잘라내면 모든 게 끝날 거라고 생각했을 것입니다. 이게 그들의 예상과 빗나갔고, 결국 작금의 상황에 이르렀고요."

"음… 그래… 우리가 그동안 통일 이전부터 이후까지 참으로 어처구니없는 일들을 수도 없이 겪어왔으니, 결론이 이렇게 지어진들 크게 이상할 건 없겠지… 쩝… 그럼, 일단 우리 입장에선 김대산이란 자의 입이 필요한 거네?"

"네! 지금으로서는 그가 첫 번째 열쇠입니다. 물론 최종적으로는 다카사키 마모루란 인물이 될 것입니다."

"다카사키 마모루라…… 음…… 어떤 인물인가?"

"글쎄 그게…… 현재로서는 그에 대해 알려진 정보가 그렇게 많지가 않습니다. 상당히 비밀에 가려진 인물이기도 하고요."

"흠… 그건 그렇다 치고, 그 김대산이란 자는 지금 어디에 있나?"

"일본에 그대로 살고 있습니다."

"뭐하는 자인가?"

"현재 오사카 중심가에서 여행사를 하나 운영하고 있습니다. 전에는 주로 고려인을 상대로 하는 인바운드 영업을 하다가 수년 전부터는 고려인 · 일본인 등 내외국인 모두를 상대로 영업 중입니다. 일주일에 두 번씩은 꼭꼭 대학에 출강도 합니다."

은성이 고개를 여러 번 돌리더니 다시 물었다.

"음… 그 자와 배 회장의 연관 관계는 뭐지?"

"네? 무--슨……?"

"김대산이란 자와 배영석 회장이 전에 어떻게 알고 지냈느냐 말이야."

"아! 네… 이건 아직 추측입니다만 배 회장의 일본유학 시절에 서로 알고 지냈던 것 같습니다. 배 회장이 오사카에서 대학원을 다닐 당시 함께 어울린 것으로 보입니다. 연배도 엇비슷해서 친구처럼 지낸 것으로 여겨집니다. 더욱 자세한 것은 좀 더 조사를 해봐야 하나 아직 이에 대한 조사는 진행하지 않았습니다."

"흠…… 혹시 그 자에게도 위험이 닥칠 소지는 없나?"

"가능성이 전혀 없지는 않습니다만, 일단 그들이 우리가 거기까지 접근할 것이라곤 예상하지 못할 겁니다. 워낙 관심 밖에 있던 인물인지라… 게다가 그는 고려노동당 수뇌부와 배 회장을 연결해줬을 것으로 짐작되는 시점을 비롯해 어느 한 순간도 김설송 측과는 만남이 없는 것으로 보입니다. 특히 그가 어느 선까지 역할을 담당했을지는 모르겠으나 대출과 관련한 일에 깊숙이 관여하지는 않았을 것입니다. 단지 양측이 알게 되는 것에 어느 정도 역할을 했을 정도로 추정됩니다. 따라서 그들의 기억 속에 그다지 크게 자리 잡고 있지도 않을 겁니다. 아예 그의 존재를 모를 수도 있고요. 제 짐작입니다만, 분명히 그에 대해서는 그다지 크게 염두를 두진 않을 것입니다."

"흐음…… 아니지. 그렇게 속단할 일이 아니야. 그 사모펀드의 정체에 대해 좀 더 의심해 본다면 그의 역할이 더욱 중요했을 수도 있어. 정말 '소오루'란 사모펀드가 돈이 잠시 머무는 창구에 불과하다면 자네 얘기대로겠지. 하지만 말이야… 만약 그 사모펀드의 막후 주인이 그들이라면 얘기가 전혀 달라지지 않겠어?"

"예?… 아--아………"

"뭐, 그렇다는 얘기야… 음…… 일단 좋아! 양측이 그 자를 통해서로 알게 됐고, 이를 통해 이후 자금이 들어갔다는 것만 해도 정황상 충분히 설득력을 갖는 것이니까…… 우선은 우리가 대산을 만나그가 아는 얘기를 모두 듣는 게 순서이겠지… 자! 이제 그가 쉽게 입을 열 수 있도록 하기 위한 방법을 말해봐. 그냥 무턱대고 만나서 물어보기엔 위험부담이 크잖아. 혹시 그가 정말 중요한 정보를 가졌을수도 있는 거고 말이야. 설마 그런 계획도 없이 내 방문을 두드리지는 않았을 테지."

은성이 웃으며 건네는 말에 태일도 역시 밝은 표정으로 대답을 건넸다.

"네. 물론입니다. 우선 그는 일본인인 처와 이제 막 대학에 입학한 자신의 딸에 대해서는 확실한 태도를 가진 것으로 보입니다. 매우 가정적인 인물인 게 분명합니다. 명예도 어느 정도 중요하게 여기는 것 같고요. 구태여 어렵게 접근할 필요 없이 이런 점만 잘 활용해도 된다고 봅니다."

이후 태일의 설명이 잠시 이어졌다. 얘기가 어느 정도 마무리되자 은성이 만족스런 눈빛을 나타내며 말했다.

"음… 결국 로즈를 쓰자는 얘긴데…… 좀 치졸한 방법인 것 같기도 하고…… 그래… 어차피 작업이 들어가야 일이 수월해질 것이니깐… 좋아. 하지만 저쪽도 정보수집에 관해선 만만치 않은 상대이니 앞으로 더욱 보안에 신경을 쓰도록 해."

"네!"

"좋아! 그럼 이만 나가 봐!"

"예! 그럼."

은성은 자신에게 목례를 한 후 돌아서서 나가는 태일의 뒷모습을 잠시 바라봤다. 그런 그의 표정에는 여러 가지 감정이 혼재했다. 대견함, 걱정, 기대감 등등. 그 가운데에선 단연 기대감이 제일 컸다. 그 기대감 섞인 표정은 이후 전개될 일이 엄청난 것임을 미리 눈치라도 챈 듯했다.

# 장미의 유혹

점점 추위가 강해지는 겨울 오후였다. 해도 오전과 낮 동안에 잠시 모습을 나타내더니 곧바로 숨어버렸다. 바람마저 심하게 불었다. 오사카 나가호리 거리 한 블록 남쪽 아래에 있는 길이 이날따라 부쩍 행인이 뜸했다.

"소장님! 제 지갑을 습득했다고 연락이 왔네요. 아까 점심 먹으러 갔다가 흘린 것으로 보이는데…… 잠시 나가서 찾아올게요…… 죄송해요. 소장님! 후지야마상도 오늘 급한 일이 있다면서 결근했는데 저까지 자리를 비워서…"

사무소 내에서 고객 응대를 담당하는 여직원의 말이었다. 소장으로 보이는 사내가 여직원을 쳐다보더니 별다른 표정 없이 고개를 끄덕였다. 그동안은 단 한 번도 지갑 같은 것을 잃은 적이 없는 꼼꼼한 성격의 여직원이었다. 공교롭게도 직원이 한 명 빠진 이날 이런 일이 생긴 것이었다. 하지만 마침 사무소에는 상담고객도 없었다. 그녀가 잠시 자리를 비운다고 해서 문제가 되진 않았다.

"추우니까 옷매무새를 단단히 하고 나가세요."

사내는 밖으로 나가는 여직원의 뒤에다 대고 지극히 상투적인 당부의 말을 건넸다.

잠시 뒤였다. 마치 여직원이 자리를 비우기를 기다렸다는 듯이 한 여자가 사무소로 들어왔다. 사내는 자리에서 일어났다. 현재 사무소 내에서 고객을 맞을 사람은 자신뿐이었다. 사내는 소파에 앉기를 권하면서 잠시 여성고객을 힐끗 쳐다봤다. 곧바로 상당히 미인이라는 것을 느꼈다. 보는 순간 미인임을 직감할 만한 외모였다. 자기도 모르는 사이 입 꼬리가 살짝 올라갔다. 조금 전 그녀가 사무소로 들어올 당시에는 책상 옆을 차지한 커다란 화분으로 인해 얼굴을 자세히 보지 못하고 전체적인 형체만 봐서 이를 바로 알아차리질 못했다. 나이는 어림잡아 30대 초중반으로 보였다.

"이곳 책임자인 가네다 오오야마 소장입니다."

사내가 명함을 건네며 인사를 건네자 여자가 사무소를 방문한 목적을 얘기했다.

"지난주에 모바일로 유럽여행을 예약했는데 세부사항에 대해 조율이 조금 필요할 것 같아서요."

"네… 그럼 우선 여기에다 예약자 분 성함을 비롯한 인적사항을 좀 기재해주세요."

후미코라고 자신을 밝힌 여자는 이후 얘기를 나누는 과정에서 사내에게 은근한 눈빛을 미소에 담아 계속 실어 보냈다. 속된 표현으로 '끼를 부린다'라는 게 여기에 딱 적합했다. 그렇다고 천박하진 않았다. 오히려 뭔지 모를 기품이 있었다. 사내는 처음엔 이 여자가 원래 잘 웃는 습성을 가졌다고 여기며 애써 이를 모른 채했다. 하지만 이게 계속적으로 반복되자 결국 특별한 느낌이 피어올랐다. 더군다나 자신의 앞에 있는 여자는 누가 봐도 미인이었다. 그는 여자가 보낸 눈빛이 자신의 심장 속에 차곡차곡 축적되는 것을 느꼈다. 은은한 향기마저 함께 전해져 그를 더욱 괴롭혔다. 사내는 미인이 자신에게 은근한 추파를 보내는 지금의 상황이 믿기지 않았다. 오십대 초반인 나이로 미뤄봤을 때 자신의 외모가 젊은 여인한테 어필하기는 힘들 터였다. 그렇다고 자기가 선망 받을 만한 위치에 있지도 않았다. 고작 조그만 대학에 출강하는 게 그나마 남들에게 얘기할만한 꺼리였다. 자연스레 무슨 다른 의도가 있지 않는가하고 의심했다. 여자가 사내의 그런 경계심을 눈치 챘는지 소리를 크게 내면서 웃었다.

　"호호호!!… 소심하기도 하셔라."

　"네?…… 무-슨……"

　사내는 어리둥절한 표정을 지으며, 어떻게 대답을 해야 할지 몰라했다. 그러자 여자가 손을 뻗어 사내의 어깨를 가볍게 토닥거리며 말했다.

　"아직 멋지세요. 후훗!"

　사내는 여자가 자신의 자신감까지 북돋아주면서 활짝 웃자 그제야 웃음을 지었다. 크게 웃진 않았으나 맞은편 상대가 느끼기엔 충분했다.

"웃으니까 더욱 멋지시네요. 호호… 난 이상하게 이렇게 나이 차이가 조금 나는 편안한 분이 좋더라……"

여자의 잇따른 공격에 사내는 경계심을 모두 해제할 수밖에 없었다. 특히 여자가 자신을 독신에다가 자유연애주의자라고 얘기하는 순간, 마음 한쪽으로부터 완전히 백기를 드는 자신을 느꼈다. 여자가 사내의 이런 감정변화를 알아챘는지 승부구를 던졌다.

"지금 이렇게 설명을 들어서는 바로 이것저것 결정하기가 쉽지가 않겠네요. 이따가 저녁에 식사라도 같이 하면서 천천히 설명해주세요… 네-에…? 부탁할게요…"

"그-그래요……"

"제가 약속장소를 정해 문자로 남겨놓아도 되죠?"

"예--에………"

얼떨결에 이렇게 약속이 잡혔다. 때마침 지갑을 찾으러 나갔던 여직원이 사무소로 돌아왔다. 사내는 마치 부모 몰래 무슨 잘못이라도 저지른 아이처럼 놀라면서 마주 앉은 여자에게 서둘러 말했다.

"그-그럼… 그렇게 하시는 걸로……"

"네… 그럼……"

여자가 자신의 매력을 최대한 남겨놓고 가려는 듯 더욱 환한 웃음을 지으며 자리에서 일어났다. 사내를 향해 가볍게 목례한 뒤 밖으로 나갔다. 사내는 여자가 사무소를 나서는 뒷모습을 누군가에게 들키지 않으려는 듯이 곁눈질로 힐끗거리며 쳐다봤다. 그의 눈은 평소와는 달리 초점이 흐릿해졌다. 입도 반쯤 벌어져 있었다.

며칠이 지났다. 사무소 안은 여느 때와 다르지 않았다. 직원 두 명도 모두 제 자리를 지켰다. 대산은 평소보다 훨씬 활기찬 모습으로 업무에 임했다. 크게 들리지 않을 정도로 콧노래까지 흥얼거리는 걸로 봐선 꽤나 기분 좋은 일이 있는 모양이었다. 그런 가운데 그의 휴대전화에서 메시지가 수신됐다는 알람이 울렸다. 별 대수롭지 않게 메시지를 확인하던 사내가 사색이 되더니 휴대전화를 급히 아래로 내리고는 주위를 두리번거렸다. 이어 놀란 눈빛으로 휴대전화를 들고 허둥지둥 밖으로 나왔다. 믿을 수가 없다는 표정으로 메시지를 다시 열어 이를 확인했다. 그로서는 가슴이 무너지는 순간일 수밖에 없었다.

메시지에는 자신이 며칠 전에 만난 여인과 알몸으로 부둥켜안은 채 신음소리를 내는 모습이 동영상으로 고스란히 담겨있었다. 그는 예상하지 못한 유혹에는 대가가 따른다는 것을 분명히 알았다. 하지만 이번 유혹이 그에겐 너무나 강렬했다. 이를 잠시 망각한 자신을 탓했다. 후회를 하기엔 이미 늦었다고 생각했다. 이제는 어떤 형식으로든지 대가를 치를 일만 남았다고 속으로 자신을 질책하기 시작했다. 그렇게 잠시 안절부절 하지 못하던 중에 메시지가 새롭게 도착했다. '동영상에 대해 자세하게 알고 싶으면 아래 표시된 시간과 장소에서 만납시다.…'란 내용의 문자였다. 그에겐 다른 선택지가 없었다. 누군지도 모르는 자가 이끄는 데로 자신을 맡겨야만 했다.


대산은 문자로 전달된 장소에 약속시간보다 조금 일찍 도착했다. 여러 번을 두리번거려도 별다른 신호를 보내는 이는 없었다. 만나야

할 상대가 아직 도착하지 않은 모양이었다. 그는 입구가 보이면서도 비교적 구석진 자리를 애써 찾아 앉았다. 잠시 그렇게 불안한 마음을 진정시켰다. 물을 두세 모금 입에다 머금고 삼키기를 반복할 즈음, 이윽고 검정 슈트에다 검은색 코트까지 걸치고는 안경까지 같은 색으로 맞춰 쓴 사내가 문을 열고 들어왔다. 대산은 그가 자신이 만날 상대임을 즉시 알아챘다. 자리에서 살짝 일어났다. 그러자 방금 들어선 사내가 입 꼬리를 살짝 올리면서 성큼성큼 그에게로 다가왔다. 온통 검은색 차림의 사내는 자리에 앉기 전에 거들먹거리는 태도로 대산에게 질문부터 건넸다.

"가네다 오오야마 상…… 아니 김대산 씨가 맞지요? 야-아!…… 직접 보니 훨씬 미남이시네……"

대산은 자신을 불러낸 상대가 고려인이라는 점에서 당황했으나 그것도 잠시뿐이었다. 대산이 고개를 끄덕이는 것과 동시에 사내도 자리에 앉았다. 자리에 앉자마자 대산의 아픈 데를 정곡으로 찌르는 말부터 꺼냈다.

"야-아!…… 선생님… 아직 대단하던데요… 그날 무슨 약이라도 하나 드셨습니까? 와…! 무슨 힘이 완전 20대는 저리 가라는 것 같던데… 한 번도 아니고 말이야…"

비꼬는 투로 얘기하는 상대의 태도는 대산에게 중요하지 않았다. 대산은 다짜고짜 읍소부터 했다. 자초지종도 묻지 않았다. 물을 필요조차 못 느꼈다.

"아-아내와 딸아이한테는 제발 알리지 말아주세요. 정말이지 부탁합니다. 제발요……"

사내가 대산의 이런 반응을 미리 예상이라도 했다는 듯 고개를 끄덕이더니 자세를 진지하게 고쳐 잡았다.

"하하… 참…… 급하시기는… 걱정하지 마세요. 이걸 물을 방법은 간단합니다. 제가 알고 싶은 것에 대한 얘기만 상세하게 해주시면 됩니다. 다만, 모두 분명한 사실이어야 합니다."

"무슨……?"

사내는 여전히 안경을 벗지 않았다. 잠시 뜸을 들이는가 싶더니 곧바로 자신의 목적을 얘기했다.

"박산그룹 배영석 회장을 알고 계셨죠? 배 회장과 다카사키 마모루 대표가 어떻게 만난 겁니까? 당시 상황이 어찌 된 겁니까?"

"후---우……"

대산은 결국 그것 때문에 자신이 그렇게 가슴을 졸였나하는 표정으로 긴 한숨부터 내쉬었다. 그러더니 얘기를 어떻게 꺼내야 할지 머릿속에서 정리가 안 되는 듯 잠시 말을 얼버무렸다.

"난… 그저…… 그냥…! "

"예… 대충은 짐작합니다. 그냥 아시는 것만 모두 말씀하세요. 그럼 아무 일도 없을 것입니다. 확실하게 약속하지요."

"나도 세상 돌아가는 것에 대해서는 많이 주워들어서 현재 상황이 어떤지는 잘 압니다. 특히 배 회장과 관련한 일은 워낙 유명하고 큰 사건인지라, 일본에 산다는 핑계로 그걸 모른다고 한다면 거짓말이 겠지요. 배영석, 그 친구가 죽은 것도 압니다. 어떻게 죽었는지도 물론이고요."

대산은 검은 안경 너머로 감춰진 날카로운 눈빛이 여과 없이 자신에게 전달되는 것을 느꼈다. 시선을 아래로 내리고는 계속 말을 이었다.

"이미 알고 계실지 모르지만 영석이, 아니 배 회장과 나는 2000년대 중반 그가 오사카에서 유학할 시절에 만났지요. 배 회장과 내가 만난 것은 너무나 자연스러웠습니다. 내가 일하던 단체가 주최한 포럼에 그가 참석한 게 계기였지요. 난 당시 한국인 참가자에 대한 안내와 통역을 맡았는데, 배 회장은 그런 내가 참으로 흥미로웠던 모양입니다. 특히 그는 당시 내가 남쪽이 아닌 북쪽의 국적을 가진 것을 재미있어 했습니다. 또한 그때 당시 일본말도 서툴고 이곳 상황에 대해서도 잘 모르는 그로서는 같이 어울리기에 내가 안성맞춤인 상대였지요. 두 나라 말을 함께 다 잘하면서 이곳도 잘 알았으니깐 말입니다.

우린 서로 말이 통하면서 가까워졌고, 이후 곧잘 함께 어울렸습니다. 내가 한 살이 많은 건 그냥 무시하고 서로 친구사이로 지내기로 했지요. 하지만 말이 친구이지 사실 우리 사이는 주종관계나 거의 다름이 없었습니다. 재벌2세와 사회에 발을 디딘지 얼마 되지 않은 지극히 평범한 재일조선인의 사이가 정확하게 수평이 될 수는 없었지요. 허나, 그런 점이 내가 배 회장을 멀리해야 할 이유가 되지는 않았습니다. 그때 난 돈의 위력과 매력, 심지어 아름다움까지도 그의 곁에서 함께 느끼고 누렸으니까요."

맞은편에 앉은 사내는 대산의 얘기를 재촉하지도 중간에 끼어들지도 않으면서 묵묵히 듣고만 있었다. 대산의 얘기가 계속됐다.

"배 회장이 유학을 마치고 귀국한 뒤에는 오랫동안 서로 만나지를 못했지요. 그동안 나는 언론 등을 통해 그가 경영권을 승계했다는 소식을 비롯해 그와 관련한 중요한 정보만 일부 접하고 지냈습니다. 그러다가 2027년이었을 거예요…… 배 회장이 일본에 와서는 날 다시 찾았습니다. 특별한 목적은 없었습니다. 그는 너무 힘들어서 머리도 식힐 겸 오사카에 온 김에 그냥 옛 친구와 오랜만에 술이나 한 잔 하고 싶어 연락한 것이라고 했지요. 나도 당시 본국 내의 분위기가 어땠는지는 대충 알았습니다. 배 회장으로부터 연락을 받은 후 그를 만나기 전에 포털 등을 통해 박산그룹에 대해서도 잠시 알아봤고요. 배 회장의 심경이 편치 않다는 걸 미리 알고 만났지요.

이런저런 얘기가 오가던 중에 배 회장이 그룹 계열사인 박산건설의 자금난에 대해 잠시 지나가듯 언급했습니다. 우연인지 몰라도 난 당시 부모님이 남긴 집을 한 채 판 이후, 그 돈의 상당 부분을 예전 조총련을 통해 알던 지인이 참여하는 소오루란 사모펀드에 투자해놓고 있었지요. 게다가 소오루가 그때 해외에 투자처를 알아본다는 소식도 있고 해서, 난 배 회장에게 돈이 급하면 지인을 통해 사모펀드 대표와 소개시켜 주겠다고 했습니다.

배 회장은 처음엔 시큰둥한 반응을 보였습니다. 하지만 그 사모펀드에 예전 조총련에 있던 인사들이 다수 포함됐다는 등, 계속해서 설명을 이어가자 점차 관심을 나타냈습니다. 나는 배 회장에게 내 지인의 이름과 연락처를 알려줬습니다. 아울러 연락할 뜻이 있으면 지인에게 미리 일러놓겠다고 말했지요. 그런 내게 배 회장은 일단은 지인에게 자신이 연락할지도 모른다는 얘기만 전해달라고 했습니다. 그게 전부입니다. 아… 물론 나중이지만 지인으로부터 배 회장이 직접 회사를 방문했다는 말을 전해 들었습니다."

"흠……"

대산은 맞은편 사내가 조금은 못미더워하는 눈치를 보이자 근래의 일까지 언급하기 시작했다.

"이미 얘기했듯이 최근 사건에 대해선 이리저리 주워들어서 이미 다 압니다. 나 역시 배 회장의 죽음 등과 관련해 '소오루'에 대해 일부 의심이 들었지만, 그렇다고 앞서 말한 그 지인 등에게 대놓고 물을 수도 없는 것이고…… 그냥 이에 대해선 애써 관심을 두지 않았지요. 배 회장이 누구를 만나고 어떤 방식으로 돈을 빌렸는지는 정말 나와는 하등 상관없고, 또한 모르는 일입니다. 내가 아는 것은 정녕 여기까집니다. 못 믿으시겠다면 내 지인의 이름과 연락처를 가르쳐 드릴 테니 확인해보세요."

대산의 말에 사내는 잠시 동안 아무런 반응도 보이지 않았다. 잠깐 그러더니 고개를 두어 번 끄떡거리고는 입을 열었다.

"음…… 일단 선생의 말을 믿지요. 여러 정황을 고려해 볼 때 선생이 뭔가를 숨기거나 거짓말하진 않았을 것이라고 봅니다. 다만, 배 회장이 다카사키 대표와 만날 수 있도록 소개시켜 준 지인의 이름과 연락처는 내게 가르쳐 주세요. 하지만, 절대로 내가 그를 찾을 것이라고 미리 말을 해서는 안 됩니다."

"아… 예-에! 물론입니다."

대산을 뒤에다 남겨 놓고 장소를 나서는 태일의 표정이 밝지 않았다. 뭔가 확실한 실체에 접근할지도 모른다는 기대감에 자신이 직접 대산을 만났으나 기대에 못 미치는 성과만 손에 쥔 셈이었다.

"푸--후… 아직은 끝날 게 아니구먼…"

태일은 자조 섞인 푸념을 허공에 던지고는 택시를 잡았다. 일단은 사무실로 가기로 했다. 승용드론을 부를까도 잠시 생각했으나, 오사카지부까지는 거리가 그다지 멀지 않아 그럴 필요까진 없다고 판단했다. 태일이 자신의 숨소리에다 넋두리를 실어 남겨놓고 떠난 길은 어둑어둑해지면서 싸늘함이 점점 더해갔다.

# 다카키 마…
## 아니 다카사키 마모루

21

태일이 최영무를 만난 건 당연한 수순이었다. 태일은 그다지 고민할 필요도 느끼지 않고 대산에게 썼던 방법을 영무에게 그대로 적용했다. 시나리오도 거의 같았고 연출도 비슷했다. 심지어 주연 여배우도 바뀌지 않았다. 틀에 박힌 연극이었으나 사내들은 하나같이 농염한 여인이 내뿜는 색과 향에 두 손을 들었다. 하지만 태일을 만나는 태도는 영무와 대산이 확연히 달랐다. 대산은 지극히 저자세를 가진 가운데 태일을 만났으나 영무는 그렇지 않았다. 태일의 맞은편에 앉아서는 여차하면 모든 것을 감수할 각오를 한 사람처럼 무뚝뚝하고 차가운 표정을 짓고 있었다.

영무가 이렇게 나오자 오히려 조금 당황한 건 태일이었다. 태일은 영무가 마초기질이 상당한 인물인 줄은 이미 파악한 터였다. 그럼에도 불구하고 그를 직접 만나보니 예상보다 더욱 만만하지 않다고 생각했다. 영무는 서로 간단한 인사만하고 자리에 앉은 이후에는 아무런 말도 없이 약간 삐딱하게 앉아서 차만 홀짝거렸다. 얘기할 게 있으면 먼저 말해보라는 의사를 표정과 몸짓을 통해 드러내고 있었다. 잠깐 동안의 침묵이 흐른 뒤에 먼저 입을 연 것은 결국 태일이었다.

"조금 놀라셨죠? 알고 싶은 것만 말해주시면 아무런 일도 생기지 않을 것입니다."

태일의 말에 영무가 피식하고 웃으면서 대꾸했다.

"허허… 그다지 많이 놀라지는 않았소. 살다보면 그럴 수도 있는 게지…… 사내가 계집을 한 번 품은 게 뭐가 그리 큰 대수라고…… 흐-음… 그리고 일단 돈 때문에 날 이렇게 엮은 것은 아닌 모양이구먼. 일본도 아닌 본국에서 날 이렇게 몰아 세워놓고 그것도 돈이 아닌 목적으로 날 만나자고 한 걸 보면…… 필시 죽은 배영석이 때문이겠구먼. 후…… 맞지요? 어디에서 나오셨소?"

"………"

태일은 사내가 보통이 넘는다는 생각에 순간 냉정함을 조금 잃었다. 머리를 최대한 차갑게 하려고 들었다. 그 순간 흡사 공격이나 다름없는 영무의 말이 그의 거친 목소리에 실려 나왔다.

"그래!! 내가 당신이 듣고 싶은 얘기를 하지 않으면 어쩔 거요? 동영상을 사방팔방 퍼뜨리는 것 말고는 다른 게 없지 않소? 단도직입적으로 말해서 난 괜찮소!! 영화도 꽤나 잘 나왔고!! 뭐, 어쩔 거요!!……"

영무의 과장된 반응이 계속 이어지자 태일이 이내 웃음을 되찾았다. 다소 지나치다 싶은 반응은 그만큼 걱정이 된다는 방증인 셈이었다. 애써 태연한 채 하지만 이 사내도 역시 자신의 낯 뜨거운 동영상이 사방에 퍼지는 게 결코 좋을 리는 없을 터였다. 자신의 안위에 해가 되지 않고 자기가 깊이 개입한 게 아니라면 굳이 애를 써가면서 입을 다물 이유도 없었다. 태일은 괜한 탐색전은 이제 자기 선에서 끊어야 한다고 여겼다. 대화의 주도권도 자신이 다시 가져와야 한다고 생각했다. 태일은 불만이 가득한 표정으로 자신을 바라보는 영무를 향해 얘기했다. 단호한 어조였다.

"상상력이 부족하신 겁니까? 아니면 정말로 낯이 두꺼우신 겁니까? 복수불반분이란 얘기를 상기하세요. 한 번 엎지르진 물은 절대로 다시 담을 수가 없습니다. 선생이 나오는 그 영화가 내 손을 떠난 이후를 한 번 곰곰이 그려보세요. 과연 그 파장이 어떨지를… 난 선생의 예상대로 단지 배영석 회장이 다카사키 마모루 대표를 만난 당시의 정황에 대해 자세하게 알고 싶을 뿐입니다. 또한 내가 어디에 소속된 사람인지는 지금 중요한 게 아닙니다. 알 필요도 없는 것이고요. 지금은 선생 자신의 문제에만 집중하세요. 그냥 아는 것을 말하는 것과 동영상 유포를 각오하는 것, 선택은 바로 이 두 가지뿐입니다. 나도 바쁜 사람입니다. 선생께서 굳이 입을 다물겠다면 빨리 다른 계획으로 넘어가야 한다는 말입니다. 다만, 그럴 경우 분명히 대가는 따를 겁니다."

태일의 단호한 어조에 영무가 얼굴을 살짝 찌푸리더니 혀를 돌려 입술을 두어 번 적셨다. 딱히 의심할 만한 사람이 없는 데도 괜스레 주위도 한 번 둘러봤다. 그렇게 잠시 뜸을 들이더니 다시 입을 열었다. 하지만 마지못해 입을 연다는 표정이었다.

"십여 년 전, 그러니까 정확히 2027년에 배 회장을 만났지요. 그가 먼저 연락해와 회사에서 함께 만났습니다. 배 회장이 회사에 용건이 있던 터라 굳이 따로 외부에다 약속을 정하진 않았습니다. 당시 그는 대그룹 회장이라는 직책에 어울리지 않게 비서도 대동하지 않고 혼자 왔었지요. 당연히 돈 문제 때문이었습니다. 지분관계 등 복잡한 그룹 내 사정으로 인해 다른 계열사 주식을 처분할 수도 없어 방법을 찾고자 왔다더군요. 그의 간략한 얘기를 듣고는 다카사키 대표에게 곧바로 그를 안내했습니다. 다카사키 대표에겐 배 회장이 회사를 찾아올 것이라고 미리 연락한 상태였지요. 그게 전부입니다. 그 이후는 정말 모르는 일입니다."

영무는 말이 끝나자 시치미를 뚝 뗀 모습으로 딴 곳을 쳐다봤다. 태일이 그런 영무를 보고는 씩하고 한 번 웃더니 목소리를 조금 높여 말했다.

"이것 보세요. 선생님! 지금 나하고 장난하자는 겁니까? 그건 굳이 말하지 않아도 이미 충분히 예상하는 것들입니다. 그런 얘기나 듣자고 지금 이렇게 만나는 게 아니지 않습니까?"

"음…… 쩝……"

영무가 입만 여닫으면서 더 이상 말을 하지 않고 머뭇거리자 태일이 메모지를 호주머니에서 한 장 꺼내더니 탁자에 펼쳐놓았다.

"좋습니다. 방금 전에도 말했듯이 나도 바쁜 사람입니다. 더 이상 이렇게 노닥거릴 시간이 없습니다. 보세요! 여기에 선생의 아내와 두

아들, 그리고 맏이인 딸과 사위의 연락처가 고스란히 적혀있습니다. 선생과 중요한 관계에 있는 몇몇 사람들의 연락처도 함께 기록돼 있지요. 얘기하지 못하겠다면 지금 곧바로 이들에게 동영상 메시지를 전송하고는 일어나겠습니다. 피차 시간 낭비할 필요는 없을 테니까요."

태일이 배수진까지 쳐가며 승부수를 띄웠다. 태일이 자신의 휴대전화를 집어서는 마치 곧바로 메시지를 전송하려는 듯이 이를 만지작거리자 영무가 조금 다급하다는 반응을 보였다.

"아… 자-잠시만⋯⋯"

그렇게 태일을 제지하더니 다시 심호흡을 크게 한 번 한 뒤에 말을 이었다.

"후⋯⋯ 그럼, 이렇게 합시다. 당신이 나를 통해 알고 싶은 것을 하나씩 물어보세요. 아는 건 아는 대로 대답하고, 정말 모르는 건 그냥 모른다고 하면 될 게 아니겠소?"

영무의 말에 태일의 표정이 다시 조금 밝아졌다.

"네-에⋯⋯ 그것도 좋겠네요. 그럼… 우선 이것부터 물어 보지요. 그날 배 회장이 다카사키 대표와 어떤 얘기를 나눴는지 아십니까?"

영무가 손사래를 몇 번 치더니 짧게 대답했다.

"아니요. 모릅니다."

"전해들은 내용도 전혀 없습니까?"

"네⋯⋯"

"후⋯⋯ 그렇다면 돈은 어떤 형식으로 서로 빌려주고 빌리기로 했는지 이에 대해선 아십니까?"

"그건 이미 다 계약서에 명시돼 있지 않소?"

"하!…… 또 왜 이러십니까? 내 얘기가 이면계약이나 다른 뭔가를 의미한다는 걸 잘 아시지 않습니까?"

"음… 그런 게 있다고 들은 바는 없습니다."

"그럼 도대체 아는 게 뭡니까? 그것만이라도 제대로 한 번 말씀해보세요!"

"말했다시피 난 정말 배 회장을 다카사키 대표에게 안내한 것 말고는 관여한 게 전혀 없어요."

태일이 잠시 숨을 고른 뒤에 말을 이었다.

"좋습니다. 그럼 일단… 다카사키 대표는 어떤 인물인가요? 그에 대해서라도 얘기를 좀 해보세요."

"흠…… 그에 대해선 회사 내에서도 그다지 알려진 게 사실 많이 없습니다. 어느 순간 갑자기 세상에 모습을 나타낸 자산가라고나 할까요. 그가 자신에 대해 얘기한 내용도 그렇게 많지 않아요. 주식투자 등으로 많은 이익을 봤다고 얘기한 것 외에는 말입니다. 사실 이마저도 확실하지 않아 그냥 부유한 부모나 친지로부터 막대한 유산을 상속받았을 것으로 추측들을 하지요."

"선생님과는 서로 어떻게 알게 됐나요?"

"음… 얼마 전에 작고하신 은사로부터 그를 소개받았습니다. 예전에 내가 다닌 조총련계열 고등학교에서 역사를 가르치던 분이셨지요. 다카사키 대표와 내 은사님이 서로 어떤 사이인지는 나도 잘은 모릅니다. 그냥 은사님도 당신의 지인과 잘 아는 사람이라고만 그를 내게 소개했지요. 다카사키 대표가 은밀하게 투자자들을 모집한다고 했고, 마침 내게 여윳돈이 있던 터라 여기에 투자한 겁니다. 괜찮은 수익을 보장한다기에 많이 주저하지도 않았습니다. 이후 내가 지인 몇 명을 추가로 그에게 소개했습니다."

"흠… 혹시나 해서 묻는 건데. 당시 다카사키 대표가 꼭 투자자가 필요해 보였습니까? 이를테면 굳이 투자자를 끌어 모을 이유가 없는 데도 펀드라는 그럴싸한 울타리가 필요해 그렇게 나선 것으로 보이 지는 않았나요?"

"하하… 글쎄요. 내가 거기에 대해 뭘 말할 수 있겠소? 나로서는 그냥 그가 투자자가 필요하다고 해서 참여했을 뿐인 것을… 한 가지 확실한 건 정확한 수치는 나도 잘은 모르나 다카사키 대표를 제외한 나머지 투자자들의 투자금액을 다 합쳐도 그가 투자한 금액에는 훨 씬 못 미친다는 점입니다. 소액투자자들이 적당하게 모인 뒤에는 추 가로 투자자 확대에 적극적으로 나서지 않은 것도 분명한 사실입니 다. 하지만 이에 대한 배경과 그의 속내는 나로선 알 수가 없습니다. 이는 전적으로 당신이 알아서 판단해야 할 몫입니다."

태일의 얼굴색이 더욱 밝아졌다. 대부분의 경우 서로 대화를 계속 나누다보면 어느 순간 마음이 조금씩 열리게 마련인데 지금 영무가 바로 그런 모습을 보인 까닭이었다. 말투 역시 많이 부드러워졌다. 물론 영무 자신은 못 느끼겠지만 태일은 그의 그런 변화를 감지했다. 태일은 내친 김에 속도를 조금 내기로 했다.

"배 회장이 회사를 한 번만 방문했나요? 처음 다카사키 대표를 만 나고 얼마 지난 뒤에 오사카를 다시 찾은 것으로 확인되는데, 그때도 회사에 들렀지요?"

"그때는 내가 회사에 없어서 잘은 모릅니다. 하지만 재차 방문했다는 얘기는 전해 들었습니다."

"당시 배 회장이 다카사키 대표와 다시 만난 뒤에 곧이어 함께 어디론가 자리를 옮긴 것으로 파악되는데…… 어디로 누굴 만나러 갔는지는 아십니까?"

"그건…… 모릅니다."

"혹시 그 이후 다카사키 대표로부터 고려노동당 김설송 대표에 관한 얘기를 들은 적은 있나요?"

"아니요…… 단 한 번도 그에 대해 언급하지는 않았습니다. 사실 당시 다카사키 대표와 내가 그렇게 자주 만나는 사이도 아니었습니다."

"음……"

태일은 영무가 거짓말을 한다고는 생각하지 않았다. 정보원 활동에 나름대로 내공을 쌓아 온 데 따른 직감이었다. 이젠 다음 수순에 대한 정보가 필요하다고 생각했다.

"그 은사라는 분의 유가족은 지금 어디에 있습니까?"

"아… 예! 여기 오사카에 그대로 살고 있습니다. 특히 큰딸은 선친에 이어 교편을 잡고 있지요. 은사님이 은퇴하시고 사모님을 여읜 후에는 얼마간 함께 지내기도 했고요. 필요하다면 내가 이름과 연락처 등을 메모해주지요."

"네… 좋네요. 됐습니다. 여기까지 하죠. 혹시라도 필요한 일이 있으면 또 연락드리지요."

"근데… 그-그건?……"

"예?… 아-하!…… 하하하… 영화 말입니까? 확실히 걱정이 되긴 하는 모양이네요. 염려하지 마세요. 동영상 유포가 내게 무슨 반대급부를 가져다주겠습니까? 단순하게 생각하세요. 내가 이걸 그대로 갖고 있는 게 득이 될지, 아니면 퍼뜨리는 게 나을지를……"

태일은 잠시 뒤에 영무를 남겨놓은 채 자리를 떴다. 영무는 뭔가 개운치가 않은 듯 못내 떨떠름한 표정을 지었다.

태일은 이번엔 처음부터 정부기관에서 나왔다고 솔직하게 밝혔다. 성혜선이 근무하는 학교가 고려연방정부의 지원으로 운영되는 재일고려인학교란 게 이유이기도 했지만, 그녀가 사건과는 전혀 무관한 제3자란 점이 구태여 모종의 사전작업을 필요하지 않도록 했다. 부하까지 한 명 대동하고 학교를 찾았다.

혜선은 본국 기관에서 세상을 떠난 자신의 아버지와 관련해 뭔가 알아보고자 나온 것에 대해 처음엔 조금 경계심을 가졌다. 하지만 마주 앉은 두 사내가 부친에 대한 게 주된 목적이 아니라고 분명히 밝히자 이내 경계심을 풀었다. 의례적인 통과절차인 듯 용건에 대한 설명과 더불어 간단한 인사말이 오갔다. 잠시 후 태일이 본격적으로 질문을 건넸다. 혜선을 찾기 전에 그녀의 부친인 성기정에 대한 파악은 이미 마친 상태였다.

"선친께서 통일 이전에 북을 몇 차례 다녀오셨던데, 무슨 일로 가셨는지 기억나는 데로 말씀해주시면 고맙겠습니다."

"음… 내 기억으로는 아버지가 당시 조선인 역사학자 관련 포럼에도 참석하셨고… 또…… 음… 포럼 외에 방문 목적은 잘 모르겠네요.”

“네…… 통일 이후에도 과거 북측의 아는 사람들과 교류가 있었나요? 학계를 비롯해 정치계 등등 말입니다.”

“그건 잘…… 음… 아마도 있었겠지요. 그랬을 거예요. 하지만 아버지가 누구와 어떤 교류를 이어갔는지는 잘 모릅니다. 아버지를 잠시 모시기 전에는 계속 따로 살았고, 모신 기간도 그렇게 길지가 않았어요. 저하고 같이 계실 때는 여러 가지 상황이 여의치가 않아 누굴 집으로 초대하거나 그러지는 않으셨어요.”

“그럼 아버님께서 다카사키 마모루란 인물을 만난 사실은 혹시 아시나요?”

“그-그것도 잘… 모르겠네요.”

“흠…… 그러면 혹시 아버님께서 그 사람에 대해 따로 거론하시는 것은 들은 적이 있나요?”

“다카키 마…… 아니 다카사키 마모루라고 하셨죠? 다카사키……아하! 참!… 맞네요… 어느 날 저녁 누군가와 전화통화를 한 후에 그 이름을 거론하시는 것을 들은 적이 있어요…… 그래. 맞아요. 다카사키! 기억이 나네요. 내가 그 이름을 기억하는 건 당시 아버지가 전화통화를 마친 뒤에 몇 번이고 그 이름을 혼자말로 되풀이하셨기 때문입니다. 좀체 안 그러던 분이 그러서서 기억에 남아있네요. 그래요. 분명히 다카사키였어요.”

태일이 혜선의 말에 눈을 몇 차례 깜빡거렸다. 입 꼬리도 살짝 올라갔다. 혜선이 떠올리는 기억의 자락에 매달려 실마리를 풀어보려고 애쓰는 얘기가 어느새 조금씩 줄거리를 갖춘다고 여겼다.

"아! 그래요? 부친께서 그에 대해 뭐라고 하시던가요? 기억나는 게 있으시면 좀 더 자세하게 말씀해주세요."

"글쎄요… 딱히 생각나는 건 없는데… 아버지가 생전에 워낙 진중하셨던 분이라…"

"그리 오래 되지도 않은 일이니까 잘 한 번 생각해보세요. 그게 뭐든 저희에겐 중요합니다."

태일의 거듭된 부탁에 혜선은 오른쪽 엄지와 검지를 이마에 갖다 대가면서 기억 저편에 숨은 지난 시간의 부스러기들을 끄집어내려 했다. 잠시 그러더니 뭔가 생각난 듯 눈을 크게 뜨면서 말했다.

"아! 그래요. 다카사키란 이름을 몇 번 말씀하신 뒤에 뭔가 믿기지 않는다는 표정으로 감탄사를 내뱉으며 웃으셨던 게 생각나네요. 그러면서 고개도 여러 번 가로저으셨던 것으로 기억이 납니다. 그런 모습도 평소엔 좀체 볼 수가 없었는데……"

"흠…… 그와 관련해 별다른 말씀은 없으셨나요?"

"아뇨, 있었어요! 기억나는 게 있어요. 정확하게 뭐라고 말씀하셨는지 낱말 하나하나가 생각나진 않지만, 말씀의 내용이 가진 뜻은 분명하게 기억납니다. 당시 아버지가 말씀하신 게 뭐였던 '나는 못 속인다'란 의미가 담긴 것이었어요."

"흠……"

혜선의 얘기를 듣는 태일의 눈이 유난히 번득였다. 입 꼬리는 조금 더 위로 올라갔다. 재차 물었다.

"혹시 당시 아버님이 누구와 통화하셨는지는 모르시나요?"

"그건 전혀……"

"음……"

"아! 맞다! 그날 통화하시기 전에 누군가를 만나고 오셨어요. 제 기억으론 어떤 중요한 인물과의 약속인 것 같았는데…"

"……"

마침 그때 태일의 미디어시계가 문자메시지를 수신했다고 알려왔다. 태일은 마치 미리 메시지를 기다렸다는 듯이 목례로 혜선에게 양해를 구하면서 곧바로 이를 확인했다. 태일이 확인한 메시지는 '샘플을 확보했습니다'란 짧은 내용이었다. 메시지를 보는 태일이 회심에 찬 표정을 지었다. 태일이 밝은 얼굴로 왼손을 내려놓자 혜선이 그와 그의 부하를 번갈아보면서 말했다.

"이제 딱히 더 이상 드릴 말씀도 없는 것 같은데… 혹시 더 묻고 싶은 게 있으신가요?"

계속해서 대답을 이어간 것은 역시 태일이었다.

"아뇨! 이제 됐습니다. 귀한 시간을 내주셔서 정말 고맙습니다."

"아! 네…… 뭐… 도움이 됐는지는 모르겠네요. 그럼. 전 이만… 교무실에 들러 잠깐 볼 게 있어서… 필요한 게 있으시면 언제라도 다시 연락주세요."

혜선이 자리에서 일어나자 두 사내도 함께 일어나 목례를 마지막으로 그녀를 보냈다. 그녀가 자리를 뜨자 태일이 곧바로 조금 전에 메시지를 보내온 이에게 전화를 걸었다.

"그래 수고했어. 행여 누군가에게 꼬리를 밟히고 그러지는 않았겠지? 음… 그래. 좋아! 나중에 보자고."

전화를 끊은 태일이 여태껏 함께 있던 부하의 등을 몇 번 부드럽게 토닥거리며 말했다.

"자! 이제 가도록 하지."

태일의 부하는 자신의 상관이 평소엔 좀처럼 하지 않는 행동을 했다는 양 머쓱한 표정을 지으며 뒤를 따랐다. 재일고려인학교의 생활실 문을 열고 나서는 태일의 발걸음이 꽤나 경쾌했다.

# 새롭게 만난
# 두 인물

**22**

 

해가 바뀌었다. 세익원은 2037년 새해를 맞으면서 그동안 발전한 교단의 위상을 바탕으로 사회사업을 더욱 넓히기로 했다. 기존에 펼치던 북녘이주민지원사업에서 한걸음 더 나아가 다문화가족이나 국내체류 외국인에게까지 그 영역을 늘리기로 했다. 물론 이는 영일의 주도아래 이뤄졌다. 세익원은 참기모와 더불어 최근 벌어진 세홍과 관련한 일련의 일들로 인해 더욱 많이 알려졌다. 세홍의 유명세로 인해 세익원과 참기모의 교세확장이 좀 더 탄력을 받게 된 것이었다.

세익원 국내체류 외국인 대상 지원 프로그램의 상근 근무자로 새롭게 온 젊은이가 한 명 있었다. 열정페이나 다름없는 보수에도 불구하고 홈페이지에 안내문을 띄우자마자 제일 먼저 찾아와서 일을 해보겠다고 의지를 보인 이였다. 이제 막 스무 살을 넘긴 이석이란 청년이었다. 특히 영일은 무슨 영문인지 이 청년을 보자마자 무척이나 마음에 들어 했다. 마치 뭔가에 홀린 듯했다. 배경도 묻지 않고 필요한 절차도 따지지 않은 채 곧바로 그를 채용했다. 말투가 어눌하고 불분명한 것도 문제 삼지 않았다. 그가 최근의 일 외엔 이전 과거에 대해 전혀 기억하지 못한다는 점도 큰 걸림돌이 되지는 못했다. 상당히 이례적인 일이었다. 하지만 이석은 자신을 믿어준 영일의 기대를 저버리지 않고 맡은 일을 빈틈없이 처리했다.

새해가 되고 설을 즈음해 세홍이 세익원을 다시 찾았다. 특별한 용건이나 목적이 있는 건 아니었다. 세홍에게 있어 세익원은 자기 집이나 친정과 마찬가지였다. 해가 바뀌면서 이곳을 찾는 건 당연했다. 세홍이 온다는 소식에 세익원 본원을 비롯해 인근 지역 원로와 간부 성직자들이 모두 모였다. 세홍은 원로들에게 차례로 안부를 전했다. 그런 후 자리에 앉아 서로 얘기를 주고 받았다. 의례적이었으나 종단의 유지와 결속을 위해선 필요했다. 시간은 그렇게 많이 걸리지 않았다. 그다지 중요할 게 없는 내용을 갖고 잠시 담소를 나눈 뒤에 곧바로 일어났다. 대화를 계속 이어갈 특별한 주제도 없었다. 원로들 사이에는 어느 때부터인가 새로운 주제를 화두로 끄집어내는 것에 대해 조심스러운 기류가 흘렀다. 이는 종단 최고의 자리인 원정사가 부재인 상황에서 종단 내부에서 마찰을 일으켜 좋을 게 없다는 공감대가 형성된 까닭이었다.

세홍은 자신이 온 것을 알고는 함께 모여 기다리던 홍식 등을 찾았다. 세홍은 이들과 반갑게 인사를 나눴다. 그리고는 이내 세익원 종무자 가운데 새로운 인물이 한 명 늘었다는 것을 알아챘다. 세홍은 그를 보자마자 뭔지 모를 일체감이 자신의 내부에서 화산이 터지듯 솟아오르는 것을 느꼈다. 세홍은 이런 동질감이 어디에서 비롯된 건지는 알 수 없었다. 특별하다고는 하나 그도 역시 감정에 지배당하는 인간이었다. 이런 느낌은 곧바로 상대에 대한 호감으로 이어졌다. 또한 자신이 그런 느낌을 갖자 상대방도 자기한테 똑같은 느낌을 가질 것이라고 여겼다. 세홍은 다른 이가 나서서 서로를 소개시켜주기도 전에 그에게 다가가더니 먼저 인사를 건넸다. 홍식 등이 굳이 새로운 인물에게 세홍을 소개하지 않은 건 그가 세홍을 모를 리가 없다고 여긴 까닭이었다.

"형! 저는 세홍이예요. 만나서 반갑습니다."

"그—그래… 난 이석이라고 해. 나도 정말 만나서 반가워."

"음… 그러니까 형은 성은 이 씨에 이름이 석이겠네요?"

"아니 성은 없어. 그냥 이름이 그래. 다스릴 이에 밝을 석자를 써서 이석이야."

"아…… 성은 없고 이름만 있다는 게 어쩌면 저하고 같네요."

"그-그래…"

무리 중에 나이가 제일 많은 홍식이 웃음기 띤 얼굴로 끼어들었다.

"뭐…… 두 사람이 오늘 처음 만나는 데도 전혀 어색하지가 않네. 꼭 예전에 이미 알던 사람들처럼 말이야."

이후 이들은 젊은 또래의 사내들이 가질 만한 주제로 두런두런 얘기를 나눴다. 이들 중에는 이석의 눈이 유난히 밝게 빛났다. 그는 자신이 꼭 대답을 해야 하는 경우가 아니고는 주로 묵묵히 듣고만 있었다. 간혹 전해지는 이석의 어눌하고 분명치 않은 말투도 그에 대한 세홍의 호감을 반감시키지는 않았다.

참기모로 돌아오는 세홍의 표정이 밝았다. 자신의 마음에 드는 지인이 새롭게 생긴데 따른 유쾌함 때문이었다. 이는 뭔가 자신의 입맛에 딱 맞는 음식을 먹거나, 그다지 기대하지 않고 본 영화가 자신의 취향에 부합할 때 가지는 그런 느낌과 유사했다. 커다란 감동은 아니지만 그렇다고 아무런 느낌과 의미가 없지도 않은 소소한 행복감, 바로 이와 같았다. 물론 세홍이 가진 느낌은 그것보다는 조금 더 진했다. 누군가를 만난 뒤에 이처럼 이상적인 느낌을 가진 것도 세홍으로선 참으로 오랜만이었다.

장도훈 목사에게 손님이 한 명 찾아왔다. 작년에 열린 총선거에서 처음으로 가슴에 배지를 단 백용천이었다. 그는 통일 이후 한북도의 수도로 현급시가 된 개성 출신이었다. 여당의 공천을 받아 경쟁자들을 따돌리고 국회에 입성했다. 더군다나 자신의 고향인 개성이 아니라 북쪽출신 인물로는 드물게 남쪽인 인천에서 당선돼 전국적으로 주목을 받았다. 북쪽 이주민들이 인천 남동공단과 인근 안산공단 주변에 집단적으로 거주한 게 여당 공천의 일차적인 배경이었다고는 하나, 그것만으로 설명이 다 되진 않았다. 북쪽출신 주민의 전체 구성비가 당락에 절대적인 영향을 미칠 만큼은 아니었다. 과거 북쪽 출신 인물까지 모두 끌어안겠다는 여당 수뇌부의 새로운 의지와 메시지가 담긴 것으로 다들 해석했다.

통일 이후 고려는 국회구성에 있어 지역구 300석, 비례대표 60석이란 원칙을 세워놓고 이를 변함없이 유지했다. 특히 지역구 획정은 인구비례를 기초로 하는 가운데, 각계각층의 전문가가 참여하는 국회지역구심의위원회를 통해 이뤄졌다. 이는 통일 이전 남쪽에서 선거 때마다 되풀이된 지역구 획정과 관련한 잡음을 없애자는 표면적인 목적과 더불어 남측 집권세력의 숨은 의도가 담긴 것이었다. 그의도란 건 다른 데 있지 않았다. 통일 이후 일정 기간이 지나면 상당수의 북쪽주민들이 남쪽으로 이주할 것으로 예상됨에 따라, 이후 제기될 북쪽을 기반으로 하는 정치세력들의 지역구 획정과 관련한 불만과 요구를 사전에 차단하겠다는 뜻이었다. 물론 합의 당시 북쪽의 정치세력들이 이를 눈치 채지는 못했다. 그럴만한 상황적인 여유도 그들에겐 없었다. 비록 통일이 합의에 의한 '민족대통합'이란 형식을 통해 이뤄졌으나 통일을 주도적으로 이끈 게 결국 남측이라는 현실적인 배경도 작용했다.

또한 전체 의석수 360석은 원(圓)이 360도를 이룬다는 조금은 유치한 발상에서 비롯됐다. 모가 나지 않도록 원만하게 국회를 운영하자는 의미가 담겼다. 통일 이전 사용됐고 통일 이후에도 계속 쓰인 여의도 국회의사당이 400석을 넘기면 조금 비좁을 수 있다는 점도 어느 정도 영향을 미쳤다. 이는 모두 남북협의 과정에서 실무자간에 이뤄진 합의내용의 일부였다. 통일과 관련한 기자회견 이후 국회의석수를 360석으로 정하기로 한 게 알려지자 이를 다시 조정하자는 의견이 쏟아졌다. 남북 간 합의 과정에서 이룬 합의 가운데 각론은 수정이 가능하다고 해놓은 게 근거가 됐다. 주로 기존 남쪽이 가진 300석에다 북쪽의 150석을 새롭게 합쳐 450석으로 통일연방 초대 국회를 구성하자는 의견이 많았다. 이는 선거구 조정으로 인해 기득권을 상실할 것을 우려한 기존 남측의 일부 의원들이 내놓은 안이었다. 하지만 의석수가 지나치게 많다는 지적이 여론의 대세를 이루자 결국 원안대로 정해졌다. 적정한 선에서, 그럴싸한 명분까지 같다붙이며 의석수를 정한 셈이었다.

도훈이 백용천을 모르지는 않았다. 그가 참기모를 찾겠다고 미리 기별한 때문만은 아니었다. 용천은 자신의 출신학교이기도 한 김일성종합대학의 교수로 통일을 맞이했다. 그는 통일이 되자 남북학계 교류사업의 일환으로 연방국립대인 한중대학교로 자리를 옮겼다. 지신이 기존에 몸담은 곳이 같은 연방국립대 자격을 갖추면서 평안대학교로 이름을 바꾼 것과는 무관했다. 특히 그가 역사학자란 점이 자리 이동을 더욱 수월하도록 했다.

그가 최초로 유명세를 탄 것은 '친일 매국행위 처벌에 관한 특별법' 제정과 관련한 논란으로 전국이 한참 뜨거웠던 20년대 초중반이었다. 그는 자신이 가진 학문적 기초를 바탕으로 특별법 제정을 반대하는 이들을 향해 수도 없이 공격을 퍼부었다. 정제된 언어로 끝이 다듬어진 그의 공격은 그 누구보다도 논리적이었고 또한 맹렬했다. 반대론자들에게는 참으로 가혹했으며 찬성론자들에게는 진정으로 통쾌한 일갈들이었다. 그의 말들은 그의 주장에 공감하는 이들에 의해 몇 차례나 재생산되며 널리 퍼졌다. 이후에도 그는 정치·사회적으로 중요한 명제가 불거질 때면 어김없이 자신의 의견을 밝히고 나섰다. 그러다가 지난해 총선을 앞두고 여당으로부터 러브콜을 받았고, 고민 끝에 이에 응했다. 폴리페서가 아닌, 본격적으로 정치인의 길을 걷게 된 시점이었다.

용천이 도훈을 찾은 이유는 다른 데 있지 않았다. 자신이 곧 발의할 '사회보장제도 전면개선에 관한 법안'과 관련해 종교계의 폭넓은 자문을 구하기 위한 목적이었다. 그는 이미 알고 지내던 인맥이 여러 종파에 걸쳐 많았다. 하지만 보다 참신한 의견을 구하러 나서기로 했다. 그래서 일부러 기존 종파가 아닌 참기모를 찾았다. 특히 그는 이날 보좌관도 없이 홀로 참기모를 방문했다.

도훈과 용천이 한참동안 얘기를 이어가던 중에 먼발치에서 세홍이 이들을 향해 걸어왔다. 용천이 세홍의 인기척에 고개를 돌리더니 마치 순간적으로 시간이 완전히 멈춘 듯이 꼼짝을 하지 않았다. 세홍을 보자마자 뭔가 놀란 듯이 하던 말도 끊은 채 그에게서 단 한 순간도 눈을 떼지 못했다. 도훈은 그런 용천을 그저 물끄러미 쳐다만 봤다.

"안녕하세요?"

세홍이 어느새 다가와 그들을 향해 인사를 건넸다. 도훈에게는 외출 후에 돌아왔다는 사실을, 용천에게는 처음 만나서 반갑다는 뜻을 함께 전달한 것이었다. 용천은 그제야 꿈에서 깬 듯한 표정을 지으며 세홍에게 화답했다. 상대가 아직은 어린 세홍이지만 말투는 정중했다. 세홍이 유명했기 때문에 그런 게 아니었다. 그가 평소 사람을 대하는 태도가 그대로 반영된 결과였다.

"아! 네… 안녕하세요. 그 이름난 세홍이군요. 직접 만나기는 처음이네요. 정말 반갑습니다. 매체를 통해 보던 것과는 상당히 다르네요. 왠지 낯이 많이 익은 것 같아서 잠시 놀랐습니다."

옆에 있던 도훈이 우스갯소리까지 섞어가며 끼어들었다.

"아마도 작년에 세상을 한바탕 떠들썩하게 했던 문제의 그 아우라 때문일 겁니다. 하하하……!"

"예?…… 아… 예…… 하하하하……!"

용천은 그렇게 웃으면서도 자신의 앞에서 겸연쩍은 모습으로 서 있는 세홍을 몇 번이고 힐끔거리며 계속 쳐다봤다. 그가 어떤 연유로 세홍에게 시선을 쏟아 붓는지는 알 수 없었다. 용천은 세홍이 그렇게 잠시 인사를 하고 돌아나가는 뒷모습을 한참 동안 바라봤다. 아마도 도훈이 중간에 말을 꺼내지 않았다면 세홍이 그의 눈에서 완전히 사라질 때까지 쳐다봤을 수도 있었다.

남은 얘기가 어느 정도 마무리가 되자 용천이 일어났다. 사실 이날 두 사람의 대화는 어떤 결론을 이끌어내고자 하는 게 아니었다. 적당한 수준에서 얘기를 주고받으면 그걸로 충분했다. 더군다나 용천이 입법하려는 사회보장제도 관련 법안은 아직 구상단계에 있는 것이나 다름없었다. 이 법이 여러 단계의 손질을 거쳐 향후 국가와 사회를 지탱하고 유지하는 중요한 구성요소가 되는 것을 이 당시의 그가 알 수는 없었다. 도훈은 입구까지 나와 용천을 배웅했다. 용천을 떠나보내는 도훈의 표정이 밝지는 않았다. 저만치 드리워진 검붉은 하늘은 곧이어 다가올 어둠이 깊고도 진한 것임을 예고했다.

# 드러난 정체,
# 그리고 욕망의 끝자락

23

밤이 꽤 깊었다. 내곡동에 자리한 연방정보원의 몇몇 방은 저녁 이후부터 늦은 밤까지 계속 불을 밝혔다. 그 가운데 채은성 차장의 방이 유난히 환했다. 방에 있는 사람은 은성과 태일 단 두 명뿐이었다. 하지만 전등으로 인한 물리적인 밝기에다 두 사람의 안광까지 더해지며 방을 감싸는 밝은 기운은 어느 때보다 강렬했다. 이들은 적막이 깃든 밤이 되길 일부러 기다리기라도 한 듯했다. 숙직근무자를 제외한 거의 대부분은 이미 퇴근했다. 두 사람 사이에 자리한 탁자 위에는 어느 누군가의 것으로 보이는 유전자 검사표가 몇 장 놓여 있었다. 이를 쳐다보는 은성의 표정은 마치 영화의 감춰진 결말이라도 알아차린 것처럼 묘했다.

"흠… 세상이란 게 말이야 참으로 알면 알수록 재미있군. 전혀 예상하지도 못한 일인데 말이야. 그래! 지금까지 파악한 것을 한번 들어보자고. 자료로 요약해오느라 수고는 했지만, 그래도 직접 들으면서 보도록 하지."

"네… 일단은 일의 방향과 초점이 흐려지면 안 된다는 생각에 모든 결말이 김설송과 김성한에게 있다고 보고 일을 진행했습니다. 따라서 배 회장 측에게 흘러간 소오루의 자금도 분명히 그들과 연관이 있다고 봤습니다. 그렇게 보면 당연히 소오루의 다카사키 마모루 대표가 사건의 열쇠가 됩니다. 이에 일본 현지에서는 그가 어떤 인물인지 파악하는 데 중점을 두고 일을 진행했습니다. 김대산과 최영무 등에 대한 일련의 조사과정도 사실상 다카사키 대표에 대한 정보를 캐기 위한 것이었고요. 두 사람을 대상으로 정보수집에 나서는 것과 동시에 다카사키 대표에 대한 주변조사도 병행했습니다. 당연한 수순이지만 그의 출생을 비롯한 그의 과거부터 거슬러 올라가 봤습니다. 아-참!… 5페이지까지는 김대산과 최영무를 대상으로 펼친 조사와 관련한 것이니 그냥 넘기셔도 됩니다."

태일의 말에 은성이 자료를 두어 번 넘겼다. 태일은 은성이 펼친 자료를 힐끗 한 번 쳐다보더니 말을 이었다.

"보시다시피 다카사키 대표는 현재 사고무친입니다. 미혼모인 상태에서 자기를 낳아 키우던 어머니를 열세 살 때 잃은 뒤에 일본정부에서 운영하는 프로그램에 따라 의무교육을 마쳤습니다. 이후 곧바로 생업에 뛰어들었으며, 여러 가지 직업을 전전했습니다. 막대한 자산가가 지닌 과거와 배경이라고는 선뜻 납득이 안 되는 상황입니다. 납득할 수 없는 부분은 분명 의심을 품고 접근해야 한다고 판단했습니다."

태일이 은성의 반응을 살피기 위해 그를 슬쩍 한 번 쳐다봤다. 은성은 태일의 시선이 느껴지자 왼손을 안쪽에서 바깥으로 내저으며 말했다.

"계속하지…"

"네!…… 음… 다카사키 대표는 소오루 설립을 전후해 자기 스스로 제3자를 통한 주식투자 등으로 많은 이익을 봤다고 공공연하게 얘기하고 다녔습니다. 그러나 수긍을 이끌어내기엔 뭔가 부족합니다. 게다가 당시 오사카부 관할 세무당국에서 다카사키 대표의 갑작스런 자산 보유에 대해 조사를 벌이려고 하자 일본 참의원인 후지와라 소우마가 적극적으로 나서 이를 막은 것으로 드러났습니다. 일본 사회당 소속인 후지와라 의원은 바로 고려노동당 김설송 대표와 상당히 친밀한 관계를 유지해온 인물입니다. 다카사키 대표와는 소오루 설립 이전까지 아무런 인연도 없었고요. 이렇게 되자 일전에 차장님께서 잠시 언급하신 바와 같이 소오루의 실체에 대해 의심이 들 수밖에 없었습니다. 그래서 다카사키 대표가 실제로 본인이 맞는지의 여부까지 의심하고, 그의 유전자 샘플부터 확보해야겠다고 판단했습니다. 유전자 분석결과가 나오자마자 곧바로 그동안 축적한 데이터를 통해 주요 주변 인물들과의 유사성을 조사했습니다. 그 모든 결과를 지금 보고 계신 것입니다."

"음……. 다카사키 대표의 유전자가 김정은 대통령, 김설송 대표 등과 거의 유사하다면 딱 한 가지의 가능성만이 남았군. 빤한 얘기겠지만 말이야."

"네! 그렇습니다. 통일 이전에 김정은, 다시 말해 자신의 동생을 피해 일본에 건너간 뒤 행방이 묘연해진 김정철인 게 분명합니다. 추측컨대 일본으로 건너간 뒤에는 아마도 자신의 신분을 위장할 필요를 느꼈을 것이고, 그래서 다카사키 마모루란 실존인물의 신분을 도용했을 것입니다. 아니면, 사모펀드 설립이 필요한 시점에 이를 대표할 인물이 필요해지자 그렇게 신분을 위장하는 수순에 들어갔을 수도 있습니다.

물론 무엇이 진실인지는 모릅니다. 하지만 진짜 다카사키 마모루란 자가 사고무친에다 교우 관계도 거의 없던 자라는 점에서 그냥 무턱대고 선택한 게 아닌, 고르고 고른 인물인 것만은 분명합니다. 이런 부분에 있어서는 김성한의 노하우가 분명 반영됐을 겁니다. 또한 신분을 위장하는 과정에서 그들이 어떤 일들을 꾸미고 벌였는지도 잘 모릅니다. 신분을 도용한 시점도 마찬가지입니다. 진짜 다카사키 마모루를 살해했을 가능성이 농후하지만, 그게 언제든 뭐가 됐든 사실 이 점은 우리가 쫓는 사건과 관련해선 중요한 게 아니라고 봅니다.

다만, 이런 일련의 과정에서 김정철은 실제 다카사키 마모루와 비슷해 보이도록 자신의 얼굴을 바꾸게 됩니다. 김정철의 입장에선 자기 얼굴을 그대로 들고 다니면서 다카사키 대표의 역할을 하긴 어려웠을 테고, 이왕 손보는 김에 실제 다카사키와 최대한 닮도록 했을 것입니다. 비록 얼굴이 많이 변했으나 과거에 지닌 중요한 몇몇 특징들까지 모두 바꿀 수는 없었습니다. 자료에도 명시돼 있다시피 지금 다카사키 대표의 얼굴과 체형을 분석해보면 우선 신장이 김정철과 거의 똑같습니다. 얼굴 곡선 등도 너무나 유사합니다. 눈빛 또한 마찬가지입니다. 그 어떤 것보다 유전자 분석결과는 더 이상의 이견을 일체 불허합니다."

"음……"

"김정철은 일본 도피 이후에 배다른 누이인 김설송에게 비밀리에 도움을 요청했을 것입니다. 아니면, 일본에 건너가기 이전에 김설송에게 미리 협조를 구해놓고 갔을 수도 있습니다. 뭐든 간에 확실한 건 김정철이 통일 이전 숙청을 거듭하는 김정은을 피해 자신의 안위를 도모하고자 일본으로 도피했고, 이를 김설송이 도왔다는 점입니다. 당시 김정은의 잇따른 숙청은 통일 이후 먼 장래를 미리 내다본 포석이라는 게 이후 나온 가장 유력한 분석입니다. 장래의 정적들을 미리 제거했다는 이런 분석을 기정사실로 놓고 보면, 김정철이 숙청의 영순위가 되는 건 너무나 당연했습니다."

태일이 은성의 반응을 다시 살폈다. 말이 잠시 끊긴 것을 느낀 은성이 이번엔 태일과 시선을 한 번 교환했다.

"음…… 그래…… 계속해."

"네! 김정철이 그렇게 조용히 일본에서 건너가 지내는 중에 김설송이 모종의 일을 꾸미려고 한 바로 그 시점이 다가오게 됩니다. 김설송 측의 입장에서는 뭔가 일을 확실히 처리해 줄 제삼의 인물이 필요했을 것입니다. 그런 인물을 끌어들이려면 돈이 든다는 사실 또한 모를 리가 없었을 겁니다. 자신들에게서 직접적으로 나가는 게 아닌 돈이 나갈 별도의 창구가 필요했고, 여러 검토 끝에 아마도 사모펀드를 설립한 것으로 보입니다. 물론, 펀드 설립은 비단 해당 사건과 관련한 목적 외에도 향후 다양한 구상을 위한 방편이었을 것입니다. 게다가 마침 김설송에게는 신분을 숨기면서 일본에서 지내는 김정철이 있었습니다. 그것도 자신의 도움으로 말입니다. 또한 국내보다는 외국에다 펀드를 설립하는 게 더욱 안전하고 효율적이었을 것입니다. 김설송의 입장에선 여러 가지 상황이 잘 맞아떨어졌던 셈입니다."

"음… 좋아… 하지만 왜 하필 배영석 회장을 통해 일을 진행했을까? 김정은의 목을 치려고 마음먹었다면 다른 방법도 얼마든지 많았을 텐데 말이야."

"김설송 측과 배 회장이 연결된 게 우연인지, 아니면 고도로 계산된 각본에 의해 배 회장으로 하여금 소오루를 찾도록 유도한 것인지는 모릅니다. 하지만 김설송 측이 미리 그물을 쳐놓고 배 회장이 이에 걸려들기를 기다렸다고 하기엔 납득이 안 되는 점이 많습니다. 따라서 우선은 배 회장이 자금난을 겪던 시점이 김설송 측이 시해사건을 모의한 때와 절묘하게 맞아떨어졌고, 배 회장이 돈이 필요하다는 소식을 접한 김설송 측이 옳다구나 하면서 그에게 반대급부를 주기로 약속하고 칼자루를 맡긴 것으로 보입니다."

"음… 그래… 현재로선 그렇게 보는 게 가장 타당하겠구먼. 쩝…… 사람이란 게 말이야. 자신이 만든 동굴에 한 번 들어서게 되면 어느 순간 바보가 되어버린단 말이지. 쯧… 자기가 의도하는 목적이 일이 잘못됐을 경우 초래될 결과를 가리면서 냉정한 판단을 할 수 없게 되니 말이야. 또한 좀 어수룩하기도 했고… 제일 중요한 칼

잡이를 선택하는 부분에서 일이 꼬여 결국 들통이 났으니 말이야. 하긴, 고도로 전문화된 정치세력이 조직적으로 움직인 게 아니고 특정 개인이 즉흥적으로 일을 꾸몄을 테니…….”

은성이 잠시 말을 끊었다. 고개를 좌우로 몇 번 흔들더니 다시 입을 열었다.

“음…… 아니지… 아니야!… 어떻게 보면 그들의 입장에선 결과가 나빠서 그렇지 김정은의 목을 내려칠 인물로 대기업 회장만한 것도 사실 없었겠구먼… 여러 가지로 봤을 때 말이지…… 음…… 그나저나 소오루 설립 자금은 어디에서 나왔을까?”

“네! 이와 관련해선 추측입니다만, 아마도 지금 말씀드리는 게 거의 확실할 것으로 봅니다. 통일을 앞두고 김설송은 김정은과의 협의 하에 막대한 창당자금을 빼왔습니다. 이는 공공연한 사실입니다. 김설송은 분명 이를 창당 및 곧바로 이어진 총선에다 전부 쓰진 않았을 것입니다. 정치란 게 특히나 회계 처리를 분명하게 할 수 없는 부분이 상당히 많아 여러모로 돈을 빼돌리기가 수월했을 것입니다. 이 돈을 유사시에 쓰기 위해 몰래 지녔다가 일부 혹은 대부분을 소오루에 투입했다고 봅니다.”

“흐음…… 결국 김정은의 돈이 거기까지 흘러간 꼴이군…… 자기가 풀어놓은 돈 때문에 자신의 목이 달아나고만 셈이고 말이야. 이제 퍼즐을 거의 맞춘 것이나 다름이 없구먼… 자! 어떤 게 좋을까? 그들이 과거에 저지른 엄청난 짓을 모두 재구성해 밝혀놓았다고 슬쩍 흘리는 게 좋을까, 아니면 계속 보안을 유지하다 좀 더 확실한 물적 증거를 확보한 후 그들을 잡아들이는 게 옳을까?”

"배 회장에게 돈을 빌려준 소오루의 다카사키 대표가 김정철이란 것 외에는 손에 쥔 증거가 아직 우리에겐 없습니다. 박산건설에 김정철의 돈이 유입됐다고 해서 모든 사실이 드러나는 것도 아닙니다. 또한 다카사키 대표가 김정철이라고 해서 김설송 등이 시해사건의 배후로 곧바로 확정되는 건 더욱 아닙니다. 현재로선 정황상 분명히 그렇다는 것 말고는 다른 게 없는 셈입니다. 게다가 김정철이 사건에 직접 관여했다고 보기에도 어려운 점이 많습니다. 지금으로선 그들이 자백하지 않는 이상, 추가로 확보할 증거를 구하기도 사실 힘든 상황입니다."

"내가 보기엔 이미 게임이 끝난 것 같은데… 음… 그럼 역시 일단 정보를 살짝 흘린 뒤에 저들의 반응을 지켜보면서 이후 상황에 대비하는 게 낫다는 얘긴가?"

"예… 일단 그렇게 진행하는 게 올바른 수순으로 보입니다. 모 매체의 기자이면서 개인송수신망도 함께 운영하는 후배가 하나 있습니다. 꽤나 똘똘한 녀석입니다. 굳이 길게 얘기하지 않아도 우리의 의도를 넘겨짚을 수 있는 친구입니다. 지금까지 알아낸 사실을 넌지시 얘기해주면 적당한 선까지 버무려서 이를 퍼뜨릴 겁니다."

"결국 정보제공자를 통해 우선 밑밥을 살짝 던져보자는 얘기로군 그래…… 그 친구가 먼저 나서면 다른 매체들도 가만히 있지는 않을 테니 어떻게든 그들에겐 엄청난 압박이 되겠군."

언제부터인가 기자·피디·아나운서·블로거 및 개인송수신망 운영자 등을 통틀어 정보제공자라고 칭하기 시작했다. 이는 판사·검사·변호사 등을 법조인이라고 묶어서 부르는 것과 유사한 개념이었다. 1인 미디어의 활발한 활동 등 언론환경의 변화와 맞물려 이 단어가 조금씩 쓰이기 시작하더니 어느새 상용화됐다. 은성이 잠시 뭔가 생각하더니 오른쪽 손에 든 손목염주를 탁자 위에다 내려놓으며 경쾌한 어조로 말했다.

"좋아! 조금은 작위적이란 느낌도 없진 않지만, 자네 생각대로 하자고. 어쩌면 그 방법이 더 좋을 수도 있겠어. 무엇보다 통일 전에 이룬 남북 집권세력 간의 이면합의에 대해 물고 늘어질 타이밍도 뺏을 수가 있을 테니 말이야. 음…… 그래! 후배란 그 친구가 보도하기 이전에 취할 몇 가지 사전 조치 등도 필요할 테고…… 내일 일찍 윗선에 최종 보고를 하고 나면 바로 시작하자고. 자!… 수고가 많았어…늦었지만 간단하게 소주라도 한 잔 하러 가지."

"네!…"

은성이 탁자 위에 있던 자료를 손목염주와 함께 챙겨 자신의 책상 서랍 깊숙한 곳에 넣어놓고는 나갈 채비를 서둘렀다. 그러는 사이 다카사키란 이름을 감탄사와 더불어 뜻 모를 미소까지 섞어가며 혼자말로 몇 차례 중얼거렸다. 문 입구에 서있던 태일이 은성의 그런 모습을 새어나오는 웃음을 억지로 참아가며 바라봤다.


'[단독] 김정은 시해사건 긴급 추적…백두혈통간의 혈투로 결말?!'이란 주제가 달린 기사가 유력 시사주간지를 통해 보도됐다. 해당 기사는 '그동안 갖은 추측이 난무하던 김정은 대통령 시해사건이 결국 돈과 권력을 놓고 벌인 동기간의 혈투로 귀결될 가능성이 높아 보인다.'라는 전문으로 시작됐다. 이후 연방정보원 익명의 관계자의 말을 인용해가며 지금까지 정보원이 파악한 내용을 비교적 함축적으로 전했다. 기사 내용은 매체 보도와 더불어 개인송수신망을 통해서도 퍼졌다. 개인과 개인 사이를 통해 여러 차례 거듭 전파되면서 바람 좋은 날에 붙은 들불처럼 일시에 번졌다.

파장은 일파만파였다. 우선 기사의 진위여부를 확인하기 위한 매체들의 연락이 연방정보원으로 물밀 듯이 쇄도했다. 아직은 확실하게 밝힐 내용이 없다는 게 연방정보원 대변인의 공식답변이었다. 특히 연방정보원은 마치 미리 준비해놓은 듯한 자료까지 배포하며 입장을 나타냈다. 이는 곧 보도내용이 사실과 거의 가깝다는 뜻으로 읽혔다. 강력하게 부인하지 않는 건, 곧 긍정의 의미를 내포한다고 다들 여겼다. 고려노동당 중앙당사, 다시 말해 낭사자인 김설송 대표와 김성한 사무총장에게도 당연히 세간의 시선이 집중됐다. 고려노동당 중앙당사와 김설송과 김성한의 자택 등에는 취재진이 장사진을 이뤘다. 일본 오사카의 소오루 사무실에도 각 매체의 현지 특파원들이 긴급히 파견됐다. 현지에 특파원이 없는 매체들은 서둘러 비행기에 취재진을 실어 보냈다. 하지만 취재진 어느 누구도 당사자 세 명을 만나지는 못했다. 그저 자신이 담당한 곳을 다른 매체에서 온 이들과 함께 무리지어 지킬 뿐이었다.

김설송 측이 관련보도에 즉각적으로 대응하지 못하고 행적을 감춘 건 명백한 패착이었다. 이젠 어느 누구도 보도내용을 두고 사실이 아니라고 보는 이가 없었다. 다들 관련 당사자들 스스로가 이를 모두 인정하고 숨어버린 것이라고 해석했다. 확실한 기정사실로 굳어졌다.

김설송과 김성한은 이런 일련의 흐름을 비통한 심정으로 함께 느꼈다. 최근 두 사람의 관계가 예전과는 달랐지만, 그래도 칼끝이 목전에 다다른 절체절명의 위기 상황에서 기댈 곳은 각기 상대방뿐이었다. 보도가 나오자마자 서로 누가 먼저랄 것도 없이 연락하고선 다른 이들의 시선을 피해 몰래 만났다. 자신들의 집과 당사에 계속 머무르기가 힘들다는 것도 또 다른 이유였다. 서로 만났다고 해서 이렇다 할 돌파구가 나오진 않았다. 혼자서 덩그러니 모든 불안과 상념에 맞서기엔 힘에 겨워 그럴 뿐이었다. 어쩌면 이들의 운명은 배영석 회장이 구속될 때 이미 결정된 것이나 다름없었다. 이후 진행된 시간과 과정들은 그저 잉여의 의미라고 봐도 무방했다.

"하아…… 내가 너무 경솔했습니다. 대기업 회장의 정보력과 판단력 정도면 믿고 일을 맡길 수 있다고 봤는데…… 후……"

설송의 말에 성한이 잠시 눈을 감았다가 얘기했다. 성한의 말투는 어느새 염세적으로 변했다.

"후…… 만약 배, 아-아니 그가 우리 앞에 나타나지 않았더라면 이렇게까지 일을 벌이려고 하진 않았겠지요. 이제 와서 후회한들 뭣 하겠습니까? 다… 자업자득입니다."

이들은 이제 서로 상대에게 원망스러운 마음 같은 것도 남지 않았다. 이미 그런 수준을 넘어 어느새 관조적인 입장에 도달한 것인지도 몰랐다. 자신들을 제3자의 입장에서 내려다보며 마치 연극을 펼치듯이 깊은 회한을 토해냈다. 비극이 절정으로 치닫는 무대에 선 배우들처럼 슬픔이 가득 담긴 대사들을 서로를 향해 읊조렸다. 둘의 손에는 언제부터인지 몰라도 술잔이 쥐어져 있었다. 특히 김성한은 독한 위스키를 연달아 입속으로 들이붓다시피 했다.

성한은 이미 자신과 설송이 출국이 금지된 사실을 어느 누군가를 통해 살짝 전해 들었다. 어디 갈 데도 숨을 곳도 이젠 없어진 것이었다. 이를 넌지시 알린 어느 누군가의 행동에는 김성한과의 친밀했던 관계가 혹시나 자기의 현재 지위에 어떤 악영향을 미칠지도 모른다는 계산이 깔려있었다. 향후 어려움에 처하더라도 자신과의 특별한 교류를 굳이 언급하지 말아달라는 뜻을 우회적으로 전달한 셈이었다. 그동안의 친분에 대한 마지막 선물이기도 했다.

설송과 성한은 자신들이 펼치는 슬픈 연극의 클라이맥스를 그들만 서로 보면서 느낀다고 생각했다. 하지만 이는 오산이었다. 보도와는 별개로 이전부터 이미 감시의 눈초리가 그들을 따라붙었다. 특히 보도를 전후해서는 감시가 더욱 강화됐다. 지금 그들이 머무는 호텔이 투숙객의 개인적인 신변사항을 최대한 존중하고 지켜주는 것으로 유명했으나, 이는 어디까지나 평범하고 일상적인 상황일 때였다. 그들이 투숙한 객실과 연결되는 주요 통로의 모든 CCTV는 그 통제권이 이미 호텔의 손을 떠났다. 그들이 머무는 객실 양쪽 옆과 바로 맞은 편 객실도 더 이상 투숙객을 받을 수 없었다. 이는 설송과 성한이 호텔에 도착한 뒤 불과 한 시간 만에 이뤄진 조치였다.

두 사람이 머무는 객실 바로 옆의 한 객실에는 요원들이 고도의 감청장비까지 설치해놓고 이들이 내뱉는 말을 단 한마디도 놓치지 않았다. 나머지 두 개의 객실에도 요원들이 각각 배치됐다. 그들을 감시하는 것과 더불어 혹시 모를 극단적인 선택에 대비하기 위한 목적이었다. 이에 앞서 이들을 사건의 배후로 명백하게 확인시켜줄 증거를 잡아내기 위한 것이었다. 요원 한 명이 룸서비스 담당 직원으로 위장한 채 객실로 들어가 잠시 그들의 동정을 파악하기도 했다. 실제 룸서비스 담당을 비롯한 호텔의 일반 직원들은 현재 벌어지는 상황에 대해 정확히 알진 못했다.

성한은 처음 호텔에 왔을 때는 혹시 모른다는 염려에서 되도록이면 말도 신중하게 가리려고 노력했다. 성한의 이런 태도는 설송에게도 그대로 전달됐다. 하지만 시간이 점점 흐르며 마음 한편에 '자포자기'란 고얀 녀석이 움트기 시작하자 그런 경계심도 어느새 저만치 달아나 버렸다. 상황을 돌이키기 어렵다는 생각이 점점 머릿속을 채운 까닭이었다. 설송과 성한은 자신들도 모르는 사이 배영석 회장과 김정철 등에 관한 얘기들을 신세한탄조로 늘어놓기 시작했다. 옆방에 있는 자들이 이를 놓칠 리는 만무했다. 요원들은 관련 내용을 입수하자마자 이를 즉시 내곡동으로 전송했다. 내곡동의 컨트롤타워는 이를 기초로 곧바로 후속조치에 돌입하기 위해 서둘렀다.

시간이 조금 흘렀다. 잠잠하던 객실에서 갑자기 두 발의 총성이 울렸다. 총소리는 불과 몇 초 간격을 사이에 두고 잇달아 울러 퍼졌다. 내곡동의 그 기민한 분주함도, 요원들이 증거 수집을 위해 펼친 모든 움직임들도 일시에 무의미해졌다. 요원들은 총소리를 듣자마자 객실 문을 박차고 들어가 두 사람의 생사부터 확인했다. 하지만 이미 상황은 돌이킬 수가 없었다. 설송은 침대에 바르게 누운 상태로, 성한은 바로 옆에서 침대머리받침에 몸을 반쯤 기댄 모습으로 숨져있었다.

총탄은 정확하게 설송의 심장과 성한의 머리를 향해 발사됐다. 어쩌면 성한은 집을 나설 때 이미 이 비극의 화려하고 찬란한 결말을 결정짓고 나왔을 수도 있었다. 자신이 몰래 숨겨온 권총을 갖고 나온 것으로 보아 그렇게 봐도 무방했다. 아니면 이렇게 결말지어야 할지도 모른다고 마음 한편에 조그만 가능성을 열어뒀을 수도 있었다. 그 작은 가능성이 설송을 만난 이후 점점 부풀어 올랐고, 마침내 극단적인 행동으로 이어졌는지도 몰랐다. 비극의 결말이 이렇게 매듭지어지는 것에 설송이 동의했는지 여부엔 의문부호가 따랐다.

설송과 성한은 자신들의 미래를 두고 '모 아니면 도'라는 도박을 걸었으나 모에 이르지는 못했다. 원하던 모에 도달했다고 안심하고 있었으나 어느새 처참한 모습으로 도 앞으로 나뒹굴고 말았다. 더군다나 그들을 기다리던 그 '도'는 결국 죽음에 이르는 길(道)이었다.

김정철의 행방은 묘연했다. 이후 고려연방정부가 일본정부와의 공조 하에 그의 종적을 다방면으로 수소문했으나 끝내 찾지 못했다. 양국 정부가 확인한 사실은 정철이 보도에 조금 앞서 현금화할 수 있는 모든 유동자산을 빼내고는 이를 챙겨 곧바로 달아났다는 것뿐이었다. 신분 위장에 있어 경험을 한 번 가진 게 자신을 쫓는 이의 눈을 피해 숨는데 도움이 된 것으로 보였다. 국내와는 달리 정철의 위장신분인 다카사키 마모루에 대해 어떤 사전조치를 해놓을 수 없는 상황적 한계가 그의 발목을 붙잡는 것을 조금은 어렵게 했다. 그가 배후의 핵심에서 한발 비켜선 것도 이유 가운데 하나였다. 하지만 이는 신병확보를 위해 미리 강도 높게 그를 주시했다면 생기지 않을 일이었다.

 김정철과는 무관하게 사건은 마무리됐다. 최종 배후 당사자 두 사람이 숨지는 것으로 결말이 지어졌다. 사건은 참으로 엄청난 생채기를 남겼다. 고려노동당의 남은 당직자와 당원들이 기존 간판을 내리면서 새롭게 출발할 뜻을 밝히고 나선 건 그다지 주목받을 일도 못됐다. 설송이 생전에 마지막 보루라고 여기면서 손에 꽉 움켜쥐고 있던 이면합의와 관련한 사항도 크게 언급되지 않았다.

 때마침 전해진 인류가 화성에 발을 디뎠다는 소식도 적어도 국내에서만큼은 큰 반향을 불러오진 못했다. 사건의 충격파에 완전히 묻힌 꼴이었다. 사실인즉 통일 이후 벌어진 그 어떤 사건도 이보다 큰 파장을 일으키지는 못했다. 김정은 대통령 시해사건의 시작과 결말에 이르는 일련의 과정은 이후에도 계속 사람들의 입을 통해 회자되면서 커다란 방점이 붙은 채 역사 속에 남았다.

# 묵언수행과
# 기묘한 일들

24

시간의 흐름은 빨랐다. 하지만 시간은 이를 일부러 의식하는 사람에겐 참으로 더디고 지루했다. 전역을 기다리는 병역의무자나, 평소꼭 가고 싶어 하던 곳에다 예약한 후 날짜를 기다리는 여행객처럼 길게만 느낄 수밖에 없었다. 세홍에게도 시간은 결코 빠른 느낌으로 머물다 가는 게 아니었다. 그렇다고 세홍이 마냥 대놓고 시간의 흐름만 살피면서 지내지는 않았다. 그냥 가끔씩 뭔지 이유는 모르지만 이를 조금은 의식하는 것처럼 보였다.

세홍이 세익원을 떠나 참기모에 발을 디딘 지도 이제 2년하고도 다섯 달이 훌쩍 지났다. 날 수로는 어림잡아 900일이 됐다. 세홍은 참기모에 있던 지난 시간 동안 참으로 많은 일들을 겪었다. 대표적인 게 바로 떠들썩했던 미얀마사태와 남양주화재사건 등이지만, 그 것 말고도 소소한 일들이 많았다. 많은 사람들을 만났으며 그들로부 터 다양한 얘기와 느낌을 전달받았다. 그는 그런 과정 속에서 그동안 자신을 믿고 따르는 측근그룹을 단단하게 구축했다. 자신이 지닌 무 형의 자산을 밑천으로 삼아 견고한 추종자집단을 갖춰놓은 것이었 다. 이는 이를테면 십대소녀들이 아이돌밴드에게 가지는 그런 추종 의 의미와는 차원이 달랐다. 이성에 대한 호기심과 연예인에 대한 동 경심이 복합적으로 작용해 발전한 감정이 정신적인 교감을 바탕으 로 이뤄진 상호 유대감과 같을 수는 없었다. 특히 이는 세홍이 아직 미성년자에 불과한 점을 감안하면, 그가 가히 전인미답의 길을 걷는 다고 해도 지나침이 없었다.

세홍이 뭔가 할 말이 있다는 표정으로 장도훈 목사를 찾았다. 최근 들어 얼굴빛이 눈에 띄게 점점 홍조를 띠어가는 세홍이었다. 마치 자 신의 이름에 있는 '홍'이란 글자를 붉다는 의미로 바꾸려는 듯했다. 잠시 간단한 얘기가 이어지던 중에 세홍이 진지한 표정으로 말했다.

"그동안 깨달은 바도 있고 뭔가 준비해야 할 것도 있어서 홀로 수 행에 들어가려고 합니다. 당분간 보림사로 내려가서 조용히 수행에 정진하겠습니다."

뜻하지 않은 세홍의 얘기에 도훈이 잠시 얼굴에 긴장감을 나타냈 다. 도훈은 내심 세홍이 자신의 신념과 의지가 오롯이 투영된 참기모 를 바탕으로 선지자의 길을 걸어주길 바랐다. 그래서 자신이 가진 모 든 지식을 전하기 위해 노력을 아끼지 않았다. 뭔가 못내 아쉽다는 표정으로 세홍의 말에 대꾸를 덧붙였다.

"용수큰스님께서 3년 동안은 널 내게 맡긴다고 하셨는데…… 너무 이른 건 아니냐?"

"큰스님께서 말씀하신 그 3년의 참된 의미는 이미 제가 미뤄 짐작합니다. 또한 큰스님의 말씀이 꼭 3년이어야 한다는 뜻은 아니었을 것으로 봅니다. 더군다나 제가 지금 이곳을 떠난다고 해서 아주 가는 건 아닙니다."

도훈이 세홍의 말을 듣고는 잠시 눈을 감았다. 그대로 고개를 몇 번 끄덕이더니 눈을 떴다.

"흠… 그래. 네 생각이 그렇게 정해졌다면 내가 말린다고 해서 바뀔 건 아니겠구나… 그래. 그곳에서는 얼마나 있을 예정이냐?"

"최소한 백일 이상은 수행에 정진할 것입니다. 그보다 더 길어질 수는 있으나 결코 짧아지지는 않을 것입니다."

순간 도훈의 표정이 변했다. 흡사 어두운 방에 조명이 켜진 것처럼 환하게 밝아졌다. 세홍이 계획한 수행기간이 자신이 짐작한 것보다 상당히 짧은 까닭이었다.

다음날 세홍은 가볍게 여장을 꾸리고 나섰다. 세홍이 참기모를 잠시 떠난다는 소식을 전해들은 종겸과 은호, 형일·재복, 소미·혜림 등이 그를 배웅하기 위해 모였다. 이들은 마치 세홍에게서 미리 참기모를 떠난다는 언질이라도 받은 것처럼 전혀 놀라질 않았다. 이들 모두에겐 세홍이 하는 일이라면 그게 무엇이든 믿는다는 마음가짐이 자리했다. 다들 그렇게 세홍이 참기모를 떠난다는 게 이미 예정된 일인 것처럼 당연하게 받아들였다. 세홍은 간단한 작별인사를 건네자마자 도훈과 자신의 측근들을 뒤로 한 채 참기모를 나와 보림사로 향했다.

태원은 먼 길을 떠났다가 집으로 돌아온 아들이 맞는 아비마냥 세홍을 대했다. 세홍은 그새 조금은 더 늙어버린 것만 같은 자신의 첫 스승을 촉촉한 시선으로 바라봤다. 돌아서서 약간 구부정한 자세로 자신을 이끄는 태원의 뒷모습을 쳐다보고 걸으면서도 좀처럼 그런 눈빛을 거두질 못했다. 마치 앞서가는 태원과 뒤를 따르는 세홍이 '안타까움'으로 이뤄진 보이지 않는 끈으로 서로 연결된 것만 같았다. 두 사람은 그렇게 잠깐 동안 같이 걸음을 옮겼다. 동행. 이 아름다운 의미를 가진 낱말로 표현되는 두 사람의 몸짓이 그리 오래 이어지진 않았다. 태원은 세홍과 함께 이내 당두에 들어가서 자리를 잡았다. 그런 뒤에 잠시 숨을 고르더니 말했다.

"용수 그 친구가 입적에 들기 직전에 내게 일러둔 당부대로 조그마한 암자를 하나 따로 마련해 놓았단다. 네가 태어난 청원각에서 조금만 더 산기슭을 따라 북서쪽으로 들어가면 있단다. 최근에 네가 미리 보내온 책하고 소도구들도 모두 거기에다 뒀다."

"감사합니다. 큰스님!"

"아! 그리고 공양도 걱정하지 말거라. 때가 되면 다 가져다줄 게다. 오로지 수행에만 전념할 수 있을 게야. 네가 100일 동안 묵언수행에 들어간다고 내 모두에게 일러뒀다. 물론 수행자가 세홍이 너라는 사실은 꼭 알아야 할 몇 명에게만 얘기했다. 음… 또… 예전에 용수가 미리 이른 대로 네가 거기에 있는 동안 공양수발을 드는 이 말고는 그 누구도 접근하지 못하도록 했다. 공양을 가져다 줄 이에게도 행여 네게 말을 걸거나 방안을 절대 기웃대지 않도록 일러둘 것이니 염려하지 않아도 될게다. 그래… 수행은 언제부터 시작할 셈이냐?"

"잠시 후 어머니 위패를 찾은 뒤에 곧바로 암자로 갈 것입니다."

세홍의 얘기를 듣고 태원이 고개를 몇 차례 끄덕거렸다.

"암자는 이미 네가 온다는 기별을 받고 정리를 다 해놓았다. 여기는 네가 손금 보듯이 훤하게 잘 아는 곳이니 굳이 따로 안내하지는 않으마."

"예……"

잠시 뒤에 세홍은 태원에게 절을 한 차례 하고는 당두를 나왔다. 태원에게 말한 대로 자신을 낳다 숨진 친모의 위패를 찾은 후 청원각 쪽으로 곧장 발걸음을 옮겼다. 청원각에 이르더니 걸음을 갑자기 멈췄다. 웬일인지 태원이 암자가 있다고 얘기한 북서쪽으로 계속 발걸음을 떼지 않았다. 주위를 조심스럽게 한 번 살피더니 청원각 아래에 세워진 조그만 돌탑 쪽으로 향했다.

돌탑은 열 살 남짓 먹은 어린아이의 키 높이로 아담하게 서있었다. 이 돌탑은 태원이 세홍의 생모를 기리기 위해 청원각 앞에다 세운 것이었다. 세홍에게는 어쩌면 이 돌탑이 어린 시절에 보지도 느끼지도 못한 어머니를 대신한 것인지도 몰랐다. 자신의 부모, 특히 어머니에 대한 형태를 알 수 없는 그리움이 밀려들 때면 아린 가슴을 달래기 위해 늘 돌탑 주위를 맴돌곤 했었다.

세홍은 행낭 안에서 미리 준비해온 모종삽을 꺼내더니 돌탑 아래 바닥에 깔린 보도블록과 엇비슷한 평평한 돌을 하나 들춰냈다. 가로

세로가 대략 50센티미터 정도인 네모난 돌을 조금 힘겹게 들어 올리자 돌보다는 폭과 길이가 조금 작은 정사각형 구덩이가 드러났다. 세홍이 구덩이 안쪽에다 손을 내밀었다. 그러더니 플라스틱 상자를 하나 꺼냈다. 상자는 완벽하게 밀폐된 상태였다. 세홍은 곧바로 상자를 열었다. 속에는 상자 크기와 딱 들어맞는 꾸러미가 들어있었다. 꾸러미는 비와 습기로부터 보호가 되도록 비닐 등으로 꼼꼼하게 둘러싸인 상태였다. 이는 세홍이 용수의 입적과 관련한 절차가 끝나고 참기모로 가기 전에 잠시 보림사를 찾아 묻어놓고 간 것이었다.

세홍은 상자 속의 물건이 이상이 없는 것을 확인한 후 이를 다시 상자 속에 넣어 손에 들더니 태원이 말한 방향으로 걸음을 뗐다. 자신이 암자로 들어가기 전에 챙겨야 할 마지막 짐을 손에 쥐고 발걸음을 재촉했다. 바람마저 숨을 모두 죽이고 입을 닫은 오후 한나절이었다.

가지산에 참으로 이상한 일이 벌어졌다. 세홍이 수행에 들어간 게 시점이었다. 처음엔 온갖 날짐승들이 종별로 떼를 지어 보림사 주위에 차례대로 날아들더니 잠시 맴돌다가 떠났다. 철새와 텃새를 가리지 않았다. 이는 마치 종별로 미리 순서라도 매겨서 행하는 것처럼 보였다. 새들은 그렇게 가지산의 하늘을 몇 차례에 걸쳐 마구 어지럽혔다. 그러더니 이번엔 산짐승들이 보림사, 보다 정확히 세홍이 수행에 들어간 암자 주변을 떼를 지어 찾아와서는 잠시 머물다가 떠났다. 흔한 들쥐를 비롯해 산토끼, 멧돼지, 노루 등 종류도 다양했다. 인근에 있는 다리가 넷인 생명체는 보림사 주위를 꼭 한 번은 다녀가야

하는 것처럼 가지산 자락을 무리지어 왔다가는 사라졌다.

　세홍이 수행에 들어간 것을 아는 태원을 비롯한 보림사 일부 승려들은 이런 기이한 현상을 필시 그에게서 비롯된 것이라고 생각했다. 그것 말고는 달리 설명할 길이 없다고 여겼다. 우연으로 볼 수도 있었으나 그보다는 세홍에게서 이유를 찾는 게 더욱 쉬웠다. 암자에 들어간 수행자가 세홍인 것을 모르는 나머지 대부분의 승려들과 시주들은 '참으로 별일'이라며 저마다 한 마디씩 거들었다.

　며칠 동안 그렇게 소란스럽던 가지산이 일시에 조용해졌다. 텔레비전의 시끄러운 프로그램을 보다가 리모컨의 묵음버튼을 누른 상황과 유사했다. 그 많던 새들과 산짐승들이 적어도 가지산 자락에서는 모두 자취를 감췄다. 꼭 어디론가 멀리 떠나기 진에 누군가에게 작별인사라도 하러온 것처럼 보림사 주위를 한 번 찾더니 이후에는 그림자조차 비치질 않았다.


　하루하루가 조용하게 다시 며칠 지났다. 그러던 중에 또 하나의 기묘한 일이 발생했다. 이는 늘 세홍의 공양을 챙겨주던 중년 아낙이 갑자기 몸살이 나는 바람에 다른 젊은 아낙이 일을 대신하면서 비롯됐다. 정미연이란 이름을 가진 이 아낙은 자신이 식사를 가져다 줄 암자의 수행자가 세홍이란 사실을 처음엔 당연히 몰랐다. 식사를 준비하다가 우연히 태원과 총무스님이 나누는 얘기를 엿듣게 되면서 수행자가 곧 세홍이란 것을 알게 됐다. 미연은 세홍이 어떤 인물인지는 이미 잘 알았다. 하지만 실제로 그 모습을 본 적은 없었다.

　'어쩌면 세홍을 직접 볼 수 있을지도 모르겠네. 후훗.'

미연은 뭔지 모를 기대감을 안은 채 세홍에게 줄 음식을 챙겨서
는 암자로 향했다. 암자에 도착하더니 여태껏 식사를 가져다준 중년
아낙이 미리 이른 대로 행동했다. 들고 온 음식을 마루 한쪽 편에 정
해진 자리에다 살며시 내려놓았다. 이제 빈 그릇을 챙긴 뒤에 조용
히 자리를 떠나기만 하면 일을 마치는 셈이었다. 그러나 미연은 그러
질 않았다. 내심 기대한 세홍의 모습이 그림자조차 보이질 않자 호
기심이 그녀의 발목을 꽉 붙들었다. 이래볼까 저래볼까 하는 시늉으
로 마루 앞에서 머뭇대며 서성거리더니, 뭔가 생각이 있는 듯이 신발
을 벗고 마루 위로 살짝 올라섰다. 그런 뒤에 세홍이 지내는 방 쪽으
로 살포시 걸음을 몇 발자국 옮겼다. 절대로 방안을 기웃대선 안 된
다는 당부도 어느새 잊은 것처럼 보였다. 문 입구에 이르더니 안쪽의
인기척부터 살폈다. 별다른 기척이 없자 또다시 잠시 머뭇거렸다. 잠
깐 그러다가 뭔가 생각난 듯한 표정을 짓더니 자신의 오른손 검지를
입속으로 슬그머니 집어넣었다. 손가락에 침을 몇 차례 바른 뒤에 창
호지로 된 문 가장자리에다 이를 갖다댔다. 이윽고 문에 작은 구멍이
하나 생기자 자신의 오른쪽 눈을 조심스럽게 가져갔다.

미연이 구멍을 통해 본 건 가부좌를 하고 앉아 눈을 감은 채로 명
상에 잠긴 세홍의 모습이었다. 그녀는 그렇게 마른 침을 삼켜가며 잠
시 세홍을 바라봤다. 바로 그 순간, 세홍이 뭔가 다른 느낌을 감지했
는지 번쩍하고 눈을 떴다. 미연은 세홍의 갑작스런 변화에 깜짝 놀랐
다. 흠칫하며 얼른 뒤로 물러섰다. 뭔가 큰 잘못을 저지른 사람마냥
당황해서 어쩔 줄을 모르더니 자리를 얼른 피해야겠다는 생각이 들
었는지 허겁지겁 마루를 내려왔다. 신발을 신는 둥 마는 둥 한 채로

뜀박질을 시작했다. 신발을 질질 끌고 뛰어가면서 자신의 발에다 마저 끼워 맞춰 신었다는 게 옳은 표현이었다.

미연의 숨 가쁜 뜀박질은 암자에서 청원각에 다다를 때까지 이어졌다. 청원각에 이르자 그녀는 걸음걸이를 뛰는 것에서 잰걸음으로 바꿨다. 걸음을 바꾸더니 이내 뭔가 궁금했는지 뒤를 돌아봤다. 자신을 쫓는 이가 아무도 없다는 것을 확인하고서는 앞으로 고개를 다시 돌렸다.

"후-우!…… 호-홋…"

미연은 제풀에 지나치게 놀랐다고 생각하며 한숨과 함께 살짝 웃음을 보였다. 그렇게 미소를 길에 흘리면서 다시 몇 발자국을 걸었다. 바로 그때였다. 미연이 돌부리에 발이 채이면서, 그만 중심을 잃고 쓰러졌다. 그것도 하필이면 청원각 아래에 세워진 돌탑 쪽으로 넘어졌다. 그녀는 체중을 가누질 못했다. 급히 양손을 뻗었으나, 자신의 얼굴이 돌탑의 맨 마지막 뾰족한 부분에 부딪히는 것을 막을 수는 없었다. 그것도 불과 몇 분전에 세홍이 수행하는 모습을 몰래 훔쳐본 미연의 바로 그 오른쪽 눈이 돌탑의 가장 높은 끄트머리에 정확하게 꽂혔다. 돌탑의 끝은 칼이나 송곳처럼 날카롭진 않았으나, 미연의 눈을 파고들기엔 이미 충분했다.

잠시 후 보림사 식구들은 자신의 오른쪽 눈을 두 손으로 감싸고 온몸에다 피를 뒤집어쓴 채 뚜벅뚜벅 걸어오는 미연을 봐야만 했다.

"에구머니나! 이게 도대체 무슨 일이래!!!"

보림사 식구 가운데 제일 나이가 많은 여자가 황급히 달려 나가 미연을 부축했다. 이후 미연은 식구들의 도움으로 곧바로 병원을 찾았지만 결국 오른쪽 눈을 잃고 말았다. 병원 의사나 보림사 식구들이 눈을 다치게 된 이유를 비롯한 자초지종에 대해 물어도 정신 나간 사람마냥 뜻 모를 얘기만 계속 지껄일 뿐이었다. 보림사 식구들이 미연으로부터 눈을 잃게 된 경위에 대해 자세히 듣게 된 건 한참이 지난 뒤였다. 그녀는 세홍이 수행을 마치고 암자를 나온 뒤에야 비로소 제대로 된 말을 할 수 있었다.

미연이 눈을 다치고는 얼마간의 나날이 또 지났다. 세홍의 수행은 바깥에서 일어나는 일과는 상관없다는 듯이 계속 이어졌다. 조용하던 보림사가 다시 한 번 시끄러워진 건 호기심 많고 철없는 한 쌍의 젊은 커플 때문이었다. 데이트와 산행을 겸해 보림사를 찾은 이들은 경내를 다 둘러본 뒤에 정해진 등산로 쪽으로 방향을 잡지 않고 뭔가에 홀린 듯이 청원각 쪽으로 향했다.

이들은 청원각으로 접어드는 길 입구에 적힌 '이곳은 외부에 공개된 구역이 아니므로 절대 출입을 금합니다'라는 경고문도 무시한 채 뭔가 새로운 놀이를 찾아 나서는 아이마냥 키득거리며 금지된 구역으로 들어섰다. 자신들의 치기어린 행동이 어떤 결과를 초래할지도 모른 채.

청원각에 이른 그들은 주위를 두루 살폈다. 돌탑도 봤다. 돌탑의 꼭대기 머리 부분에 붉은 빛깔이 도는 것을 보고는 이유도 모르면서 마냥 재미있어했다. 청원각 구경이 끝나자 재차 걸음을 옮겼다.

"이리로 와 봐."

사내가 자신의 여자친구를 이끄는 곳은 그들이 이곳까지 왔던 방향이 아니었다. 세홍이 머무는 암자 쪽이었다. 길을 밟아나가던 두 남녀는 출입을 통제하기 위해 세워진 것처럼 보이는 철문 앞에 이르렀다. 철문 앞에는 출입통제를 알리는 경고문구가 다시 적혀있었다. 문구는 전보다 더욱 강경하고 단호한 어조였다. 문구의 완고함과는 어울리지 않게 철문은 빗장도 채워지지 않은 상태로 그냥 닫혀있었다. 안쪽에 빗장이 따로 설치돼 있었으나 채워지진 않았다. 안쪽에서 잠가야 하지만 무슨 이유에서인지 그러지 못한 것처럼 보였다. 사내가 철문을 살짝 밀었다.

"그만 가자. 자기야!"

"괜찮아…… 이리 따라 들어와."

사내는 철문 밖에서 머뭇거리며 돌아가자고 얘기하는 여자친구의 손목을 잡아끌며 안으로 함께 들어섰다. 잠시 걷던 그들은 곧 암자를 보게 됐다. 한옥과 양옥이 조화된 작은 단층건물이었다. 열린 마루가 있고 여닫이로 된 방문이 창호로 덮힌 것은 한옥의 형태를 그대로 유지했으나, 전체적인 골격과 구조는 오히려 양옥에 가까웠다. 남녀는 산 어귀에 있는 이 정체모를 작고 아담한 집에 이끌린 듯 걸음의 방향을 바꾸지 않고 계속 이어갔다.

암자 입구에 이르자 사내가 자신의 오른손 검지를 곧게 편 채로 입술에다 가져다 댔다. 조용히 하란 신호란 걸 알아차린 여자가 눈웃음을 지으며 고개를 몇 번 끄덕였다. 두 사람은 조금 전에 자기들이 열고 들어왔던 철문보다는 훨씬 낮게 가슴 높이로 만들어진 목재대문을 밀고 안으로 재차 들어섰다. 주위를 살피면서 조심스럽게 걸음을 옮기더니 이윽고 마루 앞에 다가섰다. 그러더니 사내가 먼저 마루

위에 살짝 걸터앉았다. 사내는 웃으면서 여자에게 앉으라는 듯 마루에다 손바닥을 갖다 대고는 몇 차례 토닥거렸다. 여자가 고개를 가로젓자 재차 웃으면서 고개를 돌려 방문 쪽을 기웃거렸다.

"이젠 정말 그만 가자. 응?"

여자는 손짓과 표정까지 써가며 자기들끼리만 들릴 만큼 낮은 목소리로 얘기했다. 하지만 사내는 이를 무시했다. 여자를 향해 허세가 가득 담긴 웃음을 한 번 보이더니 몸을 일으켰다. 그런 뒤에 신발도 벗지 않은 채로 자신의 오른발로 마루를 밟고는 위로 올라서려 했다. 사내가 한쪽 발을 마루에 디딘 채로 올라서기 위해 남은 발을 땅에서 떼려는 바로 그때였다. 사내가 그만 중심을 잃고 그대로 뒤로 나자빠졌다. 마치 뭔가가 그의 목을 뒤로 강하게 잡아당긴 것처럼 오른쪽 발이 마루에서 미끄러진 것이었다. 사내는 손을 쓸 틈도 없이 '탁' 하는 소리와 함께 자신의 뒤통수를 마당 바닥에 부딪혔다. 더군다나 사내의 뒤통수는 발을 디디기 위해 마당에 깔아 놓은 평평한 돌에다가 정확히 부딪히고 말았다.

놀란 여자는 사내를 얼른 일으켜 세웠다. 뭔가 겁에 질려 빨리 이곳을 빠져나가야겠다는 느낌이 온몸을 가득 채웠는지 안에다 도움을 청할 생각은 까맣게 잊었다. 동공이 풀린 채로 피를 흘리며 겨우 걸음을 옮기는 그를 질질 끌고는 서둘러 암자를 빠져나왔다. 대문 밖을 조금 벗어난 지점까지 억지로 사내를 부축해 옮긴 여자는 더 이상은 무리다 싶었는지 깊은 한숨소리와 함께 그를 내려놓았다.

"후---우!……"

곧바로 사내의 상태를 이리저리 잠시 살피더니 예상보다 훨씬 심각하다고 여겼는지 그를 향해 말했다.

"자기야! 아무래도 이대로는 안 되겠어. 여기서 조금만 기다려. 내가 얼른 가서 도움을 청할게."

여자는 그렇게 사내를 안심시킨 뒤에 여태까지 메고 있는 줄도 까맣게 잊은 배낭을 풀어놓고는 보림사 본당을 향해 냅다 뛰었다.

잠시 후 그녀는 젊은 승려 몇 명을 대동하고 다시 사내를 찾았다. 하지만 그녀는 이내 울음을 터뜨릴 수밖에 없었다. 그가 길바닥까지 홍건히 피를 적시고는 완전히 숨을 멈춘 까닭이었다. 사내의 맥박이 끊겨 손을 쓰기에는 이미 늦은 것을 알아챈 여자는 통곡하기 시작했다. 하지만 웬일이지 그 오열은 큰 소리를 동반하질 않았다. 갑자기 목이 쉬었는지 아니면 다른 영문이 있는지는 몰라도 거칠고 낮은 목소리만 밖으로 토해냈다. 우는 시늉으로 봐서는 가히 최고조에 가까운 오열이지만 그 소리는 크지 않고 작은, 참으로 묘한 광경이 가지산 한쪽에서 펼쳐졌다.

이 사건 이후 태원은 암자는 물론 아예 청원각마저 폐쇄했다. 청원각으로 들어서는 입구에다 따로 문을 설치하고는 자물쇠를 채웠다. 청원각을 지나 암자로 들어서기 전에 자리한 철문에도 자물쇠가 채워진 것은 마찬가지였다. 청원각에 대한 폐쇄는 내방객뿐만 아니라 보림사 식구 모두에게 적용됐다. 태원으로서는 때늦은 감이 있는 조치였다. 태원의 조치와는 별개로 보림사 승려와 시주들 사이에는 청원각과 암자 주변을 찾아선 안 된다는 공감대가 자연스럽게 형성됐다. 눈치 빠른 일부 승려와 식구들은 암자에 있는 인물이 분명히 세홍일 것이라며 서로 수군댔다. 세홍의 끼니를 챙겨다주는 중년 아낙도 더욱 조심스러운 마음으로 암자를 오고갔다. 이후 세홍은 어느 누구의 간섭 없이 오로지 수행에만 정진할 수 있었다.

# 연기로 스러진
# 비서(祕書)

**25**

시간은 다시 쏜살같이 흘렀다. 불과 방금 전에 벌어진 일도 결코 돌이킬 수 없는 것으로 만들면서 미래를 현재로, 다시 그 현재를 과거로 바꿔갔다. 세홍이 보림사로 내려와 수행에 들어간 것도 어느새 100일째가 됐다. 세홍은 여느 때와 다름없이 일어나자마자 암자 안에 딸린 욕실에서 몸을 정갈히 하고는 간단하게 요기를 했다. 이후 기체조를 잠시 하더니 늘 앉던 자리에 그대로 앉았다. 얼핏 평소와 같이 명상이나 독서에 들어가려는 것처럼 보였으나, 이날은 그렇지 않았다. 암자에 들어오기 전 돌탑 아래에서 꺼내온 것을 자기 앞에 놓인 조그만 탁자 위에다 올려놓았다. 책이었다. 꽤나 오래된 두 권의 책이었다. 세홍은 책 두 권을 나란히, 그리고 가지런하게 탁자 위에다 올려놓고는 한참 동안 이를 바라봤다. 눈빛으로 봐서는 속으로 뭔가 계속 말을 하는 것처럼 보였다. 책과 대화를 나누는 것 같기도 했고, 자신의 의식 속을 방문한 다른 존재와 애기를 주고받는 모습으로 보이기도 했다. 이는 오전 반나절이 지나도록 계속됐다. 이윽고 세홍은 책을 바라보는 것을 멈추고는 조용히 명상에 들어갔다. 점심 공양 따위는 아랑곳하지 않고 명상에 깊이 빠져들었다.

밤은 어김없이 어둠을 동반했다. 하늘은 구름도 한 점 없이 맑았으며 주위는 정말이지 조용했다. 마치 가지산 자락이 적막이라고 쓰인 거대한 장막으로 완전히 뒤덮인 것만 같았다. 새소리, 짐승소리도 하나 들리지 않았다. 가까이서든 멀리서든 전혀 기척도 없었다. 바람도 낮은 숨소리조차 내지 않았다. 이날따라 밤하늘엔 구름마저 한 조각 떠있지 않았다. 오로지 초승달만이 은은한 빛을 암자에다 비췄다.

어둠은 더욱 짙어졌다. 그동안 계속 명상에 잠겼던 세홍이 알 수 없는 기운을 느꼈는지, 아니면 기다리던 때가 됐는지는 몰라도 여태 감았던 눈을 떴다. 그러더니 심호흡을 크게 몇 번 했다. 뭔가를 준비하려는 모습이었다. 세홍이 마음을 다잡은 듯이 결기어린 눈빛으로 잠시 앉아있더니 갑자기 괴롭다는 듯이 몸을 뒤틀기 시작했다. 이와 동시에 탁자 위에 있던 책이 한 가운데부터 새카맣게 변했다. 모락모락 연기가 피어올랐다. 발화가 확실히 이뤄져 불꽃이 활활 피어 오른 것도 아니고, 그렇다고 전혀 불이 붙지 않은 것도 아닌 그런 미묘한 상태였다. 마치 책이 제 스스로 연기처럼 스러지려고 애쓰는 것처럼 보였다.

두 권의 책에서 나온 두 갈래의 연기는 많지도 적지도 않게 거의 똑같이 계속 피어올랐다. 흡사 두 책이 가진 두께와는 상관없이 속에 담긴 내용이 지닌 무게가 조금도 다르지 않음을 나타내는 것처럼 보였다. 피어오른 연기는 세홍의 주위를 맴돌다가 그의 몸속으로 빨려 들어갔다.

"으......"

세홍의 인내는 계속됐다. 고통이 몹시 심한 듯 힘들게 이를 악물고 겨우 참아냈다. 그러길 한참 하더니만 고통이 조금 진정이 되는 양 비로소 자세를 안정적으로 갖췄다. 세홍이 재차 심호흡을 크게 몇 차례 했다. 연기는 계속 피어올랐다. 책들은 이미 두 권 모두 거의 검은빛으로 변했다. 남은 책장을 마저 어디론가 날리기 위해 계속 연기만 내뿜을 뿐이었다. 내부로부터의 고통이 사라진 세홍에게 이번엔 외형적인 변화가 찾아왔다. 얼굴과 몸은 점점 더 붉어졌으며, 머리카락은 차츰 하얗게 변해갔다. 마치 앞서 세홍에게 찾아온 고통이 외형적 변화의 전주곡이라도 되는 듯했다. 세홍은 그렇게 책이 연기를 다 토해낼 때까지 자신의 변화를 묵묵히 받아들였다. 아니 어쩌면 세홍은 자신의 모습이 이렇게 변하는지 모를 수도 있었다. 자신의 모습이 변하는 것과는 상관없이 그냥 수행의 마무리를 진행한다고 봐야 했다. 이윽고 책은 말 그대로 연기처럼 모두 사라졌다. 책이 사라진 탁자 위는 거짓말처럼 조그만 그을림도 하나 없이 깨끗했다.

세홍은 마지막 연기가 피어오르는 것을 신호로 그 자리에서 혼절하며 쓰러졌다. 옆으로 누워서 잠든 세홍의 덥수룩한 머리카락은 이미 완벽에 가까운 백발로 변했다. 그의 온몸에는 붉은빛이 감돌았다. 그렇다고 그 붉음이 괴이하다고 느낄 수준까진 아니었다. 평범한 사람이 가질 수 있는 것 중에서 조금 과한 정도였다. 술을 몇 순배 진하게 걸친 혈색 좋은 사내의 그것과 별반 차이가 없었다. 세홍은 그렇게 자신의 내외부의 변화를 있는 그대로 다 받아들이고는 깊은 잠에 빠져들었다. 저만치 멀리서 까마귀들이 마치 세홍이 잠들기만을 기다렸다는 듯 서로 앞을 다퉈가며 울어대기 시작했다.

　세홍의 끼니를 전하던 중년 아낙이 암자의 마루 앞에서 서성거렸다. 걱정스러운 표정을 얼굴에 가득 담은 채로 방문 쪽을 이리저리 살폈다. 이틀 전 점심때부터 지금까지 자신이 가져다준 일곱 끼의 공양이 매번 손도 하나 대지 않은 채 그대로 남겨진 게 이유였다. 수행자가 밥을 먹든 안 먹든 그냥 모른 채하고 제때에 전달하라는 당부를 미리 받은 터라 이러지도 저러지도 못했다. 인정 많은 성품을 타고 난 탓에 안에 있는 수행자가 별일은 없는지 그저 속만 태웠다. 어쩌면 그녀의 이런 성품을 믿고 태원이 공양수발을 맡겼는지도 모를 일이었다. 그녀가 준비해 온 저녁식사를 마루에 내려놓고는 점심때 가져온 것을 그대로 챙겨가려고 할 바로 그 순간, 방안에서 헛기침 소리가 몇 차례 울렸다.

　"흐-음!!…… 흠!……"

　그녀로서는 100일이 넘도록 암자에 식사를 갔다 날랐지만 단 한 번도 경험하지 못한 일이었다. 방안에 정말 누군가가 확실하게 있다는 걸 처음으로 직접 느꼈다. 세홍이 이틀 전 밤에 쓰러진 후 여태까지 잠들었다가 겨우 깨어나 정신을 가다듬은 것을 그녀가 알 수는 없었다. 아낙은 세홍의 헛기침 소리가 사뭇 경쾌하다고 느꼈는지 미소를 띠며 조심스럽게 발걸음을 돌렸다.

다음날 아낙은 죄다 싹싹 비워진 빈 그릇이 담긴 쟁반과 함께 쪽지를 하나 받았다. 쪽지엔 그동안 고마웠다는 인사와 함께 더 이상 공양이 필요하지 않다는 내용이 적혀 있었다. 이제 수행을 마치고 나간다는 얘기를 전한 셈이었다. 아낙은 돌아오는 길에는 자물쇠를 채우지 않았다.


100여 일 만에 세홍을 맞은 태원이 흠칫하면서 놀랐다. 세홍의 모습이 이전과 많이 달라진 게 주된 이유였지만, 이에 앞서 세홍의 눈에서 뿜어져 나오는 안광이 이미 보통사람의 것이 아닌 까닭이었다. 그 눈빛은 보는 사람을 순식간에 휘어잡고 빨아들일 것처럼 보였다. 태원이 갓난아이 때부터 지금까지 지켜보아 온 세홍의 그것과는 많이 달랐다. 그렇다고 그 눈빛이 거부감이나 불쾌감이 들도록 하진 않았다. 온화한 가운데서도 사람을 강하게 휘어잡는 바로 그런 류의 눈빛이었다. 또한 이는 곧 세홍이 해온 수행이 그게 뭐든 성공적이었다는 것을 나타내는 표식이기도 했다. 태원은 그런 세홍의 모습을 잠깐 동안 유심히 보고만 있었다. 그러더니 얼굴에 가득 미소를 담은 채 말했다.

"흐-음…… 여러 가지로 모습이 많이 변했구나?"

"네…… 저도 처음엔 많이 놀랐습니다."

"그래…… 혹자는 외형이 전혀 중요하지도 않고 사람을 평가하는 데 있어 아무런 참고할 만한 것도 못된다고 했지만, 반드시 그런 것만도 아닌 것 같구나. 무릇 한 사람이 가진 관념, 그리고 내재된 기는 결국 모두 밖으로 드러나게 마련인 게지…… 네 모습을 보니 그동안 참으로 수고가 많았겠구나. 음… 그래. 이제 앞으로 어쩔 셈이냐?"

"암자에 있는 동안 제가 앞으로 걸어갈 길에 대한 마음의 정리를 모두 마쳤습니다. 어쩌면 제가 암자에 있던 그 시간들이 이런 생각을 구체화하기 위한 필수적인 과정인지도 모르겠습니다."

"흠……"

태원은 세홍의 말 한 마디 한 마디가 예전보다 훨씬 힘이 실린 것을 알아차렸다. 뭔가 만족감을 느꼈다는 듯이 몇 번 고개를 끄덕이더니 이내 말을 이었다.

"그래… 그럼 이제 앞으로 어디를 기반으로 삼아 길을 걸을 생각인 게냐? 너도 알다시피 세익원에는 이미 네가 이루려는 그 모든 것들의 기초가 전부 마련돼 있단다. 세익원을 이끄는 원정사의 후사와 관련한 용수의 유지도 바로 너에게 있었고 말이야. 특히 내가 어린 너를 용수한테 보낸 것도 가능하면 보다 큰 그릇에 널 담아야한다는 생각에서였다…… 음…… 너에겐 이제 마음만 먹는다면 한 교단을 이끌 수 있는 길이 활짝 열려있단다. 물론 지금 세익원을 관장하는 원로들이 모두 용수의 사람들이란 게 조금은 걸림돌이 되겠지만 말이다."

세홍은 태원의 권유나 다름이 없는 말에 아무런 대꾸 없이 고개만 숙였다. 잠시 그러다가 입을 열었다.

"외람스런 말씀이오나 제가 이곳을 떠난 뒤에 만나게 된 두 분의 또 다른 스승들은 모두 아무 것도 없는 무에서 자신의 믿음을 펼쳐 지금에 이르렀습니다. 저 역시 가장 낮은 곳에서부터 제 믿음과 깨달음을 세상에 알려나갈 생각입니다."

태원이 세홍의 말에 만면에 미소를 띠면서 말했다.

"흠…… 그래… 네 뜻이 그렇게 섰다면 네가 가진 믿음의 기초는 이미 불가의 그것을 넘어섰겠구나?"

"아-아닙니다. 제가 어찌 감히 그런…… 넘어선 게 아니라 가고자 하는 길의 방향이 조금 달라졌을 뿐입니다."

"하하… 그래. 그게 뭐가 됐든 네 자신의 고유한 깨달음을 세상에 펼치려한다는 점에서는 참으로 대견하구나."

"……"

태원은 안팎으로 변화된 세홍의 모습에 진심으로 기뻐했다. 사실 태원은 세홍이 태어날 때부터 돌보고 키워왔다는 점에서 속세로 따지자면 의붓아버지나 마찬가지였다. 태원의 그 기쁜 마음은 세홍에게 여과 없이 그대로 전해졌다. 두 사람 사이를 타고 도는 온화한 기운으로 인해 모처럼 둘은 세홍이 어릴 적에 가졌던 서로의 감정들을 되새김질하며 함께 나눴다.


처음 만난 게 아니라 기존에 잘 알던 사람 사이에 뭔지 모를 경계심이 끼어있다는 것, 이는 두 사람의 관계가 그다지 원활하지 못하다는 것을 나타내는 징표였다. 마주 앉은 세홍과 영일의 사이가 바로 그랬다. 하지만 그 경계심으로 인한 묘한 긴장감은 오롯이 영일에게서 비롯됐다. 영일은 세홍의 변화된 모습과 눈빛에 태원과 같은 온기 어린 반응을 보이지 않았다. 세익원을 실질적으로 이끄는 그로선 세홍이 수행을 모두 마치고 돌아왔다는 얘기가 결코 반갑게 들릴 수가 없었다. 사실 총무원장인 영일을 비롯한 세익원의 간부와 원로들은 그동안 원정사가 공석인 이런 구도에 너무나 익숙해졌다. 자기들끼리 권한을 절묘하게 나눠 갖고 종단을 운영하던 터라 그다지 원정사의 공백을 느끼지도 않았다. 그 가운데서도 가장 많은 권한을 행사해온 건 영일이었다. 비록 후사와 관련한 용수의 유지가 세홍에게 있다고는 하나, 사실 이는 용수의 의지에 국한된 것이었다. 처음엔 용수의 유지를 따를 것임을 다른 이에게 분명히 말하고 또한 자기 스스로에게도 다짐했으나, 시간이 점점 흐르면서 그런 마음가짐이 퇴색됐다. 더군다나 세홍에 대해 뭔지 모를 감정의 골이 파인 이후에는 이런 생각이 점점 깊어져 완전히 고착화됐다.

영일은 세홍이 참기모에서의 생활을 모두 마치고 세익원으로 다시 돌아올 때를 늘 염두에 뒀다. 때가 닥치면 어떻게 결정을 내리고 대처해야할 지에 대해서도 고민했다. 하지만 자기가 예상한 것보다 훨씬 빠르게 세홍이 참기모와 보림사에서의 일정을 모두 마치고 이렇듯 모습을 나타내자 적지 않게 당황했다. 뭔가 결단을 내리거나 이에 대해 준비할 시간적인 여유도 없이 곧바로 눈앞에 때가 이른 것이었다. 더군다나 세홍이 세익원을 나서 참기모를 향할 당시와는 여러 모로 많이 달라진 것을 느꼈다. 바로 이런 이유로 두 사람 사이에 묘한 긴장감이 돌았다. 세홍은 마치 영일의 이런 심경을 눈치라도 챈 것처럼 사뭇 의미심장한 표정을 지으며 말했다.

"저는 앞으로 세익원에서 머물지는 않을 생각입니다."

영일이 자신의 귀를 잠시 의심한 듯 눈을 몇 번 깜빡거렸다.

"그-그게 무슨 소리냐?…… 큰스님이 남기신 뜻이 바로 너에게 있는데……"

세홍이 가볍게 호흡을 한 번 가다듬더니 말을 이었다.

"그동안 저를 기다려주신 많은 스님들, 특히나 절 아끼고 가르치신 큰스님의 그 고마운 뜻 앞에선 참으로 외람스런 말씀입니다만, 새롭게 깨달은 바가 있어 세익원과는 별도로 구도의 길을 걷고자 합니다. 단언하긴 이르나 아마도 제가 세익원에 다시 몸을 담기는 힘들 것으로 보입니다. 사실 이 말씀을 드리고자 찾은 것입니다. 보림사에서의 수행을 마치자마자 참기모가 아니고 곧바로 여길 찾은 게 바로 이 때문입니다."

세홍의 말을 들은 영일의 표정이 복잡했다. 속으로는 웃으면서 차마 겉으로는 이를 나타내지 못하는 모습이었다.

"네 뜻이 그렇게 확실히 정해진 것이라면 굳이 말리지는 않겠디만 세인들이 이를 두고 어떤 반응을 보일지 궁금하구나…"

영일이 자신의 속내를 은연중에 살짝 드러냈다. 세홍의 거취보다는 종단의 입장이 더욱 중요하다는 것을 자기도 모르게 밝혔다. 하지만 세홍에게는 그런 점이 의미가 있지 않았다. 단 하나의 흔들림도, 일말의 불쾌감 따위도 없었다. 향후 걷고자 하는 길이 너무나 명료한 것이기에 지위나 자리, 그리고 세간의 말들은 이제 더 이상 중요치가 않았다. 오로지 세홍의 앞에 앉은 영일 혼자서만 그런 것들에 대한 생각의 자락을 붙잡고 놓질 못했다.

세익원의 주요 성직자와 종무자들이 거의 모두 나와 승강기 앞에서 세홍을 배웅했다. 승강기 앞 복도, 그 좁지도 넓지도 않은 공간이 사람들로 인해 가득 찼다. 영일의 표정은 비교적 밝았다. 감사원장인 중동은 이해가 안 된다는 심경을 얼굴에다 그대로 드러냈다. 뒤편에 자리한 종무자들은 자기들끼리 서로 수군댔다. 세홍이 맡지 않기로 한 원정사와 관련한 향후 전망과 더불어 눈에 띄게 변한 세홍의 외모에 대해서도 말을 주고받았다. 무종·영직 형제, 홍식, 그리고 이석 등은 못내 아쉽다는 뜻을 여과 없이 세홍에게 전달했다. 그런 표정으로 자기 앞에 늘어선 이들 네 명의 측근들을 바라보는 세홍의 표정이 사뭇 진중했다. 순서대로 한 명씩 손을 꼭 잡고 인사를 나누면서 마치 눈빛에다가 자신의 결의를 담아 전하려는 것처럼 잠깐 동안 상대를 응시하며 지나쳤다. 세홍이 네 명 모두에게 그렇게 자신의 눈빛을 보내고선 얘기를 보탰다.

"참기모에 가서 제 입장과 생각을 전달한 뒤에 거취가 정해지면 따로 연락을 드릴게요."

세홍의 말에 넷은 모두 말없이 고개만 끄덕였다. 세홍은 이후 아무런 미련도 없다는 듯이 자신의 소년기를 키워준 세익원을 나섰다.

세익원은 얼마 뒤에 당분간 원정사 없이 원로연석회의란 기구를 만들고 이를 통해 종단을 운영한다고 발표했다. 초대 원정사인 용수의 그늘이 너무나 큰 까닭에 지금으로선 어느 누군가가 그 자리를 대신하기가 어렵다고 판단했다는 입장을 밝혔다. 세홍과 관련한 얘기는 거론조차하지 않았다. 세익원의 이런 결정은 간부들 사이에 이뤄진 종단 권력의 배분을 그대로 유지해나가겠다는 뜻으로 읽혔다. 그게 뭐가 됐든 세익원은 자칫 용수 사후에 불거질지도 몰랐던 후계 및 지도부 구성과 관련한 논란을 우선 잠재웠다.

세홍을 맞이한 후 잠시 얘기를 나눈 도훈의 낯빛이 밝지 않았다.

하지만 이는 앞서 세익원의 영일이 세홍과 만날 때 드러낸 어두운 표정과는 출발점이 달랐다. 선지자로 믿으며 그동안 공을 들인 세홍이 결국 자기가 힘들게 일군 교단을 벗어나기로 마음먹었다고 말한 게 바로 그 이유였다.

"결국 그렇게 생각을 정리했구나…"

"네……"

도훈은 이내 마음을 고쳐 잡았다. 믿음이나 깨달음 등, 인간의 태도와 생활을 결정짓는 이런 관념의 바탕들이 회유한다고 되는 문제가 아니란 걸 너무나 잘 알았다. 우선 자신부터가 바로 그런 개인적인 신념을 바탕으로 삶을 가꿔나가는 자였다. 따라서 어느 한 개인의 순수한 신념에 대해 누구보다 긍정적인 태도를 견지했다. 가능하면 세홍이 기독교적인 사상의 바탕 위에서 성장을 이어가길 바랐지만 이는 오로지 자신의 바람일 뿐이었다. 불가에서 나고 자라며 커온 세홍을 기독교도로 바꾼다는 게 애초부터 실현하기 힘든 일인지도 몰랐다. 기대감을 갖긴 했으나, 이게 현실화될 것이라는 확신은 없었다. 더군다나 자기 앞에 앉은 세홍은 그 어느 때보다 신념에 찬 모습이었다. 세상 그 누구보다도 흡인력이 있으며 형언하기 어려운 신묘한 기운을 온몸에서 뿜어냈다. 서로 간에 뭔가 이끌 게 있다면 이제는 그 당김의 주체가 자신이 아니라 오히려 세홍인 게 더욱 자연스러워 보였다. 또한 도훈은 이미 이에 대해 고민을 해왔었다. 세홍의 그릇이 자기가 온전히 품에 안기엔 너무나 크다는 걸 애초부터 알았기에 지금 이런 상황에 대해서도 나름대로 결론을 미리 마련한 터였다. 세홍의 뜻과 향후 계획에 대해 얘기를 들은 도훈이 잠시 생각을 이어갔다. 그러더니 침착한 어조로 세홍에게 얘기했다.

"네가 가고자 하는 길이 나의 그것과 다르다고 해서 우리 둘 사이에서 변하는 건 아무 것도 없단다. 그 길이 무엇이든 어떤 방향이든 나는 너를 믿고 힘껏 도울 것이다. 비록 내가 일군 이 참기모가 네가 앞으로 가고자 하는 그 길에 한낱 씨앗, 아니 거름으로 만족해야 한다고 해도 이 역시 나는 기쁠 것이다. 아마도 그게 내게 주어진 사명인 것 같구나. 어쩌면 오래 전에 내 사명이 이것임을 이미 깨달았는데 애써 이를 외면한 것인지도 모를 일이다. 또한 말이다…… 무릇 네가 정녕 선지자라고 한다면 오히려 기존의 가치체계를 모두 뛰어넘는 게 더욱 옳을지도 모른다. 내가 가진 믿음과 신념의 자락에 매달려 계속 널 대한다는 게 참으로 우매한 짓임을 내 진작 알았어야 했는데 말이다…… 음…… 네가 아무 것도 없는 무에서 출발하겠다고 말한 그 얘기가 지닌 의미는 잘 안다. 하지만 뭔가 준비하고 나서기 전에는 당분간 이곳을 바탕으로 삼도록 하려무나. 경우에 따라서는 참기모의 모든 것을 바꾸고 응용하려해도 나는 괜찮다. 그것 역시 내게는 진정 무한한 기쁨일 것이다."

도훈의 말에 세홍은 아무런 대꾸를 하지 않았다. 말할 게 없어서가 아니었다. 할 말이 너무 많아 입에 옮기기가 부담스러운 것도 역시 아니었다. 말하고자 하는 것에 담긴 의미가 조그만 입을 통해 밖으로 나오기엔 너무나 컸기에 가슴에 담아둘 수밖에 없었다. 오로지 고마운 마음이 가득 담긴 눈빛만을 보낼 뿐이었다.

# 神의 속삭임

26

운명의 밤이었다. 어느 특정한 시간을 지칭하기에 조금 지나치다 싶은 이 표현은 향후 전개될 상황에 비춰보면 그다지 어색할 게 없었다. 세홍은 그동안 세익원과 참기모를 거치는 동안 자신이 마음으로 받아들인 측근들을 불러 모았다. 모두 12명이었다. 참기모에서 만난 종겸과 은호, 형일과 재복, 소미와 혜림은 물론이거니와 멀리 부산에 있던 호현도 세홍의 부름에는 어김이 없었다. 세홍으로 인해 자신의 전공까지 바꾼 상운도 역시 이들과 함께 자리했다. 세익원에 몸을 담은 홍식과 영직·무종, 그리고 이석도 세홍이 팔을 벌리자 주저 없이 이에 응답했다.

이들 가운데 소미와 혜림, 이석을 제외한 나머지 아홉 명은 미안

마사태 당시 세홍과 생사고락을 함께 나눈 사이였다. 당시 사건이 이들의 유대감이 강화되는 데 절대적인 영향을 미친 건 분명했다. 이후 이들은 세홍을 중심으로 똘똘 뭉쳤다. 형언하기 힘든 어떤 동질감이 그들을 하나로 묶었다.

소미와 혜림의 경우에는 세홍이 자신들의 목숨을 구해준 은인이란 점이 의식의 밑바탕에 깔렸다. 죽음 직전까지 갔던 당시의 경험이 트라우마와 겹치면서 그녀들의 몸과 마음속에 너무나 또렷하게 각인됐다. 이를 씨앗으로 한 가운데 세홍에 대한 여러 감정들이 갈래 갈래 줄기를 뻗고 잎사귀를 키우더니 마침내 꽃을 피웠다. 그 감정의 줄기 중에 일부는 경외심 또는 존경심과 맥이 닿았고, 또 다른 줄기는 어쩌면 정인(情人)에 대한 깊은 사랑이라고 봐야 했다. 연애감정이라고 하기엔 너무나 크고 소중한 것이기에 차마 이를 밖으로 드러내질 못할 뿐이었다. 어느 한 대상에게 동일한 감정을 지니면서 이를 서로 공유하고 함께 의지한다는 점에서는 조금 특별했다.

이석은 세홍이 먼저 마음의 문을 활짝 연 경우였다. 세홍이 뭔지 모를 동질감에 이끌려 적극적으로 가슴을 열고 다가가자, 이석 또한 여기에 주저 없이 응답했다. 더군다나 이석은 마치 세홍과 서로 약속이나 한 듯이 최근 들어 머리카락 빛깔마저 눈에 띄게 변했다. 세홍처럼 완전한 백발은 아니지만 흰머리가 꽤나 많이 뻗어 올라 전체적으로 보면 회색에 가까웠다. 혹시나 본인이 이에 대해 민감하게 여기지는 않을까 싶어 다들 말을 아꼈지만, 눈에 띄게 모습이 변한 것만은 틀림없었다.

이날 밤도 세홍이 보림사에서 묵언수행의 마지막 날을 보낼 때와 마찬가지로 하늘에는 구름 한 점 보이지 않았다. 맑은 밤하늘을 비추는 달빛만이 참기모 교회당의 지붕을 머리 쓰다듬듯 살짝 어루만졌다. 세홍의 12명의 측근들은 이곳에 모인 뒤에 서로 이리저리 안부를 간단히 주고받더니 어느 순간이 되자 모두들 약속이나 한 듯이 입을 닫았다. 그러면서 다들 세홍을 주시했다. 세홍은 두 손을 입 앞에 곱게 모은 채로 묵묵히 앉아 있었다. 적막이 잠시 공간의 지배자로 군림했다. 그렇게 몇 분간의 시간이 조용히 흘렀다. 세홍이 주위를 한 번 둘러보더니 마침내 때가 됐다고 판단했는지 입을 열었다. 결의에 찬 표정, 경쾌한 어조였다.

"비로소 하나님이 미리 정하신 엄중한 시간에 이르렀습니다. 이제 내가 깨달은 새로운 믿음을 세상을 향해 밝히고, 이를 널리 알리려 합니다. 참으로 벅차고 송구하게도 내가 하나님의 말씀을 세상에 전하는 위치에 서게 됐습니다. 내가 전하려는 하나님의 말씀은 이전과 비교해 분명 새로운 것입니다. 아울러 그동안 다른 이들이 전해온 모든 하나님의 말씀이 상당 부분 왜곡된 것임을 분명히 밝힙니다. 아직도 많은 이들이 거짓으로 빚어진 얘기들을 굳게 믿고 있습니다. 따라서 앞으로 하나님의 참된 말씀을 전하는 데 있어 많은 난관이 예상됩니다. 이는 개인 간 코드가 다른 데 따른 잡음도 아닐 것이요, 시각의 차이로 인한 논란 또한 아닐 것입니다. 오로지 세상의 근본을 이루는 참다운 진리가 무엇인가를 판가름하는 일이 될 것입니다. 모든 혁신과 새로운 시도가 그렇듯, 앞으로 수없는 시련과 도전에 직면할 것으로 보입니다. 이런 거칠고 힘든 여정을 걷기에는 분명 나 혼자만의 힘으로는 부족합니다. 그렇기에 여기 계신 분들의 적극적인 동참이 필요합니다. 여러분을 진정으로 믿기에 이렇게 자리를 함께 청했습니다."

세홍이 던진 화두에 다들 눈만 껌벅거렸다. 어느 누구 하나 이에 대해 질문하고 나서지도 않았다. 오로지 세홍의 것, 그의 음성과 기운만이 조금 전의 침묵을 대신해 공간의 지배자로 군림했다. 다들 세홍이 전하는 무거운 서술에 귀만 열어둘 뿐이었다. 세홍은 자신을 쳐다보는 12명 모두와 번갈아가며 눈을 마주쳤다. 그런 뒤에 눈을 감고 턱을 쭉 뺀 상태로 얼굴을 위로 올렸다. 잠시 후 고개를 다시 내리더니 말을 이었다.

"내 깨달음은 어떤 순간적인 영감이나 동기에 의해 갑자기 이뤄진 게 결코 아닙니다. 오랜 시간을 통과하면서 그 내부에 신비로운 힘을 축적한 어떤 한 구성체를 통해 비로소 자각에 이르렀습니다. 책의 모양을 띤 이 구성체는 분명 하나님의 말씀으로 빚어진 것입니다. 나는 이를 기초로 한 가운데 세상을 향해 새로운 믿음을 밝힐 것입니다. 또한 스스로 맨 앞에서 이를 이끄는 것에 대해 조금도 주저하지 않겠습니다. 그 자리가 무엇이든, 그 역시 결코 마다하지 않겠습니다."

세홍의 말에 점점 더 힘이 실렸다. 이는 그의 목소리가 계속 커져서가 아니었다. 세홍의 말을 숨을 죽이며 듣는 이들의 집중도가 갈수록 높아진 데 따른 것이었다. 세홍의 말은 선홍빛 피를 동반하며 만들어지는 문신처럼, 그 한 마디 한 마디가 측근들의 가슴에 선명한 색조로 뚜렷하게 새겨졌다.

"오래 전에 예루살렘에서 태어났던 분이나, 메카에서 탄생한 분이나 모두 하나님의 말씀을 자신의 의도대로 해석해 대중들에게 전달했다고 봅니다. 이런 시각마저도 그분들이 하나님의 선지자이고 예언자라는 것을 인정한 뒤에나 비로소 가능합니다. 그들이 진정한 선지자인가의 여부는 우선 차치하더라도, 그들의 얘기는 분명 내가 전달받은 하나님의 말씀과는 다릅니다. 그들이 하나님의 말씀을 왜곡한 부분은 상당히 많습니다. 그 가운데 가장 대표적인 게 바로 종말과 관련한 것입니다. 이는 달리 해석하면 자신의 논리를 믿도록 하기 위해 공포감을 심어주며 협박한 것으로도 볼 수 있습니다. 사람이기 이전에 생물이라면 당연히 갖게 되는 가장 근원적인 감정인 생존에 대한 욕구를 볼모로 잡은 것입니다. 이 종말론에 입각한 논리로 인해 많은 이들이 그들이 주창한 종교를 믿어 온 게 사실입니다. 재차 강조하건데 내가 전해 받은 하나님의 말씀은 분명히 이와 다릅니다. 그분의 말씀 그 어디에도 세상을 종말로 이끌고 심판하겠다는 것은 없습니다. 오직 세상의 모든 개개인의 생명체가 보다 건강하고 올바른 삶을 누리길 바랄 뿐입니다. 자신을 믿지 않는다고 그 대상을 소멸하겠다는 것은 신이 아닌 악마의 마음이요, 그에 앞서 한낱 인간이 만들어낸 거짓된 신의 허상에 따른 허언일 뿐입니다. 이는 오로지 자신의 영향력을 극대화하기 위해 공포라는 단어를 끄집어낸 인간의 이기적이고 배타적인 관념이 투영된 산물에 불과합니다."

공간은 잠깐 동안 적막의 지배에 다시 놓였다. 다들 모두 숨조차 쉬지 않는 듯했다. 세흥이 적막에다 잠시 이양한 자신의 권한을 거둬들였다.

"허나, 그들이 섬긴 하나님이 나의 그분과 결코 다르지는 않습니다. 내가 지칭하는 하나님은 기독교도와 무슬림 등이 말하는 분이 아니나, 그들이 얘기하는 분이기도 합니다. 하나님을 바라보는 위치와 각도 등이 서로 다를 뿐, 마지막에 이르는 방향은 결국 같은 것입니다. 세상 사람들이 하나님을 바라보는 위치를 그동안의 왜곡된 자리에서 올바른 곳으로 옮기도록 하는 게 곧 나의 일이며 바로 우리들의 사명이 될 것입니다."

혼돈의 기류가 잠시 세홍의 측근들을 덮쳤다. 무리 중에 세익원에서 종무를 보는 네 명과 상운을 제외하고는 그동안 모두 참기모에서 기독교 신앙을 바탕으로 생활해오던 터였다. 특히 소미의 경우엔 자신의 아버지가 바로 참기모를 세운 장본인이었다. 하지만 이들 가운데 어느 누구도 세홍이 자신을 강하게 끌어당기는 이 상황을 거부할수가 없었다. 그들 모두는 이미 세홍이란 존재의 의미가 신앙이라는 명제보다 훨씬 앞섰다. 어쩌면 신앙이라고 하는 커다란 관념의 부피를 세홍이 전부 대신해서 채워 버린 것인지도 몰랐다. 내적갈등이 그들을 잠시 찾아왔다가 스치듯이 지나갔다. 화약의 끄트머리만 살짝 태우고 나무로 된 손잡이에는 불을 옮기지 못한 성냥개비처럼 끝내 타오르지를 못하고 이내 조용히 사그라졌다.

"이제, 나로 하여금 자각에 이르도록 한 바로 그 구성체를 이루는 요소인 선과 악에 대해 잠시 얘기하겠습니다. 세상은 분명 선과 악으로 구분됩니다. 물론 경우에 따라서는 악으로 보이는 것도 때로는 선으로, 선으로 여겨지는 것도 가끔 악으로 평가되는 일도 있습니다. 하지만 절대적인 선과 악은 분명히 존재합니다. 우리가 선과 악에 대해 명확하게 규정하지 않는 것은 자신의 이익과 편의를 위해 이를 애써 부인하거나 무시하는 까닭입니다. 하나님은 바로 이런 세상에다 일정한 시점이 되면 절대적인 선과 악의 경계에 대해 구분을 지어놓고자 하셨습니다. 하나님이 미리 정하신 바로 그 엄중한 순간이 이제 우리 앞에 닥친 것입니다."

세홍의 얘기를 듣던 이들의 표정이 더욱 상기됐다. 자신들이 믿고 따르는 이가 내놓은 카드가 예상보다 훨씬 파격적인 게 그 이유였다. 또한 그동안은 나이와 조건을 모두 떠나 맹목적으로 세홍을 추종했다면, 이젠 확실한 명분과 구심점을 갖춘 셈이었다. 공동의 목적을 향해 함께 나아가는데 있어 바탕이 되는 이념적인 기초가 뚜렷하게 마련된 것이었다. 특히 이 가운데 상운은 세홍이 얘기를 이어가는 내내 두 손을 불끈 쥐면서 흥분을 가라앉히지 못했다. 세홍의 말을 계속 들을수록 자신이 역사적인 순간, 바로 그 중심에 자리한 것을 느낀 까닭이었다. 세홍의 얘기는 측근들의 상기된 표정에는 아랑곳하지 않고 계속 이어졌다.

"그동안 많은 종교들이 예측할 수 없고 알 수도 없는 미래인 내세에 대해 많은 희망을 줬습니다. 기독교 등에서 말하는 '심판 후의 구원' 역시 결국은 내세에 대한 인간의 바람이 섞인 것입니다. 하지만 내세가 아닌 현세, 바로 지금이 행복해야 진정 가치 있는 삶이 됩니다. 이는 모든 생명체가 예외 없이 단 한 번의 삶을 영위하기 때문입니다. 행여 한 인간이 지금의 관념을 고스란히 간직한 채 내세에 다시 태어난다 하더라도 이는 온전한 지금의 자신이 아닙니다. 제 아무리 윤회를 거듭한다고 해도 삶이 영속적으로 이어지는 게 아니란 말씀입니다. 이를 굳이 내가 규정한 단어를 대입해 설명하자면, 우선 현세에 삶을 이룬 '나'는 '절대적인 자아'가 됩니다. 이런 '절대적인 자아'의 관념을 승계해서 내세에 태어난 또 다른 나는 현세의 시각으로 봐서는 '부수적인 자아'입니다. 하지만 내세에선 그가 곧 '절대적인 자아'가 되며, 현세의 '절대적인 자아'는 내세에선 '자아의 원류'가 됩니다. 이렇듯 '나'란 개념도 환생을 거치면서 그 영속성이 뒤틀리고 변형됩니다. 다시 말해 내세에 태어나 자신의 생각을 이어받는 이는 엄격한 의미에서는 타인에 불과합니다. 현세의 '절대적인 자아'가 소멸한 뒤의 상황은 그 '절대적인 자아'의 입장으로 보면 결국은 '무(無)'나 다르지 않습니다. 이는 현세에서의 삶이 무엇보다 가치가 있다는 것을 나타내는 가장 중요한 원리입니다. 하나님이 구분하신 악을 배척하고 선을 행하면서 수행에 정진한다면 현세에서 능히 참된 행복을 누릴 수가 있습니다. 세상의 모든 이들이 하나님의 말씀에 따라 깨달음을 얻게 되면 무릇 이 세상이 바로 대중이 동경하는 이상향이 될 것입니다. 이를 구현하는 게 내가 하나님의 말씀을 전해들은 가장 큰 이유입니다. 이것이 바로 하나님의 말씀이요, 우리가 받들고 지켜나가야 할 숭고한 진리입니다."

세홍이 자신이 방금 말한 것을 조금 강조하려는 듯이 잠시 얘기를 끊었다. 침샘에서 침을 한 번 불러올리더니 다시 입을 열었다.

"얘기를 다시 돌려보겠습니다. 현존하는 많은 주류종교들이 그 교리와 경전을 통해 서술하는 여러 얘기가 현실과 맞지 않은 게 사실입니다. 이는 그 태동이 지나치게 오래된 탓입니다. 또한 이는 인류 역사에서 가장 큰 족적을 남긴 이들이 하나님의 말씀을 올바르게 전달한 게 아니라는 증거이기도 합니다. 선각자요 선지자로 받들어지긴 하나, 하나님의 말씀을 전달하는 진정한 매개체는 아닌 것입니다."

세홍의 말에는 인류의 상당수가 지금까지 생활과 관념의 기초로 삼아온 것에 대한 완벽하고도 처절한 부정이 담겨있었다.

"많은 세상 사람들이 너무나 명백한 모순과 허구로 빚어진 틀에서 벗어나지 못하고, 여태껏 이를 맹신하며 목을 내맡긴 채로 끌려왔습니다. 특히 거대한 권력체로 우뚝·선 교회나 종교집단을 향해 차마 모순과 허구를 지적하지 못하고 자신의 관념을 스스로 이율배반적인 것으로 만들면서 애써 외면하고 참아왔습니다. 이제 이런 모순의 껍데기를 벗길 때가 됐습니다. 인간본성에 대한 협박을 자양분으로 삼아 교세를 확장해온 거짓진리에 대해 분명한 대안을 제시할 때가 이른 것입니다."

세홍의 눈빛은 이미 강렬함을 넘어섰다. 그 눈빛은 자신의 입을 통해 나오는 말들이 믿음을 넘어 대체 불가한 진리임을 웅변했다.

"신에 대해, 바로 하나님에 대해 간략하게 말씀하겠습니다. 이 또한 그분의 말씀에 따른 것입니다. 물론 신께서 내게 모든 것을 이르시진 않았을 겁니다. 따라서 나 역시도 다른 이와 마찬가지로 그분에 대해 아는 것보다 모르는 게 훨씬 많다고 봅니다. 하나님은 어느 누구의 주장처럼 우리 인간을 자신의 손으로 손수 빚어 만들지 않았습니다. 당신의 형상을 따서 만든 것은 더욱 아닙니다. 신은 어느 누군가의 무한한 상상력으로도 나타낼 수가 없는 존재이십니다. 형상이 없는 관념의 집합체입니다. 우주의 태동과 현재를 함께 넘나드는 우월적인 자아이십니다. 우리가 가진 시간적·공간적 개념으로 이해할 수 있는 그런 존재가 아닙니다. 우리들의 좁고 엷은 지식과 정보를 바탕으로 단정 지어 모습을 그릴 수 있는 대상이 결코 아닌 것입니다. 물론 우리에게 말씀을 전하실 때는 이를 전해 듣는 대상이 이해하고 받아들이기 쉬운 모습으로 나타나기도 하시겠지요. 때론 우리 인류의 모습으로, 또는 저 멀리 존재하는 또 다른 지적생명체의 모습으로도 말입니다. 신이 우리와 꼭 닮았고, 우리들하고만 일대일로 교감한다는 생각은 참으로 우매하고 묵은 것입니다. 지나치게 인류중심적인 발상인 겁니다. 아울러 하나님은 우리가 사는 이 세상에 생명의 숨결만을 불어넣었을 뿐, 이후엔 오로지 자연의 선택에 모두 맡겨놓았습니다. 아주 간혹 약간의 방향만을 제시할 뿐입니다. 마치 씨앗을 심어놓은 후에 내버려두다가 이윽고 잘 자란 나무에다 가끔 가지치기 정도만 해주는 경우처럼 말입니다. 내게 이르신 말씀도 우리에게 보다 나은 삶을 주기 위해 약간의 방향을 제시하는, 바로 그런 가지치기 정도로 이해할 수 있을 것입니다."

세홍의 얘기가 어느덧 정점으로 치달았다. 얘기를 듣던 측근들은 자신도 모르는 사이에 두 손을 모으거나 합장을 했다. 손을 폈든 쥐었든 그들 모두는 이미 뜨겁고 설레는 가슴으로 세홍의 말을 받아들였다.

"하고 싶은 말은 아직도 무궁합니다. 하지만 앞으로도 계속 만나고 서로 뜻을 모아야 하기에 오늘은 이만 여기서 줄일까 합니다. 음…… 내가 보림사에 있던 백일간이 하나님의 말씀과 그동안의 깨달음을 구체적으로 정리하고 이를 완벽한 나의 것으로 가져가기 위한 기간이었다면, 지금부터 보내게 될 나날들은 이를 모두 명문화하는 시간이 될 것입니다. 이 시간들을 하나님의 말씀을 글로 옮기는 것으로만 보내지는 않을 것입니다. 주기적으로 함께 모여 하나님의 말씀을 함께 나누고 서로 공유하겠습니다. 하나님의 말씀을 커다란 뿌리로 삼고 이에 따른 가지가 뻗어나갈 수 있도록 뜻을 모을 것입니다."

세홍은 이후 참기모에 있는 자신의 숙소에서 집필에 들어갔다. 그런 가운데서도 일주일에 한 번은 꼬박꼬박 12명의 측근들과 함께 모임을 가졌다. 모임은 설법과 토론 등을 겸한 형태로 이뤄졌다. 세홍이 자신이 깨달은 바에 대해 얘기를 전달하면 측근들이 이에 대해 궁금한 점을 묻거나 각자가 가진 의견을 보태는 방식이었다. 토론에는 상운이 가장 적극적이었다. 물리적인 거리를 감안하면 호현이 가장 열성적으로 보였으나, 모임 자체만 놓고 보면 단연 상운이 으뜸이었다. 이는 그의 전공이 종교학과로 바뀐 것과 그가 한창 지식탐구에 열을 올릴 시기란 점이 맞물린 탓이었다. 열정이 지나쳐 어떤 때는 마치 세홍의 논리를 공격하는 것으로 비춰지기도 했다. 하지만 세홍은 그게 설법이든 토론이든, 그 무엇이든 간에 명쾌한 논리로 결론을 지었다. 이미 자신이 구축한 관념의 체계가 거의 완성형에 가까웠기 때문에 아무리 세찬 공격에도 결코 무너지지 않았다. 오히려 이런 일련의 과정들은 측근들로 하여금 세홍의 신념과 깨달음이 견고하고 무결한 것임을 더욱 확신하도록 만들었다.

시간의 바퀴가 몇 순배 돌았다. 그 사이 해도 바뀌었다. 그러는 동안 이들의 모임은 더욱 활기를 띠었다. 세홍 측근들의 관념의 질량과

부피는 모임이 계속되는 것과 정비례하며 커져갔다. 세홍이 전달하는 이념과 가치를 받아들임으로써 그들 역시도 여태껏 가지지 못한 영적 성장을 이뤘다. 도훈은 세홍 일행의 새로운 시도를 묵묵히 지켜만 봤다.

　세홍이 펴낸 '신의 속삭임'이란 책은 세상에 커다란 파문을 던졌다. 이 책으로 인한 최초의 파장은 그가 기존에 가진 유명세를 바탕으로 했지만, 이후의 여파는 이를 훨씬 뛰어넘었다. 그냥 단순하게 신비로움만을 지닌 것으로 알았던 한 청년이 역사를 관통하는 시선으로 자기의 주관을 뚜렷하게 밝히는 것에 대해 모두들 놀라운 시선을 보냈다. 세홍의 '신의 속삭임'은 수필 형식의 글들이 일부 지면을 차지했으나, 전체적으로 보면 영락없이 어느 한 종교의 교리를 고스란히 담은 것이었다.

　세홍은 저서 '신의 속삭임'에서 끊임없는 자기수행을 통해 '진념몰아'에 도달하게 되면 온 우주의 유일신인 하나님과 영적으로 연결된다고 주장했다. 그러면 모든 근심 · 걱정과 내세의 불안으로부터 벗어나 비로소 구원을 얻는다고 말했다. 이런 세홍의 주장은 무엇보다 기독교 비판론자들로부터 커다란 반향을 불러 일으켰다. 이들에겐 세홍의 논리가 기존 기독교 교리와 대비했을 때 참으로 알맞은 대안이었다. 기독교가 최후의 심판, 다시 말해 아마겟돈이란 단어로 포장한 종말론을 바탕에 깔았다는 건 주지의 사실이었다. 특히 '믿음=구원', '불신=소멸'이라는 이분법적 구도는 회의론자들에게는 줄곧 비판의 대상이 됐다. 비판론자들은 이를 소멸을 피하고 구원 쪽에다 줄을 서기 위한 인간의 기본적이고 당연한 심리를 교묘하게 이용한 대표적인 사례로 봤다.

세홍은 관념의 최고 경지인 진념몰아에 도달하기 위한 자기수행의 기본이 되는 근거로 '100행(行)'과 '불(不)33'을 마련했다. 그의 이런 사상적 기초들은 기독교와 불교의 행동규범과 관련한 원리에서 응용한 게 많았다. 그러면서 세홍은 하나님의 말씀을 기초로 빚어진 이런 원리를 담은 '선악비록'의 존재에 대해서도 주장했다. 또한 세홍은 이 '선악비록'에 대해 '분명히 존재하나, 실존하지는 않는다'는 말도 보탰다. 그냥 단순하게 받아들일 수도 있는 말이었지만, 세인들은 이 얘기에 많은 의구심을 가졌다. 사람들은 세홍이 말한 '선악비록'의 실체와 그 개념에 대해 갑론을박했다. 이는 그가 세상을 향해 커다란 화두를 하나 던진 것이나 다름없었다. 하지만 세홍은 이후 '선악비록'에 대한 그 어떤 언급도 더 이상 하지 않았다. 그의 이런 태도는 '선악비록'에 대한 세상의 궁금증을 더욱 증폭시켰다.

세홍의 책이 좋은 평판만을 이끈 건 아니었다. 이를 두고 가장 날카로운 비판에 나선 건 물론 기독교계열이었다. 자신들이 믿고 따르는 성경에 수록된 허점을 갖고 각을 세우고 나선 세홍에 대해 이와 같은 반응을 보인 건 당연했다. 특히 교계 일각에서는 세홍을 두고 사탄이 현신한 것이라고도 했고, 심지어 진정한 적그리스도가 드디어 모습을 나타냈다고까지 말했다. 하지만 이런 얘기들은 기독교계 외부에서 보기에는 점점 물밑으로 가라앉는 배에서 터져 나오는 허망한 외침으로 밖에는 들리지 않았다.

이렇듯 세홍의 책으로 인해 국내가 들끓자 해외에서도 관심을 보였다. 물론 이 역시도 그의 유명세가 바탕에 깔린 것임에는 분명했다. 국내에서처럼 그 반향이 폭발적이진 않았으나, 주요 몇 개의 외국어로 번역 출판되면서 학자들 사이에서 상당한 관심을 끌었다. 세홍이 주창한 여러 논리들이 모두 완벽하게 새로운 것들은 아니었다. 그동안 창궐한 많은 신흥종교들도 세홍이 말한 교리들을 일부분 함축적으로 지니고 있었다. 하지만 세홍이 이제 스무 살도 채 안된 청년이란 점과 일전에 신비롭고 인상적인 이미지를 보였다는 것 등이 복합적으로 작용하면서 상대적으로 더욱 주목을 받았다.

세홍은 글과 책으로 모습을 바꾼 자신의 말과 생각을 두고 이렇듯 세상이 뜨거운 관심을 보이자 주저 없이 '한교'의 시작을 세상에 알렸다. 세홍이 주창한 한교는 그동안엔 없었던 완벽하게 새로운 종교였다. 저서 출판과 한교의 반포 등으로 이어지는 그의 잇따른 행보는 2038년의 여름을 강타한 최고의 화제였다. 세홍은 책의 인세를 통한 수익금과 기부금을 모두 털어 별도의 공간도 하나를 새롭게 마련했다. 서울의 한쪽 변두리 큰길 뒤편에 자리 잡은 조립식 단층 건물이었다.

이곳은 원래 장식과 관련한 영업점이 있던 곳이었다. 앞선 세입자가 사업이 잘 된 탓에 다른 곳에다 건물을 매입해 옮긴 후 몇 달째 비어 있다가 세홍을 새롭게 맞았다. 이 아담한 건물이 바로 세계 종교사의 흐름을 바꾼 촉매제가 된 한교의 첫 번째 거점이었다. 이곳은 세홍과 그의 측근들이 모여 집회를 갖기에는 알맞은 규모였다. 하지만 신자들까지 모두 함께 수용하기엔 많이 좁았다. 세홍이 창교 이후 포교활동을 외부행사 위주로 가져간 건 어떻게 보면 이런 현실적인 어려움도 바탕에 깔린 것으로 봐야 했다.

비록 예정된 수순이었으나 한교의 시작은 또 하나의 커다란 파문이 되면서 널리 번졌다. 세홍은 이와 동시에 토크콘서트 형식의 집회를 전국적으로 펼쳤다. 이는 세상이 '신의 속삭임'의 출간과 한교 창교로 인한 잇따른 충격파를 소화할 시간적인 여유도 없이 이뤄졌다. 촘촘한 일정으로 이어지는 토크콘서트는 세홍으로 인해 번진 파문의 부피와 속도를 더욱 크고 빠른 것으로 만들었다. 내용으로 보면 사실상 포교활동이나 진배없었으나, 그동안 누적된 세홍의 인지도와 최근 이뤄진 여러 일들이 겹치면서 폭발적인 반향을 불러 일으켰다. 세홍이 토크콘서트 형식의 포교활동을 택한 것은 교당이 좁은 것도 이유였지만, 보다 공격적인 활동에 비중을 두자는 측근들의 의견 등이 복합적으로 작용한 결과물이었다.

토크콘서트가 처음 열릴 때는 참가자들이 주로 학생이었다. 대부분의 기성세대는 처음엔 세홍과 그의 측근들이 벌이는 일련의 일들을 비교적 가볍게 여겼다. 하지만 아이들의 치기어린 장난질 정도로만 매도하기에는 그 뿌리가 깊고 단단했다. 콘서트가 계속 이어지자 직장인과 주부를 비롯한 기성세대의 참가가 점점 늘었다. 세홍과 제자들이 콘서트 당시 착용한 복장도 주목되는 요소였다. 세홍 일행은 청중들과 자신들을 구분하고 통일감을 갖추기 위해 검은 티셔츠와 청바지를 입고 콘서트에 나섰다. 콘서트가 계속 이어지자 참가하는 청중 대부분이 이를 따라했다. 어느새 콘서트장은 검은색 티셔츠 차림 일색이 됐다. 콘서트에 참가한 많은 이들이 이후 한교신자가 됐다. 때로는 다른 종교의 신도와 관계자들이 한교가 어떤 논리를 가졌는지 보다 자세히 알아보기 위해 콘서트에 참가했다가 개종하는 일도 벌어졌다.

# 무릎 꿇은 기인

27

　많은 이들이 고개를 갸우뚱거렸다. 종교학자와 철학자들뿐만 아니라 사회학자와 경제학자들까지 나서 이에 대해 분석하느라 바빴다. 단지 세홍의 유명세에 기인한 현상이라고 하기엔 설득력이 부족한 까닭이었다. 그 분석이란 게 대부분 자기의 주관을 기초로 했으나, 주관을 넘어 현상에 집중하는 이들도 있었다. 그들 가운데 일부는 '이제 여태까지 인간의 관념을 지배하던 기존 종교의 패러다임이 전면적으로 바뀌는 시대가 도래했다'고 말했다. 세홍이 제창한 한교는 국내에서의 폭발적인 교세 신장을 바탕으로 해외에서도 그 교세를 넓혔다. 'Hangyo', '韓敎' 등으로 함께 불리며 빠른 속도로 그 저변을 확장했다.

몇몇 성직자들의 한교로의 개종도 화제였다. 신자들의 개종이야 너무나 비일비재하고 일반화된 일이어서 별반 주목할 게 없었으나, 성직자들의 경우는 달랐다. 더군다나 최근 가장 뜨거운 이슈가 된 한교로의 개종이어서 더욱 시선을 모았다. 초창기 성직자의 개종으로 눈길을 끈 것은 국내 2건, 해외 1건이었다. 우선 기독교계열 유명 신학대학을 졸업한 전도사 2명이 교단을 탈퇴하고 한교로 발을 들인 것은 기독교계로서는 충격적인 사건이었다. 특히 그 가운데 한 명이 '성서에 담긴 내용이 현실과 지나치게 괴리가 커서 비교적 오랫동안 고민했다'고 밝혀 더욱 논란이 됐다. 해주 인근에 위치한 작은 암자를 관리하던 한 승려가 환속과 더불어 한교에 투신한 것도 이목을 끌었다. 일본 후쿠오카 쿠시다신사의 한 무녀가 한교로 개종한 것은 고려와 일본 양국에서 동시에 화제가 됐다.

그런 가운데 세홍은 드디어 자신이 주창한 한교의 가장 기본적인 뿌리가 되는 교단의 구성에 본격적으로 나섰다. 우선 그는 교단의 정점인 '한엄'에 오르기를 주저하지 않았다. 이미 자신에게 예약된 자리인 것처럼 스스로 한교의 교주인 '한엄'임을 밝혔다. 측근들로는 12인회도 구성했다. 12인회에 소속된 12명이 한엄을 가장 믿고 따르며 보필하는 수제자들임을 공표했다. '한검'이라는 별도의 대명사도 갖다 붙였다. 중앙회 핵심간부인 한검은 한엄을 보좌한다는 의미를 지녔다. 한엄과 한검의 '엄'과 '검'은 각각 엄지와 검지에서 따온 말이었다. 엄지가 첫째를 가리키고 검지가 둘째를 나타낸다는 기초적인 의미와 더불어, 뭔가를 집어야 할 때는 엄지와 검지가 동시에 쓰여야만 한다는 조금은 철학적인 내용도 담겼다. 세홍은 자신과 제자들을 중심으로 이렇게 '한엄'에서 '한검'으로 이어지는 중앙회의 골격을 갖춰놓고 각 도 단위에 지부를 마련했다. 이는 그동안 세익원과 참기모를 통해 지켜본 여러 조직구성과 관련한 사항들을 일부 응용한 것이었다. 조금 지난 뒤에 8도의 지부는 신자가 계속 늘어나고 조직이 방대해짐에 따라 8개의 총부로 승격되고, 그 아래에 다시 부와 현 단위의 지부를 뒀다.

국내에서 이렇게 교단의 모습이 갖춰지자 해외에서도 이를 모방한 종단의 설립이 잇따랐다. 국내와 해외의 차이점이 있다면 국내에서 진행되는 교단 구성과 관련한 일련의 흐름이 비교적 세홍과 그의 측근들이 주도하고 계획하는 방향으로 이뤄진 것이라면, 해외의 경우는 완벽하게 현지에서 자율적으로 펼쳐진다는 점이었다. 이들은 자기들끼리 각종 이름으로 한교와 관련한 종교단체를 구성해놓고는 고려에 있는 한교중앙회로 연락했다. 그러면서 자신들의 단체를 현지에서 한교를 대표하는 것으로 인정해달라고 요청했다. 설립한 단체마다 모두 한교중앙회로 연락한 건 아니지만 거의 대부분이 서울로 이를 알려왔다. '가'라는 단체가 중앙회로 연락해 현지의 산하단체로 인정받는 것을 보고는 '나'라는 단체도 역시 이를 따라 하는 흐름이었다.

단체를 지칭하는 이름도 제각각이었다. 한교의 원리를 따르는 것만 같았지, 그들 사이에는 그 어떤 공통분모도 없는 것처럼 보였다. 하지만 세홍은 이들을 어떤 기준을 갖고 인위적으로 재편성하려고 들진 않았다. 자생적인 단체에 모종의 새로운 기준을 들이대고 이를 재단하는 게 옳지 않다고 판단한 게 주된 이유였다. 이런 일련의 흐름을 잘못 이해한 어떤 이들은 한교가 태동과 더불어 해외에서 여러 종단으로 갈래를 뻗은 것으로 오해하기도 했다. 하지만 산하단체로 인정받은 모든 단체는 어느 한 곳도 세홍이 주창한 교리를 수정하거나 변형하지 않았다. 세홍이 정립한 교리가 불가침의 영역에 거의 근접한다고 봤기 때문이었다. 간혹 세홍이 말한 교리에다 자신의 주관을 조금 대입해 새로운 원리를 주장하는 이가 있었으나 대중들로부터 그다지 환영받지는 못했다.

세홍의 한교가 이렇게 엄청난 반향을 일으키자 이와 관련한 과거의 예언들이 다시 주목을 받았다. 우선 거의 1세기나 이전인 1950년대 조지 아담스키가 자신의 책을 통해 밝힌 얘기가 재조명됐다. 당시 조지 아담스키는 고려에서 종교혁명이 일어나 기독교·천주교·불교·이슬람교·유교 등 기존 종교의 모순과 폐습 등이 완전히 해결될 것이라고 했다. 세계 각국이 이 종교혁명을 주시하게 되며 고려인이 이런 혁명을 통해 세계의 모범 민족으로 성장한다고도 했다.

미래학자 마이클 아이버니즈가 2020년 가을경에 했던 예언은 더욱 큰 관심을 끌었다. 그도 역시 가까운 장래에 현대 종교가 가진 많은 모순들이 일순간 정리될 것이라고 했으며, 그 시발점이 분명 얼마 전에 통일을 이룬 고려가 될 것이라고 단언했다. 특히 그는 이 종교혁명을 신비로운 기운을 가진 한 청년이 주도할 것이라고 말했다. 또한 당시 그는 자신의 예언이 분명하게 신의 계시에 의한 것이라고 주장했다. 당연한 말이지만, 그가 예언한 당시엔 어느 누구도 이 말이 세홍을 두고 한 것이라고는 생각하지 않았다. 하지만 20년 가까이 시간이 흐른 뒤의 상황은 달랐다. 이제 사람들은 아이버니즈의 말에 언급된 그 청년이 곧 세홍을 가리킨다는 것을 알았고, 그의 말을 점점 기정사실로 인식했다. 실제로 한교 신자 가운데 일부는 이런 예언에 이끌려 한교를 믿기도 했다.

아이버니즈의 예언이 다시 주목을 받으면서 당시 그가 말미에 얘기한 '청년은 머지않아 마침내 불꽃이 되리라'라는 문구도 관심을 끌었다. 이를 두고 제각기 여러 가지 해석을 내놨으나 어느 하나 확실한 것으로 인정받지는 못했다. 혹자는 세홍이 과거 예수나 마호메트를 이은 세계적인 선지자가 될 것임을 나타내는 말이라고 했으며, 다른 이는 세홍의 장래에 대한 불길한 암시일 것이라고도 했다. 또 어떤 이는 여러 가지 의미가 함축된 중의적인 표현일 것이라는 견해도 나타냈다. 궁금함은 계속 이어졌으나, 마이클 아이버니즈가 이미 몇 년 전에 숨을 거둔 터라 이에 대해 물을 수는 없었다.


한교 중앙교당 앞이 오후가 조금 지나면서부터 꽤나 소란스러워졌다. 예순은 족히 넘은 회색빛 장발의 한 남자가 큰소리로 고함을 치고 있었다. 늦여름에는 어울리지 않는 조금 두꺼운 개량한복 차림이었다. 옷차림은 그가 세상과 그다지 어울리지는 않는다는 것을 에둘러 나타냈다. 게다가 그는 자신의 장발을 돋보이게 하려는 양 연신 머리를 돌리고, 다시 흐트러진 머리를 손으로 쓰다듬으며 소리를 질렀다.

"세홍! 네 이놈!! 이리 썩 나오너라…!!!"

사내가 쏟아내는 고함소리는 저 멀리서도 들릴 만큼 크고 뚜렷했다. 동해시에서 서울로 세홍을 찾아온 이 사내는 자기 스스로를 '미륵세존'이라고 칭하는 진영후란 자였다. 그렇다고 그가 승려이거나 독실한 불교신자인 건 아니었다. 그저 책을 통해 자기 나름대로 불교의 원리와 세상의 이치를 깨달았다고 자부하는 인물이었다. 하지만 책이라고 해봐야 유명 승려가 쓴 불교와 관련한 총론 형식의 책 몇 권이 거의 전부였다. 굳이 적절하게 표현하자면 어느 순간 일부 지식을 습득한 후 마치 그것이 전부인 양 자기만의 관념과 의식의 틀을 갖춰놓고는, 점점 거기에 깊이 빠져들어 마침내 이를 절대적으로 여기는 그런 부류였다. 자신만의 세계에 계속 몰두하면서 결국 타인들로부터 전혀 이해를 구하기 힘들 정도로 과대망상에 사로잡힌 경우였다.

그는 사회현상에 대한 자신의 관점과 의견을 적은 뒤에 포털 등을 통해 수집한 정보제공자들의 이메일로 무차별적으로 배포하는 일을 반복했다. 글 제목이나 본문에 자신이 미륵세존임을 나타내는 것도 단 한 차례 빼먹지 않았다. 중요한 이슈가 있을 때는 특이한 차림을 하고서 피켓을 들고 일인 시위도 벌였다. 그렇다고 그가 기행만을 일삼은 건 아니었다. 사회공헌 활동에도 관심을 가졌고, 특히 노숙자와 관련된 일에는 발을 벗고 나섰다. 이런 배경으로 인해 자신이 거주하는 동해시에서는 꽤나 유명했다. 그런 그가 약속이나 계획도 없이 무턱대고 서울로 올라와서는 교당 앞에서 이와 같이 고래고래 고함을 질렀다. 다분히 즉흥적인 발걸음이었다. 행동거지나 목소리의 걸걸함으로 봐서는 술이라도 몇 잔 걸친 것처럼 보였다. 하지만 교당 인근의 상인과 주민들은 흔한 일인 양 그다지 큰 관심도 보이지 않았다.

실제로 세홍이 한교의 시작을 선포하고 난 이후 이렇게 교당을 찾아와 대놓고 패악을 부린 게 이 사내가 처음은 아니었다. 우선 기독교 한 교파에서 신도들이 떼를 지어 찾아와 한교를 반대한다며 시위를 벌였다. 이들은 한교 중앙교당 앞에다가 열흘간 집회를 가진다고 신고해놓고는 이 기간 동안 하루도 빠짐없이 모여 '사탄은 물러가라'는 등의 구호를 외치며 일대를 소란스럽게 했다. 교당 안에 세홍이 있는지 없는지는 상관하지 않았다. '주일'이란 단어 앞에서도 멈추질 않았다. 작용이 있으면 필히 반작용이 따른다는 냉정한 사실도 안중에 없었다. 오로지 자신들의 주장과 외침을 누군가 알아봐주기만을 바라는 것처럼 보였다.

이들의 예정된 시위가 모두 끝나자 이번엔 50대 가량의 여자 무당이 자신의 패거리와 함께 한바탕 질펀한 굿판을 벌였다. 굿은 딱히 그 영문과 이유를 알 수 없었다. 무당이 자발적으로 나서 굿을 벌인 것인지, 누군가가 사주한 것인지도 불분명했다. 사람들은 그저 무당이 세홍을 한낱 잡귀나 마귀로 여기고 굿을 펼쳤다고 생각할 뿐이었다. 굿의 진행방식도 독특했다. 무당은 물이 가득 담긴 큰 대야와 세홍을 형상화한 것으로 보이는 인형 300개를 미리 준비했다. 어느덧 굿이 절정에 이르자 인형들의 목을 하나씩 차례대로 부러뜨린 뒤에 남김없이 모두 물에 빠뜨렸다. 제상 한복판을 차지한 짐승의 머리가 돼지가 아닌 말이란 점도 특이했다. 이 외에도 한교에 대한 반대를 명분으로 한 기독교계의 게릴라식 시위가 수시로 벌어졌다. 밤에는 교당 벽과 유리창을 향해 오물을 투척해놓고 가는 일도 비일비재했다.

"세홍! 네 이놈!!…… 어서 썩 나오너라!!"

영후란 사내의 목소리가 그칠 줄을 몰랐다. 시간이 점점 지날수록 세홍을 향한 것인지 세상을 향한 것인지 모를 그의 말은 더욱 거칠어져만 갔다. 이윽고 욕이라고 해도 무방할 만큼의 원색적인 단어들이 그의 입을 통해 바깥으로 마구 쏟아졌다. 정도가 조금 지나치다고 느껴질 즈음 교당의 문이 열리더니 소미와 혜림이 함께 모습을 나타냈다. 세홍과 다른 열 명의 제자들은 이날 오후에 열리기로 예정된 토크콘서트를 위해 현장에 모두 나갔고, 둘만 다른 일거리가 있어서 따로 교당에 남은 터였다. 그녀들은 낯선 이가 찾아와서는 문도 두드리지도 않은 채로 다짜고짜 세홍을 찾으며 큰 소리를 외치는 통에 대처 방법을 몰라 그냥 보고만 있었다. 하지만 가만히 듣고만 있기엔 너무 지나치다는 생각이 들자 참다못해 문을 열고 나온 것이었다. 영후에게 말을 건넨 이는 소미였다. 혜림은 그런 소미 뒤에서 잔뜩 인상을 쓰고 있었다.

"한엄께서는 지금 교당에 안계십니다. 여기서 계속 이렇게 소리치며 찾으셔도 만날 수가 없습니다. 오늘 꼭 만나시려면 늦은 저녁에 다시 오셔야 합니다. 아니면 다음에 재차 오도록 하세요."

소미와 혜림을 본 영후는 마치 당연한 것처럼 반말을 늘어놓았다.

"그래… 흐-음… 세홍이는 여태 내가 자기를 만나려고 온 것도 모른단 말인가? 고약하구만……"

영후의 대꾸에 혜림이 어이가 없다는 표정을 잠시 내비쳤다. 영후는 자신을 향한 타인들의 냉소적인 시선에는 이미 익숙하다는 듯이 혜림의 반응엔 전혀 아랑곳하지 않았다. 자기가 하고 싶은 말만 다시 꺼냈다.

"안에 들어가서 세홍이 오길 기다리면 안 되겠는가?"

소미가 최대한 정중함을 갖추려고 애를 쓰며 대답했다.

"지금 교당에 저희 둘 밖에 없는 관계로 그건 곤란합니다."

영후가 탐탁치가 않은 듯이 몇 차례 입을 쩝쩝거리더니 마치 자신이 뭔가를 양보한다는 투로 얘기했다.

"그래… 내가 이해를 해야지…… 세홍은 몇 시쯤에 오는가? 내가 그 시간에 맞춰 다시 오도록 하지."

혜림의 표정이 더욱 차갑게 변했다. 소미가 그런 혜림을 애써 웃음으로 가리면서 말을 이었다.

"밤 아홉시는 지나야 할 것 같습니다. 그나저나 한엄님을 만나러 오신 용건은 무엇인가요? 저희가 미리 말씀을 드리도록 하겠습니다."

"음… 뭐랄까… 꾸짖을 것도 조금 있고… 가르쳐 줄 것도 있고… 쩝… 뭐 좀 그래… 여하튼 나중에 다시 오도록 하지."

영후가 이 말을 남기고 어딘가를 향해 발길을 돌리자 혜림이 밖에서 상한 기분을 안으로 갖고 들어가진 않겠다는 듯이 긴 한숨을 토해내고 교당으로 먼저 들어갔다. 소미가 그런 혜림을 보고는 살짝 웃으면서 이내 따라 들어갔다.


해가 지고 시간은 세상을 의심할 수 없는 밤으로 인도했다. 한교 중앙교당 앞에 승합차가 한 대 섰다. 승합차 양쪽 측면에는 '한교중앙회'라고 적혀 있었다. 세홍과 그의 제자들이 탄 차량임이 분명했다. 제일 먼저 차에서 내린 이는 운전석에 앉은 홍식과 조수석에 자리한 영직이었다. 둘이 서둘러 차량 후미 트렁크 쪽으로 가서 행사 준비물 등을 내리려고 할 즈음 옆문이 열리더니 탑승자들이 우르르 내렸다. 이들 중 일부는 함께 짐을 내리는 것을 도우기 위해 차량 뒤쪽으로 갔고, 나머지는 각자 내린 자리에 서서 세홍이 차에서 마저 내리기를 기다렸다. 이윽고 세홍이 차에서 내렸다. 주변이 그다지 어둡지 않아 멀리서도 이들의 모습을 확인할 수 있었다. 바로 그때, 조금 떨어진 곳에서 흡사 고함과도 비슷한 소리가 터져 나왔다. 그 목소리는 이미 앞서 이날 오후 이곳에서 울렸던 것과 같았다.

"세홍이 게 있느냐----???"

세홍은 자신을 부르는 소리에 제 자리에서 선 채로 잠시 고개를 돌렸다. 놀란 표정은 전혀 없었다. 누군가가 예기치 않게 자신을 부르는 것에는 이미 익숙한 듯했다. 세홍이 고개를 돌린 곳에는 진영후가 뒷짐을 진 채로 서있었다. 영후는 세홍이 자신이 부르는 것에 만족할 만큼의 반응을 보이지 않았다고 여겼는지 재차 큰소리로 외쳤다. 이는 방금 전보다 더욱 크고 거셌다.

"세홍이가 맞거든, 이리 와서 나를 잠시 보거라----!!!!"

세홍은 영후의 거친 목소리에도 만면에 미소를 지었다. 잠시 영후에게 시선을 두더니 두 팔을 편하게 뻗은 채 그를 향해 천천히 발걸음을 옮겼다. 영후는 세홍이 부드러운 눈빛으로 자신에게 다가서는 것을 느끼자, 이에 강함으로 맞서려는 듯 자신의 몸과 목소리에 더욱 힘을 줬다.

"으흠…… 으-흐--흠!!!"

그렇게 세홍의 부드러움과 영후의 강함이 서로 맞부딪쳤다. 세홍의 부드러움은 영후에게 점점 다가서면서 그 기운을 뻗어 그의 강함을 살포시 에워쌌다. 영후는 알맹이 하나 없이 허세로만 빚어진 자신의 강함이 세홍의 부드러움에 하나하나 녹아내리는 것을 느껴야만 했다. 그의 눈빛은 이미 뭔가 경이로움을 맞이한 사람처럼 커져 있었다. 그의 거센 목소리도 어느새 완전히 묵음으로 변했다. 무엇이 그로 하여금 세홍의 부드러움에 손을 들게 했는지는 모를 일이었다. 정말 신이 그의 귀에다 속삭임을 불어넣은 것인지, 아니면 세홍의 부드러운 카리스마가 그에게 빨려들 듯 스며들었는지는 알 수 없었다. 영후는 세홍이 자신의 바로 앞에 이르자 다리에 힘이 풀렸는지 그만 그 자리에 털썩 주저앉고 말았다. 세홍이 주저앉은 영후에게 무릎을 굽히고 앉아 손을 내밀면서 얘기했다.

"나를 보러 꽤 멀리서 오신 것 같은데… 밖에서 이러실 게 아니라 잠시 들어가셔서 간단히 요기라도 하시지요."

영후는 고개를 숙인 채 말이 없었다. 세홍의 얼굴도 제대로 쳐다보질 못했다. 그가 직접 느낀 세홍의 모습은 자기가 좁은 시각으로 예단하던 게 분명 아니었다.

세홍이 내미는 손에 이끌려 교당 안으로 들어간 영후의 태도는 그가 이날 하루 동안 밖에서 펼친 행동과는 거의 정반대에 가까웠다. 말투부터 조용해졌다. 반말도 어느새 말끔히 사라졌다. 말을 하는 도중에 세홍을 향해 한엄이라는 존칭까지 썼다.

"내가 한엄님을 이렇게 보러 온 것은 꼭 부탁하고 싶은 게 있어서입니다. 말을 꺼내려면 우선 예전에 내가 힘들었던 시절의 얘기부터 해야겠네요. 사실인즉 그렇게 많이 오래되지도 않은 과거입니다. 후…… 난 당시 내 전부를 걸고 진행한 사업에 실패한 뒤에 노숙생활을 전전했습니다. 하루하루 희망 없는 삶을 지속하던 날 깨운 건 한 스님의 격려와 훈계였습니다. 법명도 모르고 어떤 절에 계신 분인지도 모릅니다. 이젠 얼굴마저 기억이 흐릿합니다. 오른쪽 뺨에 커다란 점이 한 개 있었다는 기억 외엔 생각나는 것도 별로 없습니다.

그 스님은 발걸음을 하던 중에 날 보고는 문득 느낀 게 있는 것처럼 찾아왔습니다. 당시 나 말고도 여러 명이 함께 있었는데, 유독 내게 관심을 보였습니다. 스님은 이후 나와 이런저런 얘기를 서로 나눴습니다. 그 스님이 그냥 우연히 내가 눈에 띄어서 나를 찾은 것인지, 아니면 처음부터 날 만나려고 발걸음을 한 것인지는 알 수가 없었지요. 헤어지기 전에 뜬금없이 나비모양의 장신구를 건넨 이유도 모르긴 마찬가지입니다. 허나, 내가 이후 불교에 관심을 갖고 공부하기 시작한 건 그 스님과 결코 무관하지 않았습니다.

스님의 진정성은 나를 흔들어 깨웠습니다. 난 스님의 마음이 담긴 충고를 전해들은 이후 죽기 살기로 부동산 관련 자격증을 따기 위해 공부했고, 결국 시험에 합격했습니다. 난 시험에 합격한 뒤 고향인 동해시로 돌아가 부동산과 관련한 일을 시작했습니다. 운 좋게도 일이 너무나 잘 풀렸고, 오늘날 이렇게 비교적 여유롭게 지내게 됐습니다. 사회문제에 관심을 갖고 나름대로 내 목소리를 낼 만큼 말입니다."

영후가 잔기침을 몇 차례 한 후 입술을 적시고는 말을 이었다.

"나는 당시의 힘들었던 경험을 거울삼아 노숙자들을 돕겠다는 마음을 가졌습니다. 아니 노숙으로 힘든 공부를 하면서도 성공하면 반드시 당시 나와 같은 처지에 있는 사람들을 도울 것을 다짐했다는 게 맞는 표현이겠네요. 하지만 내 능력으론 분명히 한계가 있습니다. 노숙자 관련 단체에 일정금액을 기부하는 것만으로는 큰 도움이 못 되는 게 사실입니다. 그래서 이렇게 한엄님을 만나려고 온 것입니다. 물론 한엄님이 최근 가장 주목 받는 인물인 게 주된 이유이긴 합니다.

난 한엄님을 만나기 이전에 나의 이런 생각을 그동안 몇몇 종교단체에 알리고 도움을 구했습니다. 하지만 그때마다 되돌아온 건 뭔지 모를 비아냥거림이 섞인 대답뿐이었습니다. 아마도 그들은 내 마음보다는 그동안 내가 펼친 행동들을 더욱 주목했나 봅니다. 한엄님은 그러지 마세요. 부디 내 마음을 헤아려 향후 그들을 돕는 것에 조금도 주저함이 없기를 부탁드립니다."

비록 그가 여태까지 기인이며 괴짜인 삶을 살았으나, 그가 가진 관념의 바탕이 순수한 것임을 얘기를 듣던 이들은 함께 느꼈다. 노숙자에 대한 그의 진심이 담긴 부탁은 세홍과 그의 제자들에게 작은 감동으로 다가갔다.


이날 하루 동안 한교 중앙교당 앞에서 펼쳐진 해프닝은 이렇게 싱겁게 막을 내렸다. 하지만 이후에 번진 파장은 결코 작지가 않았다. 세홍은 얼마 지나지 않아 부친의 유산을 상속받은 호현의 지원 등으로 한교의 새로운 교당을 지으면서 한쪽 편에다 노숙자와 관련한 시설을 대대적으로 마련했다. 중앙회의 이러한 움직임은 총부와 지부로 이어졌으며 해외로까지 전파됐다. 한교 교당에 가면 노숙자들이 간섭 없이 비교적 자유롭게 도움을 받으며 지낼 수 있다는 인식이 사회 전반에 깔렸다. 세상의 가장 밑바닥에 있으면서 마지막까지 내몰려 희망마저 뭉개고 사는, 그리고 정녕 아무것도 가진 게 없는 바로 그들에 대한 배려와 관심은 한교의 순수성을 더욱 빛냈다. 이는 어쩌면 예전에 영후에게 건넨 그 승려의 충고가 정말 '나비효과'처럼 번진 것인지도 모를 일이었다.

영후는 이후 딴 사람처럼 변했다. 자신을 강하게 옥죄던 과대망상이란 이름으로 된 사슬을 전부 거둬낸 것처럼 보였다. 한교에 귀의한 후 교리에서 정한 바대로 행하며 삶을 이어갔다. 영후 외에도 전국 각지에서 세홍의 유명세를 틈타 자신의 존재감을 드러내려거나, 또는 뭔가 바라는 게 있는 이들이 잇따라 한교 중앙교당을 찾았다. 하지만 그때마다 그들이 손에 들고 간 것은 자신들이 여태껏 믿어온 게 착각이었고 무지였다는 깨달음뿐이었다. 이런 사실을 자각하는 데는 많은 시간이 필요치 않았다. 세홍은 자신을 찾은 이들을 말과 기운으로 감싸 안았다. 그들의 주장과 건의에도 귀를 열었다. 그들을 감싼 세홍의 기운은 부드러웠지만, 또한 힘차고 강했다. 그들 가운데 일부는 이후 한교의 그늘 아래 들어오기도 했고, 자신의 논리와 믿음을 재무장하기 위해 새롭게 공부와 수련에 나서기도 했다.

# 확산하는 교세

연방정보원 채은성 원장이 세홍과 관련한 일련의 보고서를 유심히 살폈다. 그는 얼마 전에 내부승진을 통해 국가정보기관 최고의 자리에 올랐다. 이는 정부의 연방정보원에 대한 정치중립화 의지와 맞물리면서 진행된 일이었다. 논공행상격의 낙하산식 인사에서 벗어나야 한다는 당위성과 더불어 국가의 최고 정보기관이 정권의 영향력에서 비교적 자유롭도록 해야 한다는 주장이 나오자, 내부 대상자 가운데서 원장을 뽑아 임명한 것이었다. 정권을 잡은 측에서 내리기엔 결코 쉽지 않은 결정이란 평가였다. 그는 연방정보원장 내부승진설이 돌았을 때 제일 먼저 물망에 올랐다. 김정은 대통령 시해사건 규명을 포함해 기타 굵직한 프로젝트들을 선두에서 이끈 게 무엇보다 가장 큰 배경이었다. 김신혁과 복태일 등 그의 직계 부하들도 승진이란 혜택을 함께 누렸다.

은성은 세홍의 스승인 용수와 상당히 가까운 사이였다. 그가 비교적 불교에 우호적인 집안 환경에서 자란 게 바탕이 된 가운데, 용수의 개혁적인 메시지에 그가 감정적으로 호응하게 되면서 자연스럽게 친교가 이뤄졌다. 그는 용수와의 친분을 바탕으로 세익원의 가장 중요한 신도이자 후원자가 됐다. 이런 이유로 인해 세홍과도 이미 잘 알았다. 그는 용수의 수제자이기도 한 세홍에게 많은 관심을 가졌다. 그의 책장 한쪽에는 이미 세홍이 쓴 '신의 속삭임'도 꽂혀 있었다. 이젠 정점에 올라 역시 또 다른 위치에서 세상을 향해 메시지를 던지는 세홍을 바라봤다. 그렇다고 그가 개인적인 관심만으로 세홍을 주시한 건 아니었다. 세홍은 이미 한교를 창교한 후 불과 몇 달 만에 국가에서 주목하고 관리해야 할 주요 핵심인물의 하나로 부상했다. 특히 최근 들어선 한교가 다른 어떤 종파보다 가장 영향력 있는 종교집단이 됐다. 정보기관에서 이들을 주목하고 나선 것은 너무나 당연했다.

연방정보원은 세홍 외에 그의 제자들에 대해서도 이미 개인적인 조사를 마친 상태였다. 이는 한교중앙회라는 집단이 어떤 성격의 단체인지를 규명하고, 국가 안위에 미치는 영향을 파악하기 위해선 꼭 필요한 절차였다. 은성은 바로 이와 관련해 종합적으로 정리한 보고서를 모니터를 통해 보고 있었다. 보고서를 한참 보더니, 유독 한 인물에 대한 자료에 눈길을 떼지 못했다.

"흠…… 이게…… 차-암……"

보고서를 한참 보던 그가 내뱉은 혼잣말이었다. 무엇이 그를 못마땅하게 만드는지는 몰라도 양 미간에 힘을 줘가며 몇 차례나 꼼꼼하게 이를 살폈다.

세홍과 은성이 점심시간을 틈타 서로 만났다. 공식적인 회동이라고 할 것까지는 없는 만남이었다. 이미 서로 잘 아는 이들끼리 점심한 끼를 같이 하는 것에 굳이 이런저런 의미를 부여할 필요는 없었다. 하지만 예전에 만났을 때와는 각자의 위치가 분명히 차이가 났다. 한 명은 국가 최고 정보기관의 수장이, 다른 한 명은 최근 국내와 해외를 통틀어 가장 주목받는 종교단체의 지도자가 됐다. 만남 자체가 무게감을 갖기에 충분했다. 은성에 비해 상대적으로 세홍의 위치가 많이 달라졌다. 은성은 엄밀한 의미에서 단 한 단계의 직급이 올랐을 뿐이지만, 세홍은 거의 무한대에 가까운 신분의 수직상승을 이룬 터였다. 예전엔 은성이 세홍에게 이런저런 조언을 해줬으나 이젠서로 그런 입장이 아니었다.

은성이 식사를 마치고 후식이 나오자 뭔가 긴히 할 얘기가 있는 듯이 주위를 물렸다. 그러자 세홍도 함께 따라온 종겸과 은호에게 잠시 자리를 비켜달라는 신호를 보냈다. 은성은 둘만 남게 되자 주저할 필요가 없다는 듯이 가방에서 갖고 온 자료를 봉투 채로 조심스럽게 꺼낸 후 탁자 위에 올려놓았다. 그러더니 차분하게 말을 꺼냈다.

"한엄도 알다시피 정보기관이라는 곳은 할 일이 참으로 많아요. 국가의 안위를 위해 외부의 위험에 대한 정보도 파악해야 하고, 내부적인 위험요소에 대해서도 늘 촉각을 곤두세워야 하지요…….

음…… 그래서 부득이하게도 한교의 핵심인 중앙회에 대해 일부 조사를 진행할 수밖에 없었지요. 그렇다고 한교가 반국가단체로 지목됐다거나 다른 특별한 동기가 있는 건 아닙니다. 그냥 교세가 워낙 급성장하다보니 형식적인 정보수집 차원에서 이뤄진 것이지요. 그런데, 조사를 진행하다 보니 12명의 한검 중에 유독 주목되는 이가 한 명 있었습니다. 그래서 이렇게 보자고 했습니다. 혹시라도 내가 주제 넘는 짓을 하는 게 아닌가 하는 생각도 들었지만, 한엄이 알아야 할 것은 말을 해야 한다고 여겼습니다…… 음…… 그 자는 바로…"

세홍이 급히 은성을 제지했다.

"자-잠깐만요! 원장님……"

세홍은 오른손을 조심스럽게 들어 은성의 말을 막았다. 은성은 그런 세홍의 기에 눌린 듯이 눈만 깜빡거렸다.

"말씀이 끝나기도 전에 이렇게 중간에 가로막고 입을 연 게 상당히 외람스럽습니다만, 제가 말씀을 여쭙도록 하겠습니다. 우선 제게 늘 따뜻한 눈길을 보내주셔서 정말 고맙습니다. 스승님이 계실 때나 그 이후에나 변함없는 격려와 충고를 보내주신 점에도 감사드리고요. 하지만, 지금 원장님께서 제게 이르시려는 말씀은 그냥 듣지 않도록 하겠습니다."

세홍은 이해할 수가 없다는 표정으로 자기를 쳐다보는 은성을 향해 얘기를 계속 이었다.

"편견은 그게 누구든지 간에 그 대상을 더욱 왜곡된 시선으로 보게 만듭니다. 따라서 원장님께서 주신 자료를 보거나 말씀을 들은 후에 제가 편견을 갖고 저의 소중한 사람들 가운데 어느 한 명을 바라볼 수는 없습니다. 또한 과거에 그가 어떤 인물이었다고 하는 건 현재 시점에서 중요하게 고려할 사항은 아니라고 봅니다. 사람이란 그가 처한 상황이나 환경에 따라 얼마든지 변화하며 발전한다고 생각합니다. 지금 제 곁에 있는 이들은 하나 같이 모두 성실한 자세로 절 도와주고 있습니다. 한 치의 나태함도 없이 각자 필요한 곳에서 모두 교단을 위해 헌신하는 중입니다. 설령 과거가 탐탁지 않거나 뭔지 모를 사연을 가진 이가 있다고 하더라도, 이젠 더 이상 고려할 문제가 아닌 것입니다. 과거에 누군가가 어땠다고 하는 것은 말씀하지 마시길 바랍니다. 현재 시점에서 뭔가 문제가 있거나 주목할 정황이 보이는 게 아니라면 그냥 모른 채 해주십시오. 제가 이렇게 원장님께 부탁드리겠습니다."

은성이 세홍을 그윽한 시선으로 쳐다봤다. 그릇이 다르다는 건 이미 예전에 알았지만, 이제 막 약관에 오른 청년이 가질 수 있는 마음 씀씀이가 아니란 걸 다시 한 번 느꼈다. 자기의 관점과 시선에서 모든 사항을 판단하려 한 게 우매하다는 것도 함께 깨달았다. 스스로를 향해 뭔가를 다짐하는 듯이 몇 차례 고개를 끄덕이더니 탁자 위에 올려놓은 자료를 집어 가방에다 다시 넣었다. 이후 그는 밝은 표정으로 세홍과 함께 굳이 관심을 가질 필요 없는 소소한 주제를 갖고 얘기를 나눴다.


한교의 교세가 커지는 것과 비례해 기독교계의 반대시위는 더욱 거세졌다. 마치 그들이 펼치는 시위가 커져만 가는 한교의 교세를 자양분으로 삼은 것처럼 보일 정도였다. 한교에 대한 사람들의 관심과 참여가 점점 커질수록 이들의 몸부림은 처절해졌다. 이날도 한교 교당 앞에서는 시위가 펼쳐졌다. 이들의 거센 목소리는 언제나 그랬듯이 세홍을 향했다.

"사탄아 물러가라!! 냉큼 그 가증스러운 가면의 껍데기를 던지고 네가 있어야 할 지옥으로 가거라!!!"

세홍의 제자 가운데 몇몇이 시위 모습을 지켜보며 안쓰러운 표정을 감추지 못했다. 이는 예전에 기독교나 이슬람교를 믿는 자들이 샤머니즘에서 벗어나지 못하는 이들을 측은한 시선으로 쳐다본 것과 다를 바가 없었다. 그들의 눈빛에는 허구를 신뢰하는 이들에 대한 안타까움이 가득 배어있었다. 시위를 펼치는 이들이 모순에 가득 찬 교리에 매몰돼 참다운 진리를 깨닫지 못한다고 여겼다. 기독교나 이슬람교 신자들이 자신이 믿는 종교의 사상적 체계가 샤머니즘보다 우월하다는 기본적인 인식을 가졌던 것과 마찬가지로, 이들도 역시 기독교를 위시한 기존 종교보다 자신들이 믿는 한교가 모든 면에서 뛰어나다고 봤다. 종교적 진화의 최상위 모델이라고 확신했다.

"뭐… 저러니 그동안 개독이라는 소리를 들어왔지… 쯧쯧……뭐…… 하는 짓을 보면 그냥 개독도 아니고 아주 그냥 미친…… 어휴! 내가 말을 말아야지."

홍식이 욕설에 가까운 다소 원색적인 비난을 토해냈다. 자신들의 원리만 고집하고 다른 이들의 신념에 대해선 일말의 관용도 없는 그들의 태도에 대한 날선 비판이었다. 이를 옆에서 들은 일행들이 다함께 웃었다.

기독교계에서 이뤄지는 한교 반대시위는 대부분 고려기독교총연

합이 주도했다. 이 단체는 통일 이전엔 같은 기독교 계열인 신천지예수교 등과 한참 동안 첨예한 갈등을 빚었다. 통일 이후 이름을 바꾼 뒤에도 이들은 늘 종교와 관련한 갈등의 중심에 서있었다. 정화교 및 기홍회와의 갈등이 대표적인 사례였다. 그 외에도 자신들의 입장에서 조금이라도 비켜선 종교에 대해선 공격을 주저하지 않았다. 그런 그들이 이제는 한교를 주적으로 삼고는 집중포화를 날렸다. 이들은 예전부터 해온 대로 '이단·사이비집'을 발간하면서 한교를 여기에다 새롭게 포함시켰다. 자신들이 운영하는 언론매체를 통해선 한교와 관련한 일련의 사실들을 왜곡하고 비틀어서 보도했다. 하지만 이들의 목소리는 이미 힘이 많이 빠지고 약해졌다. 한때 사회 각 분야에서 확고부동한 주류로까지 군림했으나, 이젠 더 이상 아니었다. 이들이 운영하는 언론매체에 대한 신뢰도와 영향력도 바닥에 떨어진 지 오래였다. 이들이 세상을 향해 쏟아내는 주장은 그들만의 공허한 외침으로 밖에는 인식되지 않았다. 이와는 상대적으로 세홍과 한교에서 내는 목소리는 그 파장의 부피가 계속해서 커져만 갔다.

토크콘서트의 규모가 점점 커진 건 당연한 수순이었다. 세홍과 그의 제자들이 한교의 시작을 알리는 것과 더불어 포교활동의 일환으로 진행한 콘서트에는 날이 갈수록 청중들이 몰렸다. 공연장이나 체육관 등으로 이어가더니, 어느 순간이 되자 운동장으로 개최 장소를 변경하기에 이르렀다. 하지만 이는 다른 교단이 교세를 과시하려는 목적으로 운동장에서 집회를 가진 것과는 출발점이 달랐다. 날로 늘어가는 청중으로 인해 실내에서의 개최가 한계에 이르자 어쩔 수 없이 야외로 옮겨간 것이었다.

이런 흐름이 몇 년 동안 계속 이어지자 한교가 진행하는 토크콘서트는 사회를 구성하는 주된 현상의 하나로 자리를 차지했다. 대형 공공장소에서 한교가 주관하는 토크콘서트가 열린다는 게 너무나 일반화됐다. 이는 비단 고려에만 국한되지 않았다. 한교와 관련한 이런 일련의 흐름은 어느새 중국과 일본으로까지 번졌다. 중국과 일본의 청중들은 거의 대부분 휴대용 자동번역기를 소지한 채 콘서트에 참가했다. 번역기 소지에 따른 이어폰 착용여부가 현지인과 고려인을 구분하는 잣대가 됐다. 미디어시계 등을 통해서도 얼마든지 동시번역이 가능했으나, 성능이 자동번역기에 결코 미치질 못했다. 청중들이 계속 늘어나면서 자동번역기 생산업체가 특수까지 누렸다. 해당 업체의 주가가 일시적이나마 상한가를 친 것은 시대상황을 나타내는 또 다른 조그마한 단면이었다.

세홍이 해외 유력 시사주간지의 표지를 다시 장식한다거나 '세계에서 가장 영향력 있는 인물 100인'에 포함되는 일들은 이젠 그다지 놀랄 만한 꺼리가 되질 않았다. 이미 그의 인지도는 웬만한 나라의 정상을 능가했다. 그가 가진 영향력의 실체도 기하급수적으로 늘어나는 한교도의 수와 비례했다. 이런 가운데 주목되는 사실이 또 하나 있었다. 이는 세홍이 자신의 개인적인 영달을 위해서는 그 어떤 사욕도 나타내질 않는다는 점이었다. 과거 기독교 및 통일교와 더불어 최근 들어 위세를 떨친 정화교 · 기홍회 등 현대 신흥종교의 지도자 대부분이 막대한 재물을 축적하는 등, 어떤 형태로든 자신의 영향력에 상응하는 대가를 누린 것과는 확연히 비교됐다. 특히 이는 앞서 세홍과는 다른 행보를 보인 이들을 지도자가 아닌 일말의 가치조차 없는 소인배로 보이도록 만들었다.

이런 사실은 세홍이 구태여 외부로 알리고 싶어 하지 않아도 저절로 널리 전파됐다. 한교도 중에 정보제공자들이 다수 포함됐다는 점이 배경이었지만, 이에 앞서 개개인이 모두 독자적인 미디어의 역할을 하는 환경이 더욱 발전하고 일반화됐다는 게 더욱 중요한 밑거름이었다. 통일 이전에 잠시 1인 미디어의 활성화에 걸림돌이 되는 법률이 시행됐으나, 자연스런 변화의 흐름을 막진 못했다. 이 법률은 통일에 즈음해 기득권 보호를 위한 가장 구시대적인 도구라는 비판과 함께 자동으로 폐기됐다. 이후 개인 소통망의 다변화와 미디어 환경의 자율성은 극대화됐다.

이렇게 되자 제대로 된 내용과 기획력을 갖춘 콘텐츠는 그 형식과 출처와는 상관없이 대중의 주목을 받았다. 이는 콘텐츠를 생산하는 언론사의 규모나 원작자의 인지도와는 크게 상관이 없었다. 노력이 담기고 알찬 내용으로 이뤄진 콘텐츠는 굳이 유력 언론사에서 보도하지 않아도 널리 퍼졌다. 이런 이유로 인해 한교 중앙회는 언론매체를 운영할 필요가 없었고, 그런 시도조차 하지 않았다. 이 또한 몇몇 유력 교단에서 언론사를 직접 운영하거나 했던 것과는 확연히 차별되는 모습이었다.

한교도들이 보도를 통해서든 개인 소통망을 통해서든 세홍과 관련한 일련의 사실들을 실시간으로 알리면서, 그가 가진 신념의 진정성이 대중들 사이에서 더욱 확고히 인정받았다. 이 가운데 원래 파워블로거였던 문채현이란 한 여성신도는 '믿음의 최종 귀착지-한교'

라는 개인 사이트를 운영하며 세홍과 한교의 중요한 일정과 동정들을 빠짐없이 전했다. 그녀가 운영하는 사이트는 시간이 지날수록 접속자가 점점 많아지면서 자연스럽게 수익창출의 모델을 갖췄다. 그녀가 상당히 매력적인 외모를 지녔다는 것도 시선을 끄는데 한몫했다. 이렇게 되자 어느 순간 이 사이트를 운영하고 관리하는 게 그녀의 본업이 됐다. 채현 외에도 한교와 관련한 전문 사이트를 운영하는 이들이 잇달아 출현했으나, 그녀가 이룬 성과만큼 뚜렷한 족적을 남기진 못했다. 역량이 조금 부족하거나 콘텐츠가 새롭지 못한 것 등의 이유로 대중들의 시선을 잡아두지 못한 게 패인이었다.

채현의 성공사례는 이후 점점 다양성의 길을 향하는 언론환경의 변화를 더욱 가속화시켰다. 누구나 양질의 콘텐츠를 생산하게 되면 대중들의 관심을 받았고, 대중의 시선이 몰리자 매출을 뒷받침하는 광고주가 자연스럽게 따라 붙었다. 이런 양상이 당연한 흐름으로 자리를 잡아갔다. 이런 분위기는 점점 매체의 구분마저도 필요 없도록 만들었다. 이렇게 되자 기자 · 블로거 · 피디 등의 구분이 더욱 모호해졌다. 얼마 전부터 이들을 통칭해 정보제공자라고 부르기 시작했으나, 바로 이때쯤에 이르러 이 낱말이 본격적으로 대중화됐다. 채현을 비롯한 정보제공자들은 저마다 자기가 운영하거나 소속된 매체 등을 통해 세홍의 순수한 신념을 알리는데 여념이 없었다. 결국 이들의 움직임은 한교의 교세가 뻗어나가는데 있어 더욱 긍정적인 에너지원으로 작용했다.

# 살피재의 바위

29

살피고개 또는 살피재. 사람들은 이 고개를 그렇게 불렀다. 이유는
단순했다. 누구든지 이곳에 오게 되면 반드시 주위를 한 번 살피고
가라는 의미에서 붙은 이름이었다. 이곳은 예전부터 존재하던 고개
가 아니었다. 과거엔 이름도 없는 평범한 구릉에 불과했으나, 한북도
황북현의 기초자치단체인 황주군 · 연탄군 · 서흥군 등을 잇는 지방
도가 새롭게 건설되면서 어엿한 이름까지 지닌 고개로 거듭났다. 주
위를 살피라는 뜻은 다른 데 있지 않았다. 고개를 넘는 지점의 도로
변에 놓인 커다란 돌을 꼭 한 번 보고 가라는 의미였다.

가로 약 8미터에 세로가 대략 4미터 남짓한 이 돌은 원래 땅속에
묻혔다가 도로를 닦는 과정에서 밖으로 나왔다. 구릉지를 깎아내는

작업을 펼칠 당시 이뤄진 발파로 인해 외부로 처음 모습을 드러냈다. 특히 발파 당시 몸체에 금도 하나 가지 않은 채 반쯤 모습을 나타내 공사 관계자들을 의아하게 만들었다. 이후 시공사가 장비를 투입해 이를 분쇄하려 했으나, 현장에 장비를 투입하자마자 원인 모를 고장 이 발생해 더 이상 작업을 진행할 수 없게 됐다. 이에 재차 다른 장비 를 투입하려 했지만, 이번엔 현장에 장비를 투입하기도 전인 이동하 는 과정에서 기관고장이 일어나고 말았다.

이렇게 되자 일련의 상황을 묘하게 여긴 공사현장 책임자가 이 돌 을 온전하게 파내기로 결정했다. 길을 만들기 위해서는 장애물을 걷 어내야 한다는 현실적인 이유와 더불어 이 돌이 범상치 않다고 여긴 현장 책임자의 판단이 보태진 결과였다. 현장 책임자가 돌을 온전하 게 파내기로 결정하자 신기하게도 더 이상 장비고장이 발생하지 않 았다. 앞서 고장이 난 장비마저 언제 그랬냐는 듯이 다시 말짱해졌 다. 이 돌은 그렇게 흙이 잔뜩 묻은 상태로 땅속에서 나와 기존 도로 와 새로운 도로가 건설되는 구간 사이에 놓였다.

더욱 미묘한 일은 이 돌이 바깥으로 나온 바로 다음날 저녁걸음에 벌어졌다. 세홍과 제자들은 이날 오후 2시경 평양에서 토크콘서트를 가진 후 다음날 수원에서 역시 이를 진행할 예정이었다. 주말 이틀간 포교를 위한 일정을 미리 촘촘하게 짜놓은 것이었다. 이때는 한교가 세상에 알려진 지 얼마 지나지 않아 포교에 한창 열을 올릴 수밖에 없었다. 세홍 일행은 평양에서 계획한 일정을 모두 마치자마자 다음 날을 위해 곧바로 길을 나섰다. 하지만 토요일인데다 차량고장 발생 까지 겹쳐 서울로 향하는 경평고속도로가 몹시 막혔다. 이에 운전석에 앉은 홍식이 운행방향 설정을 바꾸고는 교통체증을 피해 우회도로로 접어들었다. 황주IC를 통해 고속도로를 빠져 나온 이들은 얼마 후 바로 이 돌이 놓인 구간에 이르렀다.

서쪽 저편으로는 석양이 유난히 아름다웠고, 바로 위쪽 하늘에는 시커먼 먹구름이 잔뜩 끼어 있었다. 마치 하늘이 둘로 완벽하게 나눠진 것만 같은 늦은 여름의 초저녁이었다. 한참 길을 가다가 돌이 놓인 지점이 가까워질 즈음, 뒤에 앉은 호현이 다급한 어조로 말했다.

"홍식이 형. 아-아니 홍식 한검님!! 급해서 그러니, 잠시만 쉬었다 가요."

호현은 더 이상 오줌을 참지 못하겠다는 의사를 홍식에게 전했다. 호현의 다급한 요청에 홍식이 운행모드를 급히 수동으로 바꾸더니, 그 돌이 놓인 인근 도로변에다가 차를 세웠다. 돌이 자리한 지점은 잠시 차를 대놓고 쉬기에도 용이했다. 차가 서자마자 호현은 용변을 보기 위해 급히 문을 열고 내렸다. 차에서 내린 이가 호현만은 아니었다. 잠에 깊이 빠진 은호와 재복을 제외한 나머지 탑승자들이 잠깐 동안 몸을 풀기 위해 모두 같이 내렸다. 저마다 목을 돌리거나 기지개를 켰다. 형일은 딱히 급하지 않아도 호현을 뒤따라가서 함께 용변을 봤다. 특히 일행 가운데 이석은 이 돌이 뭐가 그렇게 흥미로운지 눈을 떼지 못했다.

"음… 이게 참……"

이석이 내뱉은 돌을 향한 짧은 감탄사와 거의 동시에 세홍이 차에서 내렸다.

"푸드득…… 푸드득…… 푸-드-득"

날짐승들이 내는 무수한 날갯짓 소리가 세홍을 반겼다. 돌 위에는 어느새 까마귀들이 잔뜩 날아와 앉았다. 어디에서 그렇게 갑자기 날아왔는지는 몰라도 그 수를 헤아리기가 짐짓 어려웠다. 돌 위에 차마 앉지 못한 까마귀들은 인근 나뭇가지에 자리를 잡았고, 그마저 힘든 녀석들은 하늘을 빙빙 맴돌았다. 일행은 갑자기 바뀐 주변상황에 구경거리라도 난 것처럼 서로 수군거렸다. 그런 가운데 세홍은 돌을 유심히 쳐다봤다. 잠시 그러더니 돌을 향해 다가갔다. 돌에 거의 다다른 세홍이 오른손을 뻗어 살며시 갖다 댔다. 바로 그때였다. 마치 세홍의 움직임을 신호라고 여긴 듯, 돌과 나뭇가지 등에 앉은 까마귀들이 일제히 하늘로 날아올랐다. 이와 동시에 장대와 같은 소나기가 갑자기 쏟아지기 시작했다. 그 많은 까마귀들이 일순간 흔적도 없이 모두 사라졌으며, 그 공간을 굵은 빗줄기가 메웠다. 까마귀가 날아오르는 장면을 고개 들어 바라보던 일행은 곧바로 이어진 장대비를 맞아야만 했다. 비는 마치 누군가가 이 일대를 정조준한 뒤에 물을 퍼붓는 것처럼 내렸다.

일행은 비를 피하기 위해 재빨리 모두 차에 다시 탔다. 소나기는 일행이 차에 탑승하자마자 이내 그쳤다. 일행이 저마다 몸과 옷에 묻은 물기를 닦아내려고 잠시 분주하게 움직인 후 한숨을 돌리려 할 즈음에 멈췄다. 비가 내린 시간은 홍식이 차를 재차 움직이려고 전원 스위치를 누르는 여유마저 허락하지 않았다. 하지만 소나기는 잠시 내린 것에 비하면 그 양이 엄청났다. 자신의 출현 이전과 이후를 극명하게 갈랐다. 그 차이점은 비단 비로 인해 촉촉이 젖은 대지, 그리고 나무와 풀만이 아니었다. 차에 탄 일행은 일제히 돌에게로 시선을 옮겼다. 비가 온 영향으로 기존에 묻은 흙이 씻기자 돌의 한쪽 면에 새겨진 문양이 떡하니 모습을 드러낸 까닭이었다. 그 문양은 누구에게나 친숙한 것이었다. 다리가 셋 달린 새 모양이었다. 이게 삼족오라는 건 일행 모두가 쉽게 알아봤다. 호현은 그 와중에도 이를 사진으로 찍어 개인통신망에 올렸다. 간략한 상황설명도 빼놓지 않았다.

우연이라고 보기엔 어려웠다. 사람들은 자연스럽게 이를 세홍이 가진 모종의 특별함과 연관을 지었다. 어느 누군가가 굳이 방향을 그렇게 이끌지 않았음에도 불구하고, 이와 관련한 사람들의 생각은 세홍의 신비로움과 직접적으로 맞닿았다. 사실 오래전 고구려 시대에 살던 누군가가 돌에 새긴 것으로 추정되는 삼족오 문양과 세홍과의 관련성은 찾기 힘들었다. 관련 내용을 접한 이들의 상당수는 이런 점은 그냥 무시하고, 이 문양을 세홍의 특별함을 재차 확인시켜주는 증거로 인식했다. 일각에서는 이번 일이 한교 내부에서 관심을 끌기 위해 벌인 자작극이란 추측을 내놓았다. 하지만 곧이어 방송을 통해 이와 관련한 전후사실이 전국적으로 보도되면서 이내 아니란 게 판명됐다. 돌과 관련한 이 에피소드는 세홍과 한교로 인해 막 번지기 시작한 신드롬을 더욱 강렬한 것으로 만들었다.

소동이 한 차례 지나자 공사 발주처인 한북도는 설계를 일부 변경하고 돌이 놓인 장소를 조그마한 휴게소로 꾸미도록 했다. 마침 돌이 놓인 자리가 오르막에서 내리막으로 바뀌는 지점이어서 휴게소를 만들기에도 적당했다. 휴게소로 들어오는 입구 전면에 돌을 놓고 후면에 널따란 쉼터를 조성했다. 이후 도로가 완공되자 이곳은 명소로 바뀌었다. 말 그대로 꼭 한 번은 살피고 가야할 장소가 됐다. 특히 한교 신자들 사이에서는 한교 중앙교당, 세홍이 태어난 보림사 등과 거의 맞먹을 만큼 중요한 곳으로 자리매김했다. 돌이 놓인 고개 이름은 어느 때에 이르자 저절로 살피재가 됐다. 처음엔 세홍재, 까마귀고개 등으로 함께 불리다가 결국 살피재란 이름만 홀로 남아 널리 쓰였다.

한검들 상호간에도 친분의 온도 차이는 분명히 존재했다. 모두 똑같은 세홍의 제자였으나, 서로 간에 오가는 친밀도마저 일률적일 수는 없었다. 종검과 은호가 다른 이들에 비해 서로 더욱 친했고, 소미와 혜림, 형일과 재복이 또한 그랬다. 상운은 자신을 유독 따르는 호현에게 상대적으로 더욱 마음이 쓰였다. 영직과 무종은 혈연으로 묶인 사이였고, 여기에다 같은 세익원 출신인 흥식과 이석이 이들 형제와 더욱 가까웠다. 그렇다고 한검들 사이에 뚜렷한 파벌이 있진 않았다. 대개의 무리가 그렇듯 구성원 사이에 상대적으로 조금 더 친한 사람이 있는 정도에 불과했다. 처음엔 그랬다. 그러던 게 어느 순간 한검들 사이에서도 조금씩 패가 갈렸다. 이는 누군가가 의도하지도 않은 것이었다. 무리가 있으면 부수적으로 따르는 것처럼 자연스레 진행됐다.

우선, 시간이 흐르자 한검들 사이에서 그동안 존재하지 않던 서열이 점점 나타났다. 세홍은 12명의 한검에 대해 그 어떤 공식적인 서열을 두지 않았다. 의전 · 기획 · 조직 · 재무 · 외무 등 교단을 운영하는 중요한 요소들을 각각 하나씩 맡기면서, 한검 상호간에 수평적인 관계가 유지되도록 했다. 하지만 어느 시점에 이르자 저절로 줄이만들어졌다. 초기에는 나이가 가장 많은 흥식을 비롯해 세홍과 가장 가까운 곳에서 일을 담당한 종겸이 무리를 이끄는 듯했으나, 교단의 규모가 계속 커지면서 상운과 이석이 주도적인 위치에 올랐다. 이는 이들이 세홍이 밝힌 한교의 교리에 정통한 것과 더불어 다른 교단의 논리에도 나름대로 밝은 식견을 가진 게 이유였다. 논리적인 바탕이 모자란 자가 뛰어난 이보다 앞줄에 서기는 힘들었다. 종겸도 교단의 논리에는 비교적 정통했으나, 상운에게는 미치지 못했다. 더군다나 상운은 세홍이 논리를 완성하고 정립하는데 일정 부분 기여하기도 했다.

이석은 다른 한검들에 비해 유별나게 공부에 매달렸다. 무엇이 그로 하여금 미치도록 학업에 열중하도록 했는지는 알 수 없었다. 또한 그는 흡인력까지 갖췄다. 게다가 그 흡인력이라는 게 세홍이 가진 것과 상당히 유사했다. 불가측의 경지에 있는 세홍에는 많이 미치질 못했지만, 사람을 끌어당기는 느낌의 본질은 같았다.

이렇듯 이석과 상운이 한검들 사이에서 이뤄지는 줄서기의 선두를 서로 다투게 되자, 상호간의 친밀도를 바탕으로 하는 파벌이 자연스러운 흐름과도 같이 만들어졌다. 허나, 이처럼 파벌이 생겼다고 해서 당장 문제점이 파생한 건 아니었다. 이와 관련한 문제가 전면적으로 부상한 건 한교의 역사에 있어 가장 중요하면서 전무후무하기도 한 대사건이 벌어지고 난 뒤였다. 바로 '세홍의 죽음'이라는.

세홍의 행보는 이제 그 자체가 곧 하나의 역사였다. 세홍과 한교가 갖는 이름의 중량감도 나날이 커져 이미 대체하기 힘든 영역에까지 근접했다. 세홍은 어느 때부터인지 집회나 토크콘서트 등을 직접 주재하지 않았다. 한검들이 번갈아가며 이를 맡았다. 특히 상운과 이석이 주로 이러한 역할을 담당했다. 포교행사도 이제는 각 총부나 지부별로 이뤄졌다. 이는 한교 수뇌부, 바로 세홍과 12명의 한검들이 함께 의논해서 내린 결정이었다. 세홍은 매년 한 차례씩 대형경기장에서 진행되는 한교세계총회와 분기마다 열리는 전국한교신도대회 등을 주관하는 것, 그리고 각 총부에서 일 년마다 한 번씩 개최하는 도 단위의 신도대회에 간혹 참석하는 것 외엔 주로 내적 정진에만 몰두했다. 교단 내부행사 외의 일정도 최대한 줄였다. 창교 초기에는 자신을 초청하는 곳이면 어디든 마다하지 않고 참석했으나, 어느 순간에 이르자 중요한 외부 행사에 모습을 나타내는 것 말고는 노출을 자제했다. 일부 전문가들은 이를 두고 한교가 이제 세계의 주류종교로써 안정화 단계에 접어든 것을 나타내는 신호로 해석했다. 어느새 현존하는 주류종교의 최고지도자라는 위상에 걸맞은 행보를 가진다고 봤다.

교세는 어느새 미주와 유럽에까지 번졌다. 특히 이 지역에서 한교를 믿는 이들은 주로 지식인이나 상류층이었다. 당대 최고로 불린 미국의 유명 가수 록 헤이스와 밴드 케이멘의 리더 써니 케이가 각기 여호와의 증인과 이슬람교를 버리고 한교로 개종한 것은 유명한 일화였다. 중국에서의 성장세도 계속됐다. 이는 2030년대 중반에 집권한 자오밍라이 정권이 '신자유공정'을 표방한 것과 맞물렸다. 지도부가 체제에 직접적인 위협이 없는 한 인민들의 자유를 최대한 보장하자 종교에 관심을 갖는 이들이 많아졌다. 특히 이 가운데 새로운 종교이념인 한교가 상대적으로 더욱 각광을 받았다. 중국 내부에서의 한교의 성장세가 예상보다 폭발적이자 당국이 슬그머니 견제에 나서기도 했지만 대놓고 탄압하지는 않았다. 일본과 기타 동남아지역에서는 특별한 걸림돌은 없었다. 다만, 기존에 뿌리를 내린 신도와 이슬람교 등이 나름 두꺼운 벽이었다. 한교는 창교 당시 전체적인 제반 환경이 포교에 우호적인 것과 더불어, 그 이념적인 토대가 시대를 이끌기에 충분하다는 점 등이 결부되면서 어느 누구도 예상하지 못한 현대종교사의 새로운 길을 성큼성큼 내딛었다.

# 꿈의 대화

세홍이 연방체전 개회식에 참가하기 위해 비행자동차에 올랐다. 체전이 열리는 개성의 단체장인 현급시장이 한교신자라는 점이 세홍이 개회식의 주요 외빈으로 참가하게 된 배경이었다. 목적지인 개성까지는 그다지 멀지 않았다. 그렇다고 승용차로 움직일 만큼 가까운 거리는 아니었다. 한교 중앙회는 포교 초기에는 주로 승합차 한 대로 같이 움직였으나, 교세가 점점 확장하자 승용차 2대와 더불어 승용드론과 비행자동차도 각기 한 대씩 갖췄다. 중요한 일정을 소화하면서 이동하는 것에 많은 시간을 허비할 수는 없었다. 한엄과 한검, 또한 한검들끼리도 각기 다른 일정을 소화할 일들이 늘어난 것도 이유였다. 부친으로부터 막대한 재산을 물려받은 호현과 더불어 기부자들이 계속 생겨 교단의 재정상태가 넉넉해진 것도 일조했다.

승용드론과 비행자동차가 대중적인 운송수단으로 자리 잡은 지는 이미 오래됐다. 육상에서는 승용차가 아직 왕좌를 굳건히 지켰으나, 하늘과 땅을 오가는 이들 기기들의 파급속도도 만만치 않았다. 하지만 비행자동차는 육상에서는 그 성능이 승용차에 미치질 못했다. 하늘을 나는 것이 주된 목적인 기기여서 땅위에선 효율성이 많이 떨어졌다. 이를 운행하기 위한 면허를 따기에도 상대적으로 힘들었다. 아무리 자동항법장치로 운행된다고는 하나, 사고가 발생하면 결코 적지 않은 영향을 미칠 기기라는 점에서 면허취득에 대한 기준이 엄격했다. 관련 면허를 취득하려면 이에 앞서 자동차운전면허를 반드시 소유해야만 했다. 이런 점들 때문에 이를 운행하려는 이들은 힘들게 면허를 취득하는 것보다는 고액의 급료를 지불하고 면허소지자를 고용하는 경우가 많았다.

그런 탓인지는 몰라도 하늘을 나는 운송기기의 수요자들이 비행자동차 구매보다는 승용차와 승용드론을 함께 이용하는 것에 상대적으로 많은 매력을 느꼈다. 승용드론은 소유와 운행이 비교적 용이했다. 원격 제어장치로 작동하기 때문에 목적지에 도착한 뒤에 이를 제자리에 다시 돌려보내기에도 수월했다. 막힘없이 비교적 가까운 거리를 이동하기엔 최적의 교통수단이었다. 이런 이유로 어느새 출퇴근 때가 되면 아파트단지나 빌딩숲 사이에서 승용드론이 일제히 날아오르는 게 일상적인 모습이 됐다. 그렇다고 승용드론이 장점만을 갖춘 건 아니었다. 비행자동차가 탑승인원이 2명부터 시작해 7명까지 이르는 것에 비해 승용드론은 1인용이 대부분이었다. 관련 제

조사에서 2인 이상이 타는 것도 함께 내놓았지만, 승선인원이 한 명씩 늘어나면서 가격이 폭증하고 헬리콥터와의 구분도 모호해짐에 따라 1인용이 주력상품이 됐다. 이런 여러 가지 이유가 복합적으로 작용해 개인의 경우엔 승용드론을, 법인이나 단체의 경우엔 비행자동차를 선호하는 흐름이 자리를 잡았다.

비행자동차가 세홍과 함께 최근 새롭게 영입한 비서진 두 명을 모두 태우자 곧 이륙했다. 비서진 가운데 한 명은 운행면허를 소지한 자였다. 세홍은 뒷좌석에 앉아 오른쪽으로 목을 약간 돌려 밑을 내려다봤다. 비행자동차가 이륙한 후에 정해진 제 궤도에 접어들 때까지 계속해서 그런 자세를 유지했다.

아래를 바라보는 세홍의 표정이 어두웠다. 어느 때부터인가 표정의 한쪽 구석에 그림자가 짙게 드리운 세홍이었다. 얼굴도 최근 들어 부쩍 수척해졌다. 그 밝게 빛나던 새하얀 머리카락의 윤기도 예전만 못했다. 원인을 아는 이는 없었다. 사실 어느 누구도 이에 대해 물으려 하지도 않았다. 종겸과 은호 그리고 상운이 동갑내기 친구이긴 하나, 이제 세홍과는 분명하게 상하가 나눠진 처지였다. 아무런 격의 없이 지내기엔 이미 모든 게 많이 지나쳤다. 다만 이들은 세홍이 요즘 들어 새벽에 놀라면서 자주 잠에서 깬다는 얘기만 전해들을 뿐이었다. 이런 소식을 듣는다고 해서 딱히 도움을 줄 수 있는 것도 아니었다. 그저 엄청난 규모를 가진 종교집단의 교주가 의례히 겪는 고뇌일 것으로만 여겼다. 세홍이 최근 들어 자신의 죽음을 암시하는 듯한 예지몽을 반복적으로 꾼다는 사실을 이들이 안다는 건 더욱 어려웠다. 비행자동차는 세홍의 그늘진 표정을 고스란히 실은 채 목적지인 개성으로 계속 향했다.


"다…당신은 누구십니까?"

"나는 곧 너이며 또한 모두이다. 이 세상의 모든 생물이 가진 크고 작은 관념들의 집합체이자 또한 결국은 아무것도 아닌 무와 같은 존재이다."

"그렇다면…… 혹시 신이십니까? 제가 믿고 따르는 하나님이십니까?"

"네가 나를 너의 잠재의식 속에 불러서 이렇게 형상화했으니 그렇게 봐도 무방하다."

"오! 신이시여… 저는 지금 제게 정해진 길을 한 점 의심도 없이 걷고 있습니다. 하지만 최근 들어 뭔지 모를 불안감이 저의 또 다른 감각의 껍질 위로 자꾸 맴돕니다. 예전에 저에게 편지를 남긴 할머니의 모습도 요즘에는 자주 떠오릅니다. 이 불안감을 초래하는 실체가 무엇인지 정말 궁금합니다."

"불안감은 여러 가지 이유로 너의 곁을 찾게 된다. 당초 목적했던 뭔가를 어느 정도 이루고 난 뒤에 찾아오는 공허함 때문일 수도 있고, 정말 어떤 일이 벌어지기 전에 이에 앞서 너를 일깨우기 위한 전조일 수도 있다. 하지만 그게 무엇이든 결국 이는 오롯이 네게서 비롯된 것이다. 따라서 이를 떨쳐낼 수 있는 해답도 결국은 모두 네가 지니고 있다."

"그러면 제가 어떻게 해야 하는 것일까요?"

"행여 그 불안감이 어떤 불길한 일의 전조라고 하더라도 이를 피할 수가 없다면 그냥 순순히 받아들이도록 해라. 지금까지 걸어온 길이 너의 운명이라면 앞으로 펼쳐질 일도 역시 마찬가지일 것이다. 또한 오로지 너의 생각과 의지만으로 할 수 있는 일은 그다지 많지가 않다. 이 세상에서 너 혼자만 숨을 쉬는 게 아니기 때문이다. 너의 생각에 다른 이의 의지나 행동이 조금이라도 개입되면, 어떤 형태로든 네가 바라던 일의 과정과 결과는 바뀌기 마련이다. 이 역시 세상을 이루는 기본적인 원칙이니 그냥 초연해지도록 해라."

"저 역시 한낱 우매하고 약해빠진 인간일 뿐입니다. 저를 짓누르고 있는 알지 못할 이 뭔가를 완전히 초월하기엔 수양이 아직 많이 부족합니다."

"그래선 아니 된다. 너는 지금 세상 사람들을 향해 진념몰아에 대해 얘기하고 있다. 물론 네가 이에 완전히 이른 게 아니라 세상 사람들과 함께 추구하고 걸어가야 할 길이라고 말하는 것이겠지만, 결국 이런 방향을 사람들에게 제시한 건 바로 너다. 그런 네가 다가오지도 않은 미래에 대한 불안감으로 조금이라도 가슴을 졸인다면 이 얼마나 모순되고 우스운 얘기가 되겠느냐?"

"결국은 제게 따르는 이 모든 불안감 또한 제 순수의지로 넘어서야 한다는 말씀이시군요?"

"그렇다. 그리고 넌 이미 이를 넘어서기 위한 길을 찾았다. 네가 나를 이렇게 불러서 형상화한 것이 곧, 네 스스로 이미 불안감을 극복하기 위한 해결책을 찾았다는 것을 의미한다. 네가 너의 무의식 속에서 묻고 말하는 이 모든 게 이를 구체적으로 이끌어가기 위한 수순이다. 또한 뭔가에 대한 불안감은 가진 것과 이뤄놓은 것을 잃거나 빼앗기기 싫은 근원적인 욕망에서 나온다. 너는 이미 한 개인이 이룰 수 있는 범주를 훨씬 넘어서는 일을 해냈다. 네가 의도했든 아니든, 너는 이제 인간세상의 가장 정점에 서서 너의 신념을 타인들에게 말하고 있다. 이것은 향후 너의 실존 여부와는 상관없이 이제 영원히 너의 것이다. 오로지 너만의 것이다. 따라서 너는 이제 잃을 것도 빼앗길 것도 더 이상은 없다. 그리고 너의 소멸도 이젠 더 이상 단순한 소멸이 아니다. 새로운 창조요 시작이며, 역사인 것이다."

세홍은 잠에서 깨어난 후 곧바로 일어나질 않았다. 그럴 수가 없었다. 무의식을 지배하는 관념의 잔영이 그의 몸을 붙잡은 까닭이었다. 허리 윗부분만 일으킨 채로 그냥 앉아만 있었다. 아무것도 하지 않고 가만히 앉은 채 거의 반나절 가까이 조용히 호흡만을 몸 밖으로 내보냈다. 하지만 시간이 점점 흐를수록 그의 표정은 밝아졌다. 세홍은 이제야 최근 들어 마음의 끝자락을 강하게 짓누르던 상념과 불안감에서 벗어나는 것을 느꼈다. 새벽에 찾아와서는 자신을 괴롭히던 예지몽이란 불청객도 더 이상 맞을 필요가 없다는 확신이 들었다. 그의 눈빛은 어느새 세상 그 누구도 견주기 어려울 만큼 부드럽고 온화한 것이 됐다. 생물이면 본능적으로 갖게 되는 생과 사에 대한 기본적인 두려움을 비롯해 삶을 영위하게 되면 필연적으로 따르는 고뇌와 근심 등, 그 모든 것에 대한 번민을 내려놓은 자가 실제로 존재한다면 바로 지금 세홍과 같은 눈빛일 게 분명했다. 어쩌면 세홍은 자신이 한교의 교리를 통해 도달해야 한다고 누차 말한 '진념몰아'란 경지에 마침내 다다른 것인지도 몰랐다. 이렇게 자아를 초월할 수 있게 된 것이 하루아침에 이뤄진 건 아니었다. 거듭된 수련과 이런 과정을 통해 도달하게 되는 어떤 깨달음, 그리고 자기 자신에 대한 차가운 복기와 날카로운 성찰 등이 함께 더해진 산물이었다. 창문 사이로는 유난히 따사로운 빛이 새어 들어왔다.

12명의 한검들이 회의장에 들어서는 한엄을 일어선 채로 맞이했다. 격식에서 탈피하자는 게 교단의 기본적인 기류였으나 그렇다고 교단 최고 지도자를 앉은 채로 맞을 수는 없었다. 가장 기초적인 의례는 갖춘 셈이었다. 세홍의 제자들은 모두 평소와는 다르게 이날따라 유달리 특별한 기운을 발산하는 세홍을 느꼈다. 이 기운이 전부 세홍에게서 나오는지, 아니면 그가 지닌 다른 뭔가에서 비롯됐는지는 아직 아무도 몰랐다. 하지만 그를 둘러싼 전체적인 기류가 예사롭지 않은 것만은 분명했다. 세홍이 자신에게 향하는 모든 시선을 그의 오른쪽 손으로 거둬들였다. 미리 준비해온 뭔가를 오른손에다 가득 쥐고 있다가 탁자 위에다 펼쳐놓았다. 열 개는 족히 넘는 정보저장키트였다. 공간을 가득히 메운 특별한 기운의 상당 부분이 여기에서 뿜어져 나왔다.

　　"이 정보저장키트는 내가 선악비록의 내용을 12개로 나눠 담아놓은 것들입니다."

　　세홍이 말을 꺼내자 12명의 한검들은 서로 번갈아 가며 얼굴을 바라봤다. 놀라움과 의외라는 뜻이 함께 뒤섞인 얼굴들이었다. 언뜻 이해가 잘되지 않는다는 생각을 시선이 마주치는 상대에게 서로 전달하며 함께 공유했다.

　　"우리 한교의 원리에 있어서 가장 근본이 되는 게 바로 선악비록임을 의심하는 이는 없을 것입니다. 이 선악비록은 지금 나의 관념과 의식 속에 흡수된 채로 존재합니다. 따라서 현재 이 상태에서 혹시라도 내가 없어진다면 세상에는 선악비록과 관련한 모든 흔적 또한 사라지게 됩니다. 나와, 그리고 우리 교단의 근본이라고 할 수 있는 선악비록이 다함께 자취를 감추게 되는 것입니다. 내가 오롯이 나만 간직한 선악비록의 내용을 정보저장키트에 옮겨 놓은 것은 아무런 구심점도 없는 교단이 무슨 동력으로 수많은 신도를 이끌 수 있겠는가 하는 우려에서 비롯됐습니다. 또한 내게는 한교와 그 원리도 소중하지만, 그 원리의 바탕이 되는 선악비록 역시 너무나 소중합니다. 선악비록의 운명이 혹시 모를 나의 소멸과 똑같이 궤를 같이하는 일이 결코 좋을 수가 없는 것입니다. 나는 행여 내가 더 이상 한엄의 위치에 계속 있을 수가 없는 상황이 되면 12인회를 중심으로 한교가 더욱 발전하길 바라는 마음에서 이를 남겨놓기로 결심했습니다."

세홍의 얘기를 듣던 이들의 표정이 점점 심각해졌다. 그들의 입장에선 전혀 뜻밖의 일인 셈이었다. 상운과 이석만이 뭔가 조금은 이해할 것 같다는 표정을 보였다.

"내가 준비한 이 키트의 폴더 가운데 특히 악행과 관련한 것은 내 몸속에 내재한 내용을 다시 옮겨 적은 뒤에, 이를 사진으로 찍어 파일로 저장한 것입니다. 따라서 선악비록의 원문과 조금도 다를 게 없습니다. 허나, 선악비록을 이렇게 실존하는 뭔가로 남긴다는 것은 상당히 위험한 시도입니다. 이는 선악비록에 담긴 내용이 바로 하나님의 말씀이며 아울러 엄청난 힘을 지녔기 때문입니다. 그래서 나름대로 고민도 많이 했습니다. 나는 여러분들을 신뢰하고, 또한 나와 여러분들의 인연을 믿기에 결국 이를 남겨놓기로 마음을 정했습니다. 왜 지금 이 시점이냐고 묻지는 마세요. 이는 언제나 그랬듯, 마음의 울림이 나를 그렇게 인도한 것입니다. 크게 보면 이 또한 곧 신의 뜻입니다. 이제 선악비록에 담긴 내용을 12개의 정보저장키트에 나눠 담아 여러분께 이를 하나씩 맡기고자 합니다. 여러분들은 각자가 전해 받은 이 키트에 담긴 내용을 알려고 들어선 안 됩니다. 특히 무엇보다 절대로, 절대로 이 키트에 담긴 악행과 관련한 내용을 정독해서 읽어선 아니 됩니다. 이는 당부이기 이전에 교단을 대표하는 위치에서 전하는 말씀이니 부디 유념하길 바랍니다. 이를 어길 시에는 엄청난 대가가 따를 것이니 반드시 명심해야 합니다. 하나씩 받은 후에는 오로지 이를 보관만 해야 합니다."

세홍이 12명의 한검들과 잇달아 눈을 마주쳤다. 마치 한 명, 한 명에게 번갈아 가면서 다짐을 해두기 위한 것처럼 보였다.

"재차 강조하지만 이 키트는 절대 읽으려하지 말고 반드시 각자 보관만 해야 합니다. 본인이 이를 더 이상 보관할 처지나 상황이 되지 않으면 이를 승계할 자를 정해 넘기길 바랍니다. 어느 누가 이를 독점하려고 해도, 또한 이를 공유하려 들어서도 절대 안 됩니다. 단지 각자 이를 하나씩 지닌 채로 소속감과 의무감을 갖고 교단을 위해 헌신하길 바랄 뿐입니다. 이를 건네받은 이후에는 이에 대해 일체 함구하고 서로 논의도 하지 말아야 합니다."

세홍은 특히 마지막 말에 힘을 실어 제자들에게 자신의 생각을 전했다. 얘기가 모두 끝나자 정보저장키트를 다시 왼손을 이용해 오른손에다 쓸어 담았다. 남은 두어 개는 왼손으로 마저 주웠다. 그런 뒤에 곧바로 자리에서 일어났다. 그러자 배석한 12명의 제자들도 모두 함께 일어섰다. 세홍이 제자 한 명씩을 다시 번갈아가며 쳐다봤다. 눈을 마주치면서 목례로 답하는 이가 있는가 하면, 세홍의 눈을 마주치지 못하고 고개를 숙인 이도 있었다. 세홍이 천천히 움직였다. 제자들은 세홍의 움직임에 보조를 맞추려는 듯 일제히 몸의 방향을 그를 향하도록 바꿨다. 세홍은 천천히 걸음을 옮기며 손에 쥔 키트를 하나씩 나눠줬다. 키트마다 미리 정해진 임자가 따로 있을 이유는 없었다. 누가 어떤 내용이 담긴 키트를 갖게 되는 지도 중요하지 않았다. 세홍은 홍식과 영직을 지나면서 더 이상 걸음을 옮길 필요가 없었다. 제자들이 한 명씩 줄을 지어 그를 향해 움직인 까닭이었다. 그런 가운데에서도 분위기는 숙연했다. 중요한 의식이 진행되는 것처럼 진중했다. 세홍의 하얀 머리카락이 이날따라 유난히 밝게 빛났다.

# 無로의 회귀

비가 몹시 많이 내리는 날이었다. 이미 2046년의 마지막이 될 태풍이 올라온다는 예보가 발령된 상태였다. 초가을 치고는 기온이 꽤나 낮은데다 바람마저 세차게 불었다. 태풍이 아직 제주해상에 머무는데도 불구하고 바람이 벌써부터 꽤나 거칠었다. 바람이 거세긴 했으나 기온 등을 고려해 볼 때 막상 태풍이 들이닥친다고 해도 그다지 크게 위세를 떨칠 상황은 아니었다. 하지만 하늘과 땅을 뒤덮은 분위기는 동일한 마이너코드가 계속 이어지는 기타연주곡만큼이나 무겁고 우울했다. 날이 샌지가 이미 한참이 지났는데도 세상은 여전히 이른 새벽에 붙들린 것만 같았다. 낮도 아니고 그렇다고 밤도 아닌 모호함이 비바람과 함께 공간을 빼곡히 차지했다. 불길한 모종의 일이라도 예정된 것처럼 보였다.

세홍이 평양으로 향하기 위해 승용차에 올랐다. 태풍의 영향으로 인해 비행자동차를 이용하긴 어려웠다. 그렇다고 이미 정해진 일정을 날씨를 이유로 갑자기 취소할 수는 없었다. 평양에서는 이날 오후 2시부터 한교 평안도총부가 주관하는 평안도종합신도대회가 열릴 예정이었다. 세홍의 이번 평양행에는 상운과 이석이 동행했다. 이들은 각기 교단 내에서 외무와 조직 관리를 담당했다. 교단의 최고 정점과 핵심 최측근 두 명이 함께 길을 나선 셈이었다.

운전석에는 상운이 앉았다. 핸들을 잡은 건 아니었다. 자율주행 모드로 운행하더라도 긴급 시 운전이 가능한 면허소지자가 운전석에 반드시 탑승해야한다는 법규 때문에 그 자리에 앉았을 뿐이었다. 세홍이 비교적 가까운 곳에 가거나 이날처럼 날씨가 좋지 않아 승용차를 이용할 시에도 비서진 가운데 관련 면허를 가진 자가 늘 동행했다. 하지만 이날은 그가 그만 급한 개인사정이 생겼다. 다행인지는 몰라도 상운이 면허를 가진 탓에 구태여 면허소지자를 따로 구할 필요까진 없었다. 상운이 자신만만하게 자신의 운전솜씨를 뽐내고 나선 것도 이유가 됐다.

세홍 일행을 태운 승용차는 거센 바람과 비가 혼재한 날씨를 뚫고 고속도로 위를 밟아나갔다. 앞에는 상운, 뒷좌석 오른쪽에는 세홍, 왼쪽에는 이석이 앉았다. 차량이 개성을 지나자 조용하던 차안에서 갑자기 젊은 여성의 음성이 퍼졌다. 자율주행시스템에서 나는 소리였다. 전방에 고장차가 발생해 그 여파로 고속도로가 점차 지체된다는 안내와 함께 우회도로로 접어들지 여부를 물었다. 앞좌석 중간에 설치된 액정화면의 조그만 빨간 버튼이 운전석에 앉은 이의 결정을 기다리는 듯이 계속 깜빡거렸다. 상운이 고개를 돌려 눈을 약간 크게 뜨고 세홍을 쳐다봤다. 우회도로로 접어드는 게 낫겠다는 뜻을 에둘러 나타냈다. 이를 본 세홍이 살짝 웃으면서 가볍게 고개를 끄덕였다. 상운이 오른손을 뻗어 버튼을 몇 번 눌렀다. 곧바로 '우회도로로 곧 접어듭니다'라는 안내음성이 울렸다. 이석이 안내음성에 대꾸라도 하려는 듯 입을 열었다.

"잘됐네. 지나가는 길에 오랜 만에 살피고개에 놓인 그 돌도 다시 한 번 볼 수 있고……"

차는 이내 고속도로를 벗어났다. 세홍 일행이 탄 차량 말고도 일반도로로 빠져나오는 차들이 꽤 있었다. 그렇다고 그 수가 교통체증을 유발할 만큼은 아니었다. 서흥IC를 빠져나온 차들은 저마다의 최종 목적지에 따라 이내 방향이 갈렸다. 사리원으로 이어지는 국도와 황주로 곧바로 연결되는 지방도 등으로 제각기 방향을 잡았다. 세홍 일행이 탄 자동차는 황주 방향의 지방도로 운행하기로 설정됐다.

승용차는 더욱 거칠어진 비와 바람을 맞으며 계속 앞으로 나아갔다. 차가 지방도로 접어든 얼마 동안 차량 내부에서 발생하는 소리는 일체 없었다. 다들 약속이나 한 듯이 입을 다물었다. 바깥에서 안쪽으로 전달되는 소리들도 전부 감당이 안 된다는 듯이 그렇게 서로 말도 한 마디 나누지 않았다. 그러던 중에 갑자기 사이렌소리가 비와 바람이 내는 거친 음을 뚫고 나왔다. 그 소리는 밖이 아닌 바로 차안에서 나온 것이었다. 하지만 그 강도는 결코 작지 않았다. 차량 내부에서 긴급하게 사이렌이 울리는 경우는 단 한 차례뿐이었다. 바로 자동주행시스템에 심각한 고장이나 결함이 발생할 경우였다. 사이렌은 운전석 탑승자가 자고 있을 경우를 대비한 조치인 셈이었다.

세홍 일행이 탄 차량은 자동주행시스템 고장 발생 시 설정된 매뉴얼대로 움직였다. 속도를 줄이더니 도로변에다 이내 정차하고 운전석 탑승자의 손길을 기다렸다. 차량 중앙 액정화면에는 수동운전으로 전환할 것을 요청하는 메시지가 이미 떠있었다. 상운은 이번엔 어느 누구의 동의도 구하지 않았다. 자동주행시스템이 고장이 난 상황에서 다른 선택지는 없었다. 상운이 수동운전 전환 스위치를 누르자 운전석 앞쪽 대시보드에 매립된 핸들이 '윙'하는 기계음과 함께 튀어 나왔다. 최초에 커다란 나비넥타이 모양에 가까웠던 핸들은 좌우 끝 부분에 감춰진 나머지 부분이 연이어 밖으로 나오더니 서로 이어져, 이윽고 제대로 된 원형의 모습을 갖췄다.

"자…… 그럼 어디 한 번……"

상운은 어깨를 두어 번 추스르더니 양손으로 핸들을 움켜잡았다. 다시 심호흡을 한 차례 한 후에 왼쪽 엄지손가락으로 핸들 왼편에 부착된 가속버튼을 눌렀다. 상운의 손놀림을 느낀 자동차는 다시 움직였다. 비록 조금 전과 비교해 안정된 걸음걸이는 아니지만 도로 위를 재차 힘차게 밟아나갔다.


차창 밖으로 보이는 나무들이 언제부터인가 거의 광란에 가까운 춤사위를 보였다. 나뭇가지가 세찬 바람을 맞아 윙윙대는 소리도 차 안으로 고스란히 전달될 만큼 커졌다. 차창을 때리는 물줄기의 양도 더욱 늘었다. 하지만 상운의 통제 하에 놓인 승용차는 이런 운행조건의 악화에는 아랑곳하지 않고 속도를 계속 높였다. 상운은 처음에 핸들을 잡았을 때엔 긴장한 탓인지 조심스러운 기색이 역력하더니, 이내 언제 그랬냐는 듯이 왼쪽 엄지손가락에다 제대로 힘을 주기 시작했다. 차는 그렇게 규정 속도를 훨씬 넘기면서 달렸다. 이석은 뭔가 불안해서인지 상운의 뒤통수를 향해 날카로운 시선을 계속 보냈다. 상운은 전혀 이를 의식하지 않았다. 세홍은 그 와중에도 눈을 지그시 감고 있었다. 자는 건 아니었다. 명상을 하거나 생각에 잠긴 것으로 보였다.

그런 가운데 어느새 살피재가 가까워졌다. 차의 속도는 조금도 줄어들지 않았다. 오히려 상운은 좀 더 가속도를 붙였다. 고개를 넘는 오르막이 나타나자 더욱 속도를 내면서 치고 올라갔다. 차는 그렇게 중앙선과 맞닿은 1차선 위를 맹렬한 기세로 달렸다. 이윽고 고개를 넘어 맞은 편 광경이 보일 즈음, 일행은 이에 앞서 도로의 1차선 한복판에 커다란 상자가 하나 놓인 것을 봐야만 했다. 더군다나 그 상자 위에는 그 세찬 비와 바람에도 불구하고 까마귀들이 빼곡하게 앉아 있었다.

"어-어……"

상운은 짧은 탄식을 내뱉으며 급하게 핸들을 오른쪽으로 돌렸다. 능숙한 운전수였다면 장애물을 피해 우측 차선으로 계속 운행할 수도 있었으나 상운은 그러질 못했다. 운전이 서툰 탓인지 서둘러 오른쪽으로 핸들을 꺾고 말았다. 상운이 상자를 피해 방향을 튼 지점은 바로 살피재에 마련된 간이휴게소로 접어드는 입구였다. 도로가 벽이나 펜스, 또는 낭떠러지로 끝나는 게 아니라 휴게소로 계속 이어지는 구간이었다. 하지만, 차에 탄 일행이 그나마 다행이라고 느낀 건 정말이지 짧은 순간뿐이었다. 게다가 상운은 제동장치를 밟을 생각도 잊은 듯했다. 차는 속도를 조금도 줄이지 않고서는 왼쪽 바퀴가 공중에 반쯤 들린 채로 계속 질주하더니, 휴게소 입구에 놓인 커다란 돌에다 거센 굉음과 함께 그대로 처박혔다. 자동차의 앞부분이 돌의 왼쪽 귀퉁이에 먼저 부딪힌 후에 곧바로 오른쪽 측면이 돌의 몸통에다가 세차게 부딪혔다. 예전에 땅속에서 나온 바로 그 돌이 세홍을 다시 맞이한 순간이었다.

돌과 세홍의 재회는 결코 아름답지 않았다. 그때와는 상황이 너무나 달랐다. 비와 까마귀가 공통분모라는 사실마저 애처로웠다. 차가 돌에 부딪히자 차량내부에 매립된 에어백들이 일시에 터졌다. 그러나 전부는 아니었다. 어찌된 영문인지 뒷좌석 세홍이 앉은 쪽의 에어백은 터지질 않았다. 설상가상으로 세홍의 어깨와 허리를 감싸던 안전띠마저도 이미 풀린 상태였다. 세홍은 차가 돌에 부딪히는 것과 동시에 자신의 자리를 벗어날 수밖에 없었다. 이미 충격에 의해 일차로 쪼개진 차량 옆 유리를 재차 머리와 어깨로 부수고 나와서는 돌에다가 자신의 마지막 숨결을 갖다 박았다. 돌은 세홍의 숨결을 비롯해 피와 넋까지 모조리 받아 삼켰다.

비와 바람은 거짓말처럼 일시에 사그라졌다. 비록 하늘이 더욱 세찬 비바람을 예고했으나, 이 순간만큼은 이마저도 전혀 인식하지 못하도록 했다. 하늘에는 까마귀들이 떼를 지어 맴돌았다. 하지만 이 녀석들은 제 습성도 잊은 듯 시체를 보고도 감히 다가설 엄두를 내

지 못한 채 일대를 빙빙 돌고만 있었다. 그렇게 아주 잠깐 동안의 시
간이 지났다. 잠시 혼절한 이석이 정신을 차렸다. 눈을 뜨자마자 고
개부터 오른쪽으로 돌렸다.

"하……!!"

이석이 짧은 감탄사를 내뱉었다. 세홍이 자동차 옆문에다 허리가
반쯤 낀 채로 돌에다 머리를 박은 채 널브러진 것을 봤기 때문이었
다. 그 광경이 너무나 처참해 군이 생사여부를 확인할 필요조차 느끼
지 못했다. 이석은 저절로 눈물을 쏟아냈다. 자신이 살아있다는 기쁨
보다는 세홍의 죽음으로 인한 슬픔이 더욱 큰 것처럼 보였다. 기가
막힌 탓인지 큰소리를 내지도 않았다. 이석은 곧바로 세홍에게 손을
뻗었다. 바깥으로 채 빠져나가지 못한 세홍의 왼쪽 손목을 붙잡았다.
하지만 그것도 잠시뿐이었다. 이내 세홍의 죽음에 대한 확실한 판단
이 섰는지 두 손을 모두 자신의 얼굴을 향해 거둬들이고는 한숨 섞
인 울음인지 울음 섞인 한숨인지 모를 뭔가를 토해냈다.

"후-우……"

시간이 조금 더 지나자 이번엔 이석이 아닌 다른 이의 음성이 차
안에서 울렸다.

"으--으……!!!"

상운이 자신의 무사함을 알리면서 내뱉은 신음소리였다. 이석이
앞좌석에서 나는 소리를 듣고는 얼른 고개를 돌렸다. 이석은 머리를
쑥 빼면서 앞좌석으로 몸의 중심을 옮겼다. 상운은 피투성이가 된 얼
굴을 한 채로 괴로운 듯이 운전석에 앉아 이리저리 상체를 움직였다.
얼굴에는 크고 작은 유리조각이 무수히 박혀있었다. 제일 큰 유리조

각은 그의 오른쪽 뺨을 거의 절반이나 갈랐다. 이석은 손을 뻗어 유리조각을 빼내려다 예전에 들었던 이와 관련한 상식이 문득 생각났는지 그대로 멈췄다. 잠시 가슴을 진정시킨 이석이 사고가 발생했다는 신고를 했다. 얼마 지나지 않아 구급차가 도착했다. 구급대원들이 세홍의 시신을 수습한 뒤 구급차에 신자마자 비와 바람이 다시 세차게 몰아쳤다. 하늘을 까맣게 메우며 돌던 그 많던 까마귀들도 한순간에 전부 자취를 감췄다.

세홍의 죽음. 그것이 가져온 여파는 비단 세홍을 아는 이들에게만 머무르지를 않았다. 최근 발생한 어느 누구의 죽음보다도 많은 이들을 비탄에 잠기도록 했다. 세홍은 그렇게 많은 슬픔을 뒤로 하고 자신이 생전에 누차 얘기한 바로 그 무(無)에게로 돌아갔다. 사람들은 세홍의 죽음을 두고 한참동안을 얘기했다. 저마다의 주관대로 그가 세상에 끼친 영향에 대해 평가를 내렸다. 평가는 제각각이었다. 그게 긍정적이든 부정적이든 공통된 부분은 세홍이 현대종교사에 참으로 굵직한 획을 하나 그었다는 점이었다.

세홍을 죽음에 이르게 한 사고는 화제로 삼기에도 좋았다. 경찰 조사 결과 단순한 교통사고로 결론이 났으나, 수많은 억측들이 뒤를 이었다. 사고가 아닌 타살일지 모른다는 게 의혹의 가장 큰 줄기였다. 의심의 눈초리는 당연히 상운을 향했다. 하지만 차량에 부착된 블랙박스가 그를 강하게 변호했다. 앞서 달리던 트럭에서 떨어진 것으로 밝혀진 상자로 인해 사고가 난 게 너무나 분명해보였다. 상자를 싣고 달린 트럭이 무적차량이라 추적이 힘들었지만, 이를 상운과 연결 짓는 건 무리였다. 사고와 관련한 일련의 일들이 한교를 반대하는 종교단체의 음모로 인한 것이란 얘기도 일부에서 나왔다. 갖은 억측들이 난무했으나 이미 끝나버린 결말을 뒤집을 수는 없었다.

호사가들의 입방아도 이 사고를 가만히 놔두질 않았다. 특히 세홍이 마지막 숨을 거둔 살피재가 이미 그의 죽음을 암시했다는 추론이 여기저기서 나왔다. 우선 불거진 얘기는 살피재의 '살'이 바로 죽음(殺)을 이르며, 이를 '피'하라는 의미에서 그렇게 이름이 붙여졌다는 것이었다. 또한 이 '살'을 '사람을 해치거나 물건을 깨뜨리는 모질고 독한 귀신의 기운'이라는 의미를 지닌 '살(煞)'이라고 보는 이도 있었다. 온라인 커뮤니티 한쪽 구석에서는 '살피'를 거꾸로 읽어야 한다고 전제한 뒤, 세홍이 사고가 아닌 누군가가 짜놓은 절묘한 각본에 의해 '피살(被殺)'을 당했다고 주장하는 이도 있었다. 심지어는 세홍을 피살한 주체가 사람이 아닌 악마 내지 마귀라고 말하는 이도 나왔다. 대부분의 사람들은 이런 말들을 모두 그럴싸하게 갖다 붙인 낭설에 불과한 것으로 봤지만, 이런 각각의 얘기들을 사실로 믿으면서 '절묘한 일'이라고 한 마디씩 하는 사람도 적지 않았다.


한검들의 상실감은 상상 이상이었다. 신자나 일반인들에 비할 바가 아니었다. 그들은 그동안 삶과 행동양식을 굳건히 지탱해온 중심을 하루아침에 잃고 말았다. 비탄과 상실감을 온몸에다 뒤집어써야 했다. 이런 가운데 한검들의 상당수는 역시 상운에 대한 의심의 눈초리를 거둬들이지 못했다. 세홍의 죽음이 어쩌면 사고로 인한 게 아닐 수도 있다는 생각이 계속 들어서였다. 이미 사고사로 판명이 났지만,

뭔지 모를 의심의 지푸라기가 그들 마음의 끄트머리에 달려 흐느적거렸다. 상운과 가까운 홍식과 영직·무종 등은 대체로 그를 믿었으나 나머지 한검들은 달랐다. 특히, 그동안 상운을 곧잘 따랐던 호현은 완전히 그에게서 돌아서버렸다.

이들은 사고 당시의 정황을 도무지 납득할 수가 없었다. 운전미숙에다 빗길에 차가 미끄러졌다고는 하나, 브레이크만 제대로 밟았다면 세홍이 죽음에까진 이르지 않았을 노릇이었다. 상운이 경찰조사 당시 밝힌 자동차에 대한 통제가 제대로 되지 않았다는 얘기도 그대로 받아들이기 어려웠다. 또한 당시 상운이 분명 당황하긴 했으나 살피재에 놓인 그 돌을 향해 정확하게 차가 돌진한 게 우연이라고 보긴 힘들었다.

그렇다고 대놓고 상운에게 이에 대해 따지고 묻긴 힘들었다. 상운 역시 이번 사고로 자신의 얼굴에다 커다란 흉터를 남긴 터였다. 치료 과정에서 흉터를 없앨 수도 있었으나, 세홍에 대한 죄책감 때문인지 그러질 않았다. 비록 나중에라도 지울 수는 있지만 지금으로선 스스로 낙인을 새겨놓은 처지였다. 실수이긴 하나 세홍을 죽음에 이르게 한 죄인이라고 하는 것을 손수 드러내는 꼴이었다. 법적인 처벌도 이미 일부 받은 터였다. 무엇보다 사고 이후 펼쳐진 조사에서 의심을 살만한 어떤 단서도 나오지 않았다. 이래저래 세홍의 죽음에 대해 책임을 묻고 따지기엔 힘들었다. 아무도 이에 대한 얘기를 대놓고 거론할 수는 없었다. 세홍의 죽음은 이처럼 뭔지 모를 또 다른 얘기가 있는지조차 시원스레 밝혀지지 않은 채로 일단락됐다.

# 소멸 그 이후

한교는 세홍의 사망을 기점으로 많은 변화에 직면했다. 조직이나 단체·국가 등이 이를 이끌던 핵심인물이 갑자기 죽거나 사라져 버리면 잠시 구심점을 잃고 길을 헤매는 것과 같은 맥락이었다. 한교는 세홍의 죽음 이전과 이후로 모든 게 극명하게 갈렸다. 사망 이전까지가 탄생과 폭발적인 성장 그리고 지속적인 발전이었다면, 이후의 상황은 분열과 쇄락이었다. 하나로 단단하게 뭉친 커다란 자석이 깨지고 흩어지자 대중을 강하게 끌어당기던 자력도 상당 부분 힘을 잃었다. 하지만 이는 한교의 교세가 예전에 비해 상대적으로 약해졌지, 세홍의 영향력이 축소된 건 아니었다. 오히려 세홍은 사망 이후 더욱 커다란 그늘을 세상에 드리웠다. 한교 외에 그를 선지자로 추대하는 종교단체의 설립이 잇따른 건 일례에 불과했다.

한검들은 세홍 사후 한교의 운영방향에 대해 논의했다. 당연한 흐름이었다. 논의가 진행되는 가운데, 두 가지의 주된 의견이 제시됐다. 그 가운데 하나는 한검 중에 한 명을 새로운 한엄으로 세우자는 것이었고, 다른 하나는 한엄의 자리를 비워둔 채 세익원처럼 집단지도체제로 가자는 것이었다.

새로운 한엄을 세워야 한다는 쪽은 이석과 종겸·은호 등 주로 예전에 참기모에서 함께 동고동락했던 이들이었다. 집단지도체제를 거론한 이들은 홍식·영직·무종 등 과거 세익원에서 함께 지낸 자들과 상운이었다. 세익원 출신인 이석이 옛 동료들과는 완전히 다른 입장에서, 그것도 반대편의 선두에 선 게 눈길이 가는 대목이었다. 특히 종겸과 은호 등은 회의 도중에 이석이 세홍을 대신해야 힌다는 발언도 서슴지 않았다. 사실 이는 세홍이 죽기 전에 이미 형성된 계파와 무관치 않았다. 이석의 영향력 아래에 있는 계파에 소속된 모든 한검들은 향후 이석을 중심으로 한교가 방향을 잡아가야 한다고 목소리를 높였다.

이에 비해 상운을 정점으로 하는 반대 계파의 한검들은 집단지도체제를 주장했다. 이는 계파 구성에 있어서 수적으로 조금 밀린다는 현실적인 이유와 함께 세홍의 죽음으로부터 완전히 자유롭지 못한 상운을 한엄으로 내세우며 상대편과 맞서기엔 어렵다는 판단이 보태진 탓이었다. 세익원에 몸담았던 시절에 집단지도체제가 시행되는 것을 바로 옆에서 지켜본 점도 어느 정도 영향을 미쳤다. 이런 가운데 소미와 혜림은 회의가 열리는 것에는 아랑곳하지 않고 세홍을 기리기 위해 마련된 제당에서 기도만 하면서 지냈다. 그녀들에게는 세홍 사후에 전개될 한교내부의 상황이 더 이상 의미가 없었다.

논의가 길어지자 이석을 중심으로 하는 계파가 압력을 가하기 시작했다. 이석 등은 어느새 언론을 통해 한교 내의 주류로 불렸다. 이들은 비주류에 대해 다수결로 이 문제를 매듭짓자고 압박했다. 하지만 비주류 측에서 보면 이는 주류 측의 입장을 그대로 수용하는 것이나 다름없었다. 소미와 혜림이 회의에 아예 참석하지도 않는 상황에서 결과는 불을 보듯 했다. 모양만 바꾼, 사실상의 항복이 될 게 분명했다. 비주류의 반대가 계속되자 주류가 참지 못하고 행동에 나섰다. 이들은 비주류의 극렬한 저항 속에 비상대책한검회의를 소집한 후 이석을 제2대 한엄으로 추대했다. 이어 즉각 이를 대내외에 공표했다. 한교 역사에 있어서 또 하나의 중요한 전환점을 가지게 된 날이었다.

비주류는 이를 무효라고 주장하며 강력하게 반발했다. 허나, 대세는 이미 기운 뒤였다. 교단의 많은 지방조직과 해외조직들도 한엄의 자리가 오래 비워지는 것을 그다지 원치 않았다. 이들 거의 대부분이 이석을 한엄으로 하는 새로운 지도체제를 용인하자, 이제 길을 되돌리기는 불가능해졌다. 이후 기존 12명의 한검들은 딱 절반인 6명만이 각기 한엄과 한검으로 교단에 남았다. 나머지 6명은 모두 다른 길을 찾아 떠났다. 조금 지난 뒤의 일이지만 사람들은 한교에 그대로 남은 이들을 가리켜 '오성과 한엄' 또는 '한엄과 오성'이라는 조금은 우스꽝스런 별칭을 달았다. 이는 '오성과 한음'의 고사에서 따온 말로 한엄과 다섯 명의 주요 성직자란 의미였다. 오성으로 불린 종겸 ·

은호·형일·재복·호현 등은 한엄인 이석을 세홍과 거의 대등하게 대했다. 그를 예우하는 것이 과거 세홍보다 더하면 더했지 결코 모자람이 없었다. 무엇이 그들로 하여금 그런 태도를 갖도록 했는지는 모르지만 적어도 이들 여섯 명에 있어서의 한교중앙회의 결속력은 세홍의 죽음 이전에 비해 결코 떨어지지 않았다. 교단을 떠난 이들은 홍식·영직·무종·상운, 그리고 소미와 혜림이었다. 이들은 그 시기가 저마다 다르긴 했지만, 이석이 한엄에 새롭게 오르는 것을 전후로 모두 교단을 등지고 나왔다.

이석의 한엄 등극 이후 전개된 세홍과 관련한 일 가운데 가장 눈에 띈 것은 세모회라는 교단의 등장이었다. 이 교단은 그 명칭이 가진 의미가 비교적 단순했다. 하나님과 그 연결고리인 세홍, 그리고 이를 믿는 본질적 자아를 연결하는 세 꼭짓점을 낱말로 풀어 형상화한 것이었다. 하지만 여기엔 '세'홍을 '모'시고 추'모'한다는 숨은 뜻도 내재했다. 이 교단은 소미와 혜림의 주도 하에 만들어졌다. 그녀들에게 있어서 세홍이 없는 한교는 아무런 의미가 없었다. 소미와 혜림은 이석이 차기 한엄으로 결정됐다는 소식을 접한 며칠 뒤에 작심한 듯 한교를 떠나더니 곧바로 새로운 교단을 만들었다. 그녀들이 독자적인 교단을 만들기로 한 것은 일생을 세홍을 기리면서 지내야겠다는 결심이 바탕이 됐다. 허나, 아무리 위대하고 업적이 뛰어나다고 해도 한 교단이 어떤 특정인물을 추모하기 위해 설립됐다는 건 이치에 조금 맞지가 않았다. 이런 이유로 '세 꼭짓점' 운운하는 논리를 만들어 표면에 내세운 것이었다.

세모회는 오로지 하나님과 그 선지자인 세홍을 믿는 여성들만을 신도로 허락했다. 이 교단은 소미와 혜림이란 이제 막 어린 티를 벗어난 20대 초반의 두 젊은 여성이 이끄는 종교단체라는 점에서 우선 주목을 받았다. 세모회는 결혼과 가족이라는 굴레에 들어가기를 원치 않거나, 여러 가지 이유로 인해 이와 맞지 않는 여성들에겐 참으로 알맞은 새로운 선택지였다. 기본이념도 한교의 것이 거의 그대로 투영됨에 따라 진보적이고 현대적이었다. 이로 인해 천주교에서 운영하는 수녀원이나 사찰 등에 비해 결코 경쟁력이 떨어지지 않았다. 처음엔 기존 한교 신자 가운데 여성신도들이 대거 세모회로 거취를 옮겨 그 세를 불리더니, 비신도 여성 사이에서도 꽤나 커다란 반향을 불러일으켰다.

상운은 이석이 차기 한엄으로 결정되자마자 곧바로 교단을 뛰쳐나왔다. 주류가 비상대책한검회의를 소집한 후 이석을 제2대 한엄으로 추대한 바로 그날이 상운이 한교의 한검으로 존재한 마지막 날이었다. 이는 비주류의 정점에 있던 그로서는 어쩔 수 없는 선택이었다. 당시 상운은 내심 홍식과 영직·무종 등이 자신의 결정에 함께 따라주길 바랐다. 하지만 이들 세 명은 곧바로 향후 거취를 정하지 않았다. 비주류 내에서의 상운의 통솔력이 약화된 게 가장 큰 이유였다. 이는 당연히 세홍의 죽음과 관련한 사고가 상운과 전혀 무관하지 않아 보인다는 점 때문이었다. 동료도 조직도, 따르는 무리도 이제 그에겐 없었다. 아무 것도 없는 그가 선택할 수 있는 최적의 장소는 바로 대학이었다. 상운의 천재성과 박학다식함은 이미 교단을 넘어 많은 이들이 인정하는 사실이었다. 그는 교단을 떠나자마자 어렵지 않게 대학 강단에 자리를 마련했다. 그러더니 얼마 있지 않아 세홍학이라는 새로운 학문적 체계를 정립해 세상에 내놓았다. 이후 이를 바탕으로 보다 발전적으로 세홍이 남긴 관념과 사상에 대한 연구를 계속 이어갔다. 그의 이런 행보는 한교를 벗어나긴 했으나 결코 세홍을 떠나진 않았다는 점을 에둘러 표현한 것으로 읽혔다. 이를 곱지 않게 보는 이도 있었다. 혹자는 상운의 이러한 일련의 움직임을 모종의 흑심을 감추고 미래를 도모하기 위한 고도의 전략에서 나온 것으로 보기도 했다. 이 역시도 세홍의 죽음에서 영원히 자유로울 수 없는 상운의 숙명이었다.

홍식과 영직, 그리고 무종이 한교를 떠난 것은 이식이 한엄에 오르고 나서 조금 지난 뒤였다. 이들은 주류가 내린 결정을 강력하게 반대했으나, 이내 중과부적임을 인정하고 손을 들었다. 이석이 한엄에 오르는 게 대세로 굳어지자 한검으로서의 역할을 계속 수행하기로 마음을 잡았다. 상운이 즉각 교단을 뛰쳐나간 것에도, 소미와 혜림이 곧이어 자신들의 길을 찾아 나선 것에도 흔들리지 않았다. 이는 사실 이들이 각자가 가진 기본 역량으로 미뤄봤을 때 한교에 잔류하는 것 말고는 달리 매력적인 선택사항이 없다는 점도 이유가 됐다. 어디서든 우뚝 설 수 있는 깜냥을 가진 상운과 한교 내부와 외부를 통틀어 나름대로 두터운 우호세력이 있던 소미·혜림과는 처지가 분명 달랐다.

그런 그들이 한교를 떠나기로 결심한 것은 바로 세홍이 남긴 정보저장키트 때문이었다. 이석은 한엄에 오르는 모든 공식적인 절차가 끝나고 난 뒤 교단이 안정세를 보이자, 남은 한검들에게 세홍이 남긴 키트에 대한 제출을 요구했다. 물론 외부에는 이를 철저히 비밀로 했다. '개인이 각자 보관하기엔 큰 위험이 따르니, 이를 모아서 봉인하는 형태로 공동 보관해야 한다'는 게 그의 주장이었다. '새로운 한엄의 시대가 왔으니 의당 이를 한엄의 주관 하에 모두 함께 보관하는 게 맞고, 교단의 미래를 위해서도 그게 바람직하다'는 것도 그가 내세운 논리였다. 특히 이석은 '선악비록이 확실히 존재한다는 대내외적인 인식을 통해 한교가 더욱 발전해나갈 수 있다'면서 한검들을 설득했다.

하지만 영직과 무종은 우직한 사내들이었다. 무종은 더욱 그랬다. 그들은 이석의 요구가 세홍이 남긴 뜻에는 분명 반한다고 봤다. 세홍이 생전에 자신들한테 그렇게 말하지 않은 것을 똑똑하게 기억했다. 무엇보다 그들에겐 세홍과의 의리와 그와의 약속이 중했다. 한검이라는 지위를 계속 유지하기 위해 이를 저버리는 일 따위는 할 수 없었다. 더군다나 선악비록이 모두 이석의 통제 아래 놓이는 건 그에게 무소불위의 힘을 주는 것이나 다름이 없다고 여겼다. 이는 더욱 받아들이기 힘든 사실이었다. 그들은 결국 주류에 속한 다른 한검들과는 달리 키트를 내놓지 않기로 결심하고 교단을 탈퇴했다. 외부로는 교단을 떠나는 이유에 대해 상세히 밝히지도 않았다. 키트에 대해 일체 함구하라는 세홍의 유지가 그들의 뇌리에 또렷하게 각인된 탓이었다.

홍식이 한교를 떠나는 과정은 해석하기에 따라 참으로 안타까운 결말이었다. 그는 한검, 그 이전에 세흥이 생전에 믿었던 최측근 가운데 한 명이 한 것이라고는 보기 힘든 결정을 내렸다. 흥식은 영직과 무종이 떠나자 고민에 빠질 수밖에 없었다. 그는 마음 한편으로는 다함께 키트를 내놓고 한검으로 계속 지내길 원했다. 하지만 영직과 무종은 결국 자신이 당초 예상한 것에서 크게 벗어나지 않았다. 흥식은 그들 없이 혼자만 교단에 남는 게 못내 꺼림칙했다. 주류들과 섞여 지내는 것도 혼자가 아니라면 얼마든지 가능했으나, 어느새 비주류 가운데 남은 게 자신뿐이었다. 흥식은 잠시 고민하다 조용히 이석을 찾았다. 그런 뒤에 미리 정리한 자신의 생각을 전했다.

"뭐… 한엄의 요구대로 내가 지닌 키트를 내놓겠소. 이와 동시에 한검에서도 물러나 평신도로 돌아가겠소. 하지만 그러기 위해선 한엄께서 내게 보장해줘야 할 것이 있소이다. 뭐… 알다시피 내겐 이미 식솔들이 딸려 있소. 이젠 그들의 생계를 책임지는 게 무엇보다 중요한 나의 책무요."

흥식은 이석에게 자신과 가족들의 생활을 영위하기 위한 보장을 해달라고 요구했다. 구체적인 안까지 마련해 이석에게 제시했다. 향후 10년간 교단 내에서 사용하는 모든 물품을 납품할 권리를 달라는 게 그의 안이었다. 이석은 고민할 필요가 없었다. 자기가 줄 수 없는 것을 원하는 게 아니었다. 어차피 누군가는 맡아야 할 일이었다. 이석은 흥식이 안을 제시하자마자 이내 웃으며 고개를 끄덕였다.

영직은 교단을 나온 이후 고향인 흥원에서 동생인 무종과 함께 편의점을 열었다. 하지만 입지선정 등을 비롯한 사전 예측을 슬기롭게 못한 탓인지 그다지 재미를 보지 못했다. 편의점 운영으로 생계를 이어가면서도 둘은 한교 신도로서의 기본자세를 잊지 않았다. 함경도 총부의 고문을 맡으면서 세홍과의 끈끈한 인연을 이어갔다. 세홍의 12제자이자 중앙회 한검 출신인 까닭에 지역에서만큼은 신도들 사이에서의 영향력이 여전했다. 그런 가운데 어찌된 영문인지 무종이 돌연 자취를 감췄다. 산속에 숨어 살며 폐인처럼 지낸다는 게 나중에 전해진 그의 소식이었다. 무종이 사라지자 영직은 혼자서 어렵게 편의점을 운영하다가 여의치가 않자 결국 이를 처분했다. 이후 홍식을 찾아가 교단 납품과 관련한 사업을 함께 했다.

이렇듯 세홍이 죽은 뒤에 그의 제자들은 크게 보면 딱 절반씩 서로의 갈 길이 갈렸다. '오성과 한엄'이란 별칭을 달고 교단에 그대로 남은 이들과 그렇지 않은 자들로.

# 청년,
# 전설이 되다

33

아이들의 웃음소리가 밝게 울러 퍼지는 주말 오후였다. 햇살도 유난히 따사로웠다.

"까르르……"

마냥 즐겁기만 한 두 딸아이를 바라보는 젊은 부부의 시선도 무척 포근했다. 한교에서 주관한 집회를 마친 뒤 인근 놀이터를 찾은 한 가족의 평화로운 모습이었다. 비록 한교가 예전에 비해 교세가 위축되긴 했지만, 적어도 이 가족에겐 여전히 자유와 마음의 안정을 보장하는 울타리였다. 놀이터를 밝은 기운으로 채우는 이 가족의 모습은 마치 세상이 보다 자유롭고 평화로운 쪽으로 접어든다는 사실을 몸소 표현하는 것만 같았다.

한교가 진보적인 종교이념으로 평가받는 건 무엇보다 개인의 삶과 자유를 침해하지 않는다는 점 때문이었다. 비록 '불33'으로 행동양식에 대한 통제가 있었으나, 이는 상식적인 범위 내에서 지켜야 할 도덕적인 규범에 지나지 않았다. 누구나 나쁜 행위로 인지하는 사항들을 명문화해 놓은 정도에 불과했다. 한교를 믿는다고 해서 개인의 생활양식을 간섭하고 바꿀만한 그 어떤 침해요소도 또한 없었다.

세홍 사후에 전개되는 수많은 종교적 실험들은 바로 이런 한교의 인본주의적인 기본가치를 바탕으로 했다. 학자들은 이를 당연한 사회적 발전과정의 하나로 해석했다. 이들 가운데 일부는 이런 흐름으로의 전환이 지나치게 오래 걸렸다고 얘기했다. 개인의 자유를 구속하고 심지어 탄압까지 일삼은 주류종교들이 오랫동안 인류의 발목을 잡아왔으며, 때로는 처참하리만큼 비극적인 일들을 초래했다고도 말했다. 현대에 들어서 그 억압의 정도가 줄어든 것도 단지 주류종교의 침체가 가져온 당연한 결과일 뿐이란 게 그들의 생각이었다.

한교의 상대적인 쇠퇴는 사실 세홍과는 별개의 개념으로 봐야했다. 한교의 교세가 쪼그라든 데는 한검들의 갈등이 외부로 알려진 게 가장 큰 영향을 미쳤다. 세홍을 선지자로 내세운 교단의 설립이 잇따른 것도 주된 원인이었다. 이 두 가지 요인은 함께 맞물리면서 그 여파가 확산됐다. 세홍 사후에 한교 수뇌부의 다툼이 진흙탕 싸움으로 비화되자 고개를 돌린 신도들이 많았다. 이들은 세홍을 전면에 앞세우며 설립한 새로운 교단으로 이내 흡수됐다. 여기에다 중국 집권세력의 교체가 이뤄진 것도 악재였다. 세홍이 죽기 얼마 전에 들어선 중국의 새 지도부는 '신자유공정'을 표방한 전임자들과는 확연히 달랐다. 소수민족 독립 움직임이 고조되는 등 내부 상황이 급변한 게 변화된 정책노선을 택한 가장 큰 배경이었다. 이처럼 내부가 어수선한데다 세홍 사후 그를 신격화하려는 움직임이 중국 전역에서 일자, 즉각 이런 흐름에 제동을 걸고 나섰다. 이는 곧바로 한교에 대한 대대적인 탄압으로 이어졌다. 이런 점들이 복합적으로 작용하면서 한교는 세홍이 죽은 바로 그날을 정점으로 찍고는, 이후 교세가 계속 내리막을 탔다.

이에 비해 세홍이 남긴 그늘은 나날이 커져만 갔다. 그의 사후 위상은 이미 인간의 그것을 훨씬 초월했다. 예수·마호메트·석가모니·공자·소크라테스 등 인류 역사에 있어 종교적·사상적 이념 정립에 가장 굵은 업적을 남긴 이들과 동일선상에 놓고 보는 이가 많았다. 이런 시각들이 응집되자 어느새 그를 신격화하려는 움직임이 생겼다. 세홍의 신격화는 비단 한교 내부에서만 머무르질 않았다. 오히려 이는 한교 외부에서 더욱 활발했다. 사실 한교는 새로운 한엄인 이석을 중심으로 또 다른 시대를 준비하는 것에 더욱 치중했다. 세홍의 신격화를 주도한 신흥 종교집단은 소미와 혜림이 설립한 세모회를 비롯해 아예 세홍의 이름을 그대로 같다 붙인 세홍교, 그리고 한빛정교·삼족오태평만년회 등이었다. 이들 종교단체는 비록 그 세부적인 교리가 조금씩 차이가 났으나, 기본적인 틀은 한교에서 크게 벗어나지 않았다. 이들 종교단체는 한교와 더불어 세홍이 세상에 남긴 그늘의 폭을 더욱 커다란 것으로 만들었다.

종교적인 흐름만 놓고 보면 세계사도 역시 세홍의 죽음 이전과 이후가 확연히 구분됐다. 세홍에 대한 신격화를 중심에 놓든 아니든, 그의 사망 후에 기존 주류종교의 틀을 깨부수고 나온 교단의 설립이 전 세계적으로 무수히 잇달았다. 이런 여러 가지 시도들은 그 규모와 진행 속도가 과거와는 비교가 되지 않았다. 예전에 진행된 일련의 흐름들이 주류종교에 대한 간헐적인 도전과 대안 제시에 불과했다면, 이젠 가히 혁명이라고 봐도 좋았다. 집권자인 주류종교에 대한 확실한 쿠데타였으며 정권교체를 위한 강렬한 외침이었다. 이 혁명으로 인한 실질적인 정권의 교체도 얼마 남지 않은 것으로 보였다.

세홍은 이제 그 이름이 곧 역사이며 전설이었다. 사람들이 그 태생에 대해서도 잘 알 수 없던 한 동자승이 용수란 법명의 승려와 장도훈이란 이름의 목사를 만나면서 성장을 거듭했다. 어느 시점에 이르자 마치 미리 예정된 것만 같은 길을 나서더니, 어느새 역사서 한 페이지를 가득 채울 만한 인물이 됐다. 비록 불의의 사고로 유명을 달리했지만 그가 남긴 족적은 이미 그것으로 충분했다. 더군다나 그의 이름이 가진 중량감과 그가 세상에 남긴 관념의 무게는 시간이 흐르면서 더욱 중해질 게 분명했다.

놀이터에 놀던 아이들이 조금 지쳤는지 벤치에 앉은 부모에게로 쪼르르 달려왔다. 그러더니 한 명씩 부모의 무릎에다 각기 자리를 잡고 앉았다. 둘 중 언니로 보이는 아이가 고개를 돌리더니 입을 열었다.

"근데…… 아빠? 세홍은 어떤 아저씨야?"

딸아이의 느닷없는 질문에 사내가 곧바로 대답을 잇지는 못했다. 아내의 얼굴을 잠시 쳐다보더니 다시 딸아이와 눈을 맞췄다. 이윽고 그윽한 시선으로 아이에게 말했다. 음성은 부드러웠다. 세상 그 무엇보다 참된 진실을 실어 보내는 양 조심스러웠다.

"음… 그 분은 말이다. 다른 무엇보다 우리 모두에게 새로운 믿음의 길을 제시한 분이란다. 어느 누군가를 속박하려 들지 않는, 바로 그런 참된 믿음을 말이야……"

햇살은 여전히 따사로웠다. 까마귀 한 마리가 나뭇가지 사이를 헤집고 나온 햇살을 부수며 하늘로 날아올랐다. 까마귀는 하늘 높은 곳에 이르러 마침내 한 점이 될 때까지 날갯짓을 멈추지 않았다.

## 에피소드 1

## 2장에 앞서 · · · 事件秘錄

그가 놀란 듯이 머리를 흔들며 눈을 떴다. 칠흑 같은 어둠이 그의 눈앞을 가로막았다. 그의 눈에는 단 한줌의 빛도 보이지 않았다.

'내가 지금 어디에 있는 거지?'

잠시 이런 생각을 한 뒤에 그는 이내 자신의 손발이 자유롭지 못하다는 걸 깨달았다. 손발을 있는 힘껏 잡아 당겼으나 꼼짝도 하지 않았다. 팔과 다리가 벽에 단단히 묶인 것을 느꼈다.

'도대체 어떻게 된 거야? 그러니까 마지막 기억이……'

입속은 바싹 말랐다. 숙취 기운에 속도 메스꺼웠다. 하지만 그는 이를 제대로 느낄 새도 없이 자신이 어젯밤으로 생각하는 때의 기억을 더듬어 머릿속에서 짜맞춰봤다.

'아르바이트가 끝나고 모처럼 애들과 신나게 한 잔 마신 후에, 택시를 잡아타고는 살짝 잠이 든 것까지는 기억이 나는데……'

그러면서 자신이 지금 무슨 일을 겪는지에 대해 생각했다. 자기의 신변에 큰 이상이 생긴 것이 확실하게 느껴지자 조금 남은 술기운마저 완전히 달아났다.

"아무도 안계십니까? 아무도 안계세요? 쿨럭쿨럭!"

어둠을 향해 목청껏 자신의 존재를 알렸다.

"여기 사람이 있어요. 아무도 안계십니까?"

그의 목소리는 점점 커지고 절박해졌다. 하지만 그는 어느 누구의 대답도 들을 수가 없었다. 잠시 후 그는 스스로에게 물어볼 질문을 몇 가지 떠올렸다.

'여기가 도대체 어디지? 내가 지금 어떻게 된 건가? 납치된 건가? 납치됐다면 누가, 왜 나를 납치했을까? 도대체 누가?… 왜?… 도대체 누가?'

그는 마른 침을 삼켰다. 그러면서 꼼짝없이 묶인 채로 하릴없이 고개만 숙이고 있는 자신의 기막힌 처지에 대해 생각했다.


그는 한참을 생각해도 현재 상황이 이해되질 않았다. 받아들이기가 어려웠다. 시간이 얼마나 흘렀는지도 몰랐다. 목이 말랐다. 속도 아파오고 오줌도 마려웠지만, 다른 무엇보다 갈증이 그를 괴롭혔다. 겨울인데도 난방이 되는지 그다지 추위를 느끼지는 않았다. 그의 침을 마르게 하는 게 난방 때문은 아니었다. 오히려 그가 있는 공간은 약간 습한 기운마저 감돌았다. 연신 마른 침을 삼켰다. 수차례 간헐적으로 자신의 존재와 위급함을 누군가에게 알렸으나 대답이 없자 그것마저 멈췄다. 유일한 가족인 자신의 어머니를 떠올렸다.

'지금 뭘 하고 계실까? 날 찾고 있을까? 내가 이런 상황인 줄 알고

는 있을까?'

아버지를 일찍 여읜 후 혼자서 자신을 힘들게 키워 온 어머니의 여러 영상이 머릿속에 파노라마처럼 펼쳐지며 지나가자 가슴이 뭉클해졌다. 어머니가 화교인 탓에 외가 쪽으로는 변변한 일가친척도 하나 없었다. 그는 이 상황을 반드시 벗어나야겠다고 다짐했다. 그러자 다시금 자신을 이런 지경에 처하도록 만든 자에 대한 의문이 피어올랐다. 가까운 친지·학우들부터 여태껏 자신이 알고 지낸 기억나는 모든 이들에 대해 차근차근 생각했다. 저 멀리 초등학교 동창생들을 포함해 엊그저께 길을 가다가 어깨를 서로 부딪친 유난히 무뚝뚝해 보인 중년사내까지. 잠시 후 그는 자신과 비교적 관계가 좋지 않았다고 여기는 몇 명을 간추렸다.

'흠!…… 그렇다고 이렇게까지 깊은 원한을 산 일은 없는 것 같은데. 혹시 돈을 노린 건가? 우리 집이 무슨 부자도 아니고. 후----우'

이런 저런 생각이 떠오르고 사라지길 반복했지만 시원하게 정리되진 않았다. 그는 우선 확실한 사실부터 짚어보기로 했다.

'난 지금 내 의지와는 상관없이 강제로 끌려와 손발이 벽에 묶여있다. 여기가 어딘지는 모른다. 누가, 어떤 이들이 그랬는지도 모른다. 내 목소리를 듣고 날 도와줄 사람은 없는 것 같다…… 여기는 어둡다. 아무것도 안 보인다. 그렇다면…… 여기는 대체 어디인가?'

그는 생각이 거기에 미치자 감각을 최대한 곤추 세워 자신이 갇힌 장소에 대해 추측했다.

'여러 느낌으로 보아 그렇게 넓은 장소는 아닌 듯한데……'

아무것도 보이지 않는 상황은 상상력마저 위축시켰다. 공간에 대한 그의 예상을 극히 한정적인 것으로 만들었다. 소리의 울림으로 미뤄봤을 때 방 하나 정도의 크기에 조금 습한 기운이 감도는 장소라는 게 그가 생각해낸 전부였다.

'내가 알지도 못하는 이곳에 꼼짝없이 묶였구나. 앞으로 어떻게 될까? 무사히 나갈 수는 있을까?'

그동안 막연하게 조금씩 떠오르고 사라졌으나 애써 외면하던 죽음에 대한 공포가 젖은 종이에 먹물이 번지듯이 빠른 속도로 그의 머릿속을 채웠다. 그는 모든 생각을 멈춰야만 했다. 마치 누군가에게 크게 한 대 맞은 듯이 머릿속이 멍했다. 그의 눈에는 어느새 눈물이 맺혔다. 그는 흡사 미친 사람처럼 자기를 구해달라고 다시 외치기 시작했다. 그의 목소리가 알지 못할 공간을 한 점의 빈틈도 없이 가득 메웠으나, 그가 들을 수 있는 건 오로지 자신의 목소리뿐이었다. 그는 그렇게 점점 힘겨워져만 가는 목소리와 함께 지쳐갔다.

얼마의 시간이 지났는지 그로서는 알 수 없었다. 그의 하반신은 참지 못한 오줌으로 인해 이미 축축이 젖어버렸다. 무척이나 습하고 가려웠지만 그에겐 그게 중요하지 않았다. 그의 머릿속을 지배하는 건 시간이 갈수록 점점 커져 버린 공포심과 궁금증이었다. 그런 감정들의 틈새로 어머니의 모습을 비롯한 그의 삶의 기억들이 영상이 되어 스치듯이 지나가거나, 때론 머릿속을 비집고 들어와 자리를 잡았다. 다시 눈물을 흘렸다. 이젠 아예 대놓고 큰소리로 엉엉 울기 시작했다. 그는 한참을 그렇게 울었다.

그의 울음이 더 이상 지속되기 힘들다고 여겨질 쯤에 갑자기 방안에 밝은 빛이 켜졌다. 그는 흠칫하고 놀라면서 울음을 멈췄다. 처음엔 눈도 부시고 눈물이 얼룩져 빛이 나는 방향을 똑바로 쳐다볼 수 없었으나, 잠시 후 빛과 소리가 나는 방향으로 눈을 가져갈 수 있었다. 훌쩍대며 그곳을 조심스레 바라봤다. 텔레비전 같은 것에서 나오는 빛이었다. 모니터에선 연신 뭔가가 방영됐다. 그는 잠깐 동안 화면을 쳐다봤다. 주제가 뭔지 정확히 알기 어려운 화면이었다. 몽환적인 내용을 소재로 하는 어느 독립영화의 한 장면과 유사했다. 이내 주위로 눈길을 돌렸다. 자신이 갇힌 장소가 눈에 보이기 시작했다. 눈을 빙그레 돌리며 조심스럽게 주변을 살폈다. 맞은편 왼쪽으로 어렴풋이 문처럼 생긴 게 그의 눈에 들어왔다.

'아……! 저길 나갈 수만 있다면……'

잠시 이런 생각을 한 뒤에 문득 떠오른 듯 고개를 돌려가며 손발을 쳐다봤다. '피식'하고 헛웃음을 웃었다. 자신의 처지가 아무것도 보이지 않았을 때 상상한 것과 크게 차이가 나지 않는다고 여긴 모양이었다. 그의 눈은 어느새 빛에 완전히 적응했다. 그러자 사방을 가득 메운 계란판 모양의 검은색 방음재가 그의 눈에 들어왔다. 천장과 문, 심지어 바닥의 일부까지 온통 방음재로 뒤덮인 상태였다. 왼쪽 아래로 시선을 가져가다가 조금 놀란 듯이 눈을 크게 떴다. 그의 왼쪽에서 약간 떨어진 곳에는 좌변기가 자리 잡고 있었다. 누군가가 철저히 준비했다는 생각이 들자 온몸에 소름이 돋았다. 눈을 돌려 자신의 손발을 자세하게 살폈다. 작은 책 크기의 두꺼운 철판이 네 꼭짓점에 하나씩 못이 박혀 벽에 단단히 고정된 상태였고, 그 위로 자신의 손발이 묶여져 있었다. 굵은 팔찌모양의 쇠고리가 손발을 한 바퀴씩 감싸 돌며 그를 단단하게 붙들었다. 무의식적으로 허리를 돌려가며 손발을 빼내보려고 힘을 써봤으나 역시 소용이 없었다. 맞은편 수상기로 눈을 돌렸다. 물끄러미 잠시 동안 화면을 보던 중에 그의 머릿속이 갑자기 번쩍거렸다.

'누군가 있다. 가까운 곳에 있다. TV전원이 그냥 켜지는 않았을 테고 날 보고 있을지도 모른다.'

갑자기 그런 생각이 들자 그동안 낸 목소리보다 더욱 큰 소리로 외치기 시작했다.

"여보세요! 당신, 누구십니까? 도대체 왜 이러는 겁니까? 내가 혹시 잘못한 게 있다면 정말 죄송합니다. 아니면 바라는 게 있다면 말을 하세요. 여보세요! 여보세요! 쿨럭쿨럭!"

그는 그렇게 몇 번이나 같은 말을 되풀이하며 울부짖었다. 그의 목은 더 이상 소리를 낼 수 없을 만큼 쉬었고, 그의 입에서는 어느새 여태까지의 절박한 애원이 거친 욕으로 바뀌어져 나왔다.

"야! 이 개새끼야! 너 누구야----! 이 새끼야! 악--------! 나와 봐! 내 앞에 나타나 이 개새끼야!"

그는 한참동안을 쉰 목소리로 배설하듯이 욕지거리를 뿜어냈으나, 그나마 대꾸를 하는 건 맞은편에 놓인 텔레비전뿐이었다. 잠시 후 그는 지친 듯 위를 향해 바짝 세웠던 목을 살짝 떨어뜨리고는 말없이 화면만 바라봤다. 꽃이 피어올랐다가 다시 사각형으로 바뀌고, 그 사이사이에 글자가 하나씩 나타났다가 사라지는 그런 형식의 화면이 계속 반복됐다.

그가 다시 눈을 떴다. 놀란 듯이 주위를 둘러봤다. 또 암흑이었다. 무엇에 취한 듯 언제 잠이 들었는지도 모르게 눈을 감았다는 사실을 떠올렸다. 꿈속에서 어머니의 목소리를 몇 차례 들은 것 같은 기억이 그의 머릿속을 스쳐 지나갔다. 쓴웃음을 지으면서 몸을 뒤틀며 움직였으나, 손발엔 여전히 아무런 변화가 없었다. 불안과 공포가 새롭게 생긴 고약한 습관처럼 머릿속에 무겁게 내려앉았다. 이젠 팔이 참을 수 없을 만큼 저렸다. 목과 손발을 가능한대로 움직이며 몸을 풀었다. 소리를 질렀다. 이미 목이 완전히 쉬었지만, 지금 그가 할 수 있는 건 이것 말고는 없었다.

한참동안 요란을 떨었으나, 그가 처한 상황에는 한 치의 변화도 생기지 않았다. 이젠 누구에게 애원하거나 욕지거리를 하기에도 지친 듯이 멍하니 어둠속에서 절망감만 키웠다. 다시 눈을 감았다. 똑같은 생각들이 마치 회전목마를 탈 때 보이는 주위배경처럼 번갈아가며 머릿속에 출몰하기를 반복했다. 회전목마가 몇 바퀴를 돌았는지 셀 수도 없었다. 그리고 한참, 시간이 얼마나 또 지났을까. 텔레비전의 전원이 다시 켜졌다. 그는 반사적으로 눈을 떴다. 눈부심을 잠시 가라앉힌 뒤, 주위를 조심스럽게 둘러봤다. 달라진 건 없었다. 길고 깊은 한숨을 크게 한 번 내쉰 뒤, 머리를 누운 팔자모양으로 천천히 몇 번 돌리고는 화면을 바라봤다.

잠에서 깨어나 다시 눈을 떴다. 벌써 세 번째. 얼른 주위를 둘러봤다. 다시 암흑이었다. 잠시 정신을 가다듬었다. 꿈속에서 자신의 어머니의 목소리를 몇 차례 들은 것 같은 기억이 재차 떠올랐다. 배고

품과 목마름은 이미 한계에 달한 듯했다. 그의 몸이 스스로 통제할 수 있는 범위를 지난 지도 오래였다. 이젠 기척도 하기 힘겨운 듯 한참 동안을 멍하니 있자, 텔레비전이 켜졌다. 주위는 역시 그대로였다. 그는 하릴없이 화면을 쳐다는 것 말고는 달리 할 게 없었다.

또다시 눈을 떴다. 눈을 뜨고는 많이 놀란 듯이 허리를 들어 주위를 두리번거렸다. 자신이 누운 상태로 잠들었다는 사실을 알아차리고는 시선을 얼른 손발로 가져갔다. 그의 양손과 한쪽 발이 자유로웠다. 이제 그를 일차적으로 구속하는 건 오른쪽 발에 묶인 체인뿐이었다. 1미터가 조금 넘는 길이로 단단히 벽에 고정된 상태였다.

"아⋯⋯!"

기쁨이 조금 섞인 탄성을 내쉬고는 고개를 들었다. 천장에는 구식 백열등 하나가 켜져 있었다. 주위를 둘러봤다. 그의 손이 딱 닿을 만큼의 거리에 빵 한 봉지와 생수 한 병이 가지런히 놓여 있었다. 많은 생각이 한꺼번에 물밀듯이 밀려들었다. 그 가운데 가장 큰 건 역설적이게도 생존에 대한 아주 작은 희망이었다.

'아!⋯ 잘하면 죽지는 않겠구나.'

제일 기초적인 욕구가 그를 미친 듯이 깨워 흔들었다. 뭔가에 쫓기는 사람마냥 손을 뻗어 생수통을 집어 들었다. 벌컥거리며 아주 달게 마셨다.

"쿨럭! 쿨럭!"

사래가 들린 듯 기침을 몇 번 하고는 다시 빵 봉지를 집어서 이를 뜯었다. 예전에는 달아서 잘 먹지도 않던 단팥빵을 아주 맛있게 먹었다. 입속 가득 빵을 채워 넣고는 조금 남은 물을 마저 들이켰다. 이제 조금은 살 것 같다는 표정으로 고개를 위로 젖혀 머리를 여러 번 세차게 흔들었다. 그런 뒤에 갑자기 뭔가 생각이 났다는 듯, 아랫도리에 걸친 옷을 팬티까지 한꺼번에 쑥하고 밑으로 내리고는 잽싸게 왼쪽 다리를 뺐다. 오른쪽 발목 위에 옷을 매단 채로 좌변기 위에 풀썩 주저앉았다. 오줌을 조금 누웠다. 큰 것도 함께 누려했으나 잘 나오지가 않았다. 엉덩이 쪽으로 몇 번을 힘을 줘도 시원스레 빠져나오질 않았다. 그냥 물을 내렸다. 변기에 다시 물이 차오르기를 잠시 기다리더니 곧이어 손으로 물을 떠서 사타구니로 가져다가 씻었다. 몇 번을 그러다가 갑자기 일어나 몸을 반대 방향으로 틀더니 다시 살짝 내려앉았다. 무릎에 변기를 끼운 채 승마자세로 구부정하게 섰다. 양손을 번갈아 가며 물을 끼얹으며 열심히 사타구니를 씻었다. 두어 번 물이 차오르기를 기다렸다가 씻기를 반복하더니 엉덩이를 뒤로 빼고는 그대로 앉았다. 변기 앞으로 머리를 갖다 댔다. 양손으로 물을 뜬 후 얼굴로 가져갔다. 세수까지 하더니 이제야 살 것 같은 기분이 드는 양 처음으로 미소를 보였다.

"후---우……"

화면이 다시 켜졌다. 시간이 얼마인지도 모르고 며칠이 지났는지도 정확히 헤아릴 수는 없었다. 하지만 화면이 주기적으로 켜지고 꺼지는 것은 확실했다.

물과 음식이 제공된 이후로 며칠이 더 지났다. 이후 별다른 변화는 없었다. 이제 그가 할 수 있는 것은 오로지 생각, 그리고 텔레비전

화면을 쳐다보는 것뿐이었다. 그는 자신이 처한 비참한 현실에서 벗어나고자 몸부림치고 싶지도 않았다. 오로지 체념과 순응만이 그의 관념의 세계를 완전히 평정했다.

건물 바로 위에서 모니터를 지켜보던 한 사내가 또 다른 사내에게 말했다.

"너무 오래 걸리는 것 아뇨?"

"거의 다 되어 갑니다. 도무지 감당하기 어려운 힘든 일을 수행하도록 설정해야 하기 때문에 이 방법 외에는 도리가 없습니다. 그냥 일반적인 최면으로는 어림도 없을 일입니다. 화면을 통해 반복적으로 암시를 심어 놓았으니 이젠 자신이 거부하려 해도 절대로 그럴 수 없을 것입니다."

"당초 한 달은 넘어야 한다기에 그러려니 했더니만 정말로 그 날짜를 꼬박 채울 폼이네…… 호… 그래… 봅시다. 마… 배후를 철저하게 숨기면서 확실하게 프로젝트를 진행하기 위한 것이라면 그깟 시간이 뭔 대수라고."

사내가 고개를 끄덕여가며 반말도 높임말도 아닌 말투로 얘기했다. 상대편이 자기보다 나이는 많으나 그렇다고 애써 존대할 필요는 없는 모양이었다. 다시 말을 이었다.

"조 선생! 국내 유명 대학 경호학과의 엘리트 중에서 여러 가지 상황과 조건을 따져 특별히 선별한 애요. 마지막까지 괜히 다치거나 자해하거나 해서 물건 버리는 일은 없도록 조심해주쇼. 계획을 다시 짜서 새롭게 실행하기엔 시간도 별로 없소."

"예. 염려 마십시오. 미리 짠 일정표대로 빈틈없이 일을 진행하고 있습니다. 현재 폭력성을 최대한 누르는 암시까지 함께 받는 터라, 특히나 자해하는 일은 없을 겁니다. 여기서 나간 뒤로 우리가 짜놓은 시나리오대로 움직이고, 이후에도 우리 계획대로 졸업 후에는 분명히 청와대 경호실을 목표로 진로를 잡을 겁니다. 이어 정해진 시간이 되면 미리 암시를 통해 심어둔 각본에 따라 분명히 거사를 실행할 것입니다. 권총소지 여부가 확실하고 대통령과 영부인이 함께 참석할게 분명한 광복절기념식에 맞춰 빈틈없이 계획을 짰으니 염려하지 않으셔도 됩니다. 물론 자신은 그때까지 그런 숨겨진 목적도, 여기에 대한 기억도 전혀 떠올리지 못할 것이고요."

"좋소! 좋아!… 내 시간나면 또 들러 보리다. 혹시 뭐 필요한 게 있으면 언제라도 연락하고."

"하하… 네!"

현근은 얼굴에 자신 있는 웃음을 띤 홍준을 뒤로 하고 건물을 나섰다. 건물은 박산그룹 배영석 회장이 개인적으로 소유한 오부농원이란 이름의 큰 농장 복판에 지어진 단층 건물이었다. 전에 있던 농장 관리인을 대신해 다섯 달 전쯤 현근이 직접 심어 놓은 새 관리인이 마치 군대 상급자를 떠나보내듯 그를 배웅했다.

그가 다시 눈을 번쩍 떴다. 불편한 잠에서라도 깬 것처럼 얼굴을 찡그렸다. 잠시 멍하니 천장을 응시했다. 낯선 곳이라는 걸 감지한 듯 벌떡 일어나 주위를 둘러봤다. 숙박업소라는 걸 이내 알아챘다. 지난 기억부터 떠올렸다.

'겨울방학이 시작 되자마자 아르바이트를 새로 구했고…… 그 기념으로 일이 끝난 뒤에 모처럼 친구들과 술을 한잔했지… 그 뒤에 택시를 잡아탄 후… 그 안에서 스르르 잠이 든 것 같은데…'

왼쪽 손목을 얼굴 쪽으로 가져다가 올렸다. 손목에 있어야 할 미디어시계가 보이지 않자 다시 두리번거렸다. 순간 흠칫 놀랐다. 맞은편 거울에 비친 자신의 모습이 지나치게 수척해 보인 까닭이었다. 놀랄 사이도 없이 고개를 다시 돌렸다. 침대 옆에 놓인 탁자 위에 미디어시계와 휴대전화, 지갑 등 자신의 소지품이 가지런히 놓여 있었다. 미디어시계와 휴대전화를 집어 들었으나 이미 모두 방전된 상태였다. 뭔지는 모르지만 마음 속 깊은 곳 한편에서 꺼림칙한 기분이 전해지는 것을 느꼈다. 곧바로 TV를 켰다. 채널을 뉴스전문 방송으로 옮겼다.

"허-억!"

그가 짧게 신음소리를 냈다. 화면 오른쪽 상단에 표시된 날짜는 1월 19일. 꿈을 꾸는 게 아니라면 납득이 안 되는 상황이라고 여겼다.

'과거로 돌아간 게 아니라면 해가 바뀌었단 얘긴데…… 이게 도대체 어찌된……'

채널을 다른 데로 돌려도 마찬가지였다. 어안이 벙벙한지 잠시 멍하니 있었다. 날짜가 자신이 기억하는 어제와 무려 한 달 이상이나 차이나는 건 도무지 이해하기 힘들었다. 창문 쪽으로 얼른 다가가 바깥을 봤다. 그의 눈에 익은 모습은 아니었다. 얼마 전에 왔는지 녹다가 만 눈이 군데군데 보였다. 얼른 객실 내에 비치된 전화기를 들어 집으로 전화를 걸었다. 지역번호를 따로 누르지 않아도 신호가 가는 걸로 봐선 자신의 위치가 서울인 것만은 분명하다고 생각했다. 십여 차례 신호가 가도 전화를 받는 이는 없었다. 다시 해도 마찬가지였다.

'어디 가셨나?… 그렇다면 휴대전화로 연락해야 하는데… 번호가……'

그는 늘 음성신호로 자신의 어머니에게 전화를 걸던 터라 번호가 뚜렷하게 떠오르지 않았다. 비슷하다고 여기는 번호로 두어 차례 통화를 시도했다. 통화후불제를 위한 사회보장번호 입력 등, 객실에서 휴대전화로 통화하기 위한 과정은 문제가 아니었다. 상대방이 계속해서 전화를 받지 않는다는 게 바로 문제였다.

집으로 가기로 마음을 먹었다. 세수라도 간단히 하기 위해 욕실로 들어섰다. 생리적인 용무와 함께 급하게 세수를 마무리했다. 방을 나선 뒤엔 안내실부터 찾았다. 자신이 있는 위치를 확인하고자 했으나 그의 기대와는 달리 안내실은 비어 있었다. 밖으로 후다닥하고 뛰어나와서는 아무나 붙잡고 자신이 서있는 곳에 대해 물었다. 다행히 집에서 크게 멀리 떨어지진 않았다. 지갑에 남은 돈을 대충 확인한 후 급하게 택시를 잡았다. 하지만 뭔가 찜찜했는지 택시를 타려다말고 멈칫거리더니 그냥 보냈다. 인근 도시철도역으로 뛰었다. 뛰기와 빨리 걷기를 반복했으나 뛴다는 쪽에 훨씬 가까웠다.

그가 문을 열고 자기 집으로 들어섰다. 안방과 작은방·주방 등으로 이뤄진 게 고작이지만 어머니의 흔적부터 샅샅이 찾았다. 그러다가 TV 받침대 옆에 가지런히 놓인 봉투를 눈으로 확인했다. 자신의 어머니가 써놓은 것으로 보이는 편지였다. 예전에도 그의 어머니는 간혹 용돈 같은 것을 그 자리에 놓아두곤 했었다. 자기에게 남긴 메모임을 직감하고는 조심스럽게 꺼내 읽었다. '이제 하나뿐인 아들도 웬만큼 키워났으니, 여생을 중국에서 조용히 보내겠다'라는 게 주된 내용이었다. 글씨체로 봐선 어머니가 분명한 듯 했으나, 전혀 납득할 수가 없었다. 그가 보기에도 상식적으론 도무지 이해할 수가 없는 상황이었다.

'내가 한 달이나 넘게 사라진 것을 아셨단 말인가 모르셨단 말인가? 아셨다면 이렇게 편지 한 장만을 달랑 남겨두고 그냥 가시지는 않았을 테고… 모르신 상태에서 떠나셨다면 이것도 역시 이상하다. 그렇다면 내가 마지막으로 기억하는 날과 비슷한 시점에 집을 떠나셨단 건데… 우연치고는 참으로 기막힌 일이다. 필시 내가 모르는 뭔가가 있다. 그래야지 지금 말도 안 되는 이 상황이 조금이나마 이해된다.'

그는 어떻게 해야 할지에 대해 고민했다. 이 일련의 일들을 일단 경찰에 알리는 게 옳다고 생각했다. 하지만 그것도 잠시뿐이었다. 자신의 내부에서 전달되는 거센 울림을 느꼈다. 지금의 상황을 담담히 받아들이고 평범한 일상으로 돌아가라는 마음속의 파동이었다. 자신이 애써 외면하기에는 너무나도 강렬하고 뚜렷했다. 그는 다리에 힘이 풀린 사람처럼 털썩 주저앉았다. 그러더니 멍한 표정으로 자신의 어머니가 남긴 편지만 뚫어지게 바라봤다.

임정우가 납치되기 얼마 전이었다. 김현근과 조홍준이 둘만 따로 만나 뭔가 얘기를 나눴다. 홍준은 당시 안국동에서 심리치료사무소를 운영하던 터였다. 몇 년 전에 정신질환 부문에 대한 의료요건이 대폭 완화되자 역술인과 최면술사 등이 대거 이 분야에 진출하면서 우후죽순으로 관련 업소가 생겼다. 하지만 홍준은 여타 심리치료사보다는 훨씬 특별했다. 그다지 알려지진 않았지만 기술과 이론으로 무장한 최고의 최면술사였다. 젊은 시절엔 잠시 마술사의 길을 걷기도 했다. 하지만 이익 앞에서는 물불을 안 가렸다. 이런 점이 현근과 한 배를 타게 된 동기가 됐다. 그런 홍준에게 현근이 물었다.

"임정우가 한 달 넘게 행방불명됐다는 사실이 기록으로 남게 되면 나중에 청와대 경호실에 들어가는데 커다란 장애요건이 될 수도 있어서라는 건데…… 그냥 없애버리는 게 더욱 좋지 않소?"

꽤나 큰 금액의 선불마저 받은 탓인지 몰라도 홍준은 애초 현근이 기대한 것보다 훨씬 주도적인 태도를 보였다. 현근이 제기한 의문에 대한 설명을 다소 들뜬 어조로 풀어놓았다.

"이게 가장 안전한 방법입니다. 없애는 건 나중에라도 얼마든지 가능합니다. 성급하게 죽였을 경우 만에 하나 조그만 것이라도 꼬투리가 잡혀 이리저리 수사가 확대되면, 정작 중요한 일에 영향을 미칠 수도 있습니다. 자칫 대사를 앞두고 커다란 오점이 될 수도 있지요. 또한 어머니가 누군가에 의해 살해당한 점은 청와대 경호실 입사 시에도 좋지가 않습니다. 하나하나 따져 치밀하게 세운 계획이니 이대로 하는 게 좋을 듯합니다."

"으흠…… 좋아요… 자-아! 다시 한 번 정리해봅시다. 임정우가 청와대 경호실에 안정하게 취직하기 위해선 납치됐다가 한 달여 만에 집으로 돌아왔다는 기록이 남아서는 안 된다… 따라서 그의 어머니인 진수혜가 아들이 사라졌다는 것을 알고 경찰에 신고하는 것을 미리 막아야 한다… 그런 그녀의 입을 막기 위해 죽이기보다는 우선 그녀 역시 납치한다… 그런 뒤에 최면을 걸어 중국으로 출국시킨다… 중국으로 출국했다는 기록을 남기기 위해 출국 당시에는 현재의 신분이 유지되도록 한다… 중국현지에 도착한 후 일정 시점이 되면 그녀의 기억은 모두 소거된다… 현지에서는 미리 그녀의 신분세탁과 관련한 절차를 준비해놓는다… 기억이 사라진 이후에는 새로운 신분으로 살게 한다… 이 모든 것에 필요한 최면을 건다…… 대충 이런 거로군?"

"네! 그렇습니다."

"아무래도 일을 너무 복잡하게 만드는 것 같은데… 조 선생의 의견이 그렇다면…… 그래요…… 그럽시다. 그럼, 비밀스런 방을 두 개나 마련해야 한다는 건데…"

"여자는 단순히 기억을 없애는 등의 일이라 한 열흘가량이면 충분할 거고, 아들은 아무리 못해도 한 달 정도는 소요될 겁니다. 관리를 위해서는 둘 다 동일한 장소인 게 좋습니다. 두 모자가 같은 곳에 감금됐다는 것을 서로 모르도록 방음도 철저히 하고 위치도 떨어뜨려놓으면 됩니다."

"그나저나 미리 얘기는 들었지만, 시간이 그렇게나 많이 필요한 거요?"

"단순히 뭔가를 알아내거나 묻고자 하는 일이 아닙니다. 일정 시점에 우리가 원하는 데로 움직이도록 프로그램화하는 엄청나게 난 이도가 높은 작업입니다. 평범한 일이 아니란 말씀이지요. 실행율을 확실하게 백퍼센트로 가져가기 위해서라도 내가 예상하는 시간이 반드시 필요합니다."

"음…… 그래요! 그래… 선생의 실력에 대해서는 이미 다른 방법을 통해 검증했으니 달리 의심하진 않겠소? 그런데 만에 하나 거사 후에 정부당국이 임정우의 어머니를 찾아내 역으로 어떻게든 기억을 다시 회복시킨 뒤 단서를 구하려고 하면 어쩔 생각이요?"

"딱히 단서가 노출될 일도 없습니다. 그래도 군이 찜찜하면 당국이 진수혜의 존재를 확인한 걸 우리가 인지한 그때, 그녀를 제거하면 됩니다."

"음… 그래. 그건 내가 예전 기관에 있을 때 알던 중국 측 채널을 통해 계속 모니터링하면 될 거고. 어차피 신분세탁도 그쪽을 통해야 하겠고…… 쩝! 이참에 좀 더 가까워지겠구먼."

"……"

"이들을 감금할 방은 한 달 남짓이면 공사가 다 될 테고… 임정우의 방학 기간에 일이 이뤄져야 하니, 이들 모자를 12월 중순에 같은 날 여기로 데려오는 것으로 하고… 좋소! 그럼, 임정우는 내가 맡고 진수혜는 조 선생 당신이 담당하는 것으로 계획을 짭시다."

"네! 그러죠."


진수혜는 늘 그랬듯이 밤 10시 가량에 일을 마쳤다. 그녀는 일이 끝나자마자 귀가를 서둘렀다. 식당 일용직이나 파출부 등을 하면서 힘들게 살지만 표정은 늘 밝았다. 홀몸으로 누구 못지않게 아들을 반듯하게 키웠다는 자부심이 가슴에 자리한 까닭이었다. 최근 새롭게 정한 일터가 집과 그리 멀지 않아 걸어서 퇴근하는 길이었다. 이동하는 구간이 비교적 사람들 왕래가 많은 번화가여서 밤에 걸어서 퇴근하는데 큰 불편함은 없었다. 하지만 12월이 어느새 중반을 넘어선 탓인지 바람이 세차게 불면서 추위가 꽤나 매서웠다. 코트 옷깃을 단단히 여미고 걸음을 이어갔다. 그러던 중에 누군가가 뒤편에서 그녀를 불렀다.

"정우 어머님! 정우 어머님 아니세요?"

수혜가 가던 길을 멈추고 우뚝 섰다. 돌아보니 낯선 중년사내가 서있었다. 사내가 가까이 다가와서 재차 그녀를 아는 채 했다.

"예전에 중곡동에 사실 때 이웃에 있던 사람인데 생각이 안 나세요? 정우가 저를 참 많이 따랐었는데…"

그녀가 잘 모르겠다는 듯이 고개를 갸우뚱거리자 사내가 다시 말을 이었다.

"정말 반가워서 그럽니다. 정우 소식도 궁금하고요. 마침 저쪽에 편의점이 있는데 따뜻한 음료수라도 한 잔 하고 가시죠."

수혜가 잇따른 자기소개에도 불구하고 계속 머뭇대자 사내가 뭔가를 설명하려는 듯이 그녀의 얼굴 가까이에다 손을 내밀고는 이리저리 몇 차례 흔들었다. 그래서인지는 몰라도 수혜는 갑자기 왠지 사내가 낯이 익은 사람처럼 느껴지기 시작했다. 그렇다고 무작정 안심이 되진 않았다.

"생각이 날듯 말듯 한데… 그래도 누구신지 명함이라도 하나 건네면서 자기 이름부터 밝혀야 되지 않겠어요?"

수혜의 반응에 사내가 잠시 머뭇거리더니 별일 있겠냐는 표정으로 명함을 하나 꺼내 내밀었다.

"안국동에서 조그마한 가게를 하나 운영하고 있습니다. 혹시 필요한 일이 있으시면 언제든지 찾아오세요."

수혜가 조홍준이라고 이름이 적힌 명함을 잠시 훑어보더니 드디어 조금 안심이 되는 듯이 밝은 표정을 지었다. 홍준이 그녀의 그런 표정을 놓치지 않고 재차 말했다.

"가시죠. 저기 보이는 편의점이 좋겠네요. 간단히 음료수나 같이 한 잔 하시죠."

수혜는 이날 자신의 아들이 아르바이트가 끝나고 친구들과 만난다고 미리 연락해 온 터라 딱히 서둘러 귀가할 이유는 없었다. 자신에게 얘기한 뒤에 돌아서서 편의점을 향하는 홍준을 보며 조금 주저하는가 싶더니, 그가 내민 명함을 급하게 안쪽 호주머니에다 집어넣고는 이내 걸음을 옮겼다.

두 사람이 편의점 안으로 잇달아 들어섰다. 건장해 보이는 젊은 남자직원이 그들을 유난히 반갑게 맞았다. 홍준은 편의점에 들어선 후 온장고에 든 건강음료를 꺼내 뚜껑까지 따서 이미 편의점 내부에 마련된 자리에 앉은 수혜에게 다가가 내밀었다. 그가 뚜껑을 딸 때 재빠르게 손기술을 발휘한 것을 그녀가 알아채지는 못했다. 잠시 대화가 이어졌다. 정우의 근황에 대한 얘기였다. 그러더니 수혜가 이내 앉은 채로 잠이 들었다. 홍준은 그녀가 잠든 것을 확인한 후 손짓으로 편의점 직원을 불렀다. 편의점 직원이 주위를 살피더니 계산대를 벗어나 그들에게로 다가왔다. 곧이어 두 사내가 함께 수혜를 거의 들다시피 하고선 편의점 밖으로 데리고 나왔다. 밖에는 미리 차가 한 대 대기했다. 홍준이 수혜를 힘겹게 차에 태운 후 편의점 직원에게 말했다.

"편의점 내부에 달린 폐쇄회로 영상기록 삭제와 지문 제거 등 뒷마무리를 꼼꼼하게 잘하세요. 도로에 달린 감시카메라를 비롯해 다른 사항은 이미 손을 써놓았으니 염려하지 말고……"

"예. 걱정하지 마세요. 어설프게 했다가는 대장한테 죽습니다."

미리 편의점 직원으로 위장한 현근의 부하가 오른쪽 검지를 목에다 갖다 대고 그으면서 너스레를 떨었다. 홍준이 그런 그에게 웃음을 지어보이고는 마저 차에 올랐다. 혹시 모를 일에 대비하기 위해 수혜의 옆자리에 탔다. 그러면서 이번엔 운전석에 앉아 미리 대기하던 또 다른 현근의 부하에게 말을 건넸다.

"저쪽 팀 택시운행관리자 역할을 맡을 친구에게 마스크 속에다 초소형방독면을 반드시 착용하고 마취가스중독방지제도 미리 꼭 먹으라고 다시 한 번 일러두세요. 그쪽이 친한 사이이니 내가 얘기하는 것보다는 그게 낫지 않겠소. 함께 마취당해 사고라도 나면 안 되니깐 말이요."

"네! 그러지요."

수혜를 태운 차가 곧바로 출발했다. 그러자 홍준은 잠시 전에 자신이 수혜에게 명함을 건넨 게 문득 생각났다. 그녀의 옷 호주머니를 이리저리 뒤지며 이를 찾았다. 하지만 어디로 사라졌는지 찾을 수가 없었다.

'흠… 그새 나 몰래 길에다 그냥 버린 모양이군……'

그는 몇 번을 찾더니 이내 그만뒀다. 별로 대수롭지 않다는 표정으로 머리를 뒤로 눕혔다. 편안히 앉아 물끄러미 바깥을 쳐다봤다. 차는 오부농원을 향해 길을 재촉했다.

## 5장에 앞서 · · · 善惡秘錄

"참으로 반갑네… 하지만, 자네가 이렇게 나를 찾아올 줄은 정말 몰랐네."

용수는 삼흠의 방문이 뜻밖이라는 듯이 말을 꺼냈다. 그도 그럴 것이 삼흠과 용수는 대학원 불교학과 박사과정 당시 같이 수학했으나 이후 서로 이렇다 할 교류가 없었다. 간혹 매체 등을 통해 서로의 소식을 접한 게 전부였다. 용수가 박사과정 후 정규적인 코스를 밟았다면 삼흠은 전혀 달랐다. 학위 취득 후에 자신에게 보장된 평탄한 길을 마다하고 힘든 수행에 나섰다. 깨달음을 구할 목적으로 중국과 티벳·인도 등지를 돌며 고난의 여정을 마다하지 않았다. 간혹 국내에도 들어왔지만 주로 해외에 머무는 시간이 많았다. 그런 삼흠이 자신의 오른쪽 뺨에 난 커다란 점을 만지작거리며 뭔가 작심한 표정으로 용수에게 말을 꺼냈다.

"결국 자네였네…… 허허!"

삼흠의 말에 용수가 의아해했다.

"흠…… 대체 무슨 말인가?"

용수가 알아듣지 못하겠다는 표정을 짓자 삼흠이 말을 이었다.

"그래… 자네도 자네이지만 결론은 정확하게 자네와 함께 다니던 그 아이, 바로 그 아이였네."

용수가 아직도 무슨 말인지 모르겠다는 듯이 입을 다문 채 의문이 가득한 표정으로 삼흠을 쳐다봤다. 삼흠이 얘기를 이어갔다.

"참 많은 시간이 흘렀지. 불자가 할 표현은 아니지만 말일세… 허허…… 돌이켜보면 구도자로서의 내 삶은 참으로 재미있었네. 많은 곳을 돌아봤고, 따라서 많은 공부를 하게 됐지. 비단 불교에 대한 것뿐만 아니라 각 민족의 토템신앙과 관상학·수상학 등 여러 부문에 대해 식견을 넓힐 수 있었다네."

용수는 가만히 앉아 삼흠의 얘기를 듣고만 있었다. 삼흠이 계속 말했다.

"지금부터 내가 하는 얘기는 듣기에 따라 조금은 황당할 수도 있을 걸세. 하지만 내가 오랜 만에 만난 옛 교우에게 허튼소리나 전할 몹쓸 늙은이는 아니네. 더군다나 난…… 이승에서의 인연이 얼마 남지 않은 몸일세."

용수가 흠칫 놀란 듯이 삼흠의 말을 잠시 끊었다.

"그-그렇다면. 자네?……"

삼흠은 용수의 말에 고개를 천천히 두어 번 끄덕이고는 말을 이었다.

"그래… 내게 몹쓸 병이 있다는 것을 안지는 그렇게 오래 되진 않왔네. 결국은 이게 계기가 되어 내가 여기에까지 오게 됐지만…"

용수가 삼흠의 말을 듣던 중 짧게 경을 외었다. 삼흠이 자신을 위한 것임을 아는 양 잠시 웃음을 보인 후 다시 말했다.

"석 달 전쯤에 난 중국 운남성 쿤밍 인근에 있는 연은사에 머물렀네. 주지인 광인, 우리말로 광은이라는 한 스님과의 인연이 계기가 됐지. 광은스님과 나는 3년 전에 인도에서 만난 사이라네. 우린 서로가 가진 견문에 대해 의견을 나누면서 자연스럽게 가까워졌네. 그렇게 연은사에 머물던 가운데 하루는 광은스님이 얘기 중에 나를 유심히 쳐다보더니 갑자기 맥을 짚었다네. 그런 뒤에 굳은 표정으로 한참 머뭇거리더니 나를 쿤밍 시내에 있는 한 대형병원으로 데리고 갔었네. 거기서 난 병에 걸린 줄을 알게 된 걸세. 병은 이미 손을 쓸 수 없을 만큼 상당히 진행된 상태였고…… 짧으면 3개월, 길어야 6개월이라고 하더군. 아직 이렇게 숨이 붙어있는 걸 보면 3개월은 아닌 셈이구면."

용수가 다시 경을 외자 삼흠이 잠깐 말을 끊었다. 오래된 습관인 것처럼 자신의 오른쪽 뺨에 난 점을 몇 차례 다시 만지더니 이내 말을 이었다.

"지금부터 내 얘기를 잘 들어주길 바라네. 음…… 의사는 내게 최근 개발한 새로운 방식의 항암치료를 받길 권유했지만 난 그러긴 싫었네. 장기교체를 겸한 항암치료로 내게 주어진 삶을 잠시 연장해 본들 뭣하겠나 싶었네. 이에 앞서 이번 생에서 허락된 내 마지막 시간들을 병마와 싸우는데 허비하긴 싫었다네. 그런 내게 광은스님은 요양을 권유했네. 자신의 절도 나쁘진 않지만 정말 좋은 곳이 있다면서 말이야. 난 반대하지 않았네. 새로운 곳에 대한 호기심도 일부 작용했고…… 광은스님은 날 위해 서찰과 함께 연은사 젊은 스님 한 명을 안내자로 딸려 보냈네.

흠… 이후 난 안내자와 함께 곧장 길을 나섰네. 우리는 우선 쿤밍에서 티베트 동부 창두로 왔다네. 창두에서 다시 버스를 이용해 포미라는 곳에 이르렀네. 거기서 버스를 갈아타고 야루장푸강 인근 조그만 마을에 가서 내린 후, 협곡을 따라 사흘 가량을 걸었다네. 그런 다음 또다시 산을 넘어 한나절을 더 갔다네. 이윽고 우린 목적지에 거의 도달할 수 있었네. 목적지가 저만치쯤 보이자 날 인도한 스님이 합장으로 내게 예를 표하면서 작별을 고했다네. 난 늘 하던 대로 직접 만든 나비모양의 장신구를 정표로 건네며 그를 떠나보냈네."

삼흠이 마른 침을 삼킨 후 다시 말을 계속했다.

"그곳은 전체적으로 신비한 느낌이 드는 곳이었네. 참으로 많은 곳을 다녔지만 정말이지 보기 힘들게 인상적인 장소였네. 험한 산맥과 준령 사이 매우 외진 곳이었지만, 이런 데가 있다고 믿기 힘들 정도로 묘한 분위기였네. 마치 이 세상과 분리된 완전히 다른 세상이 존재한다면 바로 이곳이 아닐까하는 생각마저 들 정도였다네. 수려한 자태의 산봉우리들 사이로 수십 미터의 큰 폭포가 있어 물줄기를 끊임 없이 아래로 내려 보냈고, 그 밑엔 커다란 연못이 자리했네. 연못 주위로는 온갖 나무와 꽃들이 저마다 자태를 뽐냈다네. 이를 배경으로 삼아 여러 종류의 작물이 심겨진 밭들이 풍경화처럼 펼쳐져 있었네. 반대쪽으로는 깎은 듯한 절벽을 등에 지고 이십여 채의 가옥이 옹기종기 자리했네. 집들 사이에는 축사로 보이는 건축물도 있었네. 걸어가면서 마주친 그곳 사람들의 표정도 참으로 인상적이었네. 오랜 수도생활을 한 나조차도 느낄 만큼 평온하고 모든 것에 관조한 듯했네. 나이든 노인들뿐만 아니라 어린 아이들까지 모두 마찬가지였네.

　마을은 마치 과거의 어느 한 시점에서 시간이 멈춰 버린 것만 같은 느낌이었네. 주민들은 거의 대다수가 티베트 전통복장과 비슷하면서도 뭔지 모를 차이가 조금 나는 옷들을 입고 있었지. 현대사회에서 쓰이는 물건들, 예를 들어 공장에서 제조된 쇠그릇과 수저·우산·신발이나 옷가지 등이 간혹 보였지만, 대부분이 자신들의 전통생활 방식에 의거한 것들이었네. 난 그곳에 도착하자마자 광은스님이 이른 대로 그의 전갈을 들고 마을의 촌장이자 지도자인 다르무이 선생을 찾아 인사를 했다네. 내 소개를 간략하게 하자 그는 상당히 놀라면서 당황한 표정을 지었네. 돌이켜 생각해보면 당시 다르무이 선생의 표정이 새삼 인상적이었네. 후---우!"

　삼흠이 입이 마르는 듯 자기 앞에 놓인 찻잔을 들어 입에 잠깐 갖다 댔다. 삼흠의 얘기가 계속 이어졌다.

　"난 다르무이의 집에 딸린 사랑채 같은 곳에 기거하게 됐네. 그의 집은 다른 마을 주민들의 집들과는 조금 떨어진 곳에 자리했다네. 오래돼 낡긴 했지만, 방 내부와 집 중앙에 마련된 정원 등이 깔끔하게 정돈된 상태였네. 집 주위로는 양과 소·돼지·닭 등을 키우는 커다란 축사가 자리 잡고 있었네. 다르무이의 집에서 조금 떨어진 곳에는 오래 묵은 큰 나무가 하나 서있었고, 그 옆에는 마을 사당처럼 보이는 조그만 정자가 비석과 함께 자리했다네. 그들이 쓰는 말이 티베트어의 캄바방언과 거의 유사해 의사소통엔 무리가 없었네. 그렇게 자비로운 시간이 얼마간 지났다네."

용수는 삼흠의 얘기에 사뭇 진지하게 귀를 기울였다. 삼흠의 얘기는 쉬지 않고 이어졌다.

"어느 날 이른 새벽이었네. 엄청난 땅의 흔들림에 놀라서 잠에서 깼다네. 예고편처럼 간헐적으로 이어지던 지진은 이후 더욱 거친 소리를 내며 본격화됐네. 그래!… 바로 그렇다네. 자네도 이미 잘 아는 그 유명한 티베트대지진이었네. 티베트 동부 일대를 덮친 참혹한 재난의 바로 그 한복판에 당시 내가 있었네.

난 흔들리는 마음을 가라앉히기 위해 힘들게 가부좌를 틀고 앉아 경을 외기 시작했네. 지진은 얼마동안 그렇게 내 평정심을 마구 할퀴면서 땅속에 내재된 울분을 거침없이 토해냈네. 그 시간이 얼마였는지는 중요치가 않았네. 오랜 기간 수도생활을 한 나조차도 그 무서움 앞에선 관념이든 의식이든 뭐든, 전부 다 내려놓을 수밖에 없었으니깐 말일세. 이윽고 잠잠해졌네. 모든 게 가라앉은 뒤에야 난 비로소 가부좌를 풀 수 있었네. 난 어지러움을 딛고 천천히 자리에서 일어났다네. 행낭 안에 든 손전등부터 얼른 찾았네. 그러면서 방문을 열고 밖으로 나섰네. 동이 트기엔 아직 이른 시간이었네. 바깥의 상황이 지난밤 내 눈에 담은 풍경이 아니라는 건 너무나 확실했네.

난 우선 다르무이 선생이 거처하는 집 본채를 비췄네. 본채 한쪽이 많이 기울긴 했지만, 손을 흔들면서 날 향해 손짓으로 신호를 보내며 서있는 다르무이의 모습을 보고는 안도의 한숨을 내쉬었네. 하지만 그의 아들 가족이 지내는 별채는 완전히 주저앉은 모습이었네. 내 손전등이 비추는 곳을 다르무이도 확인했는지 그가 큰 소리로 오열하는 것이 들렸다네. 난 아무런 얘기도 할 수가 없었네. 그저 경을 외는 것 밖에는…"

삼흠의 얘기가 더욱 진지해지자 용수가 자세를 고쳐 잡고 더욱 바짝 다가앉았다. 삼흠이 그런 용수를 향해 살짝 미소를 지어보였다.

"이윽고 동이 조금씩 트기 시작했네. 별채엔 역시나 아무런 인기척이 없었네. 다르무이의 흐느낌은 더욱 커졌네. 난 다르무이의 곁으로 다가가 그를 진정시켰네. 어떤 말로도 그를 위로할 수 없다는 것을 이미 알았기에 아무런 말도 하지 못했네.

얼마 후 흐느끼던 다르무이가 갑자기 울음을 멈췄다네. 그런 뒤에 그는 몇 분 동안을 말없이 고개만 숙이고 있었네. 잠시 그러던 다르무이가 비장한 눈빛을 하고서는 내 손을 잡아끌었네. 그와 난 다른 주민들이 있는 곳을 향해 걸음을 옮겼네. 갈라진 땅의 틈새를 힘들게 뛰어넘는 걸 몇 차례나 했는지 모를 일일세. 마을은 아비규환의 현장, 그 말 그대로였네. 이른 새벽에 갑자기 닥친 대재앙 앞에 속수무책으로 당할 수밖에 없었던 주민들은 생존한 자보다 그렇지 못한 이가 더욱 많아 보였네. 가옥도 성한 게 거의 없었네. 그 참혹함을 어찌 말로 다 표현할 수 있겠는가.

흠…… 시간이 꽤나 흘렀네. 나와 다르무이는 낮 동안을 꼬박 생존자들과 함께 부상자들을 한쪽으로 모으고 시신을 수습했다네. 일이 어느 정도 일단락되자 다르무이는 마을의 한 중년 사내에게 이리저리 몇 가지를 지시하더니 자신의 집 쪽으로 다시 나를 이끌었네. 다른 사내 한 명도 우리와 동행했네. 집에 이르자 다르무이는 한참동안 잊은 중요한 뭔가를 깨달은 양, 아니 정확히는 애써 외면하던 것을 이제야 받아들일 준비가 된 것처럼 별채의 무너진 파편들을 하나씩 조심스레 들추기 시작했네. 나와 동행한 사내도 그를 힘껏 도왔네. 잠시 후 난 짧게 '헉'하는 소리와 함께 입을 꽉 깨물면서 쏟아지는 눈물을 억지로 참는 다르무이를 볼 수 있었네. 나는 다르무이를 본채 한 쪽 벽에다 기댈 수 있도록 앉혀놓고는 다른 사내와 함께 그의 아들 부부의 시신을 수습했다네."

삼흠이 용수가 보내는 안타까운 시선 위로 계속해서 자신의 낱말들을 포갰다.

"그러던 중 어느새 하늘은 빨갛게 노을이 졌다네. 잠시 고개 들어 쳐다 본 하늘이 그날따라 왜 그리도 붉었던지⋯⋯ 후-우!⋯ 갑자기 근처에서 까마귀 떼가 우는 소리가 나기 시작하더니 그 소리가 점점 커졌네. 마치 내 다음 행동을 재촉이라도 하려는 듯이 말일세. 다르무이의 집 바로 옆에 서있는 큰 나무에서 나는 소리였네. 그냥 무시하기엔 심상치 않은 기운이 느껴져 그곳으로 조심스럽게 걸음을 옮겼네. 그 큰 나무에는 가지마다 빼곡히 까마귀들이 앉아 있었네. 이윽고 내가 나무 밑에 다다르자 까마귀들은 마치 원격조정기로 정지버튼을 누른 것처럼 일시에 조용해졌네.

난 천천히 주위를 둘러봤네. 아까 지나칠 때는 경황이 없어 자세히 보지 못했으나, 나무 옆에 자리 잡은 정자와 비석이 쓰러진 걸 이

내 확인했네. 특히 비석은 그 큰 키가 땅을 향해 머리를 박은 모습으로 완전히 뿌리 채 뽑혀 있었네. 비석이 뽑힌 자리에는 커다란 구덩이가 하나 움푹 파여 있었네. 난 당연히 구덩이 쪽으로 시선을 옮겼네. 그 안에는 팔 하나 정도 길이의 나지막한 상자가 하나 덩그러니 놓여 있었네. 놓인 게 아니라 땅에 묻혀 있다가 지진으로 인해 모습을 드러냈다는 게 정확한 표현일걸세.

난 상자를 두 손으로 조심스럽게 보듬어 다르무이가 있는 곳으로 다시 가져왔다네. 다르무이와 함께 상자 뚜껑을 열자 그 안에는 끄트머리로 종이가 살짝 보이는 봉투와 함께 책으로 보이는 것을 싼 보자기가 있었네. 다르무이는 이를 보자마자 흠칫하고 놀란 듯이 한 걸음 뒤로 물러섰네. 그런 뒤에 마지못한 표정으로 내게 얘기했네. 자신의 마을에서 대대로 전해 내려오는 예언을 말일세. '동쪽에서 손님이 찾아오고 얼마 후 땅울림이 있을 것이다. 이윽고 나타난 말씀은 손님의 것이다'란 게 그가 내게 들려준 예언이었네.

난 예언이 너무나 정확히 맞아 떨어진 것에 우선 놀랐네. 결국 그 예언이 그날 새벽에 실행된 셈이었지. 그래서 다르무이는 나를 처음 봤을 때 무척 당황했다고 하더군… 후-우…… 그는 예언에서 말한 지진이 이렇게 클 줄은 예상하지 못했다고 아쉬워했네. 그러면서 그는 혹시나 하는 마음에 내가 도착하자마자 자신의 손자를 연은사로 곧바로 보냈다는 얘기도 했네. '지진이 이렇게 클 줄 알았다면 아들 내외와 마을 주민들을 모두 데리고 어디론가 유랑이라도 떠날 걸 그랬다'면서 회한에 찬 한숨도 지었네. 그는 이 상자가 오로지 나만을 위한 것이라며 뚜껑을 도로 덮었네."

삼흠이 잠시 호흡을 가다듬은 후 말을 이었다.

"난 상자를 조심스럽게 다시 보듬어 내 방으로 옮겼네. 상자를 그대로 두고 방에서 나와 간단하게 요기를 했다네. 삶은 감자 등으로 마련된 간단한 식사를 하는 동안 다르무이는 아무런 말이 없었네. 나도 묵묵히 먹기만 했네. 굳이 그의 슬픔어린 눈에다 시선을 주진 않았네. 식사를 마친 뒤 난 양초를 들고 방으로 왔다네. 조금 멀찌감치 양초를 밀친 후에 상자를 내 앞으로 바짝 당겼네. 조심스럽게 뚜껑을 다시 열고는 우선 봉투부터 집어 들었네. 봉투 속에 든 종이는 오래되긴 했으나 글자들이 뚜렷했네. 자네도 잘 알다시피 티베트어가 예나 지금이나 거의 변화가 없어 뜻을 이해하는 데는 전혀 무리가 없었네. 난 그 글을 읽는 순간 아주 오래전에 살던 이가 남긴 편지란 걸 알 수 있었네. 내용을 읽어갈수록 놀랐다네. 편지를 다 읽었을 쯤에는 뭔가에 홀린 듯한 기분마저 들었네. 그렇게 잠시 멍하니 앉아 있었네.

이윽고 내 손이 자연스럽게 보자기로 향했네. 보자기 속에는 얇은 책 한권과 조금 두꺼운 책 한 권 등, 모두 두 권의 책이 들어 있었네. 두 권 모두 책 표지에는 '악과 선에 대한 비밀스러운 기록'이란 제목이 붙어 있었네. 굳이 짧은 말로 다시 표현하자면 '선악비록'이라고 할 수 있을 걸세. 편지를 모두 읽은 터라 차마 책을 펼쳐볼 수는 없었네. 그 이유는 잠시 후에 알게 될 걸세. 난 한참 동안 책 표지만을 뚫어지게 쳐다봤네. 책을 보자기에 다시 싼 후 불을 끄고 자리에 누웠다네. 정말이지 대단한 하루를 보냈지만 곧바로 잠을 이룰 수가 없었네. 수많은 생각들이 머릿속을 비집고 들어와 날 괴롭혔네. 많은 생각 속에서 내가 우선 내린 결론은 날이 밝자마자 다르무이의 손자를 찾으러 연은사에 다시 가기로 한 것이었네. 난 거의 새벽에 이르러서야 잠깐 동안 눈을 붙일 수 있었네."

삼흠의 얘기는 점점 고조됐다. 여기에 맞물려 용수의 표정도 더욱 심각해졌다.

"다음날 아침 행낭을 꾸리고 나서는 나를 다르무이는 당연하다는 듯이 대했네. 난 그의 손을 꽉 잡았다네. 내 고마움과 미안함, 그리고 안타까움이 그에게 조금이라도 전달되길 바라면서 말일세. 그렇게 난 다시 연은사에 있는 광은스님을 찾았네. 광은스님은 두세 달 만에 돌아온 내가 전혀 놀랍지 않다는 듯이 반갑게 날 맞았네. 난 곧바로 그에게 다르무이의 손자에 대한 행방을 물어보려고 했네.

바로 그때였네. 내 고개가 뭔가에 이끌리듯 때마침 켜진 텔레비전 화면 쪽을 향했다네. 난 흡사 운명과도 같이 자네가 지진피해를 돕기 위해 티베트 창두를 방문한 것을 지역뉴스를 통해 봤네. 그리고 자네와 같이 동행한 아이도 함께 보게 됐다네. 그 아이를 본 순간 난 그대로 숨이 멎는 줄 알았네. 관상과 더불어 아이를 둘러싼 엄청난 기운을 보고 말일세. 다른 이들은 몰라도 나는 그것을 뚜렷하게 볼 수 있었네. 그리고 나는 직감했네. 내 역할이 오랜 기간 봉인된 이 책을 자네와 그 아이에게 건네는 전달자에 불과한 것을 말일세.

나는 그 순간 최근에 펼쳐진 모든 일들이 하나의 연결고리처럼 맞물려 이어진다는 생각이 머리에 번뜩였네. 기가 쇠할 데로 쇠한 나, 나만큼 티베트어를 잘 읽고 이해할 수 있는 자네, 그리고 자네 옆의 바로 그 아이… 허허허! 잘 짜인 퍼즐조각처럼 모든 일의 결말이 결국 그 아이를 향한다는 그런 느낌이었다고나 할까……"

삼흠이 자신의 행낭 안에 있던 봉투와 보자기를 끄집어내 탁자 위에 올려놨다.

"내가 자네에게 이 책과 서한을 전달하는 이유는 편지를 다 읽고 나면 자연스레 알게 될 것이라고 보네. 나머지 얘기는 자네가 편지를 읽은 후에 마저 하도록 함세."

말을 마친 삼흠이 용수에게 봉투를 내밀었다. 그러자 용수는 봉투에 담긴 것을 꺼내 펼쳐 읽기 시작했다. 삼흠이 용수에게 내민 종이에 적힌 내용은 다음과 같았다.


지금 이 편지를 보는 당신은 내가 이것을 쓴 날로부터 아주 먼 훗날의 사람일 겁니다. 내가 받은 계시에 의하면 갑자가 열 번이 바뀐 후이니 필시 600년이 지난 뒤일 것입니다.

나부터 간단히 소개하겠습니다. 난 성스러운 호수인 '마팜융초' 근처의 동굴에서 구도자의 생활을 하던 라마승이었습니다. 이에 앞서 난 '총카파'라는 큰스님의 수제자 중 한 명이었습니다. 내 스승님께서 워낙 큰 족적을 남기신 분이라 아마 후대에도 그 고명이 잘 알려질 것이라고 생각합니다.

우선 내가 동굴에서 수도생활을 하게 된 계기부터 말씀드리지요. 앞서 밝혔듯이 내 스승인 총카파께서는 당시 최고로 대승한 큰스님이자 지도자이셨습니다. 난 그런 스승님의 제자이면서 유력한 후계자 가운데 한 명이었고. 스승님께선 열반에 드시기 얼마 전에 날 따로 부르셨지요. 난 내심 후계를 내게 맡긴다는 말씀을 기대하며 스승님을 뵈러 갔습니다. 그런 내게 스승님은 '현세는 젠둔 드룹에게, 내세는 너에게 맡기고자 한다'고 말씀하셨습니다. 잠시 의아해하는 내게 스승님은 '종단의 후계보다 더욱 중요한 일이 우리에게 있다. 그것은 앞으로 네가 지니고 가야할 업이기도 하다'고 하셨지요. 나는 간덴의 후계가 내 사형인 젠둔 드룹에게 돌아간 게 내심 서운했지만, 다른 한편으론 뭔지 모를 기대감도 생겼습니다.

그런 내게 스승님은 예전에 당신께서 다크포에서 8년 동안 은둔하실 때 받은 계시에 대해 말씀하셨지요. 스승님은 '당시 부처님께서 삼라만상의 모든 정기를 다 끌어 모은 듯한 절대자의 모습으로 나타나, 이 세상에 선행과 악행을 구분 짓기 위한 말씀을 전했다'고 하셨지요. 특히 스승님은 계시가 '선'과 '악'으로 나눠 두 번에 걸쳐 이뤄진다고 말씀하셨습니다. 이 또한 계시를 통해 전달받은 것이라면서요. 그러면서 스승님은 당신 자신은 선행에 대한 계시를 받아 이미 모두 기록해놓았으며, 악행에 대한 계시는 당신이 정한 후계자에게 다시 내려진다고 하셨지요. 다시 말해 내가 악에 대한 계시를 받는다는 말씀이셨습니다.

스승님은 당신이 받으신 선행에 대한 계시의 일부분만을 현세에 응용했다고 하시더군요. '무릇 개혁이란 그 시대가 감당할 수 있을 만큼만 이뤄진다'는 말씀과 함께 말입니다. 실제로 스승님께서는 이를 바탕으로 유래 없는 종교개혁을 이루셨습니다. 그러면서 스승님은 내게 책을 한 권 주셨지요. 나는 그 책이 그동안 스승님이 쓰신 뒤에 알려진 많은 책들 가운데 하나가 아니란 것을 금방 알아차렸습니다. 그러면서 스승님은 내게 서쪽으로 멀리 떠나 호수 근처 조용한 동굴에서 수행에 들어가라고 말씀하셨지요. 운명이 내가 계시를 받을 동굴로 안내할 것이며, 오랜 수행 기간을 거쳐 내가 계시를 받을 준비가 되면 자연스레 내게 계시가 찾아 올 것이라면서요.

나는 스승님이 열반에 드신 뒤 후속절차가 모두 마무리되자 당신이 남긴 뜻을 따라 곧바로 간덴을 떠났지요. 이후 난 마침내 동굴을 찾아 수도생활에 들어갔습니다. 수행은 오랜 기간 이어졌습니다. 어느새 5년이 훌쩍 지났지요. 그 5년 동안 동굴에는 내가 수행한다는 소문을 듣고 찾아온 구도자들이 꽤 많이 생겼습니다. 또한 나는 그 기간 동안 수많은 경전과 책들을 보며 다양한 공부도 할 수 있었지요. 그러다가 다시 5년이 흘러 내가 동굴에 온 지도 10년이 됐습니다. 10년이 지나도 내게 주목할 만한 커다란 변화가 없자, 난 스승님이 남긴 말씀을 조금씩 의심하기 시작했습니다. 너무나 자연스럽게 의구심이란 감정이 내부에서 조금씩 피어올랐지요.

하지만 난 수행을 멈추진 않았습니다. 그 의구심보다 더욱 커다랗게 스승님에 대한 믿음, 그리고 뭔지 모를 이끌림이 날 강하게 붙들었습니다. 10년이란 세월이 흐르자 동굴은 하나의 사원처럼 변했습니다. 구태여 내가 이런저런 지시와 통제를 하지 않아도 뭔지 모를 질서가 잡혔습니다. 저마다 각자 맡은 바 소임이 있고 제자들 간에도 서로 위계질서가 있는, 바로 그런 체계가 갖춰졌지요.

또다시 5년이 지났습니다. 그러는 동안 내 내부의 의구심은 더욱 커졌습니다. 이와 비례해 이제는 이 동굴을 나만의 사원으로 삼아 내가 펴고자 하는 뜻을 세우고 그 길을 가야 한다는 생각이 머리를 채우게 됐습니다. 그러자 어느새 계시에 대한 생각은 의식의 내부, 그 가운데에서도 아주 깊숙한 곳으로 숨어버렸지요. 하지만 계시는 참으로 예상하지 못한 상황에서 갑자기 찾아왔습니다. 내가 그렇게 그것에 대해 까맣게 잊고 있을 때 문득 다가왔지요.

계시가 내게 온 그 해엔 특히 나와 제자들이 참으로 힘든 생활을 해야만 했습니다. 엄청난 기근으로 인해 우선 먹을 게 너무나 부족했습니다. 계시가 온 그날도 나는 이틀을 굶은 뒤 아침마저 굶은 상태였습니다. 하지만 그날따라 정신은 너무나 맑고 뚜렷했습니다. 제자들은 아침이 밝자 모두 탁발을 하려고 나갔습니다. 주린 배를 채우기 위해 함께 나설까하는 생각도 잠시 했지만, 그러진 않았습니다. 왠지 그래선 안 된다는 마음의 울림이 유달리 강한 까닭이었습니다.

난 결가부좌를 하고 앉아 마른침을 삼키며 명상에 들어갔습니다. 시간이 얼마 흐른 뒤에 잠깐 잠이 들었습니다. 아니, 어쩌면 잠이 든 게 아니었는지도 모릅니다. 비몽사몽 중에 아주 짧은 순간, 내게 계시가 찾아왔습니다. 계시는 당연히 부처님께서 내게 전해오셨습니다. 처음엔 분명 그랬지요. 하지만 난 말씀하시는 그 모습에 여러 형상이 겹쳐진 걸 곧바로 느꼈습니다. 분명히 한 분이 내게 계시를 전하시는 것 같은데 결코 한 분의 모습이 아닌, 참으로 묘하고도 특별한 느낌이었습니다. 이미 말씀드렸듯이 그 시간은 결코 길지 않았습니다. 그러나 전달된 내용은 참으로 엄청났습니다.

난 놀란 듯이 눈을 번쩍 떴습니다. 곧바로 지필묵을 가져와 미친 듯이 글을 써내려가기 시작했습니다. 글을 써내려가는 게 나인지, 내가 아닌지조차 구분하기 힘들었습니다. 진정한 몰아의 경지가 있다면 당시의 내가 바로 그런 지경이었습니다. 특히 낱말에 덧붙여진 기호들은 나도 모르는 사이 획이 그어지는 느낌이었습니다. 하지만 획 하나를 긋는 것에는 긴 문장 하나를 정성스레 써내려가는 것과 같은 집중도와 노력이 필요했습니다. 난 의식과 무의식의 경계를 넘나들면서 한나절이 지나서야 글쓰기를 모두 마무리할 수 있었습니다. 그런 후에 난 내가 쓴 글이 담긴 종이들을 모아 책으로 엮기 시작했습니다.

나중에 안 사실이지만 공교롭게도 탁발나간 제자들은 같은 집에서 음식을 얻어먹고는 모두 심하게 배탈이 났습니다. 이들은 다른 한 부유한 시주의 집에서 가료를 하느라 다들 그곳에서 밤을 보냈습니다. 우연치고는 기가 막힌 경우였지요. 그런 연유로 나는 아무런 방해나 제약 없이 책을 완성할 수 있었습니다. 책을 완성하자 오랫동안 소중히 보관해온 다른 책도 함께 꺼냈습니다. 스승님께서 예전에 내게 주신 바로 그 책을 말입니다. 난 이 두 권의 책 표지에다 똑같이 제목을 붙였습니다. 이어 책 두 권을 함께 보자기에 싸서 깊숙한 곳에 다시 넣어 놓고는 그대로 쓰러져 잠이 들었습니다.

제자들이 깨우는 소리에 잠에서 깼습니다. 그들은 내가 무려 닷새 동안을 혼수상태로 앓아누웠다고 하더군요. 나는 제자들이 준비해온 물과 음식으로 간단히 요기를 했습니다. 정신이 들고 몸을 가눌만해지자 곧바로 행낭을 꾸리기 시작했습니다. 보자기에 싼 책 말고는 딱히 챙길 것도 없었습니다. 그런 내 모습을 보고 제자들은 의아해했지요. 난 그들에게 미소를 지어보였습니다. 그러면서 동굴 내에서 가장 신뢰하는 제자를 한 명 불러 뒷일을 부탁했습니다. 속세로 나가 해야 할 일이 있다면서 환속할 뜻도 함께 밝혔습니다. 이런 내 의사가 동굴에 알려지자 제자 가운데 몇 명은 날 따라나서기로 했습니다. 난 그 또한 업이라고 생각해 애써 말리질 않았습니다.

온 나라가 기근에 허덕이는 탓에 여정은 참으로 고달팠습니다. 정말이지 뚜렷한 목적의식이 없었다면 모든 것을 내려놓고 말았을지도 몰랐습니다. 실제로 날 따라온 제자 가운데 한 명이 중도에 걸음을 포기하는 일도 있었지요. 그렇게 우리는 힘들게 산을 넘고 물을 건너서 계시가 내게 말한 곳에 드디어 이르렀습니다. 그곳엔 움막을 겨우 면한 듯한 집이 한 채 있었습니다. 우리는 주저 없이 그 집으로 향했습니다. 집에는 앞을 못 보는 젊은 처녀와 늙은 아비가 함께 살고 있었지요. 처녀의 아비는 나를 보자마자 불쑥 다가와 내 손을 꼭 쥐었습니다. 마치 날 기다렸다는 모습이었습니다. 그는 내게 오래 전 꿈을 통해 나와 내 제자들이 이곳으로 찾아올 것이란 암시를 받았다고 했습니다. 그래서 힘든 가운데에서도 식량을 일부 저장해놓았다고 하더군요. 나는 제자들과 함께 마을을 가꾸기 시작했습니다. 비를 피할 집을 짓고, 이듬해 봄에 곡식을 심게 될 밭을 가꾸는 게 주된 일이었습니다. 추운 겨울에도 우린 힘들게 일했습니다. 해를 넘기면서 마을은 점차 안정된 모습을 갖췄습니다. 그러면서 몇 달이 또 훌쩍 지났지요.

이제 나는 잠시 후 편지쓰기가 끝나면 이 편지와 책을 함께 묻을 겁니다. 이른 봄 정해진 날짜에 책을 묻으라는 계시에 따라서지요. 책을 묻을 장소에는 이미 참나무를 한 그루 심어놓았습니다. 나중엔 바로 그곳에다 비석도 하나 세울 계획입니다. 비석 바로 옆에서는 내 자손들이 대대로 이 마을을 지키며 살게 될 것입니다.

계시에 의하면 내가 책을 묻을 장소는 이 세상의 기가 한 곳으로 모이는 곳입니다. 세상의 모든 땅의 기운이 흐르고 돌아 이곳으로 와서 모인 뒤에 다시 퍼져 나가는, 사람으로 치면 심장과도 같은 곳입니다. 땅의 혈이요, 세상의 맥인 셈입니다. 이제 이 책은 지금으로부터 600년 동안 이곳에 봉인될 것입니다. 책은 갑자가 열 번이 바뀌는 동안 땅의 기운을 조금씩 흡수해 그 신비로운 기운과 영험함을 내부에다 차곡차곡 채우게 됩니다. 그 기운이 모두 채워지고 책에 새겨진 낱말 하나하나가 제각기 형언하기 어려운 막대한 힘을 갖췄을 때 비로소 세상에 모습을 드러낼 것입니다.

책이 봉인을 풀게 되면 내가 쓴 책의 악행과 관련한 서른세 가지의 구절들은 옮겨 적거나 다른 말로 바뀌어도 그 영험함이 계속 유지될 것입니다. 뒤에 딸린 나조차도 알 수가 없는 그 기호들은 앞에 적힌 낱말의 힘을 강하게 뒷받침할 겁니다. 후편의 경문들은 내 스승님이 남기신 선과 관련한 구절입니다. 이는 또 다른 가르침을 세상에 전할 것입니다. 후대의 그 누군가가 이 책의 주인이 되어 이를 기반으로 자신의 이상과 관념을 세상을 향해 말하게 될 것입니다.

지금부터 내가 남기는 말은 더욱 주의해서 봐야 합니다. 이 또한 계시에 따른 것이니 부디 유념하길 바랍니다. 누군가가 이 책에 담긴 내용을 자신의 것으로 제대로 받아들이려면 또 다른 누군가가 마중물 역할을 해야만 합니다. 다시 말해 어느 누군가의 희생이 반드시 필요합니다. 따라서 그 어떤 이는 자신의 모든 것을 버릴 각오를 해야 합니다. 그래야 책의 주인이 될 사람이 비로소 안전할 수가 있습니다.

내용을 전달받을 누군가가 눈을 감고 바르게 앉아 있으면, 또 다른 어떤 이가 천천히 읽으면서 이를 전달해야 합니다. 전달하는 자는 책의 내용을 전달받는 이가 이해할 수 있도록 전해야 합니다. 전달받는 이가 티베트어를 모르는 경우에는 우선 티베트어로 한 번 읽은 후에 다시 그가 이해할 수 있는 말로 번역해서 전해야 합니다. 또한 전달자는 온몸의 기와 정기를 이끌어내야 합니다. 아니, 자신이 원하지 않더라도 저절로 모든 기와 정기가 내용을 전달하는데 쓰이게 됩니다. 기가 조금이라도 흩어지면 전달자와 전달받는 자 모두에게 무서운 결과가 찾아오니 특히 유의해야 합니다.

책의 내용을 전달받은 이는 천일 동안 다시 자신의 관념 내부에 이를 안정화해야 합니다. 책의 내용을 전수한 이는 이미 그때부터는 과거의 그가 아닐 것입니다. 뭔가 형용하기 어려운 영험한 기운이 그를 둘러싸게 됩니다. 그는 이 기간 동안 책에 쓰인 내용의 어떤 한 구절이라도 언급하거나 누군가에게 전하려고 해서는 안 됩니다. 특히 마지막 백일 동안은 **일체** 입을 열지 않음으로써 완벽하게 안정화를 기해야 합니다.

천 일의 마지막 날, 책의 내용을 전달받은 이가 그 내용을 완전한 자기의 것으로 받아들일 준비가 되면 책이 이를 알고 스스로 발화합니다. 모습을 갖춘 상태로 더 이상 존재할 필요가 없어짐에 따라 연기에 실려 책의 주인에게로 한 점 한 점 녹아듭니다. 이후 책과 그는 곧 하나가 될 것입니다.

여기까지가 내 사연과 더불어 내가 받은 계시에 대한 얘기들입니다. 이제는 이 책이 왜 세상에 나와야 하는 지에 대한 의문이 들 겁니다. 하지만 이에 대한 대답은 내가 줄 수 있는 게 아닙니다. 나 역시 왜 내가 이런 계시를 받았는지 의구심이 드는 건 마찬가지이니까요. 아마도 먼 훗날의 여러 상황이 이를 자연스럽게 이해시켜 줄 것이라고 봅니다.

어쩌면 수차례의 환생을 거듭한 뒤의 바로 내 자신일지도 모르는 당신에게 이 편지를 남깁니다.


용수가 편지를 다 읽고 조심스럽게 이를 다시 접어 봉투에 넣었다. 삼흠이 한참을 기다렸다는 듯이 말했다.

"어떤가?…… 자네!… 편지내용이 말일세…"

용수는 아무런 말이 없었다. 눈을 지그시 감고 뭔가를 골똘히 생각했다. 말을 다시 이은 건 삼흠이었다.

"편지를 적은 오래 전의 그 승려가 진정 계시를 받았는지, 아니면 자신이 습득한 지식과 정보들을 이리저리 옮겨 적은 것인지는 나도 정확히는 모르겠네. 하지만 그가 후대에 남긴 예언이 오랜 시간이 지난 뒤에도 너무나 맞아 떨어진다는 점은 자네도 부인할 수 없을 걸세. 또한 편지의 내용도 역사적인 사실과 일치하는 부분이 많지 않은가 말일세. 우선 기가 막힌 건 편지에 적힌 총가파와 젠둔 드룹이네. 그 두 분이 어떤 분인지는 자네도 너무나 잘 알지 않나 말일세. 특히 젠둔 드룹은 초대 달라이라마로 추앙받는 인물이네. 역사적 인물과 더불어 시간적으로도 한 치의 오차가 없다네. 총가파께서 입적하신 때가 서기로 1419년이니, 거기에다 600년을 더하고 편지의 주인공이 수행한 기간 등을 포함해 다시 16년을 더하면 꼭 현재가 된다네."

삼흠이 자신의 말을 잠깐 동안의 침묵으로 더욱 강조하려는 듯이 잠시 쉬었다가 얘기를 계속했다.

"이에 따라 난 이 편지에 담긴 내용들을 우선 믿기로 했네. 또한 난 처음에는 내가 전달자의 역할을 해야 한다고 생각했네. 물론 지금도 할 수만 있다면 그러고 싶은 심정이네. 허나, 난 이미 온몸의 기가 쇠해 그럴 수가 없다네. 게다가 난 내 자신의 깨달음에만 치중한 나머지 변변한 제자도 하나 두질 못했네. 난 편지를 처음 읽은 뒤에는 다르무이의 손자가 책의 주인일지 모른다고 생각했네. 그래서 그 아일 찾아 길을 나선 것이고. 하지만 난 자네와 함께 있던 그 아이를 방송을 통해 봤을 때 확실하게 느꼈네. 내게 제자가 없는 게 너무나 당연하고 다르무이의 손자도 책의 주인이 아니란 걸 말일세. 이후 난 주저 없이 이렇게 자넬 찾아왔네. 아니, 정확하게 말하자면 난 자네를 만나기 위해 곧바로 창두로 갔었네. 하지만 자넨 이미 귀국한 뒤였다네. 그 바람에 부랴부랴 여기까지 쫓아오게 된 것이고…"

삼흠이 침을 한 번 삼킨 뒤 재차 말을 이었다.

"후-우!⋯⋯ 결국 전달자의 역할은 자네가 담당해야 하는 것일세. 내 몫은 여기까지⋯⋯ 참! 그리고 나와 함께 와서 조금 전 자네에게 인사를 건넨 그 아이는 이제 자네도 짐작하다시피 다름 아닌 다르무이의 손자이네. 얼핏 봐도 자네와 함께 있던 그 아이보다는 서너 살은 많을 걸세. 다르무이의 손자가 연은사에서 새롭게 가진 이름은 '이석'이네. 그 아이도 내가 보기엔 분명 보통은 넘는 아이네. 참으로 영민한 아이일세. 특히 말도 별로 없는데다 생각이 깊어 그 의중을 가늠할 수가 없다네. 자네와 함께 있던 그 아이를 보지 못했다면 아마도 난 크게 주저 없이 책의 주인으로 이석을 택했을 걸세. 물론 운명이 그렇게 정해진 건 아닐 테지만⋯⋯ 내가 이석을 여기까지 데리고 온 건 두 가지 마음에서 비롯됐네. 우선은 혹시라도 내가 자네와 함께 있던 그 아이를 잘못 봤을 경우를 대비해서라네. 혹시 모를 만일에 대한 대안인 셈인 게지. 어찌됐든 이석은 다르무이의 손자이면서 이 편지를 남긴 이의 후손이 아닌가 말일세. 또한 내겐 너무나 미안하고 고마운 다르무이의 손자인 이석에게 좀 더 넓고 새로운 세상을 보여주기 위한 목적도 있다네."

여태껏 가만히 있던 용수가 그제야 입을 열었다.

"흠⋯⋯ 그래⋯⋯ 그랬구먼⋯⋯ 허허허⋯ 이제야 오랜 옛날부터 꾸어오던 꿈에 대한 의문이 풀리네 그려. 내가 유독 크게 연관이 없는 티베트어에 관심을 갖고 공부하게 된 이유도 설명이 되고. 하- 참⋯⋯ 옴마니반메홈⋯⋯ 결국 계시를 받고 오랜 시간을 넘어 환생한 뒤에 다시 제자에게 이를 또 전달하게 되는 셈이 되는구먼. 허허허!"

용수의 얘기에 삼흠이 어느 정도 짐작했다는 듯이 웃음을 보였다.

"흠…… 역시…… 그랬구먼…… 하--참!"

"그래… 그렇다네. 나도 참으로 놀랍네. 음…… 난 어릴 적부터 이유를 알 수 없는 꿈을 주기적으로 똑같이 꾸었네. 내가 불자의 길을 택한 것과 또한 새로운 불가의 길을 개척하려고 한 것 등이 이와 무관하지 않지."

용수가 잠시 자세를 고치고는 계속 말했다.

"그 꿈에는 항상 부처님이 여러 가지 형상을 하면서 나타나셨네. 나를 향해 뻗은 부처님의 손바닥이 점점 커지면서 형태조차 몰라보게 될 즈음에 세상에서 제일 높아 보이는 커다란 산이 하나 불쑥 솟았다네. 그 뒤에 영상이 동쪽으로 순식간에 '획'하고 옮겨지면서 아름다운 산속의 마을이 하나 나타났다네. 그리고 인상적인 복식을 한 사람들이 내게 웃음을 지어 보였네. 참으로 편안하고 친근한 웃음이었지. 난 꿈속에서도 그 웃음에 뭔지 모를 끌림을 느꼈다네. 난 크면서 그곳이 티베트라는 걸 자연스럽게 알 수 있었네. 그래서 티베트어를 공부하게 된 것이고…… 특히나 최근 들어서는 그 꿈을 꾸는 주기가 잦아졌네. 예전에는 잊을 만하면 꿈이 나타나더니 요즘 들어선 뭔가 반복적으로 내게 신호를 보내는 양 자주 나타났다네. 흠…… 그래…… 600여 년 전의 그 구도자가 정말 전생의 나인지는 장담할 수가 없네. 하지만 많은 시간을 초월해서 그와 내가 서로 연결된다는 이 느낌만은 너무나 뚜렷한 것이네."

"그렇지 않아도 편지를 읽고 난 후 맨 말미의 그 구절이 나로선 납득이 잘 안 되더니 역시나 그랬구먼……. 하-아…… 그것 참… 절묘한 일이로세."

"흐-음……… 그리고 자네가 봤던 대로 세홍이는 정말이지 우리가 가진 그릇을 모두 채우고도 넘치게 할 만큼 매우 특별한 아이네. 어쩌면 우리가 평가할 수준을 이미 뛰어넘었는지도 모른다네. 특히 그 아이는 출생에서부터 모든 게 비범함으로 채워진 아이일세. 이 책이 그토록 영험함을 갖췄다면, 그 주인으로 손색이 없을 아이란 것을 장담하네. 그래!……. 난 그 전달자로서의 역할을 마다하지 않을 참이네. 그 어떤 대가가 날 기다리더라도 말일세. 또한 이 책이 앞으로 어떻게 쓰일 지는 우리가 참견할 바가 아니라고 생각하네. 이는 오로지 장성한 후에 세홍이 담당할 부분인 게지. 다만 내가 할 몫은 세홍에게 책의 영험함을 최대한 주지시키고 그에 대한 경계심을 항상 갖도록 하는 것이겠지."


이튿날 삼흠은 이석을 세익원에 남기고 아침 일찍 떠났다. 삼흠을 떠나보낸 용수는 지체할 필요가 없다는 듯이 서둘렀다. 정해진 일정을 모두 취소하라고 이르고는 우선 몸부터 정갈하게 갖췄다. 그런 뒤에 마치 자신의 마지막을 정리하려는 듯이 몇 군데에다 연락을 취했다. 이후 그는 한참 동안 명상으로 몸과 마음의 정기를 가다듬었다.

이윽고 저녁때가 되자 보림사에 들렀다가 서울로 돌아온 세홍을 조용히 자신의 방으로 불렀다. 밤이 깊어지자 용수는 편지가 이른 그대로 행했다. 물론, 이에 앞서 편지에 적힌 내용을 비롯해 자신의 생각과 의견을 세홍에게 전달했다. 놀라면서 반대의사를 거듭 밝히는 세홍을 강한 어조로 나무라며 다독거리기도 했다.

책을 펴고 내용을 전달하는 용수의 움직임은 아주 오래 전부터 이를 준비해온 것처럼 너무나 자연스러웠다. 용수가 자신의 방이 위치한 9층에 모든 승려와 신도의 출입을 금하라고 이른 탓에 층 전체에는 용수의 나지막하고 조용한 음성만이 깃들었다. 오직 언제부터인가 이석만이 용수의 방문 밖에 있으면서 안에서 오가는 얘기들을 몰래 엿듣고 있었다.

에피소드
3

# 1장에 덧붙여···生의 秘錄

통일부 현설아 사무관이 정성훈 장관과 함께 북을 방문한 것도 이제 여러 차례가 됐다. 남과 북 실무진 사이에서 그녀가 차지하는 비중은 가볍지 않았다. 통일부 협상팀의 핵심으로 북의 고위층, 경우에 따라 김정은 위원장을 대상으로 직접 의견을 개진하는 등 중책을 담당했다. 능력과 함께 수려한 외모도 그녀를 돋보이게 했다. 그런 그녀가 포함된 협상장의 느낌은 항상 밝고 활기찼다. 그녀의 밝은 이미지가 협상장을 더욱 긍정적인 방향으로 견인하는 것 같은 느낌마저 들었다.

이윽고 남북 간의 협상이 모두 마무리됐다. 협상이 전부 끝나자 남측의 정성훈 통일부 장관과 북측의 김용우 민족경제협력위원회 위원장이 일어서서 악수를 나눴다. 두 사람은 감회에 겨운 듯이 양손을 마주 잡고 한참 동안 서로 손을 놓지 못했다. 나머지 배석자들도 각기 자신의 앞에 앉은 사람과 손을 꼭 잡았다. 이들 가운데는 눈가에 눈물이 맺힌 이가 적지 않았다. 설아도 감격에 못 이겨 눈시울을 붉혔다. 들뜬 분위기를 가라앉히려는 듯 인민군보위사령관 김성한 대장이 협상장에 있던 일행을 향해 조용히 말했다.

"김정은 국무위원회 수석위원장께서 주재하는 비공식 만찬이 오늘 저녁 7시부터 남측 대표단의 숙소인 고려호텔 연회장에서 있을 예정이오니 모두 참석바랍니다."

이 말을 끝으로 남북의 협상단은 두세 명씩 짝을 지어 협상이 이뤄진 장소를 빠져 나왔다. 마치 이질적인 다른 두 무리가 아니라, 오래전부터 이미 하나였던 무리가 삼삼오오 섞여서 나가는 것처럼 보였다.

연회장 분위기는 훈훈했다. 통일과 관련한 세부사항 조율이 모두 끝난데 따라 참석자들이 가진 감정이 어느 때보다 고조된 탓이었다. 남과 북의 주요 인사가 서로 섞여 앉은 가운데, 김정은 위원장의 건배 제의를 신호로 술잔이 오고갔다. '통일'이나 '민족', 이와 같은 낱말은 마치 금기어라도 된 듯 어느 누구하나 언급하지 않았다. 하지만 참가자 모두가 눈빛을 통해 이미 그런 단어들을 서로 나누며 교감하는 듯했다. 김정은 위원장은 왼쪽과 맞은편으로 앉은 남측의 정성훈 통일부 장관, 유강남 국정원장 등과 잔 마주치기를 연거푸 거듭했다. 그러길 한참 하더니 슬그머니 일어나 설아에게 다가왔다. 그런 뒤에 오른손으로 술병을 높이 들고 말했다.

"여기 계신 아름다운 분께도 한 잔 권하고 싶습니다."

정은의 말에 설아가 수줍은 듯이 웃음을 살짝 지었다. 그녀는 조금 남은 술을 마저 비운 후 잔을 내밀었다. 정은은 제법 취기가 오른 가운데서도 정중함을 잃지 않으려는 모습으로 술을 따랐다. 잔이 채워지자 설아는 술잔을 거둬들여 조금씩 잔을 비웠다. 설아가 비운 잔을 정은에게 다시 내밀려고 하자 곁에 있던 김성한 인민군보위사령관이 급히 새 잔을 가져왔다. 정은이 왼손을 두어 번 가로저었다.

"괜찮소. 그냥 이 잔으로 받겠소."

정은이 설아의 손에 있던 잔을 감싸듯이 가져와 자신의 손에 옮긴 뒤 그녀에게 다시 내밀었다. 설아도 조심스럽게 잔을 채웠다. 정은이 그 모습을 뚫어지듯 쳐다봤다. 잔이 채워지자 정은은 아무런 말 없이 설아를 향해 잔을 높이 한 번 치켜들더니 그녀를 응시하면서 쭉 들이켰다. 설아는 그런 그의 시선이 싫지 않다는 듯이 시선을 아래로 내린 채 부끄러운 미소를 살짝 지어보였다. 잔을 들이킨 정은이 설아를 향해 다시 입을 뗐다.

"이번에 참으로 수고가 많으셨습니다…… 사무관 동무를 보니 옛 생각이 나네요. 흐음…… 학창시절, 그러니까 내가 김일성종합대학교를 다닐 때 사무관 동무와 꼭 닮은 여학생이 한명 있었는데… 참 고왔지요. 나중에 알고 보니 나와 친하게 지내던 선배랑 결혼을 약속한 사이더구먼…"

정은이 숨을 잠시 고르더니 말을 이었다. 애써 웃음까지 섞어가며 얘기했다.

"허…… 하지만 그 여학생 동무는 결혼도 하기 전에 그만 요절하고 말았지요… 백 씨 성을 가진 그 선배는 지금 학교에서 교수를 하고 있습니다. 여태 혼자 살면서 말입니다… 하하…… 내가 술을 조금 마시긴 한 모양이군요. 별 쓸데없는 얘기를 다하고…"

술잔을 모두 비운 정은이 설아에게 마저 한 말이었다. 뭐라도 얘기를 건네고 싶은 마음에서 그녀와 조금이라도 연관이 있는 과거의 기억까지 끄집어낸 것으로 보였다. 말을 마친 정은이 마른 침을 삼켰다. 뭔가 할 말이 남았으나 차마 입 밖으로는 내지 못하는 모습이었다. 그러면서 왼손에 잔을 그대로 든 채로 오른손으로 술을 조금만 따랐다. 오른손에 쥔 술병을 내려놓은 뒤 술잔을 다시 오른손으로 옮겨 잡더니 그녀에게 건넸다. 그런 정은의 눈빛에는 뭔지 모를 아쉬움이 가득했다.

설아는 분위기가 최고조에 이를 무렵 연회장을 살짝 빠져나와 승강기를 타고 자신의 방으로 왔다. 연회가 남측 방문단이 머무는 고려호텔에서 철저한 보안 속에 비공개로 열려 별다른 번거로움 없이 방으로 돌아올 수 있었다. 방으로 돌아온 그녀는 취기가 도는 듯 옷을 모두 벗고 샤워기에 몸을 맡겼다. 샤워를 하면서 무슨 생각 때문인지는 몰라도 몇 차례나 살짝 웃었다. 조금 전 연회장에서의 일을 떠올린 게 분명한 듯했다. 취기가 조금 내려간 탓인지 아니면 그 반대인지는 모를 일이었다.

그녀는 샤워를 끝낸 뒤에 가운만 살짝 걸치고는 소파에 몸을 기댔다. 그렇게 십 여분 동안을 편안히 술기운에 몸을 내맡긴 채 앉아 있었다. 그런 그녀가 침대로 몸을 옮기려고 막 일어서려던 찰나였다. 방안의 조용한 정적을 깨고 초인종이 울렸다. 초인종 소리를 들은 그녀가 잠시 망설이다가 뭔가에 홀린 듯이 방문 쪽으로 향했다. 출입문 중앙에 뚫린 외시경으로 밖을 보더니 흠칫하는 반응을 보였다. 잠깐 머뭇거리다가 이내 조심스럽게 방문을 살짝 열었다. 문 밖에는 김정은 위원장이 와인 병 하나와 잔 두 개를 들고 서있었다. 설아는 느닷없는 정은의 방문에도 크게 놀라지 않았다. 오히려 내심 그를 조금 기다렸다는 표정이었다. 문을 닫지도 않고 그렇다고 활짝 열지도 않은 채 정은의 다음 행동을 기다렸다.

정은은 자신감에 가득 찬 눈빛으로 그런 설아를 잠시 바라보더니 마저 문을 열고 방안으로 들어섰다. 그리고 조용히 문을 다시 닫았다. 두 남녀는 잠깐 동안 아무런 말없이 서로를 물끄러미 바라봤다. 이윽고 정은이 두 개의 잔에다 와인을 따라 그녀에게 하나를 건넸다. 설아에게 잔 하나를 넘기고는 남은 잔 하나를 단숨에 들이켰다. 이런 정은의 모습을 지켜보던 그녀도 잔을 한 번에 깨끗이 비웠다. 그런 뒤에 잔을 탁자 위에다 살며시 내려놓더니 더 이상 망설이지 않겠다는 듯이 그의 가슴에다 자신의 몸을 던졌다. 곧바로 자신의 입술을 그의 입술로 가져갔다. 사내는 여인의 숨결을 자신의 호흡 안으로 깊숙이 끌어들였다. 이어 가운을 벗은 그녀의 맨몸 구석구석에다 자신의 뜨거운 열정을 가득 쏟아 부었다. 여러 차례 눈빛을 교환해가면서 서로에게 이끌린 두 남녀가 비로소 하나가 된 순간이었다.

설아가 자신의 몸에 이상이 생긴 것을 인지한 때는 북녘을 마지막으로 다녀온 뒤 두 달 가량이 지난 후였다. 통일선언공동기자회견을 보름가량 앞둔 시점이었다. 주위 동료들이 갑자기 생각이 많아지고 부쩍 달라진 그녀를 의아하게 여겼지만, 워낙에 엄중한 시기여서 이에 묻혔다. 그렇게 바쁜 시간이 지나고 드디어 판문점에서 기자회견이 열렸다. 설아도 회견을 주최하는 정부 관계자 자격으로 판문점에 참가했다. 하지만 그녀는 김정은 위원장을 따로 찾지는 않았다. 일부러 피했다는 게 더욱 옳았다. 정은이 단상에 올라 기자회견을 가질 때에도 먼발치에서 그를 지켜만 봤다. 두 손으로 자신의 아랫배를 조심스럽게 감싼 채 조용히 그를 바라만 봤다. 무엇이 그녀로 하여금 이런 태도를 갖도록 만들었는지는 알 수 없었다. 예정된 숙명이라고 여겼는지, 아니면 자신만이 느끼고 공감한 다른 동기가 있는지는 그녀만이 알았다. 정은을 바라보는 그녀의 눈빛에는 애정과 함께 모종의 결의 같은 게 뒤섞여있었다. 남북이 함께 통일을 이룰 것임을 발표할 때는 여러 가지 감정이 복합적으로 뒤섞인 듯 굵은 눈물을 흘리기도 했다.

설아는 회견이 거의 끝날 무렵이 되자 혼자서 유유히 회견장을 먼저 빠져 나왔다. 이어 일행과 별도로 타고 온 자신의 승용차에 몸을 실었다. 승용차엔 옷가지를 비롯한 그녀의 짐들이 이미 실려 있었다. 그녀는 흥분에 들떠있는 회견장을 뒤로 한 채 묵묵히 자신의 외삼촌이 주지로 있는 전남 장흥군 보림사로 향했다.

에피소드
4

## 31장에 앞서 · · · 死의 秘錄

이석은 자신을 찾아온 연방정보원 중간간부인 복태일을 경계의
눈초리로 쳐다봤다. 그도 그럴 것이 태일은 일면식도 없는 이석을 찾
아와선 마치 뭔가에 대해 모두 아는 것처럼 자신만만하고 거만한 표
정을 짓고 있었다. 특히 이석은 속을 짐작하기 어려운 태일의 그 뭔
지 모를 분위기도 그다지 좋게 느껴지지 않았다. 사람들을 모두 물리
자고 말한 것도 다행이란 생각이 우선 들었지만, 내심으론 상당히 불
쾌했다. 감청장치감지기처럼 보이는 기기를 이리 저리 작동하는 것
도 언짢기는 마찬가지였다. 다른 이들이 들어선 안 되는 얘기를 전하
러 온 게 확실해 보인 까닭이었다.

이석은 세홍을 비롯해 한교 내부의 어느 누구도 자신의 지난 과거
에 대해 알지 못한다는 점이 마음 한편에 늘 걸렸다. 최근 들어 한교
지도부 몰래 내국인 신분을 완벽하게 취득했으나, 자신의 출신을 비
롯한 과거의 여러 사항들을 모두 지울 순 없었다. 태일을 만나면서

계속 이 점이 한쪽 뇌리에서 맴돌았다. 물론 이석의 과거가 모두 알려진다고 해도 지금으로서는 딱히 문제가 될 건 없었다. 이석이 숨은 의도와 목표를 갖고 한교에 와서 자리를 잡은 사실을 다른 이들이 알 리는 없었다. 그가 용수와 세홍의 얘기를 엿들으며 아주 일부이긴 하나 선악비록의 신비로움과 영험함을 몸에 흡수한 점도 마찬가지였다. 이런 사실들은 오직 이석, 그가 혼자 마음 속 깊이 감춘 자신만의 비밀이었다. 하지만 이석은 스스로 뭔가가 켕기는지 마음이 못내 편하지가 않았다. 그런 가운데 가슴 저편 한쪽 구석에서는 태일에 대한 뭔지 모를 동질감이 조금씩 피어올랐다. 이유는 자신도 알지 못했다. 그의 이런 복잡한 심경의 흐름을 태일의 얘기가 정지시켰다.

"이미 우리 회사 내에서는 이석 한검님에 대한 파악은 모두 해놓았습니다. 단지 우리 원장님이 세홍 한엄님을 만난 이후 이에 대해 일체 더 이상 언급을 하지 말라고 하셔서 그냥 모르는 채 할 뿐이지요."

이석으로선 예상하지 못한 말이 아니었다. 오히려 태일의 말은 이석이 예측한데로 거의 정확하게 나왔다. 시선을 이리저리 계속 옮기며 아무런 대꾸도 하지 않는 이석을 대신해 태일이 다시 말을 이었다.

"내가 여길 왜 왔는지 궁금할 겁니다. 단도직입적으로 말하면 나는 지금 우리 회사 간부의 자격으로 이곳에 온 게 아닙니다. 그랬다면 이렇게 혼자 발걸음하지는 않았겠지요. 그것과는 전혀 다른 입장에서 당신을 찾았습니다."

이석이 눈이 좀 더 커진 상태로 태일을 바라봤다. 태일은 그런 이석에게 잠시 미소를 지은 뒤에 말했다.

"일단 예전의 일부터 말해야겠네요. 어차피 그것부터 밝혀야 모든 얘기가 풀릴 것이니 말입니다. 또한 내가 지금 이 얘기를 한다 해도 이석 한검 당신이 이를 재차 다른 이에게 퍼뜨리진 않을 것이란 확신도 있고요. 이에 앞서 결국 당신이 나와 같은 배를 탈 것이란 판단이 분명히 섰습니다. 같은 목표를 가진 이들이 다른 배를 탈 이유는 없지요…… 음… 나는 예전에 그 결과가 발표되며 세상을 떠들썩하게 만든 김정은 대통령 시해사건의 조사를 담당한 바로 그 팀을 맡았습니다. 비록 그 사건과 관련한 조사의 시작은 내 뜻과 무관했으나, 그 끝은 모두 내가 매듭을 지었지요. 내가 의도한 대로 말입니다."

태일을 바라보는 이석의 표정이 더욱 심각해졌다. 이석은 태일의 말 가운데 '의도'라는 단어에 집중할 수밖에 없었다. 이 낱말은 강렬한 자극으로 그의 귀를 파고든 후 빠른 속도로 머릿속에 번졌다. 그렇다고 이석이 뭔가 대꾸를 한 건 아니었다. 말을 계속 이은 건 태일이었다.

"당시 나는 일본 현지에서 조사가 거의 마무리될 즈음 다카키 마, 아니 다카사키 마로루 회장을 만났습니다. 이는 세상에 알려진 것과는 많이 다르지요. 사람들은 다카사키 회장으로 변신한 김정철이 당국을 따돌리고 홀연히 모습을 감춘 것으로 알지만, 사실은 그게 아니었습니다. 그는 내가 자신의 정체와 동선을 모두 파악하고 신병확보를 위한 마지막 수순만을 남겨놓은 걸 알고는 나를 먼저 찾아왔었지요. 김정철의 판단대로 당시 나는 그를 붙잡기 위한 마지막 해법을 구하기 위해 머리를 싸매고 있었습니다. 그런 나를 그가 스스로 찾아온 것이었습니다.

내가 느낀 김정철은 일반적으로 알려진 것과는 달리 상당히 대담하고 소탈한 자였습니다. 그의 대담함은 이미 날 찾아온 것부터가 이를 증명하고 있는 셈이지요. 아마도 동생인 김정은이란 커다란 그늘 아래에서 생존하기 위해 자신을 그렇게 소극적인 사람으로 위장한 것인지도 모를 일입니다. 그가 나를 찾은 목적은 이제 당신이 짐작하는 것과 조금도 다르지 않았습니다. 자기의 안전을 위해 나를 회유하고 포섭하기 위한 발걸음이었지요. 그는 어느 누구에게도 추적되지 않는 막대한 돈과 함께 향후 계획까지 양손에다 가득 들고 왔었습니다.

난 그의 제안을 들은 후 크게 고민할 필요도 느끼지 못했습니다. 더군다나 그가 내게 내민 비밀계좌에 찍힌 금액은 내 예상을 훨씬 넘었지요. 또한 절묘하게도 당시 상황은 내가 그를 잡지 못하고 놓친다고 해도 그다지 이상할 게 없었습니다. 그리고 사건과 관련한 가장 중요한 핵심을 모두 파악한 터라, 사실 김정철의 신병확보 여부는 크게 중요치가 않았습니다. 오로지 이는 그에게만 절대적인 중요성을 가진 문제였지요.

내가 그의 제안을 받아들이기로 하면서 우린 곧바로 스스럼이 없어졌습니다. 그날 우린 참으로 많은 얘기를 함께 나눴지요. 이후 펼쳐진 상황은 세상이 아는 그대로입니다. 아-참… 아이러니하게도 난 당시 김정철에게 도피할 말미를 준 뒤에 그의 신분을 밝혀낸 사실을 상부에다 그대로 보고했습니다. 물론 이는 어쩔 수가 없는 선택이었습니다. 내가 얘기하지 않더라도 이내 밝혀질 일이었고, 팀으로 움직인 터라 숨기면 더욱 이상한 상황이 될 수도 있었지요."

이석이 마른 침을 삼켰다. 태일의 입에서 나오는 전혀 예상하지 못한 얘기들이 그의 입과 목을 바싹 태웠다.

"얘기는 그 뒤가 더욱 재미있습니다. 나는 그 뒤에도 김정철과의 관계를 계속 이어갔습니다. 처음엔 필요하면 언제든 갈아입을 수 있는 옷가지 정도에 불과했던 나와 김정철의 관계는 시간이 지나자 어느새 피부로, 다시 생존에 있어 절대적으로 필요한 몸의 일부분으로까지 발전했습니다. 정보원에서 녹을 먹는 내 처지로 볼 때 서로 연락을 자주하긴 힘들었으나, 각자 중요한 일이 있다고 판단될 때는 누가 먼저랄 것도 없이 비밀리에 소식을 전했습니다. 음…… 또한 연방정보원에서의 내 역할 중 하나는 그와 관련한 조그마한 첩보라도 있으면, 다른 방향으로 초점을 돌려놓는 것이었지요. 그동안 조그마한 사례들이 몇 가지 있으나 굳이 거론하진 않겠습니다. 이는 때가 되면 국내로 돌아와 현실정치에 나설 것이란 김정철의 계획과도 맞닿은 것이기도 했지요. 당연히 나도 거기에 참여하기로 했습니다. 물론 이는 아직 진행되지 않은 그저 계획에 불과합니다. 그러다가 난 최근 들어 김정철의 요청을 통해 매우 충격적인 사실 하나를 비밀리에 알아냈습니다. 바로 세홍과 관련한 것을 말입니다."

이석은 미동도 할 수 없었다. 지금 그의 의식을 지배하는 것은 충격과 혼란, 그리고 커다랗게 증폭된 궁금증이었다. 하지만 그는 여전히 한 마디 말도 없이 태일의 입만 계속 바라봤다.

"김정철은 현재 국회의원을 지내는 백용천과 매우 각별한 사이입니다. 사회보장법 발의로 인해 유명해진 바로 그 백 의원 말입니다. 알려지진 않았으나 두 사람의 관계는 오랜 기간 이어져온 상당히 끈 끈한 것이었지요. 백 의원은 어릴 때 개성에서 평양으로 이주한 뒤에 김정은·정철 형제와 곧잘 어울렸습니다. 특히 서로 나이가 같은 김 정철과는 막역한 친구사이로 지냈지요. 백 의원이 여당으로 출마해 당선되기까지 필요한 정치자금의 상당부분도 사실은 김정철에게서 나온 것입니다. 김정철의 입장에서는 후사를 도모하기 위해 각처에 자신의 측근을 심을 필요가 있었고, 지금 당장 여당이니 야당이니 하 는 건 중요하지 않았을 겁니다. 이런 그의 생각은 김정은 사후에 이 미 굳어진 것이지요.

음…… 이런 가운데 내가 해야 할 일이 하나 생겼습니다. 세홍이 유명세를 타자 그의 출생에 관해 이런저런 의문이 일 때쯤이었지요. 평소 세홍의 출생과 관련해 뭔가 확신을 가지고 있던 백 의원이 참 다못한 듯이 자기가 느낀 부분을 김정철에게 얘기하게 됩니다. 이후 김정철은 고민을 거듭한 끝에 내게 이에 대해 비밀스럽게 조사해보 라고 말했지요. 세홍의 출생에 관한 의구심을 푸는 건 내겐 너무나 간단한 일이었습니다. 그의 하얀색 머리카락 한 올이면 충분했지요. 게다가 난 이미 숨진 김정은의 유전자정보도 갖고 있었습니다."

태일의 말에 이석이 놀란 표정을 감추지 못했다. 입을 반쯤 벌린 채로 태일의 얼굴만 쳐다봤다. 그런 이석을 태일이 웃음 띤 표정으로 쳐다보며 얘기했다.

"하하… 네. 그랬습니다. 처음엔 나도 반신반의했는데, 사실인즉 결과가 그렇더군요. 머리카락의 DNA 구성요소 가운데 하나가 파악하기 힘든 뭔가 미묘한 것으로 이뤄진 것 빼고는 달리 의심을 가질 것도 없었습니다. 구태여 다른 사항에 대해 조사할 필요도 없었지요. 백 의원이 세홍의 출생에 대해 어떻게 그렇게 확신을 갖게 됐는지는 자세히 모릅니다. 추정컨대 세홍을 직접 만나 그를 보게 되자 어린 시절의 김정은을 떠올렸을 것으로 짐작합니다. 하지만 세홍이 김정은의 친자라는 사실은 김정철과 나, 그리고 이제 이석 한검 당신만이 아는 내용입니다. 백 의원에게조차 사실 여부를 제대로 알리질 않았습니다. 오히려 그에겐 일부러 거짓결과를 전했지요. 이는 혹시나 모를 파장을 염려해서 그런 것입니다. 유독 당신에게만 이를 제대로 얘기하는 건 우리의 향후 계획이 바로 당신과 연관될 수밖에 없기 때문입니다. 특히 우연인지 필연인지는 몰라도 한교와 관련한 제반 사항에 대한 조사도 역시 지금 내 지휘 하에 있습니다. 물론 당신을 포함해서 말이지요. 모든 상황이 우리에게 우호적으로 만들어진 것이지요."

태일이 무슨 중요한 얘기를 아직 남겨놓았다는 표정을 하고선 잠시 뜸을 들였다. 탁자에 놓인 차를 한두 모금 마시더니 말을 이었다.

"많은 이들이 의구심을 품은 사항은 언젠가는 진실이 드러나게 마련입니다. 지금도 세홍의 출생과 관련한 의문이 많은데, 어느 순간 이와 관련한 내용이 모두 밝혀진다고 생각해보세요. 특히 김정철의 입장에서 이를 한 번 상상해보세요. 그로서는 김정은의 비밀자금을 기반으로 원대한 계획까지 잡아놓고 적정한 때가 오기만을 기다리고 있는데, 느닷없이 세홍이란 걸림돌이 생긴 게 되겠지요. 바로 자기가 관리해왔고, 계속 그래야만 할 자금의 적통 임자가 나타나게 된 것입니다. 그는 향후 국내로 돌아갔을 때 분명히 이에 대한 갈등이 빚어질 것으로 내다봤습니다. 특히 이게 세홍의 의지와는 무관하게 전개될 수도 있다고 예상했지요. 세홍이 김정은의 아들임을 알아버린 한교의 간부들이 막대한 돈을 그냥 놓아둘 리가 없다고 판단한 겁니다.

이에 앞서 그는 대통령 시해사건의 결과를 밝힌 보도 등을 통해 자신이 가진 돈이 김정은에게서 나왔다는 사실을 사람들이 모두 안다는 점도 유쾌하게 보지 않았습니다. 이 돈이 결국 세홍에게로 돌아가야 한다는 여론이 형성될 것으로 전망한 겁니다. 또한 김정철은 김정은 시해사건에서 비교적 자유로울 수 있는 여러 환경들이 생각하지도 못한 조카의 출현으로 인해 완전히 뒤틀릴 수도 있다고 봤습니다. 자신을 향한 그 어떤 상황적 증거가 없는데 따라 어느 시점만 지나면 조용해질 일이 세홍이 김정은의 친자란 사실이 드러남으로 인해 다시 격렬하게 불붙을 수도 있다고 본 것이지요. 더군다나 지금 세홍이 어떤 존재입니까? 그는 딜레마에 빠질 수밖에 없었습니다. 자금을 소유하고 신분을 위장한 채로 영영 해외에서 이리저리 떠돌거나 아니면 다른 대안을 모색해야만 했지요."

태일이 숨을 한 번 고르더니 말을 계속했다.

"분명한 건, 김정철이 더 늦기 전에 국내에 복귀하길 간절히 바란다는 사실입니다. 여기엔 두 가지의 이유가 있습니다. 우선은 김정은과 김설송이 모두 사라진 지금의 정치역학 구도가 그에게 강렬하다 못해 거부할 수 없는 유혹을 보내고 있습니다. 간과해선 안 되는 게 바로 그 역시도 김 씨 일가의 정치적 성향 짙은 유전자를 물려받았다는 점입니다. 김 씨 일가가 지닌 기본성품에 대해선 아직까지 비판적인 입장을 가진 이가 많으나, 어찌됐든 그들은 75년을 넘게 한 국가를 통치한 일족입니다. 그것도 무소불위의 권력으로 말입니다. 어느 누군가가 가볍게 이분법적 논리로 판단하고 정의할 부분이 분명 아닌 것입니다.

또 한 가지는 바로 돈입니다. 김정철은 김정은과 김설송이 죽으면서 남긴 또 다른 막대한 돈의 행방을 쫓을 단서가 국내 어딘가에 분명히 있을 것으로 봤습니다. 특히 나중에 죽은 설송이 이를 남겨뒀을 가능성이 높다고 판단했습니다. 어쩌면 자신은 이미 돈을 추적하기 위한 모종의 정보를 갖고 있으면서, 내게는 밝히지 않는 것인지도 모를 일입니다. 게다가 김정철이 숨진 두 사람과 동기인 점을 감안할 때, 그가 돈의 소유권을 주장한다면 은행이든 기관이든 어느 누구도 고개를 가로저을 명분이 없는 것입니다.

그런 그의 입장에서는 세홍이 김정은의 아들인 사실이 드러나지 않은 채로 조용히 묻히는 게 가장 좋은 시나리오일 겁니다. 아니 반드시 그렇게 돼야만 한다고 여겼을 것입니다. 세홍이 없어진 이후엔 그의 출생에 대해 이런저런 억측이 일어날 까닭도 없습니다. 후-우… 그런 김정철이 자신의 이런 심경을 내게 전해왔고, 난 그 즉시 당신의 얼굴을 떠올렸습니다."

이석은 차마 태일의 얼굴을 보기가 힘들어서인지, 아니면 뭔가 다른 생각이 있어서인지는 몰라도 눈을 지그시 감았다. 태일이 그런 이석을 바라보더니 살짝 웃었다.

"이젠 왜 내가 당신의 얼굴을 떠올렸는지에 대해 물을 지도 모르겠네요. 하지만 이에 대한 대답은 이미 당신이 가졌을 것이라고 봅니다. 이에 앞서 난 당신에 대해 많은 의문을 지녔지요. 내가 이석 한검, 바로 당신에 대해 가진 의문들은 달리 복잡한 게 아닙니다. 당신이 지나온 과거와 걸어온 길, 바로 이에 대한 이유를 찾는 것이니까요. 삼흠이라는 승려와 함께 세익원을 찾았을 당시 왜 중국으로 다시 돌아가지 않고 그대로 고려에 남았을까 하는 것, 이후 몇 년간을 중국인 거주지에서 보낸 뒤에 왜 다른 곳도 아닌 세익원으로 다시 들어왔을까 하는 것, 그리고 한교에서 자리를 잡고 한검의 지위를 차지하고서는 왜 최근 들어 비밀리에 내국인 신분까지 확실하게 얻었을까 하는 것 등등이지요. 무엇보다 당신이 최초로 세익원을 찾았다가 나온 뒤에 중국인 집단거주지에 숨어 지낼 때, 당시 친했던 동료에게 입버릇처럼 얘기한 '무슨 수를 쓰더라도 반드시 내 것을 되찾고야 말겠다'란 말은 과연 무엇을 의미할까요?

　모든 의문에는 해답이 따릅니다. 해답이 없는 의문, 그건 그렇게 흔하지가 않지요. 앞서 언급한 의문들에 대한 답은 결국은 모두 하나를 가리킵니다. 바로 현재 한교의 최고 정점에 자리한 세홍을 말입니다. 더군다나 지금의 한교 내부의 권력 지형을 살펴볼 때 만약 세홍이 없어지거나 자리에서 물러난다면, 차기 한엄에 가장 근접한 인물이 바로 이석 한검, 당신입니다. 난 이 모든 게 결코 우연이라고 생각하질 않습니다. 이런 일련의 흐름들이 그냥 우연이라기엔 설득력이 너무 없지 않겠습니까? 그래서 이렇게 당신을 찾은 것이고요. 음…… 이제 서로 제각기 따로 뻗어나가던 선이 만나 하나의 점을 이룰 시점이 왔습니다. 바로 지금이, 왜 그동안 당신이 묵묵히 세홍의 주위를 맴돌았는지에 대한 대답을 해야 할 때입니다."

태일의 말이 끝나자 이석은 하늘을 향해 반쯤 고개를 들었다. 시선은 천장 쪽에다 뒀다. 하지만 눈의 초점으로 보아 천장의 어느 지점을 바라보는 건 아니었다. 이석의 이런 모습도 오래 가진 않았다. 태일은 잠시 후에 웃음을 띤 채 자기를 바라보며 천천히 고개를 끄덕이는 이석을 볼 수 있었다.


'구체적인 세부계획은 당신이 잡아야 합니다. 당신이 교단의 주요 행사 및 세홍의 일정 등을 총괄하니 그게 좋을 것입니다. 계획에 수반되는 모든 지원업무는 내가 맡겠습니다.'

이석은 태일과의 두 번째 만남에서 그가 했던 애기를 머릿속에서 다시 되새겼다. 달력과 일기예보 등을 몇 차례나 꼼꼼하게 확인하더니 어디론가 전화를 걸었다. 대화내용은 세홍의 일정과 관련한 것이었다. 전화기를 통해 전해지는 상대방의 목소리가 이석의 그것보다 더욱 컸다. 이석이 본래 말수가 적고 조용했으나 반드시 그 이유만은 아닌 듯했다. 아마도 뜻하지 않은 기쁜 소식에 들떠서 그런 모양이었다. 지방에서 행사를 준비하는 교단 하부조직 책임자의 입장에선 최고지도자의 참석보다 더욱 큰 선물은 없을 게 분명했다.


자동차는 비를 뚫고 평양으로 향했다. 이석은 뒷좌석에 앉아 행여 계획에 차질이 없겠는지 다시 한 번 머릿속으로 점검했다. 그의 오른쪽에는 세홍이, 바로 앞에는 상운이 앉았다. 이들 세 명을 태운 차는 비와 바람이 몰아치는 거칠기 짝이 없는 도로 위를 주행했다. 날씨는 당초 이석이 예상한 것보다 더욱 나빴다. 차가 길을 밟아나갈수록 이석의 눈매는 더욱 차갑고 날카롭게 변했다. 그는 이미 차량의 자동주행시스템제어기에다 기존에 있던 키트를 빼내고, 태일이 준 것을 삽입해놓았다. 태일이 이석에게 건넨 키트에는 최첨단 해킹프로그램이 내장돼 있었다. 이 프로그램은 삽입 즉시 시스템을 자동으로 해킹해 숙주로 만들고는, 이후 원하는 작업을 수행한 뒤에 키트를 빼버리면 해킹의 흔적조차 전혀 남기질 않았다. 이 키트로 인해 이미 세홍 일행이 탄 차량은 이제 오롯이 태일의 통제 하에 놓였다. 다만, 태일이 아직은 자기에게로 넘어온 통제권을 행사하지 않을 뿐이었다.

자동주행시스템이 교통상황을 알려왔다. 전방에 고장차가 발생해 갑자기 도로가 막힌다는 내용이었다. 세홍이 탄 차량 보다 조금 앞서 경평고속도로를 주행하던 자동차 하나가 고장을 일으킨 모양이었다. 사실 이는 미리 태일의 사주를 받은 이가 일부러 고장을 낸 것이었다. 하지만 차를 고장 낸 50대의 그 사내는 자신이 엄청난 음모에 말려든 줄은 상상도 하지 못했다. 게다가 연인과 함께 좀 더 오붓하게 시간을 보내기 위해 우회도로로 접어들어야 한다며 이와 같은 일을 사주한 사람이 누군지도 몰랐다. 그는 그저 자기가 어느 누군가의 로맨스를 위해 잠시 불특정 다수에게 불편을 주는 정도로만 알았다. 자신이 저지른 일을 조그마한 용돈벌이 정도로만 인식했다.


태일은 추적이 불가능한 소형트럭 한 대를 확보해놓고, 살피재로 올라가는 언덕이 시작되는 지점 조금 아래에서 세홍 일행이 오길 기다렸다. 트럭의 짐칸에는 커다란 상자가 하나 실려 있었다. 상자는 리모컨을 이용해 아래로 떨어뜨릴 수 있도록 설치된 상태였다. 트럭의 짐칸 맨 뒷문이 개방된 건 당연했다. 그는 모니터를 통해 세홍이 탄 차량의 흐름을 한눈에 파악했다. 모니터는 딱 절반으로 나눠져 있었다. 왼쪽은 GPS를 통해 계속 수신되는 세홍이 탄 차량의 위치를 표시했고, 반대쪽은 이석의 어깨정도 각도에서 보이는 차량 전방의 상황을 고스란히 영상으로 전달했다. 이석은 차에 타기 전에 이미 GPS일체형 초소형카메라를 자신의 얇은 트렌치코트 오른쪽 날개 안쪽에다 삽입해놓은 터였다. 처음엔 자동차 전면에다 카메라를 설치하려 했으나, 행여 증거를 남길지도 모른다는 생각에 이를 피했다. 또한 태일이 바라보는 모니터에는 장난감자동차 원격조종기와 비슷한 외부기기가 연결된 채 태일의 움직임을 기다렸다. 이는 필요시에 세홍의 차량을 마음대로 조작할 수 있는 장치였다. 모니터를 지켜보던 태일이 이윽고 키보드로 뭔가 명령을 내렸다. 이와 같은 시각, 세홍 일행은 자동주행시스템의 갑작스런 고장으로 인해 수동운전이 필요하다는 경고음을 들어야만 했다.

이석의 예상대로였다. 어쩌면 그 이상이었다. 상운은 핸들을 잡은 뒤에 시간이 지나자 신난 듯이 차를 몰았다. 이석이 상운의 이런 습성을 미리 파악하고 기존 비서진을 대신해 그가 운전석에 앉도록 일을 꾸몄지만, 상운은 이석이 당초 기대한 수준을 넘어섰다.

이윽고 태일이 때가 됐다고 판단했는지 트럭을 몰고 도로 위로 접어들었다. 탄력을 받고 달려오는 승용차에 앞서가며 상자를 떨어뜨리려면 지금이 가장 적기라고 여긴 모양이었다. 사실 중간에 다른 차가 한두 대 상자 옆을 피해 지나가도 크게 상관은 없었다. 만에 하나 다른 차가 상자를 치고 지나가더라도 최악의 상황이 될 건 아니었다. 여러 가지 경우를 대비해 다른 대안도 마련한 터라 일을 그르칠 만큼의 문제가 되지는 않았다. 무엇보다 세홍이 탄 차량은 이미 태일의 손아귀에 있었다. 하지만 태일은 그래도 가장 설득력 있고 확실한 상황으로 일이 전개되는 게 좋다고 여겼다. 이에 따라 여러 번에 걸친 시뮬레이션을 통해 도로로 나서고 상자를 떨어뜨릴 가장 좋은 시점을 미리 산출했다. 트럭의 가속도와 달려오는 승용차의 그것까지 모두 계산에 넣었다. 상자의 무게, 그리고 이를 떨어뜨린 뒤에 적당한 지점에다 차를 세우고 곧바로 다음 행동에 나서야 한다는 것 등도 셈에 포함시켰다.

　상운은 언덕을 오를 때는 힘차게 가속해서 올라가야 한다고 여겼는지 더욱 세차게 가속버튼을 눌렀다. 이는 언덕을 넘자마자 곧바로 상자가 하나 놓인 것을 미리 알았더라면 절대로 하지 못할 행동이었다. 태일은 한 치의 빈틈도 없이 적당한 위치에다 상자를 떨어뜨렸다. 상운은 언덕을 넘어서는 것과 동시에 까마귀들로 뒤덮인 문제의 그 상자를 봐야만 했다. 상운이 상자를 본 바로 그 순간, 태일이 보는 모니터에서도 역시 상운이 본 것과 똑같은 장면이 표시됐다. 그 장면이 나타난 게 앞섰는지, 태일의 손이 더 빨랐는지는 중요하지 않았다. 태일은 장면이 표시되는 것과 앞을 다투듯이 재차 키보드를 하나 눌렀다. 그러더니 이와 동시에 모니터에 연결된 외부기기의 가운데에 달린 조그마한 핸들을 오른손으로 잡았다. 왼손으로는 외부기기 왼쪽에 부착된 가속버튼을 있는 힘껏 눌렀다. 상자 위에 앉은 까마귀들에 대해선 의문조차 갖질 않았다. 상운은 자신이 오른쪽으로 핸들을 살짝 튼 것과 동시에 자신의 의지와는 상관없이 같은 쪽으로 계속 방향을 바꾸고는 돌을 향해 쏜살같이 달려가는 자동차를 속절없이 지켜봐야만 했다. 특히 뒷좌석의 상황은 신경 쓸 겨를이 없었다. 이석이 오른손을 재빨리 뻗어 세홍이 두른 안전띠를 풀어놓는 것을 눈치 챌 경황 따윈 더욱 없었다. 차량 내 탑승자 중에서 상자의 출현을 미리 예상한 이는 오로지 이석뿐이었다. 그런 이석에 의해 세홍은 완벽하게 무방비 상태에 놓였다. 세홍이 탑승한 쪽에는 이미 에어백도 무용지물이 됐다. 에어백은 며칠 전에 이석의 협조 아래 태일이 감쪽같이 망가트려 놓은 터였다.

순식간에 진행된 일이었다. 이석은 일말의 동요도 하지 않은 채 세홍이 두른 안전띠의 버튼을 눌렀다. 세홍은 아주 짧은 순간, 그 긴박한 상황에서도 그런 이석의 모습을 봤다. 게다가 이석은 안전띠를 풀고는 곧바로 시트에 부착된 안전띠 삽입고리를 자신의 오른손으로 감싸 쥐기까지 했다.

세홍은 이석을 안타까운 눈으로 바라봤다. 놀란 것도 아니고 슬픈 것도 아닌, 단지 안타까움만이 가득한 눈이었다. 아주 짧은 찰나였으나 세홍의 무한한 안타까움이 전달되기엔 충분했다. 이석은 세홍의 그런 시선을 받아들이고도 핏기 가득 선 눈으로 살짝 웃음만 보였다. 그의 웃음은 온기라고는 하나 없이 차가웠다. 그렇게 세홍이 탄 자동차는 문제의 그 돌로 곧바로 돌진했다. 세홍은 그 짧은 순간에도 많은 영상이 파노라마처럼 지나가는 것을 느꼈다. 그 중에서 예전에 측근 가운데 한 명을 조심하라면서 자신에게 당부의 말을 전한 할머니의 얼굴이 유독 선명하게 떠올랐다. 할머니의 영상은 세홍의 머리가 돌에 부딪혀서 으깨지는 것과 동시에 산산이 흩어졌다.

이석은 미리 마음의 준비를 단단히 한 터라 이내 깨어났다. 울컥하면서 눈물을 보였다. 하지만 악어의 눈물, 이와 조금도 다를 게 없었다. 세홍의 생사부터 확실하게 파악했다. 맥박이 완전히 멎은 것을 확인한 후 잠시 호흡을 가다듬었다. 만일의 경우를 대비해 코트 안쪽에 몰래 숨겨온 휴대용 전동망치를 사용할 필요까진 없다고 생각했다. 그러더니 자신의 품안에서 자동주행시스템제어기에 원래 부착됐던 키트를 꺼냈다. 아직 깨어나지 못한 앞좌석의 상운을 힐끔 한 번 쳐다보더니, 몸을 쑥 빼고 손을 내밀어 얼른 키트를 바꿔 끼웠다. 그런 뒤에 상운에게로 천천히 시선을 옮기면서 자기 자리에다 다시 엉덩이를 붙였다.

하늘은 어느새 까마귀들로 가득 뒤덮였다. 하늘을 맴도는 까마귀들의 성난 눈들이 일제히 이석을 쏘아봤다. 잠시 후 세홍의 주검이 그의 넋을 살피재에 남기고 떠날 채비가 되자 비와 바람이 재차 몰아쳤다. 이전보다 더욱 맹렬한 기세였다. 마치 일대를 가득 메운 비운에 찬 기운들을 날려 보내고, 또한 씻어버리려는 것만 같았다. 이는 곧 세홍의 넋이 뿜어내는 한숨이요, 눈물이었다.

1년 여에 걸친 취재와 집필을 모두 끝내고 출판사에다 원고를 보냈다. 이후 최동식에게 전화를 걸었다. 그동안 몇 차례나 연락을 하고 싶었으나 그러진 않았다. 내 전화를 받는 그의 목소리가 기대와는 달리 상당히 퉁명스러웠다. 처음 만난 당시의 온화한 말투와는 완전히 달랐다. 반가운 마음으로 전화를 건 나를 무안하게 만들었다.

그는 지난 1년 여 동안 거의 변화가 없었다. 오히려 더욱 좋지 않아 보였다. 허물어지기만을 기다리는 낡은 3층 건물 맨 꼭대기에서 여전히 외롭게 연기만을 내뿜었다. 날 바라보는 그의 눈빛이 뭔지 모르게 차갑고 낯설었다. 약간의 노여움과 실망감이 담긴 듯했다. 날 만난 뒤에 줄곧 잔기침과 함께 담배만 뻑뻑대던 그가 결심한 듯 입을 열었다.

"음…… 흡사 고해와도 같은 얘기를 전해야겠네요. 그래야 내가 당신에게 키트를 챙겨서 다시 만나자고 말한 이유가 설명이 되니 말입니다. 후--우!…… 우선 정말 미안하다는 말부터 전합니다."

그는 의아해하는 내 표정에는 아랑곳하지 않고 계속 말을 이었다.

"사실은…… 내가 당신에게 했던 얘기, 다시 말해 세홍과 선악비록에 대해 자료를 수집한 후 책을 써달라는 그 말을, 김무종도 내게 그대로 했었지요. 내게 처음 키트를 맡기면서 말입니다."

혼돈이 잠시 나를 엄습했다.

'도대체 이자가 무슨 얘기를 하는 건가?'

이런 내 속내를 읽은 듯이 그가 잠시 미소를 보인 뒤에 말을 계속했다.

"처음엔 나도 당연히 김무종의 의도가 거기에 있는 줄로만 알았습니다. 하지만 그게 아니었습니다. 음…… 김무종의 부탁과는 달리 나는 호기심에 못 이겨 곧바로 나락의 길로 접어들었지요. 난 그야말로 참혹하기 그지없는 일 년하고도 몇 달을 보낸 이후, 혹시라도 김무종이 내가 뒤집어 쓴 굴레에서 빠져나갈 방법을 알지도 모른다는 생각으로 그를 찾았습니다. 지푸라기라도 잡고 싶은 심정이었지요.

그를 애써 찾아 다시 만나고 나서야 난 그의 숨은 의도를 알아차렸습니다. 다시 만난 그는 처음 만났을 때와는 완전히 딴판이었지요. 여전히 조용히 숨어 지냈으나 자신을 옥죄던 거추장스런 짐들을 모두 떨쳐낸 양 활기차고 건강한 모습이었습니다. 그와 나는 마치 스위치를 누른 것처럼 처음 만난 당시와 서로 모습이 완전히 뒤바뀌어져 있었지요. 난 뭔가 다른 내막이 있음을 직감했습니다. 곧바로 그에게 현 상황에 대한 설명을 요구했습니다. 어쩌면 그렇게 감쪽같이 게으름과 마약에서 벗어나게 됐냐며 강하게 따져 물었습니다. 그는 당연히 처음엔 시미치를 떼면서 모른 채했습니다. 나의 잇따른 거센 공세에도 쉽게 무너지지가 않았습니다. 이윽고 난 키트를 이석에게 넘기겠다고 윽박질렀습니다. 그런 내게 그가 마지못한 듯이 얘기를 꺼냈습니다."

그는 익숙한 습관처럼 다시 잎담배를 종이에 말았다. 그런 동안에는 얘기도 잠시 중단했다. 앞서 피운 담배꽁초의 온기도 아직 채 식지가 않았다. 그가 말을 계속 이은 건 담배에 불을 붙이고는 길게 한 모금을 삼키고 내뱉은 뒤였다.

"김무종은 그렇게 하면 영영 선악비록의 마성에서 벗어나지 못할 것이라며 날 우선 다독였습니다. 그리고는 곧이어 내가 상상하지도 못한 얘기를 꺼내기 시작했습니다. 그는 세홍이 키트를 나눠주고 며칠이 지난 뒤 제자들과 회의를 가지면서 재차 당부한 얘기를 전했습니다. 그건 누군가가 악행과 관련한 문구를 열독하면 천일동안은 꼼짝없이 문구의 노예가 돼야만 하고, 이 기간이 끝난 이후 그것으로부터 벗어나려면 또 다른 한 명이 그를 대신해 문구의 지배를 당해야만 한다는 말이었습니다. 반드시 한 명이어야 한다고 강조했습니다. 행여 여러 명이 동시에 문구의 지배에 놓이면, 앞서 덫에 빠진 이가 영영 이에 벗어나지 못한다고도 했습니다. 이 내용이 선악비록 본서에 부록처럼 달린 것이라는 말도 함께 전했지요. 후…… 결국 풀이하자면 김무종은 자신이 선악비록의 마성에서 벗어나기 위해 책을 써달라는 말로 내게 접근해 키트를 건넸던 겁니다. 이후 내 호기심이 결국 그의 의도에 장단을 맞추게 된 것이고요."

그가 표정이 조금 심각하게 변한 나를 의식한 듯 시선을 아래로 약간 내렸다. 하지만 목소리의 강도가 약해지진 않았다.

"김무종의 입장에선 대상자 중에서 내가 호기심이 가장 강했고,

나한테는 바로 당신이 그랬습니다. 음… 난 김무종과 헤어진 뒤 이미 내게 정해진 천일의 남은 시간인 일 년여를 다음 대상자를 물색하기 위해 보냈지요. 몇 명의 대상자를 선정한 이후 고민을 거듭했습니다. 자칫 잘못하면 영영 문구의 마성에서 벗어나지 못할 수도 있기 때문에 신중해야만 했지요. 이윽고 난 당신에게 키트를 넘기기로 마음을 정했습니다. 그리고는 당신을 만나 키트를 전달했고요. 하지만 당신은 내 숨은 의도와는 달리 타락과 전진의 갈림길에서 결국 후자를 택했네요. 성공을 향한 당신의 강렬한 의지가 호기심을 이긴 셈이고요. 게으름과 마약이 혼재한 진흙탕으로 당신을 끌어내릴 수도 있었던 그 호기심을 말입니다. 음…… 뭐…… 축하할 일입니다. 아-아니 진심으로 축하드립니다. 그리고 당초 나쁜 의도로 당신에게 키트를 건넨 점에 대해 다시 한 번 사과드립니다. 그리고 정중하게 부탁합니다. 이제 그 키트를 내게 돌려주시길 말입니다."

난 잠시 고민했다. 그에게 이를 돌려줘야 할지 아니면 다른 방법을 찾아야 할지를. 단순하게 생각했다. 키트가 애초 내 것이 아니라 그로부터 나왔다는 점을 떠올렸다. 그가 게으름과 마약으로 점철된 자신의 굴레를 다른 이에게 떠넘기기 위해 재차 키트를 맡기려고 시도할지 여부는 내가 관여할 바가 아니었다. 또한 비록 그의 의도는 불순했지만, 그가 내게 새로운 영감과 동기를 불어넣은 것만은 틀림없었다. 나로서는 그것만으로 이미 모든 게 충분했다.


그에게 키트를 돌려주고 건물을 나왔다. 곧바로 미리 예약한 렌탈용 승용드론에 몸을 실었다. 처음 여길 찾았을 때와는 달리 되돌아가는 발걸음이 가벼웠다. 이런 내 마음의 중량을 헤아린 양 드론의 이륙이 사뭇 매끄러웠다. 아래를 내려다보며 지난 1년여 동안을 잠시 떠올렸다. 흐뭇한 느낌이 들었다. 향후 결과가 어떨지는 크게 상관없었다. 지난 여정 자체가 너무나 즐거웠다. 물론 쉽지는 않았다.

세홍 사후에 전개된 많은 일들을 모두 담아내지 못한 점은 조금 아쉬웠다. 전체적인 구성을 염두에 뒀을 때 그러기엔 무리였다. 얘기가 진부하게 늘어질지 모른다는 우려도 있었다. 한교를 비롯한 각 교파의 교리를 상세하게 기록하지 않은 것도 아쉽긴 마찬가지였다. 종교적 서술이 지나치면 좋지 않다는 판단 때문에 어쩔 수 없었다. 기회가 되면 이에 대한 얘기들을 마저 해야겠다고 생각했다.

점차 어둠이 깔렸다. 그리자 건물 위로 '빔 광고판'이 하나씩 켜졌다. 광고판은 저마다 자신의 존재감을 드러내려는 듯 화려한 영상과 밝은 색조를 뿜냈다. 광고판 중에선 베테랑뮤지션들로 새롭게 구성된 어느 록밴드의 신작앨범 홍보영상이 유달리 내 시선을 붙잡았다. 날 태운 승용드론은 광고판들의 밝은 불빛을 온몸으로 맞거나, 때론 이를 관통하며 유유히 헤엄쳤다.

글을 쓰면서 함께 들었던 음악. 밴드 또는 아티스트.

Adagio, Amaseffer, Anathema, Anubis Gate, Ashes of Ares, Asia, Awesome, Avantasia, Ayreon, Camel, Circus Maximus, Dark Water, Dream Theater, Earthside, Eloy, Enigma, Flying Colors, In The Silence, IQ, Iron Maiden, Kamelot, Metallica, Myrath, Pain of Salvation, Pink Floyd, Queensryche, Serenity, Seventh Wonder, Soen, Star One, Symphony X, Tangerine Dream, The Butterfly Effect, The Calling, The Dear Hunter, Tool, Unitopia, Voyage, Yanni, Yes, 케이맨.

편안하게 글을 쓰도록 묵묵히 도와준 부산시청 브리핑실 출입기자들에게 고마운 마음을 전합니다.

## 평양다이아몬드

칼빈 리 지음 / 올 컬러 280쪽 / 14,000원

세계2위 UC 버클리 정치학과를 졸업한 후, 만30세의 나이에
세계적인 다이아몬드 전문가가 된 칼빈.
다이아몬드를 하나의 산업으로 일구고자 전 세계를 넘어
마침내 평양에 다이아몬드 가공공장을 세우기까지의
파란만장한 모험과 도전정신을 읽는다.

## 나는 **자랑스런**
## **흉부외과** 의사다

김응수 지음 / 280쪽 / 12,000원

한전병원 김응수 (전)원장의 흉부외과 이야기. 삶과 죽음
이 교차하는 응급실, 그 긴박한 순간에 적나라하게 드러나
는 환자, 환자가족, 그리고 의료진들의 생생하고도 가슴 뭉
클한 이야기들.

## 죽음 이후의 삶 –개정판

디팩 초프라 지음 / 정경란 옮김 / 신국판 / 339쪽 / 14,000원

타임지가 선정한 '세계를 움직인 100인' 중 한 명이자,
영혼문제의 대가인 디팩 초프라가 우리들에게 들려주는
삶과 죽음 이야기, 그리고 그 이후의 영혼여행 이야기.
프린스턴, UC 버클리, NASA등 전 세계의 유명 대학과
연구소의 석학들이 밝혀보려는 죽음 이후의 세계는
과연 어떤 것인가?

## 굿모닝 마다가스카르

김창주 지음 / 올컬러 / 256쪽 / 정가 16,000원

"에덴 이후 또 하나의 에덴, 마다가스카르!"
이 책은 복음선교와 의료선교, 그리고 해외 봉사를 꿈꾸는
사람들에게 현장을 그대로 체험할 수 있는 생생한 리포트일
뿐만 아니라 마다가스카르에 대한 Guide Book으로서의
역할을 하기에 부족함이 없는 안내서이다.

# 슬픔이 밀려올때

컬크 나일리 지음 / 지인성 옮김 / 240쪽 / 12,000원

이제 막 결혼하여 행복한 가정을 이루며 살아가고 있는
아들과 며느리의 삶을 지켜보는 것은 노 목사 부부의
크나 큰 기쁨이었다. 그러던 어느 날 아들의 갑작스런
죽음은 그들 가정에 엄청난 충격을 몰고 오는데…

# 문화의 벽을 넘어라
## –선교와 해외봉사

드와인 엘머 지음 / 김창주 옮김 / 326쪽 / 13,000원

이 책은 선교나 해외봉사에서 필요한 지혜를
가르쳐 줄 뿐만아니라 국제사업 분야에서도
활용될 수 있는 통찰력을 제공한다.

# 4차원의 세계

유광호 지음 / 신국판 288쪽 / 13,000원

**누가 구름을 사라지게 하고 비를 멈추게 하는가?**
양자물리학과 양자생물학을 파고 들어서
마침내 밝혀낸 4차원, 그 신비의 세계!

# 내사랑 야옹이

다니엘 최 지음 / 160쪽 / 9,500원

다니엘 최가 가평의 전원주택으로 이사한 후부터
키우기 시작한 고양이 야옹이와 강아지 꼬맹이와의
사이에 일어났던 소소한 일상들, 전원생활의 즐거움,
그리고 그의 인생에서 기억에 남을 에피소드들.

# 가난이 선물한 행복

다니엘 최 지음 / 368쪽 / 11,000원

직장에서의 퇴출, 창업, 사업실패, 극빈층으로의 전락…
갑작스런 환경의 변화를 견디지 못한 아내는 급기야
불륜의 늪에 빠지고…

# 부부치유학

임종천 지음 / 332 쪽 / 14,000원

가정 치유사역의 전문가인 임종천 목사가 오랜
임상/상담 결과를 바탕으로 이룩한 부부 관계개선의
금자탑이자 건강한 가정을 꿈꾸는 사람들에게
선물하는 종합처방전.

# 악마의 계교
## 무신론의 과학적 위장 – 신은 만들어지지 않았다!

데이비드 벌린스키 지음 / 현승희 옮김 / 양장 254쪽 / 16,500원

이 책은 무신론 과학자들의 억지 주장 속에 숨겨져 있는
허구들을 낱낱이 들추어낸다. 그리고 그들의 공격으로
인해 고통당하고 있는 수백만의 믿는 사람들에게 자신감을
갖게 해 준다.

# 의학의 달인이랑 식사하실래요?

김응수·김명희 지음 / 올컬러 / 각권 280쪽 내외
1권13,000원·2권 14,000원

### 닥터 콜롬보의 메디컬 에피소드 1·2

현직 병원장, 중학교 교사, 애니메이션 화가가 힘을 합쳐
완성한 청소년을 위한 메디컬 에피소드.
이 책보다 더 재미있는 의학 이야기는 없다!!!